DIE VERFÜHRUNG DES HALUNKEN

DARCY BURKE

Übersetzt von
PETRA GORSCHBOTH

Die Verführung des Halunken

 Erstellt mit Vellum

DIE VERFÜHRUNG DES HALUNKEN

Eine Lady am Rande einer Katastrophe

Fest entschlossen will die Debütantin Lady Philippa Latham um jeden Preis einen Skandal vermeiden, denn sie beabsichtigt, eine gute Partie bei ihrer Heirat zu machen. Als das unerhörte Betragen ihrer Mutter den guten Ruf der Familie in Gefahr bringt, folgt Philippa ihr unwissentlich zu einem Fest, das keine ledige junge Dame der Gesellschaft besuchen würde. Als wäre das allein nicht schon schlimm genug, wird Philippa auch noch vom berüchtigtstem Halunken Englands vor einer Katastrophe »gerettet«, woraufhin sich beide auf einem Weg wiederfinden, der zu ihrem öffentlichen und persönlichen Ruin zu führen droht.

Ein Halunke, der einer Verführung bedarf

Lord Ambrose Sevrin genießt einen berüchtigten Ruf dafür, die Verlobte seines Bruders ruiniert und sich einer Heirat widersetzt zu haben. Damit zufrieden, am Rande der feinen Gesellschaft zu leben, bleibt er für die Londoner Elite ein faszinierendes Rätsel. Philippa glaubt, den wahren Ambrose kennengelernt zu haben – einen Gentleman, der sich für sie einsetzen und ihr helfen will, einen Ehemann zu finden, ehe es zu spät ist. Er selbst kann dieser Ehemann allerdings nicht sein, nicht einmal für sie. Er kann weder Vergebung – oder Liebe – tolerieren, denn seine Vergehen sind weitaus gravierender, als sich irgendjemand vorstellen kann.

KAPITEL 1

London, April 1818

*A*us der Behaglichkeit der Herrick Kutsche, beobachtete Lady Philippa Latham ihre Mutter, die aus Mr. Booth-Barrows Kutsche vor einem massiven neoklassizistischen Haus in der Saville Street ausstieg. Booth-Barrow legte Mutters Hand auf seinen Arm, und die Köpfe einander zugeneigt, erklommen sie die Stufen des Stadthauses. *Wie Liebende.*

Philippa kochte. Lieblose Ehe oder nicht, wie konnte ihre Mutter es wagen, ihrem Vater in aller Öffentlichkeit Hörner aufzusetzen? Und das obendrein nur wenige Tage nachdem sie Philippa darüber in Kenntnis gesetzt hatte, noch diese Saison heiraten zu müssen. Wie sollte sie das bewerkstelligen, während ihre Mutter mit einem Mann in der Stadt herumscharwenzelte, der nicht ihr Ehemann war?

Philippa verschränkte die Finger fest um den Türgriff und ehe sie sich versah, stieg sie aus der Kutsche. Der Diener stürzte heran, um ihr behilflich zu sein.

Mit einem gemurmelten Danke und der Anweisung, auf

ihre Rückkehr zu warten, eilte sie über die mondbeschiene Straße. Nervöse Energie trieb sie den Weg entlang, den ihre Mutter genommen hatte. Nie zuvor hatte Philippa so etwas Unbedachtes getan, doch sie hatte die Absicht, ihre Mutter zu überzeugen, sofort nach Hause zu kommen.

Ein Diener in schwarz-silberner Livree öffnete die Haustür und Philippa trat in eine riesige marmorne Eingangshalle. Doch anstatt ihrer Mutter, anderer Gäste oder einer Art von Empfangskomitee traf sie lediglich Leere, die durch sanfte Unterhaltung und gedämpftes Gelächter unterbrochen wurde, das aus einem Zimmer gegenüber der Eingangshalle zu hören war.

»Wünschen Sie einen Umhang?«

Philippa drehte sich zu einem Diener, der einen voluminösen schwarzen Umhang mit einer schwarzen Haube in die Höhe hielt. Sie runzelte die Stirn. Warum um alles in der Welt sollte sie dort drin einen Umhang tragen wollen? »Nein, danke.« Erstaunt wandte sie sich von dem Bediensteten ab und straffte die Schultern.

Hocherhobenen Kopfes schritt sie über den glänzenden Marmor und tat ihr Bestes, den Eindruck zu erwecken, als würde sie dazugehören, wenngleich sie keine Ahnung hatte, in wessen Haus sie eingedrungen war. Nicht, dass es sie interessierte, solange sie ihre Mutter fand und sie mit sich nach Hause nahm. Wenngleich es wahr war, dass manche Frauen außerhalb ihrer Ehe Affären hatten, sollte ihre Mutter wirklich nicht dazugehören. Nicht nach zweiundzwanzig Jahren beharrlichen Pochens auf Anstand und vor allem Unbescholtenheit. Philippas Empörung flammte erneut auf.

Sie hielt an der Türschwelle zu einem großen, dämmrig beleuchteten Raum inne. Er war mit Menschen bevölkert. *Maskierten Menschen.* Ein feines Gespinst von Beklommenheit legte sich über ihre Brust.

Sie betrat den Raum und sah sich nach dem pfaublauen Gewand ihrer Mutter um. Auf dem in der Mitte stehenden Tisch posierte eine Frau, die nichts als ihr seidenes Unterhemd und Strumpfhalter trug. Vollkommen unvorbereitet auf solch eine schockierende Zurschaustellung keuchte Philippa auf.

Mit zusammengebissenen Zähnen wirbelte sie herum. *Verflucht sei ihre Impulsivität,* der sie selten nachgab. Wie passend, auf ihrem ersten Vorstoß in genau die Falle von Unschicklichkeit zu tappen, vor der ihre Mutter sie gewarnt hatte. Und welche Ironie, dass sie diesen nur unternommen hatte, um ihrer Mutter nachzugehen.

Ein Mann fasste sie um den Ellbogen. »Lady Philippa.« Das Flüstern an ihrem Ohr sandte ihr einen Schauder über den Nacken.

Philippa sprang vor Schreck auf. Sie drehte den Kopf, um den Mann anzublicken, doch eine dunkle Maske verdeckte die obere Hälfte seines Gesichts. Panik bemächtigte sich ihres Bauches. »Wie können Sie wissen, wer ich bin?«

Er zog sie zum Randbereich des Raumes, tiefer in die Schatten und drängte sie an die Wand. Die Kante der Wandvertäfelung drückte ihr in den Rücken. Dann trat er näher. Zu nahe. Er hob die Hände hinter seinen Kopf. »Schnell, nehmen Sie meine Maske.« Er nestelte noch einen weiteren Augenblick herum, ehe er murmelte: »Verdammt, das Band ist verknotet.«

Sie wusste nicht, in welche Art von Ereignis sie hier gestolpert war, doch ganz eindeutig war es sündhaft und dieser wagemutige Fremde war offenbar das Einzige, was buchstäblich zwischen ihr und dem sicheren Ruin stand. Im Augenblick würde sie die Dreistigkeit dieses Mannes ihrer Entdeckung vorziehen.

»Gestatten Sie mir.« Da er recht groß war stellte sie sich auf die Zehenspitzen und ertastete den Knoten an seinem

Hinterkopf. Er duftete sehr angenehm nach Rosmarin und Sandelholz.

»Wohin ist sie gegangen?«, fragte eine männliche Stimme hinter ihrem Retter. »Ich habe ein allerliebstes Wesen erblickt. Dunkelbraunes Haar, ein helles Kleid – keine Maske, wenn Sie sich das vorstellen können. Gerade noch war sie hier.«

Ihr Retter beugte den Kopf so, dass ihre Münder nur noch einen Hauch voneinander entfernt waren. Wenn sie den Kopf auch nur das geringste bisschen bewegte, würden ihre Lippen sich berühren ... Mit tastenden Fingern versuchte sie, den Knoten zu lösen. »Sieh an, dort vor der Wand ist sie ja.«

Philippa gab ihren Kampf mit der Maske auf und legte ihrem Retter nun die Hände auf das Revers seines Fracks. Sie zog ihn näher, sodass sie mit ihrem Mieder über die Vorderseite streifte. »Wagen Sie nicht, sich zu bewegen.«

»Das würde mir im Traum nicht einfallen«, murmelte er, wobei sein warmer Atem ihren Mund liebkoste.

Es folgten weitere Schauder. Dieses Mal tanzten sie an ihren Armen hinab.

Er fasste sie um die Taille und sie wäre zurückgesprungen, wenn die Wand hinter ihr eine solche Bewegung zugelassen hätte. »Ich sollte diesen Gentlemen hinter mir davon überzeugen, dass Sie liiert sind, ähm, mit mir. Sehen Sie mir bitte meine Vertraulichkeit nach, aber ich glaube, es ist vonnöten, Sie zu küssen. Sie könnten die Gelegenheit nutzen und weiter an den Bändern meiner Maske arbeiten.«

Ehe sie Zeit hatte, irgendetwas dessen zu begreifen, was er gerade zu ihr gesagt hatte, begegneten sich ihrer beider Lippen.

Sein Mund fühlte sich warm und weich an. Sie war früher schon geküsst worden, ein flüchtiges Streifen fremder Lippen, das ihre Neugier geweckt hatte, doch in einer dunklen Ecke gegen einen Fremden gepresst, war dies etwas ganz anderes. Irgendwie war es mehr als nur ein Kuss. Einen Augenblick später sank sein Ratschlag in ihre benebelten Gedankengänge. *Die Maske.*

Sie hob die Arme, was nur zur Folge hatte, dass sich ihr Körper noch enger an seinen schmiegte. Sein Brustkasten presste sich auf eine entsetzlich intime Weise gegen den ihren, während er seine Lippen langsam und sinnlich auf ihren bewegte. Ihr Schamgefühl war empört, doch das interessierte ihren Körper nicht. Ihr Fleisch war erhitzt und kleine Wogen der Erregung lösten die Panik in ihrem Bauch ab.

Hinter dem Rücken ihres Retters ertönte ein unzufriedenes Grunzen, auf das die Feststellung folgte: »Da ist sie wohl von jemandem zuerst erobert worden.« Die Schritte entfernten sich.

Als sie an den Bändern der Maske zog, löste sie sich schließlich. Er brach den Kuss ab und fing die Maske auf, ehe sie herunterfiel. Dann drehte er die Maske um und bedeckte die oberen Zweidrittel ihres Gesichts. Schnell band er die dünnen Bänder um ihren Hinterkopf. Die Maske war zu groß für sie, doch das bedeutete nur, dass sie mehr von ihrem Gesicht bedeckte, und *darüber* würde Philippa sich nicht beschweren. Nicht, wenn es jede Menge anderer Dinge gab, um die sie sich sorgen konnte.

Wie beispielsweise ihre Enttäuschung darüber, dass ihr Kuss zu Ende war. Unerhört! Sie musste sich darauf konzentrieren, wie sie hier herauskam, ohne erkannt zu werden. »Sie haben mich sofort erkannt. Es ist wohl vermessen, darauf zu hoffen, dass dies niemandem sonst gelungen ist, vermute ich.« Sie überprüfte den Knoten an ihrem Hinterkopf und war zufrieden, als er sich nicht lockerte, obwohl sie befürchtete, dass es ohnehin nichts mehr ausmachte. Wenngleich die anderen Männer sie nicht mit Namen angeredet hatten, wäre ihr blütenweißer Ruf in dem Moment ruiniert, sobald einer von ihnen ihre Identität enthüllt hätte.

»Sie sind nicht sicher, ob irgendjemand Sie gesehen hat?« Sie fühlte sich vom dunklen Timbre seiner Stimme umfangen.

Die Maske beschränkte ihre Sicht, und selbst blinzelnd vermochte sie seine Züge in der schattigen Ecke, die sie beide einnahmen, nicht auszumachen. »Nur der Diener. Mir wurde ein Umhang von einem von ihnen angeboten. Ach du liebe Güte, war er zur Verhüllung meiner Identität bestimmt? Wie hätte ich das ahnen können?«

»Was hatten Sie erwartet, in Lockwood House vorzufinden?« Ein Anflug von Sarkasmus schwang in seiner Stimme mit.

»*Lockwood House*?« Grundgütiger, sie war durch die Tore der Hölle geschritten und geradewegs in Luzifers Schlafkammer hinein. »Ist dies etwa eins dieser ... Feste?« Sie war sich nicht einmal sicher, was diese »Feste« genau waren – anständige junge Damen wie sie wüssten so etwas niemals – aber sie hatte genug gehört, um sich im Klaren zu sein, dass es absolut rufmordend war, wenn man bei der Teilnahme erwischt wurde.

Sie zügelte ihren Schock, um sich ihrer aufsteigenden Panik hinzugeben. »Ich muss hier raus. Umgehend.«

»Ich stimme zu.« Er nahm sie am Ellbogen und drehte sie zur Tür.

Sie gingen zwei Schritte, doch dann blieben sie abrupt stehen, als eine Gruppe von Gästen eintrat. Er zog sie herum und führte sie an der Außenseite des Raumes entlang. »Verzeihung, ich würde lieber nicht auf diesem Wege hinausgehen, insbesondere, weil nun ich derjenige ohne Maske bin.«

»Es tut mir leid, dass ich Ihr Angebot angenommen habe. Es war sehr freundlich von Ihnen, sich anzubieten, Mr. ...?«

»Sevrin.«

Sie strauchelte, als die volle Wirklichkeit der Situation in ihr Bewusstsein drang. »Lord *Sevrin*.« Ihre Stimme klang atemlos, doch die Auswirkungen auf ihren Ruf waren desaströs. Und vielleicht niemals wiedergutzumachen.

Er fasste sie in der Taille, um ihr Halt zu geben. »Wie üblich, muss ich erkennen, dass mein Ruf mir vorausgeeilt ist.«

Das war er ganz sicher. Lord Sevrin war beinahe so berüchtigt wie Lockwoods Partys. Er hatte eine junge Frau ruiniert und sich geweigert, sie zu heiraten, womit er sich seinen traurigen Ruhm erworben hatte, doch Philippa erinnerte sich, dass sogar noch mehr an der Geschichte dran sein könnte.

Mit einem tiefen Luftzug versuchte sie, ihre Nerven zu beruhigen. »Warum helfen Sie mir?«

Er behielt die Hand in ihrem Rücken, wobei er sie jedoch vorwärts führte. »Sie scheinen Hilfe zu benötigen. Berichtigen Sie mich, falls ich mich irre.«

»Sie irren nicht. Ich weiß Ihre Hilfe zu schätzen, wenn sie mich auch befremdet.«

Seine Berührung und auch sein sofortiges Erkennen hatten ein sonderbares Gefühl von Vertrautheit in ihr geweckt, als ob er sie bereits seit einiger Zeit wahrgenommen hatte, wohingegen sie ihm gegenüber vollkommen blind gewesen war. Wenngleich sie allerdings bezweifelte, dass sie das je wieder wäre. »Wie haben Sie überhaupt gewusst, wer ich bin? Wir sind einander nie vorgestellt worden.«

»Sie haben ein bemerkenswertes Gesicht, Lady Philippa. Ich würde wetten, dass die meisten Männer wissen, wer Sie sind.« Die Art, wie er diese Worte hervorbrachte – als eine Tatsache ohne die Übertriebenheit eines hübschen Kompliments –, löste eine neuerliche Welle von Schaudern auf ihrer Haut aus.

Sevrin führte Philippa zu einer Tür, die geschickt in einem Winkel verborgen lag. Nachdem er sie geöffnet hatte, traten sie in einen kleinen Salon. Er war ebenfalls spärlich beleuchtet und derzeit nicht von einem, sondern zwei Paaren belegt, bei dessen Anblick Philippas Herz schneller schlug. Allmählich dämmerte ihr die Natur des Festes, in das sie unfreiwillig hineingestolpert war.

Sevrin nahm sie an der Hand und zog sie zu einer Tür auf der gegenüberliegenden Seite des Raumes. »Entschuldigen Sie uns«, murmelte er.

Wenngleich die wohlerzogene junge Dame in ihr sie zum Abwenden des Blickes drängte, konnte sie nicht anders, als eines der Paare im Vorbeigehen anzustarren. Die Frau lag mit zurückgeworfenem Kopf ausgetreckt auf einer Chaiselongue. Ein Mann lag über ihr, den Mund an ihrer entblößten Brust. Philippa riss den Blick los und heftete ihn auf Sevrins Rücken.

Das nächste Zimmer war besser beleuchtet, doch es war voller kartenspielender Gäste. Ohne Masken. Philippa erkannte eine Handvoll Gesichter, ehe Sevrin sie auf den Balkon hinausführte. Ausnahmsweise einmal war sie froh, ein nichtssagendes, farbloses Kleid zu tragen, das jungen, unverheirateten Frauen wie ihr vorbehalten war. Sie könnte irgendeine der jungen Damen Londons sein. Obwohl – und das ließ ihr Herz noch schneller schlagen – ihr hellgelbes Kleid jemanden zu der Vermutung verleiten könnte, sie sei eine unverheiratete Dame. Selbst dieses scheinbar harmlose bisschen Information über ihre Identität stimmte sie ängstlich.

Sobald sie im Freien war, drückte sie sich an das kühle Mauerwerk der Hauswand. Sie holte tief Luft, in der Hoffnung, dass ihr Puls sich beruhigen würde. »Grundgütiger. Ich hatte keine Vorstellung von der … Verderbtheit von Lockwoods Festen.«

Er war ein paar Schritte entfernt stehen geblieben. »Und das sollten Sie auch nicht.«

In einer durch und durch undamenhaften Weise zeigte sie auf das Haus. »Aber meine Mutter ist dort drinnen!«

Sevrin ließ den Blick zu der Tür schnellen, durch die sie gerade getreten waren. »Ist sie das?«

Philippa rückte die Maske zurecht, die ihr bei ihrem aufgeregten Ausruf über den Mund gerutscht war. »Ich hatte keine Ahnung, dass es sich um Lockwood House handelt. Ich war ihr gefolgt.«

Er legte die Stirn in Falten. »Handelt es sich um einen Notfall?«

»Ich wollte … es ist … Nein, es gibt keinen Notfall.« *Mit Ausnahme des Risikos, ihren Ruf aufs Spiel gesetzt zu haben.*

Sie schaute zu ihm auf. Eine Fackel von der Terrasse warf ein flackerndes Licht über die kantigen Strukturen seines Gesichts. Lange, dunkle Wimpern umrahmten tiefbraune Augen. Seine Nase war unregelmäßig und ein klein wenig schief, jedoch wirkte sie genau richtig für ihn. Über seinem Kinn mit dem schwach ausgeprägten Grübchen, thronten sensible Lippen, an deren Kuss sie sich nur zu deutlich erinnerte.

Er nahm sie am Arm und seine Berührung war seltsam tröstlich, bedachte man, dass er ein Halunke war. »Dann sollten wir zu Ihrer Kutsche zurückkehren.«

Trotz seiner augenscheinlich aufrichtigen Hilfsbereitschaft ermahnte sie sich, auf der Hut zu sein. Sie hatte ein Leben damit verbracht, Skandale zu vermeiden, und nur, weil sie gerade mittendrin in einem steckte, hieß das nicht, dass sie alle Vorsicht sausen lassen sollte. »Sie sind überaus galant. Mir ist zu Ohren gekommen, Sie würden über solch eine Umsicht nicht verfügen.«

Er legte den Kopf in den Nacken zum Licht hin, was sein gutes Aussehen noch besser zur Geltung brachte. »Ich würde

Ihnen ja sagen, den anzüglichen Gerüchten keine derartige Beachtung zu schenken, aber andererseits entsprechen sie vollkommen der Wahrheit. Kommen Sie. Bringen wir Sie nach Hause.«

Durch die Maske spähte sie zu ihm auf. »Ich kann nicht wieder dort hindurch zurückgehen.«

»Freilich nicht. Wir werden das Haus umrunden.« Wieder nahm er ihre Hand. Eine angenehme, beruhigende Wärme stahl sich durch ihren Handschuh und erfüllte sie mit einem Gefühl von Sicherheit. Er führte sie die Terrasse entlang und eine kleine Treppe hinunter in den Garten.

Nach einem Augenblick fragte er: »Wenn es kein Notfall war, warum sind Sie dann Ihrer Mutter gefolgt?«

»Sie ist von Lady Kilmartin in Begleitung eines Mannes fortgegangen. Die beiden wirkten« – sie suchte nach dem richtigen Wort – »sehr vertraut.« Sie richtete den Blick nach unten auf den Boden, wo ihre Schuhe Abdrücke auf dem feuchten Erdreich hinterließen. »Ich wollte meine Mutter nach Hause bringen, ehe sie einen Skandal auslöst.«

»Sie glauben, Ihre Mutter mit jemand anderem als ihrem Vater auf einem Fest sich selbst zu überlassen, wird einen Skandal nach sich ziehen?«

Philippa blieb stehen und schaute ihn an. »In diesem Glauben bin ich aufgezogen worden – von *ihr*. Sie stimmen mir nicht zu?«

Er zuckte mit der Schulter. »Es ist nicht so, als hätten verheiratete Frauen keine Affären.«

Verteidigte er etwa ihre Mutter oder sprach er nur das Offensichtliche aus? »Aber wie kann sie sich auf solche Weise aufführen, während sie von mir ein tadelloses Betragen verlangt?«

Er verzog die Lippen zu einem schwachen Lächeln. »Weil das Leben voller doppelter Moralanforderungen ist, insbesondere für unverheiratete Frauen.«

»Sie haben natürlich recht.« Philippa folgte ihm weiter durch den finstern Garten. Die Beleuchtung durch die Fackeln auf der entfernten Terrasse war schwach, doch es war nicht schwer, dem Pfad mit ein bisschen Hilfe des beinahe voll erreichten Vollmondes zu folgen. »Mutters Wahl des Zeitpunktes ist allerdings sehr schlecht. Es wird von mir erwartet, einen Ehemann zu finden. Ihr skandalöses Benehmen könnte interessierte Bewerber vertreiben.«

»Vielleicht müssen Sie sich keine Sorgen machen. Ich habe gehört, dass Ihr Vater ins Ausland gereist ist, um einen Ehemann für Sie zu finden. Sicherlich wird keiner von ihnen über die Aktivitäten Ihrer Mutter im Bilde sein.«

Sie warf ihm einen raschen Blick zu, doch er hatte die Augen auf den Weg geheftet. »Es scheint, als wäre ich nicht die Einzige, die den Gerüchten lauscht.«

Er lachte leise: »Gut gekontert!«

»Die Gerüchte sind allerdings nicht vollkommen aus der Luft gegriffen. Während mein Vater im Ausland Geschäfte tätigt, hat er gedroht, einen Bräutigam mitzubringen, wenn ich selbst keinen auswähle. Er war enttäuscht, als ich den Earl of Saxton vergangenen Herbst nicht geheiratet habe.«

Sevrin wurde langsamer. »Und warum haben Sie das nicht getan? Ihn geheiratet, meine ich. Oder irgendjemand anders, was das anbetrifft?«

Sie schäumte. Er hätte sie ebenso gut fragen können, ob sie sich als Mauerblümchen wohlfühlte. In dieser, ihrer fünften Saison, hatte sie mehr als einer Matrone zugehört, die sich über ihre Heiratsaussichten erging. Wenngleich sie noch jung genug, attraktiv genug und wohlhabend genug war, begann ihr Scheitern, einen Heiratsantrag anzunehmen – und es hatte mehrere gegeben – allmählich, ihre Position als eine der begehrtesten jungen heiratsfähigen Damen der Gesellschaft zu untergraben. Weshalb sie letzten Herbst gehofft hatte, dass ihre Brautwerbung mit Saxton zu etwas geführt hätte. Er war der erste Gentleman gewesen, der versucht hatte, sie zu umwerben, ohne ihr mit blumigen Plattitüden oder abgedroschenen Erklärungen seiner Hingabe zu Füßen zu fallen. Der Erste, zu dem sie vielleicht ja gesagt hätte.

Jetzt, da sie sich ihres missglückten Heiratsantrags mit Saxton erinnerte, musste sie ein nagendes Gefühl der Enttäuschung unterdrücken. »Er hat mich tatsächlich nie gefragt.« *The Times* hatte die Neuigkeit ihrer Verlobung fälschlicherweise gedruckt, und um ihren Ruf zu schützen, hatten sie die Sache – auf Saxtons Beharren – so dargestellt, dass sie seinen Antrag abgelehnt hatte.

»Ich weiß.«

Sie blieb abrupt stehen. Nur Saxton und sie kannten die Wahrheit. Das jedenfalls hatte sie angenommen. »Wie?«

Er formte den Mund zu einem beschwichtigenden Lächeln, während er mit dem Daumen über ihren Finger-knöchel streichelte. »Saxton und ich sind Freunde. Machen Sie sich keine Sorgen, dass er dies jemandem sonst anvertraut hat – das hat er nicht. Und bei mir ist das Geheimnis sehr sicher.«

Sie musste an seine Aufrichtigkeit glauben. Wenn nicht, hätte sich der Klatsch bereits vor Ewigkeiten verbreitet. »Danke.«

Er zupfte sanft an ihrer Hand und sie gingen den Pfad entlang. »Waren Sie enttäuscht?«

»Dass wir nicht zusammengepasst haben? Ja, aber ich hatte das Gefühl, das sein Herz woanders war. Warum sind *Sie* nicht verheiratet?« Sie zuckte zusammen. In ihrer Hast, die Unterhaltung auf ihn zu lenken, war sie der Wurzel seines berüchtigten Rufes gefährlich nahe gekommen.

»Ich würde einen schrecklichen Ehemann abgeben.«

Und dennoch, solange er eines von ihren Geheimnissen kannte, sollte sie in eines von seinen eingeweiht sein. Sie fasste sich ein Herz und fragte: »Ist das der Grund, warum Sie die junge Frau nicht geheiratet haben?«

Wenn ihn ihre Frage brüskierte, so zeigte er es nicht. »Würden Sie mir glauben, wenn ich Ihnen sagen würde, dass sie mich nicht heiraten wollte?«

Philippa dachte einen Augenblick nach. Für einen sündhaften Wüstling war er unverschämt charmant und beflissen. »Ich erkenne keinen Grund, das nicht zu wollen.«

Er stieß ein bellendes Lachen aus. »Da wären Sie die Erste.«

Sie lächelte und genoss ihre Unterhaltung weit mehr als sie sollte. Er war letztendlich absolut unverbesserlich. »Die Erste, die Ihnen glaubt oder die Erste, der Sie dies erzählt haben?«

Sevrin blieb bei einer eineinhalb Meter hohen Steinmauer stehen, die den Garten umgab. Er ließ ihre Hand los und blickte sie mit einem halben Lächeln an. »Sie sind vorwitziger, als ich mir wahrscheinlich vorgestellt hatte.«

Gegen sein Urteil konnte sie nicht argumentieren. Heute Abend war sie weit von ihren üblichen Grenzen abgeschweift. Falls irgendjemand sie jetzt sehen würde, wäre sie sehr gründlich und unwiederbringlich ruiniert. Wenngleich ihr bei diesem Gedanken ein bisschen mulmig war, wurde dieses Gefühl überraschenderweise durch ihre Erregung in Sevrins Gesellschaft überspielt.

Einen Augenblick fühlte sie sich beunruhigt – warum war dies erregend? Weil es verboten war? Weil es *Sevrin* war? Diese Eskapade sollte sie überhaupt nicht erregen, doch da niemand zugegen war, der ihre unangemessene Reaktion hätte beobachten können, konnte sie vielleicht endlich in ihrer Wachsamkeit nachlassen. Warum nicht? Ihre Mutter hatte das ganz bestimmt getan.

Wieder geriet die Maske ins Rutschen und sie zog sie herunter, wobei sich eine Haarsträhne löste. Die Locke streifte ihr über die Schulter und löste ein Kribbeln aus, das sich über ihren Arm zog. Bei dieser Empfindung stellten sich ihre Härchen auf und dann gab sie ihm die Maske zurück. »Ich glaube nicht, dass ich sie noch länger brauche.«

»Behalten Sie sie«, gab er zur Antwort. »Man kann nie wissen. Zwischen Lockwood House und dem Gebäude nebenan verläuft eine Gasse. Wir werden sie nehmen, bis wir auf die Straße stoßen. Ich werde Sie hochheben, um Sie auf die Mauer zu setzen und dann werde ich hinüberklettern und Ihnen auf der anderen Seite hinunterhelfen. Sind Sie bereit?«

Sie nickte. Obschon sie auf seine Berührung gefasst war, zuckte sie dennoch zusammen, als er sie um die Taille packte. »Ich bin ein bisschen kitzlig.«

»Reizend«, murmelte er. Der tiefe und satte Klang seiner Stimme durchdrang jeden Zentimeter ihres Körpers. Als er sie das nächste Mal berührte, zwang sie ihren Leib, unbeteiligt zu bleiben. Seine warmen Hände spannten sich um ihre Taille und dann hob er sie an. Sie hielt die Arme empor, um die Oberseite der Mauer zu umfassen und drängte ein Keuchen zurück, als Sevrins Hände sich um ihr Hinterteil legten und sie noch höher hoben. Sie zog sich auf die Steine hinauf und sah zu, wie Sevrin mühelos über die Mauer setzte.

Er streckte die Hände nach oben und fasste sie um die Oberseiten ihrer Hüften. Ihre Haut brannte an den Stellen, an denen er sie berührte. Als sie auf dem Boden aufkam, waren seine Hände viel zu rasch verschwunden.

»Hier entlang.« Er führte sie in eine dunkle Gasse, die zwischen Lockwood House und dem Gebäude nebenan entlangführte.

Sie hatten die halbe Strecke zur Straße zurückgelegt, als zwei Männer aus den Schatten traten.

Der Kleinere der beiden spreizte die Lippen zu einem bösartigen Grinsen. »Hier ist ja unser Bursche.«

Sevrin schob sie hinter sich und dann ging ihr skandalöser und doch schockierend vergnüglicher Abend zum Teufel.

KAPITEL 2

Für Ambrose Sevrin war Gewalt kein Fremdwort. In Wahrheit heizte sich sein Blut bei der Aussicht auf einen Kampf auf.

Mit Lady Philippa sicher hinter seinem Rücken geschützt, wandte er sich seinen Angreifern zu. »Was wollt ihr?«

Der kleinere und stämmigere Straßenräuber – was sonst konnten sie wohl sein? – trat vor. »Ihr seid der ›Grausame Viscount‹, nicht wahr?«

Hurensohn. Jeder, der unter diesem Namen nach ihm fragte, führte nichts Gutes im Schilde. Oder Legales.

Er spürte Lady Philippas flache Atemzüge im Nacken. »Nicht mehr.«

Der kleinere, stämmigere der beiden Männer zuckte mit den Schultern und wischte sich mit der Hand über die Nase. »Es ist mir schnurz, wie Ihr Euch nennt. Jagger will Euch sehen, also werdet Ihr mit uns kommen.«

Wer um alles in der Welt war Jagger? »Nein, das werde ich nicht.«

Der Gauner kräuselte die Lippen. »Ich habe Euch nicht

gefragt.« Er sah zu seinem größeren Kumpan und deutete dann mit einem Nicken auf Ambrose.

Ambrose legte den Kopf schief, doch er ließ die mittlerweile näher kommenden Gauner nicht aus den Augen. »Philippa, gehen Sie zum Haus zurück.«

Ohne den Blick von den beiden Männern abzuwenden, stieß er sie hinter sich. Der Größere – ein riesiger Unhold – griff an. In Windeseile streifte Ambrose seine Handschuhe ab und ließ sie zu Boden fallen. Mit fliegenden Fäusten stürmte er vor. Der erste Treffer landete mitten auf der Nase des Mannes, doch der zweite streifte ihn leider bloß am Kinn.

Für jemanden von derart massiver Gestalt war der Mistkerl schnell. Er konterte mit zwei raschen Schlägen. Ambrose wurde von dem ersten an der Schulter erwischt, doch dem zweiten konnte er ausweichen.

Ambrose teilte drei kräftige Schläge aus, die seinen Widersacher am Oberkörper und im Gesicht trafen, wobei seine Bewegungen allerdings von seiner Kleidung behindert wurden. Er sehnte sich danach, den Frack abzustreifen und sein Hemd, zusammen mit allem anderen, bis er barfuß mit entblößtem Oberkörper wäre – genauso wie in seinem Kampfclub, in dem er sein grundlegendes Bedürfnis nach Gewalt mit Routinekämpfen befriedigte.

Der Mann konterte mit einem raschen, brutalen Hieb in Ambroses Nacken. Es war ein Genickschlag, der beim Boxen verboten, aber bei dieser Art von Kampf zu erwarten war. Mit knirschenden Zähnen griff er an und schlug seinem Gegner abwechselnd beide Fäuste ins Gesicht.

Ambrose verpasste seinem Gegner unterhalb seines Auges eine Platzwunde. Der Mann grunzte. Über Ambroses rechter Schulter riss der Saum seines Fracks.

Rückwärts tänzelnd riss sich Ambrose den Frack mit einem uneleganten Ruck vom Leib. Die Knöpfe schlitterten über das Kopfsteinpflaster. Sein Widersacher ergriff seine

Chance und kam mit zwei großen Schritten auf ihn zu. Er duckte sich tief und fasste Ambrose um die Taille.

Ambrose nahm einen weiblichen Schrei wahr. Er drehte den Kopf in Philippas Richtung. Lieber Himmel, in der Aufregung des Kampfes hatte er ihre Anwesenheit vollkommen vergessen. Der stämmige Kriminelle hatte sie gegen Hauswand gedrängt. Der Sekundenbruchteil, den Ambrose sich hatte ablenken lassen, war für seinen Widersacher mehr als genug, zum Zug zu kommen.

Mit Ambrose in seinen Armen gefangen, lehnte er sich dicht an Ambroses Brust. Er hob den Kopf und traf Ambrose dann voll unter dem Kinn. Ambrose biss sich in die Lippe und der metallische Geschmack von Blut füllte seinen Mund. Sein Gegner stieß ihn auf das Kopfsteinpflaster zurück, wobei er ihn allerdings losließ, ehe er ebenfalls noch gefallen wäre.

Ambrose landete rücklings auf dem Pflaster. Der Aufprall presste die Luft aus ihm heraus, doch er mobilisierte seine letzten Kräfte, um sich zur Seite zu rollen und dem Tritt des Mannes auszuweichen.

Dummer Fehler eines Amateurs, aber noch nie war Ambroses Aufmerksamkeit von einem Kampf abgelenkt worden. Stets war er vollkommen in der Gegenwart. Der Kampf war alles.

Er blickte zu Philippa hinüber. Der andere Kriminelle war über ihr. Ambrose vernahm das unmissverständliche Geräusch von reißendem Stoff. Er würde den Mistkerl umbringen.

Ambrose sprang auf die Füße und stürzte auf den Mann zu. Mit einem Knurren packte er den Schurken um die Mitte und schleuderte ihn zu Boden. Der dumpfe Aufprall seines Kopfes auf dem Kopfsteinpflaster hallte in der Gasse wider.

Ambrose erübrigte ihm keinen einzigen Blick, als er seine

Aufmerksamkeit Philippa zuwandte. Zitternd stand sie dort, mit aufklaffendem Mieder.

»Sind Sie wohlauf?« Er eilte auf sie zu, doch er wurde von dem zweiten Kriminellen – derjenige, den er gerade in seinem wilden Spurt zur Rettung Philippas hinter sich gelassen hatte – zurückgerissen und zum Stehenbleiben gezwungen. Er packte ihn am Arm und brachte ihn aus dem Gleichgewicht. Ambrose strauchelte über den am Boden liegenden Mann, als der Unhold ihm zwei harte Schläge in die untere Rückenregion verpasste.

Der Unhold gewährte Ambrose keine Zeit, sich zu sammeln, nicht dass er das erwartet hätte. Er duckte sich nach links und wich den fleischigen Fäusten des Mannes aus. Dann ließ er eine erbarmungslose Serie harter Schläge auf das Gesicht des Mannes hageln. Ambroses Knöchel brachen auf. Warm blühte der Schmerz in seinen Händen auf.

Er setzte seine Attacke fort. Der Mann bekam ihn um die Taille zu fassen und rang ihn zu Boden. Ambrose rollte sich auf den Kriminellen. Er landete einen Treffer nach dem anderen, bis die Lippen des Unholds platzten und ihm das Blut aus der Nase lief.

Ein schriller Schrei unterbrach Ambrose beim Einprügeln auf seinen Widersacher. Mitten im Schlag hielt er inne. Sein Blick fiel auf Philippa, die neben ihrem Angreifer kniete, doch der Mann war nicht länger am Boden. Er war auf allen vieren und hatte eine Hand erhoben. Die Klinge eines Messers blitzte im Licht der Straßenlaternen auf.

Zum ersten Mal seit fünf langen Jahren hatte Ambrose Angst.

Mit einem Satz ließ er von seinem ungeschlachten Gegner ab und stürzte auf die beiden zu. Er trat den Mann in die Rippen. Mit einem lauten Grunzen sackte der Kriminelle zusammen und ließ von Philippa ab. Sein Messer landete klappernd auf dem Kopfsteinpflaster. Als der Kriminelle

Anstalten machte, nach der Waffe zu greifen, trat Ambrose den Mann erneut und schob das Messer anschließend mit dem Fuß außer Reichweite, wobei er sich vor Philippa stellte.

Der Mann, von dem Ambrose abgelassen hatte, kam auf ihn zu. Wenngleich Ambrose ihn liebend gern in Grund und Boden gestampft hätte, legte er sein hauptsächliches Augenmerk darauf, Philippa in Sicherheit zu bringen und nicht darauf, einen Kampf zu gewinnen.

Er fasste sie an der Hand und zog sie den Weg zurück, den sie gekommen waren. Sie erreichten die Mauer und verspätet ging ihm seine Dummheit auf, dass sie sie nicht allein erklimmen konnte. Mit einer flüssigen Bewegung hob er sie hinauf.

Bei einem raschen Blick die Gasse entlang sah er den größeren Mann über seinen Kumpan gebeugt. Beruhigt, dass der Mann ihnen nicht unmittelbar auf den Fersen war, überwand Ambrose die Mauer mit einem Satz und fasste Philippa dann um die Taille. Sein Blick wurde unweigerlich von den rötlichen Streifen auf ihrem Rock angezogen.

»Ist das Blut?«, fragte er mit aufsteigender Panik. »Sind Sie wohlauf?« Vorsichtig zog er sie von der Mauer, doch er ließ sie nicht los.

Sie nickte benommen.

»Ja, es ist Blut oder ja, Sie sind wohlauf?«

»Beides. Ich möchte es loswerden. Bitte.« Sie zerrte an ihren Handschuhen, die mit Blut besudelt waren. Endlich bemerkte Ambrose die klebrig-feuchte Substanz an seinen eigenen Händen.

Sie ließ die ruinierten Handschuhe fallen. Ambrose hob sie auf, doch er hatte keine Fracktasche, in der er sie hätte verstauen können, da er dieses Kleidungsstück draußen in der Gasse gelassen hatte. Er würde sie drinnen loswerden, in einem Feuer, wenn möglich. »Kommen Sie, gehen wir ins Haus.«

Sie starrte zu ihm auf. »Ich kann nicht dorthin zurück.« Sie sprach mit leiser, zitternder Stimme.

Ambrose zog sie von der Wand fort und den dunklen Pfad entlang auf das Haus zu. Verstohlen sah er hinter sich, doch er bezweifelte, dass die Kriminellen ihnen in den Garten und ganz bestimmt nicht ins Haus folgen würden.

Er hielt einen Moment inne, um wieder zu Atem zu kommen. »Wir können diesen Weg nicht mehr zurückgehen.« Im dämmrigen Lichtschein beäugte er ihr Mieder. Er fasste den Stoff an einer Ecke. »Hier, halten Sie dies hoch. Wir werden durch die Spülküche gehen.«

Ihre Augen waren vor Schreck geweitet. «Und dann was?«

»Drinnen gibt es Kleider. Wir werden Ihnen ein neues Kleid besorgen und auf einem anderen Weg hinausfinden.« Er blickte auf die Blutstreifen im unteren Teil ihres Rocks. »Wenn Sie nicht verletzt sind, stammt dann all dieses Blut von ihm?«

Sie nickte. »Als er stürzte hatte er sich den Kopf gestoßen. Er schien ohnmächtig zu sein, doch dann stöhnte er und flehte um Hilfe. Ich habe mich zu ihm gekniet und meinen Rock benutzt, um den Schnitt an seinem Kopf abzutupfen. Es hat schrecklich geblutet.« Ihre Stimme zitterte. »Dann hat er mich gepackt. Er hatte ein Messer.« Sie presste ihr Mieder fester gegen die Brust und er sah, dass das Blut durch ihre Handschuhe gesickert war und ihre Hände befleckt hatte.

Er verzog das Gesicht. Es war ihm zuwider, zugelassen zu haben, dass ihr so etwas widerfahren war. Er hasste sich selbst. »Werden Sie mitkommen?«

Wieder nickte sie und schritt neben ihm her, während er die Rückseite des Hauses prüfend nach einem Dienstboteneingang absuchte. Sie kamen unterhalb der Terrasse vorbei, von der gedämpfte Unterhaltung und Gelächter zu hören war. Als sie schließlich die andere Ecke erreichten, stießen sie auf eine Treppe, die in die Spülküche hinabführte.

Ambrose übernahm die Führung in der Hoffnung, dass sie sich unbemerkt ins Haus stehlen konnten. An der Tür hielt er inne und stieß sie langsam auf. Die Spülküche war verwaist, abgesehen von einer Katze, die sich auf einem Teppich vor dem Kamin zusammengerollt hatte. Ihre Ohren merkten auf, als er eintrat, doch außer dieser einen Bewegung rührte sich das Tier nicht. Er drehte sich wieder zurück und bedeutete Philippa, ihm zu folgen.

Sie trat ein und das Feuer hob ihre Blässe hervor. Und auch das Blut, das ihren Rock befleckte. Sowie die heftigen Schauder, die ihre Gestalt erschütterten. Ein weiterer scharfer Stich des Selbsthasses ereilte ihn.

Er sah sich in der Spülküche nach einem Wasserbecken um. Als er keines entdeckte, begab er sich in den angrenzenden Raum, die Hauptküche, in der zwei Dienstmägde am Werken waren. Er erspähte ein Wasserbecken auf einem Tisch in der Ecke.

Seines Wissens konnten die Gäste in Lockwood House jederzeit für jeden Raum Privatsphäre verlangen. »Guten Abend«, begrüßte er sie, »ich brauche diesen Raum für einige Minuten.«

Die Bediensteten nickten bloß und gingen hinaus. Er wandte sich wieder zur Spülküche um. »Es gibt Wasser hier drin.«

Beinahe lautlos kam Philippa herein und ihre Füße verursachten kaum ein Geräusch auf dem Boden.

»Es ist wahrscheinlich kalt«, bemerkte er, doch sie hatte ihre blutbefleckten Hände bereits eingetaucht. Ambrose entdeckte ein Stück Seife, das er ihr reichte. Für mindestens eine Minute schrubbte sie sich unbarmherzig und das Wasser nahm einen trüben rostfarbenen Ton an, während sie sich wusch.

Endlich hob sie die Hände. Ambrose sah sich suchend nach etwas um, womit sie sie abtrocknen könnte. Beim Anblick eines Handtuchs, das von einem Haken hing, leuchtete sein Blick auf. Er durchquerte den Raum, und als er gerade danach griff, erstarrte er, da er ein schlafendes Mädchen in einer der Ecken entdeckte. Sie war von einem großen Arbeitstisch verborgen gewesen.

Leise kehrte er zu Philippa zurück. Er übergab ihr das Handtuch, um dann einen Finger an die Lippen zu legen und auf das schlafende Mädchen zu zeigen.

Das Feuer in der Küche war heruntergebrannt, doch er warf ihre ruinierten Handschuhe dennoch obenauf und schürte anschließend die Glut. Sie fingen Feuer und brannten.

Er trat an das Becken und säuberte seine Hände vom Blut. Seine verletzten Fingerknöchel brannten, als er die abgeschürfte Haut schrubbte. Dann überdachte er ihren nächsten Schritt.

Lockwood House beherbergte eine große Ansammlung von Roben und anderen Kleidungsstücken. Oft trafen die Gäste hier ein, nachdem sie an anderen, akzeptableren gesellschaftlichen Veranstaltungen teilgenommen hatten und waren in Verlegenheit, ihr Erscheinungsbild zu ändern. Sie erhielten Umhänge, die sie tragen konnten, bis sie in einem von Lockwoods Ankleidezimmern neue Kleider angelegt hatten.

Ambrose hatte keine Ahnung über die Lage irgendwelcher dieser Zimmer, aber er wusste von einem Raum im Obergeschoss, der mit einer Vielzahl von Requisiten angefüllt war, darunter auch Damenkleider. Er betete nur, dass das Zimmer augenblicklich nicht benutzt wurde.

Entschlossen nahm er Philippa an der Hand, die sich erneut ihr Mieder vor die Brust hielt und führte sie die

Hintertreppe hinauf. Auf dem oberen Treppenabsatz hielt er inne. »Was ist mit Ihrer Maske geschehen?«

»Ich habe sie fallen gelassen. Draußen in der Gasse.« Sie wandte den Blick ab.

Ambrose wollte sie beruhigen. »Es ist schon gut. Wenn wir jemandem begegnen, werde ich eine Möglichkeit finden, Ihre Identität zu verbergen.«

Sie sah zu ihm auf. Ihre Augen waren verschleiert, doch es wohnte ihnen ein Funkeln inne. »Muss ich mich auf einen weiteren Kuss gefasst machen?« Ihr Tonfall war unbeschwert und weder höhnisch noch anklagend. Dies musste das Schlimmste sein, das ihr jemals zugestoßen war und sie hatte keinen hysterischen Anfall bekommen. Ganz im Gegenteil. Er war beindruckt. Und vielleicht sogar ein bisschen bezaubert.

Auch wenn ihr Kuss sehr vergnüglich gewesen war, befand er sich keineswegs in einer Position, solch einer Schwärmerei nachzugeben, und ganz bestimmt nicht mit einer respektablen jungen Dame wie ihr. Und niemals, auf keinen Fall mit einer Unschuldigen wie ihr. »Ich bin sicher, dass ich einen weiteren Kuss verhindern kann.«

Nachdem er eine Tür geöffnet hatte, führte er sie auf einen Flur. Dann nahm er sich einen Moment Zeit um sich zurechtzufinden. Ambrose war nicht ganz sicher, wo genau der Requisitenraum lag, doch es wurde gemunkelt, er befände sich im rückwärtigen Teil des Hauses im Westflügel. Er drehte sich nach links und bedeutete ihr, ihm zu folgen. Er machte sich Sorgen, da sie immer noch ein bisschen blass war.

In regelmäßigen Abständen flackerten Wandleuchter entlang des Flurs und warfen lange Schatten auf den kobaltblauen Läufer in der Mitte. Hinter einer geschlossenen Tür war Stöhnen zu hören. Ambrose warf Philippa einen Blick zu, die auf die Tür starrte. Verlegene Röte stieg ihr in die Wangen.

Der Flur gabelte sich nach rechts und links. Ambrose wandte sich nach links und drückte Philippa unvermittelt gegen die Wand, als ein Paar auf sie zukam. Er presste sie an sich, um sie vor Blicken zu schützen. »Halten Sie den Kopf gesenkt«, murmelte er.

Ambrose drehte den Kopf zur Wand, allerdings nicht bevor der Gentleman, Viscount Heresford, ihn bemerkt hatte. Heresford erübrigte ihm ein halbes Lächeln und neigte grüßend den Kopf, ehe er seinen Weg fortsetzte.

Philippa schmiegte die Wange an seine Brust, und wenngleich dies zur Geheimhaltung ihrer Identität gehörte, war diese Berührung süß und vertrauensvoll. »Sie hätten mich noch einmal küssen können«, meinte sie leise. «Es war wirklich sehr schön.«

Ambrose durfte sie nicht glauben lassen, dass er – oder seine Küsse – schön wären. Brüsk trat er zurück und wandte sich um. Am Ende des Korridors befand sich eine große, bogenförmige Nische mit einer Tür. Wortlos strebte er darauf zu, denn er wusste, dass sie ihm folgen würde.

An den Wänden der Nische standen zwei Chaiselongues – es handelte sich hier um den berühmten Wartebereich für diejenigen, die den Requisitenraum benutzen wollten. Ambrose wurde langsamer und gab leise zu bedenken: »Es könnte jemand drinnen sein und in diesem Fall müssen wir warten.«

»Warum?«

Es versteckten sich viele Fragen in diesem einen Wort und er war sich nicht sicher, welche sie beantwortet haben wollte. Also diente er ihr nur mit der Information, die sie, wie er annahm, am meisten brauchte. »Es befinden sich Kleider in diesem Zimmer.«

Er unternahm einen Versuch, die Türklinke herunterzudrücken, doch die Tür war verschlossen. Ein Klingelzug baumelte zur Linken. Ambrose verschwendete keine Zeit und zog, wenngleich er nicht wusste, was dabei herauskäme.

Hinter ihnen tat sich knarrend eine vollständig in der Wand verborgene Tür auf. Ein kräftig gebauter Diener trat heraus. »Mylord? Wünscht Ihr zuzusehen?«

»Nein. Und wir wollen auch nicht beobachtet werden.«

Er lenkte den Blick auf Philippa, die allerdings den Kopf gesenkt und den Blick starr auf den Teppich gerichtet hatte. »Wir warten, bis wir an der Reihe sind.«

Der Diener nickte kurz. »Die derzeitigen Benutzer des Zimmers kommen gerade zum Ende.«

»Haben Sie vielleicht eine Maske für uns, die wir verwenden könnten?«, fragte Ambrose.

»Es gibt Masken im Zimmer, Mylord.«

»Vielen Dank«, entgegnete Ambrose und nickte knapp, um den Diener zu entlassen. Auf Philippas zerrissenes und blutiges Kleid hatte dieser keinerlei Reaktion gezeigt. Wahrscheinlich ignorierte er so gut wie alles, dessen er in Lockwood House ansichtig wurde. Was in zweifacher Hinsicht gut war, da Philippa unmaskiert war.

Sie drehte sich, um mit schräg gehaltenem Kopf auf einer der Liegen Platz zu nehmen. Ambrose, der sich neben sie setzte, achtete sorgfältig darauf, ihr nicht zu nahe zu kommen. »Sie sollten sich von der Tür wegdrehen.« Sie befolgte seinen Rat. »Noch ein wenig weiter, beinahe bis zur Wand. Ja, so ist es gut.«

»Er hat Sie ›Mylord‹ genannt. Weiß er, wer Sie sind?«

Das war Ambrose ebenfalls aufgefallen, aber er konnte sich nicht vorstellen, wie der Diener sie beide hatte erkennen können. »Ich kann mir nicht vorstellen, wie. Möglicherweise spricht er jeden so an.«

»Ja, obwohl es mir bislang so erscheint, als hätte mich nur die Dienerschaft zu Gesicht bekommen. Es ist anzunehmen, dass sie keine Ahnung von meiner Identität haben.«

Ambrose nahm den Hoffnungsschimmer in ihrer Stimme wahr. »Sie haben recht, da bin ich mir sicher. Halten Sie einfach den Blick abgewandt, wenn die Benutzer den Raum verlassen.«

Einen Moment lang schwiegen sie beide, doch dann vermochte Ambrose seine Reue nicht länger zurückzuhalten. »Ich bedaure zutiefst, was vorgefallen ist.« Die Entschuldigung war völlig unzureichend, doch mehr hatte er nicht anzubieten.

Sie behielt das Gesicht der Wand zugewandt, doch aus den Augen warf sie ihm einen Blick zu. »Warum ist dieser Jagger auf der Suche nach Ihnen? Und sind Sie wirklich der ›Grausame Viscount‹?«

Es war ein alberner Spitzname, den er sich eingehandelt hatte, als er in einem anderen Leben einmal Preisboxer gewesen war. »Es handelt sich um einen alten Spitznamen.«

»Und es ist Ihnen lieber, nicht darüber zu sprechen?«

Er schürzte die Lippen. Ihre scharfsinnige Einschätzung brachte ihr einen unmittelbaren Aufstieg in seiner Meinung von ihr ein. »Genauso ist es.«

Abgesehen davon hatte er nicht die geringste Ahnung, wer Jagger war. Wenn dieser ihn allerdings als den Grausamen Viscount kannte, hatte das, was immer er wollte, mit Preisboxkämpfen zu tun.

Philippa behielt den Blick weiterhin auf die Wand gerichtet. »Wenn Sie mir das nicht erklären wollen, sagen Sie mir doch bitte, was der Diener mit ›Benutzern‹ meinte. Was geht dort drinnen vor sich?«

Eine weitere Frage, die er lieber ignoriert hätte, doch nach all dem, was sie durchgemacht hatte, stand ihr zumindest ein Mindestmaß von Wahrheit zu. »Etwas Ähnliches wie das, was wir unten beobachtet haben.«

Sie drehte ihm das Gesicht zu und sah ihn mit großen Augen an. »Eine Frau auf einem Tisch?«

»Eher wie in dem anderen Zimmer. Mit den Paaren.«

»Ach.« Noch ehe sie sich wieder umgedreht hatte, waren ihre Wangen bereits rot angelaufen. Ein paar Minuten lang ließ sie das Schweigen zwischen ihnen anwachsen, ehe sie fragte: »Wie kommen die Leute hierher? Zu diesem Fest, will ich sagen.«

»Über spezielle Einladungen.«

»Meine Mutter wurde also eingeladen.«

»Oder ihr Begleiter. Gentlemen dürfen Gäste mitbringen.«

»Warum wurden Sie eingeladen?« Sie drehte ihm das Gesicht zu und als sie ihn anblickte, hob der Wandleuchter über ihren Köpfen ihre einzigartige Augenfarbe hervor, ein warmes Goldbraun, das ihn zu einem Vergleich mit frisch gezapftem Ale verleitete. Eine vereinzelte Locke streifte knapp über dem Schlüsselbein federleicht über ihren Hals- ansatz und verlockte ihn, über die zarte Stelle zu streichen. Oder, was noch besser wäre, mit den Fingern über ihre schimmernde Haut zu streichen, die von gleicher Farbe wie reichhaltige, dekadente Sahne war. Von genau der Art, die er mit Vorliebe vom Messer leckte, nachdem er sie auf sein Scone-Gebäck gestrichen hatte.

Ambrose wandte den Blick ab. Aus einer Unzahl von Gründen wäre es undenkbar, in einer körperlichen Reaktion wegen ihr zu schwelgen, und nicht zuletzt aufgrund ihres Status als respektierliche junge Dame und dem seinen als wertloser Halunke.

»Eine weitere Frage, die Sie nicht beantworten wollen?«, erkundigte sie sich.

Er schenkte ihr ein schiefes, ein wenig verwegenes Lächeln. »Sie kennen mich. Ich bin der Typ, der zu dieser Art von Festen eingeladen wird.«

»Und ich stelle fest, dass Sie hingehen. Aber sind Sie der Typ, der mitmacht?«

Ambrose war vom zweifelnden Unterton in ihrer Stimme überrascht. Er hatte vorgehabt, mitzumachen – irgendwann –, doch ein fünf Jahre lang bestandenes Bekenntnis zum Zölibat war nur schwer zu verdrängen. Glücklicherweise öffnete sich die Tür und unterbrach damit eine Fortsetzung der Unterhaltung über dieses Thema.

Rasch drehte sie sich wieder zur Wand um, als das Paar – nein Trio – aus dem Zimmer trat. Hinter einem Mann mit einer Frau am Arm folgte ein korpulenter Mann, dessen gerötete Wangen gerade noch unter dem Rand der Maske sichtbar waren.

Unmittelbar nachdem sie die Nische verlassen hatten, sprang Ambrose auf. »Kommen Sie.«

Sie betraten den Raum und er versperrte die Tür hinter ihnen. Drei schwarz gekleidete Dienstmädchen reinigten das Zimmer stillschweigend. Sie bezogen das Bett frisch, und schüttelten die Kissen auf den verschiedenen im Zimmer verstreut angeordneten Möbelstücken auf, während eine den für sie beide nicht sichtbaren Inhalt eines Kleiderschrankes neu ordnete.

Philippa stand mit dem Rücken zu ihnen. Ambrose ließ ihre Hand los. »Wir haben es fast geschafft«, raunte er.

Als er sich wieder zum Zimmer zurückdrehte, waren die Dienstmädchen bereits gegangen. Welchen Ausgang sie auch immer benutzt hatten, war er gut versteckt. Es war, als wären sie nie dort gewesen.

Ambrose strebte auf den Kleiderschrank zu, überzeugt, dort die Gewänder zu finden, nach denen er suchte. Stattdessen bot sich ihm der Anblick einer breiten Auswahl an ... Instrumenten. Am besten bekam Philippa sie gar nicht erst zu Gesicht. Er warf die Türen zu und drehte sich abrupt um. Sie folgte ihm.

»Was war all das?«

»Nichts von Interesse für uns. Ach, dort drüben in der Ecke steht noch ein Schrank.«

Sie umrundeten das überdimensionale, mit opulenter violetter Seide drapierte Bett. Ein Bild von Philippa, wie sie inmitten des Haufens üppiger Kissen lag, blitzte in seiner Fantasie auf. Es war ein reizender Gedanke, doch einer, dem er sich niemals hingeben würde.

Den nächsten Schrank öffnete er mit weitaus mehr Bedacht und beäugte den Inhalt, ehe er die Tür weit aufriss. Es waren Kleider und andere Gewänder. Einen kurzen Moment gestattete er sich, sich zu entspannen.

Philippa stellte sich neben ihn. Er befingerte einen Seidenstoff in einem satten Rostbraun und hielt ihr den Rock zur Begutachtung hin.

Sie legte den Kopf schief und sah in fragend an. »Wirklich?«

Töricht wie er war, erkannte er erst jetzt, dass die Farbe dem getrockneten Blut auf ihrem Rock ähnelte. *Idiot.*

Sie griff nach einem dunkelgelben Gewand mit königs-blauen Paspeln. Er half ihr, es herauszuziehen und sie hielt sich das Kleid vor den Leib.

»Zu lang«, stellte er fest.

Sie legte es beiseite, während er ein Kleid in einem klaren Rosé mit cremefarbenen Volants am Saum hervorzog. Sie zog ein Gesicht – es war eindeutig nicht nach ihrem Geschmack – und er schob es in den Schrank zurück.

Sie fuhr mit den Fingern über die Ärmel mehrerer Kleider und dann hörte sie mit einem Ruck auf. »Dieses.« Sie nahm ein dunkles, smaragdgrünes Samtkleid heraus und legte es auf das Bett. Zweifelnd sah sie zu ihm auf. »Sie werden mir mit meinem Kleid behilflich sein müssen.« Sie drehte ihm den Rücken zu, aber nicht, ehe er ihre leuchtend roten Wangen erblickt hatte.

Sie war wunderschön und duftete nach Flieder und Honig. Frisch, lieblich, unverdorben. Wieder wallte seine Lust in einer heftigen Woge auf. Die Ironie seiner machtvollen Reaktion – endlich – auf eine junge Dame wie sie, brachte ihn beinahe zum Lachen.

Sie sah über ihre Schulter und vielleicht spürte sie sein Zögern. »Tun Sie so, als sei ich Ihre Schwester.«

»Eine Schwester habe ich nicht. Ich habe aber eine Tante in Sussex.«

»Das wird genügen.« Philippas Schultern waren angespannt, doch ihr Tonfall blieb unbeschwert. Sie versuchte wirklich ihr Bestes, um diese Abfolge von Katastrophen zu überstehen, und dafür bewunderte er sie.

Zaudernd hob Ambrose die Hände und hakte die Rückseite ihres Kleides auf. Sie wandte das Gesicht ab und hielt den Kopf ein wenig nach unten. Anfangs musste er kämpfen, um seine Finger davon abzuhalten, über ihren Nacken zu streicheln, aber er schaffte es, sie nicht zu berühren. Als er sich beim Öffnen ihres Kleides weiter vor arbeitete, streifte er mit den Fingerknöcheln über ihr Korsett, doch er hatte Glück und kam nicht mit ihrer Haut in Kontakt. Das Kleid klaffte auf und dann glitt es bis auf ihre Hüften. Sie bewegte sich ein wenig und es sank zu Boden. Ambrose drehte sich weg.

Während raschelnde Geräusche gewisse Körperteile erweckten, die besser ignoriert blieben, machte er sich auf die Suche nach einer Ersatzmaske für sie und hoffentlich auch für ihn selbst. Und wenn er seinen schlechten Ruf auch noch so verdient hatte, gefiel es ihm nicht besonders, in Lockwood House mit unmaskiertem Gesicht herumzuspazieren.

Als Erstes probierte er es mit den Schubladen im Schrank. Allerhand Tand und Unterwäsche. Er drehte sich, um zu entscheiden, wo er als Nächstes suchen sollte, und sein Blick fiel dabei auf Philippa, die gerade das Samtkleid über ihren Körper zog und ihren teilweise bekleideten Zustand vor seinem Blick abschirmte.

Sie stand mit dem Rücken zu ihm. »Können Sie das Kleid schnüren?«

Es war zeitraubender, sie anzukleiden als zu entkleiden, was ihm mehr Zeit bescherte, über ihren Duft und ihre Weichheit zu sinnieren. Das war gefährliches Gebiet. Er beeilte sich mit seiner Aufgabe, was natürlich unweigerlich dazu führte, dass die Qual noch länger andauerte. Endlich war sie angekleidet, doch sobald sie sich umdrehte und ihn anblickte, löste sich jegliches Gefühl von Erleichterung in Luft auf.

Der dunkelgrüne Samt umschmeichelte ihre Figur perfekt, als wäre das Kleid für sie gemacht worden. Der Halsausschnitt war tief angesetzt, was die Zartheit ihrer Haut und die verführerische Vertiefung zwischen ihren Brüsten besonders hervorhob. Brüste, die hochgedrückt wurden und in qualvoller Vollkommenheit zur Schau gestellt waren – qualvoll für ihn jedenfalls.

»Ist es in Ordnung?« Es war eine ehrliche Frage, frei von Falschheit, und von einer jungen Dame gestellt, die heute Abend weitaus mehr zu Gesicht bekommen hatte, als sie sollte.

Es war mehr als in Ordnung. »Sie sind perfekt. Lassen Sie uns jetzt Masken suchen.«

»Was ist damit?«, fragte sie und zeigte mit der Schuhspitze auf ihr abgelegtes Kleid.

»Ach ja, das ist noch ein bisschen Brennstoff für das Feuer.« Er nahm den Schürhaken und fachte die Glut im Kamin an.

»Wenn wir das ganze Kleid ins Feuer werfen, kann es eventuell die Flammen ersticken. Vielleicht sollten wir es in kleinere Stücke zerreißen?«

»Sie erweisen sich wirklich als überaus patente junge Dame.« Er lächelte sie an und trotz der Absurdität des gesamten Abends genoss er ihre Gesellschaft.

Nachdem er den Schürhaken wieder in seinen Ständer zurückgestellt hatte, nahm er das Kleidungsstück und fasste es am bereits zerrrissen Mieder, um die Vorderseite vom Ausschnitt bis zum Saum zu zerreißen und das Ganze an der Rückseite zu wiederholen. Er ließ eine Hälfte fallen, während er daran arbeitete die andere in kleinere Stücke zu zerreißen. Es überraschte ihn ein bisschen, als sie die hingeworfene Hälfte aufhob, den Ärmel abriss und ihn in die Glut warf.

Sie bemerkte, wie er sie beobachtete und beugte den Kopf über ihre Aufgabe. »Ich habe dieses Kleid nie gemocht. Meine Mutter hat das Muster und die Farbe ausgewählt.« Philippa riss weiterhin an dem Stoff und es strengte sie mehr an, das Material durchzureißen als ihn, sodass er sich ihrer Hälfte annahm, sobald er mit seiner eigenen fertig war. Mit einem Nicken ließ sie von der zerfetzten Seide ab. »Vielen Dank für Ihre Hilfe heute Abend.«

Er lachte dunkel. »Wollen Sie dies wirklich so nennen?«

Sie berührte ihn leicht am Arm. »Ja. Sie haben mir Ihre Maske gegeben und mir zu helfen versucht, unerkannt zu entkommen. Es ist nicht Ihre Schuld, dass wir belästigt wurden.«

»Heben Sie sich Ihre Wertschätzung auf, bis ich Sie wirklich hier herausgebracht habe.« Er warf den letzten Rest des Kleides in die Glut. Das erste Stück hatte Feuer gefangen und züngelte nun an den Überbleibseln. Er reichte ihr den Schürhaken. »Fachen Sie das Feuer an, während ich mich auf die Suche nach Masken mache.«

Er fing mit der kleinen Kommode neben dem Bett an. Sie war mit einer Auswahl an Krawatten, Schals und langen Seidenbändern gefüllt, die allesamt zum Fesseln geeignet waren. Urplötzlich war er froh, dass sie mit dem Feuer beschäftigt war.

Die nächste Schublade enthielt etwas, das einer Maske ähnelte. Er hielt das Objekt hoch.

»Ist das eine Augenbinde?«, fragte sie. »Werden hier drinnen Gesellschaftsspiele gespielt?«

Angesichts ihrer Naivität musste er grinsen und er war froh, dass sie keine Ahnung zu haben schien. Ihre Unschuld – und ihre Neugier – waren erfrischend. Schnell ließ er das Fundstück wieder in der Schublade verschwinden. »Nicht genau. Eines Tages wird Ihr Ehemann es Ihnen erklären.«

»Ich verstehe.« Sie wandte die Aufmerksamkeit wieder dem Feuer zu und abermals stieg ein bisschen Farbe in ihre Wangen. Sie war so liebreizend.

Er zog ein weiteres schwarzseidenes Objekt aus der Schublade, wobei er allerdings den Körper so drehte, dass sie nicht in der Lage wäre, es zu sehen, während er es auf seine Nützlichkeit untersuchte. Es war eine Haube, die so geschnitten war, den Kopf einer Person vollkommen zu verhüllen, und die mit Aussparungen für die Augen, Nase und Mund versehen war. Er drehte sich zu ihr. »Ich habe etwas gefunden, das funktionieren könnte.« Er übergab ihr die Maske und nahm den Schürhaken, um die letzten Stoffreste im Feuer anzufachen.

»Nun, dies sieht wie eine Henkersmaske aus.« Sie sah ihn mit einem Anflug von Humor im Blick an. »Nicht, dass ich tatsächlich einer Hinrichtung beigewohnt hätte. Haben Sie etwas für sich selbst gefunden?«

»Noch nicht.« Er stocherte in der Asche ihres Kleides und dann stellte er den Schürhaken wieder in den Ständer zurück.

Sie starrte in das Feuer. »Meine Mutter würde es abscheulich finden, was mit diesem Kleid passiert ist«, stellte sie nicht ohne eine Spur von Hohn fest. »Und sie würde dieses hier missbilligen.« Sie strich glättend über den smaragdgrünen Samt, womit sie seine Aufmerksamkeit auf die Rundung ihrer Hüfte lenkte.

Er wandte den Blick ab und wollte gerade seine Suche nach einer Maske fortsetzen, als die Tür aufgerissen wurde und die Katastrophe über sie hereinbrach. Wieder einmal.

KAPITEL 3

*P*hilippa erstarrte mitten im Schritt, als der massige Diener, der sie vorhin gebeten hatte abzuwarten, bis sie an der Reihe wären, das Zimmer betrat. Und er war nicht allein. Schnell zog sie sich die Maske über den Kopf und eilte dicht an Sevrins Seite.

Sevrin drehte sich zu den Eindringlingen um, wobei er sich ein Stück weit vor sie stellte. Er hatte den gesamten Abend damit zugebracht, sie vor Schaden zu bewahren, und doch schien der Schaden dazu bestimmt, sie zu ereilen.

»Mylord, dieser Gentleman besteht darauf, dass er mit der Benutzung des Zimmers an der Reihe ist.« Der Diener zeigte auf einen großgewachsenen, schlanken Mann. Er schien vage vertraut, doch andererseits versuchte sie gerade, ihren Blick den winzigen Augenlöchern anzupassen.

»Wir bitten um Entschuldigung«, antwortete Sevrin.

»Das will ich auch hoffen«, entgegnete eine dunkle feminine Stimme.

Philippa sog die Luft ein. Der hochmütige Tonfall ihrer Mutter war unverkennbar.

Der großgewachsene Mann legte der Frau den Arm um

die Taille – die Taille ihrer Mutter. Sie hatte ihr taubenblaues Kleid gegen ein leuchtend rotes eingetauscht. Der Mann musste Booth-Barrows sein. Ein weiteres Paar stand hinter ihnen. Grundgütiger, was würde ihre Mutter hier drinnen unternehmen? Das wollte Philippa wirklich nicht wissen. Sie wollte einfach nur gehen. Sofort.

Sie wand die Finger um Sevrins und zog ihn an der Hand.

»Wir waren gerade auf dem Weg hinaus. Ich bitte nochmals um Entschuldigung.« Sevrin schritt mit ihr auf die Tür zu.

Eine weibliche Stimme – nicht die ihrer Mutter, dem Himmel sei Dank – meldete sich: »Warum bleiben Sie nicht, Lord Sevrin? Und ich vermute, Ihre kleine Freundin könnte das auch.«

Um ein Haar hätte Philippa gewürgt.

»Wie charmant von Ihnen, uns einzuladen, aber ich fürchte, dass wir eine andere Verpflichtung haben.« Seine Finger drückten sich in ihre, als er sie eiligst aus dem Raum geleitete.

»Lord Sevrin, warten Sie.« *Ihre Mutter.* Stoff raschelte, als ihre Mutter wahrscheinlich in der Nische zu ihnen trat. Philippa wagte nicht, sich umzudrehen und zu schauen. »Ihre Freundin scheint mir vertraut. Ist sie Ihr persönlicher Gast oder Lockwoods?«

Philippa erstarrte und es rumorte in ihrem Bauch, bis sie fürchtete, ihren Mageninhalt direkt in der Nische vor dem Zimmer von sich zu geben.

Sevrin hielt inne und führte sie vor ihn. Dann spürte sie, wie er sich umdrehte. Sie nahm die Belustigung in seiner Stimme wahr und rechnete ihm hoch an, dass er seine Rolle so gut spielte. »Verzeihen Sie mir, wenn ich Ihre Frage abweise, da der Sinn von Lockwood House darin besteht, Anonymität für diejenigen zu bieten, die sie wünschen.« Er senkte die Stimme, bis sie nur noch ein Flüstern war. »Ist dem nicht so, Lady Herrick?«

Ihre Mutter schnappte leise nach Luft. »Wie wussten Sie das?«

»Ihre Geheimisse sind bei mir sicher«, entgegnete er leise. »Genießen Sie Ihren Abend.«

Er legte Philippa den Arm um die Taille und führte sie fort, indem er mit ihr den Korridor entlangschritt. Hinter ihnen schloss sich die Tür zum Requisitenraum.

Er lenkte sie nach rechts – den Weg zurück, den sie vorhin gekommen waren und dann linksherum zur Vorderseite des Hauses, wie sie annahm. Philippa hielt an und lehnte sich an die Wand, um ihre Angst in tiefen keuchenden Atemzügen entweichen zu lassen. Da sie eine größere Luftquelle brauchte, zog sie sich die Maske herunter.

»Setzen Sie Ihre Maske wieder auf«, drängte Sevrin. Er war neben ihr stehen geblieben und blickte den Korridor auf und ab. »Es könnte jeden Augenblick jemand auf uns stoßen.«

»Dann werden wir wieder auf unsere Kuss-Strategie zurückgreifen. Ich brauche eine Minute, um wieder zu Atem zu kommen.«

»Mir ist bewusst, dass es ein schwieriger Abend gewesen ist.« Er sprach mit leiser Stimme.

»*Schwierig*?« Hysterisches Gelächter brodelte in ihrer Brust auf, doch Philippa drängte es unter Anstrengung zurück. »Warum haben Sie meine Mutter mit ihrem Namen angesprochen?«

Er schaute auf, als würde er über die Frage nachdenken, doch dann begegnete er ihrem Blick mit mitfühlender Eindringlichkeit. »Ich wollte ihr zu verstehen geben, dass sie gegen einen Skandal nicht immun ist.«

Ein Schelmenstreich, gewiss, doch er hatte es für *sie*

getan. Und das nahm Philippas Panik die Spitze. Sie holte tief Luft.

Sevrin runzelte die Stirn. »Ich höre Schritte. Setzen Sie die Haube wieder auf.«

Sie erwiderte sein Stirnrunzeln, doch sie kam seiner Aufforderung nach. Um die Ecke kam eine riesige Gestalt und strebte direkt auf sie zu. Sevrin zog sie von der Wand weg und presste sie eng an seinen warmen Körper. Noch immer war er ohne Frack – warum hatten sie nicht daran gedacht, einen neuen aus dem Raum für ihn zu besorgen?

»Sevrin, Sie haben heute Abend eine Maskierung verschmäht? Wie verwegen von Ihnen.«

Der große Mann trat in den Lichtschein eines Wandleuchters und Philippa musste ein schockiertes Aufkeuchen unterdrücken. Er war schlichtweg der größte Mensch, den sie je gesehen hatte. Er war irrsinnig groß und schrecklich breit, mit kohlschwarzem Haar und Augen, die an eine Sturmwolke erinnerten. Doch das Beunruhigendste an ihm war eine Narbe, die vom linken Augenwinkel bis zum Kieferansatz verlief. War dies der mysteriöse Lord Lockwood? Wenngleich er in London lebte – und eindeutig Gesellschaften gab –, hatte sie ihn noch nie zuvor auf einer gesellschaftlichen Veranstaltung gesehen.

»Ich habe nichts zu verbergen, Lockwood.« Es lag ein Schmunzeln in Sevrins Tonfall und nicht zum ersten Mal heute Abend fragte Philippa sich, ob er seinen schlechten Ruf wirklich akzeptierte oder ob er einfach keine andere Wahl hatte. Was würde sie tun, wenn *sie* eine Außenseiterin wäre? Sie bliebe weiterhin die Tochter eines Earls, aber sie wäre zu einem Schattendasein verurteilt und würde sich für immer am Rande befinden. Sie würde niemals dazugehören. Niemals akzeptiert werden. Sie verspürte eine Welle der Traurigkeit für Sevrin und mehr als nur ein Aufflackern von Panik für ihre eigene Situation.

Lord Lockwood verschränkte die Hände hinter dem Rücken und schien somit den Eindruck zu erwecken, als plauderten sie im Hintergrund eines Ballsaals. »Nicht überraschend, aber seltsam, da Sie bei anderen Besuchen eine Maske angelegt hatten. Und heute Abend haben Sie sich Gesellschaft mitgebracht, doch andererseits haben meine Angebote Ihr Interesse nie geweckt.«

Also kam Sevrin zu diesen Festen, ohne allerdings seiner Lust zu frönen, jedenfalls nach Lord Lockwoods Ansicht. Da er sie allerdings direkt in dieses Zimmer mit den Kleidern gebracht hatte, machte es Sevrin – wie der riesige Diener gefragt hatte – vielleicht nur Spaß zuzuschauen. Durch die Schlitze ihrer Maske schielte sie zu ihm auf und stellte sich ihn vor, wie er Aktivitäten von gleicher Natur wie im Erdgeschoss beobachtete. Hatte sie seine Pläne für heute Abend ruiniert?

»Eine Anmerkung allerdings«, meinte Lockwood, dessen dunkle Stimme tief und mysteriös klang. »Eine junge Frau wie sie wird Aufmerksamkeit erregen. Wenn Sie sich überhaupt Sorgen darum machen, ihre Identität zu verbergen, sollten Sie überlegen, in diesem Fall auch das Mal an ihrem Arm zu verdecken. Handschuhe wären angebracht gewesen. Wenn Sie einen der Diener im Eingangsbereich fragen, wird er ein Paar für sie herbeischaffen.«

Philippa versteifte sich in Ambroses Umarmung. Sie hatte sich dieses halbmondförmige Mal direkt unter der Ellbogenbeuge eingehandelt, als sie im Alter von acht Jahren vom Baum gefallen war. Lord Lockwood war ein erschreckend guter Beobachter.

Sevrin streichelte ihren Arm und bedeckte die verräterische Narbe. Sie entspannte sich ein wenig.

»Wir wissen Ihre Diskretion zu schätzen, Lockwood«, antwortete er. »Danke für Ihre Gastfreundschaft.«

»Natürlich.« Er lächelte, worauf die Narbe in seinem

Gesicht gedehnt wurde und er noch bedrohlicher wirkte als ohnehin schon. Zu schade, dass er vorhin nicht mit den Gaunern zusammengetroffen war. Sie hätten einen Blick auf ihn geworfen und wären schreiend in die andere Richtung gerannt. Er schlug Sevrin mit der Hand auf die Schulter und die Kraft des Mannes strahlte bis zu Philippa aus. »Genießen Sie Ihren Abend.« Lord Lockwood ging an ihnen vorbei und den Korridor entlang.

Sevrin nahm sie am Ellbogen und zog sie vorwärts. Er klang, als wäre ihm das Atmen ein bisschen schwer geworden. »Wir müssen so schnell wie möglich hier heraus. Wartet Ihre Kutsche auf Sie?«

»Das hoffe ich.« Gerade als sie angefangen hatte zu glauben, dass sie vielleicht wirklich unerkannt entkommen konnte, hatte die Begegnung mit Lockwood dieses Gleichgewicht wieder zunichtegemacht. »Glauben Sie, die Begegnung mit Lockwood könnte sich als Problem herausstellen? Meine Narbe, meine ich …«

Er verlangsamte ihr Tempo nicht. »Lockwood hat diese Feste so organisiert, damit man als Gast so anonym und geheim bleiben kann, wie es einem beliebt. Er wird kein Sterbenswort preisgeben.«

Philippa wünschte, sie könnte behaupten, dass ihre Bedenken damit zerstreut wären, aber wie konnte das sein? Ihr Ansehen – im Grunde ihr gesamtes Leben – stand auf dem Spiel.

Sie hasteten die Treppe hinab, aber – und angesichts der Entwicklung des heutigen Abends hätte sie damit rechnen sollen – mitten in der marmornen Eingangshalle stand eine Gruppe Gentlemen. Alle Männer drehten sich gleichzeitig um und beobachteten, wie sie mit Sevrin die Stufen hinabschritt. Wenn Lockwood sie bewundernd angeschaut hatte, betrachteten diese Männer sie mit unverhohlener Lust.

»Folgen Sie mir«, raunte Sevrin dicht an ihrem Ohr. Er

dirigierte sie an seine linke Seite, vermutlich damit ihre Narbe zwischen ihnen versteckt bliebe. Er legte ihre Hand um seinen Arm, als er sie auf den Marmorboden hinabführte.

»Sevrin«, meinte einer unter ihnen, »Sie sind sich wohl zu schade für eine Maske, wie?«

Er bedachte die Männer mit einem milden Lächeln und Philippa war froh, dass ihr gesamtes Gesicht verhüllt war, denn sie hätte solch eine Meisterleistung nie zustande gebracht. Tatsächlich fühlte sie sich mehr als nur ein bisschen schuldig, dass sie anonym war und Sevrin nicht. »Ich muss sie oben vergessen haben«, entgegnete er gedehnt.

»Ihren Frack ebenfalls, offenbar.« Es war eindeutig, dass dieser Gentleman sich Sevrin überlegen fühlte. Unerklärlicherweise wollte Philippa ihm einen Tritt versetzen.

»Wer ist Ihre Freundin?«, fragte ein zweiter Mann. Der Mann war von durchschnittlicher Größe und korpulentem Körperbau. Er schien vage vertraut, jedoch hatte Philippa den Verdacht, dass sie die meisten dieser Leute kannte und bei mehr als nur einer Handvoll ebenso schockiert wäre wie bei ihrer Mutter. Er trat zu Philippa und musterte sie eingehend.

»Das können Sie nicht fragen, Blick«, bemerkte der erste Gentleman. Philippa erkannte »Blick« als Spitznamen für Mr. Bartholomew Blickleigh, einem Gentleman, mit dem sie bekannt war und sogar einmal getanzt hatte. Würde sie je imstande sein, noch einmal eine gesellschaftliche Veranstaltung zu besuchen, ohne sich zu fragen, ob sie dieser oder jener Person in Lockwood House begegnet war? Was für ein abschreckender Gedanke.

»Idiot«, blaffte Blickleigh und drehte sich zu dem Mann um, der ihn identifiziert hatte. »Ich trage mit Absicht eine Maske.«

»Genau wie sie«, konterte der erste Mann.

Blickleigh schien ihn zu ignorieren und wandte seine Aufmerksamkeit Sevrin zu. »Sie sieht nach gutem Hause aus.« Er beugte sich zu ihr und schnüffelte. »Und sie riecht auch so.«

Sevrin zog sie dichter zu sich. »Haben Sie keinen Anstand, Blickleigh?«

»Ist sie käuflich? Ich bin gewillt, zu zahlen«, meinte ein dritter Mann. Er starrte ihre Brüste an und leckte sich tatsächlich die Lippen dabei. »Eine hohe Summe.«

Philippa erschauderte.

»Ich auch«, meldete sich ein vierter Mann zu Wort. »Kommen Sie schon, Sevrin. Sie ist eine Schönheit. Viel zu elegant für Ihresgleichen.«

Der erste Mann trat vor. »Ist sie die Mieze, mit der ich Sie vorhin im Salon gesehen habe? Zu schade, dass Sie mir zuvorgekommen sind. Obwohl ich vielleicht eine zweite Chance bekomme.« Er streckte die Hand aus und fasste sie um das Handgelenk. Die vollkommen überrumpelte Philippa strauchelte vorwärts, doch sie fing sich sofort und ruckte zu Sevrin zurück.

Er nahm sie in Empfang, indem er einen Arm um ihre Vorderseite legte und sie fest an seinen Oberkörper schmiegte. Sein Unterarm ruhte auf der Haut über ihrem Dekolleté. Seine Umarmung war besitzergreifend, warm und sicher. Dennoch pochte ihr das Herz in der Brust. »Ihr wisst von meiner Vorliebe für einen guten Kampf«, meinte er gedehnt. Er klang, als würde er sie ködern. Philippa rief sich in Erinnerung, auf welche Weise er den Gauner in der Gasse vermöbelt hatte. Hatte er es genossen?

»Er ist bei Jackson´s rausgeflogen, Freunde«, raunte der dritte Mann in der Lautstärke eines Bühnenflüsterns.

Plötzlich nahm die Haut um den Mund des Mannes, der sie hielt, einen fahlen Ton an und ein Netz feiner Linien strahlte von seinen Lippen ab. Er ließ Philippa los und wich zurück. »Nichts für ungut.«

»Einen schönen Abend noch, die Herren.« Sevrin hielt den Arm fest um Philippas Schultern, als er sie auf die Tür zu führte. Sie konnte es kaum abwarten, von dieser Stätte fortzukommen.

Der Diener ließ sie hinaus und Philippa rannte praktisch die Treppe hinab auf die Straße, in der sich die Kutschen aneinanderreihten und warteten.

»Warten Sie«, rief Sevrin. Er hatte sie losgelassen, als sie ihren eiligen Abstieg die Treppe hinunter begonnen hatte.

Sie drehte sich zu ihm um. »Was?«

»Sie sind vermutlich in der Herrick Kutsche hergekommen?«

Warum stellte er derart lächerliche Fragen? »Ja, natürlich. Lassen Sie uns gehen.« Sie drehte sich zu ihrer Familienkutsche um, die fast am Ende der Schlange stand. Dann hob sie die Hand an ihre Haube, begierig, sich von dem visuellen Hindernis zu befreien.

Seine warmen Finger schlangen sich um die ihren. »Wir können das nicht. Zumindest nicht in Ihrer Kutsche. Und Sie können Ihre Haube noch nicht abnehmen. Diese Männer sind besonders an Ihnen interessiert und es wird ihnen ein Leichtes sein, herauszufinden, wie wir von hier fortgekommen sind.«

Sie ließ ihre Hand sinken. *Zur Hölle und zum Teufel nochmal, diese Nacht ist eine Katastrophe.*

Er zog die Hand zurück. »Wir werden eine Droschke anhalten müssen.«

»Haben *Sie* keine Kutsche?«, fragte sie.

Sein Mundwinkel zuckte. »Ich fürchte nein.«

Richtig. Es wurde ihm nachgesagt, zusätzlich zu seiner schwarzen Seele, keine üppigen Mittel zur Verfügung zu haben.

»Aber was ist mit meiner Kutsche? Meine Mutter wird sie sehen, wenn sie geht, und sie wird wissen, dass ich hier war.« In ihrer Panik schwoll ihre Stimme an. Sie waren so kurz davor gewesen, zu entkommen!

»Ich werde den Diener anweisen, Ihren Kutscher zu informieren, nach einer angemessenen Zeitspanne – sagen wir in einer halben Stunde – nach Herrick House zurückzukehren. Wird das genügen?«

Sie warf einen Blick zur Kutsche. »Ja.«

Sevrin schritt zu einem Diener, der bei der Schlange stand. Die beiden unterhielten sich einen Augenblick und dann kam er, um sie zu holen. »Alles ist veranlasst. Jetzt können wir gehen.«

»Wo ist die Droschke?« Philippa sah die Straße auf und ab, als ob das Gefährt genau jetzt auftauchen würde, weil sie es brauchten.

»Wir werden in der nächsten Straße eine anhalten.«

»Geheimhaltung?«

»Verschwiegenheit. Das ist mir lieber so. Insbesondere in dieser Situation.« Er nahm sie an der Hand und führte sie an der Schlange vorbei und von der Gasse weg, in denen sie auf die beiden Männer gestoßen waren, die ihnen aufgelauert hatten. Sie hätte wissen sollen, dass Sevrin dies berücksichtigen würde.

Sie ließen die Reihe der Kutschen hinter sich und bald bogen sie um die Ecke.

»Jetzt können Sie Ihre Haube absetzen«, ermunterte er sie.

Philippa zog sich den Stoff vom Kopf und drosselte ihr Tempo ein wenig, um die Erleichterung auszukosten, von Lockwood House fort zu sein. Die Brise wirbelte eine ihrer widerspenstigen Haarlocken auf, die ihren Nacken streifte und löste eine Gänsehaut auf ihrer entblößten Haut aus. Längst waren ihre Handschuhe verschwunden und sie hatte ihr Umschlagtuch in der Kutsche gelassen, ehe sie Lockwood House betreten hatte. Glücklicherweise war diese Nacht Ende März nicht eisig kalt, doch ihr Körper kühlte sich trotzdem ab.

»Ihnen ist kalt«, stellte Sevrin fest. »Und ich habe meinen verdammten Frack in der Gasse gelassen.«

»Es ist schon gut. Bald werden wir eine Droschke finden.« Das hoffte sie zumindest. Sie waren einen guten Häuserblock weit gelaufen, seit sie um die Ecke gebogen waren, und obwohl ein bisschen Verkehr herrschte, hatten sie noch keine Mietdroschke entdeckt. Ihre Gedanken wanderten zu den Männern, die in der Gasse auf Sevrin gewartet hatten. Sie erwog, ihn noch einmal diesbezüglich zu fragen, aber sie bezweifelte, dass er gesprächiger sein würde. Ihr Begleiter erschien ihr wie ein charmantes, wenn auch etwas sündhaftes Rätsel. Stattdessen entschied sie sich, den Blick auf die eigenen Probleme zu konzentrieren.

Obwohl es ihr gefiel, seine Hand zu halten – es vermittelte ihr ein willkommenes Gefühl von Sicherheit –, ließ sie ihn los und schlang die Arme um ihren Leib. Ihr war kalt, doch diese Empfindung rührte mehr von ihrem Inneren her als von der Temperatur.

Vor langer Zeit schon hatte sie akzeptiert, dass ihre Eltern in einer lustlosen Ehe existierten, der es an jeglicher Leidenschaft mangelte. Aber sie hatten sich gegenseitig Respekt und Treue entgegengebracht. Das hatte sie jedenfalls angenommen. Sie konnte nicht anders, als sich von den Handlungen ihrer Mutter betrogen zu fühlen. Mutter hatte das Gewebe strapaziert, das ihre Familie zusammenhielt und es entzweigerissen … Philippa drückte die Arme fester um ihren Leib. »Nun, da ich das Ausmaß der Verdorbenheit meiner Mutter kenne, weiß ich nicht, was ich tun soll. Soll ich es meinem Vater bei seiner Rückkehr erzählen?«

Sevrin legte ihr den Arm um die Schulter und zog sie an

sich. Durch ihre Nähe kamen sie langsamer voran, doch Philippa war ihm für seine liebevolle Anteilnahme dankbar. »Ich denke nicht, dass ich das tun würde«, entgegnete er. »Die Chancen stehen gut, dass er es bald genug selbst herausfinden wird. Geheimnisse sind schrecklich schwer zu bewahren, insbesondere, wenn jemand sie nicht besonders sorgfältig hütet.«

Philippa blieb stehen und sah ihn scharf an. »Sagen Sie mir nicht, dass Sie vor heute Abend über die Seitensprünge meiner Mutter im Bilde waren. Ich hatte gehofft, ihrem Betragen ein Ende zu machen, ehe es öffentlich bekannt würde.«

Er antwortete ihr mit einem leisen Lachen. »Sie klingen wie Ihre Eltern.«

Kein Wunder, angesichts der Tatsache, dass Philippa den größten Teil ihres Lebens in Abwesenheit ihrer Eltern verlebt hatte. Aus purer Notwendigkeit hatte sie angefangen, die Rolle zu übernehmen. »Irgendjemand muss das tun.«

»Nun, ich wusste in Bezug auf Ihre Mutter nichts. Tatsächlich bin ich nicht sicher, ob ich Ihre Mutter in einem belebten Ballsaal ausfindig machen könnte.«

»Aber im Obergeschoss haben Sie sie erkannt.«

Er erwiderte ihren eindringlichen Blick und ihr Herz schlug ein bisschen schneller. »Nur anhand Ihrer Reaktion. Und machen Sie sich keine Sorgen, dass Sie sich verraten haben. Ich glaube nicht, dass noch jemand ihr Keuchen wahrgenommen hatte und ganz bestimmt hatte niemand bemerkt, wie Sie sich versteift hatten.«

Die Dinge, die er sagte, muteten so … intim an. Zumindest waren es nicht die üblichen Dinge, die man an einer anderen Person bemerken würde, nachdem man sie gerade erst kennengelernt hatte. Sie sollte sich beunruhigt, eingeschüchtert oder sonst *irgendwie* fühlen. Immerhin fühlte sie etwas, und zwar eine irrsinnig unangemessene Anziehung.

Sie setzte sich wieder in Bewegung. »Sie können meine Mutter nicht identifizieren, aber mich erkennen sie innerhalb von zehn Sekunden in einem vollkommen dunklen Raum.«

Seine Lippen zuckten. »Es ist nicht dasselbe, Sie zu kennen und Ihre Mutter zu kennen.«

Sie sah ihn mit einem koketten Lächeln an, wenngleich sie wusste, dass sie nicht flirten sollte, aber irgendwie war sie unfähig, sich zurückzuhalten. Sie erinnerte sich nicht, wann sie zum letzten Mal einem Gentleman begegnet war, der ihr Interesse so rasch geweckt hatte. Noch nie, wie sie erkannte. »Jeder respektable Gentleman ist über die Familie einer jungen Dame im Bilde.«

»Und hierin irren Sie sich in mir.« Er senkte die Stimme. »Ich bin kein respektabler Gentleman.«

Philippa versuchte, die Schauder zu ignorieren, die ihr über den Nacken tanzten. »Sie sind heute Abend ungemein galant.«

»Gütige Himmel, lassen Sie niemanden hören, dass Sie das gesagt haben.«

Sie legte den Kopf schief, um ihn anzublicken. »Warum sind Sie so versessen, dass alle nur das Schlechteste von Ihnen denken?«

Er richtete den Blick starr geradeaus. »Dies ist eine äußerst unangemessene Unterhaltung.«

»Nach allem, was wir durchlitten haben, finden Sie *dies* unangemessen?«

»Ich fürchte, wir werden vergessen müssen, dass der heutige Abend jemals stattgefunden hat. Sie müssen mich behandeln wie zuvor und ganz bestimmt nicht als heldenhaften Retter.«

War die, in seiner Stimme mitschwingende Geringschätzung gegen sie oder ihn selbst gerichtet?

»Also, wenn ich Sie das nächste Mal sehe, soll ich ihre

Gegenwart ignorieren und so tun, als hätten wir nicht den aufregendsten Abend meines Lebens zusammen verbracht?«

»Haben Sie das früher getan? Mich ignoriert?«

Sie konnte sich nicht vorstellen, wie das möglich war. Er provozierte eine intensive und aufwühlende Reaktion in ihr. »Ich fürchte, dass ich Sie einfach nicht bemerkt habe. Das ist wirklich eine Tragödie.«

»Sie schmeicheln mir.« Er zog seine Hand zurück und trat auf die Verkehrsstraße. »Dort ist eine Droschke.« Er winkte die Kutsche heran und innerhalb von wenigen Minuten saßen sie in der nur geringfügig wärmeren Kabine und waren auf dem Weg zur Upper Grosvenor Street.

An der Außenseite der Droschke hingen Laternen, doch sie warfen lediglich einen spärlichen Lichtschein ins Innere. Philippa saß mit dem Gesicht in Fahrtrichtung, während Sevrin sich ihr gegenüber niedergelassen hatte. Dies war das angemessene Arrangement, nahm sie an, jedoch vermisste sie seine Wärme.

In der fast vollständigen Finsternis waren seine Züge nicht zu erkennen. Einige Minuten lang fuhren sie schweigend dahin.

Philippa drehte die seidene Maske zwischen den Händen. »Glauben Sie wirklich, dass niemand hinter meine Identität kommt?«

»Ich wüsste nicht, wie das jemand könnte. Sie waren beinahe ständig maskiert und als Sie es nicht waren, haben nur die Dienstboten Sie gesehen.«

»Es ist ein Glück, dass Sie mich so schnell retteten.« Sie rief sich in Erinnerung, wie er sie gegen die Wand geschoben hatte, und wie sein Körper sich an den ihren schmiegte, die Art, wie sein Herz unter ihrer Handfläche gepocht hatte, und die Art, wie er sie geküsst hatte. »Niemand hat mich je zuvor so … umarmt.«

Der Raum in der Droschke schien zu schrumpfen, doch trotzdem wünschte sie sich, dass er näher wäre. Neben ihr.

»Es war eine notwendige Unannehmlichkeit.«

Philippa fühlte sich, als wäre sie mit einem Eimer eisigen Wassers aus der Themse im Januar übergossen worden. Er hatte nicht die gleiche Erregung verspürt. Aber wie dämlich von ihr zu glauben, dass er das getan hätte. Er war ein Mann mit äußerst großer Erfahrung, unabhängig davon, was sie nach ihren gemeinsamen Eskapaden über ihn zu wissen glaubte. Für ihn war sie eine dümmliche junge Dame der feinen Gesellschaft, die einen sehr, sehr törichten Fehler begangen hatte. Den er auf Kosten seiner eigenen Anonymität hatte berichtigen müssen. Sie zog sich in die Ecke ihrer Sitzbank zurück, verschränkte die Hände im Schoß und presste die Knie zusammen.

Als sie auf den Piccadilly einbogen, sah sie aus dem Fenster. Sie runzelte die Stirn.

Sevrin beugte sich hinüber und richtete den Blick ebenfalls aus dem Fenster.

Angst überkam sie. »Wir nehmen nicht den richtigen Weg, oder?«

»Es scheint nicht so.« Der Lichtschein der Laterne an der Tür fiel über sein Gesicht und beleuchtete seine besorgten Züge. Mit der Faust pochte er an das Dach der Droschke.

Sie wartete auf das Öffnen der kleinen Luke im Dach und als das nicht geschah nahm ihre Beklemmung weiter zu. »Was glauben Sie, wohin wir fahren?«

»Das weiß ich nicht, aber es gefällt mir nicht.«

Wieder schwenkte die Kutsche herum. Sevrin packte den Türgriff. »Glauben Sie, Sie können springen?«

Philippa blinzelte ihn an. »Aus einer fahrenden Kutsche?«

»Ja, wir sind auf dem Haymarket. Können Sie springen?«

Sie blickte auf die kopfsteingepflasterte Straße. Sie fuhren nicht besonders schnell – sie war in einem Phaeton schon viel schneller gefahren, im Hyde Park natürlich –, doch sie würde sich bei dem Sturz mit Sicherheit verletzen. Sie wandte den Blick wieder zu ihm. »Ich weiß nicht.«

Als sie gerade überlegte, ob sie die Saison mit einem gebrochenen Arm oder Bein oder beidem verbringen wollte, öffnete sich endlich die Luke im Dach der Droschke.

Ein zerschundenes, aber dennoch irgendwie vertrautes Gesicht sah auf sie herab. »Guten Abend, Mylord.«

»*Du*«, gab Sevrin zurück, ohne die Tür loszulassen.

»Ich.«

Dann ging Philippa auf, woher sie ihn kannte. Die Gasse. Er war der ungeschlachte Klotz mit dem Sevrin gekämpft hatte. »Lassen Sie die Tür los.« Er richtete den Lauf einer Pistole auf sie herab und Sevrin nahm die Finger fort.

Sevrin ballte die Hand zur Faust und blitzartig war er aufgestanden und hatte sich neben Philippa gesetzt. »Was wollt ihr?« Seine Wärme durchdrang Philippa und reduzierte ihr markerschütterndes Zittern zu einem leichten Beben.

Philippa versuchte, sich noch weiter in die Ecke zu drängen, als ob die Droschke sie im Ganzen verschlucken und ihr Sicherheit gewähren würde.

Sevrin legte den Arm um sie. »Schhh. Ich werde nicht zulassen, dass Ihnen etwas passiert. Das verspreche ich.«

Dass er sich bemühen würde, sie zu beschützen, wusste sie. Hatte er sie nicht den gesamten Abend vor Schaden bewahrt? »Es hat den Anschein, als hätte die Gefahr es heute Abend auf uns abgesehen.«

Er zog ihren Kopf an seine Schulter. »Es besteht kein Grund, melodramatisch zu werden.«

Melodramatisch oder nicht, schien es die Wahrheit zu sein. In jedem Aspekt ihres Lebens hatte sie sorgsam darauf geachtet, über jeden Tadel erhaben zu sein. Plötzlich hatte sie mit einer unbedachten Entscheidung alles aufs Spiel gesetzt. Heftige Schauder erschütterten ihre Gestalt. Auf der Suche nach seiner Wärme kuschelte sie sich dichter an Sevrin, um ihren zitternden Leib zu beruhigen.

Sevrin streichelte ihren Arm. »Holen Sie tief Luft. Wenn Sie können.«

Wieder bog die Kutsche ab. Sie dachte, dass sie vielleicht den Strand entlangfuhren. Das Innere der Kutsche war von Stille erfüllt und sie konnte sich vorstellen, dass Sevrins Gedanken rasten. »Legen Sie sich einen Plan zurecht?«, fragte sie.

Sein Körper neben ihr war angespannt. »Ich versuche es.«

Sie sah zu ihm auf, doch er starrte die Sitzbank ihnen gegenüber an. »Würde es Ihnen etwas ausmachen, mich ins Bild zu setzen?«

»Das würde ich, wenn ich etwas mitzuteilen hätte. Es hängt alles davon ab, wo wir landen.«

»Haben Sie irgendeine Art von Waffe?«

Er drehte den Kopf, um sie anzusehen. Ein winziger Anflug eines Lächelns huschte über seine Lippen. »Abgesehen von meinen Fäusten? Nein.«

Nachdem sie ihm in der Gasse beim Kämpfen zugesehen hatte, musste sie zugeben, dass seine Fäuste als Waffen qualifiziert waren. Die Droschke nahm zwei weitere zügige Wendungen – von der Themse weg – und dann blieb sie ruckartig stehen.

»Bleiben Sie dicht bei mir«, flüsterte Sevrin an ihrer Schläfe. Sein warmer Atem war tröstlich.

Sie drehte sich ihm zu und ließ die Arme um seine Taille gleiten. »Sie werden mich von Ihnen loseisen müssen.«

Irgendetwas streifte über ihre Stirn. Seine Lippen?

Die Tür schwang auf. Dort stand der Mann von der Gasse mit hoch erhobener Laterne. Sein Gesicht sah sogar noch schlimmer aus als vorhin. Sevrin hatte erheblichen Schaden angerichtet.

»Aussteigen.«

Als sie sich nicht sofort bewegten, streckte er die Hand aus, bekam Philippas Arm zu fassen und zog. Halb fiel sie aus der Droschke, aber Sevrin kam direkt hinter ihr her, und riss sie an sich.

»Fass sie nicht an.« Drohend sah er ihren Entführer mit gebleckten Zähnen an.

Der große Mann grinste. »Ich werde tun, was mir gefällt.« Er jagte Sevrin die Faust in die Magengrube, worauf dieser sich vornüber beugte und seinen Griff um Philippa lockerte. Der Schurke fasste sie um den Unterarm und zog sie von Sevrin fort.

Sie hob den Blick und schaute sich um. Sie befanden sich in einem sehr kleinen Innenhof, der von heruntergekommenen Wohnhäusern umgeben war. Ein Stockwerk über ihnen lehnte eine Frau über dem Geländer eines Balkons. Sie hielt eine Laterne bei dessen Licht Philippa ihr zerschlissenes Kleid und das pockennarbige Gesicht erkennen konnte. Philippa wandte den Blick genau in dem Moment ab, als zwei Männer in der Tür erschienen und sie in das schummrige Gebäude zogen.

Der Raum mit der niedrigen Decke war nicht groß, aber voller Männer. Im Hintergrund gab es einen riesigen, rechteckigen Tisch, der für ein formelles Dinner gepasst hätte – was bedeutete, dass er für seinen derzeitigen Standort vollkommen unpassend war. Dahinter saß ein Mann in einem vergoldeten Stuhl. Er war besser gekleidet als die anderen und schien von den Papieren vereinnahmt, die vor ihm lagen.

Die beiden Männer führten Philippa auf den Tisch zu. Sie versuchte, hinter sich zu schauen, um zu erfahren, was mit Sevrin passiert war, aber die Männer rissen sie vorwärts. Sobald die beiden Philippa vor ihren offensichtlichen Anführer gestellt hatten, versuchte sie nicht noch einmal, sich umzusehen.

Nach der längsten Minute ihres Lebens blickte der Mann endlich auf. Seine Züge wurden von einer Laterne auf dem Tisch beleuchtet. Er war bloß wenige Jahre älter als sie, mit dunklen, graubraunen Augen und beinahe pech-schwarzem Haar, das mit weitaus mehr Stil in einer Welle aus seinem Gesicht zurückfrisiert war, als ein Mann in seiner Position eigentlich hatte. Er musterte sie mit unver-hohlenem Interesse und sein Blick blieb an ihrem zu tief ausgeschnittenem Mieder hängen. Sie verfluchte ihre Eitel-keit, ausgerechnet dieses Kleid in Lockwood House gewählt zu haben.

»Das ist das Mädchen?«

Der Mann, gegen den Sevrin gekämpft hatte, trat vor. »Aye, Jagger.«

Jagger. Er war der Mann, der Sevrin sehen wollte.

Jagger wandte seinem Handlanger nun seine Aufmerk-samkeit zu. »Wo ist Sevrin?«

Ein Tumult hinter ihr veranlasste sie, sich umzudrehen, oder das zumindest zu versuchen. Wieder zog der Mann sie herum, aber nicht bevor sie Sevrin mit ein paar Männern kämpfen sah.

»Sie gehört mir. Niemand fasst sie an.« Seine Stimme hallte von der niedrigen Decke wider und sandte einen Hoff-nungsschimmer zu Philippas schrumpfendem Inneren.

Jagger lehnte sich auf seinem Stuhl zurück und richtete seinen harten Blick quer durch den Raum. »Bringt ihn her.«

Philippa vernahm weitere Kampfgeräusche und dann kam Sevrin in ihr Sichtfeld. Von seiner Lippe tropfte Blut. Ihre Beine drohten, unter ihr einzuknicken, doch sie hielt sich aufrecht und zog sogar die Arme von den zu festen Griffen der Männer zu beiden Seiten fort.

Sevrin sah zu ihr herüber und nickte ihr unmerklich zu – ein winziges bisschen Ermunterung, die sie begierig annahm.

Jagger sah ihn stirnrunzelnd an. »Sie haben heute Abend

einen beachtlichen Wirbel veranstaltet. Sie hätten vorhin einfach mit meinen Männern mitgehen sollen.«

Sevrin kräuselte die Lippen. »Ich war anderweitig beschäftigt.«

»Das sehe ich.« Jagger lenkte den Blick zu Philippa und unter schweren Lidern betrachtete er sie anerkennend. »Ich würde mich wahrscheinlich auch ignoriert haben. Aber«, er schlug mit der Handfläche auf den Tisch und setzte sich wieder aufrecht hin, »Sie sind notorisch unbeeindruckt, was Frauen anbelangt. Tatsächlich habe ich Gerüchte gehört, dass Sie Männer bevorzugen könnten. Ist da irgendetwas Wahres dran?«

»Lassen Sie sie gehen«, war alles, was Sevrin darauf antwortete.

Sevrin sollte angeblich Männer mögen? Absurderweise wollte sie ihre Meinung kundtun – auf der Grundlage empirischer Beweise, wie sich versteht –, dass Sevrin ganz bestimmt *keine* Männer bevorzugte, aber was wusste sie schon über die Grenzen seiner Verderbtheit?

Jagger wandte sich an einen Mann, der direkt hinter ihm stand, und wie Philippa erkannte, war es derjenige, der sie in der Gasse angegriffen hatte, nur dass er jetzt einen Verband um den Kopf trug. Er trat vor und starrte sie an. Ein Zittern ging durch ihren Körper.

Jagger richtete das Wort an ihren Angreifer. »Swan, bring sie nach oben, während der Viscount und ich Geschäftliches besprechen.« Dann sah Jagger sie wieder an. »Hoffen wir, dass Euer Liebhaber für meine geschäftliche Vereinbarung empfänglich ist. Falls nicht ... Nun, es gibt andere *geschäftliche Vereinbarungen*, die ich mit Ihnen treffen könnte.« Er schenkte ihr ein durch und durch bösartiges Grinsen.

Bevor Philippa ihren Widerspruch oder ihre markerschütternde Panik äußern konnte, wurde sie von ihrem Angreifer am Unterarm gepackt und zu einer wackligen

Treppe dirigiert, wobei er sie an Sevrin vorbeiführte. Sie versuchte, die Füße in die Dielen zu stemmen und nach Swan zu schlagen.

»Sagen Sie Ihrer Dame, sie soll brav mitgehen. Swan wird sie nicht anfassen.« Jagger senkte die Lider. »Noch nicht.«

Sevrins finsterer Blick traf den ihren. »Ich werde Sie holen kommen.« Seine Stimme war tief und etwas Bedrohliches schwang darin, das sie erschaudern ließ. Nicht wegen ihrer Sicherheit, sondern wegen der Sicherheit ihrer Entführer. Sie hatte ihn kämpfen sehen, und wenn die Wut in seinen Augen ein Anzeichen war, wollte er es wieder tun. Sie ging mit und schöpfte Hoffnung aus Ambroses Versprechen.

Ihr folgten die Männer, die sie flankiert hatten und einer der beiden schob sie die schmale Treppe hinauf, während Swan sie zog. Das Holz knarrte und gab nach, als sie ein Stockwerk hinaufstiegen, dann zwei, dann ein drittes. Sie atmete schwer, als sie den dritten Stock erreichten. Sie strebten auf eine Tür am Ende eines kurzen Korridors zu und stießen sie auf.

Swan legte den Kopf schief. »Ich hoffe, Ihr Gentleman tut, was Jagger verlangt. Sonst werde ich meinen Willen bekommen.« Auf unziemliche Weise ließ er den Blick über ihre Gestalt gleiten, und sein Griff um ihren Arm spannte sich an. »Ihr neues Kleid gefällt mir.«

Als der Schurke daraufhin lachte, drehte sich ihr der Magen um. Unsanft schob er sie in die Kammer. Die Tür schloss sich und das laute, unheimliche Geräusch eines sich schließenden Riegels erfüllte den kleinen Raum.

Die Kammer war dunkel und lediglich durch die ramponierten Fensterläden des einzigen Fensters fiel ein wenig Licht herein. Philippa spähte durch die Lamellen, um die Lichtquelle zu finden. Sie erkannte eine Laterne, die direkt vor dem Fenster hing. Ein Schatten zog vorbei und sie sprang zurück, ihr Herz klopfte wie wild.

Sie drehte sich um und erblickte einen Stuhl nahe des Fensters, bei dem es sich um ein kleines, hölzernes Möbelstück handelte, das aussah, als könnte es nur etwas so Unbedeutendem wie einer Maus dienen. An der gegenüberliegenden Wand stand eine Pritsche. Sie war schmal und stand flach auf dem Boden, mit ein paar Fetzen übersät, die wahrscheinlich als Decken dienen sollten. Ihr Blut wurde eiskalt. Das Bett stand für das, was mit ihr geschehen konnte, wenn Sevrin sie nicht rettete. Schon wieder.

KAPITEL 4

*A*mbrose erwehrte sich der drei Männer, die ihn festhielten, als er Philippas erzwungenen Aufstieg die Treppe hinauf mit ansah. Sein Körper kochte vor Frustration und aufgestauter Gewalt. Die Hände zu Fäusten geballt, ließ er die Arme um sich wirbeln und es war ihm egal, wen er traf, solange er nur jemanden verletzte.

»Setzen Sie sich«, bot Jagger an, und auf einen Wink seiner Hand erschien ein Stuhl.

Die Männer zogen und schoben Ambrose, bis er endlich saß. Einer versetzte ihm einen Hieb seitlich am Schädel, der ihm die Sicht hätte vernebeln sollen, aber Ambrose sah nur noch rot.

Jagger nickte in Richtung Treppe. »Wer ist sie?«

Ambrose starrte ihn an.

Jagger flocht die Finger ineinander und legte die gefalteten Hände auf den Tisch. »Ach, unwichtig. Ganz offensichtlich bedeutet sie Ihnen etwas, was für meine Sache hilfreich ist.«

Sie bedeutete ihm gar nichts, zumindest nicht persönlich. Gar nicht zu reden von seiner körperlichen Reaktion darauf, sie zu küssen. Er hatte sie allerdings in diese gefährliche Situation hineingezogen, und würde sich nicht von ihr abwenden. »Wie könnte sie Ihnen denn helfen?«

»Sie wird sicherstellen, dass *Sie* mir helfen.«

Ambrose juckte es, zu kämpfen. Irgendeiner von ihnen wäre ihm recht. »Halten Sie sie da heraus. Was wollen Sie?«

Jagger stützte die Ellbogen auf die Armlehnen seines vergoldeten Stuhls. »Ja. Lassen Sie mich zur Sache kommen. Vielleicht werden Sie bereitwillig zustimmen. Sie sehen aus, als wollten Sie mich erdrosseln, also sollte meine Bitte mehr als erwünscht sein. Schade, dass sie nicht vorhin mit meinen Männern mitgekommen sind.«

Diesen Verbrecher zu erdrosseln hatte etwas ungemein Reizvolles. »Heraus mit der Sprache.« Jagger beugte seinen dunklen Kopf. »Ich brauche einen Preisboxer. Ich habe Ihnen vor etwa vier Jahren in der Dirty Lane zugesehen. Sie waren unschlagbar. Sie hätten den Titel erringen können. Warum haben Sie aufgehört?«

Weil er, obschon er bei physischer Bestrafung – sowohl austeilend wie empfangend – aufblühte, die Auszeichnungen und Bewunderung verabscheute. Aus keinem Grund hatte er es verdient, bejubelt oder verehrt zu werden. »Ich habe mich gelangweilt.«

Jagger bedachte ihn mit einem skeptischen Blick, ohne ihn jedoch zu drängen. »Mein Preisboxer sollte morgen in einer Woche gegen den Iren Patrick Nolan kämpfen, aber er hat sich die Hand gebrochen. Ich brauche Sie, um seinen Platz einzunehmen.«

Eine dunkle Erregung fuhr Ambrose über das Rückgrat. Es war brutal gewesen, auf diesem Niveau zu kämpfen. Das vermisste er. Ehe er antwortete, grub er sich die Fingernägel in die Handfläche. »Ich kämpfe nicht mehr.«

»Den Teufel tun Sie nicht.« Jagger starrte ihn mit

stechendem Blick an. »Ich weiß alles über ihren kleinen Club beim Haymarket.«

Ambrose biss die Zähne zusammen. »Ich kämpfe nicht für Profit.«

Jagger krauste die Lippen, um die seinen zu blecken und sah ihn aus schmalen Augen an. »Wofür zum Teufel kämpfen Sie dann?«

Ambrose presste die Fersen gegen die Stuhlbeine. Er konnte nicht erklären, wie das Kämpfen die Dämonen in Schach hielt und wie der körperliche Schmerz ihn davor bewahrte, ihn in den Abgrund seiner Tragödie – seiner verwerflichen Fehler – zu stürzen. Und wie er sich ohne den Kampf zu dem Punkt zurückzog, an dem er nur noch existierte und seine Seele von Kummer und Reue regiert wurde.

An der Lehne des hölzernen Stuhls spannten sich seine Schultermuskeln zu festen Knoten. »Meine Antwort ist nein.«

Erstaunt zog sein Gegenüber eine tintenschwarze Augenbraue hoch. »Ich habe Ihre Frau. Sicher wird ein einziger Kampf – etwas, bei dem Sie sich hervortun – im Austausch für ihr Wohlergehen doch nur ein kleiner Preis sein.«

So gesehen schien die Wahl einfach. Aber das war es natürlich nicht. »Was meinen Sie mit ihrem Wohlergehen? Sprechen Sie offen über Ihre Absichten.«

Jagger zuckte mit den Schultern. »Ich werde sie als Druckmittel benutzen. Willigen Sie in meine Bedingungen ein oder sie wird die Konsequenzen erleiden.«

Welche Konsequenzen? »Sie können nicht beabsichtigen, sie umzubringen. Sie würden hängen.«

»Wer sagt, dass ich sie umbringen will? So etwas Schmutziges muss ich nicht tun. Ich muss lediglich ein paar wichtige Zeitungen über ihren Aufenthaltsort heute Abend informieren.« Sein Blick war voller versteckter Andeutungen. »Lockwood House. Mit *Ihnen.*«

Ambrose war nicht sicher, ob Jagger die Unverfrorenheit besäße, Philippa umzubringen, aber er wusste, dass er sie im Handumdrehen ruinieren würde. Wegen eines Preiskampfes. »Das können Sie nicht tun.«

Jagger tauschte Blicke mit den Männern aus, die Ambrose umgaben. Sie fingen zu lachen an. Nach einem Augenblick wischte Jagger sich mit einem Finger über das linke Auge. »Natürlich kann ich das. Ich könnte sie sogar umbringen, wenn ich wollte, aber das muss ich nicht tun. Sie geben mir sicherlich Recht, dass ein gesellschaftlicher Mord für jemanden wie sie verheerend genug ist. Nur zu, gehen Sie zum Richter und sagen Sie, dass Sie von einer von Lockwoods Orgien zusammen mit Philippa Latham entführt worden sind. Das wird die Presse sogar noch mehr lieben.«

Es kostete ihn seine gesamte Selbstkontrolle, diesen Hurensohn nicht zu erdrosseln. Wenn Ambrose sich an die Obrigkeit wenden würde, wäre der gesamte Abend umsonst. Sie wäre ruiniert. »Wie sind Sie hinter ihre Identität gekommen?«

»Sie waren so freundlich, ihre Adresse zu verraten. In Herrick House wohnt nur eine junge Frau wie sie. Die Tochter des Earls of Herrick.« Jagger kniff die Augen zusammen. »Ich meine es ernst. Denken Sie gründlich nach, ehe Sie antworten.«

Der Stuhl schien unter Ambrose nachzugeben. Er hatte den gesamten Abend darauf verwendet, sie zu beschützen und er konnte jetzt nicht damit aufhören. Einmal hatte er eine Frau im Stich gelassen – Gott, wie konnte er nur diese beiden Situationen vergleichen? Doch jetzt hatte er eine Chance, jemanden zu retten, und verdammt sollte er sein, wenn er sie enttäuschte. »Ich werde gegen den Iren kämpfen. Aber sonst gegen niemanden.«

»Darüber verhandle ich nicht. Ich verlange Ihre Dienste als Preisboxer auf unbestimmte Zeit. Ich möchte, dass Sie

diesen Sommer gegen Belcher kämpfen, wenn er aus Derby-
shire zurückkehrt.«

Er starrte Jagger finster an. »Ein Kampf.« Er betete, dass
er einen Kampf bewältigen könnte, ohne in den Abgrund zu
stürzen, der ihn drei Jahre zuvor gefangen genommen hatte,
aber mehr als das wagte er nicht.

»Vielleicht sollte ich einfach die Frau nehmen.« Jagger
nickte einem Mann in der Ecke zu, der mit einem Nicken
antwortete und sich zur Treppe aufmachte.

Gottverdammt Jagger, zum Teufel. »Ich werde Ihnen einen
Preisboxer beschaffen«, platzte Ambrose heraus. Es war ihm
ein Gräuel, wie angespannt und beinahe verzweifelt er klang.

Der Schurke legte die Hände auf dem Tisch vor sich
aneinander und betrachtete Ambrose über die Kuppen seiner
Zeigefinger. »Wen?«

»Ich weiß es nicht, aber es gibt Dutzende von Kämpfern,
die nach einer Chance lechzen.«

Jagger legte die Handflächen aneinander. »Ich habe allen
zugeschaut. Keiner ist so gut wie Sie.«

»Ich werde ihn dazu trainieren.«

Er sah Ambrose einen Moment an, ehe der die Hand für
den Mann hochhielt, der sich am Fuße der Treppe positio-
niert hatte. »Ich nehme Ihren Vorschlag an, aber dieser
Preisboxer muss für mich akzeptabel sein. Und Sie werden
für mich kämpfen, bis Sie ihn zufriedenstellend vorbereitet
haben. Wenn Sie das nicht tun, werde ich dafür sorgen, dass
ganz London erfährt, wer Sie nach Lockwood House
begleitet hat.«

Er hätte zumindest einen Augenblick Erleichterung
darüber empfinden sollen, die Dinge geregelt zu haben, doch
bis Philippa wieder sicher in seiner Obhut wäre, bliebe er
wachsam und bereit, zu Gewalt zu greifen. »Ist es ein
gerechter Kampf oder werde ich mühelos gewinnen?«

Jaggers Mund zuckte. »Eine berechtigte Frage. Ja, es ist

ein gerechter Kampf, wobei ich allerdings erwarte, dass Sie ihn gewinnen. Behalten Sie Ihre Frau im Auge. Bis Sie gegen Nolan kämpfen und mir einen annehmbaren Preisboxer liefern, werde ich jeden Ihrer Schritte beobachten.« Er teilte die Lippen zu einem kalten Lächeln. »Und die ihren.«

Gott, Ambrose wollte jemanden schlagen. Er überlegte, einfach mit einem der Männer neben ihm anzufangen, aber er wusste, dass ein weiteres halbes Dutzend oder mehr herunterkommen würden, womit er sich noch mehr verletzen konnte, als er bereits war. Die Wunden, die er sich aufgrund seines Widerstandes gegen seine Entführer eingehandelt hatte, waren zahlreicher, als er angenommen hatte. Seine Lippe hatte zu bluten aufgehört, aber jetzt war sie, wie auch eines seiner Augen, geschwollen. Er war ziemlich sicher, dass seine Rippen geprellt waren. Wenn er in zehn Tagen kämpfen sollte, musste er sich Zeit zum Heilen gewähren, was bedeutete, dass er in der Zwischenzeit nicht kämpfen durfte.

»Ihre Tage sind gezählt, Jagger. Sie können eine Edeldame nicht bedrohen und davon ausgehen, dass dies keine Folgen hat.«

Jagger setzte sein unverschämtes, selbstgefälliges Lächeln auf, doch aus seinen Augen sprach pure Bosheit. »Es wird keine Konsequenzen für mich haben. Allerdings wird der Schaden für Sie nicht wiedergutzumachen sein. Ihr Ruf hängt von *Ihnen* ab. Davon, dass *Sie für mich* kämpfen.«

»Verdammt noch mal, bringen Sie mir einfach die Frau!«, donnerte Ambrose, dessen Toleranzgrenze überschritten war.

Jagger schmunzelte. »Sie sind ein ungeduldiger Kerl, nicht wahr? Das wäre ich auch, wenn ich sie in den Fingern hätte. Und was für ein frecher Bursche Sie sind – Sie vögeln ein anständiges Mädchen direkt unter den Augen der feinen

Gesellschaft. Allerdings ist dies ja auch Ihr Zeitvertreib, nicht wahr?«

Mit einem einzigen Satz war Ambrose über den Tisch gesprungen und auf ihn geprallt. Sie stießen gegen den vergoldeten Stuhl, der rückwärts umkippte. Die Lehne streifte gerade noch an der Wand entlang, doch Jagger und er schlugen krachend gegen die Verkleidung. Bevor er einen Schlag landen konnte, wurde Ambrose brutal weggezogen. Eine Faust fuhr ihm in den unteren Rückenbereich und er stöhnte vor Schmerz.

»Halt«, befahl Jagger und brachte sich ins Gleichgewicht. »Fügt meinem neuen Preisboxer keinen Schaden zu. Wie ich sehe, habe ich Salz in eine Wunde gestreut, Sevrin. Ich hatte keine Vorstellung, dass Sie ein Mann mit so starken Empfindungen sind.«

Das war er schon lange nicht mehr gewesen. Wenngleich Jaggers Schilderung von Ambroses Geschichte zwar stimmte, war es nicht die ganze Wahrheit. Trotzdem war er über seine Reaktion ebenso überrascht wie Jagger. Offensichtlich war zumindest ein Funken Ehrgefühl in ihm begraben. Es musste so sein, denn sonst hätte er Philippa heute Abend nicht geholfen.

Jagger klopfte sich seine Kleidung ab. »Bringt ihn nach oben, um die Frau zu holen, und setzt ihn dann in eine Droschke zur Upper Grosvenor Street.«

Ambrose wurde von den Männern, die ihn festhielten, zur Treppe gezogen. Mit einem heftigen Ruck riss er seinen Arm los, als sie an dem Mistkerl vorrübergingen, der Philippa in der Gasse angegriffen hatte. Er warf Ambrose einen scharfen, finsteren Blick zu. »Behalten Sie Ihr Mädchen im Auge. Man kann nie wissen, wann etwas Schlimmes passiert.«

Ambrose stürzte sich auf ihn, doch die anderen Männer bekamen ihn zu fassen und stießen ihn zur Treppe. Einer der beiden ging voran, während der andere ihm immer wieder in den Rücken stieß, als sie die knarrenden Stufen erklommen. Der Gestank von verrottendem Holz und widerlichem Staub begleitete sie. Als sie auf dem dritten Treppenabsatz angekommen waren, wurde er zu einer Tür am Ende eines kurzen Flurs geführt.

Der erste Mann schob den Riegel zurück und öffnete die Tür. Der Raum war stockdunkel, bis auf das schwache Licht, das durch den geschlossenen Fensterladen des einzigen Fensters einfiel. Angestrengt versuchte Ambrose etwas zu erkennen, aber in der kleinen Kammer konnte er keine Gestalt ausmachen.

Den Verbrecher beiseite schiebend, drängte er sich an ihm vorbei in die Kammer. »Philippa?« Er konnte die Beunruhigung in seinem Tonfall nicht unterdrücken. Das versuchte er nicht einmal.

»Sevrin?« Sie trat hinter der Tür hervor, und er hörte, wie etwas auf den Boden klapperte.

Ambrose schlug den Verbrechern die Tür vor der Nase zu und dann schloss er Philippa in die Arme. »Sind Sie wohlauf?« Unfähig, sich zu beherrschen, drückte er ihr die Lippen an die Schläfe. Irgendwie hatten sie sich innerhalb weniger Stunden von vollkommen Fremden zu etwas ganz anderem entwickelt.

Sie legte die Arme um seinen Hals und drückte sich an ihn, als wolle sie ihren Körper mit seinem vereinen. Sehnsucht und Verlangen durchzuckten ihn. Er barg ihren Kopf in seinen Händen und küsste sie.

Es war kein sanfter Kuss, sondern ein wildes Fordern, aus seiner Angst und der Gefahr geboren, und aus seelischer Erleichterung, sie unversehrt vorzufinden. Seine Lippen glitten über ihre und verlangten Einlass in ihren Mund. Als sie sich ihm öffnete, verzehrte er sie. Sie schmeckte nach Begierde und Tapferkeit. Er leckte und knabberte an ihrem Mund, als würde er sterben, wenn er sie jetzt nicht besäße.

Dass sie seinen Kuss mit geöffnetem Mund und hungrig erwiderte, hätte ihn eigentlich schockieren müssen, aber er freute sich über ihre Reaktion. Sie hielt seinen Nacken umklammert und ihre Finger verflochten sich in seinem Haaransatz. Mit zaghaften, köstlichen Berührungen traf ihre Zunge auf die seine. Nun bewegte sie die Lippen mit zunehmender Dringlichkeit. Ihr Körper schmiegte sich perfekt an seinen. Er nahm sie in die Arme, wobei er ihre Brüste an sich zog, bis sein Körper schamlos vor Lust entbrannt war.

»Wünscht Ihr, dass wir Euch in Ruhe lassen?«, war eine Stimme von draußen zu hören.

Mit großem Widerwillen drosselte Ambrose ihren leidenschaftlichen Kuss und beendete ihn dann, indem er mit den Lippen sanft über die ihren streifte. Er musste sie loslassen, das wusste er, aber er konnte nicht. Noch nicht.

Er legte die Stirn an ihre, während sich ihre Atemzüge vereinten. »Es tut mir so leid«, brachte er hervor. »Sind Sie sicher, dass Sie unversehrt sind? Ich bringe sie alle um, falls sie Ihnen Schaden zugefügt haben.«

Als sie den Blick zu ihm aufschlug, wirkten ihre Augen in dem schwachen Licht groß. Sie sah ein wenig benommen drein, und er hoffte, dass dies auf den Kuss zurückzuführen war, und nicht auf etwas anderes. »Es geht mir gut.« Sie zitterte, jedoch war es vollkommen anders als das Schütteln, unter dem sie vorhin in der Droschke gelitten hatte. Ihr Körper pulsierte vor Energie und Ambrose musste mit aller Kraft dagegen kämpfen ihre Umarmung nicht zu verlängern. »Ich bin nur froh, dass sie es waren, obwohl ich darauf vorbereitet war, mich zur Wehr zu setzen.« Sie lenkte den Blick zu einem Holzstück, das auf dem Fußboden lag.

Er folgte ihrem Blick. »Was ist das?«

»Es ist ein Teil der Lattung von dem Bett in der Ecke. Das

Möbelstück ist in einem erbärmlichen Zustand, aber es ist eine gute Waffe.«

Er lachte, um sich von allem zu befreien, was sich in ihm aufgestaut hatte, sowie auch sie lächeln zu sehen. Und sie enttäuschte ihn nicht. »Sie sind die tapferste junge Dame, die ich kenne. Keine andere Frau hätte den heutigen Abend ertragen können.«

»Es ist also vorbei?« Die Hoffnung in ihrer Stimme trieb ihn dazu, sie fest an sich zu drücken.

»Ja, wir fahren jetzt nach Herrick House.«

»Was wollte er von Ihnen?«

»Ich soll ihm helfen, einen Preisboxer zu finden.« Er würde ihr nichts von der Bedrohung sagen, die ihrem Ruf galt. Es bestand keine Veranlassung, sie wegen etwas zu beunruhigen, das nie eintreten würde. Das würde er nicht zulassen.

Sie blinzelte ihn an und ihre honigfarbenen Augen wurden groß. »Das ist alles?«

Er zog sie an seinen Brustkorb, um ihr nicht in die Augen sehen zu müssen. »Ja.«

»Und das können Sie?« Bei seinem Nicken, fasste sie ihn an der Vorderseite seines Hemdes und legte die Wange an sein pochendes Herz. »Danke.«

Eine Viertelstunde später saßen sie in der Droschke, die sie hergebracht hatte, und fuhren den Weg zurück, den sie gekommen waren.

»Was glauben Sie, wie spät es ist?«, fragte sie.

Sie saßen zusammen auf der Sitzbank in Fahrtrichtung. Sie lehnte sich an ihn und er schlang einen Arm um ihre Schultern.

»Ich bin nicht sicher, aber die Dämmerung kann nicht mehr weit sein. Wird Ihre Mutter schon zuhause sein?«

»Ich weiß es nicht. Gestern Abend – eher heute Morgen, nein ich vermute, dass es nun *gestern* Morgen war – ist sie erst nach Hause gekommen, als ich bereits aufgestanden war.«

»Ich stelle mir vor, dass die Dienstboten Ihre Mutter über Ihre späte Heimkehr informieren werden. Es tut mir leid, Ihnen mit dieser Sache Unannehmlichkeiten bereitet zu haben.«

»Das ist nicht der Fall.« Sie gähnte hinter ihrer vorgehaltenen Hand. »Der Diener für die Nachtwache ist halbblind und normalerweise zu schlaftrunken, um sich daran zu erinnern, um welche Zeit ich nach Hause gekommen bin, und meine Zofe wird sagen, was immer ich ihr auftrage.«

»Wie praktisch.«

»Sehr. Obwohl ich meine Bequemlichkeit gern eintauschen würde, wenn dies bedeutete, dass meine Mutter ihr skandalöses Benehmen aufgibt.« Sie fielen für einige Minuten in Schweigen. Die Räder der Droschke ratterten über das Kopfsteinpflaster und in regelmäßigen Abständen leuchteten die Straßenlaternen. Wieder gähnte sie. »Sie haben mir nie auf meine Frage geantwortet, warum Sie alle das Schlimmste von Ihnen denken lassen.«

Ihr Kopf lehnte an seiner Brust und er gab seinem Bedürfnis nach, ihr Haar zu streicheln, das sich aus ihrer kunstvollen Frisur gelöst hatte. »Weil alle es für die Wahrheit halten.«

»Ich glaube das nicht. Insbesondere den Teil nicht, dass Sie Männer mögen.«

»Gott, nein. Zumindest das stimmt nicht.«

Sie antwortete mit einem einzigen lethargischen Nicken. »Alles, was Sie heute Abend getan haben, war heldenhaft.«

Er konnte ihr nicht gestatten, ihn zu loben. Sie konnten nicht befreundet sein. Sie konnten gar nichts sein. Er hörte auf, ihr Haar zu streicheln und hätte sie gegen die Lehne zurückschieben sollen, doch er brachte es nicht über sich, sie von ihm zu lösen – eine völlig unheldenhafte Geste. »Philippa, ich bin kein Ritter dem es bestimmt ist, Sie zu retten. Ich habe viele Dinge getan, die vollkommen inakzeptabel sind.«

Sie hob den Kopf und sah zu ihm auf. »Wie eine junge Frau zu ruinieren und sie nicht zu heiraten?«

»Ja.« Und viel Schlimmeres.

Sie legte den Kopf zurück und schmiegte sich an ihn. »Wenn ich Sie das nächste Mal sehe, können Sie mir erzählen, was wirklich passiert ist, denn ich glaube Ihnen nicht, dass diese Geschichte so einfach ist.«

Er war sowohl von ihrem Zutrauen in ihn beunruhigt als auch von ihrer Fähigkeit, den sorgfältig errichteten Schutzwall um seine Vergangenheit einzureißen. Er sollte ihr sagen, dass es kein nächstes Mal gäbe. Dass er sich, wenn er sie wiedersähe umdrehen und davongehen würde, als ob er nicht wüsste, wie herrlich sich ihr Körper anfühlte, oder den herzerwärmenden Klang ihrer Stimme nicht kennen würde oder den köstlichen Geschmack ihrer Lippen. Stattdessen lauschte er den tiefer werdenden Geräuschen ihres Atems und liebkoste die sanfte Erhebung ihrer Schulter.

Alle Wut, die er fühlte, aller Selbsthass verflüchtigte sich. Sein Körper entspannte sich gleichzeitig mit ihrem und er gab sich dem tröstlichen Gefühl hin, einfach neben ihr zu sitzen. Diesen Moment des absoluten Friedens würde er in Ehren halten, wissend, dass es der einzige sein könnte, den er je hätte.

KAPITEL 5

*A*m folgenden Tag schritt Philippa nervös im Salon ihrer Mutter umher. Sie hatte versucht, ihre morgendliche Korrespondenz abzuschließen, doch das Verfassen von Briefen an ihre verheirateten Freundinnen konnte ihre Aufmerksamkeit nicht fesseln. Die Briefe an ihre Tanten und Cousinen noch weniger. Viel zu sehr war sie von dem unmöglichen Benehmen ihrer Mutter eingenommen. Ihre Mutter hatte Kilmartins mit Booth-Barrows verlassen. Und sie war nach Lockwood House gegangen. Wo sie sich mit Booth-Barrows und *zwei anderen Personen* in unerlaubten Aktivitäten ergangen hatte.

Sie erschauderte beim Gedanken an den Skandal, falls irgendjemand die Perversion ihrer Mutter enthüllte. Ihre Schritte beschleunigten sich im Einklang mit ihrem Puls.

Mutter würde es nicht begrüßen, dass Philippa in ihren Privatgemächern Position bezogen hatte. Philippa war allerdings entschlossen, sie so bald als möglich zu sehen. *Vorausgesetzt, sie käme nach Hause.*

Die Uhr auf dem Kaminsims tickte laut und zeigte an,

dass es beinahe eine halbe Stunde nach Mittag war. Mittag! Mutter war noch nie so lange aus geblieben.

Philippa wünschte sich, das Fenster würde auf die Straße hinausgehen, anstatt auf den rückwärtigen Garten. Sie überlegte sich, dass sie auch nach unten gehen und am Fuße der Treppe warten könnte.

War da das entfernte Rattern einer Kutsche zu hören? Sie hielt inne und lauschte aufmerksam auf das Geräusch der sich öffnenden Eingangstür. Da war es. *Endlich*. Sie setzte sich auf die Kante des burgunderroten Damastsofas, und um sich zu wappnen, überlegte sie in Gedanken, was sie sagen wollte.

Einen Moment später ging die Tür auf, aber es war die Kammerzofe ihrer Mutter, Ellis. Sie neigte den Kopf. »Mylady.« Ihr sanftes, faltiges Gesicht – Ellis war weit über das mittlere Alter hinaus – war verkniffen und zeigte eine Spur von Missfallen.

Philippa bezweifelte, dass Ellis′ Miene auf ihre Anwesenheit in Mutters Salon zurückzuführen war. Die Kammerzofe war vielmehr darüber beunruhigt, dass Mutter die ganze Nacht ausgeblieben war. Ellis war überaus bieder und rechtschaffen. »Guten Tag, Ellis. Ich muss mit meiner Mutter unter vier Augen sprechen.«

»Gewiss. Ich werde einfach in ihrem Ankleidezimmer warten.«

Philippa nickte. Die Kammerzofe verschwand im Schlafgemach ihrer Mutter und vermutlich im dahinter liegenden Ankleidezimmer. Ein paar Minuten später öffnete sich die Tür erneut. Philippas Herz schlug schneller.

Ihre Mutter schloss die Tür und drehte sich um. Ihr Gesicht war welk und erschöpft, aber ein Lächeln hob ihre Mundwinkel. Als sie Philippa ansichtig wurde, hielt sie kurz inne, und das Lächeln verblasste.

»Mutter, ich muss mit dir reden.«

»Ich fürchte, das wird warten müssen. Ich kann mich einfach nicht mehr auf den Beinen halten.«

»Es kann nicht warten.« Philippa würde sich nicht auf eine günstigere Stunde vertrösten lassen. Sie presste die feuchten Handflächen in ihrem Schoß aneinander. »Mutter, du kannst dich nicht weiterhin so benehmen.«

Anstatt auf Philippas Worte zu reagieren, besaß ihre Mutter die Dreistigkeit, ein Gähnen zu unterdrücken. Vielleicht *war* das ihre Reaktion. »Wie denn? Wirklich, ich muss darauf bestehen, dass wir uns später darüber unterhalten.«

»Nein, wir werden es jetzt besprechen.«

Die Augen ihrer Mutter wurden schmal und sie verzog den Mund zu einem Ausdruck der Missbilligung. Ihr Tonfall war eisig. »Ich schätze deine Respektlosigkeit nicht.« Ihre Stimme klirrte wie Eis.

Philippa stand auf, wobei ihre Beine vor Wut zitterten. »*Meine* Respektlosigkeit? Nicht ich bin diejenige, die sich mit einem Mann in der Stadt herumtreibt, der nicht mein Ehemann ist!« Gar nicht zu reden von der Teilnahme an Orgien, doch das auszusprechen, brachte sie nicht über sich.

Ihre Mutter strebte auf ihr Schlafgemach zu, ohne ein Zeichen, ob sie Philippas Empörung wahrgenommen hatte oder sich dafür interessierte. »Deine Andeutungen sind beleidigend. Ich bin eine erwachsene Frau. Wenn ich mich entscheide, die ganze Nacht mit meinen Freunden auszugehen, dann geht dich das nichts an.«

Philippa hätte von der Gleichgültigkeit ihrer Mutter nicht überrascht sein sollen. Lange Zeit hatte sie alle Anliegen ignoriert, die ihre Tochter eventuell haben könnte. Ihr oberstes Ziel war es gewesen, Philippa verheiratet zu sehen, und je länger Philippa brauchte, um einen Ehemann zu finden, desto mehr schwand das Interesse ihrer Mutter.

Des Egoismus ihrer Mutter überdrüssig, platzte Philippa heraus: »Ich bin dir zu Lockwood House gefolgt.« Unverzüglich wünschte sie sich, die Worte wieder zurück in ihren Mund nehmen zu können.

Das Aufkeuchen ihrer Mutter schallte durch das Zimmer. Abrupt drehte sie sich um. »Sag bloß nicht, dass du dort warst.«

Inzwischen war es sinnlos, dies noch zu widerlegen. Sie zwang ihren bebenden Körper, sich zu beruhigen. »Ich war dort.«

Mutter, deren Erschöpfung wie weggeblasen war, schritt auf sie zu. »Warum solltest du –«

Philippa reckte das Kinn. »Leider hatte ich geglaubt, dich überreden zu können, mit mir nach Hause zu kommen, um deiner Ehe mit Vater Respekt zu zollen. Wenn ich schon von deinem Treiben weiß, denk nur einmal, wer sonst noch?«

Die Lippen ihrer Mutter wurden zu einem schmalen Strich. »Ich liebe deinen Vater nicht, und er liebt mich nicht. Ihm ist einerlei, was ich tue.«

Wenngleich die Ehe ihrer Eltern nie von Leidenschaft oder Liebe geprägt war, versetzte es Philippa dennoch einen Stich ins Herz, als sie dies so deutlich von ihrer Mutter zu hören bekam. Jahrelang – ein ganzes Leben – hatte sie sich eingeredet, dass ihre Eltern hinter verschlossenen Türen *etwas* füreinander empfanden. Wie töricht sie doch gewesen war. Selbst jetzt forschte sie in ihrem Erinnerungsschatz nach glücklichen Zeiten, liebevollen Augenblicken, Fürsorge und Rücksichtnahme, doch da war nichts. Nur eine kalte Leere, wo eigentlich eine Familie hätte sein sollen.

Sie zwang sich, ihren Schmerz in ihren Zorn fließen zu lassen. »Ich bin mir sicher, dass Vater deine Anwesenheit in *Lockwood House* etwas ausmachen würde.«

Mit zitternden Händen strich Mutter glättend über ihren Rock. »Niemand weiß es. Lockwood House ist privat, und ich kann mir nicht vorstellen, dass du es jemandem erzählen wirst.«

Philippa fiel es schwer zu akzeptieren, dass ihre Mutter nicht nur ihre Mutter, sondern auch eine Frau war, die offenbar versuchte, ein wenig Glück zu finden. Aber dennoch war sie vom Verhalten ihrer Mutter betroffen. Wie sollte sie auch nicht? »Natürlich nicht, aber ist es dir denn einerlei, dass *ich* es weiß?«

Ihre Mutter blieb vor ihr stehen. »Du musst nicht enttäuscht sein. Dein Vater wäre es auch nicht. Unsere Ehe hat nie auf Liebe oder Zuneigung beruht.«

»Worauf war sie dann aufgebaut?« Philippas Stimme klang so kläglich, wie sie sich fühlte.

»Eine Ehe muss in erster Linie auf einer gemeinsamen Wertschätzung beruhen. Ein Ehemann sollte gutherzig und sympathisch sein, wenn es irgend geht.«

All das hatte Philippa schon einmal gehört, doch nie war ihr in den Sinn gekommen, ihre Mutter zu fragen: »Hast du Vater so gefunden?«

Es wurde still, und ihre Mutter richtete den Blick auf einen Punkt hinter Philippas Schulter. »Nein«, flüsterte sie. »Ich habe deinen einst Vater geliebt, aber ich war eine Närrin.« Sie blinzelte mit tränenfeuchten Wimpern und sah dann Philippa an. »Das wünsche ich mir nicht für dich.« Dann wurden ihre Gesichtszüge straff. »Aber ich will dich auch nicht im Mittelpunkt eines ungeheuerlichen Skandals stehen sehen. Erzähl mir genau, was gestern Abend passiert ist. Hat dich jemand gesehen?«

Nur einer der berüchtigtsten Schurken Englands. Allein der Gedanke an Sevrin jagte Philippa einen wohligen Schauer über den Rücken. Sie musste sich zwingen, um ihre Gedanken von ihrem gut aussehenden Retter wegzulenken, und überlegte, wie sie ihrer Mutter antworten sollte. Ihr blieb ganz offensichtlich nichts anderes übrig, als zu einer Lüge zu greifen. »Sobald ich bemerkte, dass ich mich bei Lockwood House befand, bin ich nach Hause zurückgekehrt.« Sie musste darauf vertrauen, dass der sehbehinderte Diener und ihre ergebene Kammerzofe den tatsächlichen Zeitpunkt ihrer Ankunft in Herrick House nicht verraten würden – der natürlich mehrere Stunden später gewesen war.

Ihre Mutter stieß hörbar die Luft aus. »Dem Himmel sei Dank dafür. Philippa, wenn man dich gesehen hätte ... du wärst ruiniert. Kein anständiger Mann würde dich heiraten.« Sie schürzte die Lippen. »Da du beschlossen hast, dieses Tête-à-tête

einzuberufen, muss ich dich daran erinnern, dass du *diese* Saison heiraten wirst.«

Philippa hätte wissen müssen, dass ihre Mutter das Gespräch in die Gegenrichtung lenken würde. Ihre Widerstandskräfte erwachten und lösten ein Kribbeln aus. »Du hattest dich klar genug ausgedrückt.«

»Das hoffe ich. Aber nachdem du in den letzten fünf Jahren – wie viele? Sechs? – Bewerbungen abgelehnt hast, muss klar sein, dass es dir jetzt ernst ist. Dass du ein Angebot annehmen *wirst*.«

»Ich habe es immer ernst gemeint.« Ernst genug, um das Risiko einzugehen, einen Anwärter nach dem anderen abzulehnen, weil sie keinen darunter geliebt hatte. Sie wusste, wie ihre wiederholten Ablehnungen wirkten, aber sie konnte keine Ehe eingehen, die so kalt und gekünstelt wäre, wie die ihrer Eltern.

Mutter schniefte. »Ich kann mir nicht vorstellen, worauf du wartest.«

Darauf sich zu verlieben. Doch die Geständnisse ihrer Mutter ließen sie innehalten. Mutter hatte sich verliebt, und sich damit nichts als Unglück eingehandelt. Plötzlich erschien Philippa ihr Traum kindisch und nahezu utopisch. »Warum hat Vater dich nicht auch geliebt?«

Ihre Mutter wurde bleich, als von unten die Geräusche

eines Aufruhrs zu ihnen drangen. Es hörte sich nach einer Ankunft an, doch für heute hatten sie keine Verabredungen. Das würde Philippa wissen, da sie sich in den letzten Jahren der Haushaltsführung angenommen hatte, nachdem ihre Mutter einfach aufgehört hatte, dies zu tun.

Mit abgespannten Zügen strebte Mutter zur Tür des kleinen Salons und öffnete sie eine Handbreit. Mehrere Stimmen von unten drangen in das Zimmer. Dann eine noch lautere Stimme, direkt vor der Tür. »Mylady, seine Lordschaft ist aus dem Ausland zurückgekehrt.« Pigeon, ihr Butler, hielt einen Moment inne, dann fügte er hinzu: »Er hat Gäste mitgebracht.«

Die Tür schloss sich und Mutter drehte sich um. Ihr Gesicht war blass gewesen, doch nun erstrahlten leuchtend rote Flecken auf ihren Wangen. »Willst du wissen, warum dein Vater mich nicht ebenfalls geliebt hat? Geh nach unten und sieh selbst.«

~

Ambrose wurde von einem donnernden Pochen aus dem Schlaf gerissen. Er schlug die Augen auf, blinzelte in das Tageslicht, das sich um die Ränder der Vorhänge stahl, und schätzte, dass es bereits weit nach Mittag war.

Das Geräusch hörte kurz auf und setzte dann noch heftiger wieder ein. Ambrose zwang seinen schmerzenden Körper aus dem Bett, wobei er denjenigen zum Teufel wünschte, der ihn aus dem Schlaf gerissen hatte. Als er sich durch seinen privaten Salon zur Tür aufmachte, pochte sein Kopf im Takt des Klopfens. Schließlich riss er die Tür auf und musste zurückweichen, als mitten im Klopfen eine große Faust auf sein Gesicht zukam.

»Wo zum Teufel warst du letzte Nacht?«, fragte Hopkins, ein breiter, muskulöser Mann, der um zehn Jahre älter als der achtundzwanzigjährige Ambrose war. Er war Ambroses rechte Hand im Kampfclub, der sich jeden Abend unten im Hinterzimmer der Black Horse Taverne versammelte, und er war auch einer der drei Menschen, von denen sich Ambrose es gefallen ließ, so mit ihm zu sprechen.

»Ich bin aufgehalten worden.« Zum ersten Mal, seit er den Club vor mehr als zwei Jahren gegründet hatte, war Ambrose einem Kampfabend ferngeblieben.

Hopkins musterte Ambroses zerschundenes Gesicht. »Das kann ich sehen. Hat Tom sich um dich gekümmert?«

Ambrose nickte und trat dann beiseite, um Hopkins einzulassen. Tom war der Besitzer und Betreiber der Black Horse Taverne, obschon Ambrose das eigentliche Gebäude gehörte. Tom braute nicht nur das beste Ale Londons, sondern war obendrein auch ein geschickter Heilkundiger, der seine »Praxis« jedoch auf die Mitglieder von Ambroses Kampfclub beschränkte.

Ambrose schloss die Tür. Hopkins ging auf den Tisch zu, der sich an einer Seite des Wohnzimmers von Ambrose befand. Seine Wohnung bestand aus zwei Zimmern. Das erste war der Salon, in dem er nur wenige Gäste empfing, und das zweite war sein Schlafgemach, in dem er niemanden außer Toms Tochter einließ, die es putzte. Dass ein Viscount in einer solchen Wohnung lebte, war skandalös. Das wäre es jedenfalls, wenn jemand davon wüsste.

Hopkins ließ sich auf einem der vier Stühle nieder, die um den Tisch standen. Er war mit Briefen seines Verwalters, der Korrespondenz seines Sekretärs und verschiedenen anderen Geschäftsunterlagen übersät und wurde nur selten zum Essen benutzt. Ambrose schob Papiere zusammen und stapelte sie in einer Ecke. »Möchtest du etwas zu trinken?«

Hopkins nickte. »Ale, wenn du welches hast.«

Ambrose hatte stets einen Krug von Toms Ale im Schrank stehen. Er schenkte zwei Becher voll ein und reichte seinem Freund einen davon, ehe er sich zu ihm an den Tisch setzte.

Nachdem sie beide einen großen Schluck getrunken hatten, schüttelte Hopkins den Kopf. »Du wirst mir vermutlich nicht verraten, wo du vergangene Nacht gewesen bist.«

Ambrose zog es vor, seine privaten Angelegenheiten für sich zu behalten, und das galt selbst bei Hopkins, der sein engster Freund in London war. Trotzdem sah er ein, dass er ihm von den Geschehnissen berichten musste. Er benötigte Hopkins Hilfe. »Ich würde sogar gerne darüber reden, und ich brauche überdies deine Hilfe.«

Hopkins hatte seinen Becher zum Mund geführt, doch nun erstarrte sein Arm mitten in der Bewegung, wobei er Ambrose ungläubig anblickte. »Du bittest um meine Hilfe?«

Ambrose grinste ihn an, wenngleich er wusste, dass Hopkins Reaktion echt war. »Überraschend, ich weiß. Ich werde in weniger als zwei Wochen bei einem Preiskampf antreten.«

Hopkins stellte den Becher klappernd auf den Tisch. »Ich dachte, du hättest das aufgegeben.«

Das hatte er. Obwohl er die Meisterschaft hätte anstreben können, hatte er den Ruhm nicht zu ertragen vermocht. Trotzdem vermisste er diese Variante des Kämpfens. Sein Club war ein guter Ersatz, eine pure Notwendigkeit für seine geistige Gesundheit. Aber ein wahrhaft verbissener Kampf, bei dem es um Sieg oder Niederlage ging? Nichts war damit vergleichbar.

Ambrose sagte nur: »Ich tue jemandem einen Gefallen. Ein Kerl namens Jagger.«

Hopkins riss die Augen auf. »Diese Gossenratte? Wie konntest du dich mit so einem wie ihm einlassen?«

»Du kennst ihn?« Ambrose hatte sich heute an erster Stelle vorgenommen, so viel wie möglich über den Gauner in Erfahrung zu bringen. Dass ihm die Informationen direkt in den Schoß fielen, kam ihm sehr gelegen. Er legte die Hände um seinen Becher Ale und lehnte sich in seinem Stuhl zurück. »Erzähl mir alles.«

»Ich kenne ihn nicht persönlich, wohlgemerkt. Er führt eine Bande von Gaunern, Taschendieben und dergleichen an. Und zusätzlich eine Bande, die gegen ein gewisses Entgelt einen bestimmten Gegenstand beschafft.«

»Ich könnte sie anheuern, etwas zu stehlen?«

Hopkins nickte. »Ich habe gehört, dass er auch ein oder zwei Bordelle besitzt und wahrscheinlich auch an einer Opiumhöhle beteiligt ist.«

»Klingt nach einem charmanten Genossen.« Das waren eine Menge krimineller Interessen, und jetzt wollte er einen seriösen Preisboxer protegieren? Irgendetwas passte da nicht zusammen.

Als hätte er Ambroses Gedanken vernommen, bemerkte Hopkins: »Ich habe noch nie gehört, dass er einen Preisboxer protegiert. Warum bist du ihm einen Gefallen schuldig? Was hat er gegen dich in der Hand?«

Ambrose hätte darauf gefasst sein müssen, dass Hopkins zumindest so weit kombinieren würde. Er war weitaus schlauer, als die meisten Leute einem riesigen Unhold wie ihm zutrauten. Und dennoch würde er Philippa nicht zur Sprache bringen. Je weniger Leute von seiner Verbindung zu ihr wussten, umso besser. »Nichts. Ob du es glaubst oder nicht, freue ich mich tatsächlich auf den Kampf.«

Und das tat er auch, bis auf den Teil, wo alle ihn bejubelten und ihn mit Ruhm überschütteten, wenn er gewann. Als Liebling seines Vaters, der Stolz des Bezirks und als Held seines Bruders – allesamt Rollen, auf die er ein Anrecht hatte – war er mit einem Übermaß an Ehrenbekundungen überschüttet worden. Und er hatte unter Beweis gestellt, dass er all diese Rollen nicht verdiente.

Hopkins betrachtete ihn mit einem Ausdruck des

Unglaubens. »Nun, du musst außerdem noch einen anderen Grund haben. Ich kann mir nicht vorstellen, dass du mit Leuten wie Jagger gemeinsame Sache machst, es sei denn, jemand bedarf deiner Hilfe.«

Wieder einmal erwies sich Hopkins als klüger, als Ambrose es sich von ihm wünschte – zumindest in diesem Punkt. »Du hältst mir viel zu viel zugute.«

Hopkins schüttelte den Kopf. »Nein, Du hast schon so vielen Männern geholfen. Mir zum Beispiel. Dieser Club hat eine Menge Männer gerettet.«

Ambrose, dem Hopkins Worte unangenehm waren, rutschte auf seinem Stuhl umher. So etwas hatte er noch nie zuvor gesagt. »Mach dir nichts vor. Dieser Club ist mein kleines Hobby. Ich habe euch alle nur deshalb aufgenommen, damit ich jemanden zum Kämpfen habe.«

Hopkins verdrehte die Augen. »Also gut. Du hilfst niemandem. Mit Ausnahme von Tom. Gibst du wenigstens zu, dass du ihm geholfen hast?«

Er nahm an, Tom »geholfen« zu haben, als er das Gebäude, in dem das Black Horse ansässig war, von einem brutalen, habgierigen Halsabschneider erworben hatte. Doch ebenso hatte Ambrose es auch aus eigennützigen Gründen angeschafft. Gerade erst hatte er begonnen, das Hinterzimmer des Black Horse für seinen Kampfclub zu nutzen, als der Vermieter Tom mit der Zwangsräumung gedroht hatte. Da Ambrose lieber mit Tom verhandelte, hatte er das verdammte Gebäude einfach gekauft.

»Gut, ich gebe klein bei. Aber behalte das für dich. Nun wieder zurück zu Jagger.« Ambrose wollte so viel wie möglich über Jagger herausfinden, um das wahre Ausmaß seiner Drohungen abzuschätzen. Er bezweifelte nicht, dass der Mann Philippa gesellschaftlich ruinieren würde, aber würde er die Sache noch weiter treiben? Ganz gewiss hatte er angedeutet, dazu imstande zu sein, ohne den Henker fürchten zu müssen. »Es klingt, als sei er kein brutaler Krimineller? Ich möchte wissen, mit was für einem Mann ich mich einlasse.«

Hopkins räusperte sich. »Das hättest du wahrscheinlich bedenken sollen, ehe du eingewilligt hast.« Auf Ambroses abweisenden Blick hin zuckte er mit den Schultern. »Bislang ist mir noch nicht zu Ohren gekommen, dass er ein Mörder sein soll, falls du darauf hinaus wolltest. Er ist allerdings recht eng mit Gin Jimmy befreundet, und das ist ein schlimmer Typ. Ich persönlich würde ihn nicht verstimmen wollen.« Hopkins trank einen weiteren Schluck Bier.

Von Gin Jimmy hatte Ambrose schon gehört. Er war einer der größten Gin-Fabrikanten Londons und außerdem Besitzer mehrerer Opiumhöhlen und Freudenhäuser. Er machte sich die Laster und Abhängigkeiten von Rauschmitteln der Menschen bis zu ihrer völligen Zerstörung zunutze und die Leichen, die er auf seinem Weg hinterließ, hatten ihn nie gekümmert. Wenn Jagger ein Busenfreund von Gin Jimmy war, hatte Ambrose allen Grund zur Sorge.

Hopkins stellte seinen leeren Becher auf den Tisch. »Was bedeutet das für den Club? Löst du ihn auf?«

»Grundgütiger, nein. Meine Abwesenheit gestern Abend war ein einmaliges Vorkommnis. Allerdings werde ich wohl auch den Abend des Preiskampfes versäumen.«

»Das ist egal. Die Männer werden sich ohnehin alle den Kampf ansehen. Wann und wo?«

Ambrose hatte die Einzelheiten des Kampfes von Jagger gestern Abend vor seinem Aufbruch erfahren. »Dirty Lane. Freitag, der sechzehnte.«

»Brauchst du meine Unterstützung beim Training?«

»Wahrscheinlich.« Man konnte nicht gut genug vorbereitet sein. »Hast du jemals diesen Iren – Nolan ist sein Name – kämpfen sehen?«

»Ist das dein Gegner?« Auf Ambroses Nicken hin fuhr er fort: »Nein, aber ich habe schon von ihm gehört.«

Auch Ambrose hatte bereits von ihm gehört, doch er hatte gehofft, dass ihn jemand tatsächlich gesehen hatte. Nolan war während seiner gesamten Karriere nur in drei Kämpfen unterlegen gewesen, und in den letzten zwei Jahren bei keinem mehr. Er strebte an, gegen Belcher um den Titel zu kämpfen, und deshalb brauchte Jagger Ambrose als Sieger. Aus diesem Grund hatte er Ambrose überhaupt erst verpflichtet.

Verpflichtet. Eher gezwungen. Jagger hatte Philippa – eine Unschuldige – in diese Sache hineingezogen und es oblag Ambrose, für ihre Sicherheit zu sorgen. Er fühlte sich veranlasst, sie zu aufzusuchen – und das war etwas, das er nicht geplant hatte.

Hopkins stand auf. »Ich mache mich besser auf den Weg. Ich hatte bloß nachsehen wollen, dass du nicht tot bist.«

Ambrose lächelte. »Das weiß ich sehr zu schätzen. Ich werde einige Tage brauchen, um mich zu erholen, aber dann kannst du anfangen, mich an den Abenden auf Trab zu bringen, wenn es dir nichts ausmacht?«

»Es ist nicht so, als müsste ich nach Hause zu meiner Familie gehen.« Hopkins war ein eingefleischter Junggeselle, wenngleich er anders als Ambrose gelegentlich weibliche Gesellschaft genoss. Einer der Gründe, warum Ambrose ihn zu seinen Freunden zählte, war sein absolutes Stillschweigen, was Ambroses mangelnde Betätigung als Schürzenjäger anbelangte.

Apropos Freunde ... der Earl of Saxton, Ambroses einziger Freund außerhalb der Arbeiterklasse, war letzte Woche nach London zurückgekehrt. Er konnte es bestimmt einrichten, dass Ambrose zu ausgewählten Veranstaltungen eingeladen wurde, um Philippa im Auge zu behalten und sich ihrer Sicherheit und Wohlergehens zu vergewissern. Er konnte sogar mit ihr sprechen, ohne Aufmerksamkeit zu erregen. *Verdammt.* Nein, das konnte er nicht. Sie waren einander nicht statthaft vorgestellt worden. Nun, Saxton konnte auch das arrangieren.

Nachdem Hopkins gegangen war, nahm Ambrose seinen Becher zwischen die Hände und legte seine Prioritäten fest. Für Philippas Schutz sorgen. Gegen den Iren kämpfen. Einen Preisboxer finden.

Was hätte er zu Jaggers Männern gesagt, wenn er nicht mit Philippa zusammen gewesen wäre, als sie nach ihm gesucht hatten? Er hätte gleichermaßen abgelehnt und ohne Philippa hätte Jagger ihn nie zu einer Einwilligung zwingen können.

Philippa. Sie war der Kernpunkt zu all dem. Stirnrunzelte blickte Ambrose in seinen Becher. Seine Reaktion auf sie war reichlich beunruhigend. Sie zu küssen, um ihre Identität zu verbergen? Sie in eine durch und durch verführerische Umarmung zu ziehen? Fünf Jahre lang hatte er sich von Frauen ferngehalten. Fünf Jahre wohlverdiente Strafe, die von einer bezaubernden jungen Frau auf der Suche nach einem Ehemann in Gefahr gebracht wurden.

Er trank seinen Becher aus und wünschte, er hätte sich etwas Stärkeres eingeschenkt.

KAPITEL 6

*A*bigail, Lady von Egmont und Ursache für den Ehekummer von Philippas Mutter, thronte auf einem blassgrünen Sofa am anderen Ende des Salons und lachte über etwas, das Philippas Vater ihr ins Ohr flüsterte. Sie war genau ein Jahr verwitwet, und deshalb hatte Vater diesen Moment gewählt, um sie nach England, in ihre Heimat, zurückzubringen.

Seit drei Tagen schon musste Philippa das Eindringen der Frau in ihren Haushalt und ihres Vaters offenkundige Zuneigung zu ihr erdulden. Ihre Art, sich vor den Augen aller Bewohner von Herrick House gegenseitig anzuschmachten, weckte in Philippa den dringenden Wunsch, ihren Mageninhalt von sich zu geben. Sie wurde außerdem immer begieriger darauf, die Flucht zu ergreifen. Das hieß, Herrick House für immer hinter sich zu lassen. Plötzlich hatte das Gebot ihrer Eltern, noch in dieser Saison zu heiraten, einen recht angenehmen Beigeschmack gewonnen.

Daher war ihre Suche nach einem Ehemann in *Die notwendige und sofortige Jagd nach einem Ehemann* umbenannt worden und würde heute Abend auf Lady Dunwoodys Ball eröffnet werden.

Gewappnet mit einer Liste möglicher Bewerber, beabsichtige Philippa, den Kreis auf fünf oder weniger einzugrenzen. Dann würde sie ihr Bestes tun, um jedem einzelnen im Hinblick auf seine Heiratsfähigkeit auf den Zahn zu fühlen. Sie konnte nicht darauf bauen, sich so rasch zu verlieben, also musste sie auf dieses Lebensziel verzichten und sich mit jemandem begnügen, der treu sein würde, in der Hoffnung, dass sich daraus mehr entwickeln könnte. Aber wie konnte sie sich der Treue eines Mannes sicher sein? Während des Werbens würden sich die Anwärter so verhalten, wie es nötig war, um den Preis zu gewinnen, den sie anstrebten – Philippa und ihre zehntausend Pfund Mitgift.

Vom Anblick auf dem Sofa angeekelt, richtete sie ihren Blick auf Lady von Egmonts Sohn Pieter, der bei den Fenstern stand. Großgewachsen, mit sanft gewelltem, blondem Haar und einem athletischen Körperbau, machte er eine gute Figur. Außerdem war er charmant, intelligent und geistreich.

Vater hatte die beiden nach London eingeladen – vorgeblich, um zu sehen, ob Lord von Egmont und Philippa zueinander passten. Allerdings wusste sowohl sie wie auch Lord von Egmont, worin der wahre Grund für den Besuch der von Egmonts bestand: die Absicht ihrer Eltern, ihre jahrzehntealte Affäre fortzusetzen, nachdem Lady von Egmont nun Witwe war.

Vater hatte auch angedeutet, dass er einer »alten Freundin« angesichts der Unruhen in ihrer französisch besetzten Heimat »Hilfe« leisten wollte. Philippa war sich nur nicht sicher, ob das Pusten in Lady Egmonts Ohr die Art von Hilfe war, die ein alter Freund leisten sollte. Insbesondere, wenn sich seine eigene Frau im Obergeschoss aufhielt.

Philippa empörte sich im Namen ihrer Mutter und ballte die Fäuste. Mutter verbrachte kaum Zeit in Herrick House, und wenn sie es tat, dann blieb sie in ihrem Zimmer. Sie schob Kopfschmerzen vor, doch jeder – auch die Bediensteten – kannte die Wahrheit.

Und das war der Grund, warum einen Moment später alle vier schockiert die Köpfe zu ihrer Mutter umwendeten, als sie ins Zimmer trat. Zu ihrer Ehre sollte gesagt sein, dass sie alle Anwesenden gelassen anlächelte und ein »Guten Abend« murmelte.

Sie hatten sich im Salon versammelt, ehe sie zu Lady Dunwoodys Ball aufbrechen wollten. Der heutige Abend sollte Lady von Egmonts erster Auftritt in der Gesellschaft seit ihrer Rückkehr nach London sein. Sie war hier groß geworden und hier hatte sie auch Philippas Vater kennengelernt hatte. Zu ihrem Pech war sie bereits verlobt gewesen, sonst wäre ihre Geschichte – wie auch Philippas – völlig anders verlaufen.

Philippa schenkte ihrer Mutter ein sympathisches Lächeln, das Unterstützung ausdrücken sollte. »Guten Abend, Mutter. Du siehst reizend aus.« Eine dunkelviolette Feder ragte aus ihrem aufgesteckten Haar, und unter dem anmutigen Faltenwurf ihres amethystfarbenen Kleides wirkte ihr Körper rank und schlank. Trotz der Prüfungen der letzten Tage war sie der Inbegriff von Lebhaftigkeit und Schönheit.

»Ich fahre mit der Kutsche zu Lady Dunwoody, Philippa, wenn du mich begleiten möchtest.« Sie nahm ihren Mann ins Visier. »Herrick, ich nehme an, dass du die von Egmonts begleiten wirst und ihnen bei der Eingewöhnung zur Seite stehst. Du wirst mir nachsehen, wenn ich mich heute Abend auf Philippa konzentriere.« Das war nachvollziehbar, wenn da nicht die ungeheure Kluft wäre, die ihre Eltern jetzt trennte. Lady Dunwoodys Ball war eine der bedeutendsten Veranstaltungen der Saison und für Philippa die beste Gelegenheit, die Liste ihrer Verehrer abzuhaken. Dass Mutter sie an diesem Abend persönlich beaufsichtigen wollte, sprach Bände über ihre Prioritäten. Sie wollte Philippa so rasch wie möglich verheiratet wissen.

Philippa stand auf und strich sich den Rock ihres aquamarinfarbenen Kleides glatt. »Ich bin bereit, Mutter.« Sie drehte sich um und nickte ihrem Vater zu, der nun ein wenig finster dreinblickte.

»Ich hatte gehofft, Philippa würde mit mir und den von Egmonts eintreffen.«

Philippa bemerkte, dass ihre Mutter immer mehr Farbe bekam und mischte sich ein. »Nun, Vater, es wäre den anderen Gentlemen gegenüber gar nicht fair, wenn ich am Arm von Lord von Egmont einträfe. Aber ich werde ihm einen Tanz reservieren.« Sie lächelte ihren Hausgast an, der ihr mit einer angedeuteten Verbeugung antwortete.

Ihr Vater schürzte die Lippen, und wenn er auch nicht erfreut schien, beschwerte er sich nicht weiter. Damit verließ Philippa in Begleitung ihrer Mutter den Salon, und bald saßen sie in der Kutsche auf dem Weg zu Lady Dunwoody.

»Hast du das ernst gemeint, was du über ein Eintreffen mit von Egmont gesagt hast?«, fragte ihre Mutter. »Darf ich richtig interpretieren, dass du dich endlich um einen Ehemann bemühst?«

Philippa wünschte, ihre Mutter würde weniger kalt und berechnend klingen, doch andererseits war sie ihm Begriff, diese Sache auf eine weitaus berechnendere Weise anzugehen, als sie jemals gedacht hatte. »Ja.«

»Es freut mich, das zu hören. Wirklich, je eher desto besser.« Sie hielt inne und holte tief Luft. »Es gibt keinen einfachen Weg, das zu sagen, also werde ich rundheraus damit herausplatzen. Ich habe mir mein eigenes Stadthaus gemietet. Innerhalb von dreißig Tagen werde ich aus Herrick House ausziehen.«

Mutters Selbstsucht überstieg das von Philippa ohnehin

schon angenommene Maß. Philippa presste die Hände gegen ihren Rock und weigerte sich, das Brennen in ihrer Brust zuzulassen. »Du hättest nicht warten können, bis ich verlobt bin?«

»Das wäre mir lieber gewesen, ja, aber die Situation zuhause ist unerträglich. Und ich konnte nicht sicher sein, dass du heiratest.« Sie lenkte den Blick weg. »Das kann ich immer noch nicht.«

Vom Mangel an Vertrauen und Geduld ihrer Mutter getroffen, straffte Philippa sich. Sie verstand die Einstellung ihrer Mutter in Bezug auf die Situation in Herrick House vollkommen, aber wie konnte Mutter einen Zeitplan für ihr zukünftiges Glück vorgeben? Ihr blieb nur zu hoffen, dass der Auszug ihrer Mutter aus Herrick House keinen großen Skandal auslösen würde, aber es würde wohl ausreichen, um die meisten Bewerber abzuschrecken sie zu umwerben – zumindest diejenigen, die zu haben es sich lohnte.

Es schien, als erfordere ihr Vorhaben, das sie *Die notwendige und sofortige Jagd nach einem Ehemann* getauft hatte, eine weitere Überarbeitung und sollte von nun an *Ungeheuer wichtiger Feldzug zur Heirat, ehe ein Skandal sie ruinierte* heißen.

»Mutter, die Wahrscheinlichkeit, dass ich in den nächsten dreißig Tagen heirate, ist nachgerade nichtig. Ich müsste mich in den nächsten Tagen verloben, damit Zeit bleibt, das Aufgebot zu verlesen. Und ich kann mir nicht vorstellen, dass mein Verlobter um eine Sonderlizenz ersucht, um deiner Laune nachzugeben.«

»Du musst nicht heiraten, sondern du musst nur verlobt sein. Dein Bräutigam wird nicht absagen, nur weil deine Mutter in ihr eigenes Haus umzieht.«

Das wäre zu hoffen. Aber es schien, als würde ihre Mutter kein Mitgefühl für ihre Situation aufbringen – eine Situation, die *sie* selbst geschaffen hatte.

Ihre Mutter drehte den Kopf und sah sie mit aufrichtigem

Interesse an. »Auf wen hast du heute Abend ein Auge geworfen?«

Wenngleich Philippa sich über diese Frage eingehend Gedanken gemacht hatte, wollte sie dies nicht mit ihrer Mutter besprechen. Ihre Motive waren gänzlich andere, wenn sie beide auch das gleiche Ziel verfolgten. Sie fragte sich, ob ihre Mutter sie einfach mit dem erstbesten Mann verheiraten würde, dem sie in Dunwoody House begegneten.

Dennoch verriet sie ein paar Namen, um weitere Belästigung zu vermeiden. »Lord Vick und Lord Allred.«

Mutter nickte. »Allred ist eine ausgezeichnete Wahl. Vick ist nicht schlecht, wenngleich ich überrascht bin, dass du jemanden seines Alters in Erwägung ziehst.« Vick war ein Witwer, der die Dreißiger längst überschritten hatte, aber er war charmant und intelligent, mit einer Liebe für Pferde, die Philippa teilte.

Ungebeten tauchte ein weiterer Name in ihren Gedanken auf. Sevrin. Ach! Als ob er überhaupt bei Lady Dunwoodys wäre.

Er konnte nicht auf Philippas Liste der Anwärter stehen. Abgesehen von seinem grauenhaften Ruf hatte er an seiner mangelnden Heiratswilligkeit keinen Zweifel gelassen. Selbst wenn er geneigt wäre, entspräche er nicht der Art von Mann, den sie sich vorstellte. Seine Küsse waren zu köstlich, doch die Finsternis und Gewalt, die unter seinem attraktiven Äußeren brodelte, war kein gutes Vorzeichen für eine glückliche Verbindung. Wenn sonst nichts, hatte Philippa nicht die Absicht, ihrer Mutters Fehler zu wiederholen. Wenn sie irgendeine Ahnung hätte, dass ein Mann ihr Verdruss bereiten würde, war er von der Liste gestrichen.

Schließlich kam die Kutsche bei Dunwoody House an. Ihre Mutter machte sich zum Aussteigen bereit. »Ich werde meinen Teil beitragen, dich Allred und Vick zu empfehlen. Allreds Großmutter ist reizend und wird sich über deine

Aufmerksamkeit freuen – sorge dafür, dass du sie aufsuchst. Wenn der Abend zu Ende ist, wirst du mit deinem Vater nach Herrick House zurückkehren müssen.«

Diese Aussage ihrer Mutter war keine Überraschung für Philippa, aber sie erkannte wieder ganz genau, wie ihre Mutter zu ihrer zerrütteten Familie stand. »Ich bin mir sicher, dass ich nach Hause finden werde. Sorge dich darüber bitte nicht.«

Angesichts der Schärfe in Philippas Ton schürzte ihre Mutter die Lippen, doch Philippa hielt das Kinn gereckt. Sobald ihre Mutter der Kutsche entstiegen war, atmete Philippa endlich aus und betete, der Abend würde einen besseren Verlauf nehmen, als er begonnen hatte.

Drinnen angekommen, begrüßten sie ihre Gastgeber und trennten sich dann, ohne ein weiteres Wort zu wechseln. Beim Betreten des Ballsaals wurde Philippa gleich von ihren Freundinnen Lady Lydia Prewitt und Miss Audrey Cheswick begrüßt.

Lady Lydia, der Inbegriff einer jungen Londoner Dame mit sanften braunen Augen und hellblondem Haar, zog Philippa von der Tür fort. Philippa blieb kaum Zeit, die im Ballsaal in Hülle und Fülle blühenden, duftigen Lilien oder die elfenbein- und goldfarbenen Verzierungen der Wandvertäfelungen wahrzunehmen.

»Meine Güte, Philippa, wir hatten uns schon um deine Gesundheit gesorgt, nachdem du so viele Tage fort warst«, meinte Lydia. »Wir waren so hilflos ohne dich – unserer strahlenden Anführerin.« Sie legte – wie immer theatralisch – die Hand auf ihr Herz.

»Strahlende Anführerin‹?« Philippa lachte kopfschüttelnd. »Bitte, fang nicht an, mich so zu nennen.«

»Du weißt sehr gut, dass Audrey und ich ohne dich verloren sind«, konterte Lydia. »Ohne deinen sprühenden

Witz und Charme, der die Leute an unsere Existenz erinnert, verblassen wir einfach im Hintergrund.«

Philippa spürte die Hitze in ihrem Nacken aufsteigen. »Hör auf, du machst mich viel zu wichtig.«

Audrey, eine stille junge Frau, die von den meisten als Mauerblümchen erachtet würde, nickte beipflichtend. »Es stimmt. Du sorgst immer dafür, dass wir in Unterhaltungen einbezogen werden, und du bemühst dich um Tanzpartner für uns. Du bist eine wahre Freundin. Wir haben dich vermisst.«

Philippa drückte Audrey die Hand. »Ich habe euch auch vermisst.«

Lydia beugte sich vor. »Ja, nun, es sind so viele Dinge geschehen. Saxton ist mit seiner Braut zurückgekehrt. Es geht das Gerücht um, dass sie an Umfang zunimmt.« Neben ihrer Vorliebe für Dramen war Lydia auch eine große Anhängerin von Klatsch und Tratsch. Sie kniff die Augen zusammen und betrachtete Philippa scharfsichtig. »Bist du aus diesem Grund ferngeblieben? Das würde ich natürlich vollkommen verstehen. Saxton ausgerechnet an sie zu verlieren ...« Sie schüttelte den Kopf und verdrehte die Augen.

Philippa ignorierte Lydias Boshaftigkeit. Lydia verfügte über Zeit im Überfluss, einen Mangel an Zeitvertreiben und eine zänkische Tante, die sie ermunterte, Klatsch und Gerüchte zu sammeln und in halsbrecherischem Tempo zu verbreiten. Aufgrund Lydias schlechtem Vorbilds in Form ihrer Tante versuchte Philippa, sie auf positivere Weise zu beeinflussen. Sie lächelte und zuckte lässig mit den Schultern. »Du weißt, dass ich seinen Heiratsantrag abgewiesen habe, Lydia.«

Mit geschürzten Lippen richtete Audrey sich an Lydia. »Philippa stört sich nicht im Geringsten an Saxton oder seiner Braut.«

Lydia wirkte nicht überzeugt, doch sie äußerte sich nicht weiter zu dem Thema. »Der andere Leckerbissen, der dir entgangen ist, hat mit Viscount Sevrin zu tun.«

Ihr Herz schlug schneller. Sevrin? Beim Gedanken an die skandalöse Art ihres Kennenlernens und den gemeinsam verbrachten Abend in Lockwood House konnte sie ein innerliches Zusammenzucken nicht verhindern. Einen Moment lang lief ihr das Blut kalt durch die Adern, als sie sich fragte, ob sie in irgendeiner Form Bestandteil dieses Klatsches war. Doch nein. Das hätten ihre Freundinnen ihr sicher sofort gesagt oder sie hätten sie vorher besucht.

Sie zwang sich zu einem gelassenen Tonfall und fragte: »Was ist das für ein Leckerbissen?«

Lydia ließ verstohlen den Blick schweifen, um festzustellen, ob jemand zuhörte. Nachdem ihr Blick kurz an zwei Matronen in Hörweite hängengeblieben war, erhob sie die Stimme. »Er wurde in Lockwood House gesehen.«

Philippas Magen sackte zusammen und heiß durchströmte es ihren Körper. Wieder versuchte sie, Gelassenheit zu bewahren. »Warum ist das eine Neuigkeit?«

»Du weißt doch sicher, was Lockwood House ist.« Wieder verdrehte Lydia die Augen. »Lieber Himmel Philippa, allmählich gelange ich zu dem Glauben, dass du tatsächlich krank warst.«

Audrey schüttelte den Kopf über Lydia. »Kannst du ihr nicht einfach davon erzählen?« Sie wandte sich an Philippa, wobei sie allerdings Lydias überlauten Ton nicht übernahm. »Er war mit einer Frau dort.«

Philippa besann sich darauf, was der kriminelle Jagger neulich Abend über Sevrin gesagt hatte. Hatten die Leute etwa tatsächlich geglaubt, er würde Männern den Vorzug geben? Sie konnte sich nicht vorstellen, dass das stimmte. Er hatte sie geküsst. Zweimal.

»Warum ist das bemerkenswert? Von jemandem wie ihm erwartet man, denke ich, Lockwood House zu besuchen.«

»Ja, aber noch nie ist er dort mit einer Frau gesehen worden. Sie war zwar maskiert, aber Gerüchten zufolge war sie sehr schön. Bei White's sind mindestens ein Dutzend Wetten über ihre wahre Identität zu finden.«

Philippas Interesse verschärfte sich, während sie sich innerlich anspannte. »Was wird über ihre Identität spekuliert?«

»Die meisten der Namen sind Kurtisanen. Aber es gibt eine Wette, dass sie von guter Herkunft ist.« Lydia schenkte ihr ein verschmitztes Lächeln. »Und unverheiratet obendrein.«

Philippas Unbehagen steigerte sich bis zu vollständiger Übelkeit.

Wieder schüttelte Audrey den Kopf. »In Ermangelung eines konkreten Namens sind das alles alberne Mutmaßungen. Im Ernst, Männer würden auf die Farbe des Himmels wetten.«

Lydia betastete ihre makellose Frisur. »Ich für meinen Teil bin fest entschlossen, die Identität dieser geheimnisvollen Frau in Erfahrung zu bringen.«

Philippa verschluckte sich beinahe.

Audreys Gesichtsausdruck wurde mitfühlend. »Es tut mir leid für sie. Wer auch immer sie ist.«

»Oh, nein«, entgegnete Lydia. »Sie hat die Stirn, ein Fest in Lockwood House zu besuchen. Höchstwahrscheinlich ist sie auf ein bisschen Verruf aus.«

Endlich fand Philippa ihre Sprache wieder. »Wenn das stimmt, glaubst du nicht, dass sie dann auf eine Maske verzichtet hätte?«

»Das könnte man annehmen, aber offenbar wird genau das in Lockwood House *nicht* getan. Es sei denn, du bist

Sevrin, aber er hat es ja auch deutlich gemacht, dass er sich den Regeln nicht unterordnet.«

»Und was willst du tun, wenn du die arme Frau identifiziert hast?«, fragte Audrey.

Lydia blinzelte. »Die Ehre entgegennehmen, sie entdeckt zu haben, natürlich.«

»Ach, naja, ich habe mich nur gefragt, ob du irgendwie die Absicht hast, an der Wette im White's teilzunehmen.« Audrey zwinkerte Philippa zu. Die beiden piesackten Lydia häufig – auf gutmütige Art natürlich – wegen ihres Strebens nach Ruhm.

»Natürlich nicht.« Lydia grinste. »Das wäre ungemein taktlos.«

Audrey schüttelte den Kopf. »Ich verstehe immer noch nicht, warum du dich ausgerechnet auf Sevrin versteift hast. Er steht so weit außerhalb unseres Kreises und ich bin sicher, du kannst an einer Hand abzählen, wie oft du ihn zu Gesicht bekommen hast. Er ist ein *Halunke*.« Sie erschauderte. »Diese Dinge, die er getan haben soll.«

Philippa riss ihre Aufmerksamkeit zu Audrey herum. Dinge? In der Mehrzahl? »Sich zu weigern, die junge Dame zu heiraten, die er ruiniert hat, meinst du?«

Lydias Augen leuchteten auf. »Oh, es ist ein bisschen mehr an der Sache als das –«

Ihre weitere Unterhaltung wurde von einem dumpfen Raunen unterbrochen, das sich durch den Ballsaal zog. Es schien von der Tür auszugehen, was nur die Ankunft einer *furchtbar wichtigen oder interessanten Person* bedeuten konnte. Wie auch der Rest der Menge, schwenkte Philippa den Blick herum. *Oder einer furchtbar skandalösen Person.*

In einem verwegenen, schwarzen Aufzug, das rabenschwarze Haar aus dem attraktiven Gesicht zurückgekämmt, stand niemand anderer als der Halunke höchstpersönlich dort.

KAPITEL 7

mbrose hatte sich für sein Eintreffen auf Lady Dunwoodys Ball gewappnet, doch ganz eindeutig hatte er die Wirkung seines Erscheinens von vornherein unterschätzt. Nachdem seine Gastgeberin bei der Begrüßung gestottert und sein Gastgeber den Blick vor lauter Nervosität abgewandt hatte, während Ambrose sich förmlich verneigte, war er der Annahme gewesen, das Schlimmste hinter sich zu haben. Als jetzt allerdings dreihundert der elitärsten Mitglieder der *feinen Gesellschaft* ihn mit großen Augen anstarrten, war er einigermaßen ... beunruhigt. Warum hatte er nur den Entschluss gefasst, sich dies ein weiteres Mal antun zu wollen? Ach ja, Philippa und ihr auffälliges Fernbleiben von Gesellschafen während der letzten drei Tage. Seit dem Abend in Lockwood House und darüber hinaus. Er hatte sich Sorgen gemacht.

Als er sich suchend im Ballsaal nach ihr umsah, entdeckte er sie, wie sie mit zwei anderen jungen Frauen ein wenig abseits stand. Wahrscheinlich war sie die einzige Person im Raum, die nicht mit offenem Mund dastand. Er formte die

Lippen zu einem Lächeln. Aber er bewegte sich nicht auf sie zu. Noch nicht. Er musste es richtig angehen.

Er durchforstete den riesigen Raum mit seiner pompösen Dekoration und dem süßliche Lilienduft nach dem hochgewachsenen, blonden Saxton. Dort stand er, wie es nicht anders sein konnte, in der gegenüberliegenden Ecke. Das bedeutete für ihn, den gesamten Ballsaal voller gaffender, lasziver Hohlköpfe durchqueren zu müssen, damit Saxton ihn Philippa offiziell vorstellen konnte.

Zur Hölle mit der Gesellschaft und ihren Regeln. Er war der Grausame Viscount, und er tat, was ihm verdammt noch mal gefiel.

Er war bereits auf halbem Weg zu Philippa, als er anhielt. Er konnte nicht ohne Weiteres auf sie zugehen. Ihm war es möglich, die Anforderungen der Gesellschaft zu ignorieren, doch sie konnte das nicht. Aus genau diesem Grund hatte er ihr doch geholfen, oder etwa nicht? Sich ihr zu nähern, ohne ihr vorgestellt zu sein, würde ihrem Ruf auf genau die Weise schaden, die er zu vermeiden suchte.

Er machte auf dem Absatz kehrt und strebte stattdessen auf Saxton zu. Zum Glück besaß dieser grinsende Trottel die Gnade, ihm auf halbem Weg entgegenzukommen.

Das lautstarke Anschwellen des Geräuschpegels bei seinem Eintreffen war fast in Stille übergegangen, abgesehen von der Musik, aber verdammt, wenn die Tänzer nicht gestrauchelt waren, als sie angestrengt die Hälse reckten, um zu sehen, was die Aufregung ausgelöst hatte. Inzwischen fand eine abrupte und lärmende Rückkehr zu den normalen Gesprächen zurück – über ihn, wollte er wetten – angesichts der häufigen Blicke in seine Richtung.

»Du weißt wirklich, einen Auftritt zu machen«, begrüßte Saxton ihn.

»Ich bin einfach eingetreten. Vielleicht hätte ich durch

die Balkontüren brechen sollen. Oder hinter dem Erfrischungstisch hervorspringen sollen.«

»Ja, das wäre weitaus besser gewesen.« Sein Grinsen schwand. »Du hast nur wegen der Wetten bei White´s so viel Aufmerksamkeit erregt.«

Ambrose lief es kalt über den Rücken. »Welche Wetten?«

Fragend zog Saxton die Augenbrauen hoch. »Du bist heute noch nicht bei White´s gewesen?«

»Das steht nicht an oberster Stelle auf meiner Tagesordnung.« Saxton kannte ihn besser als ihn mit einem Dandy zu verwechseln.

»Gut.« Saxton führte ihn zur Außenseite des Raumes, nicht sehr weit von der Stelle entfernt, an der Philippa sich befand.

»Eine Handvoll Wetten sind über die Frau abgeschlossen worden, mit der du in Lockwood House gesehen wurdest. Das Bemerkenswerte war, dass du dort mit … einer Frau warst.« Für den Bruchteil einer Sekunde wandte er den Blick ab, aber Ambrose nahm es wahr. Nie hatten sie sich über seinen Mangel an weiblicher Gesellschaft ausgesprochen, aber Saxton musste sich wundern. »Gegenstand der Wetten ist ihre Identität. Einige behaupten, sie sei eine Kurtisane, andere wiederum vertreten die Ansicht, sie sei aus gutem Hause und wieder andere«, er blickte wieder zur Seite, »behaupten, sie sei gar keine Frau gewesen.«

Offenbar waren die letztgenannten Wetten nicht von jemandem platziert worden, der dort gewesen war. Dass seine Begleiterin eine Frau gewesen war, stand außer Frage. Und noch dazu war sie eine außerordentliche Schönheit. Er ließ den Blick zu Philippa schweifen, doch mehr als ihren Rücken konnte er nicht sehen. Anstatt der aquamarinblauen Seide sah er nur die sanft geschwungene Fläche heller Haut, die er in Lockwood House beim Wechseln ihrer Kleider erspäht hatte.

Abermals wandte er Saxton seine Aufmerksamkeit zu. »Ich lasse mich nicht durch Anspielungen aus der Ruhe bringen, also musst du das auch nicht. Angesichts deiner Reaktion vermute ich, dass die Massen von diesen Wetten wissen.«

Saxton legte den Kopf schief. »Eine berechtigte Annahme. In Anbetracht dessen würde ich es dir nicht verübeln, wenn du gehen willst.«

»Das werde ich nicht.«

»Ich kann mir nicht vorstellen, warum du in erster Linie hierher kommen wolltest. Als ich dich letzten Herbst zu ein paar Veranstaltungen schleppte, hattest du dich bitterlich beschwert.«

»Das stimmt nicht. Ich habe mich nur beim ersten Mal beschwert. Dann habe ich mit Genuss zugesehen, wie du dich vor Lady Saxton zum Narren gemacht hast.«

Ein Funkeln blitzte in seinen hellblauen Augen auf, dem es allerdings an der eisigen Intensität seiner vorehelichen Tage mangelte. Saxton war ein glücklich verheirateter Mann, was deutlich sichtbar war. »Ich freue mich, dass ich dir Unterhaltung bieten konnte. Wenn du nicht gehen willst, was hast du dann vor? Das Kartenzimmer ist durch diese Tür.« Er deutete auf die Seite links von Ambrose.

»Ich möchte dich bitten, mich mit Lady Philippa Latham bekannt zu machen.« Als Ambrose seine Bitte an Saxton gerichtet hatte, ihm eine Einladung zu beschaffen, hatte er es der Mühe nicht für wert befunden, seine Absichten in Worte zu kleiden. Er bezweifelte, dass Saxton seine Bitte erfüllt hätte, wenn er gewusst hätte, was Ambrose vorhatte.

Saxtons Blick wurde schmal. »Nein.«

»Doch.«

»Nein.«

»Warum nicht?« Er wusste genau, warum nicht, doch ihm

war ebenso klar, dass er Saxton überzeugen musste, warum er es trotzdem tun sollte.

Saxton stieß die Luft aus und ließ den Blick flüchtig auf Philippas Rücken treffen. »Weil ich sie mag, und es wäre anmaßend, dich ihr vorzustellen. Sie ist die Tochter eines Earls und du bist ein ...«

»Viscount, für den Fall, dass du es vergessen hast. Gerade weil sie eine so schätzenswerte junge Frau ist, möchte ich ihre Bekanntschaft machen. Wie kann ich mich denn sonst wieder in die Gesellschaft einbringen – wozu du mich so oft ermutigt hast, wenn ich mir keine hohen Ziele setze?«

Saxton schloss kurz die Augen und als er sie wieder aufschlug, lag ein Anflug von Frohsinn darin. »Du bist ein ausgefuchster Mistkerl.« Sein Ausdruck wurde ernst. Aber ich warne dich. Spiele nicht mit ihr herum. Sie ist eine nette junge Frau und ich schulde ihr etwas Besseres, als sie dir auszuliefern.«

»Ich beabsichtige nicht im Mindesten, ihrem Ruf zu schaden.« *Ich gebe mir alle Mühe, ihn zu hüten.*

»Na schön, aber Olivia begleitet uns.«

»Ausgezeichnet. Ich bin erfreut, deiner besseren Hälfte meinen Respekt zu erweisen.«

Die nächste Stunde verbrachte Ambrose damit, Philippa beim Tanzen mit einer ganzen Parade von Männern zuzuschauen. Kleine und große Männer, dicke Männer, zu gut aussehende Männer, alte Männer, junge Männer – ihr derzeitiger Partner sah tatsächlich aus, als wäre er gerade erst von der Universität abgegangen. Ambrose beugte sich zu Saxton. »Mit wem tanzt sie jetzt?«

Er musste das »sie« nicht näher eingrenzen, da sie beide auf eine günstige Gelegenheit warteten, ihre Vorstellung zu inszenieren. Zuerst hatten sie darauf gewartet, dass sich die Aufregung um Ambroses Anwesenheit gelegt hatte.

Sie warteten noch immer.

»Ich bin nicht sicher, aber es gehen Gerüchte, dass es sich um ihren Hausgast handelt. Vor einigen Tagen ist ihr Vater mit Gesellschaft im Schlepptau aus dem Ausland zurückgekehrt.«

Ambrose folgte Saxtons Blickrichtung zu Philippas Vater, dem Earl of Herrick. Er stand recht nahe bei einer zierlichen Blondine, deren hohes trällerndes Lachen viel zu weit in den menschengefüllten Ballsaal trug. Als Ambrose ihren vertrauten Umgang miteinander beobachtete – die Art, wie sie zu ihm aufsah, Herricks beiläufiges Streicheln ihres Armes –, verstand er sofort, warum Philippas Mutter woanders Gesellschaft gesucht hatte. Ambrose verspürte eine Woge des Mitgefühls für Philippa und verfluchte seine Schwäche für sie aufs Neue.

Vielleicht sollte er gehen. Er konnte sehen, dass sie gesund und munter war, von Jagger unbehelligt. Warum zum Teufel musste er eigentlich mit ihr reden? Gerade als er die Sache abblasen wollte, endete die Musik und sie und ihr Partner waren nahe genug, dass Saxtons Frau sie abfangen konnte, als sie die Tanzfläche verlassen wollten.

»Lady Philippa, Sie sehen heute Abend entzückend aus«, bemerkte Olivia mit einem breiten Lächeln. Obwohl von einer der berüchtigtsten Kurtisanen Londons aufgezogen, war Saxtons Ehefrau der Inbegriff von Charme und Eleganz. Saxton hatte sie nicht verdient, aber andererseits hatten Halunken wie sie beide das auch nur selten.

Philippa hielt inne und zu seinem Ärger legte sie die Hand um den Unterarm des mondgesichtigen Jungen. »Lady Saxton, was für eine Freude, Sie zu sehen. Darf ich Ihnen Lord von Egmont aus Amsterdam vorstellen?«

Der Junge verneigte sich leicht und ergriff Olivias Hand. Ambrose wagte einen Blick auf Philippa und war überrascht – auf angenehme Weise –, dass sie ihn mit ihren honigbraunen Augen musterte. »Ich bin erfreut, Ihre Bekanntschaft zu machen.«

Olivia drehte den Kopf und bedeutete ihrem Ehemann und Ambrose, vorzutreten. »Saxton, dies ist Lord von Egmont.« Die beiden Männer nickten sich begrüßend zu. »Und dies ist unser lieber Freund, Lord Sevrin.« Olivia drehte sich mit genau dem richtigen Maß unschuldiger Neugier zu Philippa. »Lady Philippa, haben Sie Lord Sevrin bereits kennengelernt?«

Philippas Blick weitete sich ein wenig, aber wahrscheinlich wurde dies nur von Ambrose bemerkt. »Das habe ich nicht.« Sie tauchte in einen Knicks und schlug die Augen nieder. Die ergebene Geste feuerte eine ursprüngliche, lustvolle und vollkommen unangemessene Reaktion an. Ambrose verlagerte das Gewicht und betete um eine kühle Brise durch die geöffneten Türen, die viel zu weit entfernt waren. Er zwang sich, ihre Hand zu ergreifen, obwohl er wusste, dass die Berührung sein Unbehagen noch steigern würde. Er irrte sich nicht. Wenngleich sie beide Handschuhe trugen, sprang ein Funken zwischen ihnen über, der sowohl spürbar als auch beunruhigend war. Zu schnell hob sie den Blick und ihre Lippen teilten sich zur Antwort.

Verdammt. Verdammt. Verdammt. Er platzte mit der nächstbesten dummen Sache heraus, die ihm in den Sinn kam. »Darf ich um diesen Tanz bitten?«

Ausgerechnet dies, von allen dämlichen, desaströsen, hohlköpfigen Dingen, die er hätte tun können. Doch jetzt konnte er seine Worte nicht mehr zurücknehmen. Er konnte nur beten, dass sie nicht zum Hauptgesprächsthema im Ballsaal wurden. Wenngleich er den Verdacht hatte, eine bessere Chance auf ewige Erlösung zu haben, die sozusagen nichtig war.

Wenn Philippa irgendetwas von dem Schock wahrnahm,

den er angesichts dieser empörenden Bitte empfand, zeigte sie dies nicht. »Ja, das dürfen Sie.«

Lächelnd zog sie den Arm von dem jungen Burschen zurück. »Danke für den Tanz.« Es war ein herzliches, aufrichtiges Lächeln, das Ambrose ungerechtfertigterweise eifersüchtig machte. Was widersinnig war, denn er wünschte sich solch eine Zuneigung von einer Frau nicht.

Der Junge nickte ihr zu. »Es war mir ein Vergnügen.«

Ambrose widerstand dem Drang, mit den Augen zu rollen. Sicher konnte Philippa es besser treffen als mit diesem Burschen, der noch grün hinter den Ohren war. Noch mehr Widersinn. Es sollte ihn nicht kümmern, mit wem Philippa tanzte und er beschloss in dem Moment, das zu unterlassen.

Nachdem der Junge gegangen war, bot Ambrose ihr den Arm, sobald die Musik einsetzte. Er sah kurz zu Saxton, dessen Blick ein bisschen finster war. Es war genau das richtige Maß, um Ambrose an seinen Platz zu erinnern – weit unterhalb seiner Tanzpartnerin.

Er führte sie auf die Tanzfläche, wobei er die verlockende Wärme ignorierte, die von ihrer Handfläche auf seinem Ärmel ausstrahlte. »Ein Menuett? Hoffentlich kann ich mich an die Schritte erinnern.« Es war diese Art selbstabwertender Kommentare, die er ohne nachzudenken von sich gab, aber er hatte tatsächlich ein bisschen Angst. Seit Jahren hatte er nicht mehr getanzt. Fünf, um genau zu sein.

Philippa legte die Stirn in Falten. »Lady Dunwoody fügt immer ein Menuett ein – es ist ihr Lieblingstanz. Würden Sie die Tanzfläche lieber verlassen?«

»Überhaupt nicht. Ich werde Sie nicht in Verlegenheit bringen.« Er zwinkerte ihr zu, um ihr zu verstehen zu geben, dass er nur scherzte, doch nach dem Funkeln in ihren Augen wusste sie das bereits. Wie konnte sie ihn nach nur einer – wenn auch langen – Nacht so gut kennen?

Sie sah ihn aus der Nähe an. »Haben Sie Kosmetik aufgetragen?« Sie kniff die Augen zusammen, um scharf zu sehen.
»Ja. Sie tragen Gesichtspuder. Um die Überreste Ihrer Blessuren zu kaschieren. Sind Sie schlimm verletzt worden?« Sie
hob die Hand, als wollte sie sein Gesicht berühren, doch
dann ließ sie sie rasch wieder sinken, als sie erkannte, dass
sie das nicht tun konnte. Nicht hier. Und die Tatsache, dass
er wollte, dass sie es tat, machte sie zu der gefährlichsten
Frau seiner Bekanntschaft.

Er hob die Lippen zu einem Lächeln. »Ihre Fähigkeit,
meine Fassade zu durchschauen, ist mehr als nur ein bisschen enervierend.« Auf so vielerlei Weise.

Als sie sich in Position brachten, senkte sie ihre Stimme
zu einem Flüstern. »Ich habe von den Wetten gehört. Muss
ich beunruhigt sein?«

Mit einem Rundumblick schätzte er den Abstand zu den
anderen Paaren ein und passte die Lautstärke seiner Stimme
entsprechend an. »Nein, das ist ein Unfug, mit dem die
Männer sich amüsieren. Keiner wird je die wahre Identität
der Frau in Erfahrung bringen, mit der ich in Lockwood
House war.«

Sie hatte ihm erzählt, dass nur die Dienstboten ihr
Gesicht gesehen hatten, und er war beinahe sicher, dass er
der Erste war, der sie im Salon entdeckt hatte. Weil er nur
fast sicher war, machte er sich Sorgen. Aber er würde sie
nicht beunruhigen.

Sie berührten sich und traten voneinander weg, um sich
dann aufs Neue zu berühren. Jedes Streifen ihrer Fingerspitzen sandte eine Woge des Verlangens durch seinen, seit
langem darbenden Körper.

Als sie wieder zusammenkamen, sagte sie: »Meine Freundin, Lady Lydia Prewitt, ist entschlossen, die Identität der
mysteriösen Frau aufzudecken. Ich wünschte, ich würde Ihr
Selbstvertrauen besitzen, aber Sie kennen Lydia nicht.« Sie

spähte forschend zu ihm auf, als ob sie seinen Wert abschätzen wollte. Es war ihm zuwider, sie zu enttäuschen, doch das würde er sicherlich tun. »Wenn Sie nur nicht so interessant für die Leute wären. Sie haben, mit Ihrem Kommen heute, einen beachtlichen Aufruhr ausgelöst.«

Ja, und er fachte das Feuer weiter zu voller Entfaltung an, indem er mit ihr tanzte. »Ich bin tatsächlich recht langweilig.«

Sie zog eine schmale Augenbraue hoch. »Irgendwie bezweifle ich das. Was ist mit Ihren Kampfkünsten, den Besuchen in Lockwood House und Ihrer skandalösen Vergangenheit? Es ist ein Jammer, dass Sie keine normalen Hobbies wie beispielsweise Reiten pflegen.« Sie blinzelte. »Reiten Sie? Ich habe Sie noch nie im Park gesehen, doch das müssen Sie sicherlich.«

Ambrose fuhr innerlich zusammen. Sie hatte ihm eine harmlose Frage gestellt und war sich der unerwünschten Erinnerungen, die sie damit heraufbeschwor, vollkommen unbewusst. Doch andererseits stellten die Leute häufig bohrende, eindringliche Fragen – ob er ritt (das tat er nicht), wo er lebte (über einer Taverne), und warum er die junge Frau nicht geheiratet hatte, die er ruiniert hatte (weil er es nicht gewollt hatte) –, die er lieber ignorierte. Eigentlich antwortete er selten auf irgendetwas. Wenngleich er Philippa mehr Zuneigung als den meisten entgegenbrachte, hatte er nicht vor, ihr zu antworten.

»Wer hat Ihnen von den Wetten erzählt?«, fragte er.

Wenn es sie störte, dass er ihre Frage ignoriert hatte, zeigte sie dies nicht. Wahrscheinlich, weil die Rückkehr zum Thema der Wetten sie zu einem besorgten Stirnrunzeln veranlasst hatte. »Lady Lydia hat es mir erzählt«, entgegnete sie. »Sie weiß alles.«

Er hörte die Angst in ihrer Stimme heraus. »Das tut sie nicht und sie wird niemals von dem Abend erfahren.«

Er tanzte von ihr weg. Er würde Lady Lydia im Auge behalten und irgendwie dafür sorgen, dass sie nichts preisgab. Er wusste genau, wie rabiat eine Klatschbase auf der Jagd sein konnte. Sie war genauso eine Verleumderin wie diejenige, die begierig die Neuigkeiten seiner vergangenen Übertretungen preisgegeben hatte, als er nach London gekommen war. Wie viel wusste Philippa darüber? Gewiss würde sie nicht mit ihm tanzen, wenn sie die Wahrheit kennen würde.

Mit ihr zu tanzen, erinnerte ihn an das Leben, dem er entsagt hatte. Dem Leben, zu dem er nie wieder zurückkehren konnte. Das Leben, das er nicht verdient hatte. Himmel, er verabscheute derart rührselige Gedanken.

Ungehalten darüber, dass sie sich überhaupt eingeschlichen hatten, gab er sich einen Ruck, um sie zu verdrängen.

Sie kamen wieder zusammen und er fragte: »Wie laufen die Dinge in Herrick House? Ich konnte nicht verhindern, Ihren Vater mit Lady von Egmont sehr vertraut zu sehen.«

Philippa zog die Augenbrauen zusammen, doch sie zwang ihre Züge zu einem abgeklärten Lächeln. »Bald wird die Gesellschaft über die Affären meiner Eltern im Bilde sein.« Ihr Lächeln verblasste ein bisschen und der ernste Ausdruck kehrte zurück. »Und sie erwarten von mir, unter solchen Umständen einen Ehemann zu finden.«

»Haben Sie das heute Abend mit Ihren Tanzpartnern getan? Einen Ehemann gesucht?« Die Vorstellung brachte ihm ein verstörendes Gefühl von Übelkeit ein.

»Ja.«

Wieder tanzten sie auseinander und Ambrose nahm die Gelegenheit wahr, im Geiste die Männer durchzugehen, mit denen sie getanzt hatte. Als sie wieder zusammenkamen, meinte er: »Mit diesem ausländischen Burschen, haben Sie mit ihm aus Verpflichtung heraus getanzt, oder weil Sie seinen Antrag erwägen?«

Sie lächelte zu ihm auf und ihre honigfarbenen Augen funkelten im Schein hunderter Kerzen. »Ach, hören Sie auf. Ich erwäge seinen Antrag nicht, aber er ist überaus charmant.«

»Charme ist Ihre wichtigste Anforderung an einen Ehemann?«

Sie bewegte ihren Körper mit Präzision und Anmut. »Zusammen mit Ehre und Großherzigkeit.«

»Sie sollten es besser mit einem Hund versuchen.«

Sie lachte, als sie wieder auseinandertanzten. Es war so ein heiterer, lieblicher Klang. Er würde ihn vermissen.

Als sie wieder zusammenkamen, sah sie ihn mit einem verschwörerischen Blick an. »Gibt es eine Rasse, die Sie mir empfehlen würden?«

»Einer, der loyal ist und bereit, Sie zu verteidigen.«

»Wie Sie?« Sie blickte ihn verlockend an und er hatte Mühe, sich auf die Tanzschritte zu konzentrieren.

»So würde ich mich nicht beschreiben.« *Untreu, selbstsüchtig, arrogant ... dies waren weitaus akkuratere Adjektive.*

»Aber Ihre Fähigkeit, mich und meine Ehre zu verteidigen, ist gründlich bewiesen. Und hier sind Sie schon wieder mit mir heute Abend.« Sie schüttelte den Kopf und drückte die Lippen fest zusammen. »Ich bezeichne Sie als loyal.«

Er beugte sich ein wenig vor und senkte die Stimme auf etwas mehr als ein Flüstern. »Hören Sie bitte auf. Sie werden meinen schlechten Ruf umkehren. Das kann ich nicht zulassen.«

Sie zwinkerte ihm zu und dann flüsterte sie frech zurück: »Dann müssten Sie nur allen erzählen, dass ich Ihre mysteriöse Frau bin und mich ohne Reue sitzen lassen.«

Wenngleich als Flirt gemeint, ließen ihre Worte ihn bis auf die Knochen erstarren. Was würde er tun, wenn ihre Identität ans Licht käme? Er konnte sich keine Möglichkeit vorstellen, wie er ihren Ruf in diesem Fall retten könnte. Er musste sich von ihr distanzieren. Jetzt gleich.

Glücklicherweise ging das Musikstück gerade zu Ende.

»Wie schade, dass der Tanz vorbei ist«, stellte sie fest. »Ich nehme nicht an, dass Sie mit mir draußen auf der Terrasse spazieren wollen?«

Gott bewahre, nein. Sie hatten mehr als genug Aufmerksamkeit erregt. »Nein, ich werde gehen.« Er bot ihr seinen Arm, um sie von der Tanzfläche zu führen. Leise sagte er: »Erwarten Sie nicht, dass ich noch einmal mit Ihnen tanze. Sie wissen, dass wir keine Freunde sein können.«

Bei den interessierten Blicken, die in ihre Richtung gingen, sah sie sich um. »Unabhängig davon, werde ich so von Ihnen denken.« Sie schenkte ihm ein strahlendes Lächeln, ehe sie flüsterte: »Im Privaten, natürlich.«

Im Privaten würde er versuchen, gar nicht an sie zu denken.

*P*hilippa beobachtete Sevrin, der durch den Ballsaal schlenderte, wobei seine hochgewachsene, athletische Gestalt sich mit lässiger Eleganz einen Weg durch die Menschenmenge bahnte. Die Leute starrten ihn an – manche verstohlen, andere mit unverhohlenem Interesse. Und diejenigen, die ihm nicht hinterhersahen, blickten sie an. Und fragten sich, warum er sie zum Tanzen aufgefordert hatte. Würde jeder, der in Lockwood House gewesen war, darauf kommen, dass sie seine geheimnisvolle maskierte Frau gewesen war? Ihr Kopf fühlte sich schwindelig an, und sie atmete flach. Sie hätte nicht mit ihm tanzen sollen.

Und er hätte nicht mit ihr tanzen sollen. Sie hielt die Luft an und wünschte, er würde mit jemand anderem tanzen. Mit irgendjemandem.

Als hätte er ihre Gedanken hören können, verharrte er auf der anderen Seite des Raumes bei Saxton und seiner Frau. Saxton stellte ihn einer Gruppe von Gästen vor, und einige Minuten später führte er Miss Lucinda Clark auf die Tanzfläche.

Ein Stich der Eifersucht überschattete Philippas Erleichterung. Nein, es war gut, dass er mit einer anderen tanzte. Es war sogar notwendig. Hatte sie sich nicht gerade genau das gewünscht?

Sie rügte sich im Stillen. Sie durfte sich nicht gestatten, eifersüchtig zu sein. Nicht einen einzigen Augenblick.

Anstatt sich, wie versprochen, mit von Egmont zu treffen, entschied sie, frische Luft zu brauchen. Und Privatsphäre.

Sie schlängelte sich durch die Menge bis zu den Terrassentüren, doch dann wurde sie ausgerechnet von ihrer Mutter angehalten. Ihr Gesichtsausdruck war düster. »Lass uns einen ruhigen Spaziergang auf der Terrasse machen, Philippa.«

So viel zur Privatsphäre.

Philippa verließ den Ballsaal mit ihrer Mutter, die sie zu einer schwach beleuchteten Ecke der Terrasse führte. Kaum war sie zum Stehen gekommen, drehte ihre Mutter sich mit feuerspeienden Augen zu ihr um. «Was fällt dir ein, mit Sevrin zu tanzen?«

»Das Menuett?«

Vor Enttäuschung schürzte Mutter die Lippen. »Von dir wird erwartet, nach einem Ehemann zu suchen und deine kostbare Zeit nicht mit Taugenichtsen zu vergeuden. Dabei hattest du dich vorher so gut geschlagen. Lord Allreds Großmutter hatte dir bereits das Siegel ihrer Billigung verliehen, doch nun wird sie es womöglich widerrufen.«

Als handelte es sich um einen echten Stempel, der auf Philippas Stirn prangte. Mit Anstrengung behielt sie ihr Temperament im Zaum. »Erinnere mich noch einmal daran, warum ich mir nichts, dir nichts einen Ehemann suchen musste? Ach ja, dein bevorstehender Abschied von Herrick House. Ich hoffe, du hast vor, Vater dieselbe Standpauke zu halten. Es ist grässlich, wie er sich mit seiner Mätresse aufführt. Wenn ihr beide nicht wärt, käme ich ganz gut zurecht.«

Mutter presste die Lippen sogar noch kräftiger zusammen, bis die Haut um ihren Mund herum so blass war, dass sie durchsichtig wirkte. Doch es kamen keine Worte, und warum auch? Philippa sagte nichts als die Wahrheit.

»Wenn wir hier fertig sind, würde ich gerne wieder nach drinnen gehen.« Sie warf ihrer Mutter einen kühlen Blick zu. »Ich muss einen Ehemann finden.«

Die Gesichtszüge ihrer Mutter entspannten sich, und sie berührte Philippa leicht am Arm. »Es tut mir leid. Sevrin ist einfach so unpassend. Er würde dich nur unglücklich machen.«

Falls die Gerüchte über ihn der Wahrheit entsprachen, hatte sie recht. Allerdings hatte Philippa ihn bislang nur als einen Mann gesehen, der alles daransetzte, um ihren Ruf zu schonen und sie zu beschützen. Das passte einfach nicht zu dem, was alle über ihn sagten.

War sie gewillt, zu einer Verbindung mit ihm zu stehen? Gerade erst hatte er ihr eröffnet, dass sie nicht einmal Freunde sein könnten. »Mutter, da ist nichts zwischen mir und Sevrin. Ich habe ihn nach dem Tanz mit von Egmont kennengelernt, und ich hatte einen freien Platz auf meiner Karte. Er wollte nur höflich sein.«

Mutter kniff die Augen zusammen. »Männer wie er sind nie höflich. Es liegt eine versteckte Absicht dahinter, da bin ich mir sicher. Tu dir selbst einen Gefallen und halte dich von ihm fern.«

Welchen Sinn hätte es, zu widersprechen? Schließlich *würde* Philippa sich ohnehin von ihm fernhalten.

Als Philippa in den hell erleuchteten, schwülen Ballsaal zurückkehrte, überkam sie unvermittelt ein Gefühl der Erschöpfung. Ihr blieben für diesen Abend allerdings noch einige weitere Männer, die sie unter die Lupe nehmen wollte, ehe sie nach Hause gehen konnte. Als ihr Blick auf ihren Vater und *diese Frau* fiel, kam ihr zu Bewusstsein, dass sie warten musste, bis *die beiden* zum Aufbruch nach Hause bereit wären. Oder vielleicht würde sie allein nach Hause geschickt. Sie konnte es nur hoffen.

In der Zwischenzeit wandte sie sich dem Erfrischungstisch zu, nur um erneut aufgehalten zu werden, dieses Mal von Lydia und Audrey.

Lydia hakte sich bei Philippa unter. »Komm, du musst uns *alles* erzählen. Worüber habt ihr gesprochen? Warum hat er mit dir getanzt? Duftet er himmlisch?«

Wenngleich Philippa diesen Überfall von Lydia erwartet hatte, so war sie doch voller Hoffnung gewesen, das Verhör auf morgen verschieben zu können. Sie hatte einen engen Zeitplan, und es gab noch drei Männer, mit denen sie sich unterhalten wollte.

»Und?« Lydia blinzelte sie an, als sie am Rande des Ballsaals stehen blieben.

»Wir haben uns über das Wetter unterhalten. Er hat mit mir getanzt, weil ich einen freien Platz auf meiner Karte hatte, und er war zufällig zugegen. Er duftet ...« Die Worte stockten ihr ihm Hals, als sie sich an seinen Duft erinnerte. Sandelholz und Salbei – einzigartig und unglaublich aufregend. Erschrocken stellte sie fest, dass sie verstummt war. »Er riecht normal.« Als Lydia die Stirn runzelte, fügte sie hinzu: »Wonach soll er denn riechen?«

Lydia verdrehte die Augen. »Schon gut. Ich kann kaum glauben, dass ihr euch nur über das Wetter unterhalten habt. Ich hätte ihn nach seiner skandalösen Vergangenheit gefragt, wenn ich mit ihm allein wäre. Warum er sich gesträubt hatte, die junge Dame zu heiraten, nachdem er sie so gründlich ruiniert hatte. Und –«

Philippa besann sich auf Lydias Absicht, die vorhin eine Information hatte preisgeben wollen, und lehnte sich ein wenig nach vorn, falls ihre Freundin dies jetzt tun wollte, doch ein Gentleman war auf dem Weg zu ihnen. Es war Sir Reginald Johnson, einer der Männer, die Philippa zu sehen gehofft hatte. Sie empfing ihn mit einem einladenden Lächeln, doch er wandte sich an Lydia und bat sie um den nächsten Tanz.

Nachdem die beiden gegangen waren, rückte Audrey näher heran. »Ich bin überrascht, dass er Lydia zum Tanzen auffordert, aber froh. Ich war sicher, er würde mit dir tanzen.«

»Das war ich auch.« Aber sie war froh, dass er Lydia zum Tanzen aufgefordert hatte.

Audrey schüttelte den Kopf. »Oh, das solltest du nicht. Er ist furchtbar.«

Hatte sie Audrey missverstanden? »Aber du hast gerade gesagt, du freust dich, dass er mit Lydia tanzt. Aber du willst nicht, dass *ich* mit ihm tanze?«

»Ich bin froh, dass er Lydia aufgefordert hat, weil sie nie genügend Einladungen bekommt. Aber mir wäre es lieber, ihr würdet euch beide von ihm fernhalten. Er hat ein schreckliches Problem mit dem Spielen, und wenn er betrunken ist, kann er furchtbar gemein sein.«

Philippa richtete ihre ganze Aufmerksamkeit auf Audrey. »Weiß Lydia das ebenfalls?«

»Ja.«

»Warum würde Lydia dann mit ihm tanzen wollen?« Sobald die Frage über ihre Lippen war, kannte sie die Antwort auch schon. »Sie wollte einfach nur tanzen.«

Audrey nickte. »Lydia und mir stehen nicht sehr viele Wahlmöglichkeiten offen. Oder überhaupt eine Wahlmöglichkeit. Wenigstens im Augenblick.« Sie lächelte, was ihren Worten die Schwermut nahm. »Wir sind nicht wie du. Du kannst jeden von ihnen wählen. Wenn dir danach ist.«

Unglücklicherweise war aus diesem Wunsch eine Notwendigkeit geworden. »Woher weißt du von Sir Reginald?« Davon ausgehend, dass die Antwort Lydia lauten würde, überlegte sie bereits, wie sie sich Lydias Hilfe bei der Beurteilung potenzieller Ehemänner zunutze machen könnte.

»Das hat mir mein Cousin erzählt. Er war zusammen mit Sir Reginald auf der Universität. Bevor mein Cousin sein Offizierspatent erwarb, warnte er mich vor gewissen Schurken, um die ich um jeden Preis einen großen Bogen machen sollte.«

Wie schön, eine fürsorgliche Familie zu haben, die sich um das Wohl des anderen sorgte. Philippa hatte nur zwei selbstverliebte Eltern. Plötzlich fühlte sie sich von ihrer Zwangslage erdrückt. Innerhalb der nächsten dreißig Tage musste sie einen anständigen Ehemann finden, der sie nicht für den Rest ihres Lebens unglücklich machte. Sir Reginald war ihr immer charmant und geistreich vorgekommen. Sie hätte sehr wohl seine Werbung oder sogar einen Heiratsantrag annehmen können. Und wo wäre sie dann gelandet?

Das konnte sie nicht tun.

Wäre es so schrecklich, wenn ihre Mutter ihren Vater verlassen würde? Es könnte den Rest ihrer Saison ruinieren, aber was war schon ein weiteres Jahr? Philippa wartete bereits so lange darauf, zu heiraten. Doch andererseits säße sie dann mit Vater und *dieser Frau* in Herrick House fest. Philippa könnte zu Mutter ziehen, nahm sie an, doch wenn diese mit Booth-Barrows zusammen war, würde ein solches Umfeld ein schlechtes Licht auf sie selbst werfen. Sie wäre verdammt, ganz gleich, wo sie wohnte.

Zum Teufel mit ihnen allen, sie brauchte einfach nur ihre

Unabhängigkeit (oder zumindest mehr davon, als sie derzeit genoss), und der einzige Weg dorthin bestand in der Ehe.

Sie richtete das Wort an Audrey. »Gibt es noch andere Gentlemen, vor denen du mich warnen kannst?«

Audrey nickte enthusiastisch. »Freilich.« Sie fuhr fort, mehrere Herren aufzuzählen, darunter drei weitere von Philippas rasch schrumpfender Liste. Sich entschuldigend kam sie zum Ende: »Es tut mir leid, dir nicht früher etwas gesagt zu haben. Ich war mir nicht sicher, ob dir an diese Art von Informationen etwas liegt.«

»Natürlich tut es das. Es wäre mir ein Gräuel, mich an einen Wüstling oder einen Mitgiftjäger gefesselt zu sehen.«

Audreys Blick wurde wachsam. »Warum hast du nicht geheiratet? Du hattest ein paar sehr gute Angebote.«

Sie mochten gut gewirkt haben, aber sie waren nicht gut genug gewesen. Jeder Mann, den Philippa abgelehnt hatte, war auf irgendeine Weise unzulänglich gewesen. »Ich war mir nicht sicher, ob ich einen darunter lieben könnte. Und ich fürchte, niemals jemanden finden zu können, den ich lieben kann. Oder schlimmer noch, dass ich ihn lieben werde und er meine Liebe nicht erwidert.«

Audrey lächelte sanft. »Das verstehe ich. Warum willst du dann überhaupt heiraten?«

Philippa dachte einen Moment über ihre scharfsichtige Frage nach, ehe sie mit einer Gegenfrage antwortete: »Warum willst du heiraten, Audrey?«

»Weil alle jungen Frauen das tun. Oder sollten.« Sie zuckte mit den Schultern und ihr Lächeln wurde breiter. »Oh, ich weiß es nicht. Weil es keine Alternative gibt?«

Philippa lachte. »Genau das sollen wir glauben. Ich hege weiterhin Hoffnung, aber ich wäre weitaus zuversichtlicher, wenn ich jemanden wie deinen Cousin hätte, der mir hilft. Jemanden, der die Sir Reginalds dieser Welt ausfindig machen könnte, damit ich keinen grauenhaften Fehler begehe.«

»Bisher warst du sehr wählerisch.« Sie betrachtete Philippa mit so etwas wie Bewunderung. »Du wirst keinen Fehler machen, da bin ich mir sicher.«

Philippa sah Lydia zu, wie sie mit Sir Reginald tanzte, und war erleichtert, ihm ausgewichen zu sein. Doch im Geiste ging sie die übrigen Männer auf ihrer Liste durch und fragte sich, ob jemand darunter ein Fehler sein könnte. Ein Gesicht tauchte in ihrem Kopf auf – Sevrin. Nun, er wäre ein Fehler katastrophalen Ausmaßes. Ein Jammer, denn er war so gütig und rücksichtsvoll, ein wahrer Held, um die Wahrheit zu sagen.

Ein Held ... er könnte ihr bei ihrer Suche behilflich sein! Als Gentleman – oder zumindest als Mann – konnte er an Informationen über ihre potenziellen Verehrer gelangen, auf die sie selbst niemals hoffen könnte. Informationen, die den Unterschied zwischen einer glücklichen Ehe und einem Fehler bedeuten könnten.

Die Idee gewann in ihrer Vorstellung an Reiz, bis sie überzeugt war, dass dies, angesichts ihres unmöglich kurzen Zeitrahmens, der beste Ansatz war. Aber wie könnte sie seine Hilfe erbitten? Sie hatte keine Ahnung, wann oder ob sie ihn wiedersehen würde.

Irgendwie musste sie einen Weg finden. Insgeheim natürlich. Der Gedanke verursachte ein Zittern der Vorfreude in ihrer Bauchgrube. Und er brachte die Warnglocken in ihrem Gehirn zum Klingen.

Um die von ihrer Mutter gesetzte Frist einzuhalten, entschied sie, beides zu ignorieren.

KAPITEL 8

*A*m folgenden Abend besuchte Ambrose eine seiner Lieblingsstätten, um sich einen guten Boxkampf anzuschauen. Er durchquerte den Hauptraum der Lamb and Flag Taverne auf die lärmenden Schreie zu, die aus dem Hinterzimmer ertönten, in dem die Kämpfe stattfanden – dem berüchtigten Bucket of Blood.

Gelegentlich verspürte er einen Hang zum Kämpfen, aber nicht heute Abend. Er hatte bereits zwei strapaziöse Stunden hinter sich, die er mit Hopkins im Black Horse beim Boxen verbracht hatte. Es war seine erste Trainingsrunde für den Preiskampf, der in etwas mehr als einer Woche stattfinden würde.

Der Bucket of Blood war bis zum Bersten mit Zuschauern gefüllt. Ambrose erkannte nur einen der Kämpfer. Bei dem anderen handelte es sich vermutlich um einen Neuling – weil Ambrose seit fünf Jahren Teil der Londoner Boxwelt war, musste er das wissen.

Auf der Suche nach einem besseren Aussichtspunkt arbeitete er sich durch die dichte Menge der Männer aus der Arbeiterklasse – und ein paar Frauen. Ein großbusiges

Weibsbild taumelte gegen ihn. »Verzeihung, Mylord.« Sie
musterte ihn von Kopf bis Fuß und leckte sich die Lippen.
»Sind Sie hier, um den Kampf anzuschauen oder wegen
etwas anderem?«

Sie war attraktiv, doch Ambrose hatte viele Jahre damit
verbracht, gegen seine niederen Gelüste anzukämpfen. Nun,
da er sich Philippas Duft, ihre Berührung und ihren
Geschmack in Erinnerung rufen konnte, musste er sich nicht
besonders anstrengen, um die Avancen dieser Frau zu
ignorieren.

»Ich bin wegen des Kampfes gekommen. Bitte entschuldigen Sie mich.« Er schob sich an ihr vorbei.

»Sevrin.« Sein Name kam von einer Stelle ein paar Meter
entfernt, und er kannte die tiefe, dunkle Stimme nur zu gut.

Ambrose ging auf den riesigen Rufenden zu und blieb
neben ihm stehen. »Lockwood.«

Sie beide hatten sich vor einigen Jahren hier getroffen,
doch sie waren jeder für sich geblieben, da sie beide die
Gesellschaft anderer vorzogen. Ihre geteilte Vorliebe für
Abgeschiedenheit war wahrscheinlich der Anlass, der sie vor
einigen Monaten zusammengeführt hatte, als Lockwood ihn
zu einer seiner verruchten Feste eingeladen hatte. Ambrose
war überrascht gewesen, denn trotz seines zerrütteten Rufes,
war er nicht dafür bekannt, durch die Betten zu springen
oder ein Weiberheld zu sein. Als Lockwood ihn ruhig infor-
mierte, dass seine Feste Gelegenheiten für jeden Geschmack
boten, war die Andeutung klar gewesen – Ambrose könnte
seiner Neigung zu männlicher Gesellschaft frönen, wenn
ihm danach sei.

Das war nicht der Fall. Nicht im Mindesten beleidigt,
hatte er gelacht. Sein Mangel an Liebeleien seit seiner
Ankunft in London war bemerkt worden. Alle hatten erwartet, dass ein bekannter Frauenschänder eine Spur
verschmähter Frauen hinterließ – und dies mit einer plötzli-

chen Vorliebe für Männer erklärte. Zumindest taten das einige. Sie argumentierten, dass seine Vergehen in Cornwall einen derartigen Wandel bewirkt hätten, dass er nun die Gesellschaft von Männern anstatt Frauen suchte – nicht dass irgendjemand ihn je mit einem Mann gesehen hätte. Seine Vergehen hatten ihn verändert, das war die Ironie daran, aber nicht auf die Weise, die die Leute sich vorstellten.

Wenngleich er nicht an Männern interessiert war, hatte er sich ein Interesse an Frauen versagt. Was nach der Katastrophe, die sich mit Lettice ereignet hatte, nicht weiter schwer gewesen war. Der Gedanke, mit einer anderen Frau zu schlafen, hatte ihm Übelkeit bereitet – nicht körperlich, sondern im Geiste. Kämpfen war eine weitaus weniger komplizierte oder verheerende Möglichkeit, seine körperlichen Bedürfnisse auszuleben.

Als Lockwood ihn allerdings auf sein Fest einlud, hatte Ambrose sich gefragt, ob er lange genug enthaltsam gewesen sei. Im Laufe der Jahre hatte er eindeutig Lust auf Frauen verspürt, die er jedoch stets niedergerungen hatte, indem er einem anderen die Seele aus dem Leib geprügelt hatte.

Nachdem er einige Monate lang über die Einladung gegrübelt hatte, war er zu dem Entschluss gekommen, hinzugehen – einfach um zu sehen, ob er bereit war. Wenn nicht, würde er zumindest in den Genuss von Spielen um hohe Einsätze kommen, ohne dass etwas passierte. Außer, dass er zehn Minuten nach seinem Eintreten in den erotisch aufgeladenen Salon von einer Frau ein Angebot erhalten hatte. Sie war eine kurvenreiche Blondine, die über eine verblüffende Ähnlichkeit mit Lettice verfügte, obwohl er ihr Gesicht nicht erkennen konnte. Oder vielleicht hatte er sich auch einfach nur an Lettice erinnert, weil sie die letzte Frau war, mit der er geschlafen hatte. Aus welchem Grund auch immer, war er unverzüglich gegangen und bis vor vier Tagen nicht wiedergekehrt.

Dieser Besuch war weitaus besser verlaufen, da er direkt zum Kartenzimmer marschiert war und den Salon einfach links liegen gelassen hatte. Nachdem er seinen Gegenspielern eine Stunde lang die Taschen geleert hatte, war er gegangen, und zwar – ohne nachzudenken – durch den Salon.

Und dort hatte er Philippa entdeckt.

Er konnte nicht sagen, was ihn dazu veranlasst hatte, an ihre Seite zu eilen. Ihre Schönheit? Der verlorene Ausdruck in ihren Augen? Ihre spürbare Unsicherheit? Es war alles. Aber er hätte sie nicht *wirklich* küssen müssen, oder? Eine nichtige Frage, da er unfähig gewesen war, ihr zu widerstehen. Die Lust, die er fünf Jahre lang bezwungen hatte, war brausend erwacht und nur für einen Moment hatte er sich ihr hingegeben. Mit der Frau, die für ihn am wenigsten erreichbar war.

Er konnte seiner Sehnsucht ebenso wenig nachgeben, wie er je wieder nach Cornwall zurückkehren konnte.

Dann lenkte er seine Gedanken auf den Kampf, der gerade anfing. »Haben Sie diesen neuen Burschen – Ackley – vorher schon einmal gesehen?«

Lockwood schüttelte den Kopf. »Ich habe mein Geld allerdings auf Locke gesetzt.«

Der Lärmpegel schwoll an, was die Fortsetzung ihrer Unterhaltung unmöglich machte, also schwiegen sie und verfolgten den Kampf. Obwohl eindeutig weniger erfahren, war Ackley schnell. Locke war ein schwerer Mann und seine Schläge kraftvoll und präzise. Ackley wich den ersten Schlägen aus, doch dann erwischte ihn einer schließlich seitlich am Kopf. Ambrose zuckte zusammen.

Benommen von dem Schlag, stolperte Ackley in das Seil, das um den Ring gespannt war. Locke stieß vor und versetzte Ackley zwei weitere Schläge in den Bauch.

Ambroses Magen krampfte sich zusammen, als er dem

jungen Mann zusah, wie dieser um seine Kampfbereitschaft rang. Ambrose hatte schon immer einen Hang zu den schwächeren, weniger erfahrenen Kämpfern gehabt, was ihm beim Wetten nicht immer viel Geld eingebracht hatte. Aber das Geld war nichts im Vergleich zu dem jubelnden Gefühl, wenn der Kämpfer, auf den er setzte, siegreich war – es war beinahe ebenso berauschend wie sein eigener Sieg. Und es war, zumindest für ihn, kein Geheimnis, warum er solche Männer unterstützte. Mit einem Bruder wie Nigel aufzuwachsen hatte für ihn bedeutet, sich für die Schwachen, die Verspotteten und die Verachteten einzusetzen. Nicht, dass diese Anteilnahme ihn davon abgehalten hatte, Nigel die ultimative Verletzung zuzufügen. Er verdrängte die schmerzhaften Erinnerungen und konzentrierte sich auf Ackley.

Dieser hielt jetzt tapfer stand. Er kämpfte zwar nicht offensiv, aber er taumelte nicht mehr. Locke war ein riesiger Klotz, der sich seinen Umfang zunutze machte, um Ackley in die Enge zu treiben. Doch dem jüngeren Mann kam seine drahtige Figur zugute und er tanzte um seinen massigeren Gegner herum. Plötzlich schlug er Locke mit einer schnellen Geraden gegen das Kinn. Locke riss den Kopf zurück und Ackley versetzte ihm zwei weitere Schläge in die Magengrube. Locke beugte sich daraufhin ein wenig nach vorn, was ihm eine Reihe weiterer Schläge ins Gesicht einbrachte. Er unternahm einen Versuch, sich zur Wehr zu setzen, aber Ackley war zu schnell und Locke zu langsam.

Ambrose bemerkte seine Fäuste, die er unbewusst geballt haben musste, und wie er seine Arme unmerklich bewegte, um Ackley im Stillen beizustehen. Mit einem halben Lächeln verschränkte er die Arme vor der Brust.

Als Locke endlich den Kopf hob, war sein Blick unstet. Er schüttelte den Kopf, doch Ackley war unbarmherzig. Er stieß seine Faust von der Unterseite gegen Lockes Kinn und boxte dann auf seine Rippen ein. Locke grunzte und versuchte,

Ackley von sich zu stoßen. Ackley wich tänzelnd zur Seite und versetzte Locke einen weiteren heftigen Schlag ins Gesicht, der ihn diesmal direkt am Auge traf. Locke sackte auf die Knie. Ackley schlug Locke mit der Faust auf die Nase und Ambrose hörte das Krachen. Blut spritzte und Locke ging gänzlich zu Boden.

Der schwer atmende Ackley ließ seinen Gegner nicht aus den Augen, doch er gewährte ihm Raum. Der Ringrichter zählte bis dreißig. Locke war nicht bewusstlos, doch so stark wie ihm das Blut aus der Nase floss, bezweifelte Ambrose, dass er den Kampf fortsetzen konnte, selbst wenn er es wollte.

Er wurde ausgezählt, und Ackley wurde zum Sieger erklärt. Er nickte den Zuschauern zu, aber Ambrose erkannte keine Zufriedenheit in seinem Blick. Er sah den Hunger. Gott, wie sehr er sich an dieses Gefühl erinnerte.

Am Anfang, als er nach Nigels Tod nach London gekommen war, hatte er alles getan, um in die schlimmsten Exzesse einzutauchen, die die Stadt zu bieten hatte. Er hatte getrunken und exzessiv gespielt, aber der hohle Schmerz in seiner Brust hatte sich nie aufgelöst. Er hatte erwogen, eine Frau zu nehmen, aber der Gedanke, sie zu berühren, nach dem, was er getan hatte ... er konnte es nicht. Wollte es nicht.

Dann hatte er sich einen Kampf angesehen, und eine neue Lust war geboren. Er hatte schon früher Kämpfe besucht – in Cornwall –, doch nie hatte er an einem teilnehmen wollen. Das, was er dort gesehen hatte, hatte ihn so mitgerissen, dass er draußen vor dem Pub direkt eine Schlägerei angezettelt hatte. Das war das erste Mal, dass ihm die Nase gebrochen wurde. Trotzdem hatte er sich so lebendig gefühlt, wie seit Monaten nicht mehr. Flüchtig erblickte er eine Zukunft, die mehr als nur Verzweiflung und Unwürdigkeit bereithielt. Ja, er verachtete sich immer noch für seine Taten – und das war auch jetzt noch so, aber er konnte sich auf etwas anderes konzentrieren als auf Bedauern.

Ackley besaß denselben verzweifelten, suchenden Blick. Zusammen mit seinem natürlichen Talent und seinem unbedingten Siegeswillen, konnte aus ihm ein verdammt guter Profiboxer werden. Und Ambrose brauchte einen Profiboxer.

Er überlegte, wie und wann er sich dem jungen Mann nähern sollte, als Lockwood ihn am Arm anstupste. »Guter Kampf.«

»Sie haben verloren.«

Lockwood zuckte mit den Schultern. »Ein paar Pfund, aber ich habe mich gut unterhalten. Ackley ist gut. Ich werde nicht den Fehler machen, noch einmal gegen ihn zu wetten.« Er richtete seine Aufmerksamkeit auf Ambrose, sein Blick war abschätzend. »Apropos Wetten, Sie haben neulich auf meiner Party mit Ihrer maskierten Begleiterin enormes Aufsehen erregt.«

»So scheint es.« Er bemühte sich, desinteressiert zu wirken, obwohl er eigentlich wissen wollte, warum Lockwood dieses Thema zur Sprache brachte.

»Ich habe von Ihrem Tanz mit Lady Philippa gehört –«

Ambrose wandte sich ihm zu, vielleicht zu abrupt. »Woher wissen Sie davon?«

»Aus der Zeitung heute Morgen. Sie sind diese Woche ein sehr interessantes Thema. Sie mussten doch wissen, dass ein Tanz mit ihr – mit irgendeiner jungen Debütantin – Aufmerksamkeit und Spekulationen erregen würde. Sie hat eine gewisse Ähnlichkeit mit der Frau ...«

»Lassen Sie das.« Ambrose lief es heiß über den Rücken, was ihn ängstlich und unruhig machte.

Lockwood hob eine Hand. »Ich wollte Sie nur warnen, dass, wenn ich mich schon wundere, es auch andere tun könnten.«

Er wusste, dass er nicht mit ihr hätte tanzen sollen. Und wenn er klug wäre, würde er auf den nächsten Ball gehen – aber seine Einladungen waren spärlich – und mit einer Handvoll anderer Debütantinnen tanzen, nur um die Massen abzulenken.

Ambrose verengte die Augen und nickte verhalten. »Verstanden.« Er drehte sich gerade weg, als Jagger, von zwei ungemein großen Männern flankiert, den Raum betrat.

Lockwood stieß die Luft aus, was sich wie ein Fluch anhörte. Ambrose wandte den Kopf. Ganz gewiss wirkte Lockwoods ohnehin schon furchterregendes Gesicht noch bedrohlicher.

Ambrose beugte sich zu ihm. »Kennen Sie ihn?«

»Flüchtig«, entgegnete Lockwood durch die zusammengebissenen Zähne.

Faszinierend. »Wie kommen Sie dazu, mit einem Verbrecher wie ihm bekannt zu sein?«

Lockwoods Anspannung war spürbar. »Ich bin ein Anhänger des Boxens. Offensichtlich ist er das auch. Ich sehe ihn gelegentlich. Mehr und mehr, wie es scheint.« Die Animosität in seinem Tonfall war unmissverständlich.

»Wissen Sie etwas über ihn?«

Lockwood riss den Blick von Jagger los und heftete ihn auf Ambrose. »Warum?«

Ambrose wog ab, ob er ihm die Wahrheit sagen sollte oder nicht, und er entschied, dass es keinen Sinn hatte, sie zu verheimlichen. Sehr bald schon würden alle davon wissen. »Ich werde nächste Woche für ihn kämpfen.«

Überraschung spiegelte sich in seinen dunkelgrauen Augen wider. »Ein Preiskampf? Ich dachte, Sie hätten sich vor Jahren zurückgezogen.«

Ambrose hatte alles verraten, was er preisgeben wollte. Er zuckte nur mit den Schultern und sah ihn mit einem rätselhaften Lächeln an. »Was soll ich sagen? Ich liebe einen guten Kampf.«

Lockwoods Blick war eindringlich und ernst. »Seien Sie auf der Hut. Ihm ist nicht zu trauen.« Und dann strebte er durch die Menge und verschwand.

Ambrose lenkte seine Aufmerksamkeit auf Jagger, der sich jetzt direkt auf ihn zubewegte.

»Sevrin, schön Sie hier zu sehen.« Jagger drehte sich und sprach zu einem jüngeren Mann, der hinter ihm herlief. »Hefte diese an die Wände.«

Ambrose sah Jaggers Handlanger zu, wie er eine Ankündigung für den Preiskampf an die Wand heftete: Der Grausame Viscount gegen den Iren. Er überlegte, Jagger etwas über Ackleys Potenzial zu sagen, doch dann beschloss er abzuwarten, bis er selbst mit dem jungen Mann gesprochen hatte.

»Sie sind hier auf Talentsuche?«, fragte Jagger.

»Ein bisschen.«

»Sollten Sie nicht trainieren? Ich erwarte von Ihnen zu gewinnen. Mir wäre der Gedanke zuwider, was Ihrer Dame passieren könnte, falls Sie das nicht tun.«

In genau diesem Moment wollte Ambrose üben. Indem er Jagger die Faust ins Gesicht schlug. Eintausend Mal. »Sie haben sich deutlich ausgedrückt. Ich werde gewinnen.«

»Ausgezeichnet. Ich würde es nur ungern sehen, dass die Eskapaden der jungen Dame ans Licht kämen, nachdem Sie sich solche Mühe gegeben haben, Sie zu beschützen.«

War er etwa der Drahtzieher der Wette? Ambrose hatte Jagger die Hände um den Hals gelegt, bevor er sich zügeln konnte. Die beiden bulligen Handlanger zogen ihn weg und ließen in sowohl mit leeren Händen als auch einem unerfüllten Drang nach Befriedigung stehen.

Mit blitzenden Augen zog Jagger an seiner Krawatte. »Schlagt ihn nicht. Ich brauche meinen Champion in bester

Verfassung.« Er setze einen schmalen Blick auf. »Abgesehen davon weiß ich, wie ich ihn auf andere Weise verletzen kann.«

Die Andeutung war klar. Ambrose kämpfte mit sich, um die Hände bei sich zu behalten, als die Männer von ihm abließen. »Ich werde Ihren gottverdammten Kampf gewinnen und Sie werden *meine Lady* in Ruhe lassen.«

»Nachdem Sie mir einen Boxer beschafft haben. Bis dahin ist *Ihre* Lady eine schöne Rückversicherung.«

Ambrose starrte ihn einen Augenblick an, ehe er das Bucket of Blood verließ. Jaggers Gelächter hallte in seinem Kopf nach, als er nach draußen in die feuchte Nacht trat. Er war vorhin mit einer Droschke gekommen, doch jetzt ging er zu Fuß und ließ sich von der Dunkelheit umfangen. In den ersten langen Monaten in London war er viel gelaufen, als seine Qual und die Reue nicht zu ertragen gewesen waren. Jetzt kehrte das vertraute Gefühl zurück, sich zu bewegen aber nirgendwo hinzugehen, und er verfluchte Jagger aufs Neue, ihm diesen Kampf angehängt zu haben.

Doch nein, es war nicht Jagger und es war nicht der Kampf. Es war Philippa und seine Sehnsucht nach ihr. Er konnte keine Frau haben und ganz besonders nicht sie.

Sehr viel später erreichte er den kleinen Hof des Black Horse beim Haymarket. Er blieb abrupt stehen, als ein livrierter Diener ihn auf der Straße ansprach. Er erkannte diese Livree …

»Mylord, Lady Philippa wünscht mit Euch zu sprechen.« Er zeigte auf das Gefährt, das an der Ecke geparkt war. »In dieser Kutsche. Würdet Ihr bitte mitkommen?«

⁓

*D*ie Tür zu Philippas gemieteter Kutsche schwang auf und Sevrin stieg ein.

Die Laterne hob seine abgespannte Stirn, die dunklen Augen und den wilden Zug um seinen Mund hervor. »Was um alles in der Welt tun Sie hier?«

Sie war auf seine Überraschung gefasst gewesen, aber nicht auf seinen Zorn. »Ich brauche Ihre Hilfe.«

Seine Augen weiteten sich und er lehnte sich von dem gegenüberliegenden Sitz vor. »Sind Sie wohlauf?«

Seine Besorgnis tröstete sie. Sie hatte die richtige Entscheidung getroffen, ihn um Hilfe zu ersuchen. Ohne sie könnte sie sich leicht in einer hassenswerten Ehe wiederfinden. Das könnte sie trotzdem, doch sie argumentierte, dass ihre Chancen mit einem Verbündeten wie Sevrin, um das Feld der Bewerber zu durchsieben, weitaus besser standen. Und es musste er sein. Er war der einzige Mann, von dem sie erwarten konnte, absolut ehrlich zu sein. Der einzige Mann, dem sie vertraute. Und das war der Grund, weshalb sie riskiert hatte, hierher zu kommen. »Mir geht es gut. Ich bin gekommen, da ich Sie um Ihre Mithilfe bitten wollte, einen Ehemann zu finden.«

Er blinzelte sie an. Ganz langsam ließ er sich an die Rückenlehne zurücksinken. »Sie haben ein Risiko auf sich genommen, hierher zu kommen. Ich dachte, wir würden versuchen, Ihren guten Ruf zu bewahren.«

»Weshalb ich in einer Mietdroschke sitze. Und es ist nicht so, als würde jemand in der feinen Gesellschaft wissen, wo Sie leben. Außer Saxton.«

»Ich nehme an, er hat Ihnen meine Adresse genannt?« Auf ihr Nicken fuhr er fort. »Ich werde ihm die Hölle dafür heißmachen.«

»Wenn Sie das für nötig erachten. Nun, wenn Sie mich

meine Bitte unterbreiten lassen, können wir wieder getrennte Wege gehen. Darf ich sprechen?«

Wortlos gab er ihr mit einer Geste zu verstehen, fortzufahren. Dann verschränkte er die Arme vor der Brust und zog den Wollstoff seines Gehrocks fester um seine breiten muskulösen Schultern. Der Schein der Lampe fiel über seine unvollkommene, attraktive Nase und seine sensiblen Lippen.

Heiß kroch es ihr den Nacken hinauf. »Ich muss auf der Stelle einen Ehemann finden.«

Sein Blick wurde schmal und er runzelte die Stirn. »Philippa, ich kann Sie nicht heiraten.«

Seine eilige Abweisung versetze ihr einen Stich, was lächerlich war, da sie *dies* noch nicht einmal vorschlug. »Ich bitte Sie nicht, mich zu heiraten. Ich brauche Ihre Hilfe, einen Ehemann zu finden.«

Sein Kiefer klappte eigentlich nicht von selbst auf, aber er erschlaffte sichtlich, als würde er sich gerade nur davon abhalten, sie anzugaffen. »Ich bin kein Ehestifter, ich bin ein Halunke.«

Ihr Körper erschauderte bei dem Wort *Halunke*. Trotz seiner generellen Unangemessenheit fühlte sie sich weiterhin hoffnungslos zu ihm hingezogen. Mit ihm hier in der dämmrigen Droschke zu sitzen, erinnerte sie an ihren ersten Abend zusammen, als sie sich auf der Heimfahrt dicht an ihn geschmiegt hatte. An solche Dinge sollte sie nicht denken. Es war eine unangemessene Verbindung, selbst wenn er an einer Heirat interessiert wäre. Was er nicht war.

Sie straffte das Rückgrat und gab sich die größte Mühe, zu ignorieren, wie gern sie mit ihm zusammen war. »Sie müssen keine in Frage kommenden Kandidaten suchen. Ich habe eine Liste. Ich möchte, dass Sie ihrer wahren Natur auf die Schliche kommen – den Dingen, die sie der Frau nicht zeigen, der sie den Hof machen.«

Er lehnte sich wieder an die Rückenlehne zurück. »Ich

bezweifle, dass ich mit irgendjemandem auf Ihrer Liste bekannt bin.«

»Vielleicht, aber ich bin dennoch zuversichtlich, dass Sie die Informationen herausfinden können, die ich brauche.« Sie sah ihn mit hochgezogener Augenbraue an. »Wie sie mich so freundlich erinnert haben, sind Sie ein Halunke. Ich bin sicher, dass Sie in der Lage sind, irgendwelche Gleichgesinnte auf der Liste ausfindig zu machen.«

»Was für eine scharfsinnige Frau Sie sind.« Er grinste und sie fühlte sich, als wären sie wieder in Lockwood House und würden ihre gegenseitige Gesellschaft genießen, trotz der Desaster, auf die sie hinter jeder Ecke gestoßen waren. Sie hatten wie ein Team zusammengewirkt. Nie hatte sie erkannt, wie gut es sich anfühlte, jemanden bei sich zu haben. Jemand, der auf sie achtgab und sie beschützte. Nicht nur das, sondern jemand, der die Erfahrungen teilte.

Er strecke seine Arme über die Oberseite des Polsters aus und verlieh dem spärlichen Raum in der Kutsche seinen Stempel. »Nun, erzählen Sie mir, warum Sie ganz plötzlich in solcher Eile sind.«

»Meine Mutter wird in ein neues Stadthaus umziehen. Sie wird Herrick House in weniger als dreißig Tagen verlassen.«

»Sehen Sie mir meine Begriffsstutzigkeit nach, aber was tut das zur Sache?«

Wie konnte er das Offensichtliche nicht sehen? »Weil sie von ihrem Ehemann getrennt leben wird und eine Affäre mit einem anderen Mann unterhält. So wie mein Vater in aller Öffentlichkeit eine Mätresse hat. Sie haben die beiden vielleicht auf Lady Dunwoodys Ball gesehen?«

Er nickte, wobei sich seine Lippen zu einem dünnen Strich zusammenpressten. »Das habe ich. Es tut mir leid.«

Und jetzt fühlte sie sich verbohrt, aufgrund ihrer Annahme, dass er nicht verstehen würde. Sie holte tief Luft und erklärte die Situation mit ihren Eltern. Sie konnte von ihm nicht erwarten, auf gleiche Weise zu reagieren wie sie selbst oder wie ihre Freundinnen reagieren würden. Er war ein Mann – ein skandalöser Mann –, der behauptete nicht mit ihr befreundet sein zu wollen. Nichtsdestotrotz hörte er ihr zu und zeigte nun – wieder einmal – Anteilnahme. Und genau das war der Grund, warum sie wusste, dass sie ihm vertrauen konnte, ihr zu helfen, ganz unabhängig davon, was immer er sagte oder in der Vergangenheit getan hatte.

»Sie wollen also in aller Eile heiraten? Das klingt nicht besonders klug und Sie scheinen eine kluge junge Frau zu sein –«, er zog eine Augenbraue hoch, »einmal abgesehen von Ihrer Anwesenheit hier.«

»Ich *bin* ein kluges Mädchen, weshalb ich meine Möglichkeiten abgewogen habe und zu dem Schluss gekommen bin, dass dies meine beste Herangehensweise ist. Ich bin die Suche nach einem Ehemann auch mit Logik und Sorgfalt angegangen. Werden Sie mir helfen oder nicht?« Mit angehaltener Luft wartete sie auf seine Antwort. Sie hatte beschlossen, an ihn zu glauben, ihm zu *vertrauen*. Würde er ihr Zutrauen niedertrampeln, wie ihre Eltern es getan hatten?

Er verfiel einen Moment in Schweigen und drehte den Kopf, um aus dem Fenster zu schauen. Sie beobachtete seine Hände, die auf der Oberkante der Rückenlehne lagen. Seine Position war so entspannt und dennoch beherrschend durch die Art und Weise, wie er den gesamten Sitz beanspruchte. Wieder dachte sie daran, wie sie sich an seine Brust gekuschelt hatte, in seine Armbeuge, und sie wünschte sich, neben ihm zu sitzen. Von seiner Kraft und seinem Schutz zu zehren.

Abermals blickte er sie an und ihr Gesicht wurde heiß. Konnte er Gedanken lesen? Aber er fragte nur: »Wer sind diese Männer und was soll ich über sie herausfinden?

Moment, ich denke, ich weiß es. Sie wollen einen Schoß-
hund, wenn meine Erinnerung mich nicht täuscht.« Sein
Tonfall war ungezwungen.

Er würde einwilligen. Sie lockerte die Spannung in ihren
Schultern und rollte sie an die Rückenlehne zurück. »Das
war *Ihre* Einschätzung. Ich hätte gern einen Ehemann, den
ich respektieren und bewundern kann und der treu ist.«

»Anders als Ihr Vater.«

Sehr scharfsinnig. »Ja.«

Er löste die verschränkten Arme und stützte sie auf die
Knie. Sein Blick war direkt und sogar stechend. »Und was ist
mit der Liebe? Wollen Sie Ihren Ehemann nicht lieben?«

Die Luft in der Kutsche schien sich aufzuheizen und der
Raum zwischen ihnen zu schrumpfen. Ihn von Liebe sprechen zu hören, verstärkte ihre Erregung noch. Hatte er
jemanden geliebt? Welche Rolle hatte die Liebe – wenn
überhaupt – bei der jungen Frau in seiner Vergangenheit
gespielt, die zu heiraten er sich geweigert hatte? Und warum
war es ihm wichtig, dass *sie* liebte? »Ich hatte darauf gehofft,
aber das ist keine Anforderung. Tatsächlich könnte es das
Beste sein, wenn diese Emotion überhaupt nicht ins Spiel
käme.«

»Ich habe Schwierigkeiten, mir das für Sie vorzustellen«,
meinte er leise und seine Stimme war eine sinnliche
Liebkosung.

In ihrem Bauch staute sich die Hitze. Er war so einfühl-
sam. »Ich würde auch lieber einen Ehemann haben, zu dem
ich mich hingezogen fühlte. Jemand, mit dem ich vielleicht
etwas teilen könnte …« Sie wandte den Blick ab, damit er die
offensichtliche Wahrheit in ihren Augen nicht sah – dass sie
sich an ihre Küsse erinnerte. »Leidenschaft.«

Sevrin setzte sich auf seinem Platz zurecht und zog den
Gehrock fester um seine Mitte. »Ich verstehe. Und wie beabsichtigen Sie bei einem Mann die Tiefe seiner Leidenschaft

festzustellen?« Er klang angespannt und er beugte sich nur ein klein wenig vor.

»Ich werde es mit einem Kuss herausfinden. Wenn der Mann küsst wie Sie –«

»Philippa, nein.« Sein Tonfall war dunkel und gefährlich und sein Blick verschleiert. »Sie können so nicht mit mir reden.«

Ihr Blut heizte sich auf und ihre Haut kribbelte. Die Luft in der Kutsche knisterte von etwas, das beinahe fühlbar war. »Ich weiß, es ist nicht gerade besonders gebührend, aber Sie müssen zugeben, dass unsere Beziehung alles andere als gebührend ist.«

»Wir haben keine Beziehung. Ich habe Ihnen gesagt – wir können nicht befreundet sein.«

Er konnte sich sträuben so viel er wollte, doch das waren sie bereits. Und warum zierte er sich so? Bevorzugte er emotionslose Bekanntschaften? Allmählich fing sie an zu glauben, dass er sie brauchte und das Band, das sie in Lockwood House geknüpft hatten. »Bedeutet das, Sie werden mir nicht helfen?«

Er sah sie finster an. »Sie können nicht herumgehen und alle Männer auf der Liste küssen.«

»Das werde ich nicht. Ich werde die Auswahl auf zwei oder drei reduzieren und dann anfangen, einen von ihnen zu küssen.«

Er rieb sich mit einer Hand übers Gesicht. »Ich sehe, dass ich bereits einen schlechten Einfluss auf Sie habe.«

»Überhaupt nicht. Sie waren nicht der erste Mann, den ich geküsst habe.«

Er ließ die Hand sinken und starrte sie an.

Sie beeilte sich, ihn zu beschwichtigen. »Sie werden mich nicht verderben. Es sei denn, ich bin nicht in der Lage, jemanden zu finden, der Ihrem Standard entspricht. In diesem Fall werde ich Sie vielleicht verfluchen müssen.« Sie lächelte ihn an, doch er behielt den Blick weiterhin starr auf sie gerichtet, während seine Augen dunkel und undurchdringlich wirkten und seine Gestalt so still wie die Oberfläche eines zugefrorenen Teichs blieb.

Als sie darauf wartete, dass er etwas sagte, erkannte sie, dass sein Blick auf ihren Mund gerichtet war. Die Wärme in ihren Adern schwoll zu etwas Lebendigerem, Heißerem an.

»Geben Sie mir Ihre Liste«, bat er.

Sie tastete in ihrem Retikül herum und zog eine Liste mit Namen hervor, die sie ihm überreichte. Er achtete sorgfältig darauf, dass ihre Finger sich nicht berührten, als er ihr das Schriftstück abnahm. Enttäuscht stieß sie die Luft aus.

Unter dem Schein der Laterne studierte er die Liste. »Ich kenne keinen dieser Männer persönlich.«

Sie hatte sich gefragt, ob er sie kennen würde. Der einzige Mann von Format, mit dem sie ihn je gesehen hatte, war Saxton. Vermutlich sollte sie auch Lockwood mitzählen, aber sein Titel war für seinen Ruf ebenso dienlich wie Sevrins für den seinen. »Ich denke, Sie könnten bei White's Informationen über die Männer auf meiner Liste finden. Sie besuchen doch das White's, nicht wahr?«

»Gelegentlich.« Noch immer hatte er nicht von der Liste aufgeblickt. »D'Echely ist Franzose, da können Sie es doch sicher besser treffen.« Kopfschüttelnd hob er den Blick zu ihr. »Finchley, ist er nicht ein junger Dandy?« Sie nickte. »Vick und Allred. Ist Vick nicht ein bisschen zu alt für Sie?«

»Wie Sie sehen, sind meine Wahlmöglichkeiten eingeschränkt. Ich habe während meiner letzten Saisons mehrere Gentlemen ausgeschlossen. Wenn Sie jedoch jemanden finden, der Ihrer Meinung nach passen könnte, sagen Sie es mir.«

Seine Augenlider sanken herab und ließen ihn unerträglich verführerisch aussehen. »Ich sagte doch, ich bin kein Ehestifter.«

Ihr Puls beschleunigte sich. »Sie wollen doch nicht, dass ich jemand Furchtbares heirate, oder?« Sie klang außer Atem. Was einen Sinn ergab, da sie das Gefühl hatte, ihre Lungen nicht ganz mit Luft füllen zu können.

Ihre Blicke trafen sich. »Ich bin mir nicht sicher, ob ich überhaupt will, dass Sie heiraten«, raunte er leise.

Ihr Atem stockte und verharrte in ihrer engen Brust.

Er hustete, womit er den Bann zwischen ihnen brach, und drückte sich wieder an die Rückenlehne. »Aber ich verstehe, warum Sie das müssen. Ich werde diese Nachforschungen anstellen und meine Ergebnisse so schnell wie möglich liefern.«

»Ich danke Ihnen.« Sie befahl ihrem Körper, sich völlig zu entspannen – doch es ging nicht. Sie fühlte sich straff, warm und kribbelig an.

Er fasste nach dem Türgriff. »Sie werden *nicht* mit mir in Kontakt treten, ist das klar? Ich werde Ihnen meine Informationen zukommen lassen. Wenn Sie dem nicht zustimmen können, werde ich Ihnen nicht helfen.«

Der Ausflug heute Abend war ein notwendiges Risiko gewesen. Eines, das sie nicht zu wiederholen gedachte. »Ich bin einverstanden. Ich werde eine Nachricht schicken, wenn ich Hilfe oder Informationen benötige.« Sie legte ihre Hand auf seine. Der Schock über die Berührung raubte ihr erneut den Atem. Er drehte den Kopf und blickte sie an. »Seit wir uns kennen, haben Sie nichts anderes getan, als mir zu helfen, und dafür bin ich Ihnen sehr dankbar.«

Wieder hatte er den Blick starr auf ihren Mund gerichtet. Sie beugte sich vor und leckte sich über die Unterlippe, die ganz trocken geworden war.

Er nahm ihre Hand von seiner und legte sie in ihren Schoß, wobei er seinen Oberkörper zu ihr heranführte. Sein Duft nach Sandelholz und Salbei betörte ihre Sinne. »Küssen Sie niemanden, bis Sie von mir hören.«

»Das werde ich nicht.« Und jetzt starrte sie auf seinen Mund und wünschte sich, er würde sie wieder küssen.

Dann öffnete er die Tür und stieg aus der Kutsche aus. Er schloss die Tür wieder, und das Gefährt setzte sich in Bewegung, bevor sie sich erneut angelehnt hatte. Kleine Schauer der Vorfreude jagten durch sie hindurch.

Wenn einer der Männer auf ihrer Liste auch nur zur Hälfte die Reaktion hervorrief, wie Sevrin, könnte sie es vielleicht schaffen. Die Dinge entwickelten sich genauso, wie sie sollten. Warum fühlte sie sich dann unzufrieden?

KAPITEL 9

*A*m nächsten Abend, als der dritte Kampf im Bucket of Blood zu Ende ging, blickte Ambrose finster drein. Alle Kämpfer waren eine herbe Enttäuschung gewesen, und zu allem Überfluss war Ackley nicht da, und niemand schien zu wissen, wie Ambrose ihn finden konnte. Er hatte damit gerechnet, Ackley erfolgreich rekrutieren zu können, um dann den Rest seiner Vorhaben für den Abend hinter sich zu bringen: Er wollte für Philippa und wegen ihrer Dringlichkeit nach einem Ehemann das White's aufsuchen.

Mit einem gemurmelten Fluch verließ er das Lamb and Flag und nahm eine Droschke nach St. James. Er überlegte flüchtig, ob er den Fahrer zum Black Horse dirigieren sollte, doch er konnte nicht in seinem Club kämpfen. Nicht, wenn es bis zum Preiskampf weniger als eine Woche war. Stattdessen knurrte er dem Fahrer »White's« zu.

Sein Körper fühlte sich schütter, ängstlich und aufgewiegelt an. Er konnte nicht kämpfen, und doch *musste* er kämpfen, um sein Verlangen nach Philippa in Schach zu halten. Ihr überraschender Besuch gestern Abend und die anschließende Kutschfahrt hatten sein Verlangen nach ihr nur noch mehr geschürt. Als sie davon gesprochen hatte, ihn zu küssen, und dann davon, andere Männer zu küssen, hätte er sich vor Eifersucht beinahe auf sie gestürzt. Dann hatte sie ihn berührt, und bei Gott, fast wäre er verloren gewesen.

Er war einfach zu lange ohne eine Frau gewesen. Was einst ein reuiges Unterfangen gewesen war, hatte sich in der letzten Woche zur Qual entwickelt. Eine Qual, die er vielleicht dadurch beenden konnte, dass er nach Abschluss seiner endlosen Aufgaben heute Abend professionelle Dienste in Anspruch nahm.

Gott, er war wirklich ein Halunke. Seines Boxens beraubt, lechzte er verzweifelt nach Sex.

Die Droschke hielt vor dem White´s. Ambrose stieg aus und marschierte die Treppe hinauf. Ein Lakai öffnete ihm die Tür, und Ambrose trat ein. Er nahm das dunkle Holz, den würzigen Geruch von Rauch und Schnaps, den dumpfen Klang der Unterhaltungen und Spiele in sich auf – es war ein wahrer Zufluchtsort für einen Gentleman, der so anders war als sein Club im Black Horse. Tatsächlich war er so weit davon entfernt, dass es ihn immer wieder ein bisschen erstaunte, diese geheiligten Hallen betreten zu dürfen. Er war allerdings Mitglied, also *mussten* sie ihn einlassen.

Ambrose blickte sich im Raum um. Männer, junge und alte, wohlhabende und verschuldete, schweigsame und redegewandte – sie alle waren in diesem Club vereint, der vor über einem Jahrhundert mit Schokolade und Politik gegründet worden war. Würde sein Kampfclub so lange bestehen können? Lieber Himmel, er hatte nicht einmal einen Namen. Sevrin´s? The Black Horse, nach der Taverne, in der man sich traf? Londoner Boxgemeinschaft? Beim Gedanken, dass die Männer in seinem Club einer Sache mit dem Wort »Gemeinschaft« im Titel angehörten, lächelte er in sich hinein.

Er hatte überlegt, einige unter ihnen zu fragen, ob sie daran interessiert wären, Jaggers Preisboxer zu werden, doch es war ihm nicht recht, dass sie mit dem Kriminellen in Verbindung gebracht wurden. So wie er auch Philippas Verstrickung in diesem Schlamassel verabscheute.

Verdammter Mist. Was hatte er sich nur gedacht, sich mit ihr einzulassen? Wenn er in Lockwood House einfach nur an ihr vorbeigegangen wäre, hätte dieser Schlamassel gar nicht erst entstehen können. Zumindest nicht, was ihn anbelangte. Philippas Ruf wäre ruiniert gewesen, während er sich fröhlich mit seinen Männern im Black Horse vergnügt und Hopkins oder jemand anderen bis zur seligen Erschöpfung verprügelt hätte. Der Gedanke ließ ihn erschaudern. Seine Seele mochte schwarz sein, doch so etwas konnte er ihr nicht wünschen. Wenn er sich noch einmal entscheiden müsste, würde er die gleiche Wahl treffen. Und dieselben Konsequenzen erdulden.

Er sah sich suchend im Hauptraum nach den Männern auf ihrer Liste um. Nur vage konnte er sich erinnern, wie der Franzose und Finchley aussahen, jedoch würde er Allred und Vick leicht erkennen. Da er die Letzteren nicht entdeckte, versuchte er herauszufinden, ob es sich bei irgendjemandem unter den Anwesenden um Erstere handelte.

Finchley war etwa so alt wie Ambrose mit seinen siebenundzwanzig Jahren und hellhaarig, wenn er sich recht entsann. D'Echely war Franzose, also war er wahrscheinlich bleich und forsch.

»Sevrin!«, rief ein dunkelhaariger Mann von einem Tisch in der Nähe des Wettbuchs. Ambrose hatte keine Ahnung, um wen es sich handelte, aber er schlenderte dennoch in seine Richtung. Irgendwo musste er schließlich anfangen.

»Guten Abend, meine Herren«, grüßte er und musterte die drei Gesichter am Tisch. Sein Blick blieb an einem Mann mit einem, so vermutete er, halbwegs ansprechenden Gesicht hängen, wenngleich sein Kinn eine Spur zu klein geraten und zu rund war. Das musste Finchley sein, da war er beinahe sicher.

»Wie geht es Ihnen?«, erkundigte sich der Mann, der Finchley sein könnte. »Bitte setzen Sie sich. Verraten Sie Brock und mir doch bitte den Namen Ihrer Lady.« Er nickte in Richtung des dunkelhaarigen Mannes, der Ambrose gerufen hatte.

Brock lachte. »Finchley, Sie gehen davon aus, *dass* es sich um eine Lady handelt.«

Nach dieser Bestätigung von Finchleys Identität nahm Ambrose einen der leeren Stühle und schenkte sich ein Glas Whisky aus der Flasche auf dem Tisch ein.

»Sie ist ganz bestimmt eine Lady. Goodwin hat sie mit ihm«, Finchley deutete zu Ambrose, »im Lockwood House gesehen. Und da Goodwin darauf gewettet hat, dass sie aus gutem Hause ist, wette ich, dass er recht hat.«

Ambrose nahm an, dass Goodwin neulich Abend einer der Männer im Foyer war.

Finchley sah Ambrose mit einem verschmitzten Augenzwinkern an. »Was meinen Sie, Sevrin? Ich habe ein Auge auf einen neuen Phaeton geworfen, und diese Wette bringt mich meinem Ziel ein gutes Stück näher.«

Dieser Trottel wäre niemals gut genug für Philippa. Wie hatte er es überhaupt auf ihre Liste geschafft? Welcher Grund auch immer dazu geführt hatte, war er jetzt offiziell davon gestrichen. »Finchley, Ihnen ist doch klar, dass niemand diese Wette wirklich gewinnen kann? Es verhält sich wirklich nicht so, dass ich einem von Ihnen den Namen der Lady nenne, damit Sie den Wettgewinn einstreichen können. Spielt nur euer kleines Spiel, bis ihr euch langweilt.«

Wie ein Kind schob der jüngere Mann die Unterlippe vor. »Sie pissen in unser Ale. Wir haben doch nur ein bisschen Spaß.«

Saxtons Ankunft ersparte Ambrose, sich von ihrem Tisch entfernen zu müssen. Saxton betrat das White´s mit der Ausstrahlung eines Menschen, der dazu geboren und erzogen worden war, sich Respekt und Bewunderung zu verschaffen. Mit anderen Worten war er so, wie Ambrose einst gewesen war.

Allerdings war es nicht diese Ähnlichkeit, die sie zusammengeführt hatte. Im vergangenen Herbst war Saxton von Ambrose in dessen Kampfclub aufgenommen worden, nachdem er sich bei einem Straßenkampf im Hof des Black Horse Court dafür bewährt hatte. Ambrose hielt regelmäßig Probekämpfe ab, denn es mangelte nie an Männern, die dem Club beitreten wollten, und er war nicht nur über Saxtons Erscheinen überrascht gewesen, sondern auch über sein enormes Maß an Geschicklichkeit und Feuer. Wie jedenfalls für Ambrose nicht vorauszusehen war, sind sie Freunde geworden.

Saxton strebte ohne Umwege auf ihren Tisch zu. »Sevrin, dich habe ich hier nicht erwartet.« Sein Tonfall war fragend. Ambrose war, wie er wusste, um diese Zeit normalerweise in seinem Club.

»Ich genehmige mir nur einen Drink. Entschuldigen Sie mich, Gentlemen.« Er nickte seinen Tischnachbarn zu, und darüber erfreut, sich unkompliziert und höflich von ihrem Tisch entfernen zu können, stand er auf.

Er schlenderte mit Saxton zu einem kleineren Tisch in der Ecke, wo sie ein gewisses Maß an Privatsphäre genießen würden. Sobald sie sich niedergelassen hatten, machte Saxton einem der Diener ein Zeichen, eine Flasche Whisky und ein Glas zu holen. Die Flasche wurde fast sofort gebracht, was Ambrose zu der Annahme veranlasste, dass das Personal sie gleich nach Saxtons Ankunft vorbereitet haben musste.

»Du genießt eine ausgezeichnete Bedienung«, bemerkte er, als Saxton sein Glas drei Finger breit füllte.

Saxton nahm einen Schluck. »Ich komme gerade aus dem Black Horse. Mir ist zu Ohren gekommen, dass du nächsten Samstag gegen einen Iren in einem Preiskampf antreten willst. Was hat das zu bedeuten?«

Da Ambrose nie eine Frage beantwortete, die er nicht beantworten wollte, stellte er eine Gegenfrage: »Wie lange wirst du in der Stadt sein?«

Saxton streckte seine Beine an der Seite des Tisches aus. »Ein paar Wochen. Olivia bevorzugt Yorkshire, und wir müssen uns um die Vorbereitungen für das Baby kümmern.«

Ambrose hatte ihm bereits zu der bevorstehenden Eltern-schaft gratuliert, doch er hielt es für angebracht, seine Glückwünsche noch einmal zu wiederholen. »Nochmals herzlichen Glückwunsch.« Er hob sein Glas, und sie tranken beide.

Saxton stellte sein Glas ab. »Lass es mich mit einem anderen Ansatz versuchen. Worum ging es bei diesem Kunststück mit Lady Philippa neulich Abend?«

»Ich sagte es doch. Mit Philippa, einem Inbegriff von Tugend, zu tanzen, wird mich in den Augen der Gesellschaft aufwerten.«

Saxtons zog eine Augenbraue hoch. »›Philippa?‹«

Ambrose schloss die Hand fest um sein Glas und kippte sich den Inhalt die Kehle hinunter.

Saxton trommelte mit den Fingern auf den Tisch. »Wenn du nicht achtgibst, wirst du genau wie ich bald verheiratet sein.«

Ambrose schenkte sich mehr Whiskey ein. »Niemals. Und ganz bestimmt nicht mit ihr.« Sie hatte jemanden verdient, der sie lieben konnte, und Ambrose war bei dieser Emotion gründlichst gescheitert.

»Warum nicht? Wenn mir das widerfahren kann, so kann es auch dir passieren.«

»Ich habe dir früher schon gesagt, dass wir uns nicht so ähnlich sind«, entgegnete Ambrose. Saxton war der Ansicht, dass eine niederträchtige Ader sie verband, weil sie beide junge Frauen ruiniert und sie nicht geheiratet hatten. Ambrose wendete nichts dagegen ein, dass sie beide Halunken waren, wobei Saxton sein Mädchen allerdings geliebt hatte und sein Versäumnis, sie zu heiraten war nicht sein eigener Fehler, sondern den rücksichtslosen Machenschaften seines Vaters zuzuschreiben. Ambroses Verbrechen waren von weitaus schlimmerer Natur, als einer Unschuldigen die Jungfräulichkeit zu stehlen.

Saxton legte die Stirn in Falten. »Unsinn. Wir haben jede Menge gemein. Abgesehen von der ganzen Sache mit dem Halunkentum sind wir beide Ersatzerben. Eine tragische Sache.«

Ja, tragisch. Ambrose wollte nicht an Nigel denken. Das würde heftige Qual und selbstzerstörerisches Bedauern erzeugen. »Ich erwähne ihn aus gutem Grund nicht, Sax. Vergiss es.«

Saxton hielt beim rhythmischen Trommeln seiner Finger inne. Er senkte die Stimme. »Ich verstehe, was es bedeutet, nur Zweiter zu sein. Niemals gut genug, niemals für Erfolg bestimmt.«

Mit einem fester werdenden Griff legte Ambrose die Finger um sein Glas. »Und aus diesem Grund sind wir uns nicht ähnlich. Ich war mehr als gut genug.« Besser tatsächlich. Alle in Beckwith und auf der Roseland Halbinsel hatten hervorgehoben, dass Nigel der Zweitgeborene hätte sein sollen. Seine geringere Intelligenz, seine körperliche Schwäche und seine unbeholfene Art hatten ihn zu einem Viscount gemacht, der nichts als Mitleid erzeugte, wohingegen sein jüngerer Bruder alle Aufmerksamkeit und alles Lob einheimste.

Saxtons Blick wurde eisig. »Ich hatte keine Ahnung. Ich dachte, wir wären aus demselben Stoff geschneidert. Ganz eindeutig habe ich mich geirrt.«

Verdammt nochmal. »So habe ich das nicht gemeint, Saxton. Es ist bloß … frag mich nicht nach meinem Bruder.«

Wieder trommelte Saxton mit den Fingern. »Also schön. Ich gebe klein bei. Doch das, fürchte ich, wirft mich auf mein ursprüngliches Thema zurück. Warum kämpfst du gegen den Iren? Wenn du es mir nicht sagst, werde ich es aus dir herausprügeln. Und ich schere mich nicht einen Deut darum, dass du in sechs Tagen einen Preiskampf hast.«

Ambrose wusste genau, dass sein Freund das tatsächlich versuchen würde. »Weil du dich als derart überzeugend erweist, werde ich es dir erzählen. Wenngleich es nicht übermäßig interessant ist. Ich wurde gefragt, zu kämpfen, und ich habe ja gesagt.«

Saxton hob eine Augenbraue. »Hopkins sagte, er wäre dein Sekundant. Ich bin beleidigt, dass du mich nicht gebeten hast.«

»Das hätte ich, aber du wirst mitten in der jährlichen Hausparty deines Vaters auf Benfield stecken.«

Saxton runzelte die Stirn. »Der du hättest beiwohnen sollen.«

Er hatte so etwas niemals zugestimmt. Pferde, die er wie die Pest mied, eine Frau (Philippa würde dort sein), die er nicht berühren durfte, und die Beklemmung, an diesem Abend an einem Preiskampf teilzunehmen. Er konnte sich keine schlimmere Art vorstellen, den Tag zu verbringen. »Ich werde versuchen, für eine kurze Weile vorbeizukommen. Wird dich dieses Angebot davon abhalten, dieses Kreuzverhör durchzuführen?«

»Na gut. Wenngleich ich hervorheben sollte, dass die

Teilnahme an einem Preiskampf wahrscheinlich einige der Gentlemen beeindrucken wird, so wird es jedoch dein gesellschaftliches Ansehen nicht verbessern.« Wieder runzelte er die Stirn, als ob er versuchen würde, Ambroses Motive zu durchschauen, und dabei kläglich versagte.

Eine Fahrt nach Benfield, das nur etwa eine Stunde außerhalb Londons lag, würde Ambrose die Gelegenheit geben, sich Philippas Sicherheit am Tag des Kampfes zu vergewissern. Er würde es nicht ausschließen, dass Jagger etwas Übles im Schilde führte. Saxton hatte den Blick auf Ambroses Hand geheftet, die aufgrund seines festen Griffs um das Glas recht bleich geworden war. Ambrose kippte den letzten Rest Whiskey hinunter und stellte das geleerte Glas auf den Tisch.

Ein Gentleman steuerte auf ihren Tisch zu. Er blieb neben ihnen stehen und grinste Ambrose an. »Lady Lydia, ja? Ich weiß nicht, wie Sie das bewerkstelligt haben, aber vermutlich müssen Sie die junge Dame jetzt heiraten.«

Ambrose sah zu dem Mann auf, der ihn wie die meisten in London zu kennen schien, während er bezweifelte, dass sie einander je vorgestellt worden waren. »Ich heirate niemanden oder wissen Sie das nicht über mich?«

Das Lächeln auf dem Gesicht des Mannes verblasste. »Jemand hat gerade Lady Lydia Prewitts Namen in das Wettbuch eingetragen. Bestreiten Sie, dass sie die geheimnisvolle junge Dame in Lockwood House gewesen war?«

Ambroses Körper spannte sich an, aber er zwang sich, unbeteiligt zu wirken. »Ganz gewiss.«

Saxton warf dem Eindringling einen bezwingenden Blick zu. »Das geht zu weit. Es ist eine Sache, alberne Wetten abzuschließen, aber eine ganz andere, eine junge, unverheiratete Frau zu verleumden. Wer hat ihren Namen niedergeschrieben?«

Der Mann, der die Neuigkeiten so fröhlich überbracht

hatte, sah nun recht gequält aus. Sein Gesicht war errötet und seine Stirn glänzte im Lampenlicht. »Ein Kerl namens Tweedy.«

Mit schmalem Blick suchte Saxton den Raum ab. »Wer um alles in der Welt ist Tweedy?«, fragte er mit lauter, herrischer Stimme. Die Unterhaltungen gerieten ins Stocken und erstarben gänzlich. Die Köpfe drehten sich zuerst zu Saxton und dann zu einem jungen, schlanken Mann, der etwas abseits vom Wettbuch stand. Unter ein paar vereinzelten Sommersprossen lief sein Gesicht rot an. Ambrose hatte Mitleid mit ihm.

»Kommen Sie her«, herrschte Saxton ihn an und der Bursche kam natürlich zu ihrem Tisch geschlichen. »Alle anderen kümmern sich um ihre eigenen Angelegenheiten«, wandte Saxton sich an den Raum im Allgemeinen. Sofort drehten die Männer die Köpfe weg, doch die Unterhaltung kam nur schleppend und langsam in Gang.

»Nun«, ergriff Saxton das Wort, während er den armen, jungen Tweedy mit einem eisigen Blick durchbohrte. »Warum haben Sie Lady Lydias Namen in das Wettbuch geschrieben?«

»I-Ich w-war vorhin auf dem Empfang der Pinnocks. Es w-war nur ein Gerücht, das ich gehört hatte. Ich dachte, ich würde der E-Erste sein, der es ins Wettbuch schreibt.« Und der den Ruhm für eine solche Wette einheimste. Er blinzelte und Ambrose konnte die Feuchtigkeit in den Augen des Mannes erkennen. »Also ist sie es nicht?«

Ambrose schritt ein, ehe Saxton dem Jungen eine Standpauke hielt, die ihn wahrscheinlich einschüchtern würde, bis er ein Mann in den besten Jahren wäre. »Nein, und Sie müssen vorsichtig sein, mit den Namen junger Frauen um sich zu werfen. Lady Lydia hat nicht verdient, dass ihr Name durch eine haltlose Wette befleckt wird.«

Tweedy nickte, die Augen noch immer feucht und die Wangen leuchtend rot. »Ja, Mylord.«

»Sevrin, Sie könnten über die Identität der jungen Frau lügen, um sie zu beschützen.« Finchley, dieser Einfaltspinsel, hatte sich ihrem Tisch genähert und offenbar die Unterhaltung belauscht, trotzdem Saxton alle aufgefordert hatte, sich um ihre eigenen Angelegenheiten zu kümmern. »Wie könnten wir die Wahrheit wissen?«

Saxton öffnete den Mund, doch Ambrose hielt eine Hand hoch. »Bitte, gestatte mir.« Er wandte Finchley seine Aufmerksamkeit zu. »Wie können Sie wissen, dass es nicht die Wahrheit ist? Wenn ich eine Wette darüber ausrufen würde, wen Sie letzten Dienstag gevögelt haben, würde ich dann falsch damit liegen, wenn ich den Namen einer Hure von Covent Garden eintragen würde?«

Finchley sog die Luft ein. »Das würden Sie ganz bestimmt.«

Ambrose schürzte die Lippen zu einem provozierenden Grinsen. »Beweisen Sie es.«

Einige Lacher waren zu hören – eindeutig hatten mehrere Anwesende als nur Finchley Saxtons Anordnung ignoriert – und dann ein lautes Gelächter. Finchley errötete, machte kehrt und ging zu seinem Tisch zurück.

Wieder fragte sich Ambrose, wie solch ein Hohlkopf sich auf Philippas spezielle Liste geschlichen hatte. Wenn sie nicht seine Hilfe erbeten hätte, würde sie dann jemanden wie Finchley als geeignet erachten? Letztendlich war sie bloß auf das absolute Minimum aus. Und Leidenschaft, sie wünschte sich Leidenschaft.

Plötzlich wallte sein Blut wieder bis zum Siedepunkt auf. Er musste all seine Beherrschung aufbringen, um nicht zu Finchleys Tisch zu marschieren und ihm die Faust ins Gesicht zu schmettern.

Saxton beobachtete ihn wieder mit dem gleichen

besorgten Blick aus den schmalen Augen. Rasch drehte er sich zu dem jungen Tweedy um. »Ziehen Sie Ihre Wette zurück und verschwinden Sie. Ich möchte Sie nicht noch einmal dabei sehen, dass sie auf etwas wetten. Haben Sie mich verstanden?«

Tweedy nickte und sein karottenrotes Haar wippte ihm in die Stirn. Er machte kehrt und strebte direkt auf das Buch zu, wo er seine Wette durchstrich. Dann verließ er den Club so rasch, wie seine streichholzdünnen Beine ihn trugen.

Normalerweise hätte Ambrose Saxton wegen der Art und Weise aufgezogen, wie er den Jungen behandelt hatte, doch er war zu wütend. Er hatte zu viel angestaute Frustration. Zu großen Bedarf an körperlicher Erlösung. Abrupt stand er auf.

Saxton erhob sich ebenfalls. »Wohin gehst du? Du siehst … nun, ich habe dich noch nie zuvor so gesehen.« So laut seine Stimme vorhin auch gewesen war, jetzt war sie fast ein Flüstern.

»Welches ist dein bevorzugtes Bordell?« Bei Saxtons schockiertem Blick fügte er hinzu. »Aus der Zeit vor deiner Heirat?«

»Ich habe nicht gewusst, dass du Bordelle besuchst.«

»Du hast mich auch nie mit Debütantinnen tanzen gesehen. Ich fühle mich diese Woche abenteuerlustig. Nenne mir den Namen eines Bordells.«

»The Red Door.«

»Ausgezeichnet. Einen schönen Abend, Sax.« Er drehte sich um und schritt von dem Tisch weg, während sein Körper voller frustrierter Energie vibrierte.

Er wusste, dass alle seinen Abgang beobachteten, doch das kümmerte ihn nicht. Er hatte sich an die Verachtung und das Gespött gewöhnt. Tatsächlich fühlte er sich merkwürdig ohne das Ganze. Das war es vielleicht, was mit ihm nicht stimmte. Zum ersten Mal seit fünf Jahren behandelte ihn

jemand wie eine Art Helden – und das war er auf gar keinen
Fall. Er sollte Philippa von ihrem Glauben befreien, aber er
konnte sie jetzt nicht im Stich lassen. Nicht bis nach dem
Preiskampf.

Aber er konnte, und sollte, sie selbst über die Vorzüge
ihres Ehemannes urteilen lassen. Er hatte sich viel zu sehr in
die Sache verstricken lassen und nun konnte er sich schlecht
herauswinden. Er würde sie morgen ausfindig machen und
ihr sagen, dass sie auf sich gestellt war.

In der Zwischenzeit würde er seine Selbstbestrafung
aufgeben und mit einer Frau schlafen. Er schritt die Stufen
zu St. James hinunter und hielt sofort eine Droschke an.

Die beiden Worte, die aus seinem Mund kamen, waren
allerdings nicht »Red Door«, sondern »Black Horse«. Es
schien, als würden sich alte Gewohnheiten nur schwer
ablegen lassen.

~

Zwei Abende später traf Philippa in Begleitung ihres
Vaters, *dieser Frau* und Lord von Egmont auf Lady
Anstruthers Ball ein. Sofort sah sie sich nach Sevrin suchend im
Ballsaal um, aber sie konnte ihn nicht entdecken. Er war
entweder nicht hier oder er war in der Menge verborgen. Wahrscheinlich war Ersteres zutreffend, da sie jeden Abend nach ihm
gesucht hatte, und er nach Lady Dunwoodys Ball bei keiner
Veranstaltung mehr anwesend gewesen war. Das hätte sie nicht
überraschen sollen, da sie ziemlich sicher war, dass seine gesellschaftlichen Einladungen nur sehr spärlich und selten waren.

Resigniert sah sie sich stattdessen nach Lydia um, die
heute Abend in die Öffentlichkeit zurückkehrte, nachdem
ihr Namen bei White´s als Sevrins mysteriöse Frau Gegenstand einer Wette geworden war. Entsetzt hatte sie sich zu

Bett begeben, und sie war heute Abend nur hier, weil ihre Großtante von ihr verlangt hatte, allen zu zeigen, dass sie sich von einer lächerlichen – und unwahren Wette – nicht unterkriegen lassen würde.

Eine Menschentraube hatte sich um *jemanden sehr Interessantes* in der entfernten Ecke gebildet. Philippa stockte der Atem, als sie sich fragte, ob es vielleicht Sevrin war. Aber das konnte nicht sein. Die Leute rotteten sich nicht um ihn zusammen, sondern sie starrten ihn quer durch den Raum an. Er war interessant, aber gefährlich.

»Was glauben Sie, was dort drüben vor sich geht?«, fragte sie von Egmont.

»Lassen Sie uns das herausfinden.«

Er geleitete sie durch die Menge, bis sie dicht genug herangekommen waren, um die interessante Person auszumachen. Lydia! Ihre Blicke trafen sich und Lydia lächelte breit. »Entschuldigen Sie mich«, sagte sie zu den Umstehenden. »Ich muss mit meiner lieben Freundin, Lady Philippa, sprechen.« Sie bahnte sich einen Weg durch die Menge und Philippa begrüßte sie.

»Komm und geh ein Stück mit mir«, bat sie, worauf sie Philippas freien Arm nahm und von Egmont einen Blick zuwarf.

Von Egmont löste sich von Philippa und trat beiseite.

Lydia zog sie von der Menge fort. »Kannst du das glauben? Ich bin die meistgefragte junge Frau in London. Und das nur, weil ein Hohlkopf meinen Namen in ein Wettbuch bei White's geschrieben hatte. Ich war sicher, dass mein Ruf verloren war, aber keiner hat es geglaubt. Tatsächlich hat es mir einen neuen Reiz verliehen. Meine Tanzkarte ist fast voll, Philippa, voll!«

Philippa musste bei dem Überschwang ihrer Freundin lächeln. Sie hatte es verdient, in diesem Moment zu schwelgen. »Wie entzückend, dass diese Tragödie sich in einen Sieg verwandelt hat.«

»Tante Margaret ist ganz aus dem Häuschen und schreibt sich natürlich allen Ruhm dafür zu.« Lydia ahmte eine hohe, kratzige Stimme nach. »›Wenn ich dich nicht aus deinem Zimmer gezerrt hätte, würdest du immer noch in die Kissen weinen, törichtes Mädchen.‹« Sie verdrehte die Augen.

Margaret war Jungfer und allgemein gefürchtet, denn sie besaß eine scharfe Zunge und die Fähigkeit, jeden zu ruinieren. Insbesondere der Umstand, dass ihre Großnichte nicht zu einer der meistbegehrten jungen Damen der feinen Gesellschaft erblüht war, hatte sich zu einer besonderen Quelle ihrer Bitterkeit entwickelt – das war zumindest laut Lydia so. Wie zufrieden musste sie sich heute fühlen, da ihr Schützling plötzlich ein Star war.

Philippa machte sich weniger um die Reaktion der Tante als um die eigentliche Wette Sorgen. Sie hatte selbstverständlich ein persönliches Interesse daran, was damit passierte. Insbesondere, dass *ihr* Name nicht aufgeschrieben wurde. »Ich frage mich allerdings, warum dein Name eingetragen wurde. Eigentümlich, nicht wahr?«

Lydia legte den Kopf schief. »Vielleicht nicht. Es gehen Gerüchte um, dass es sich bei Sevrins mysteriöser Frau um eine Debütantin handeln soll.«

Eine Tatsache, die Philippa ein bisschen Übelkeit bereitete. »Was für ein Unsinn. Die Frau soll maskiert gewesen sein.«

»Sie soll auch eher jung gewesen sein, mit einer gewissen Aura.«

Philippa schrak zusammen. Wenn jemand – richtigerweise – dahintergekommen war, dass Sevrins mysteriöse Frau eine Debütantin war, was hatte er dann noch in Erfahrung gebracht? Die Narbe auf ihrem Ellbogen vielleicht?

Plötzlich juckte die Haut direkt unter dem Saum ihres Handschuhs.

Lydia zuckte mit den Schultern. »Nun ja, ich wage zu behaupten, dass das das Letzte war, was wir von der Wette gehört haben, nachdem Saxton dem jungen Mann, der meinen Namen geschrieben hatte, eine Standpauke gehalten hat.«

Philippa klammerte sich an diese Hoffnung. »Ich habe davon gehört. Der Mann tut mir fast leid, wenn Saxton seinen eisigen Sinclair-Blick auf ihn geheftet hatte.« Wenn die Leute sich vor Lydias Tante fürchteten, so waren sie geradezu gelähmt, wenn sie sich mit Saxtons Vater, dem Duke of Holborn, anlegten. Die Männer der Familie waren für ihre Fähigkeit, andere zu schneiden, weithin berüchtigt, sodass ihr Markenzeichen, der Sinclair-Blick, genannt wurde.

»Mir nicht. Dass er mir leidtut, meine ich. Geschieht ihm recht, wenn er meinen Namen befleckt.« Sie senkte ihre Stimme zu einem Flüstern. »Aber vielleicht danke ich ihm heute Abend in meinen Gebeten.« Sie kicherte leise.

Sie hatten den halben Ballsaal umrundet und ernteten interessierte Blicke und Lächeln, während sie voranschritten. Lydia neigte den Kopf und lächelte zurück, sie genoss ihre allgemeine Bekanntheit sichtlich. Die ganze Zeit über war Philippa sich schrecklich bewusst, wie nahe sie dem vollkommenen Ruin gekommen war. Wenn jemand ihren Namen aufgeschrieben hätte, würden dann alle davon ausgehen, dass die Unterstellung falsch war, und um ihre Aufmerksamkeit buhlen? Oder würden sie irgendwie die Wahrheit erahnen? Ein kalter Schauer lief ihr über den Rücken.

Lord Allred fing sie ab. »Guten Abend, meine Damen.« Sein Blick ruhte auf Philippa. »Ich hoffe, Sie heben mir einen Tanz auf, Lady Philippa.«

Sie sank in einen leichten Knicks und zwang sich, die

Gedanken von der Katastrophe abzulenken, die wahrscheinlich nie eintreten würde. »Es wäre mir ein Vergnügen, Mylord.«

»Das übernächste Stück?«

»Perfekt.«

»Bis dann.« Er verbeugte sich vor ihnen und sie setzten ihren Weg fort.

Lydia drückte ihren Arm. »Er sieht so gut aus – die ganzen Muskeln von seinen sportlichen Aktivitäten. Dass er ein guter Kricketspieler ist, weißt du ja. Er scheint sich für dich zu interessieren.«

»Ja, wir haben die letzten beiden Abende zusammen getanzt.«

Lydia lächelte wissend. »Er macht dir den Hof.«

»Nicht formell.« Aber vielleicht würde er das, vorausgesetzt, Sevrin fand ihn akzeptabel. Wo war Sevrin überhaupt?

»Wünschst du dir, dass er das tut? Ich meine, suchst du wirklich nach einem Ehemann? Tante Margaret behauptet, es würde dir Spaß machen, Männer an der Nase herumzuführen.« Lydia drehte sich mit großen Augen zu ihr um, während ihr die Farbe aus dem Gesicht wich. »Es tut mir so leid, Philippa. Ich wollte dich nicht beleidigen.«

Es war nichts, was sie nicht schon einmal gehört hatte – nicht direkt, aber durch geflüsterten Klatsch, der immer wieder zu ihr zurückfand. »Deine Entschuldigung ist angenommen. Versprich mir nur, dass du das zu niemandem sonst sagst.«

»Natürlich nicht. Aber du könntest jeden heiraten und tust es doch nicht.«

»Ich habe vor, bald zu heiraten. Warum erzählst du das nicht deiner Tante?«

Lydia warf Philippa einen ernsten Blick zu, offensichtlich bemüht, ihren Fauxpas wiedergutzumachen. »Wenn du es willst, werde ich das tun.«

Philippa tätschelte ihr die Hand. »Es ist nicht wichtig.« Und wenn sie nicht heiratete, brauchte sie sich keine Sorgen darüber zu machen, was die Tante Margarets der *feinen Gesellschaft* sagen würden – denn sie wären über die öffentliche Trennung ihrer Mutter von ihrem Vater viel zu empört.

Sie kehrten zu ihrem Ausgangspunkt zurück und wurden sofort von Leuten umringt, die mit Lydia sprechen wollten. Die Aufregung war so groß, dass Philippa Sevrin erst bemerkte, als er auf sie zuschritt.

Er trug dunkles Marineblau mit einer weinroten Weste. Allred mochte gut aussehen, doch Sevrin war atemberaubend. Seine dunklen Augen glitzerten von den Tausenden von Kerzen, die den Ballsaal erleuchteten – und sie waren ausschließlich auf sie gerichtet.

Leise und unauffällig reichte er ihr ein kleines Stück Papier und wandte sich dann wortlos ab. Tatsächlich war die Begegnung so kurz, dass sie vielleicht gar nicht stattgefunden hatte. Sein Gang durch den Ballsaal, seine Gestalt, die wie ein prämierter Hengst inmitten einer Horde Schindmähren herausstach, zeugte jedoch davon, dass sie stattgefunden hatte.

Mit Verspätung bemerkte sie, dass er ihr einen Zettel gegeben hatte. Mit zitternden Fingern entfaltete sie das Papier.

Streichen Sie Finchley von Ihrer Liste. Ich kann Ihnen nicht länger helfen. Ich wünsche Ihnen alles Gute für Ihr Vorhaben.

Sie drehte das Papier um und suchte nach mehr. Das war alles?

Das warme Gefühl, das sie eben noch durchströmt hatte, verflüchtigte sich wie ein Wassertropfen über einer offenen Flamme. Er konnte doch nicht ernsthaft vorhaben, ihr einfach einen Zettel in die Hand zu drücken und zu verschwinden? Er hatte sich verpflichtet, ihr zu helfen! Vielleicht hatte er die junge Frau in Cornwall gedankenlos im Stich gelassen, aber sie würde nicht zulassen, dass er ihr das Gleiche antat.

Wütend starrte sie ihm hinterher und wünschte, sie könnte ihn zur Rede stellen und eine Erklärung verlangen. Verstohlen blickte sie sich um und machte sich dann heimlich auf den Weg zum Rande des Ballsaals. Sie behielt seine Schritte im Auge, während sie ihren eigenen Kurs anpasste, um sicherzugehen, dass niemand ihr übermäßige Aufmerksamkeit schenkte. Als er den Ausgang erreichte, beschleunigte sie ihren Gang so weit, wie sie sich traute. Nur noch ein paar Schritte und sie würde den Ballsaal verlassen können.

Endlich trat sie in den glücklicherweise verwaisten Korridor und bemühte sich, ihn abzufangen. Sie fasste seinen Ärmel mit ihren Fingerspitzen. »Was hat das zu bedeuten?«, zischte sie und hielt dabei seine lächerliche Nachricht hoch.

Er drehte sich um. *Und versuchte, sie abzuschütteln.* »Gehen Sie in den Ballsaal zurück. Sie wissen, dass wir nicht zusammen gesehen werden können.«

»Dann suchen Sie einen verschwiegenen Ort, denn ich werde nicht gehen, bis Sie sich erklärt haben. Sie sagten, sie würden mir helfen.«

»Ich habe Ihnen geholfen, aber jetzt kann ich das nicht länger tun.«

Plötzlich fühlte sie sich, als ob die Welt auf sie niederdrücken würde. Als könne sie keine Luft bekommen. »Sie können mich nicht im Stich lassen. Wie soll ich wissen, ob d´Echely oder Vick oder Allred ihr wahres Gesicht zeigen?«

»Ich kann Ihnen nicht helfen.« Er klang angespannt, verärgert. Und dennoch sah er sie nicht an. Sie fasste ihn an seinen Frackaufschlägen. »Schauen Sie mich an!«

Das tat er und da war etwas in seinen Augen – Bedauern

vielleicht. Was immer es war, es ließ sie innehalten. »Ich kann Ihnen nicht helfen.«, sagte er wieder mit einer Schärfe, die nicht zu seinem Blick passte.

Hinter ihr erklangen Stimmen.

»Verflixt!«, hauchte er. Dann fasste er sie am Ellbogen und zog sie zur nächsten Tür, die er öffnete. Er stieß sie über die Schwelle und folgte ihr nach drinnen, wobei er die Tür hinter ihnen schloss.

Dunkelheit umfing sie, doch sie hatte gesehen, dass sie sich in einer engen Kammer befanden. Einer sehr engen Kammer. Die nach den Kerzen duftete, die hier lagerten. Die Stimmen wurden lauter und lauter und dann verstummten sie einfach. Ihr Körper bebte unter ihrer kaum verhohlenen Panik, und Philippa wartete mit geschlossenen Augen auf ihren Ruin.

KAPITEL 10

Ambrose lauschte angestrengt auf irgendwelche Geräusche vom Korridor her. Mit angehaltenem Atem wartete er, ob sie entdeckt würden. Nach all den Beinahezusammenstößen in Lockwood House hier in einer unentschuldbaren, verfänglichen Situation erwischt zu werden …

Sie stieß die Luft aus und es klang wie ein Kanonenschuss. Er führte seinen behandschuhten Finger an ihren Mund und presste ihn auf ihre Lippen. Nun sog sie die Luft ein, wenn auch leiser. Er versuchte, nicht an die Hitze ihres Mundes zu denken, die durch seinen Handschuh drang oder den Luftschwall gegen seinen Finger. Und er kämpfte den Drang zurück, diesen Finger in ihren Mund zu schieben, mit der vagen Hoffnung, dass sie vielleicht daran saugen würde.

Sein Schaft erwachte zu voller Aufmerksamkeit und plötzlich wurde es warm in der kleinen Kammer.

Endlich waren gedämpfte Stimmen vor der Tür zu hören. Er konnte nicht verstehen, was sie sagten, aber nur, weil seine Sinne voll und ganz auf Philippa konzentriert waren – ihr Duft nach Honig und Flieder, die Wärme ihres Körpers so nah an seinem, der Klang ihrer sanften Atemzüge, die sich mit jedem ihrer Herzschläge beschleunigten, waren Signale, dass ihr Verlangen – wie auch das seine – anschwoll.

Das Stimmengemurmel hielt an, doch es fiel ihm schwer, sich auf irgendetwas anderes als Philippas Nähe zu konzentrieren. Wegen des beengten Raumes stand er so dicht bei ihr, dass er, wenn er sich nur ein kleines bisschen vorneigte – und als er dies noch dachte, tat er es bereits – und ihre Brüste würden sich an ihn schmiegen.

Er schloss die Augen in seiner Ekstase. So nahe war er einer Frau seit fünf Jahren nicht gewesen. Einmal abgesehen von seinen früheren Küssen mit Philippa.

Anstatt sich zurückzuziehen, wie er vielleicht erwartet hätte, lehnte sie sich an ihn. Und dann las sie irgendwie seine Gedanken – zumindest teilweise. Sie drückte ihre Lippen auf seinen Finger.

Er unterdrückte ein Stöhnen, als er die Hand um ihre Wange schmiegte und mit der Handfläche bis zu ihrem Schlüsselbein hinabglitt.

Dort war ihr Herzschlag stark und schnell und ihre erhitzte, seidige Haut brannte unter seinem Handschuh.

Sie zu küssen, stand außer Frage. Das würde nur weiß Gott wohin führen, aber dorthin konnte er nicht mit ihr gehen. Das hielt ihn allerdings nicht davon ab, den Kopf zu senken und den Duft ihres Haars einzuatmen. Er streifte ihre Wange mit der seinen und biss sich auf die Zunge, damit sie nicht hervorschoss und eine Spur über ihr Ohr über ihren Nacken und dann am Saum ihres Mieders entlang zog.

Sie stupste mit ihrer Wange gegen seine und hauchte ein einziges Wort. »Ambrose.«

Er fühlte sich wie ein Haufen trockener, brüchiger Zweige und sie würde ihn niederbrennen. Was ihn veranlasste, sich zurückzuziehen. Nicht weit, denn das ließ die Kammer nicht zu.

Er vernahm den Klang sich entfernender Fußtritte im Korridor und kombinierte, dass die draußen Stehenden gegangen sein mussten. Als er sich gestattete, die Luft auszustoßen, tat sie es ihm nach und ihre Atemluft heizte das bereits dampfende Innere ihres beengten Raumes auf.

Mit jedem Atemzug, den er tat, kehrte die Vernunft zurück. Und der Zorn auf sich selbst, aber er war noch nie besonders gut darin gewesen, ihn zu steuern.

»Philippa, Sie hätten mir nicht folgen sollen.« Obwohl er im Flüsterton sprach, hatte er eine gute Portion Dringlichkeit in seine Stimme gelegt.

»Ich soll Ihnen einfach so erlauben, mich im Stich zu lassen?« Ihr Flüstern war weit weniger vehement. Tatsächlich fragte er sich, ob sie nicht aufgelöst war, aber in der Dunkelheit konnte er das nicht sagen.

Er konnte ihr nicht erlauben, ihn zu verwirren. Er hatte die Nase voll davon, seine Wachsamkeit gegenüber schönen und verlockenden Frauen aufzugeben. Oder besser, einer schönen und verlockenden Frau. »Ich verstoße Sie nicht. Sie brauchen mich nicht, um einen Ehemann zu finden.«

»Offenbar tue ich das, wenn Sie der Meinung sind, ich solle Finchley aus der engeren Wahl nehmen. Er wirkt für mich vollkommen akzeptabel. Erst gestern habe ich ihn im Park gesehen, und wir hatten ein überaus unterhaltsames Gespräch über seine letzte Anschaffung von Tattersalls.«

Himmel, vielleicht brauchte sie ihn doch. Oder jemanden jedenfalls. »Ich verstehe Ihren Standpunkt, allerdings kann ich nicht derjenige sein, der Ihnen hilft.«

»Was stimmt mit Finchley nicht? Das würde ich gern wissen.«

Sorgsam war er um eine leise Stimme bedacht. »Er ist ein Idiot. Vor allem ist er viel zu sehr an meiner mysteriösen Frau interessiert.«

»Aber das wird sich sicher legen, nachdem was Saxton

mit dem Jungen getan hat, der Lydias Namen in das Buch geschrieben hatte.«

»Vielleicht. Wenn irgendjemand den Skandal klein halten kann, dann ist es Saxton oder sein Vater. Aber genauso, wie die beiden ihn dämpfen können, sind andere in der Lage, ihn anzufachen. Jeder Moment, den wir zusammen verbringen, ist ein Moment, in dem wir Ihren guten Ruf riskieren.«

Sie war still, was ihm erlaubte, sich ihrer Nähe abermals qualvoll bewusst zu werden, und der Hitze, die von ihrem köstlichen Körper ausstrahlte. Und auch der Kluft, die tatsächlich zwischen ihnen herrschte, egal, wie dicht sie beieinander standen. Er könnte den Rest seiner Tage von ihr träumen, aber er könnte sie niemals haben.

»Sie sollten gehen«, ermunterte er sie, während er im dunklen Hintergrund seines Verstandes überlegte, wie er ihre Röcke hochschieben, sie gegen die Wand heben und in sie hineingleiten könnte.

In der Dunkelheit tastete sie mit ihrer Hand nach seiner Wange und streichelte über seinen Kiefer. »Es ist ein Jammer, dass die Dinge nicht anders liegen. Wenn Sie nicht wären, wer Sie sind …«

Er ergriff ihre Hand und drückte einen festen Kuss auf ihre behandschuhte Handfläche. »Gehen Sie. Und wenn ich auf der Stelle einen Ihrer Bewerber auswählen müsste, dann würde ich mich für Allred entscheiden. Soweit ich das überblicken kann, ist sein Ruf glänzend.«

»Erteilen Sie mir jetzt die Erlaubnis, ihn zu küssen?«

Eifersucht durchfuhr ihn. »Ja.« Er zwang die Worte durch die Muskulatur seiner Kehle, die wie zugeschnürt war.

Der Raum um ihn herum geriet in Bewegung und er spürte ihre Lippen seitlich an seinem Mund. Einen Augenblick lang hielt er sie eng an sich gedrückt und sprach leise in ihr Ohr. »Aber seien Sie nicht grausam. Küssen Sie ihn nicht, wenn Sie nicht vorhaben, ihn zu heiraten. Er wird diesem

Verlust für den Rest seines Lebens nachtrauern.« Er spürte, wie sie erschauderte, doch unbarmherzig zog er sich so weit zurück, wie die Kammer dies zuließ.

»O nein, Allred ...«, sprach sie mit lauter Stimme, die ihn beinahe in Panik versetzte. »Es wird von mir erwartet, mit ihm zu tanzen.«

Sie öffnete die Tür einen Spalt und spähte hinaus. »Die Luft ist rein.« Sie warf einen Blick über ihre Schulter, doch er konnte den Ausdruck ihrer Augen nicht lesen. Dann war sie fort.

Er zog die Tür zu und tauchte noch einmal in die Dunkelheit ein. Die Stirn an die Tür gelehnt, atmete er tief und gleichmäßig, bis sein Schaft sich entspannte und die sexuelle Anspannung in seinem Körper verebbte. Ein Stück weit. Dieser Tage schwand sie nie ganz und er konnte nur hoffen, dass die Wiederaufnahme des Kämpfens seinen Zustand verbessern würde. Es waren nur noch drei Tage. Nach einem weiteren Augenblick öffnete er die Tür und stand von Angesicht zu Angesicht vor Booth-Barrows, der auf seinem Weg vom Ballsaal war. Als er Ambrose betrachtete, kletterte eine seiner dunklen Augenbrauen langsam seine Stirn hinauf. Ambrose bedachte ihn mit einem gleichermaßen musternden Blick. Schweigend kommunizierten sie mehr, als sie mit Worten je hätten erhoffen können.

Booth-Barrows: *Ich habe Sie in Lockwood House gesehen.*

Ambrose: *Und ich habe Sie gesehen.*

Sie nickten einander zu und gingen getrennte Wege. Ambrose kam zu dem Schluss, dass er am besten die Richtung einschlug, die Booth-Barrows nicht wählte, was bedeutete, dass er zurück in den Ballsaal strebte. Auch gut, da er wohl besser einmal mit einer Debütantin tanzen sollte, die nicht Philippa war.

Wen sollte er wählen? Er suchte die Wand neben der Tür ab, durch die er gerade hereingekommen war, und entdeckte umgehend eine der beiden jungen Damen, die mit Philippa bei Lady Dunwoodys gewesen waren. Sie waren einander nicht vorgestellt worden, aber was kümmerte ihn das? Er ging auf sie zu.

»Guten Abend, ich glaube, wir haben uns neulich Abend getroffen, Lady …?«

Mit hellen, meergrünen Augen sah sie blinzelnd zu ihm auf. Sie erinnerten ihn an das Wasser, das die Roseland Halbinsel zuhause umgab.

»Miss Cheswick«, half sie ihm. »Ich bin nicht sicher –«

»Würden Sie gern tanzen?« Wenngleich er die Londoner Bälle nicht frequentierte, so erkannte er anhand der Art, wie ihre Augen aufleuchteten, dennoch ihren Status als Mauerblümchen.

»Das würde ich gern, Mylord.« Sie sank in einen kurzen Knicks und dann führte er sie auf die Tanzfläche.

Die Aufstellung für den Tanz bildete sich gerade und ihm war ein teuflisches – oder sein eigenes – Glück beschieden, sich neben dem gottverdammten Lord Allred wiederzufinden, der Philippas Tanzpartner war.

Sie sah erhitzt und reizend aus. Ihre bezaubernden Lippen formten sich aus Überraschung bei seinem Anblick zu einem leichten O, doch rasch kaschierte sie ihre Reaktion, indem sie Miss Cheswick einen fragenden Blick zuwarf. Miss Cheswick zuckte einfach mit den Schultern und setze ein leicht verwirrtes Lächeln auf. Er war froh, dass er sie vor allen andere um diesen Tanz gebeten hatte. Er hoffte nur, dass seine Aufmerksamkeit ihren Status als Mauerblümchen nicht noch festigen würde.

Die Musik setzte ein und Allred nickte ihm zu. »Sagen Sie Sevrin, ist es wahr, dass Sie Freitagabend in der Dirty Lane kämpfen werden?«

Er hatte nicht sehr laut gesprochen, doch seine Stimme trug zu Philippa, deren Kopf in seine Richtung herumschnellte. Ihre Augen weiteten sich und er konnte fast die Fragen erkennen, die ihr aus dem Mund sprudelten.

Ambrose nickte. Es überraschte ihn ein bisschen, dass Allred dieses Thema vor den Damen mitten auf dem Tanzboden zur Sprache brachte. »Das ist es.«

»Schade, dass ich in Benfield sein werde. Ich hätte Sie gern gesehen. Mir ist zu Ohren gekommen, dass Sie vor ein paar Jahren ein großer Herausforderer gewesen sind.«

»Das sagen manche Leute.«

Ein Paar tanzte zwischen ihre Aufstellung.

»Seien Sie nicht so bescheiden, Mann.« Allred sah ihn mit einem bewundernden Lächeln an, worauf er sich noch unbehaglicher fühlte, als er ohnehin schon dadurch war, Philippa mit Allred zu beobachten. »Ich erkenne einen überragenden Sportler, wenn ich ihn sehe. Sie sind offensichtlich gut in Form.«

Während der ganzen Zeit, die sie sich unterhielten, strengte sich Philippa eindeutig an, ihr Gespräch zu verfolgen. Als sie an der Spitze der Formation angelangt waren, trat sie mit Allred hinaus, doch sie wäre beinahe gestolpert, da ihr Blick noch immer auf Ambrose geheftet war.

So ging das nicht. Er warf ihr einen ernsten Blick zu, als er Miss Cheswicks Hand ergriff.

Philippa schürzte die Lippen, doch sie lenkte den Blick mit einem Lächeln zu Allred. Es war ein einnehmendes Lächeln, das Ambrose einen neidischen Stich versetzte, der ihm direkt in die Magengrube fuhr.

»Ich bin erfreut zu hören, dass Sie in Benfield sein werden, Mylord«, bemerkte sie. Und nun war es Ambrose, der an jedem ihrer Worte hing. »Ich freue mich so auf das jährliche Fest von Seiner Gnaden.«

Allred lächelte ein Lächeln, das Herzen eroberte. Verdammt sei der Mann. »Sein Pferdebestand ist wunderschön zu besichtigen.«

»Ganz bestimmt. Mein Vater hat einen Hengst aus Seiner Gnadens Gestüt. Er wird in diesem Jahr mit ihm züchten.«

Pferde. Was Ambrose normalerweise überhaupt nicht interessieren würde – er missbilligte, an die Kreaturen zu denken, die in seine eigenen Verfehlungen verwickelt waren –, aber von ihren Lippen klangen sie so faszinierend wie die Strategie des Boxens.

»Wir sollten am Freitag einen Ausritt unternehmen«, schlug Allred vor. »Ich kann nicht widerstehen, Holborns beste Reitpferde auszuprobieren.«

Sie nickte sittsam und kokett. »Es wäre mir ein Vergnügen.«

Und plötzlich wurde Ambroses Teilnahme an der verfluchten Hausparty unvermeidlich.

Diese Besessenheit von einer Frau, die er nie haben konnte, wurde immer lästiger. Mit seinem Besuch in Benfield könnte er sich allerdings ihrer Sicherheit vergewissern, dachte er sich. Sicherlich konnte ihm niemand *dafür* eine Schuld anlasten.

Danach würde er den Iren zu Brei schlagen und Ackley als Jaggers Champion rekrutieren. Dann hätte er Philippa wirklich vom Hals, und sie hätten keinen Grund mehr, sich über den Weg zu laufen.

Wie enttäuschend das klang.

～

*P*hilippa gab sich alle Mühe, sich auf ihr Gespräch mit Allred und auf den Tanz zu konzentrieren – ein normalerweise unkompliziertes Unterfangen, das mit Sevrin, der hinter ihr tanzte, nahezu unmöglich geworden war. Bei jeder Drehung und jeder Neigung ihres Kopfes fiel ihr Blick auf ihn und erinnerte sie daran, wie er vor einer Viertelstunde so köstlich an sie geschmiegt war. Wie er nach

Salbei und Sandelholz und Mann gerochen hatte, und wie sie
es bereute, ihn nicht in dieser Kammer geküsst zu haben.

Wie könnte sie jetzt nur einen anderen küssen?

Sie sah Allred an. Mit seinem dunklen, rostroten Haar
und den wachen, haselnussbraunen Augen war er sympathisch, aber er löste einfach nicht die Gefühle aus, die durch
einen einzigen Blick von Sevrin zu einem wahren Feuerwerk
entfacht wurden.

Kopfschüttelnd versuchte sie, sich auf das zu konzentrieren, was Sevrin ihr gesagt hatte. Ungezählte Male hatte er sie
mit Worten – und Handlungen, denn kein Gentleman hätte
sie so geküsst – erinnert, wer er war: ein reueloser Halunke,
der ihrer Gesellschaft unwürdig war und sie nicht wollte.

Nun gut.

Und er hatte recht. Sie sollte seine Hilfe nicht begehren.
Sie hätte so weit wie möglich von ihm fortlaufen sollen, und
auf keinen Fall hätte sie riskieren dürfen, mit ihm allein
erwischt zu werden. Hätte er doch nur nicht diese provokative Nachricht geschrieben.

Doch das spielte keine Rolle. Sie musste heiraten, und
Sevrin kam dafür nicht in Frage. Er hatte recht. Allred war
ihre beste Wahl und sie beschloss in diesem Moment, sich
mit aller Kraft um diese Verbindung zu bemühen. Entweder
das oder die Jungfernschaft.

Der Tanz kam zu einem beschwingten Ende. Von den
letzten Drehungen war Philippa ein wenig außer Atem.
Allred – der vollendete Athlet – war ein ausgezeichneter
Tänzer. Sevrin, so stellte sie fest, stand ihm in nichts nach.
Und was noch wichtiger war: Audrey lächelte ausgelassen.
Philippa konnte sich nicht daran erinnern, wann ihre
Freundin zum letzten Mal getanzt hatte. Heimlich beobach-
tete sie Sevrin, wie er Audrey von der Tanzfläche führte. Er
hätte mit jeder Dame im Ballsaal tanzen können – oder mit
keiner. Doch er hatte sich für Audrey entschieden. Für einen

Mann, der geschworen hatte, kein Held zu sein, hatte er eindeutig seinen Anteil an ritterlichen Taten geleistet.

Allred zog Philippa herum und sie musste sich von Sevrin abwenden. »Ich freue mich auf Benfield, muss ich gestehen, da ich jetzt weiß, dass Sie dort sein werden. Bleiben Sie während dem gesamten Zeitraum der Hausparty?«

Das Fest sollte vier Tage dauern. »Ja.«

»Was für ein glücklicher Umstand.« Er drückte ihr die Hand, als er sie um seinen Arm legte.

Der weitere Verlauf des Balls verging ohne erwähnens- werte Vorkommnisse. Im Anschluss an ihren Tanz mit Allred hatte sie versucht, Sevrin im Ballsaal ausfindig zu machen, doch er war verschwunden. Später hatte sie sich mit Audrey unterhalten, die davon geschwärmt hatte, mit ihm zu tanzen. Er war so gut aussehend, kultiviert und geistreich, und sie konnte nicht verstehen, wieso er weiterhin einen derartig schlechten Ruf haben konnte. Gewiss könnte die feine Gesellschaft ihm sein früheres Verhalten nachsehen, wenn er sich gebessert hatte?

Aber hatte er sich gebessert?

Für den restlichen Abend war Philippa von diesem Gedanken vereinnahmt. Die eigentliche Frage war, wovon er sich zu bessern hatte. Sie ahnte, dass mehr hinter der Geschichte steckte, als nur, eine junge Frau ruiniert zu haben, und sie besann sich darauf, dass Lydia ihr das hatte erzählen wollen. Suchend blickt sie sich im Ballsaal nach Lydia um.

Ihre Mutter trat neben sie. »Bist du bereit, nach Hause zu gehen, Philippa? Ich bin es.«

Über die Unterbrechung verärgert, drehte Philippa sich zu ihrer Mutter um. »Ich bin noch nicht so weit. Aber es steht dir frei, ohne mich aufzubrechen. Ich kann mit Vater zurückfahren.«

»Dein Vater ist schon fort. Außerdem habe ich eine Angelegenheit mit dir zu besprechen.«

Da »eine Angelegenheit zu besprechen« gleichbedeutend
damit war, einen Haufen Kritik über sich ergehen lassen zu
müssen, wäre Philippa lieber zu Fuß nach Hause gegangen.
Doch das kam leider nicht in Frage. »Na dann.«

Sobald sie in der Kutsche saßen, verschwendete Mutter
keine Zeit, ihre Offensive zu starten. »Du warst heute Abend
eine Zeitlang verschwunden.«

Philippas Atmung beschleunigte sich. Was wusste
sie? »Ja.«

»Ich konnte nicht umhin zu bemerken, dass du den Ballsaal direkt nach Sevrin verlassen hast. Du hattest mir versichert, dass nichts zwischen euch sei.«

Philippa legte ihre zitternden Hände auf das Kissen neben
ihren Beinen und verbarg sie unter den Falten ihres Rocks.
»Da ist nichts. Ich habe den Ruheraum aufgesucht. Ich hatte
keine Ahnung, dass er zur gleichen Zeit gegangen ist.«

Mutters Augen blitzten. »Lüg mich nicht an! Walter – das
heißt, Mr. Booth-Barrows – hat dich den Flur entlanghasten
sehen, kurz bevor Sevrin aus einer kleinen Kammer trat. Er
ist ein außergewöhnlich kluger Mann, und er hat eins und
eins zusammengezählt. Du bist Sevrins mysteriöse Frau. Auf
diese Weise hast du erfahren, dass ich in Lockwood House
war.«

Endlich. Wenngleich es ihr zuwider war, dass ihre Mutter
die Wahrheit kannte, war sie auf eine merkwürdige Weise
erleichtert. Sie war auch bereit, sich zu verteidigen. »Ich bin
dort nicht mit ihm hingegangen.«

»Aber du leugnest nicht, mit ihm dort gewesen zu sein?«
Sie legte die Stirn in tiefe Falten und verschränkte die Arme
vor der Brust. »Berichte mir alles.«

Die Entrüstung ihrer Mutter war mehr als nur ein bisschen scheinheilig. »Einschließlich des Teils, wo ich dich mit

drei anderen Personen ihn diesen Raum habe gehen sehen? Großer Gott, Mutter, was ist mit dir geschehen? Warum behandelst du mich, als ob ich etwas Abscheuliches getan hätte, während du die Grenzen des Erlaubten weit überschritten hast?«

»Es geht hier nicht um mich. Und du kannst unsere Situationen nicht vergleichen.« Ihr Gesicht war gerötet und ihre hellbraunen Augen spuckten Feuer. Philippa hatte sie enttäuscht, irritiert und frustriert gesehen, aber niemals so fuchsteufelswild. »Was hast du mit ihm in Lockwood House gemacht?«

»Ich habe dir erzählt, warum ich dorthin gegangen bin. Ich bin dir gefolgt. Aber ich hatte keine Ahnung, wo ich war. Wie hätte ich wissen sollen, dass du zu so einem *verruchten Fest* gehen würdest? Ich bin eingetreten und Lord Sevrin war so freundlich, mir zu helfen, von dort zu entkommen, ohne dass meine Identität dabei aufgedeckt wurde.«

»*Bis jetzt.* Wir haben keine Ahnung, wie das noch ausgehen wird.« Sie sog die Luft ein und drückte die Hände an ihre Wangen. Einen Augenblick später sprach sie ruhiger weiter. »Deine Geschichte mag vielleicht glaubwürdig klingen, wenn nicht die Tatsache wäre, dass du mit ihm im Requisitenraum warst.«

»Nur, um ein frisches Kleid anzuziehen.« Oh, das klang noch nicht einmal in ihren eigenen Ohren glaubwürdig, doch der gesamte Abend war mit Ereignissen gespickt gewesen, die man eher in einem Roman als im wahren Leben erwarten würde. Und wenn auch die Wahrheit, war es einfach skandalös, sich eines berüchtigten Halunken als Kammerzofe zu bedienen, einmal ganz abgesehen von der Stätte des Geschehens. Sie hatte allerdings ihr Bestes getan und dafür würde sie sich nicht entschuldigen.

Mutters ernster Blick war von Tadel erfüllt. »Du bist ruiniert.«

Sie erlitt einen Moment der Panik. Ihr wurde eng um die Brust und sie musste sich anstrengen, um Luft zu bekommen. »Das bin ich nicht. Niemand weiß es.«

»Dann scheint es, als hättest du mehr als nur einen Grund eiligst zu heiraten. Merke dir meine Worte, Philippa, dies wird nicht auf ewig ein Geheimnis bleiben. Irgendjemand wird dahinterkommen, insbesondere, da du weiterhin die Aufmerksamkeit auf Sevrin und dich lenkst. Mit ihm bei Lady Dunwoodys zu tanzen? Den Ballsaal heute Abend dicht auf seinen Fersen zu verlassen? Diese Fehler könnten sich als fatal erweisen.«

»Verzeih mir, wenn ich deinen Ratschlag angesichts deines eigenen Benehmens heuchlerisch finde.« Dennoch konnte Philippa nicht leugnen, dass sie sich der Indiskretion gefährlich näherte. Sie mochte Sevrin und fühlte sich zu ihm hingezogen. Und sie wäre bereit, ihn zu ermutigen, wenn er um sie werben würde.

Ihre Mutter sog die Luft ein und dann schüttelte sie den Kopf. »Dein Mangel an Respekt ist grauenerregend.«

»Liebend gern zolle ich Respekt, wo er angemessen ist.« Ihr Blick wurde schmal, denn sie hatte genug von Mutters jahrelangen Sticheleien. »So wie du dich benimmst, nachdem du mir Anstand und Würde abwechselnd eingetrichtert und mich ignoriert hast … Das ist skrupellos. Würdest du mir zumindest die Höflichkeit erweisen, deine Kritik zu unterlassen? Ich denke, darüber sind wir hinaus. So oder so werde ich in weniger als dreißig Tagen nicht mehr dein Problem sein.«

»Das wirst du, wenn du nicht heiratest.«

»Ich bezweifle, dass du mir einen weiteren Gedanken erübrigst. Ich werde weiter in Herrick House leben und mich mit Vater arrangieren.« Sie erschauderte beim Gedanken an das Leben, das sich vor ihr erstreckte. »*Und dieser Frau.*«

Philippa drehte den Kopf und blickte aus dem Fenster,

ohne etwas wahrzunehmen. Ihr Drang zu kämpfen, schwand mit der Erkenntnis, dass sie nicht einmal wusste, wofür sie kämpfte. Die Integrität ihrer Mutter? Ihr eigenes Ansehen? Die Erlaubnis, Zeit mit Sevrin zu verbringen, der deutlich gemacht hatte, dass er keine Zeit mir ihr verbringen würde?

Nach vielen langen Minuten während derer Philippa sich fast überzeugt hatte, dass sie allein war, wurde die Kutsche langsamer. Ehe die Tür sich öffnete, nahm Mutter ihre Hand mit einem überraschend festen Griff. Ihre Augen glänzten, der Mund war verkniffen. »Versprich mir, dass du von Sevrin fernbleiben wirst.«

Eine irrelevante Bitte, da Sevrin gelobt hatte, auf Abstand zu bleiben, doch es war nicht so, dass ihre Mutter davon wusste. »Das werde ich, wenn du in Herrick House bleibst.«

Ihre Mutter ließ die Hand sinken. »Das kann ich dir nicht versprechen.«

»Dann glaube ich nicht, dass wir uns noch mehr zu sagen haben, Mutter.«

KAPITEL 11

*A*mbrose saß an einem Tisch im Hinterzimmer der Black Horse Taverne, in der sein Kampfclub sich allabendlich traf. Die niedrige Decke und der zerschrammte Holzfußboden verliehen der Stätte eine unbedeutende, abgenutzte Atmosphäre, wie ein Paar Lieblingsstiefel, die ihre besten Tage hinter sich hatten, aber immer noch zu bequem waren, um sich von ihnen zu trennen. Er trank sein zweites Glas Gin, als er auf Ackleys Ankunft wartete. Ackley war neugierig und wenn auch nur, weil er von Ambroses privaten Kampfclub gehört hatte und er wusste, dass niemals Einladungen ausgesprochen wurden – die Mitglieder wurden ausgesucht.

Das lärmende Gejohle seines Clubs beschwichtigte seine Nerven ebenso, wie der Gin, doch beides reichte nicht, um ihn von seinen Gedanken an Philippa abzuhalten. Davon, sich mit jedem Atemzug, den er tat, nach ihr zu verzehren.

Der zweite Kampf des Abends ging dem Ende zu. Normalerweise würde Ambrose bei der Auswahl der Teilnehmer für jeden Kampf mitentscheiden, aber heute Abend konnte er den Willen dazu einfach nicht aufbringen. Er konnte noch nicht einmal zuschauen, denn es war eine Tortur, zu sehen, aber nicht zu fühlen.

Die Tür des Hauptraums der Taverne öffnete sich und Ackley trat ein. Endlich.

Er blieb auf der Schwelle stehen und sah sich um. Hopkins begrüßte ihn und führte ihn zu Ambroses Tisch.

Ambrose sah zu ihm auf. »Guten Abend, Ackley. Ich bin froh, dass Sie kommen konnten. Setzen Sie sich.« Er zeigte auf einen weiteren Stuhl am Tisch.

Thomas Ackley war jung, aber nicht zu jung. Er war von durchschnittlicher Größe und Körperbau, doch sein Erscheinungsbild täuschte. Unter diesem unscheinbaren Äußeren verborgen war Kraft und Schläue und die Anmut eines Boxers. Er beäugte Ambrose, als er sich langsam setzte.

Ambrose nickte Hopkins zu, der zwei weitere Gläser von einer Anrichte holte. Er brachte sie zum Tisch zurück und nahm auf einem der verbleibenden Stühle Platz.

»Gin?«, bot Ambrose an. Bei Ackleys zustimmenden Nicken goss Ambrose ihnen etwas in die Gläser. Dann hob er das seine zu einem stillen Prost.

Nachdem alle einen Schluck getrunken hatten – Ackley hatte genauer ausgedrückt nur genippt –, kam er ohne Umschweife auf den Punkt. »Was ist Ihr Streben in Bezug auf das Kämpfen?«

Ackley legte beide Hände um das Glas. Seine Finger waren lang, die Knöchel aufgeschürft und verschorft. Sein kantiges Gesicht wies ebenfalls Blessuren auf, doch seine Nase war gerade und perfekt. Bislang war sie noch nicht gebrochen. Ambroses Nase war nicht weniger als dreimal gebrochen gewesen.

»Ich habe Freude am Kämpfen«, antwortete Ackley mit einem Schulterzucken. »Möchten Sie, dass ich hier kämpfe? Er drehte den Kopf und sah zu den beiden Männern, die sich auf ihren Kampf vorbereiteten.

»Vielleicht. Aber ich bin auf der Suche nach einer anderen Art von Boxer. Ich halte Ausschau nach einem Champion.«

In Ackleys braunen Augen blitzte Überraschung auf. »Mylord? Treten Sie nicht selbst für die Meisterschaft an?«

»Nein. Ich kämpfe am Freitag, um jemandem einen Gefallen zu erweisen, dessen Kämpfer verletzt ist. Er ist auf der Suche nach einem permanenten Ersatz. Als ich Sie neulich Abend im Bucket of Blood gesehen habe, dachte ich, diesen Ersatz vielleicht gefunden zu haben. Falls Sie interessiert sind.«

Ackleys Nasenflügel flatterten und seine Augen leuchteten auf. Er setzte sich aufrechter hin. »Das bin ich vielleicht.« Seine beifälligen Worte straften seinen Enthusiasmus Lügen.

»Ich muss sicher sein, dass Sie gut genug sind. Ich möchte, dass Sie gegen Hopkins antreten.« Mit einem Nicken deutete er auf den anderen Tischnachbarn. »Heute Abend.«

Als Ackley Hopkins in Augenschein nahm, musste er sichtlich schlucken. Ambrose machte ihm keinen Vorwurf. Hopkins war riesig. Allein seine Hände würden jeden Boxer vor Furcht erzittern lassen.

Ambrose machte sich daran, den jungen Mann zu beruhigen, doch nicht auf die Art, welche dieser wahrscheinlich bevorzugt hätte. Hopkins würde ihn verprügeln und das war in Ordnung. »Machen Sie sich keine Sorgen. Ich erwarte nicht, dass Sie ihn schlagen. Das werden Sie nicht.« Ambrose lächelte. »Ich habe lange gebraucht, um das zu schaffen. Ich möchte mir nur ein Bild von Ihrer Technik machen.«

Ackley sah zwischen ihnen hin und her. Dann trank er den Rest seines Whiskeys aus, knallte das Glas auf den Tisch und erhob sich. »Gehen wir.«

Ambrose bewunderte den Sportsgeist des Burschen. Er

nickte Hopkins zu und sie erhoben sich gleichzeitig vom Tisch.

»Halt«, rief Ambrose den Männern im Ring zu. Er bahnte sich einen Weg in die Mitte. »Ich bitte um Verzeihung, Freunde. Ihr könnt in einer Weile kämpfen. Ich habe einen neuen Mann eingeladen, um ihm heute Abend auf den Zahn zu fühlen.« Ein Raunen kam auf, da die Männer normalerweise nicht auf diesem Weg zu einer Aufnahme kamen. »Dies ist Ackley. Ich habe ihn im Bucket of Blood kämpfen sehen. Hopkins wird ihn auf die Probe stellen.«

Sofort wurden Wetten abgeschlossen. Hopkins hatte sich bereits bis zur Taille frei gemacht und zog nun die Stiefel und Strümpfe aus.

Ackley hielt mitten in dem Prozess inne, sich das Hemd über den Kopf zu ziehen. »Warum entblößt er seine Füße?«

»Wir kämpfen hier barfuß. Den Unterschied werden Sie bald erkennen.«

Ein paar Minuten später wiesen beide Kämpfer nackte Oberkörper und nackte Füße auf.

Sie traten in den provisorischen Ring, der lediglich aus einem mit Kreide gezeichneten Umriss auf dem Boden bestand, und trafen sich am Startpunkt, der von einem eingezeichneten Viereck in der Mitte dargestellt wurde.

»Nun, wir haben hier keine Sekundanten oder Schiedsrichter«, meinte Ambrose. »Wir kämpfen. Wir treten oder schlagen nicht unterhalb der Gürtellinie – wir bevorzugen, unsere intakte Männlichkeit zu bewahren. Ein paar der Männer lachten darauf. »Und wenn Sie zu Boden gehen, zählen wir nur bis zwanzig.« Ackley nickte.

Ambrose trat einen Schritt zurück. Hopkins war einen guten Kopf größer als Ackley und etwa um die Hälfte breiter. Aber wo es Ackley an Masse mangelte, konnte er es mit Technik und Geschwindigkeit mehr als wieder wettmachen. Genau das war es, was Ambrose zu tun gelernt hatte.

Er verließ den Ring und nahm eine Position direkt außerhalb der Kreidelinie ein. Dann nickte er Timmons zu, der die Glocke hielt. Ein lautes Klingeln erfüllte den Raum und Hopkins führte eine schnelle Gerade auf Ackleys Wange aus, dessen Kopf zurückgerissen wurde. Mit solch einem raschen Angriff hatte er nicht gerechnet. Hopkins grinste.

Ackley wich tänzelnd zurück und machte sich damit die gekonnte Fußtechnik zunutze, derer er sich im Bucket of Blood bedient hatte. Boxer setzten auf diese Methode, anstatt auf der Stelle zu stehen, wie sie es einst getan hatten, aber Ambrose hatte noch nie jemanden gesehen – ausgenommen sich selbst, und er konnte wirklich nicht bezeugen, wie er aussah –, der diese Bewegungen so verinnerlicht hatte, wie Ackley.

Auch Hopkins bewies eine gute Fußtechnik. Wenngleich nicht so schnell, bewegte er sich mit Präzision und überraschender Anmut. Er landete zwei weitere Hiebe auf Ackleys Rumpf, ehe Ackley in der Lage war, einen dritten abzuwehren.

Die Mitglieder des Clubs johlten und fuhren mit dem Wetten fort – auf gutmütige Art. Ambrose gab sich dem Trost und der Vertrautheit hin, inmitten seiner Passion zu sein, seines Lebensinhalts. Er konnte sich nicht vorstellen, wo er ohne diesen Club heute wäre. Ohne den Kampf.

Ackley schickte eine Gerade auf Hopkins Gesicht, die mühelos abgewehrt wurde. Doch dann bewegte er sich nach links und schlug Hopkins die Fäuste in die Magengrube. Es war ein flinker, behänder Vorstoß und genau der Grund, warum Ambrose ihn überhaupt ausgewählt hatte. In Erwartung von Ackleys nächster Attacke beugte er sich vor.

Hopkins griff seinen Gegner an und führte zwei Hiebe auf Ackleys Schultern aus. Ackley wich aus, doch Hopkins verfolgte ihn und schlug weiter auf ihn ein. Das meiste davon wehrte Ackley ab, doch Hopkins Tempo überwältigte ihn. Er landete einen guten Treffer auf Ackleys Auge, dann seinem Ohr und schließlich einen schmerzhaften Schlag gegen seinen Rumpf.

Ackley wich zurück, doch sein Rhythmus war gebrochen. Hopkins folgte ihm unbarmherzig und schlug in wieder. Und wieder. Und wieder.

Unter Ackleys Auge war die Haut aufgeplatzt und Blut lief ihm über die Wange. Er ging mit dem Handrücken darüber – und hatte Mühe, sich zu konzentrieren –, und nur das hatte Hopkins gebraucht, um mehrere brutale Schläge auf Ackleys Oberkörper niedergehen zu lassen. Normalerweise hätte Hopkins weitergemacht, doch er warf einen fragenden Seitenblick zu Ambrose, der den Kopf schüttelte. *Mach weiter.*

Aufs Neue fiel Hopkins über Ackley her und zielte mit weit schwingenden Schlägen auf Ackleys Seiten, wobei er einmal, zweimal traf – doch dann schlitterte Ackley aus dem Weg. Ein bisschen linkisch, doch er gewann zumindest ein bisschen Geschwindigkeit zurück. Er bewegte sich weiter an der Außenkante des provisorischen Rings entlang. Hopkins durchquerte die Mitte und schnitt ihm den Weg ab. Ackley versuchte, die Hände zur Verteidigung zu heben, aber Hopkins schlug sie mit zwei raschen Schlägen weg.

Ambrose zollte Ackley für seine Anstrengungen Respekt, doch dieser hatte noch nicht die Fähigkeit entwickelt, gegen jemanden von solcher Kraft wie Hopkins standzuhalten. Das würden sie beheben. Es war Zeit, dem Jungen Ruhe zu gönnen. Er nickte Timmons zu, der die Glocke betätigte.

Eindeutig am Ende seiner Kräfte, ließ Ackley die Hände sinken und blickte finster zu Ambrose. »Der Kampf ist noch nicht vorbei.«

»Wollen Sie wirklich weitermachen?«

»Das will ich.« Dort war das Feuer in seinen Augen – ein

schwelendes Verlangen zu siegen, das Ambrose nur zu gut
kannte.

Er nickte zur Antwort und warf Timmons einen Blick zu.
Wieder ertönte die Glocke und der Kampf wurde wieder
aufgenommen. Die kurze Pause hatte Ackley ein wenig
belebt, aber er war langsam und nachlässig, wo Hopkins
sicheren Fußes und fehlerlos war.

Sie umkreisten sich noch ein paar Mal, doch Hopkins
behielt die Oberhand. Er landete einen Treffer auf Ackleys
Mund, worauf dem Burschen die Lippe aufplatzte. Mit
einem ausgezeichneten Schlag traf Ackley Hopkins am Kinn,
aber es reichte nicht und es war zu spät. Hopkins vollführte
einen letzten Schlag auf Ackleys Ohr und der junge Mann
ging zu Boden.

Ambrose fing an zu zählen und er war bei zehn angekommen, als Ackley den Blick hob und den Kopf schüttelte.
Ambrose gab Timmons ein Zeichen, die Glocke zu läuten.

Hopkins half Ackley auf die Füße, als Ambrose verkündete: »Brüder, unser neuestes Mitglied!«

Die Stimmen schwollen in Jubel und Kameradschaftsgeist
an. Die Männer hießen Ackley willkommen, der nach seinem
verschwommenen Blick zu urteilen, eindeutig benebelt war
– oder vielleicht erholte er sich auch einfach immer noch
von der letzten Serie von Schlägen – und mit blutver-
schmierten Vorderzähnen grinste.

Ambrose führte den schwer atmenden Ackley zu einem
Stuhl außerhalb des Rings. Er gab einem anderen Mitglied
ein Zeichen, ihm ein Handtuch zu geben, das er seinem
neuen Schützling reichte. »Ihre Mitgliedschaft hat ihren
Preis.«

Ackley wischte sich mit dem Handtuch über Gesicht und
Hals und sah dann fragend zu ihm auf.

»Sie werden mit mir trainieren, und dann werden Sie um
die Meisterschaft kämpfen. Es werden zunächst andere

Kämpfe anstehen, doch später im Sommer werden Sie gegen Belcher antreten. Klingt das verlockend für Sie?«

Kaum hatte er Belcher gesagt, kniff Ackley die Augen zusammen – von denen sich eines schnell verfärbte – und Hunger flammte darin auf. Er nickte bereits. »Ganz bestimmt.« Er wischte sich mit dem Handtuch über die Brust und schlang es dann um seinen Nacken, sodass es über seine Schultern hing.

»Ihre Beinarbeit ist verdammt schnell«, sagte Ambrose. »Wenn ich es nicht besser wüsste, würde ich sagen, dass Sie ein Schüler von Mendoza waren.«

»Mein Vater war es. Gott sei seiner Seele gnädig.«

Vielleicht war das der Grund, der hinter der Leidenschaft des Jungen steckte. Ambrose dachte an seinen eigenen Vater, der auf Ambroses kämpferische Leistungen irrsinnig stolz gewesen wäre – wie auf alles andere, was Ambrose getan hatte. Ambroses Brustkorb zog sich zusammen. »Ist er der Grund, warum Sie kämpfen?«

Ackley nickte. »Er wäre Champion geworden, aber er wurde von einem Vierspänner überfahren.« Seine Augen strahlten kurz auf, um sich dann verheißungsvoll zu verdunkeln.

Aus eigener Erfahrung wusste Ambrose, dass der geistige Aspekt oft wichtiger war als der körperliche. Hätte er so gut gekämpft, wenn er damit nicht jedes qualvolle Bedauern aus seinem Gehirn vertrieben hätte? »Dann müssen wir dafür sorgen, dass Sie Champion werden.«

Ambrose klopfte Ackley auf die Schulter, ehe er sich wegdrehte und zu Hopkins ging, der sich auf einen Stuhl gesetzt hatte. Er wischte sich mit einem Handtuch über Gesicht und Brust, bevor er zu Ambrose aufsah.

»Er ist besser als du. Oder zumindest wird er es sein, wenn du ihn trainierst.«

Ambroses Blut geriet in Wallung. Zum ersten Mal seit

Tagen hatte er Philippa und ihre verführerischen Kurven vergessen. Er hatte etwas anderes, auf das er sich konzentrieren konnte. Oder wovon er sozusagen besessen sein konnte.

»Morgen legen wir los.«

$\approx$

*A*m Freitagmorgen litt Philippa auf der Fahrt nach Benfield unter der Übelkeit erregenden Gesellschaft ihres Vaters und *dieser Frau*. Zum Glück bot Lord von Egmonts einen kleinen Puffer, und Philippa richtete ihre Aufmerksamkeit so gut es ging auf ihn.

Dennoch plapperte Lady von Egmont unaufhörlich von ihren Erinnerungen an London, während Vater vom Sitz ihr gegenüber lächelte – mehr, als Philippa ihn je hatte lächeln sehen – und sie anhimmelte. Ihre Gefühle schweiften von Abscheu über Eifersucht zu Kummer (wegen ihrer Mutter) und wieder zurück.

Als sie endlich an ihrem Ziel ankamen, half Lord von Egmont Philippa aus der Kutsche und machte Anstalten, sie wegzuführen. Doch *diese Frau* hielt sie mit ihrer übermäßig schrillen Stimme auf. »Schau dir das nur an, Pieter!«

Von Egmont wandte sich mit einem fragenden, wenn auch leicht genervten Blick an seine Mutter.

Lady von Egmont blinzelte unter der Krempe ihres großen Hutes hindurch, auf dem eine Fülle von Seidenblumen, eine Handvoll Federn und ein winziger künstlicher Vogel prangten. »Ach, du meine Güte, ich war doch nur das eine Mal auf Benfield.« Sie hatte ihnen allen von ihrem ersten Besuch auf Benfield im Alter von siebzehn Jahren erzählt. »Wirklich, ich hatte ganz vergessen, wie prachtvoll es ist.«

»Es ist sehr schön, Mutter«, antwortete von Egmont,

während er Philippa die muschelübersäte Einfahrt entlangführte.

»Sehr schön« war eine recht unzureichende Beschreibung für Benfield. Das Haus war im späten Mittelalter erbaut und danach zweimal erweitert und modernisiert worden, zuletzt in der Mitte des vorigen Jahrhunderts. Das Anwesen befand sich seit dem frühen 17. Jahrhundert im Besitz der Herzöge von Holborn, mit Ausnahme der Zeit, als Cromwell die Familie wegen ihrer Königstreue zu King Charles enteignete. Das Haus und die umliegenden Parkanlagen – einschließlich des großen Teichs, aber ohne die Stallungen, die abgebrannt waren – waren freilich an die Holborns zurückgegeben worden.

Dass es sich bei all dem um Fakten handelte, die sie in Vorbereitung auf die Heirat mit dem künftigen Herzog von Holborn auswendig gelernt hatte, änderte nichts an ihrer Wertschätzung für die im Sonnenlicht glitzernden Rautenfenster, oder für den rosa getönten Sandstein, der im Steinbruch der Familie in Wiltshire abgebaut und mit viel Sorgfalt zu einer majestätischen Fassade zusammengefügt worden war.

Lady von Egmont hakte sich bei Philippas Vater unter. »Herrick, ich erkläre dies zu dem allerschönsten Tag.« Die beiden tauschten einen Blick der gegenseitigen Bewunderung aus, und zum ersten Mal empfand Philippa einen Stich des Bedauerns über ihre Misere. Von Egmont hatte ihr erklärt, dass seine Mutter sich in Philippas Vater verliebt hatte, als sie allerdings bereits von Egmont versprochen gewesen war.

Philippa wandte sich ab. Sie entwickelte immer mehr Sympathie für ihre Liebschaft, was sie nur noch mehr frustrierte. Sie wollte die Untreue ihres Vaters nicht hinnehmen. Aber warum eigentlich nicht? Wollte sie zu den schweigsamen Abendessen mit ihren Eltern zurückkehren, zu dem

(inzwischen) augenscheinlichen Unbehagen, das sie miteinander empfanden? Warum sollten sie nicht das Leben leben,
das sie glücklich machte?

Solche Überlegungen bestärkten Philippa nur in ihrer
Angst, ob sie ihr eigenes Glück in der Ehe finden würde –
etwas, das sie einfach in ... drei Wochen vollbringen musste.
Es war, als wäre eine Uhr in ihr Gehirn eingepflanzt, die mit
ihrem fortwährenden Ticken die Minuten ihrer Freiheit
unaufhaltsam schwinden ließ.

Sie umrundeten das Gebäude auf einer Seite. Gen Süden
stieg ein sanfter Abhang an, und etwa fünfzig Meter entfernt
erhoben sich die eindrucksvollen Stallungen, die Holborn
vor einem Jahrzehnt vergrößert und renoviert hatte.

Der Earl of Saxton begrüßte sie, als sie vor den Stallungen ankamen. Als Holborns Sohn und wahrhaftig einer
der besten Reiter Englands war er bei dieser Veranstaltung
stets anwesend. »Guten Tag, Lady Philippa.«

Philippa verspürte kein Bedauern oder Zerknirschung,
als sie mit Saxton sprach. Im Gegenteil, sie war über sein
Glück sehr erfreut. Sie hatte gespürt, dass er es dringend
gebraucht hatte. Im letzten Herbst war er angespannt gewesen, doch jetzt erschien er locker und zufrieden. Ein
verliebter Mann. Sie verspürte einen Anflug von Neid.

Vor Saxton sank sie in einen Knicks. »Guten Tag, Mylord.
Sie erinnern sich an unseren Gast, Lord von Egmont?«

Saxton nickte. »Ja, ich erinnere mich. Willkommen auf
Benfield.«

»Ich bin erfreut, hier zu sein.« Er wies mit einer Geste auf
einen der eingezäunten Ausläufe. »Das ist ein prächtiger
Brauner. Ein Vollblutaraber oder wurde er mit einem Cleveland Bay gezüchtet?«

Saxton grinste. »Sie haben ein Auge für Pferde.
Conqueror stammt aus Holborns Arabergestüt. Seine Mutter
ist tatsächlich ein Cleveland Bay.«

»Sein Vater ist Prince?«

Saxton nickte, doch dann schwenkte Philippas Aufmerksamkeit nach links, als Sevrin neben ihnen zum Stehen kam. Ihr Herz schlug schneller und ihr Magen flatterte. Sie hatte ihn seit neulich Abend nicht mehr gesehen, als sie zusammen in der kleinen Kammer gewesen waren.

»Guten Tag, Sevrin«, begrüßte Saxton ihn. »Lord von Egmont, das ist mein guter Freund, Lord Sevrin. Sevrin, das ist Lord von Egmont. Ich wollte ihm gerade Holborns neuesten Triumph seiner Zucht, Conqueror, vorführen. Möchtest du dich uns anschließen?«

Sevrins Blick huschte zu Philippa, allerdings nur für einen winzigen Moment. »Ja, gern.« Dann lenkte er den Blick wieder zu Saxton. »Gestatte mir, Lady Philippa zu begleiten, damit ihr beide euer Gespräch fortsetzen könnt.«

Von Egmont warf Philippa einen fragenden Blick zu, den Saxton ebenfalls bemerkt haben musste, denn er entgegnete: »Lassen Sie. Sevrin interessiert sich keinen Pfifferling für unser Zuchtprogramm. Kommen Sie.«

Sevrin bot ihr seinen Arm an, und sie nahm ihn. Voller Absicht machte sie sehr langsame Schritte, sodass sie ein Stück hinter Saxton und von Egmont waren, als sie fragte: »Warum nehmen Sie an einem Preiskampf teil?« Sie merkte, dass es Freitag war. »Meine Güte, ist das heute Abend?«

Er sprach leise und ahmte damit ihren gedämpften Tonfall nach. »Ja. Ich habe früher oft gekämpft. Ich habe es vermisst.«

Angesichts der Fähigkeiten, die er in der Nacht ihres Kennenlernens unter Beweis gestellt hatte, war sie über seine Vergangenheit nicht überrascht. »Das ist der Grund? Sie haben einfach den Entschluss gefasst, wieder mit dem Kämpfen anzufangen?«

»Ich habe es nie wirklich aufgegeben. Ich betreibe einen privaten Kampfclub.«

»Tatsächlich?« Ihre Stimme war lauter geworden, also senkte sie die Lautstärke wieder auf einen Flüsterton, bevor sie hinzufügte: »Wo?«

»Im Black Horse.« Die Taverne, über der er wohnte.

Sie betraten die kühlen, dämmrigen Stallungen. Saxton und von Egmont waren vollkommen in ihre Unterhaltung verstrickt, ohne Sevrin und ihr irgendwelche Beachtung zu schenken.

»Bleiben Sie für die gesamte Dauer der Hausparty?«, erkundigte Sevrin sich.

»Ja. Werden Sie nach Ihrem Kampf zurückkehren? Sie bemühte sich um einen nonchalanten Tonfall, doch sie würde sich wohl die ganze Nacht lang Sorgen machen. Und auch morgen noch. Solange, bis sie ihn in Sicherheit wusste.

»Nein. Ich habe Saxton nur versprochen, vorbeizukommen. Eine Hausparty bei der sich alles um Pferde dreht, gehört nicht zu meinen bevorzugten Zeitvertreiben.«

Sie runzelte die Stirn. »Was stört Sie an Pferden? Moment, mir fällt gerade ein, dass ich Sie noch nie im Park habe reiten sehen. Oder an einem anderen Ort. Ich glaube sogar mich zu erinnern, Sie am Abend unseres Kennenlernens gefragt zu haben, ob Sie reiten, und wenn ich mich nicht täusche, haben Sie mir nie geantwortet.«

»Ich reite nicht.«

Zum ersten Mal sprach sie Allred einen Punkt vor Sevrin zu. Sie ritt leidenschaftlich gern und konnte sich keinen Partner vorstellen, der das nicht tat.

Verflixt! Wann hatte sie bloß angefangen, Sevrin als möglichen Partner in Betracht zu ziehen? Seit sie ihre Suche nach einem Ehemann in Angriff genommen hatte. Seit Sevrin sie gerettet und geküsst hatte. Zu ihrem Leidwesen fragte sie sich, ob sie die beiden für immer vergleichen würde. Das könnte sie nicht. Nicht, wenn sie auf eine bessere Ehe als ihre Eltern hoffte. Allred zu heiraten und gleichzeitig Sevrin zu begehren, machte sie nicht besser als ihren Vater.

Es war höchste Zeit, sich Sevrin aus dem Kopf zu schlagen. Seine Absicht, dasselbe zu tun, hatte er bereits bekundet, als er sein Hilfsangebot zurückgezogen hatte. Keine weiteren Vergleiche mehr. Keine Rückbesinnungen mehr auf die Art und Weise, wie er sie geküsst hatte, oder welches Gefühl er ihr gab – eine hochgeschätzte Partnerin zu sein.

Wissend, dass sie ihn nie wieder berühren würde, zog sie die Hand vorsichtig von Sevrins Arm zurück. »Ich wünsche Ihnen viel Glück für heute Abend.« *Gib auf dich acht*, schrie ihr Verstand, doch sie sprach die Worte nicht aus.

»Danke.« Als wollte er ihr noch mehr sagen, schaute er ihr tief in die Augen, doch er brachte kein Wort hervor.

Sie hatten den Mittelgang zwischen den Boxen erreicht. Zwischen den Stallungen zweigten Gänge zu Außentüren ab, die sich in der Mitte der Stallgebäude befanden. Sevrin verbeugte sich vor ihr, ehe er den Stall durch die Tür auf der rechten Seite verließ.

Ein kühler Luftzug von der sich schließenden Tür strich ihr über den Nacken und ließ ihre Haut eisig werden. Ihre Brust fühlte sich hohl an. Wenn ihre Bekanntschaft auch nur von kurzer Dauer war, so hatte ihre Begegnung etwas Tiefgreifendes. Zumindest für sie.

Eine halbe Stunde später trennte Philippa sich von von Egmont, um Audrey und Lydia zu treffen, die im Rosengarten spazieren gingen. Mit einem Lächeln und der festen Zuversicht, dass der Tag besser enden würde, als er begonnen hatte, gesellte sie sich zu ihnen.

»Guten Tag, ist es nicht ein wunderschöner Tag?« Der Himmel funkelte in einem strahlenden Blau, und um sie herum standen die Bäume in rosa und weißer Blüte. Der Duft von Hyazinthen und Rosen erfüllte die Luft.

Lydia verschränkte ihren rechten Arm mit Philippas und

den linken mit Audreys. »Ja, es ist ein fantastischer Tag. Dies war die beste Woche meines Lebens, wage ich zu behaupten.« Ganz eindeutig genoss sie ihre neu gewonnene Beliebtheit und Philippa hoffte nur, dass sie anhielt. Vielleicht würden sie beide in dieser Saison heiraten, und dann brauchten sie nur noch einen Ehemann für Audrey zu finden. Sie blickte um Lydia herum zu Audrey.

Größer als die meisten jungen Damen – sie überragte Philippa und Lydia um mindestens zehn Zentimeter – war sie nicht als zierlich zu beschreiben. Sie besaß wunderschöne haselnussbraune Augen und dichtes hellbraunes Haar, das korkenzieherartig von ihrem Kopf abstand und sich kaum in einer Frisur einfangen ließ, doch Audrey gab sich dennoch alle Mühe damit. Wenngleich sie häufig als »unscheinbar« beschrieben wurde, fand Philippa Audrey recht liebreizend. Und sie war sicher, nicht die Einzige zu sein, die so dachte.

Audrey erhaschte ihren Blick und lächelte. »Ich habe dich vor einer Weile mit Sevrin gesehen. Ich bin froh, dass er hier ist.«

»Leider ist er schon fort«, entgegnete Philippa.

Audreys Lächeln schwand, und Enttäuschung trübte ihre Augen. »Ach. Das ist schade.«

»Das ist es nicht«, widersprach Lydia mit einem energischen Kopfschütteln. »Philippa, was hast du schon wieder mit ihm gemacht? Erst hast du mit ihm getanzt, dann heißt es, du hättest den Ballsaal bei Lady Anstruther mit ihm verlassen, und heute warst du wieder mit ihm zusammen?«

Philippa sträubte sich. Dass Lydia Märchen erzählte, brauchte sie nun wirklich nicht. »Zwischen Sevrin und mir nichts ist, wie du weißt. Allred macht mir den Hof, und darüber bin ich sehr erfreut.«

»Es freut mich, das zu hören, allerdings musst du auf der Hut sein. Gerüchte können einen ruinieren, ob sie nun wahr sind oder nicht. Ich hatte Glück, einem Skandal entgangen zu sein. Glaubst du, irgendjemand hat die Geschichte wirklich überprüft, die Sevrin als einen solchen Schurken darstellt? Es ist ja nicht so, als ob jemand seinen Bruder fragen kann, was passiert ist, und wer weiß, was mit der jungen Frau geschehen ist.«

Verflixt, Philippa hatte versäumt, Lydia nach Sevrins Vergangenheit zu fragen, aber wenigstens wusste sie, dass sein Bruder gestorben war. »Warum sollte jemand mit seinem Bruder sprechen wollen?«

»Weil die junge Frau, die er ruiniert hatte, die Verlobte seines Bruders gewesen war.« Lydia blinzelte sie an. »Hast du das nicht gewusst?«

Sprachlos blinzelte Philippa zurück.

»*Ich* wusste es nicht«, meldete sich Audrey mit großen Augen.

Er hatte die Verlobte seines eigenen Bruders ruiniert und sich geweigert, sie zu heiraten? Das klang nicht nach dem Sevrin, den sie kannte, aber wie gut kannte sie ihn wirklich? Ihr wurde kalt ums Herz.

»Ich habe auch gehört, dass sein Bruder und er ein Duell ausgetragen haben«, fügte Lydia hinzu.

Himmel Herrgott! Philippa sank der Magen in die Kniekehlen. »Ist er so ums Leben gekommen?«

Lydia zuckte mit den Schultern. »Niemand scheint das genau zu wissen, aber Tante Margaret beharrt auf dem Standpunkt, dass Sevrin ihn getötet hat. Und du weißt, wie selten sie falschliegt.«

Das war richtig. Tante Margaret galt nicht umsonst als die beste Klatschtante im ganzen Land – sie war unvergleichlich akkurat.

Philippa dachte an all die selbstironischen Bemerkungen, die Sevrin während ihrer Bekanntschaft gemacht hatte. Seine Beharrlichkeit, mit der er abstritt, ein Held zu sein, obwohl seine Taten und sein Verhalten das Gegenteil bewiesen.

Hatte ein Mann, der die Verlobte seines Bruders ruiniert und diesen ums Leben gebracht hatte, nicht glücklose Frauen gerettet? Hatte er nicht Mauerblümchen zum Tanzen aufgefordert?

Offensichtlich.

Sie hatte Mühe, den Gedanken zu entkräften, doch ihr Verstand sagte ihr, dass er sich dieser Verbrechen schuldig gemacht hatte. Wenn auch nur anhand der Reue, die er in den subtilen Dingen zeigte, die er sagte und tat. Ein Mann ohne Reue lebte nicht über einer Taverne oder versteckte sich am Rande der Gesellschaft.

Es war gut, dass sie ihre Bekanntschaft beendet hatte, insbesondere wenn die Spekulationen über sie beide sich mehrten. Außerdem konnte damit die düstere Prophezeiung ihrer Mutter, dass sie als Sevrins geheimnisvolle Frau entlarvt werden würde, hoffentlich zu den Akten gelegt werden. Wenngleich all diese Gedanken sehr vernünftig und umsichtig waren, kam sie nicht umhin zu bedauern, was hätte sein können.

In diesem Moment betrat Allred den Rosengarten. Mit einem charmanten Lächeln, das sein gut aussehendes Gesicht aufleuchten ließ, schritt er auf sie zu und verbeugte sich tief. »Guten Tag, meine Damen.«

Lydia kicherte schüchtern. »Guten Tag, Lord Allred. Sie sind vermutlich hier, um Philippa abzuholen.«

Er wandte sich Philippa zu und bot ihr seinen Arm. »So ist es. Es ist Zeit für unseren Ausritt. Es stört Sie hoffentlich nicht, dass ich noch einige andere eingeladen habe, sich uns anzuschließen.«

Philippa erblickte eine kleine Gruppe von Leuten, die ein Stück den Weg entlang standen. Sie war davon ausgegangen, dass sie einen privaten Ausritt unternehmen würden. Angesichts der derzeit auf ihrem Kopf und ihrem Herzen lastenden Bürde, war ihr das jedoch relativ gleichgültig.

KAPITEL 12

*T*rotz der belebenden Wirkung des Ausritts, trug er keineswegs zur Linderung von Philippas Ängsten um Sevrin bei. Sie konnte sich immer noch nicht vorstellen, wie er seinen eigenen Bruder ums Leben gebracht haben sollte. Wegen einer Frau. Aus welchem Grund auch immer!

Es war ein Segen für sie gewesen, dass Allred seinen beiden männlichen Freunden bei dem Ausritt mehr Aufmerksamkeit geschenkt hatte als ihr, da ihre Gesprächigkeit nach Lydias Eröffnung stark beeinträchtigt gewesen war. Vor dem Dinner würde sie ihre Contenance wieder herstellen müssen. Vielleicht würde ein Nickerchen ihr helfen, ihr Gleichgewicht wiederzufinden.

Nach einem kurzen, unruhigen Schlaf erwachte Philippa durch das Geräusch von Fußtritten auf dem Teppich. Sie straffte sich unter der Bettdecke und schlug die Augen auf. Dann erstarrte sie.

Eine schmutzstarre Hand, die nach wer weiß was Graulichem schmeckte, legte sich über ihre Lippen. Das abscheuliche Gesicht von Swan, dem Mann, der sie in der Gasse vor Lockwood House attackiert hatte, geriet in ihren Blick. Mit der freien Hand führte er ein langes Messer an seinen Lippen und forderte sie damit in aller Deutlichkeit auf, still zu sein.

»Seien Sie jetzt besser still, sonst rutscht Ihnen die Klinge noch zwischen die Rippen.«

Ihr Herz pochte qualvoll, doch es erinnerte sie zumindest daran, dass sie lebte. Vorerst. Sie nickte, und langsam zog er seine Hand zurück.

»So ist es brav.« Der Schurke trug eine Livree der Holborns.

Ihr schossen einhundert Ideen durch den Kopf, was dieser Eindringling wollen könnte, doch nur eine klang richtig. Aufgrund ihrer letzten Begegnung – als er ihr das Kleid zerrissen und sie betatscht hatte – musste sie von seiner Absicht ausgehen, sie vergewaltigen zu wollen. Als sie sich zwang, Luft zu schöpfen, fiel ihr Atemzug flach und unzureichend aus. »Was wollen Sie?«

»Das ist keine ordentliche Begrüßung.«

Ihr Verstand suchte nach einer Fluchtmöglichkeit.

Er schüttelte den Kopf. »Aber, aber. Ich sehe, Sie schauen sich um, aber denken sie gar nicht erst an eine Flucht. Ich habe eine Versicherung, um Sie in Schach zu halten.« Bei seinem Grinsen entblößte er eine abstoßende Reihe brauner Zähne, während sein Blick zu ihrer Brust hinabwanderte.

Mit zittrigen Fingern klammerte sie die Bettdecke fester. »Was soll das heißen? Was für eine Versicherung?«

»Seine Lordschaft. Sevrin. Wenn Sie nicht mit mir kooperieren, wird der Chef morgen früh seinen Kopf bekommen.«

Sevrin konnte mehr als nur sehr gut auf sich selbst aufpassen. »Das ist absurd.«

Swan zuckte mit den Schultern. »Er kämpft heute Abend für Jagger. Wenn er verliert, ist ihm der Tod sicher. Aber wenn er gewinnt, rettet er seine Haut – und die Ihre. Es sei denn, Sie versuchen, mir zu entkommen, und dann sind alle Abmachungen hinfällig.«

Philippa schwirrte der Kopf. Welche Abmachungen? Warum kämpfte Sevrin für Jagger?

»Hoffentlich verliert seine Lordschaft«, antwortete Swan, dessen Blick schon wieder zu ihrer Brust schweifte. »Jagger wird Sie mir überlassen, da bin ich mir todsicher, und seit unserem Kennenlernen, habe ich davon jede Nacht geträumt.« Wieder grinste er sie an und fuhr mit einem schwieligen Finger über ihren Arm. »Wenn Sie nicht aufstehen, könnte ich Ihr Trödeln als Einladung auffassen.«

Sie stieg auf der anderen Seite aus dem Bett, wobei sie jedoch das verflixte Messer in seiner Hand keinen Augenblick aus den Augen ließ. »Was verlangen Sie von mir?«

»Kleiden Sie sich an. Sie kommen mit zurück nach London, um sich den Preiskampf anzuschauen. Das sind Jaggers Anweisungen.«

Endlich war sie imstande, tiefer zu atmen. Zumindest ihre Tugend war vorerst gerettet. Doch das Ganze ergab keinen Sinn. Sevrin kämpfte für Jagger, als Teil einer Abmachung? Drehte sich die Sache um sie? »Warum muss ich gehen?«

»So wie Sevrin unsere Versicherung ist, dass Sie brav mitkommen, sind Sie unsere Versicherung, dass er den Kampf gewinnt.«

Ihr wurden die Knie weich. *Was hatte Sevrin getan?*

Swan wedelte mit seinem Messer herum. »Na los, kleiden Sie sich an. Wir haben einen Zeitplan, so gern ich auch hier mit Ihnen verweilen würde.« Wieder musterte er sie mit seinem anzüglichen Blick, und sie huschte eilig zum Schrank, in dem ihr neues Ballkleid hing.

Denk nach, Philippa, denk nach. Sie erschauderte, ehe sie ihrem Entführer das Gesicht zuwandte. »Ich werde heute Abend unten erwartet. Die ganze Hausgesellschaft wird wissen, dass ich verschwunden bin.«

»Sie werden nicht ›verschwinden‹. Sie sind krank geworden und haben beschlossen, nach Hause zu fahren.«

Das war leider eine plausible Erklärung, die sie seinem Anführer, dem ruchlosen Jagger, zuschrieb. So viel vorausschauendes Denken konnte sie diesem Schurken vor ihr einfach nicht zutrauen. »Trotzdem, ich kann mich nicht ohne Hilfe ankleiden.«

»Ich hatte gehofft, dass Sie das sagen würden.« Er ließ die Zunge hervorschnellen und leckte sich über die Unterlippe.

Philippa musste sich anstrengen, damit sie nicht würgte. Sie wandte sich von ihm ab, zog ihr Korsett über ihr Hemd und schnürte es rasch an der Vorderseite zu. Als Nächstes war ihr Unterrock an der Reihe, den sie ebenfalls selbst zuschnürte. Leider konnte sie ihr Kleid im Rücken nicht schließen und so musste sie ihm gestatten, dies für sie zu erledigen. Mit bebenden Händen zog sie das Kleid über ihren Kopf und rückte es über den Unterkleidern zurecht.

Er kam auf sie zu, doch sie hielt eine Hand hoch. »Ich muss zuerst meine Frisur richten.«

Mit schnellen Griffen steckte sie ihr Haar zu einem schlichten Knoten auf. Sie wünschte, sie hätte einen Hut mit einem Schleier – sie hatte keine Ahnung, wer bei dem Kampf dabei sein würde, aber gewiss würden die Männer sie identifizieren können. Noch besser wäre diese Kapuze aus Lockwood House.

Nachdem sie ihre Strümpfe und Schuhe – mit dem Rücken zu ihrem Entführer – angezogen hatte, nahm sie ein Umschlagtuch aus dem Schrank. Sie würde es zum Verdecken ihres Kopfes während des Kampfes benutzen.

Ihren Mut zusammennehmend blickte sie über die Schulter. Nach Swans laszivem Gesichtsausdruck zu urteilen, hatte er jede Bewegung verfolgt, die sie ausgeführt hatte.

Sie biss die Zähne zusammen und zwang sich, zu ihm zu

sagen: »Jetzt können Sie mir die Rückseite meines Kleides schließen.«

Wenngleich sie sich wappnete, fühlte sich das erste Streicheln seiner Finger über ihren Rücken wie eine Schlange an, die über ihre Haut glitt. Sie drückte die Augen zu, als ob sie damit das abscheuliche Gefühl ausschalten könnte.

»Schade, dass der Chef mir befohlen hat, Sie nicht anzurühren.«

»Dann hören Sie auf, mich zu betatschen!«, herrschte sie ihn an, ohne ihre Emotionen noch einen einzigen Augenblick im Zaum halten zu können.

»Ich wäre hocherfreut, Jagger zu informieren, dass Sie seine Anordnungen missachtet haben.«

»Sie würden das bestimmt auch tun, Sie Miststück.« Grob zog er die Seiten ihres Kleides zusammen.

»Vorsichtig, damit Sie es nicht zerreißen!« *Du großer Hornochse.*

Er brummte, doch sein Griff wurde sanfter. Er brauchte mehrere Minuten, aber endlich war sie angekleidet. Sie entwand sich ihm und drehte sich um.

»Sehr hübsch«, meinte er und sein Blick war so eindringlich wie stets. »Aber in Ihren Unterkleidern haben Sie mir noch besser gefallen. Daran werde ich mich lange Zeit erinnern.« Wieder wurde sein Blick lüstern.

»Können wir jetzt gehen?« Sie hatte keine Ahnung, wie sie die einstündige Rückfahrt in die Stadt in seiner Gegenwart ertragen sollte, und konnte es kaum erwarten, die Sache hinter sich zu bringen.

»Kein einziges Wort, wenn wir nach unten gehen, haben Sie verstanden?« Er hatte sein Messer auf ihren Frisiertisch gelegt, aber jetzt nahm er es als Erinnerung auf, wie er plante, sie in seiner Macht zu halten. »Vergessen Sie nicht, Seiner Lordschafts Schicksal liegt in ihren Händen.«

Ambrose. Sie hatte ihn genau verstanden. Dann schlang sie

das dicke wollene Umschlagtuch um ihre Schultern und schritt ihm voran aus dem Zimmer.

Ihr zitterten die Beine, als sie den Flur entlangliefen und dann die riesige Treppe hinab. Für die abendlichen Aktivitäten war es noch früh und so bezweifelte sie, dass sie jemandem begegnen würden. Und selbst wenn sie das getan hätten, was wollte sie schon sagen? Wahrscheinlich könnte sie sich selbst retten, aber was würde Jagger mit Ambrose tun, wenn sie nicht bei dem Preiskampf erschien? Worum ging es dabei überhaupt für Ambrose? Und warum hatte er sich wegen ihr auf eine Abmachung mit diesem Kriminellen eingelassen?

Zu der Furcht um seine Sicherheit gesellte sich eine kindische Erregung über all die Risiken, die er fortwährend für sie auf sich nahm. Für einen Halunken war er trügerisch unfehlbar. Zumindest ihr gegenüber. Sie konnte nicht vergessen, was Lydia ihr an diesem Nachmittag erzählt hatte. Dennoch vermochte ihr Verstand nicht den Mann, der seinem Bruder die Verlobte gestohlen und diesen wahrscheinlich in einem Duell umgebracht hatte, mit dem Mann in Verbindung bringen, der weit darüber hinausgegangen war, was ein Gentleman wahrscheinlich tun würde, um nicht nur ihre Ehre, sondern ihr Leben zu schützen.

Endlich hatten sie die Eingangshalle erreicht, in der sie von einem Diener mit einer Verbeugung empfangen wurde. Sie zwang sich, den jungen Mann anzulächeln und bemerkte, dass Swan hinter ihr den Kopf gesenkt hielt. Vor dem Diener blieb sie stehen. »Wären Sie bitte so freundlich, und würden Lord und Lady Holborn meine Entschuldigung überbringen, und Lord Herrick informieren, dass ich nach London zurückgekehrt bin? Ich fürchte, ich fühle mich nicht wohl.«

»Gewiss, Mylady. Gott sei mit Ihnen.« Wieder verneigte er sich.

»Danke.« Sie schoss Swan in seiner gewiss gestohlenen

Holborn Livree einen Blick zu. Dann lenkte sie den Blick zu dem Diener zurück, der absolut keine Ahnung hatte, dass sie direkt vor seinen Augen entführt wurde.

Sie konnte jetzt schreien und Ambrose wer weiß was ausliefern, vielleicht dem Tod. Sicher konnte er sich selbst verteidigen. Doch der Zweifel hielt sie davon ab, den Mund aufzumachen, und viel zu bald schon war sie durch die Tür und in der Auffahrt, wo eine Kutsche auf sie wartete.

»Ihr habt lange genug gebraucht.« Ein weiterer mutmaßlicher Krimineller in einer weiteren gestohlenen Livree öffnete die Tür der Kutsche.

Er half Philippa hinein und quetschte ihren Ellbogen in einem schraubstockartigen Griff. Sie saß auf dem Sitz in Fahrtrichtung und schob sich in die Ecke. Als die Tür geschlossen und sie im Inneren allein gelassen wurde, stieß sie vor Erleichterung hörbar die Luft aus. Darauf folgte ein heftiger, markerschütternder Schüttelfrost.

Was würde mit ihr geschehen? Mit Ambrose? Der Ruin ihres guten Rufs war zumindest garantiert, doch diese Befürchtung verblasste neben ihren anderen Sorgen. Was, wenn Ambrose scheiterte und den Kampf nicht gewann? Was, wenn ihr Entführer den Anweisungen seines Auftraggebers nicht nachkam?

Wenngleich es ihr keine Wärme spendete – nichts konnte das –, zog sie den Umhang fester um ihre Schultern. Und betete.

Um halb zwölf an diesem Abend stiegen Ambrose und Hopkins aus einer Droschke am Strand und machten sich auf den Weg zur Dirty Lane bei der Themse. Ambrose hatte früher schon viele Boxkämpfe dort besucht, einschließlich einiger, an denen er in seiner ersten Zeit in London teilgenommen hatte.

»Ist es das, Sev?«, fragte Hopkins und deutete auf ein großes Lagerhaus mit abgeblätterter Tünche. Männer lungerten am Eingang herum, und ein paar Frauen boten ihre Körper feil.

Eine der Huren zwinkerte Ambrose zu und ging ihm zur Begrüßung entgegen. »Guten Abend, Mylord.» Sie lächelte, ohne dabei allerdings ihre Zähne zu zeigen – wahrscheinlich damit er nicht sehen sollte, wie viele fehlten. »Zwei Pence.«

»Nein, danke.« Er strebte an ihr vorbei in das Lagerhaus. Hopkins folgte ihm. Zwei bullige Männer standen am Durchgang zum Hauptsaal Wache, in dem der Kampf stattfinden sollte. Ein schlanker Mann stieß sich von der Wand ab und kam auf sie zu.

»Folgt mir, Mylord.« Er führte Ambrose und Hopkins nach rechts und dann einen finsteren Korridor entlang. Der Gang machte eine Biegung und verlief parallel zum Kampfsaal. Ambrose konnte die Menge hören, die sich gerade versammelte.

Der Mann öffnete eine Tür auf der linken Seite, und Licht strömte in den Korridor. Sie traten ein.

»Sie sind ein bisschen spät dran, nicht wahr?« Jagger erhob sich von einem Stuhl in der Ecke. Er trug einen Gehrock aus feinem Wollstoff und glänzende Stiefel. Wenn er nur einen der vier Goldringe abnehmen würde, die er an den Fingern trug, könnte er als vornehmer Londoner Gentleman durchgehen.

Ambrose zuckte mit den Schultern. »Es besteht kein Grund, zu früh zu kommen.«

»Das heißt, wie ich vermute, dass Sie meinen zukünftigen Preisboxer nicht mitgebracht haben.« Er runzelte die Stirn. »Eine Woche, und Sie haben nichts vorzuweisen?«

Ambrose blickte Hopkins nicht an, doch aus den Augenwinkeln konnte er erkennen, dass sein Sekundant ihn neugierig musterte. »Sie vermuten viel. Zufälligerweise habe ich Ihren Preisboxer gefunden.«

»Das hätten Sie mir früher sagen sollen. Als Anreiz habe ich für heute Abend einen besonderen Gast eingeladen.«

Ambroses Magen sackte in sich zusammen. Hatte er nicht genau das befürchtet? »Sie haben sie doch nicht hierhergebracht?«

Jagger nickte, und Ambrose trat grollend auf ihn zu. »Sie Mistkerl.« Hopkins bekam seinen Arm zu fassen und hielt ihn zurück – nicht, dass Ambrose sich nicht im Handumdrehen hätte losreißen können, wenn er Jagger wirklich hätte wehtun wollen. Gott, wie gerne hätte er ihn verletzt. Aber nicht jetzt.

Jagger grinste. »Auf jeden Fall. Und jetzt gewinnen Sie diesen Kampf für mich. Ich setze fünfhundert Pfund auf Sie.«

Hopkins sog die Luft zwischen die Zähne ein und stieß einen leisen Pfiff aus.

Jagger blickte zu Hopkins. »Machen Sie Ihren Mann bereit. Der Kampf findet in weniger als einer halben Stunde statt.«

Ambrose ballte die Fäuste. »Wo ist sie?«

»In meiner Privatloge.«

Wo jeder sie sehen würde. Er trat einen weiteren Schritt auf Jagger zu. »Ich habe diesen Handel im Austausch für ihre Sicherheit mit Ihnen geschlossen, und jetzt stellen Sie sie vor zahllosen Herren zur Schau, die die Nachricht von ihrer Anwesenheit genüsslich verbreiten werden.«

Jagger hob eine Hand. »Ich bin ein Mann, der sein Wort hält. Sie ist maskiert.« In leicht vorgebeugter Haltung kräuselte er die Lippen, um Ambroses Einschüchterungsversuch etwas entgegenzusetzen. »Sie sollten Ihren Teil der Abmachung besser einhalten.«

Jagger verließ den Raum und schloss die Tür hinter sich.

Ambrose knurrte und drehte sich zu einem verwirrten Hopkins um, der fragte: »Wie zum Teufel bist du einem Abschaum wie Jagger nur in die Fänge geraten?«

»Unglückliche Umstände.«

Hopkins legte seinen Gehrock ab. »Wer ist das weibliche Wesen, von dem du gesprochen hast?«

»Eine Unschuldige.« Ambroses Gedanken arbeiteten. Das Bedürfnis, Gewalt anzuwenden, überwältigte ihn.

»Komm, wir gehen besser dort hinaus.« Hopkins reichte Ambrose die Hand, um ihm aus dem Frack zu helfen.

Plötzlich musste Ambrose Philippa so schnell wie möglich sehen. Er reichte Hopkins seinen Gehrock, die Weste und dann die Krawatte. Er würde sein Hemd anlassen und es draußen ausziehen. Er sollte auch seine Stiefel ausziehen, doch es drängte ihn zu sehr, zu Philippa zu kommen.

Hopkins legte Ambroses Kleidung über die Rückenlehne eines anderen Stuhls. »Du trägst Stiefel?«

»Ich bin mir nicht sicher, ob sie nackte Füße zulassen, und außerdem will ich da raus.« Ambrose verlagerte sein Gewicht von einem Fuß auf den anderen, weil er Philippa unbedingt sehen wollte.

»Na schön. Du kannst deine Meinung ja jederzeit ändern«, antwortete Hopkins. »Was passiert, wenn du nicht gewinnst?«

»Dann wird eine Unschuldige ruiniert.« Ambrose verdrängte den Gedanken und gelobte sich, es niemals dazu kommen zu lassen. »Bereit?«

Mit einem Nicken nahm Hopkins die Tasche auf, die er mitgebracht hatte. Darin befanden sich Handtücher, eine große Flasche Wasser, eine Flasche Gin und der vielleicht wichtigste Gegenstand: ein Fläschchen von Toms Heiltonikum. Auf Prellungen und Schnittwunden aufgetragen, heilten Verletzungen doppelt so schnell wie ohne. Toms Rezept für das Tonikum war ebenso geheim und wirksam wie sein Rezept für Ale – und Ambroses Club zehrte von der ständigen Zufuhr beider Erzeugnisse.

Hopkins führte ihn aus dem kleinen, schmuddeligen Raum in den schmalen Korridor. Sie bogen links ab und betraten nach einer kurzen Rechtskurve den Boxring. Seit Ambrose das letzte Mal bei einem Kampf hier gewesen war, hatte sich die Stätte verändert.

Der Boxring stand immer noch in der Mitte, aber um den Kampfplatz waren hölzerne Zäune errichtet worden. Außerdem war an den Außenwänden eine Art Galerie errichtet worden, in dessen Mitte jeweils eine Loge eingefügt war. Sie waren keinesfalls als luxuriös zu betrachten, doch sie enthielten Stühle, die auf der restlichen Galerie nicht vorhanden waren. Ambrose entdeckte Philippa sofort, die ein blasses korallenrotes Kleid und eine dunkle Maske trug, welche ihr Gesicht vom Haaransatz an bedeckte, in einer der Logen an der gegenüberliegenden Wand. Neben ihr grinste Jagger selbstgefällig auf ihn herab. Ambrose grub die Fingernägel in seine Handflächen.

Sein Blick schweifte über die anderen Logen und er verharrte. *Zur Hölle.*

Der Herzog von Holborn hielt in einer der Logen auf der gegenüberliegenden Seite des Rings von Philippa aus gesehen Hof. Um ihn versammelt waren mehrere Gentlemen, die Ambrose heute Nachmittag auf Benfield gesehen hatte: Allred, Finchley und sogar Philippas Hausgast vom Festland. Er sah sich nach Saxton um, den er aber nicht erblicken konnte. Er war mehr als ein bisschen überrascht, dass sein Freund nicht gekommen war, da der Rest der verflixten Hausparty das getan hatte.

Hopkins hatte sich weiter seinen Weg durch die Menge gebahnt. Ambrose beeilte sich, ihn einzuholen. Die Männer drehten sich, um ihn anzuschauen, als er an ihnen vorbeiging, und er hörte mehrmals, wie sie »der Grausame

Viscount« murmelten, während einige unter ihnen seinen
Gegner beim Namen nannten.

Er war bei einem halben Dutzend Preiskämpfen angetreten und hatte vier davon gewonnen. Die ersten beiden
waren brutale Niederlagen gewesen, aber er hatte gelernt,
wie er sich besser verteidigte, und noch wichtiger, gegen wen
er besser nicht kämpfte. Einer seiner Gegner war ein unbe-
schreiblich schmutziger Kämpfer gewesen und hatte einen
Genickschlag nach dem anderen auf Ambroses Kopf niedergehen lassen. Der Kampf hatte damit geendet, dass Ambrose
sich über eine Seite des Rings übergeben hatte.

Kurz danach hatte er die Entdeckung gemacht, barfuß zu
kämpfen. Er hatte seine Bewegungen geübt und sich fortwährend verbessert. Der erste Sieg war erlösend gewesen
und hatte seinen Kummer und die Verzweiflung wirkungs-
voll vertrieben. Mit seinen nachfolgenden Siegen hatte er so
gut wie alles vergessen, was er in Cornwall getan hatte.

Was schlecht war.

Er wollte nicht vergessen. Er hatte es nicht verdient, zu
vergessen. Und er hatte ganz sicher nicht verdient, wie ein
berühmter Boxchampion gefeiert zu werden.

Er hatte seinen eigenen Kampfclub im Black Horse
gegründet. Ein Zufluchtsort für Missetäter, Gescheiterte und
Sünder ohne Unterschied. Eine Stätte, wo das Kämpfen
körperliche und geistige Erlösung bedeutete, und nicht
Ruhm. Ein Refugium für Ambrose, um die schmerzvollen
Fehler seiner Vergangenheit zu begraben.

Er erreichte die Seite des eingefassten Rings, in dem
Hopkins ihre Sachen bereits auf einem kleinen Tisch
arrangierte.

Ambrose sah zu Philippa auf, deren Kopf ihm zugewandt
war. Er konnte sich ihre honigfarbenen Augen vorstellen, die
voller Besorgnis sein mussten und ihre Haut blass vor Angst.
Sein Blick schnellte zu der Loge mit den Männern von

Benfield. Hatte Philippa sie gesehen? Natürlich hatte sie das. Wie könnte sie auch nicht? Ambrose wollte Jagger die Lebensgeister auslöschen, indem er ihn erdrosselte, dafür dass er sie hergebracht hatte.

Ein Singsang von »Sevrin, Sevrin«, lenkte seine Aufmerksamkeit auf die andere Seite des Vierecks. Eine Gruppe von Männern – seinen Männern, aus dem Black Horse, die von Saxton angeführt wurde – bewegte sich als eine Masse, um zu ihm zu gelangen.

Auf der anderen Seite traten zwei Männer in den Ring. Es war offensichtlich, dass es sich um Nolan handelte – ein breitschultriger ungeschlachter Kerl mit einer langen Nase und rotem Haar. Er zog sich das Hemd über den Kopf. Über seinen linken Arm verlief eine hässliche Narbe. Nolan spannte seinen Bizeps an und warf Ambrose einen Blick zu, als ob er sagen wollte: »Ich habe keine Angst, verletzt zu werden.«

Ambrose machte sich nicht die Mühe sein Grinsen zur Antwort zu unterdrücken. Er zog sein eigenes Hemd aus und drehte seine linke Schulter, wo eine runde, aufgewölbte Narbe sich für immer verewigt hatte. Nolan nahm das Mal zur Kenntnis und reagierte mit einem leichten Nicken.

Hopkins schritt durch eine Lücke in der Einfassung um den Ring. Nolans Sekundant tat das Gleiche und die beiden trafen sich in der Mitte. Sie tauschten ein paar Worte aus und dann nickten sie. Beide kehrten jeweils zu ihrem Kämpfer zurück.

»Jetzt brauchen wir nur noch einen Schiedsrichter«, sagte Hopkins.

Richtig. Saxton trat neben ihn. »Gut, dass ich aufgekreuzt bin.«

»Was zum Teufel machst du – und sie alle«, Ambrose riss den Kopf zur Benfield Loge herum, »hier?«

Saxton zuckte die Schultern. »Ich konnte sie nicht davon

abhalten, zu kommen. Unter ihnen befinden sich mehrere große Anhänger dieser Sportart.«

Wie Allred. Gott, wenn er Philippa irgendwie erkannte. Wenn irgendjemand sie erkannte … Ambrose konnte nur hoffen, dass sie sie für Jaggers maskierte Geliebte hielten.

»Bist du bereit?«, fragte Saxton.

»Mehr als das.« All seine Rage auf Jagger würde sich auf Nolan kanalisieren.

Hopkins kehrte in den Ring zurück. Nolan hatte seinen Schiedsrichter gewählt, einen untersetzten, älteren Zeitgenossen, der jetzt auf ihrer Plattform stand. Nolans Sekundant trat in den Ring und Ambrose folgte ihm mit Nolan. Der Raum verfiel in Schweigen. Ein Junge kam in den Ring und zog die Startlinie – einen viereckigen Umriss, der mit Kreide gezeichnet wurde. Hopkins führte Ambrose zu einer Seite und Nolan ging zur anderen. Die Sekundanten nickten einander zu und mit einem letzten Schlag auf Ambroses Schulter, verließ Hopkins den Ring.

Eine Glocke ertönte. Erinnerungen an frühere Kämpfe überkamen Ambrose. Die anfeuernden Rufe der Menge, die Anspannung zwischen ihm und seinem Gegner, sein Siegeshunger.

Ein Zucken durchfuhr Nolans Schultern und er hob die Hände zu einer Abwehrhaltung. Er hielt die Fäuste hoch. Ambrose fragte sich, ob er in der Lage wäre, den Mann in der Magengrube zu erwischen. Es gab nur einen Weg, das herauszufinden.

Er bewegte sich vorwärts. Der Boden fühlte sich sonderbar an, weil er Stiefel trug, doch jetzt konnte er sie nicht ausziehen. Das Gefühl beiseiteschiebend, holte er zu einem schnellen Schlag in Nolans Mitte aus. Sein Gegner ließ die Arme sinken, aber es war zu spät. Ambroses Fäuste trafen auf Nolans Körper, was dem Iren ein Grunzen abrang.

Ambrose vernahm einen schwachen, weiblichen Schrei.

Er sah zu Philippa auf, doch das bedauerte er allerdings sofort, als Nolan mit beiden Fäusten in einer schnellen ein-zwei Schlagabfolge auf ihn zukam. Einer erwischte Ambrose mit einem betäubenden Ploppen am Ohr und der andere streifte ihn an der linken Schulter als er aus dem Weg tänzelte.

Ambrose schüttelte den Kopf. *Konzentrier dich.*

Sie umkreisten einander ein paar Mal und schätzten dabei die Positionen und Bewegungen des anderen ein. Ambrose studierte Nolans Züge auf der Suche nach irgendeinem kleinen Hinweis, der seinen nächsten Schlag verraten würde. Nolan griff an und hieb wieder mit beiden Fäusten. Um sich gegen den Angriff zur Wehr zu setzen, hob Ambrose die Hände und dann leitete er seinen Gegenangriff ein, wobei er Nolans Seite unter dessen linkem Arm erwischte.

Mehrere Minuten lang fuhren sie auf diese Weise fort. Der Schweiß troff Ambrose über das Gesicht, den Nacken und den Oberkörper. Seine Füße waren in den Strümpfen und Stiefeln unerträglich heiß und Ambrose bedauerte, sie angelassen zu haben.

Es war an der Zeit, diesen Kampf in Gang zu bringen, und hoffentlich zu einem raschen Ende. Er stürzte auf seinen Gegner los und überfiel ihn mit Schlägen auf das Gesicht und die Magengrube. Es war allerdings nicht einfach. Nolan war besser als alle, gegen die Ambrose bislang gekämpft hatte. Er wehrte die meisten von Ambroses Schlägen ab und landete selbst einige Treffer. Der Schmerz schnitt durch Ambroses Kieferknochen, von Nolans wohlplatziertem, kraftvollem rechten Haken. Nolan zog die Faust zu einem weiteren Schlag zurück, doch Ambrose wirbelte herum und Nolans Faust landete an seinem Halsansatz.

Die Glocke auf Ambroses Seite ertönte. »Keine Genickschläge!«, gellte Saxton.

Nolan hielt die Hände in die Höhe und wich zur Seite des Rings zurück. »Das war nicht beabsichtigt. Er bewegt sich schnell, das ist alles.« Als er daraufhin grinste, entblößte er eine Zahnlücke auf der oberen rechten Seite in seinem Mund. Noch einmal läutete die Glocke und der Kampf wurde fortgesetzt. Gleichmäßig aufeinander eingestimmt tauschten sie mehrere Minuten – oder vielleicht war es auch eine Stunde – Schläge aus. Ambrose verlor sein Zeitgefühl, und seinen Orientierungssinn und alles, außer dem Pulsschlag seines Blutes und der Analyse seines Gegners, um herauszufinden, wo dieser als Nächstes zuschlagen würde.

Es war ermüdend. Der Schweiß rann ihm in die Augen. Blut troff von seiner Lippe und seine zerschundenen Fingerknöchel schmerzten. Er erkannte das Gleiche in Nolan und duckte sich tief zu einem Angriff. Er tänzelte vor und traf Nolan mit der Faust am Kinn. Nolan stolperte rückwärts und Ambrose folgte ihm, wobei er seinem Gegner einen weiteren Schlag seitlich am Kopf beibrachte. Dann einen weiteren auf seine Wange. Und dann einen nach dem anderen in seine Seite und die Mitte.

Nolan sackte zusammen und dann sank er auf die Knie. Die Glocke läutete. Er war unten. Sein Sekundant eilte in den Ring. Ambrose wich zur Startlinie zurück und wartete. *Dreißig Sekunden. Bleib unten. Dreißig Sekunden und es wird vorbei sein.* In Gedanken zählte er, wie auch die Schiedsrichter, die das Gleiche taten.

Drei, vier.

Ambrose sah zu Philippa auf. Sie saß auf der Stuhlkante, eine Hand auf halbem Wege zum Mund.

Sieben, acht.

Nolans Sekundant beugte sich herab und sprach leise mit ihm. Die Worte konnte Ambrose nicht hören. Nolan schüttelte den Kopf und Schweißtropfen und Blut spritzten auf den Boden. Er wies bereits einen Bluterguss auf der Wange samt einer blutigen Nase und Lippe auf, und seine Knöchel sahen ebenso zerschunden aus, wie Ambroses sich anfühlten. Aber er weigerte sich, seine Wunden zu betrachten oder sich seinem Schmerz hinzugeben. Noch nicht.

Zwölf, dreizehn.

Noch mehr Geflüster von seinem Sekundanten. Ein weiteres Kopfschütteln von Nolan. Der Sekundant rieb Nolan die Schultern und tupfte ihm seinen schweißbedeckten Nacken und das Gesicht ab.

Achtzehn, neunzehn.

Hopkins kam in den Ring und reichte Ambrose ein Handtuch. Er wischte sich über das Gesicht und die Brust und dann über den Nacken. Er warf das schweißgetränkte Tuch zu Hopkins zurück.

Dreiundzwanzig, vierundzwanzig.

Nolan beugte sich vor und legte die Handflächen auf den Boden. Der bevorstehende Sieg ließ Ambroses Blut aufwallen.

Siebenundzwanzig, achtundzwanzig.

Nolan sprang auf die Füße. Sein Sekundant schob ihn auf die Starlinie zu und brachte ihn gerade noch rechtzeitig an die Linie, ehe Ambrose als Sieger deklariert worden wäre.

Er riss seine Gedanken vom Sieg zurück, der zum Greifen nahe gewesen war, und konzentrierte sich erneut. Nolan schüttelte die Arme und dann schlug er zu. Er tat, was Ambrose gerade getan hatte – er ließ die Fäuste mit einer Präzision fliegen, die an diesem Punkt ihres Kampfes abgestumpft hätte sein müssen, insbesondere, nachdem er in dieser Weise zu Boden gegangen war. Aber war er wirklich zu Boden gegangen oder hatte er sich nur eine Verschnaufpause verschafft?

Ambrose wehrte sich, doch er war erschöpft. Ein Schlag erwischte ihn unter dem Kinn und sein Kopf schnappte zurück. Dann traf ihn eine Serie von Schlägen in der Mitte an der Stelle, an der er von seinem Ausflug zu Jagger noch immer nicht ganz genesen war. Er brachte einen flüchtigen Hieb gegen Nolans Kopf zustande, doch sein Gegner hielt eine harte Antwort bereit. Verdammt, aber seine Rechte war unbarmherzig.

Helles Licht blitzte auf, als Nolans Knöchel auf Ambroses Auge aufschlugen. Ein weiterer Schlag traf ihn seitlich am Kopf und noch einer auf dem Mund. Er biss sich auf die Zunge und das Blut schoss hervor. Er würgte gegen den bitteren Geschmack an und dann rutschte er aus. Er fiel und seine Knie landeten auf dem Boden.

Er schlug nach vorn über und konnte sich nicht richtig fangen. Die rauen Holzplanken des Fußbodens schabten über seine Wange. Die Härte empfing ihn, als der Schmerz seinen Verstand umhüllte. Die Kakophonie verebbte um ihn herum. Er schloss die Augen und fand Frieden.

KAPITEL 13

*P*hilippa schrie auf und sprang auf die Füße. Sie eilte an die Brüstung der Loge und packte das raue Holzgeländer. Jagger kam an ihre Seite, während die Leute von unten zu ihr heraufstarrten.

»Setzen Sie sich«, flüsterte Jagger dicht an ihrem Ohr. »Sie wollen doch keine unnötige Aufmerksamkeit auf sich lenken.« Nein, das wollte sie nicht, insbesondere da Swan ihr das Umschlagtuch als eine Art von Trophäe geraubt hatte.

Sie blickte auf Ambroses Körper hinab, der halb über der Starlinie in der Mitte des Rings lag. Nolan stand über ihm und ein Grinsen hatte sich auf sein zerschundenes Gesicht gelegt.

Ambroses Sekundant kniete sich neben ihn und Saxton stand in der Nähe. Philippa krümmte die Finger um das Geländer und wünschte, sie könnte nach unten gehen und Ambrose auf die Füße ziehen. Als Nolan zusammengebrochen war, hatte sie erfahren, dass ein Kämpfer eine halbe Minute Zeit hatte, sich wieder an die Startlinie zu begeben, oder sein Gegner würde als Sieger deklariert. Sie waren bereits bei fünfzehn Sekunden und Ambrose hatte sich nicht gerührt.

Und während sie auf den Beginn des Kampfes gewartet hatten, war Jagger sehr deutlich darin geworden, dass Ambrose gewinnen musste. Er hatte zur Wahrung ihres Rufes eine Abmachung mit Jagger getroffen, die bei seiner Niederlage nichtig wäre. Wenn Ambrose verlor, würde Jagger ihre Maske entfernen. Ihr Blick wanderte zu der Stelle, an der mehrere Gäste der Hausparty – darunter auch Allred – saßen. Einige von ihnen – wieder einschließlich Allred – hatten bereits in ihre Richtung geschaut. Was sahen sie?

»Steh auf!«, schrie sie im Stillen.

Sie lehnte sich noch weiter zur Seite und Jagger fasste sie am Arm, um sie zurückzuziehen. »Ich kann nicht gebrauchen, dass Sie herunterfallen.« Er behielt seine Hand um ihren Bizeps. Sein Griff war fest, und während die Sekunden verstrichen, gruben sich seine Finger tiefer in ihren Arm.

Dreiundzwanzig schon!

»Zerr ihn hoch!«, schrie jemand. Philippas Blick schweifte über die Menge und sie entdeckte einen Mann dicht beim Ring, der die Hände um seinen Mund gelegt hatte, um in der Menge gehört zu werden. »Zerr ihn hoch, Hopkins!«

Hopkins musste sein Sekundant sein. Der große Mann zog Ambrose auf die Füße, aber er war wie leblos. Sie waren bereits an der Startlinie, doch Ambroses Kopf rollte zurück. Hopkins packte Ambrose im Genick und ruckelte.

Ambroses Augenlider flatterten.

Neunundzwanzig.

Er straffte die Schultern.

Dreißig!

Ambrose schlug die Augen auf und er hob den Kopf.

Nolans Richter versuchte, den Kampf für Nolan auszuru-

fen, doch Saxton schoss vor und sein Starren war bissig kalt.
»Er war an der Startlinie.«

»Nein, dreißig Sekunden waren um.«

»Es war genau bei dreißig Sekunden.«

Die Menge gellte ihre beiden Meinungen heraus, worauf
die Debatte zwischen den beiden Richtern in dem Geschrei
unterging. Jagger drückte ihren Arm und sie drehte scharf
den Kopf zu ihm.

»Sie tun mir weh.«

Er ließ sie mit einem gemurmelten »Verzeihung« los,
während er keine Sekunde den Blick von dem Spektakel
unter ihnen löste.

Während die Schiedsrichter stritten, wischte Hopkins
Ambrose das Gesicht und den Nacken ab. Philippa beschwor
ihn in Gedanken, zu ihr aufzuschauen, um sich überzeugen,
dass es ihm gut ging, doch er tat es nicht.

Saxton türmte sich über dem anderen Richter auf, doch
der kleinere Mann erhob sich auf die Zehen und fuchtelte
mit den Armen. Endlich nickte der andere Richter und trat
zurück. Beide Richter sprachen mit den Kämpfern und ihren
Sekundanten. Dann verließen mit Ausnahme von Nolan und
Ambrose alle den Ring.

Die Glocke läutete.

Für den Bruchteil einer Sekunde sackte Philippa vor
Erleichterung zusammen, doch schlagartig geriet ihr Köper
erneut unter Anspannung, als sie zusah, wie Nolan ausholte.

Ambrose versuchte, zurückzuschlagen, doch seine Bewegungen waren fahrig, verglichen mit seinem Widersacher. Im
Laufe der nächsten Minuten brachte er es fertig eine defen-
sive Haltung zu bewahren und sich größtenteils zu schützen,
doch er richtete dabei keinen Schaden an. Der Kampf
dauerte bereits vierzig Minuten, wie lange konnten sie noch
so weitermachen, ehe Erschöpfung und ihre Wunden sie
völlig übermannten?

Ambrose tänzelte rückwärts und kam in der Ecke zum
Sitzen. Die Glocke läutete und wieder traten die Richter vor
und fingen zu zählen an. Philippa starrte ungläubig, als er
Stiefel und Strümpfe auszog und sie Hopkins zuwarf. Er
sprang wieder auf die Füße und machte einen Satz zur Startlinie, ehe bis zwölf gezählt war.

Die Richter zogen sich aus dem Ring zurück und wieder
ertönte die Glocke – Philippa betete, dass es zum letzten Mal
geschähe, ehe sie das Ende des Kampfes signalisieren würde.

Ambrose griff an, als ob die verschwundenen Stiefel und
Strümpfe irgendwie die Kraft und Energie wiederhergestellt
hätten, die im Laufe des Kampfes aus ihm herausgesickert
war. Nolan ruckte zurück, aber Ambrose folgte ihm. Er gab
seine Verteidigung auf und griff einfach an. Schlag um
Schlag drängte er Nolan zurück. Ein übelkeitserregendes
Knirschen war nach einem besonders brutalen Treffer auf
Nolans Nase zu hören und das Blut floss ihm über den Mund
und das Kinn. Ein Auge war beinahe zugeschwollen.
Ambrose fuhr fort und Philippa biss sich auf die Lippe, um
sich davon abzuhalten, ihm zuzurufen, dass er aufhören
sollte.

Gebannt sah sie zu, wie er den anderen Mann grausam
attackierte und schrecklichen Schaden in dessen Gesicht
anrichtete, um gar nicht von der Serie von Schlägen in die
Rippen des Mannes zu reden. Beschützend schlang sie die
Arme um sich, als ob der Kampf auch sie irgendwie verletzte.

Nolan versuchte, sich zu schützen, doch seine Hände
wedelten wirkungslos zwischen ihm und Ambrose hin und
her. Dann sackte er einfach zusammen und fiel rückwärts
gegen das Geländer. Philippa hielt den Atem an und sah
abwartend zu, ob er in die Zuschauer hintüber kippen
würde, doch er glitt zu Boden und dann sackte er nach vorn.

Schwer atmend trat Ambrose einen Schritt zurück Er
wischte sich mit den Händen unter der Nase entlang und

dann bog er die Finger. Die Richter eilten herbei und fingen zu zählen an. Philippa betete, dass der Mann nicht wieder aufstehen würde. Und sie betete, dass es ihm gut ging. Wie konnten Männer sich so etwas zum Vergnügen anschauen? Wie konnten Männer dies als Sport ausüben? Sie fühlte sich krank.

Bewegungslos sah sie zu, wie die Richter auszählten. Es schienen mehrere Minuten zu vergehen, bis sie die dreißig erreichten, doch als sie bei dieser Nummer angelangt waren, lag Nolan noch immer am Boden. Saxton riss Ambroses Arm hoch und Jubelgeschrei erfüllte die Halle. Philippa hielt sich die Hände über die Ohren.

Ambrose drehte sich um und sah zu ihr auf, um dann den Blick zu Jagger zu lenken. Seine Augen wurden schmal.

Jagger nickte und dann teilte er die Lippen zu einem breiten Grinsen. Er zog Philippa die Hände von den Ohren. »Kommen Sie, Süße, es ist Zeit, Ihren Liebsten zu sehen.«

»Er ist nicht mein Liebster«, fauchte sie, ohne den Blick von Ambrose abzulenken.

Saxton und Hopkins zogen ihn praktisch aus dem Ring. Außerhalb der Umzäunung halfen sie ihm, sein Hemd anzuziehen, ehe sie ihn durch die Menge führten. Sie konnten sich kaum vorwärts bewegen, da die Männer herbeieilten, um ihm zu gratulieren.

Sie drehte sich, um Jagger anzuschauen, der immer noch grinste. »Ich wusste, dass er gewinnen würde«, sagte er.

»Und doch haben Sie mich entführt, um ihn einzuschüchtern.«

Jagger zuckte mit den Schultern. »Was kümmert Sie das? Niemand hat sie erkannt.«

Wenngleich der Kampf dort unten ihr Übelkeit verursacht hatte, wollte sie ihren Entführer am liebsten schlagen. Vielleicht hatte jeder eine Schmerzgrenze, an der Gewalt akzeptabel wurde. War Ambrose etwas zugestoßen, das

Brutalität so leicht für ihn machte? Vielleicht hatte er seinen
Bruder umgebracht. Diese Vorstellung stieß sie ab, doch sie
wollte aber auch den Grund dafür erfahren. Sie musste ihn
sehen und sich vergewissern, dass er wohlauf war. »Bringen
Sie mich zu Sevrin.«

Jagger drehte sich zu einem seiner Männer und sagte
etwas. Philippa konnte nicht hören, was sie besprachen – die
Geräusche um sie waren viel zu laut und ablenkend. Jagger
nickte den beiden Männern zu, die sie hergebracht hatten,
wenngleich sie auch nicht länger Holborns Livree trugen. Sie
fassten sie an den Armen und führten sie aus der Loge auf
die Galerie. Vor Kopf war eine Treppe, über die sie nach
unten in das Erdgeschoss gelangen würden.

Die Galerie war eng und mit Männern vollgestopft. Swan
ging hinter ihr, während der andere Mann anführte. Keiner
der beiden ließ sie los. Die Luft war heiß und es stank nach
Schweiß und Alkohol. Ein Stoß von hinten ließ sie vorwärts
stolpern und auf den Rücken des Mannes vor ihr prallen. Sie
konnte die Hände nicht heben, um sich vor dem Zusammen-
stoß zu bewahren. Der Mann hinter ihr zog sie zurück,
sodass sie wieder aufrecht stand und es ging in dieser Art
weiter, bis sie die Treppe erreichten. Die wackligen Holz-
stufen knarrten, als sie hinabstiegen und sie machte sich
Sorgen, dass die Stufen nicht für so viel Last auf einmal
ausgelegt waren. Schließlich waren sie im Erdgeschoss angekommen und bahnten sich ihren Weg durch die Menge. War
das Schubsen auf dem Balkon schon extrem gewesen, so war
es hier unten noch viel schlimmer. Große, stinkende Männer
fielen gegen sie und sie musste kämpfen, um das Gleichgewicht zu behalten. Sie stolperte und taumelte, aber ein Mann
packte sie am Ellbogen und bewahrte sie vor einen Sturz. In
Erwartung, einen ihrer Entführer zu erblicken, sah sie auf
und erstarrte.

Allred blickte auf sie herab.

Ein lautes Brummen schirmte alle Geräusche von ihren Ohren ab und die Bewegung um sie herum schien langsamer abzulaufen. Allred legte den Kopf schief und betrachtete sie, als ob … Erkannte er sie? Sie schluckte mit Schwierigkeiten.

»Ho, ho, sie ist es! Beim Himmel, es ist Sevrins mysteriöse Frau!« Ein Gentleman – einer, den sie von der Eingangshalle in Lockwood House wiedererkannte, trat neben Allred.

Allred zog die Augenbrauen zusammen.

Endlich reagierte einer ihrer Entführer und – sie konnte kaum glauben, dass sie sogar eine Sekunde Dankbarkeit empfand, aber genau das tat sie – riss sie an seine Seite. »Hände weg!«

Sie zogen sie, nicht dass sie nicht liebend gern gehen wollte, durch die Menge fort und ein paar Augenblicke später stießen sie sie in einen Korridor. Die Luft war ein bisschen kühler und niemand folgte ihnen. Dies war eindeutig eine Art rückwärtiger Bereich, der für die Massen nicht zugänglich war.

Swan stieß sie gegen die Wand und in einem lauten Keuchen entwich die Luft aus ihren Lungen. Der Aufprall rüttelte ihr Rückgrat durch. Er führte das Gesicht an ihres heran, bis sie kaum noch drei Zentimeter voneinander getrennt waren, sodass sie nur seinen schalen, fauligen Atem riechen konnte. Sie versuchte, den Kopf zur Seite zu drehen, aber er packte ihr Kinn und zwang sie, ihn anzuschauen.

»Seine Lordschaft hat vielleicht gewonnen, aber ich werde trotzdem noch einen Weg finden, von Ihnen zu kassieren. Vielleicht nicht heute Abend, aber bald. Bald.«

»Swan!« Der andere Mann zog an Swans Arm. »Jagger hat uns befohlen, sie nicht anzurühren.«

Swan fluchte, als sein Kumpan Philippa packte und sie zu einer Tür zog. Er öffnete sie und stieß sie hinein.

Sie zitterte von ihrer Begegnung im Korridor, aber die Angst vor Swan wich rasch vor ihrer Sorge um Ambrose. Er saß zusammengesackt in einem Sessel, während Hopkins an seinem linken Auge tupfte, das geschwollen und beinahe violett war. Saxton stand in der Nähe und sein Blick war nun fest auf Philippa gerichtet. Erkannte er sie?

Sie wollte zu Ambrose eilen, doch angesichts ihres Publikums ging sie langsam und sittsam auf ihn zu. Das Blut war von seinem Gesicht gewischt und jetzt stachen seine Wunden deutlich von seiner hellen Haut ab. Zusätzlich zu dem blauen Auge, wies er eine geplatzte Lippe, eine Abschürfung an seiner rechten Wange, einen Bluterguss auf der linken Wange und ein gerötetes Ohr auf. Irgendwie hatten sie ihm die Strümpfe und Stiefel wieder angezogen.

Mit seinem offenen Auge sah er zu ihr auf. Er runzelte die Stirn. »Sind Sie wohlauf? Lassen Sie mich Ihr Gesicht sehen.«

Unsicher, ob sie ihre Maske abnehmen oder sogar sprechen sollte, sah sie zu Saxton, der ihre Stimme mit Sicherheit erkennen würde. Sie waren einander vertraut geworden, als er ihr letzten Herbst kurz den Hof gemacht hatte. Aber war das jetzt eigentlich wirklich wichtig? Unter keinen Umständen würde sie heute Abend entkommen, ohne zumindest ihm gegenüber ihre Identität zu enthüllen. »Was ist mit ihm?«

»Er wird kein Sterbenswort sagen«, brummte Ambrose. Seine Stimme klang ebenso zerschunden, wie er aussah.

Sie band die Maske los und schob sie sich vom Gesicht. »Es geht mir gut.«

»Heiliger Himmel«, fluchte Saxton. »Was um alles in der Welt tut sie hier?«

Sevrin winkte ab, als ob er sich nicht die Mühe machen könnte, darauf zu antworten.

Philippa vermutete, dass ihm das Atmen in diesem kritischen Augenblick schwerfiel, also gab sie Saxton eine Antwort. »Jagger hat mich von Benfield entführt.«

»Wer ist Jagger?«

»Der Mann, für den Sevrin kämpft«, erklärte Hopkins.

Saxton sah von Ambrose zu Philippa zurück. »Warum sollte er Sie von Benfield holen? Und wie? Das wird irgendjemand den Kopf kosten, das kann ich Ihnen versprechen. Sie sollten überhaupt nicht hier sein.«

»Das hatte sie auch nicht sein sollen«, brachte Ambrose hervor. »Jagger hat sie hergebracht. Als Anreiz für mich, zu gewinnen.« Saxton wirkte immer noch schrecklich perplex, doch Ambrose warf ihm aus dem einen unversehrten Auge einen Blick zu, der weitere Fragen unterband. »Jetzt, da sie hier ist, können wir gehen«, krächzte Ambrose. »Beeilen wir uns damit.« Er wandte den Blick zu ihr. »Setzen Sie Ihre Maske wieder auf.«

»Wohin?«, fragte Saxton. »Du musst nach Hause gehen und Lady Philippa, guter Gott, was werden wir mit Ihnen machen?« Er starrte sie an, als sie sich abmühte, ihre Maske wieder um ihren Kopf festzubinden.

Ihre Finger wollten ihr nicht gehorchen und immer wieder verfingen sich Strähnen ihres Haars in den Bändern der Maske. »Ich habe einem der Diener gesagt, ich sei krank und würde nach Herrick House zurückkehren. Sie könnten mich dorthin bringen.«

Er schüttelte den Kopf und dann übernahm er das Festbinden ihrer Maske. »Nicht, wenn Sie einen Skandal vermeiden wollen. Ich habe die Männer reden gehört, bevor ich die Loge verlassen habe.« Bei ihrer Ankunft hatte Philippa ihn zuerst mit seinem Vater und den anderen gesehen. »Man hält Sie für Sevrins geheimnisvolle Frau. Wenn irgendeiner unter ihnen Sie mit ihr in Verbindung bringt – Ihr Haar ist vollkommen unverdeckt, zum Himmel nochmal. Nein, Sie müssen auf Benfield gesehen werden. Wir werden so tun, als wären Sie nie fort gewesen. Dieser Diener hat sich geirrt. Sie waren heute Abend nur etwas unpässlich. Morgen früh werden Sie zum Frühstück erscheinen, als ob Sie die ganze Zeit auf Benfield gewesen wären. Ich werde von Olivia und meiner Schwester behaupten lassen, dass sie Sie besucht hätten.«

Das könnte funktionieren. Sie betete, dass es funktionierte. Dann nickte sie: »Danke.«

Saxton wand seinen Arm um Ambroses Oberarm. »Meine Kutsche steht draußen.« Er nickte Hopkins zu, der ihm half, Ambrose aus dem Sessel hochzuziehen. Ambrose zuckte zusammen und seine Hände wanderten zu seiner Mitte.

Philippa erblickte Ambroses restliche Kleidung, die über die Rückenlehne eines weiteren Sessels drapiert war, und nahm sich der Garderobe an. Sie faltete den Gehrock, die Weste und die Krawatte über dem Arm.

Dann öffnete sie die Tür für die Männer, doch draußen standen zwei bullige Kerle. Einer hielt die Hand hoch. »Er kann nicht gehen, bis Jagger hier ist.«

Sie bewegten sich nochmals vorwärts, doch die beiden Männer traten dicht nebeneinander und blockierten so ihren Abgang.

Saxton schnaubte. »Ihr wollt nicht gegen uns kämpfen. Ich bin fast ebenso gut wie Sevrin und dieser hier«, er zeigte auf Hopkins, »ist noch besser.«

Er war fast so gut wie Ambrose? Und Hopkins war besser? Waren sie alle Kämpfer?

Die Männer sahen einander an. Dann traten sie auseinander, machten den Weg frei, und erlaubten ihnen, zu gehen. Der Korridor war – Gott sei Dank – fast völlig menschenleer.

Saxton ließ Ambrose in Hopkins Obhut und nahm Philippa am Arm. Er sah auf sie herab und seine Augen waren wie Eissplitter. »Was geht zwischen Saxton und Ihnen vor?«

Trotz allem, was sie geteilt hatten und der Freundschaft, die sie verband, war ihre Antwort noch immer: »Nichts.«

»Das kann nicht stimmen oder Jagger wäre nicht in der Lage gewesen, Sevrin zu *verleiten*, überhaupt irgendetwas zu tun.«

Philippa richtete den Blick direkt geradeaus, als sie sich dem Ende des Korridors näherten. Sie verließen das Gebäude und traten in die kühle Nachtluft hinaus. Die Dirty Lane, die wenig mehr als eine vom Strand abzweigende Gasse war, war vom nasskalten Geruch der nahe gelegenen Themse erfüllt. Sie machten sich auf den Weg zur Straße, doch Ambrose strauchelte.

Philippa fuhr zusammen. »Helfen Sie ihm«, forderte sie Saxton auf.

Saxton trat an Ambroses andere Seite. »Meine Kutsche steht gleich hier.« Er zeigte in Richtung Strand und einige Augenblicke später hatten sie die Wappen geschmückte Kutsche erreicht. Sein Diener hielt die Tür auf, als Hopkins und Saxton Ambrose halb hineinhoben. Nach ihm waren sie Philippa beim Einsteigen behilflich und sie nahm in Fahrtrichtung neben dem zusammengesackten Ambrose Platz.

Die anderen beiden Männer stiegen zu ihnen ein und dann fuhren sie los. Wieder einmal nahm sie die Maske ab und drehte sich zu Ambrose. Er sah dem attraktiven Mann, dem sie in Lockwood House begegnet war, kaum ähnlich. Er hatte die Augen geschlossen und selbst im dämmrigen Lichtschein der Laterne in der Kutsche beunruhigte sie seine Blässe.

Sie schlang die Hand um seine, doch er zuckte und zog sie zurück. Er wollte wirklich nichts mit ihr zu tun haben. Doch in Anbetracht der Tatsache, dass er gerade zur Rettung ihres guten Rufes gekämpft hatte, ergab das alles keinen Sinn. Dennoch wies er fortwährend jeden körperlichen Kontakt mit ihr ab, was auch nichts zu bedeuten hatte, da sie

sich ziemlich sicher war, dass ihre Anziehung auf Gegensei-
tigkeit beruhte. Verstört wandte sie sich von ihm ab.

Alle Insassen bewahrten Schweigen, bis sie auf den
Haymarket einbogen. Saxton sah Hopkins an. »Ich werde dir
helfen, ihn nach oben zu bringen. Philippa, warten Sie hier
und dann werden wir nach Benfield zurückfahren.«

Obwohl sie unverzüglich nach Benfield zurückkehren
sollte, musste sie mit Ambrose sprechen. Sie wollte so gern
verstehen, warum ein Mann mit seinem Hintergrund ihr
Held sein konnte. Saxtons Beispiel folgend gab sie ihrer
Stimme den hochmütigsten Tonfall. »Nicht, bis ich mich
Ambroses Wohlergehen versichert habe.«

Ambrose öffnete sein unversehrtes Auge. »Den Teufel
werden Sie. Tun Sie, was Saxton sagt.«

Noch immer getroffen, dass er sich ihrer Berührung
entzogen hatte, fauchte sie: »Sie sind nicht in einer Position,
mich herumzukommandieren.« Sofort bedauerte sie ihren
Tonfall – lieber Himmel, der Mann war verwundet.

Wieder schloss er die Augen. »Eine Viertelstunde. Keine
Minute länger.«

Die Kutsche hielt am Eingang zum Black Horse Court.
Die Tür öffnete sich. Hopkins und Saxton stiegen aus. Sie
folgte ihnen, wobei sie noch immer Sevrins Kleidung an sich
drückte, und dann sah sie zu, wie die beiden Ambrose auf die
Straße halfen. Er stöhnte beim Aussteigen. Seine Bewegungen waren langsam, als sie sich auf eine Taverne zube-
wegten, die mit einem Schild geschmückt war, das ein Pferd
auf seinen Hinterbeinen zeigte.

»Können Sie die Tür öffnen?«, fragte Saxton.

Philippa kam seiner Bitte nach. Der Schankraum hatte
eine niedrige Decke und um diese Zeit tummelten sich hier
nur eine Handvoll Gäste, die an verschiedenen Tischen
verteilt saßen.

Eine Frau mit Schürze eilte auf sie zu. »Ist er wohlauf?«

»Aye«, antwortete Hopkins, der seinen Griff um Ambrose anpasste. »Bringt etwas von Toms Tonikum und heißes Wasser.«

Sie nickte und verschwand in einen Durchgang am Fuße der Treppe. Der Wirt trat hinter der Theke hervor. Er war ein grauhaariger Mann um die fünfzig. »Sagen Sie mir, dass Sie gewonnen haben. Ich habe zehn Pfund auf Sie gesetzt.«

Ambrose lächelte ihn schwach an. »Ja Tom, ich habe gewonnen.«

Tom nickte einmal zur Antwort. »Dann gehen Sie nach oben. Wollen Sie etwas zu essen oder zu trinken?«

»Nur etwas Whiskey bitte.«

»Ich werde ihn bringen«, erbot Philippa sich.

Tom drehte sich zu ihr und sah sie mit forschendem Blick an. Dann zuckte er mit den Schultern und führte sie zur Theke, wo er ihr eine Flasche und ein Glas überreichte. »Das Zimmer ist oben auf der rechten Seite.«

Sie bahnte sich ihren Weg zwischen den Tischen hindurch und stieg dann die Treppe hinauf, welche die Männer einige Augenblicke zuvor erklommen hatten. Oben angekommen drehte sie sich nach rechts und trat an eine offene Tür. Abrupt blieb sie stehen, als sie Sevrins Unterkunft überblickte.

Der Raum war klein aber mit drei gepolsterten Sesseln, die vor einem Kamin arrangiert waren, und einem gediegenem, mit Papieren übersäten Tisch neben ein paar Schränken an einer Wand, bequem eingerichtet.

Sie vernahm einen Tumult von einer offenen Tür auf der rechten Seite und folgte dem Geräusch. In sein Schlafzimmer. Unvermittelt wurde ihre Haut ganz heiß, als sie einen Blick auf Ambroses bloße Beine erhaschte, ehe Hopkins die Bettdecke darüber breitete.

»Hat er einen Kammerdiener?«, fragte sie.

Saxton schüttelte den Kopf. »Nein.«

Was für eine Sorte von Viscount hatte keinen Kammerdiener? Und hauste in zwei Zimmern über einer Taverne?
Die Sorte, die Frauen ruinierte und sich mit ihren Brüdern
duellierte. Sie musste aufhören, immer wieder zu vergessen,
dass er nichts anderes als das war. Das hätte sie vielleicht
gekonnt, wenn er ihren guten Ruf nicht retten und in ihrem
Namen kämpfen würde.

Sie legte seine Kleidung auf einen Stuhl in der Ecke und
dann stellte sie den Whiskey und das Glas auf den Tisch.

Hopkins schenkte eine großzügige Portion ein und
reichte sie Ambrose, der den Inhalt, wenn auch mit Schwierigkeiten hinunterkippte. Seine Bewegungen waren langsam
und sein Gesicht von Schmerz gezeichnet.

Hopkins ging auf die Tür zu. »Ich werde nach unten in
den Club gehen und mit den Männern reden. Ich bin sicher,
dass sie alle hierher zurückkommen werden.«

Der Kampfclub.

»Sax, geh und sieh nach dem Tonikum, wenn du so nett
wärst?«, bat Ambrose.

Saxton runzelte die Stirn und zauderte eindeutig, sie mit
ihm hier allein zu lassen.

Ambrose zog die Augenbraue über seinem unverletzten
Auge hoch. »Was genau glaubst du, könnte in meinem
derzeitigen Zustand passieren?«

Mit einem tiefen Seufzen und einem stechenden Blick
zum Abschied verließ Saxton das Schlafzimmer, obwohl er
die Tür nicht schloss. Einen Augenblick später hörte sie, wie
die äußere Tür zufiel.

Philippa brachte seine Kleidung auf die andere Seite des
Zimmers, wo er einen kleinen Ankleidebereich eingerichtet
hatte. Als sie zu ihm zurückkehrte, zog sie einen Stuhl an die
Bettkannte. Eine Kerze auf dem Nachttisch spendete genügend Licht, um sein zerschlagenes Gesicht zu beleuchten. Ihr
wurde die Brust eng.

»Es ist nicht so schlimm«, krächzte er.

Sie blickte auf und sah, wie er sie mit seinem guten Auge betrachtete. »Ach, Ambrose.« Wie lange schon nannte sie ihn in ihren Gedanken bei seinem Taufnamen? »Warum haben Sie das getan?« Tränen drohten, ihr in die Augen zu treten. Ob Halunke oder nicht, sie schuldete ihm so viel. »Ich weiß warum – Jagger hat es mir erzählt – aber, ich bin nur ... voller Ehrfurcht von Ihren Bemühungen, mich vor einem Skandal zu bewahren.«

Er wandte den Blick von ihr ab. »Ich habe früher schon gekämpft.«

Warum? Wie ist aus einem Viscount ein Preisboxer geworden? *Nachdem er seinen Bruder getötet hat,* antwortete ihr Verstand. Aber sie wollte es von ihm hören.

»Möchten Sie noch mehr Whiskey?«, fragte sie, als sie ihm das leere Glas aus den Fingern nahm.

»Nein.«

Ihr Blick fiel auf seine Hand, die Fingerknöchel waren rot und aufgeschürft, die Haut blutbefleckt. Plötzlich wusste sie, warum er in der Kutsche die Hand zurückgezogen hatte. Sie hatte ihm wehgetan. Aber nicht mehr, als er sich selbst wehgetan hatte. »Sie kämpfen gern. Erzählen Sie mir, warum?«

Er legte den Kopf in das Kissen zurück und schloss die Augen. »Es ist kompliziert.«

»Sie haben aus einem bestimmten Grund aufgehört, sich in Preiskämpfen zu messen und dann haben Sie es heute wieder getan. War es nur zu meiner Rettung oder planen Sie, wieder zu kämpfen?«

Er hielt die Augen geschlossen. »Ich musste für Jagger einen permanenten Kämpfer finden.«

»Und haben Sie das getan?«

Er schlug die Augen auf – zumindest das unverletzte –

und betrachtete sie aus einer Pupille, die so dunkel war wie die Mitternacht. »Ja.«

»Also haben Sie mit dem Kämpfen abgeschlossen?«

»Mit den Preiskämpfen. Ich werde stets in meinem Club kämpfen.«

Noch immer war sie nicht imstande, zu begreifen, warum Männer sich so etwas freiwillig antaten. »Ist es wie dies?« Ihr Blick wanderte kurz zu seinen verletzten Händen, ehe er sich wieder auf sein zerschlagenes Gesicht legte.

»Nein. Wir sind Freunde. Wir boxen, aber wir schlagen nicht erbarmungslos aufeinander ein.«

Freunde, die aus Spaß kämpften? »Warum?«

»Es ist für jeden anders.«

Er gab sich die allergrößte Mühe, sie zu abzuschrecken, doch sie würde das nicht hinnehmen. »Ich möchte wissen, was es für Sie ist.«

Er blieb einige Zeit still. Das Kerzenlicht warf Schatten über sein Gesicht und lenkte ihre Aufmerksamkeit auf die Feinheiten seiner Verletzungen, der beschädigten Schönheit seiner Züge. »Es ist eine Erleichterung. Ein Trost. Es ist ein Zuhause.«

An der Schwermut in seinem Tonfall war kein Zweifel. Noch nie hatte sie ihn so sprechen gehört. Die Tür zum Vorderzimmer knarrte, gefolgt von Schritten und dann erschien die Frau aus der Schankstube.

»Kommt herein«, rief Ambrose.

Sie trat mit einem Tablett ein und stellte es auf das Bett. Dann nahm sie einen Stapel Handtücher und legte sie neben das Tablett, ehe sie die Schüssel mit dem heißen Wasser und eine Glasflasche mit dem Tonikum auf den Nachttisch stellte.

Philippa nahm die Glasflasche und sah die Frau an. »Was ist das?«

»Tragen Sie das auf seine Wunden auf. Es fördert die Heilung.«

Ambrose krauste die Nase und zog dann eine Grimasse. »Hopkins hat mich vorhin schon mit diesem giftigen Gebräu eingeschmiert.«

Die Frau schniefte. »Gut, dann sind Sie für eine weitere Dosis reif.« Sie sah Philippa an. »Erlauben Sie ihm keinen Unsinn.« Nach einem Nicken von Philippa, ging sie hinaus.

Philippa tauchte ein Tuch in das Wasser und nahm ihren Platz wieder ein. »Darf ich?«, fragte sie und hob vorsichtig seine Hand.

Mit seinem guten Auge betrachtete er sie ruhig. »Ja.«

Sie begann, die Blutflecken an seinen Fingern fortzuwischen und dann die auf seinem Handrücken. Er zuckte ein bisschen, als sie mit dem Tuch vorsichtig über seine aufgeschürften Knöchel fuhr.

Sie sah zu seinem Gesicht auf, ehe sie ihre Aufmerksamkeit wieder auf seine Hand lenkte. »Ist Saxton Mitglied in Ihrem Club?«

»Ja.«

»Das erklärt einige Dinge.«

»Tatsächlich?« Ambrose zog eine Augenbraue hoch und sie lächelte.

»Ich habe vergangenen Herbst einige Blessuren an ihm bemerkt. Es war sonderbar.« Sie lenkte ihre Aufmerksamkeit auf ihre Arbeit und als sie mit seiner einen Hand fertig war, wandte sie sich der anderen zu.

Sie fühlte sich erschreckend wohl allein mit ihm hier in seinem Schlafzimmer, obschon sie eigentlich entrüstet sein sollte. Als sie einen hässlichen Kratzer säuberte, sog er scharf die Luft ein. Sie hielt inne und blickte zu seinem Gesicht auf. »Ist alles in Ordnung mit Ihnen?«

»Bestens«, presste er durch zusammengebissene Zähne hervor.

»Ambrose«, sagte sie leise und wollte ihm allen Schmerz nehmen.

Langsam stieß er die Luft aus und schien sich zu entspannen. Der Blick, mit dem er sie nun ansah, war eindringlich und intim. Ihr Körper kribbelte, als sie ihn wahrnahm. Sie kehrte zu ihrer Behandlung zurück und betupfte sorgfältig seine Wunden.

Es war Zeit für eine weitere Frage. »Warum ist mein Ruf so wichtig für Sie, dass Sie kämpfen, um ihn zu beschützen?«

Er zuckte mit den Schultern, doch bei dieser Anstrengung zog er eine Grimasse. »Jagger hätte einen Weg gefunden, mich zum Kämpfen zu bewegen.«

Misstrauisch sah sie ihn an. »Also bedeutet Ihnen mein Ruf gar nichts? Das glaube ich nicht. Sie haben ihn schon geschützt, bevor Sie Jagger auch nur begegnet sind.«

Er legte die Finger der Hand, die sie gerade behandelte, um ihre. »Sie haben es nicht verdient, ruiniert zu sein.«

Seine Berührung war warm und wundervoll. Sie erschauderte unter der dunklen Intensität seines Blickes. »Aber die junge Frau in Cornwall hatte es verdient?«

Er wandte den Blick ab und zog die Finger von ihrer Hand zurück.

Mit leicht zitternden Fingern widmete sie sich erneut ihrer Aufgabe. Sie beendete die Arbeit an seiner Hand und dann studierte sie sein Gesicht. »Ist irgendetwas gebrochen?«

»Das glaube ich nicht. Ein Chirurg hat mich nach dem Kampf untersucht. Bevor Sie angekommen sind.«

»War dies ein renommierter Chirurg?«

»Es geht mir gut. Abgesehen von meinem Aussehen.« Um seine Mundwinkel zuckte es und trotz seiner Verletzungen machte ihr Herz dennoch einen Satz.

Sie nahm ein sauberes Tuch vom Fußende des Bettes und tauchte es in das Wasser, ehe sie ihren Platz wieder einnahm.

Langsam und sorgfältig säuberte sie die Verletzungen in seinem Gesicht. Stille legte sich über sie, während sie arbeitete und hüllte sie in einen schweigsamen, intimen Kokon. Jeder Teil von ihr war sich jedem Teil von ihm übermäßig bewusst. Fühlte er das Gleiche?

Als sie fertig war, nahm sie ein frisches Tuch zur Hand und griff nach dem Tonikum. Zuerst tauchte sie einen Zipfel in die Flüssigkeit und hielt ihn an sein zugeschwollenes Auge. »Ist das schmerzhaft?«

Mit seinem guten Auge erwiderte er ihren Blick. »Ja.«

»Ich werde behutsam sein.«

»Ich weiß.« Bei dem dunklen Tonfall seiner Stimme geriet ihr Blut in Wallung.

Er hatte recht. Das Tonikum roch grauenhaft. Wie mehrere Tage alter Kohl, den der Stallmeister auf Wokeham Abbey gern an die Pferde verfütterte. Sie betupfte die geschwollene Hautstelle und nahm ihren ganzen Mut zusammen, ehe sie fragte: »Diese Narbe auf Ihrer Schulter? Woher stammt sie?« Sie hielt den Atem an und fragte sich, ob sie vielleicht von dem Duell stammte, das er vermeintlich mit seinem Bruder ausgetragen hatte. Das, in dem Ambrose ihn getötet hatte.

Er blickte finster. »Es ist eine alte Wunde. Vergessen Sie es. Bitte.«

Sie wollte noch nicht davon ablassen, nicht jetzt. Noch nie waren sie sich so nahe gewesen und würden es vielleicht nie wieder sein. Und sie wollte es wissen. »Es muss mehr dahinter stecken. Nein, es muss mehr in *Ihnen* stecken als alles, was mir erzählt wurde. Ich kann Ihren Ruf einfach nicht mit dem Mann in Einklang bringen, den ich kenne. Ich kann nicht glauben, dass Sie Ihren Bruder umgebracht haben.«

Sein Blick wurde stechend. »Sie können es nicht glauben

oder Sie wollen es nicht glauben? Ich habe Ihnen unzählige Male gesagt, dass ich nicht Ihr Held bin.«

Ihre Emotionen schlugen in Ärger um. »Warum wollen Sie sich nicht verteidigen?«

Sein Auge funkelte. »Weil die Dinge, die ich getan habe, unverzeihbar sind. Einschließlich Sie zu ruinieren.«

Sie hielt ihre Hand still neben seinem Gesicht. »Ich bin nicht ruiniert.«

»Noch nicht.«

Ach, es war zum Verrücktwerden. »Saxtons Plan ist solide. Ich werde in Kürze nach Benfield zurückkehren und niemand wird erfahren, dass ich fort war.«

Er drehte den Kopf von ihr weg. »Sie haben weitaus mehr Zutrauen als ich.«

Sie betupfte sein Auge. »Ich vermute, Sie haben das Ihre irgendwann um die Zeit verloren, als Ihr Bruder gestorben ist.« Er sah stoisch geradeaus und sie wusste, dass er nichts mehr sagen würde. Was spielte es für eine Rolle, Sie hatten keine gemeinsame Zukunft. Dies – dieser Augenblick – war alles, was sie vielleicht jemals verbinden würde. Sie musste seine Geheimnisse nicht kennen, aber wie sie sich dies wünschte.

Als sie mit seinem Auge fertig war, tauchte sie einen weiteren Zipfel des Tuchs in das Tonikum. Mit großer Vorsicht versorgte sie seine Wunden und endete schließlich mit seinen Fingerknöcheln.

»Sie sollten jetzt gehen. Sie haben recht – Saxtons Plan ist gut. Es wird alles gut werden für Sie.«

Sie faltete das Tuch und legte es auf den Tisch. »Glauben Sie das wirklich?«

Er drehte den Kopf und die Intensität seines Blickes verblüffte sie. »Das tue ich. Sie haben ein wundervolles Leben vor sich. Unsere Bekanntschaft ist hiermit zu Ende.

Ich habe meine Abmachung mit Jagger erfüllt. Sie sind sicher. Frei.«

Sanft legte sie ihre Hände auf seine. »Danke.«

Und dann stand Philippa auf, um zu gehen, weil es das Richtige war. Weil es das war, wozu sie erzogen worden war. Sie nahm die verschmutzten Tücher vom Tisch, um sie mit nach unten zu nehmen. »Gute Nacht, Sevrin. Passen Sie gut auf sich auf.«

Sie drehte sich zum Gehen, wissend, dass sie nie wieder mit ihm allein sein würde, und nie wieder diese Nähe mit ihm teilen würde. Ihre Kehle war wie zugeschnürt und ihre Beine fühlten sich hölzern an. Als sie auf die Tür zuging, hörte sie ihn murmeln: »Es hat mir besser gefallen, als Sie mich Ambrose genannt haben.«

KAPITEL 14

$\mathcal{A}$m folgenden Tag brachte Ambrose es fertig, sich trotz der beharrlichen Schmerzen seiner Wunden zu baden und anzukleiden. Aufgrund der Überanstrengung tat es an Stellen weh, an denen er gar nicht verletzt war. Obwohl er regelmäßig kämpfte, maß er sich selten so lange mit seinem Gegner und niemals so unerbittlich.

Er hatte gerade seinen zweiten Stiefel angezogen, als es an der Tür klopfte. Mit quälend langsamen Schritten strebte er in das Vorderzimmer und öffnete auf das Klopfen, wobei er eine Hand an den Türrahmen legte, um sich abzustützen. Beim Anblick seines Besuchers verfluchte er seine Entscheidung, das Bett zu verlassen.

Jagger nahm den Hut vom Kopf. »Sie sehen besser aus, als ich Sie vom letzten Mal in Erinnerung habe.«

Ambrose packte den Türrahmen, als ob er ihn aus der Wand reißen wollte. »Was um alles in der Welt wollen Sie?«

»Besser, aber Sie sehen immer noch erbärmlich aus.« Jagger zog die Augenbrauen hoch. »Darf ich eintreten?«

Ambrose riss die Tür weit auf und trat beiseite.

Jagger kam hereinspaziert, einen Gehstock mit Griff aus

Elfenbein schwingend. »Sie leben hier?«, fragte er, während er die spärliche Möblierung betrachtete. »Ich lebe besser als dies hier.«

Ambrose schritt in die Mitte des Zimmers, wo Jagger gerade stand und urteilte. Er drehte sich, um etwas zu sagen, doch Ambrose brachte ihn mit einem Faustschlag auf den Mund zum Schweigen.

»Himmel, Sevrin.« Jagger hob die Finger zum Mund und wischte sich über die Lippen.

Ambrose schüttelte seine Hand aus. *Gott, das tat weh.* Aber es war den Schmerz wert. »Das ist für Philippa.«

Jagger strich sich über den Kiefer. »Ich bin überrascht, dass Nolan so lange durchgehalten hat, wenn Sie ihn so hart geschlagen haben.«

»Ach, ich könnte Sie viel härter schlagen.« Und eines Tages könnte er das wohl tun.

»Dann ist es nur gut, dass Sie einen Preisboxer gefunden haben und unser Bündnis beinahe am Ende ist. Wer ist er und wann kann ich ihn kennenlernen?«

»Ackley. Vielleicht haben Sie ihn kämpfen sehen.«

Jagger dachte einen Moment nach und schüttelte den Kopf. »Der Name klingt mir nicht vertraut. Aber ist er gut?«

»Sehr. Aber noch wichtiger ist, dass sein Potenzial exzellent ist.«

»Ausgezeichnet. Wer wird ihn trainieren?«

»Ich.«

In Jaggers achatschwarzen Augen blitzte Überraschung auf. »Sie sind gewillt, unsere Beziehung fortzusetzen?«

»Nicht, weil ich Ihnen besonders zugeneigt wäre – ich habe immer noch nicht entschieden, ob ich Sie bewusstlos prügeln soll. Das hängt davon ab, was mit Philippa passiert.«

»Ach, Sie hegen solche zarten Gefühle für dieses Mädchen. Man könnte sich fragen, warum Sie sie nicht heiraten.«

Gott, wie die Sticheleien dieses Mistkerls an ihm fraßen, insbesondere, da seine Anspielungen der Wahrheit viel zu nahekamen. Er mochte Philippa viel zu sehr. »Das ist genau die Art von Geschwätz, das Ihnen eine Prügel einhandelt. Machen Sie das noch einmal und ich kenne keine Gnade.«

Jagger hob beschwichtigend die Hände – in einer hielt er noch immer seinen Hut und den Gehstock.

Ambrose fuhr fort: »Ich werde Ackley zu einem Champion trainieren, aber nicht aufgrund irgendeines Bedürfnisses, Ihnen zu helfen. Meine Beteiligung begründet sich einzig auf Ackleys Potenzial und meinem persönlichen Interesse an seinem Erfolg.« Ambrose hatte den Burschen in die Sache verstrickt und er würde ihn solchen Schurken wie Jagger nicht ausliefern.

Jagger kniff die Augen zusammen. »Was wollen Sie?«

»Beruhigen Sie sich. Ich will keinen Anteil – so dumm bin ich nicht, zu glauben, dass Sie mit mir teilen würden. Ich möchte nur die Kontrolle über sein Training und Sie werden mich und meine Verbündeten – einschließlich Philippa – *voll und ganz* in Ruhe lassen.«

Jaggers Stirn entspannte sich und ein eingebildetes Lächeln zeigte sich auf seinem Gesicht. »Abgemacht. Da Sie die Verantwortung für sein Training haben, möchte ich ihn in einem bevorstehenden Kampf sehen.«

Ambrose hatte darüber nachgedacht, gegen wen sein Schützling antreten könnte. Er musste mehr Erfahrung sammeln, ehe er sich mit Belcher maß. »Wer, wann, wo?«

»Isling, am zwölften Mai, Truro.«

Verfluchter Mist. Truro. Isling wäre ein ausgezeichneter Gegner, um ihn für Belcher vorzubereiten. Sie hatten einen ähnlichen Kampfstil. Ackley würde von diesem Ereignis viel lernen. Aber nach Truro zu gehen? Ambrose hatte Cornwall und seine dortige Verantwortung seit fünf Jahren vermieden. Er würde auf Beckwith, seinem Besitz, ebenso willkommen sein, wie er ihn besuchen wollte. Um es genau zu sagen, gar nicht.

Er fühlte sich am Rande, in tausend Stücke zu zerbrechen. Ihm war wohl klar gewesen, dass er eines Tages würde zurückkehren müssen und warum nicht jetzt? Es würde niemals einen richtigen Zeitpunkt geben, sich seinen Fehlern zu stellen und Vergebung zu suchen, von denen, die er zurückgelassen hatte. Vielleicht könnte er das nie. Aber schuldete er Nigel nicht, es zu versuchen? Angst erfüllte das, was von seiner Seele noch übrig war. »Wir werden kommen.«

»Gut. Ich werde Sie dort einige Tage vor dem Kampf treffen. Nun, wann werde ich Ackley kennenlernen?«

Gestern Abend hatten sie ihr Training ausfallen lassen. Ackley war als Zuschauer zum Preiskampf gekommen und sie hatten heute Abend eine Verabredung, den Kampf zu besprechen – um auf die Technik und Strategie einzugehen. »Er kommt heute Abend hierher, wenn Sie uns Gesellschaft leisten wollen.«

»Das würde ich gern. Danke.« Misstrauisch sah er Ambrose an. »Werde ich mich immer so fühlen, als trennte Sie nur ein Atemzug davon, mich bis zur Besinnungslosigkeit zu verprügeln?«

»Wahrscheinlich.«

»Und werden Sie das?«

Ambrose lächelte langsam und verheißungsvoll. »Wahrscheinlich.«

»Nun, ausgezeichnet. Nur damit ich es weiß. Vielleicht sollten Sie mich ebenfalls trainieren.«

Ambroses Lächeln schwand, als er den Verbrecher anstarrte.

Jagger zog eine dunkle Augenbraue hoch. »Zu viel? Also gut. Ich sehe Sie dann heute Abend.« Er drehte sich um und ging.

Ambrose sank in einen der gepolsterten Sessel neben
dem kalten Kamin. Seine Rippen schmerzten. Sein Gesicht
und sein Kopf pochten. Seine Fingerknöchel brannten. Doch
all dies verblasste neben dem Schmerz, den er gestern Abend
bei Philippas Verhör verspürt hatte.

Irgendwie hatte sie die Wahrheit erfahren – dass er
seinen Bruder getötet hatte. Sie mochte vielleicht keine
Einzelheiten wissen, dass er es nicht in einem Duell getan
hatte, aber seine Handlungen hatten eindeutig Nigels
Ableben verursacht. Der Ausdruck in ihren Augen – Unglauben, gefolgt von Entsetzen und dann Bedauern – hatte die
alten Emotionen wieder aufwallen lassen, sodass er kaum
geschlafen hatte. Sie hatte es nicht sagen müssen: Wenn er
sich nur nicht so abscheulich benommen hätte, könnte sein
Leben so anders sein.

Aber er hatte diese Dinge getan. Er hatte seines Bruders
Verlobte verführt und Nigel in den Tod getrieben. Er war
genau das, was die Leute von ihm behaupteten und noch
mehr.

Ein weiteres Klopfen an seiner Tür riss ihn aus seiner
jämmerlichen Rückschau.

Er konnte sich nicht dazu aufraffen, sich zu erheben.
»Herein.«

Die Tür wurde aufgestoßen und Saxton trat ein. »Du bist
angekleidet?«

»Ich bin kein vollständiger Invalide.«

»Du sahst so aus, als ob du es sein könntest. Ich bin
erfreut zu sehen, dass du wohlauf bist.« Saxtons prüfender
Blick wechselte zu reinem Mitgefühl. »Oder eher, einigermaßen auf dem Damm.«

Ambrose wollte Saxtons Mitleid nicht. Er akzeptierte
alles, was ihm zugestoßen war – insbesondere eine ordentliche Prügel –, als gut und richtig. »Was tust du hier? Solltest

du nicht auf der Hausparty sein und für die Erhaltung Philippas gesellschaftlicher Stellung sorgen?«

Saxton wandte den Blick ab und weckte Ambroses Besorgnis. »Das ist zum Teil der Grund für mein Hiersein. Es wird noch immer ein bisschen spekuliert.«

Ambrose packte die Armlehnen seines Sessels, doch er ließ los, als seine Knöchel protestierten und brannten. »Hat jemand sie bei dem Kampf gesehen?«

»Nicht, dass ich das sagen könnte, aber Finchley hat weithin bekannt gegeben, dass deine mysteriöse Frau dort gewesen ist. Er hat auch bemerkt, dass Philippa bei der Soiree gestern Abend auf Benfield durch Abwesenheit geglänzt hat.«

Er wollte Finchley umbringen und konnte vielleicht sogar die dazu notwendige Kapazität mobilisieren. »Angesichts der Meute, die in der Dirty Lane aufgetaucht ist, trifft das auch die Hälfte der Gäste der verdammten Hausparty deines Vaters zu.«

Saxtons Blick verfinsterte sich. »Dies ist nicht auf die leichte Schulter zu nehmen.«

»Das tue ich auf keinen verdammten Fall. Was hast du vor, um die Sache in Ordnung zu bringen?«

»Seit wann bin ich dein Haushälter? Räum deinen gottverdammten Mist selbst auf.« Saxtons blassblaue Augen blitzten auf, doch dann stieß er die Luft aus und schien sein Temperament zu zügeln. Er trat hinter einen der anderen gepolsterten Stühle und trommelte mit den Fingern darauf. »Wie es der Zufall will, habe ich eine Idee.«

Natürlich hatte er das. Saxton war recht gut darin, Dinge zu regeln. Er war sehr erfolgreich darin gewesen, die wahre Herkunft seiner Frau – sie war die Tochter einer berüchtigten Kurtisane – vollkommen geheim zu halten. »Berichte.«

»Du musst nach Benfield kommen – je schneller, desto
besser.«

»Ich bin nicht in der Verfassung zu reisen. Zumindest
nicht heute.«

»Dann komm morgen. Und du wirst einen Gast mitbringen. Irgendjemand, der Philippa ähnlich genug sieht, um die
Leute hinters Licht zu führen und sie glauben zu lassen, sie
sei deine mysteriöse Frau.«

Ambrose verstand Saxtons Plan und hatte nur einen
Einwand. »Und wo soll ich solch eine Frau finden? Soll ich
bei   Covent   Garden   haltmachen?   Bei   einem
Kurtisanenstand?«

Saxton sah ihn mit einem leidenden Blick an, ehe er
antwortete: »Es gibt eine Halbweltdame, von der ich weiß.
Ich werde ihr eine Nachricht schicken und die Umstände
erklären – dass sie so tun soll, als sei sie deine Geliebte – und
sie bitten, sich morgen früh für eine Reise nach Benfield
bereit zu machen.«

Ambrose konnte sein Grinsen nicht verbergen. »Du *bist*
mein Haushälter.«

Saxton zog eine Augenbraue hoch und seine Finger
blieben still. »Irgendjemand muss das wohl sein.«

»Werden nicht alle entrüstet sein, wenn ich eine Kurtisane zu ihrer hochgeschätzten Hausparty mitbringe?«

»Nicht so entrüstet, wie sie sein würden, wenn sie
herausfinden, dass du mit Philippa in Lockwood House
warst.«

Das stimmte wohl. Warum konnte diese Bedrohung nicht
einfach *verschwinden*? »Du glaubst, es wird funktionieren?«,
fragte Ambrose.

»Das könnte es. Ganz sicher wird dies aber den Spekulationen und Wetten ein Ende machen.«

»Das wäre wahrscheinlich auch damit zu erreichen,

Finley und einigen anderen die Seele aus dem Leib zu prügeln, aber vermutlich ist das eine schlechte Idee.«

Saxtons Mundwinkel bogen sich nach oben. »So verlockend das auch klingt, bezweifle ich, dass deine Prügel etwas anderes beenden würden, außer Finchleys Vergnügen an dem Fest. Allerdings ist der Situation auch durch Allreds Werben um Philippa geholfen. Die Dinge kommen schnell voran. Tatsächlich gehen Gerüchte um, dass er ihr heute einen Antrag machen könnte.«

Ambrose war froh, dass er saß, denn diese Nachricht traf ihn wie ein Schlag in die Magengrube. Was völlig widersinnig war, da er sie fast in Allreds Arme getrieben hatte. Gott, hatte sie ihn schon geküsst? Ambrose verfluchte seinen Verlust bereits.

Saxton setzte sich in den Sessel neben seinen. »Du bist ihr zugeneigt.«

Das war eine gefährliche Unterhaltung und eine, die er nicht führen wollte. »Natürlich, aber nicht auf die Art, wie du denkst.«

»Ich bin nicht blind. Außerdem habe ich gesehen, wie sie sich bei dir verhält. Auch sie mag dich eindeutig – und die Tiefe eurer Bekanntschaft kann ich mir nur vorstellen.« Saxtons nicht ausgesprochene Frage hing in der Luft. »Vielleicht solltest du sie heiraten.«

Ambrose würde sich nicht die Mühe machen, ihre gegenseitige Anziehung zu leugnen. Er konnte sie nicht anschauen, konnte nicht an sie denken, ohne seine fünf Jahre andauernde sexuelle Enthaltsamkeit beenden zu wollen, indem er zwischen ihre Schenkel eintauchte. »Ich kann nicht.«

»Natürlich kannst du. Ich hatte auch nicht geglaubt, Olivia heiraten zu können, aber einige meiner Freunde«, Saxton sah ihn vielsagend an, »haben mich eines Besseren belehrt.« Wie Quecksilber wurde sein Blick plötzlich eisig. »Sei kein Narr.«

Er wäre ein Narr – oder genauer gesagt ein Mistkerl –, *wenn* er sie heiratete. Sie hatte einen Ehemann verdient, der sie lieben und ehren würde, und keinen selbstsüchtigen Grobian, der sich nahm, was er wollte, ohne einen Gedanken an die Konsequenzen zu verschwenden. Und der gar nichts von der Liebe wusste.

»Ich kann sie nicht heiraten. Sprich nicht mehr darüber.« Mit überraschender Behändigkeit erhob sich Ambrose aus seinem Sessel. Schuldgefühle waren, wie es schien, ein wirksames Heiltonikum.

~

*P*hilippa schloss zu Allred auf, der sie in ihrem spontanen Rennen mühelos geschlagen hatte.

Er grinste sie an. »Sie sind eine ausgezeichnete Reiterin, Lady Philippa. Ich habe davon gehört, doch angesichts Ihres Geschlechts, musste ich mir mein Urteil vorbehalten, bis ich mich selbst überzeugen konnte.«

Gelegentlich machte Allred ähnliche Kommentare bezüglich der Weiblichkeit, womit er ihnen Schwäche oder geringere Befähigung zuschrieb. Gleichwohl sie Philippas Nervenkostüm reizten, brachte er sie mit solch einer charmanten Ignoranz hervor, dass sie sich erlaubte, darüber hinwegzusehen.

Sie sog die frische Frühlingsluft ein und lächelte, von ihrem Ritt an solch einem herrlichen Tag beschwingt. Es reichte beinahe, um sie die Ereignisse von gestern Abend vergessen zu lassen. Beinahe.

Saxton hatte die Dinge für ihre Rückkehr perfekt geplant. Er hatte sie heimlich über die Hintertreppe nach oben gebracht und heute Morgen war sie von Lady Saxton und Saxtons Schwester, Lady Miranda Foxcroft, flankiert gewesen, die ihre Anwesenheit auf Benfield am vergangenen

Abend bestätigten. Die List war erfolgreich gewesen, als mehrere Gäste sich erkundigten, ob sie sich besser fühlte. Niemand hatte auch nur den leisesten Verdacht geäußert, dass sie Benfield verlassen hatte, zumindest war ihr so etwas nicht zu Ohren gekommen. Andererseits hatte sich jedoch der Hauptteil der Unterhaltung auch um Ambroses Preiskampf gedreht.

Die Männer bewunderten sein Können als Boxer und debattierten bereits darüber, wie sie ihn vielleicht überzeugen könnten, sie in seine Kampfstrategie einzuweihen. Der Sieg in einem Preiskampf könnte ihn möglicherweise von einem rücksichtslosen Halunken zu einem verwegenen Wüstling aufsteigen lassen. Nicht, dass solch eine Beförderung ihrem Fall hilfreich wäre.

Welchem Fall? Sie hatte keinen Fall, was ihn anbelangte. Ihre Bekanntschaft – egal, wie erfreulich – war vorüber. Sie musste aufhören, an ihn zu denken, insbesondere, wenn sie einen Ausritt mit einem Mann genießen sollte, der ihr den Hof machte.

»Sollen wir ein Stück gehen?«, fragte Allred.

Sie nickte und er stieg von seinem Pferd, um ihr beim Absitzen behilflich zu sein. Sie ritten zwei Tiere aus Holborns Bestand. Es waren wunderschöne, überragende Kreaturen.

Er nahm sein Pferd an den Zügeln und führte das Tier. Philippa tat das Gleiche mit ihrem. »Ich bin froh, dass Sie sich heute besser fühlen«, meinte er. »Ich hätte unsere Verabredung für den Ausritt nur ungern verschoben.«

Sie wollte ihn nach dem Preiskampf fragen, doch irgendwie hatte sie ein merkwürdiges Gefühl dabei. Weil sie dort gewesen war.

Einen Augenblick schritten sie schweigend über den schwammigen Frühlingsboden. Vögel zirpten in den Bäumen um sie und der Duft von Flieder hing in der Luft. Es war tatsächlich ein wunderschöner Tag, aber Philippa konnte das Gefühl einer unguten Vorahnung nicht loswerden. Einer Veränderung.

»Ich denke, wir beide wissen, warum ich diesen Ritt heute arrangiert habe.«

Sie nickte und ihre Muskeln spannten sich an. Sie fühlte sich ängstlich und ihre Nerven zerrten an ihr wir ein zu fest-gezurrtes Korsett. Hier war der Augenblick, auf den sie hingearbeitet hatte. Der Augenblick, der ihre Sicherheit gewährleisten würde. Der Augenblick, der sich plötzlich falsch anfühlte.

Er hielt inne und drehte sich zu ihr. »Sollen wir die Dinge dann formell machen? Ich wäre so erfreut, Sie zu meiner Frau zu machen.«

Gleichwohl dies nicht der Antrag war, von dem sie geträumt hatte, war es der, den sie brauchte.

Dennoch stieg Panik in ihrer Kehle auf. Er liebte sie nicht. Sie hatte Karriere darin gemacht, Anträge wie diesen abzu-weisen. Doch ihr lief die Zeit davon. Sie musste jetzt heira-ten, sonst würde sie vielleicht nie wieder eine andere Chance bekommen.

Allred nahm ihre Hand. »Wir passen gut zusammen, Phil-ippa. Dies ist eine exzellente Verbindung.« Sie holte tief Luft und zwang sich, rational zu denken. Es *war* eine exzellente Verbindung. Er würde sie umsorgen und ihr genau das geben, was sie erwartete: gegenseitige Anerkennung und Respekt.

Er beugte sich vor und drückte ihr überraschend einen Kuss auf die Lippen. »Ich werde mit Holborn und Ihrem Vater darüber reden, unsere Verlobung morgen Abend bekannt zu geben.«

So bald? *Freilich, du Dummchen. Du bist diejenige, die einen raschen Gang zum Altar so dringend nötig hat!* Sie fragte sich, ob es Allred überhaupt interessieren würde, dass ihre Mutter im

Begriff war, einen Skandal auszulösen, nicht, dass sie ihm davon erzählen würde.

Sie nahmen die Zügel ihrer Pferde wieder auf und gingen noch ein Stück, ehe sie wieder aufsaßen und zu den Stallungen zurückritten. Als sie das Haus betrat, hatte sich ihr rasender Puls inzwischen beruhigt und sie fühlte sich fast normal. Ihre Verlobung würde angekündigt werden und alles würde sich so entwickeln, wie es sollte.

Mit Verspätung ging ihr auf, dass sie Allred keine richtige Antwort gegeben hatte. Doch er hatte auch keine erwartet. Ein kalter Schauer lief ihr über das Rückgrat. Was für eine Art von Ehe würde das werden?

KAPITEL 15

Am folgenden Nachmittag traf Ambrose kurz vor drei Uhr auf Benfield ein. Der Salon war mit Gästen übervölkert, die ihren Tee tranken und Klatsch austauschten. Mit anderen Worten: Sie hungerten geradezu nach seiner Ankunft.

In dem Augenblick, als er mit Miss Cordelia Mathison an seinem Arm eintrat, ging ein Raunen durch den Raum.

Saxton verließ seinen Platz nahe der Fenster, die auf den Garten hinausgingen, und kam ihnen zur Begrüßung entgegen. »Guten Tag, Saxton. Du siehst gut aus.« Angesichts des violetten Veilchens um sein linkes Auge und der geröteten Schwellung auf seiner Wange war das eine glatte Lüge.

»Darf ich meinen Gast, Mrs. Mathison, vorstellen?« In Wahrheit war sie keine Mrs., aber es ging nicht, sie als Miss *und* seinen Gast vorzustellen. Es war nur eine Frage der Zeit, ehe jemand schlussfolgerte – wenn das nicht bereits geschehen war –, dass sie eine Halbweltdame war, und somit eine Person, die in einem Salon auf Benfield normalerweise nicht akzeptiert wurde. Dabei musste er ihnen nicht noch behilflich sein.

Miss Mathison sank in einen respektablen Knicks, doch ihr Blick strahlte, als sie zu Saxton aufsah. Denn sie kannte ihn bereits. Ob körperlich oder anderweitig, darüber wollte Ambrose nicht spekulieren.

Zur Ehre von Saxtons Frau musste gesagt werden, dass sie sofort herüberkam und ebenfalls vorgestellt wurde. Dann tat Saxtons Schwester, Lady Miranda Foxcroft dasselbe. Andere – hauptsächlich Männer – folgten, während die Frauen, Miss Mathison mit einer Mischung aus Feindseligkeit (ja, sie hatten sie schon durchschaut) und Neugier betrachteten, da sie große Ähnlichkeit mit Philippa aufwies. Plötzlich war sich Ambrose der potenziellen Gefahr bewusst, die mit seiner beinahe Deklaration verbunden war, dass seine mysteriöse Frau *tatsächlich* wie Philippa aussah.

Vergliche man sie nebeneinander, würde man bemerken, dass Miss Mathison etwas größer als Philippa war und ihr Haar fast denselben Farbton aufweist. In ihrer Figur waren sie sich ähnlich, vorausgesetzt, niemand starrte auf Miss Mathisons etwas größeren Busen. Er musste aufpassen, dass seine geborgte Kurtisane nicht ihre Zähne zeigte, wenn sie lächelte, da sie nicht annähernd so gerade wie Philippas waren. Er hatte keine Ahnung, ob irgendjemandem diese winzige Einzelheit auffallen würde, doch er wollte die Sache nicht mit etwas so Vermeidbarem wie der Zurschaustellung ihrer schiefen Zähne verpatzen.

Finchley kam mit einem schlauen Grinsen direkt auf sie zu. Er zog Ambrose von Miss Mathison fort und flüsterte: »Dies ist also Ihre maskierte Frau?« Seine Verwendung des Wortes Frau anstatt Lady war Ambrose nicht entgangen. Dieser Flegel.

»Ja«, antwortete Ambrose ruhig, wenngleich er sich danach sehnte, seine zerschundenen Hände weiter zu malträtieren, indem er Finchley in den Teppich hämmerte.

Finchleys Blick auf Miss Mathison war gründlich und

verweilend. »Und ich war so sicher, sie sei … unwichtig. Ich gehe davon aus, dass beantwortet die Frage dann.«

Er besaß die Stirn, enttäuscht dreinzublicken. Was hatte er sagen wollen? Er sei sich sicher, dass Philippa seine mysteriöse Frau gewesen sei? Das, wovor Saxton ihn gewarnt hatte, was passieren würde, war in der Tat der Grund, warum er Miss Mathison nach Benfield gebracht hatte. Dass Finlay enttäuscht war, weil er der Perversion, eine junge Dame zu ruinieren, den Vorzug gab, bestärkte Ambrose nur in seinem Wunsch, ihn verprügeln zu wollen.

Er bewegte seine Hände und versuchte dabei, die Spannung in seiner Muskulatur abzubauen.

Offenbar hatte Finchleys Erklärung die Sache beigelegt, da er nun von einem Schwarm Männer umringt war, die ihn mit Komplimenten und Fragen bombardierten. »Ausgezeichnete Fußtechnik.« »Ein toller Aufwärtshaken.« »Besteht eine Chance, dass Sie später Unterricht geben würden?«

Himmel nein. Sobald er seine widerliche Pflicht hier erfüllt hätte, würde er wie der Wind aus der feinen Gesellschaft verschwinden und in die Wärme und Vertrautheit seines Lebens im Black Horse zurückkehren. Einen Abend. Er konnte einen Abend von diesem Unsinn ertragen.

Für Philippa.

Er hatte sie im Salon nicht gesehen, doch nun sah er sich nach ihrem dunklen Haar und ihrer eleganten Gestalt um. Sie war eindeutig nicht hier.

Das war auch gut so. Er hatte gehofft, ihre Interaktion auf ein Minimum zu beschränken. Durfte er gar hoffen, dass er entkommen könnte, ohne sie überhaupt sehen zu müssen?

Während die Männer ihn umschwärmten, wurde er von Miss Mathison getrennt. Nach einem schnellen Blick durch den Raum fand er sie noch immer mit gedankenverlorener Miene neben der Tür stehen. Während er mit ungewollter Aufmerksamkeit überhäuft wurde, war sie vollkommen allein. Ignoriert. Offensichtlich war sie nicht daran gewöhnt, von Männern ignoriert zu werden.

Doch dann trat Lady Saxton zu ihr und führte sie aus dem Raum. Sie hatte ihren Zweck erfüllt. Hoffnung stieg in seiner Brust auf. Hieß das etwa, dass sie gehen konnten? Ambrose sah sich suchend nach Saxton um. Sein Freund stand bei den Fenstern.

Ambrose murmelte ein paar entschuldigende Worte und verließ seinen Kreis aus Bewunderern. Er heftete einen durchdringenden Blick auf Saxton, der diesem zu verstehen gab, dass sie sich in der Ecke treffen würden.

»Ja?«, fragte Saxton gedehnt.

»Schaff mich hier raus. Deine Frau hat Miss Mathison gerettet, und jetzt bist du dran, mich zu retten.«

»Geh hier zur Tür hinaus.« Er warf einen Blick zur Terrassentür. »Wenn du willst, kannst du einen Ausritt unternehmen.«

Ambrose sah ihn finster an. Der Mistkerl wusste, dass er nicht ritt. Nicht mehr.

Er wandte sich nach links, überquerte die Terrasse und schritt die Steinstufen in den Garten hinab, als ob der Satan hinter ihm her wäre. Himmel, vermutlich war der Satan immer hinter ihm her, angesichts der Dinge, die er getan hatte.

Ohne besondere Absichten ging er auf den Stall zu. Dennoch konnte er die Blicke der Zuschauer buchstäblich spüren, die ihn beobachteten. Ein rascher Blick über die Schulter bestätigte seinen Verdacht.

Dann eben zu den Stallungen. Hier wäre er zumindest vor neugierigen Augen sicher.

Er schritt in das kühle Dämmerlicht und nickte einem Stallburschen im Vorbeigehen zu. Wenn er sich hier draußen nur bis morgen verstecken könnte. Bis alle nach London zurückgekehrt wären. Solange, bis Philippa nach London zurückgekehrt wäre. Er zog es wirklich vor, sie nicht zu sehen. Wie oft noch würde er es schaffen, die Hände bei sich zu behalten?

Trotz seiner Kampfverletzungen, hatte ihre Anwesenheit neulich Abend neben seinem Bett beinahe gereicht, ihn um den Verstand zu bringen. Über diese gefährliche Schneide, wo die Leugnung auf Schwäche stößt. Wo die Lust sich über Bedauern und Selbsterniedrigung hinwegsetzt. Eine Stelle, die er nicht aufzusuchen wagte.

Seine egoistischen Impulse hatten eine Frau ruiniert und seinen Bruder das Leben gekostet – er würde Philippa nicht auch noch von ihnen zerstören lassen.

Er näherte sich dem Ende der langen Stallgasse zwischen den Boxen. Dieser Teil des Gebäudes war dankenswerterweise frei von Tieren. Zu seiner Linken fand sich die geöffnete Tür zu einer Sattelkammer. Vielleicht könnte er die Nacht auf einer Satteldecke hier verbringen. Es war so herrlich abgelegen. Still. Perfekt.

Er trat durch die offenstehende Tür und blieb wie angewurzelt stehen. An der entfernten Wand stand Philippa. Sie stand genau gesagt nicht dort, sondern kippelte auf einem altersschwachen Schemel.

Ambrose durchmaß den kleinen Raum mit vier raschen Schritten. »Was um alles in der Welt tun Sie hier?« Er packte sie um die Taille und schwang sie auf den Boden.

»Oh!«, keuchte sie. Als ihre Blicke sich trafen, wurden ihre Augen ganz groß. »Ich war, ach, ich habe versucht, dieses Zaumzeug von dem Haken dort oben zu nehmen. Die Stallknechte waren alle beschäftigt und ich dachte ...« Ihre Stimme erstarb.

Er würde ihr das verdammte Zaumzeug holen. Oder das hatte er zumindest vor. Wirklich. Er wollte ihre Taille loslassen und aufhören, in diese fesselnden honigfarbenen Augen zu blicken, und nicht mehr an die Art und Weise zu denken, wie ihr Duft nach Flieder und Honig ihn über die Maße quälte.

Er tat jedoch nichts davon.

Er stand an diesem Grat und blickte über die Kluft hinweg, wo es keine Vernunft gab. Keine Disziplin. Keinen Platz für irgendetwas anderes als seine allerprimitivsten Bedürfnisse. Der Ort, an den das Kämpfen ihn beförderte. Und da das Kämpfen derzeit außer Frage stand, nahm er mit dem Nächsten vorlieb, was er greifbar hatte: Philippa. Er spannte den Griff um ihre Taille an.

Sie stand auf ihren Zehenspitzen und berührte seine lädierte Wange. »Tut es noch weh?«

Das Streicheln ihrer Hand und die Besorgnis in ihrem Blick brachten ihn vollkommen um seine Beherrschung.

»Philippa«, murmelte er und drehte dabei das Gesicht so, dass ihre Handfläche an seiner Haut ruhte. »Sie sollten gehen.«

Sie schmiegte die andere Hand an seine andere Wange und blickte ihm in die Augen. »Das sollte ich wirklich.«

Doch sie ging nicht und mehr als das brauchte sein darbender Körper nicht als Einladung.

Er küsste sie.

Ihre Lippen waren weich wie Balsam, als sie sich sanft über seinen aufgesprungenen Mund bewegten. Sie streifte ihn einmal. Zweimal. Ein drittes Mal, und ihr Mund verharrte auf seinen Lippen, während ihr Atem sich neckend in seinen Mund drängte.

Er spannte den Griff um ihre Taille an, während sein Inneres vor kaum gezügelter Leidenschaft tobte.

Dann senkte sie sich herab und ließ die Hände sinken. Er ließ sie nicht los und sie befreite sich nicht. Sie runzelte die Stirn. »Ich hatte fast vergessen, wie schön es ist, Sie zu küssen. Allred hat mich gestern geküsst und ich fürchte –«

Nein. Nein. Nein. Das wollte er gar nicht wissen. Er

konnte sich einfach nicht vorstellen, dass ein anderer Mann die Frau berührte, die er so sehr begehrte. Mit einem Stöhnen zog er sie wieder an sich und nahm ihren Mund mit geöffneten Lippen in Besitz.

Wieder hob sie die Hände und schlang sie wild entschlossen, besitzergreifend um seinen Nacken. Sie zog ihn fest an sich, als sie sich erhob und sich mit der Brust an seine presste. Sie war Perfektion und Marter in einer unwiderstehlichen Frau vereint. Sein Körper glühte von einem Verlangen, das er fünf lange Jahre ignoriert hatte. Nein, das stimmte nicht. Er war nicht sicher, ob er überhaupt je ein Verlangen wie dieses verspürt hatte. Es war kein Vergleich mit Lettice, einer Frau, die er begehrt und genommen hatte. Philippa war wie die fundamentalsten Erfordernisse des Lebens – wie Luft oder Wasser. Seine Seele verzehrte sich danach, sie zu besitzen.

Ihr Kuss war unschuldig und ausgehungert, süß und heiß. Ihre Zunge tanzte mit seiner und sie winkelte den Kopf an, um tiefer zu dringen und mehr zu schmecken. Er hielt sie enger an sich und sich selbst im Rausch verlierend antwortete er ihrem bittenden Mund.

Sie presste ihm ihre Hüften entgegen, bis er durch all die Schichten seiner Kleidung ihre Wärme deutlich spüren konnte. Verdammt, es war zu viel Kleidung. Durch all diese frustrierenden Lagen legte er die Hand um ihr Gesäß und schmiegte die andere um ihre Brust, wobei er mit der Handfläche über die üppige Rundung glitt.

Er schmeckte ihre Antwort, als sie an seinen Lippen zu schmelzen schien. Sie drängte sich in seine Hand und nur das hatte er gebraucht. Zart strich er mit dem Daumen über ihre Brustwarze. Sofort richtete sie sich unter ihrem Mieder auf.

Es war noch immer viel zu viel Kleidung.

Mit fiebernden, tastenden Fingern knöpfte er ihre Reitjacke auf. Sie schob ihm seinen Frack von den Schultern und verflocht ihre Finger in seiner Krawatte, ehe sie voller Ungeduld ungeschickt an dem Stoff zog.

Ihre Bluse hatte Knöpfe am Kragen und er zog wie wild daran. Einer sprang ab und landete auf dem Holzboden. Er brach ihren Kuss ab, um die samtige Haut zu betrachten, die er enthüllt hatte. Ihre Brust hob und senkte sich im Rhythmus ihrer tiefen Atemzüge. Er umfasste beide Brüste und ohne die Jacke war er ihrer sinnlichen Haut einen Schritt näher. Doch die Bluse war noch immer ein Hindernis. Er zog den Kragen herab, aber es reichte nicht, um sie zu entblößen. Ohne sich um die Konsequenzen zu scheren, riss er an dem Stoff, bis er über ihre Brüste hinaus aufklaffte.

Sie keuchte auf und er schluckte das Geräusch mit einem Kuss. Dann zog sie die Enden seiner Krawatte auf und benutzte sie, um ihn näher an sich zu ziehen. Er behielt die Hände zwischen ihnen und liebkoste ihre weichen Brüste. Sie stöhnte in seinen Mund.

Es drängte ihn nach mehr.

Er machte sich an ihrem Korsett zu schaffen, bis er es weit genug gelockert hatte, dass ihre Brüste frei kamen und sich über die Kante aus Spitze hoben. Zaudernd zog er sich von ihrem Mund zurück, doch er wollte sie unbedingt betrachten und schmecken.

Sie legte den Kopf in den Nacken und bot ihm ihren bloßen Hals dar, der ihm ein Pfad zu ihren herrlichen Brüsten mit ihren dunkelrosa Spitzen war, die sich vor Erregung zu festen Knospen zusammengezogen hatten.

Gleichwohl sein Hunger ihn trieb, sie zu verschlingen, ermahnte er sich, sanft vorzugehen. Sie hatte es verdient, verehrt zu werden. Angebetet. Er fuhr mit den Daumen über ihre beiden Brustwarzen. Ein leises Stöhnen drang über ihre vom Küssen feuchten Lippen. Sein Mund wurde trocken, als er den Kopf senkte und mit der Zunge über ihr heißes, schmiegsames Fleisch fuhr.

Er zupfte vorsichtig an einer Brustwarze, während er die Lippen um die andere schloss und daran saugte. Ihr bebten die Beine und sie erschlaffte. Er schob ihr eine Hand in den Rücken, um sie zu stützen, als er an ihr leckte und saugte. Sein Schaft tobte und erinnerte ihn daran, wie lange er ohne Frau gewesen war. Wie lange er ohne *diese* Frau gewesen war – seit einer Ewigkeit.

»Philippa?« Der Ruf kam von der Stallgasse.

Verdammt.

»Philippa?«

Himmel, die Tür war noch immer geöffnet. Ambrose riss sich von ihr los und packte sie an den Schultern. »Es kommt jemand«, flüsterte er.

»Philippa?«, war die fragende Stimme erneut zu hören.

Sie machte große Augen. »Allred. Er muss erfahren haben, dass ich im Stall bin.«

Verdammt. Verdammt. Verdammt.

Er stürzte los, um die Tür zu schließen, nicht dass es helfen würde. Allred war auf der Suche nach ihr und genau hier war sie.

Sie hantierte mit ihrem Korsett, als sie ihre Brüste wieder darin zurückschob. Mit zittrigen Fingern zog sie an den Schleifen und versuchte, sie zu binden. Er stieß ihre Hände beiseite und nahm sich der Aufgabe an, doch vor der Tür waren Schritte zu hören.

Mit einem Blick auf ihre geröteten Wangen, ihre rosigen, geschwollenen Lippen und den schweren Lidern über ihren Augen, wusste er, dass sich ein Skandal dieses Mal nicht vermeiden ließ. Die traurige Ironie, ein zweites Mal *in flagranti* erwischt zu werden, entging ihm nicht. Tatsächlich zermalmte dies den Rest seiner noch verbliebenen Seele.

Auf das Klopfen an der Tür folgte das Knarren der alten Scharniere.

Ambrose schloss die Augen und machte sich nicht einmal die Mühe, seine Kleidung in Ordnung zu bringen.

»Philippa?« Die Stimme kam von der Tür. »Lieber Gott, Sevrin, was tun Sie hier mit meiner Verlobten?«

Verlobten? *Hurensohn.* Er hatte es wieder getan. Er hatte die Verlobte eines anderen Mannes verführt und noch nicht einmal den Anstand besessen, zu verhüten, dabei erwischt zu werden.

⁓

*P*hilippa schob die Arme in ihre Jacke und mit der Absicht, ihre ruinierte Bluse zu verbergen, zog sie das Kleidungsstück fest um sich. Langsam hob sie vorsichtig den Blick zu dem vor Entrüstung aus der Fassung geratenen Allred. Blinzelnd beschwor sie Stärke in ihre Beine, die sich plötzlich wacklig wie Pudding anfühlten.

Von all den hirnlosen, rücksichtslosen Dingen, die sie tun könnte! Doch in dem Moment, in dem sie sich zu Ambrose umgedreht hatte und ihn erblickte, war sie verloren gewesen. Ihre Verlobung mit Allred, die sich bereits falsch angefühlt hatte, war unmöglich geworden. Sie konnte einen Mann nicht heiraten, wenn sie einen anderen begehrte. Und Allred hatte nicht verdient, so behandelt zu werden wie ihr Vater ihre Mutter behandelte.

Sie mobilisierte einen Mut, den sie nicht verspürte und straffte die Schultern, um Allred entgegenzutreten. »Es tut mir so leid. Ich hatte vorgehabt, Ihnen zu sagen, dass wir überhaupt nicht zusammenpassen. Bevor die Verlobung bekannt gegeben würde. Sie haben etwas Besseres als dies verdient.« Wie banal und unzureichend das klang.

»Sie haben verdammt recht. Das tue ich.« Allreds haselnussbraune Augen wurden eisig. »Ich dachte, Sie seien eine untadelige junge Frau. Wie abstoßend, zu entdecken, dass Sie nichts anderes als eine Dirne sind.«

Ambroses Blick wurde finster. »Es besteht keine Veranlassung, sie zu beleidigen.«

Allred schnaubte. »*Ich* habe sie beleidigt? Sie sind derjenige, der hier allein mit ihr in der Sattelkammer ist, und aussehen, wie … *dies.*«

Philippa zuckte zusammen.

Die Haut um Ambroses Lippen war blass geworden. »Allred, ich verstehe Ihren Zorn. Sie haben jedes Recht dazu. Aber denken Sie an Philippa. Sie hat sie nicht öffentlich in Verlegenheit gebracht. Niemand muss davon wissen.«

»Sie haben recht. Es besteht keine Veranlassung für mich, Ihre Übertretungen zu meinem Problem zu machen.« Allred starrte sie an und krauste die Lippen. Er sah so anders aus als der charmante Gentleman, der ihr in den letzten beiden Wochen den Hof gemacht hatte. »Warum haben Sie meinem Antrag zugestimmt, wenn Sie stattdessen diesen Halunken wollen?«

Sie nahm an, ihm eine Erklärung zu schulden, doch es fiel ihr schwer, die richtigen Worte zu finden. »Es schien angemessen für Sie und mich, uns zu vermählen, aber ich liebe Sie nicht. Und ich denke, Sie lieben mich auch nicht.«

Allreds Blick wurde herablassend. »Liebe ist keine Voraussetzung für die Ehe.« Er bedachte Ambrose mit einem gequälten Blick. »Ich denke, Sie haben mir einen Gang zum Altar erspart, den ich bedauert hätte.«

Philippa starrte ihn ungläubig an. Nie hätte sie gedacht, dass er so kalt sein könnte, aber sie hätte auch nie für möglich gehalten, dass sie das tun würde, was sie gerade mit Ambrose getan hatte. Sie hatte kein Recht, über Allred oder seine Reaktion zu urteilen.

Ambrose trat näher an Allred heran und sein Blick wurde

schmal. »Sie hat sich entschuldigt, und da Ihre Verlobung nicht formell bekannt war, können Sie einfach davongehen.«

Allred ballte die Hände zu Fäusten, und einen angespannten Augenblick lang fragte Philippa sich, was er wohl unternehmen würde. Doch dann entkrampfte er sich, da er sich wahrscheinlich auf Ambroses Status als erstklassiger Kämpfer besann. Allred wandte sich an Philippa. »Ich werde trotz Ihrer *Ausschweifungen* zuvorkommend sein.« Er verlieh dem Wort die Schärfe eines geschliffenen Messers, das Schmerz zufügen sollte. »Sollte jemand fragen, werde ich leugnen, Ihnen jemals einen Antrag gemacht zu haben.«

Gleichwohl sie über seine verletzenden Worte entsetzt war, so war sein Versprechen, den Vorfall geheim zu halten, dennoch mehr, als sie verdient hatte. »Ich danke Ihnen.«

Draußen auf dem Holzboden vor der Tür waren Schritte zu hören. »Allred, wo bist du hin? Ach, da bist du ja.« Finchley tauchte hinter ihm auf. »Was, oho? Wen hast du denn hier gefunden?« Er riss die Augen auf, als er sich im Inneren der Sattelkammer umschaute. Dann schlug er sich mit der Hand auf den Oberschenkel. »Ich hatte recht!«, krähte er so laut, dass es auf ganz Benfield zu hören war.

Philippa wäre am liebsten vor Scham vergangen und durch die Ritzen der Fußbodendielen gesickert. Sie drehte den Rücken zur Tür. Aus den Augenwinkeln nahm sie wahr, wie Ambrose die Fäuste ballte und sich die Muskeln seiner Arme anspannten.

»Finchley, verschwinden Sie von hier.« Ambroses Tonfall war leise und bedrohlich.

Philippa lenkte den Blick über ihre Schulter, um zu verfolgen, was als Nächstes geschah. Sie fürchtete, dass Ambrose auf Finchley losgehen könnte.

Finchley boxte Allred an die Schulter. »Ich wusste, dass sie Sevrins geheimnisvolle Frau war. Nachdem ich die maskierte Frau gestern Abend beim Preiskampf gesehen und erfahren hatte, dass Lady Philippa ›unpässlich‹ war, kombinierte ich, dass nur sie es sein konnte. Die Größe stimmt und auch die Figur.« Sein Blick verharrte auf ihrem Gesäß. Philippa wurde übel.

Allred stand der Mund offen. »Philippa, waren Sie das bei dem Preiskampf?«

Sie drehte sich ein Stück weit um. »Ich –«

»Und in Lockwood House?«

Es gab für beide Ereignisse schlüssige Erklärungen, doch wie stand es mit heute? Die Scham schnürte ihr die Kehle zu.

»Hören Sie auf«, knurrte Ambrose.

Finchley schritt um Allred herum. »Ich denke, sie ist ihm die Wahrheit schuldig. Warum die kleine Schlampe versucht hat, ihn in die Falle zu locken –«

Ambrose verpasste Finchley einen Kinnhaken und einen weiteren Hieb auf das Auge. Finchley schlug brüllend gegen den Türpfosten.

Philippa schlug sich die Hand über den aufklaffenden Mund.

»Autsch, mein Auge!« Er presste seine Handfläche auf sein Auge und schnitt eine Grimasse. Er fragte an Allred gewandt: »Blute ich?«

»Noch nicht«, antwortete Ambrose. Er war noch nicht zurückgewichen und hielt die Fäuste noch immer angriffsbereit erhoben. Seine Weste spannte sich eng über seinen Rücken. Das Gesicht war gerötet und seine Augen funkelten finster.

Philippa erschauderte.

Finchley starrte noch einen Augenblick zu Ambrose auf, um dann auf dem Absatz kehrtzumachen und praktisch aus der Sattelkammer zu rennen.

Ambrose ließ die Fäuste sinken, doch seine Haltung blieb angespannt und der Blick grimmig.

»Sie haben nicht vor, mich auch zu schlagen?«, fragte Allred argwöhnisch.

»Sie haben nicht vor, sie erneut zu beleidigen?« Ambroses Tonfall war scharf, gefährlich.

Allreds Gesichtszüge verhärteten sich. »Als Sie mich baten, ihren Ruf zu schonen, haben Sie mir da gedroht?«

»Nein, ich habe Sie um einen Gefallen gebeten. Finchley hat um meine Faust gebettelt, seit er diese Wette ins Leben gerufen hatte und sie verfolgte wie ein Hengst, der hinter einer Stute her ist.«

Allred blickte von Ambrose zu Philippa. »Genauso wie Sie beide sich gegenseitig angeschmachtet haben.« Seine Augen leuchteten auf und schockiert sah er Philippa an. »*Wollten* Sie mich in eine Heiratsfalle locken? Weil er Sie nicht heiraten will?« Sein Gesicht wurde blass. »Gott, sind Sie etwa mit seinem Bastard schwanger?«

Philippa schüttelte heftig den Kopf. »Nein, nein, *nein*. Zwischen uns ist nichts. Zumindest nichts über das hinaus, was hier passiert ist. Was ein Fehler war. Ein schrecklicher, unachtsamer Fehler.« Sie lenkte den Blick zu Ambrose. Sein Gesicht war hart und stoisch. Seine Augen waren auf Allred gerichtet.

Allred straffte sein Rückgrat. »Ich habe keinen Anlass, Ihnen zu glauben, jedoch bin ich Gentleman genug, um die Sache auf sich beruhen zu lassen. Erwarten Sie von Finchley nicht das Gleiche.« Dann wandte er sich ab und verließ die Sattelkammer.

Philippa verfolgte seinen Rückzug und presste sich die Hand vor den Mund, damit ihr nicht ein Schluchzen entwich. Er war nicht gerade galant gewesen, doch was hatte sie erwartet? Sie hatte ihm ein schreckliches Unrecht angetan. Und wofür? Einige wenige Minuten Glückseligkeit?

Nein, es war mehr als das gewesen. Sie empfand für Ambrose ein tiefgreifendes Bedürfnis, das alles andere in ihrem Kopf lahmgelegt hatte – Anstand, Verbindlichkeit, Rücksichtnahme auf andere außer sich selbst. Es war beängstigend in seinem Umfang und auch seiner Ähnlichkeit mit ihrer Mutter.

Ambrose hob seinen Gehrock auf und zog ihn an. »Ich hätte Sie nicht küssen sollen.«

Philippa hielt im Zuknöpfen ihrer Jacke über ihrer zerrissenen Bluse inne. »Ich hätte Ihren Kuss nicht erwidern sollen.« Ihre Finger zitterten, als sie sich bemühte, jeden einzelnen Knopf durch das zugehörige Knopfloch zu schieben.

»Ich wusste nicht, dass Sie verlobt sind.«

Sie sah zu ihm auf. »Hätte es eine Rolle gespielt?«

Sein Blick war schmerzerfüllt. »Das hätte es für mich.«

Sie starrte ihn einen Moment lang an, ihr Herz pochte angesichts der dunklen Gefühle in seinen Augen. Er wandte sich ab.

Mit zitternden Händen schloss sie den letzten Knopf und zog die oberen Ränder ihrer Bluse zusammen, um Sorge dafür zu tragen, dass sie so gut wie möglich bedeckt war. »Er hat mich erst gestern gefragt, und ich hatte ein ungutes Gefühl dabei. Dann habe ich Sie hier gesehen und mir war klar geworden, ihn nicht heiraten zu können. Das jedoch entschuldigt nicht, was ich getan habe.«

»Was *wir* getan haben. Sie sind damit nicht allein.« Seine Worte spendeten ihr ein wenig Trost. »Ich werde Sie heiraten.«

Sie zuckte mit dem Blick zu ihm. Wollte sie das wirklich? Wollte er das wirklich? »Ich weiß, dass Sie nicht heiraten wollen, doch warum wollen Sie das nicht?« Sie wandte sich ihm in der Hoffnung zu, dass er ihr ausnahmsweise eine direkte Antwort geben würde. »Ihr seid ein Viscount. Ihr solltet einen Erben zeugen.«

Ihre Worte riefen keine Reaktion hervor. »Was ich tun

sollte, deckt sich häufig nicht mit dem, was ich zu tun
beschließe. Und das ist nur einer der zahlreichen Gründe,
warum Ihr mich wohl nicht heiraten solltet. Ich würde einen
schrecklichen Ehemann abgeben. Ich bin rücksichtslos,
egoistisch und habe nicht die geringste Ahnung von Liebe.
Obendrein will ich das auch nicht lernen. Sie verdienen
etwas Besseres als das.«

»Sie sind weder egoistisch noch rücksichtslos. Nie hätten
Sie in Lockwood House versucht, meinen Ruf zu retten –
oder mein Leben –, wenn Sie etwas davon wären.«

Er zog eine Augenbraue hoch. »Ist Ihnen entfallen, dass
ich die Verlobte meines Bruders verführt habe? Oder dass
ich gerade für Ihren öffentlichen Ruin gesorgt habe?«

»Wir haben uns hinreißen lassen.« Eine klägliche
Ausrede. Sie hatten sich beide egoistisch benommen.

Seine Lippen flachten sich zu einem grimmigen Strich ab.
»Meine Taten sind unverzeihlich.« Er lehnte sich gegen die
Wand und verschränkte die Arme. »Aber wenn Sie möchten,
dass ich Sie heirate, werde ich das tun.«

Auch das war nicht der Antrag, von dem sie geträumt
hatte.

Sie verzehrte sich nach ihm – zumindest in körperlichem Sinne, aber was war mit ihrer emotionalen Seite? Ob
sie ihn nun liebte oder nicht, hatte er gerade behauptet, sie
nicht lieben zu können und es auch gar nicht erst versuchen zu wollen. Dem Skandal, der ihr bevorstand, zum
Trotz, war sie nicht gewillt, eine unglückliche Ehe zu
riskieren.

Saxton polterte in die Sattelkammer und warf Ambrose
einen wütenden Blick zu. »Was zum Teufel hast du getan?«

»Ach, Saxton«, meinte Ambrose mit trügerisch heiterer
Stimme. »Würdest du bitte eine Kutsche bereit machen
lassen, die Philippa zurück nach London bringt? Sie wird
nicht zum Fest zurückkehren.«

Noch immer bemühte er sich, sie zu beschützen. Und dafür war sie dankbar. Sie könnte jetzt niemanden sehen.

»Zuerst berichtest du, was passiert ist«, forderte Saxton.

Ambrose bedachte Saxton mit einem gleichsam einschüchternden Blick. »Philippa muss abreisen. Lass ihre Sachen später nachschicken. Schaffe sie jetzt hier raus.«

Endlich blickte Saxton sie an. Er schürzte die Lippen und schüttelte den Kopf. Wie sein Mitleid brannte. Sie war zu *diesem armen Mädchen* geworden. Er richtete seinen eisigen Blick wieder auf Ambrose. »Du wirst das in Ordnung bringen. Davon gehe ich aus.«

Ambrose warf ihr einen fragenden Blick zu. »Das habe ich angeboten.«

Wäre Ambroses Antrag doch nur auf Liebe oder Zuneigung begründet und nicht auf Pflichtgefühl. Aus diesem Grund würde sie ihn nicht heiraten. Sie warf Saxton einen strengen Blick zu. »Ich glaube nicht, dass wir zusammenpassen.«

Ambroses Augen weiteten sich kurz vor Erstaunen. Dann blickte er auf den Boden, während sich seine Mundwinkel nach oben bogen. Das halbe Lächeln war kein belustigtes, sondern eines der Selbstverachtung.

Saxton sah sie mit erschrockenen Augen an. »Seien Sie nicht töricht, Philippa.«

Mit gerecktem Kinn versuchte sie, ihrem Blick die gleiche Frostigkeit zu verleihen wie Saxton. »War ich töricht, als ich vergangenen Herbst zustimmte, die Ankündigung unserer Heirat als Irrtum zu deklarieren?« Saxton zuckte zusammen und sie lächelte fast. »Nein. Ich habe es getan, weil ich Sie nicht hatte heiraten wollen. Ich habe Sie nicht geliebt und Sie haben mich nicht geliebt. Das Gleiche gilt für Sevrin.« Ihre Brust fühlte sich schwer an und ihre Augen brannten. Unglücklicherweise war diese Situation nicht dieselbe. Sie hatte sich in Ambrose verliebt. Sie schob ihre

Gefühle beiseite. »Der Vorfall hier war bedauerlich – und vergessenswert. Saxton, holen Sie mir eine Kutsche, denn ich möchte Sevrins Gegenwart so rasch wie möglich entkommen.«

Hocherhobenen Hauptes und ohne Ambrose anzublicken, drehte sie sich um und schritt aus dem Raum – und sie blieb nicht eher stehen, bis sie das andere Ende des Stalles erreicht hatte.

Vage nahm sie zur Kenntnis, wie die Pferdepfleger eiligst eine Kutsche bereit machten. In der Zwischenzeit verharrte sie im Schatten und blickte nicht in Richtung des Hauses. Sie stellte sich vor, wie sich die Leute auf die Terrasse drängten, um einen Blick auf die ruinierte Debütantin zu erhaschen. *Das arme Mädchen.*

Nun, da sie allein war, ließ sie die Rückkehr ihrer Gefühle wieder zu. Ihr Leib zitterte, und unvergossene Tränen juckten in ihrer Kehle. Ihr Kopf begann zu hämmern, und heiß überkam es ihre Wangen. Sie würde nicht weinen. Nicht jetzt. Noch nicht.

Für Tränen würde später noch Zeit sein. Ein Leben lang.

KAPITEL 16

*E*ine Woche und nahezu dreihundert Meilen hatten Ambroses Bedauern nicht abgeschwächt. Bedauern sowohl über Philippas Niedergang als auch darüber, dass sie unterbrochen worden waren. Wenn er nicht gerade darüber nachgrübelte, wie er sie in der Sattelkammer hätte lieben können, versuchte er, sich auf das Kämpfen zu konzentrieren. Unglücklicherweise vermochte die Gewalt ihn zum ersten Mal seit fünf Jahren nicht von seiner Lust abzulenken.

Ein verblüffendes Problem, da er sich jetzt in Beckwith wiederfand, genau dort, wo diese Lust *seinen* Niedergang verursacht hatte.

Er blickte auf seinen schlafenden Mitfahrer, Thomas Ackley. Er sollte ihn wecken, doch Ambrose brauchte ein paar Minuten für sich allein, als sie das Torhaus von Beckwith passierten.

Die Kutsche rollte die Auffahrt seiner jahrhundertealten, umgebauten Burg hinauf. Einst, vor sehr langer Zeit, war es eine beindruckende Festung mit Blick über die Bucht gewesen, die Cornwall vor Eindringlingen beschützt hatte, die über das Meer kamen. Jetzt war es eine Ansammlung ruinierter und dem Zerfall preisgegebener Gebäude, einschließlich des Herrenhauses, das während des sechzehnten Jahrhunderts an der Nordwand zu einem Wohngebäude umgebaut worden war.

Ihr Vater hatte ein neues Herrenhaus bauen wollen, doch der Besitz war nicht profitabel genug gewesen, um solch ein Projekt anzugehen. Ambrose hatte das nicht akzeptiert. Warum konnten sie es nicht profitabel machen? Er war von Oxford mit Plänen zurückgekehrt, ihre Schafherde zu vergrößern und somit ihre Wollproduktion. Er hatte auch gute Arbeit geleistet, doch leider hatte ihr Vater nicht lange genug gelebt, um es zu erleben. Er war gestorben, während Ambrose noch auf der Schule war. Nigel – der neue Viscount – hatte allerdings danebengestanden und zugesehen, während Ambrose den Besitz im Alleingang umkrempelte.

Im Alleingang.

Warum hatte er nie um Nigels Meinung gebeten? Warum war er so begierig gewesen, alles selbst zu machen? Weil sein Vater – den Ambrose bewundert hatte – ihn stets ermuntert hatte. »Ambrose, du bist die Zukunft von Beckwith.« Er war sogar so weit gegangen, um zu sagen: »Du hättest der Erbe sein sollen. Wenn nur das Fieber, das deine Mutter genommen hat …« Er hatte den Rest nicht ausgesprochen, aber die Bedeutung war klar gewesen. Wenn das Fieber Nigel genommen hätte, wäre ihm seine kränkliche, unglückliche Existenz erspart geblieben.

Doch nicht einmal das war ganz richtig. Nigel war krank gewesen, aber nicht unglücklich. Er war auf Beckwith reichlich unnütz gewesen, doch als ihr Vater starb, hatte er seinen Platz im House of Lords mit Begeisterung eingenommen. Nicht, dass Ambrose dies gekümmert hätte – er war glücklich über Nigels Umsiedlung nach London, da er nun die volle Kontrolle auf Beckwith innehatte. Genauso, wie Ambrose das immer erwartet hatte.

Bis Nigel mit einer neuen Idee zurückkehrte – dass er Beckwith leiten würde. Zur Überraschung aller brachte er auch eine Verlobte mit, die überaus kokette Tochter eines Händlers, Lettice Chandler. Über den plötzlichen Wunsch seines Bruders verärgert, ihn aus seiner vorrangigen Stellung zu verdrängen, hatte Ambrose die Avancen erwidert, die Lettice ihm machte. Nigel hatte sich Ambroses Geburtsrecht bemächtigt - oder zumindest das, was er dafür gehalten hatte – und Ambrose hatte selbstsüchtig nach Rache gedürstet.

Da Lettice auf Beckwith wohnte, war ihre Affäre mühelos durchzuführen. Und sie war keine unerfahrene Jungfrau mehr. Tatsächlich hatte sie ihn höchstselbst zu den meisten Stätten gelockt, an denen sie Geschlechtsverkehr hatten, was oft genug in Hörweite der Dienerschaft gewesen war. Als ihre Annäherungen kühner wurden – und sie Ambrose zu lange an der Dinnertafel berührte, ihm unverhohlen bewundernde Blicke zuwarf und ihn auf seinen nachmittäglichen Ausritten begleitete –, schöpfte Nigel Verdacht. Ambrose wusste, dass die Affäre ein Ende finden musste, und in der Tat war er des Spiels müde geworden. Doch er hatte es noch ein letztes Mal genossen und Nigel hatte dafür bezahlt.

An einem Nachmittag planten Ambrose und Lettice, zu einem ihrer Lieblingsplätze auszureiten, einem leerstehenden Häuschen am Rande des Beckwith Anwesens. Als sie das Haus verließen, hatte Nigel sie auf ihrem Weg über den Hof zu den Stallungen beobachtet. Von einem unguten Gefühl getrieben, hatte Ambrose Lettice vorgeschlagen, sie solle auf Beckwith bleiben, doch sie hatte ihm geschmeichelt und ihm einen sündhaft dekadenten Nachmittag versprochen. Sie hatte ihn überzeugt, dass Nigel nichts wüsste, und selbst wenn, warum sollte ihn das kümmern? Anders als Ambrose hatte er nicht das leiseste Interesse gezeigt, mit ihr zu schlafen, und das war eine Tatsache, derentwegen Lettice schmollte. Darüber hinaus war es unwahrscheinlich für

Nigel, ihnen zu folgen. Er ritt nur selten, weil er diesen Sport nicht meisterte.

Letztendlich war Ambrose nicht imstande gewesen, sie zu enttäuschen – oder seinen Schaft – und sie waren zu dem Häuschen losgeritten. Von ihrer geschickten Handhabung abgelenkt, hatte Ambrose nicht gehört, wie sein Bruder zu Pferd ankam. Als sich die Tür des Häuschens öffnete und er Nigels am Boden zerstörten Gesichtsausdruck erkannte, war er sowohl innerlich als auch äußerlich geschrumpft. Er hatte die vor ihm kniende Lettice beinahe von ihrem Platz geschubst, als er seine Hose wieder anzog, ehe er seinem Bruder nach draußen folgte.

Im Rückblick war er über sein hochmütiges Benehmen entsetzter denn je. Er hatte immer getan, wie es ihm beliebte – wie Beckwith zu leiten – und Nigel hatte ihn gewähren lassen. Bis Nigel aus London zurückgekehrt war, mit der Absicht, seine Rolle als Viscount zu erfüllen, was bedeutete, dass er Ambrose die Kontrolle über den Besitz wegnahm. Darüber war er mehr als wütend. Er war außer sich. Und Lettice hatte ihm die perfekte Revanche geboten.

Gleichwohl hätte er dies wahrscheinlich nicht getan, wenn Lettice es ihm nicht so leicht gemacht hätte. Ohne seine Schuld in dieser Angelegenheit kleinreden zu wollen, aber sie abzuweisen hätte Selbstdisziplin erfordert und auch einen Willen, seine Impulse zu ignorieren, den Ambrose einfach nicht besaß. Er hatte sie gewollt. Sie hatte ihn gewollt. Nichts und niemand sonst war wichtig gewesen.

Nigels Verletztheit und Entrüstung hatten den Teil in Ambrose befriedigt, der auf die Position seines Bruders eifersüchtig war. Sein schlechtes Gewissen fand allerdings rasch einen Weg in sein Bewusstsein. Er versuchte, Nigel zu beschwichtigen, indem er ihm versicherte, dass Lettice ihm nichts bedeutete. Das hatte die Dinge nur noch verschlimmert und Nigel zu der Antwort veranlasst: »Sie bedeutet mir jedoch etwas und deshalb hast du es getan.«

Und dann passierte das Schockierendste von allen Dingen. Nigel hatte eine Pistole aus seiner Satteltasche gezogen und damit auf Ambrose gezielt. »Du glaubst, ich sei dumm. Ein schwacher Kopf, wie ich einen schwachen Körper habe. Aber ich habe die Wahrheit geahnt. Ich bin gekommen, um Genugtuung zu verlangen.«

Ambrose hatte den Kopf geschüttelt. »Ich habe keine Pistole.«

»Dann werde ich dich einfach erschießen.«

»Das würdest du nicht. Bitte hör für einen Augenblick auf, Nigel.«

Er feuerte. Ein sengender Schmerz explodierte in Ambroses Schulter und zwang ihn in die Knie. Nigel war vorgestürmt und sein Gesicht wurde immer blasser, als er erkannte, was er getan hatte. Dann war ein Schrei hinter Ambrose laut geworden. Als Nigel den Blick an Ambrose vorbeilenkte, hatten sich seine Züge in eine Maske der Verzweiflung verhärtet. Lettice hatte sich angekleidet und rannte zu Ambrose.

Ambrose konnte die Szene vor seinem inneren Auge so klar sehen, als würde sie sich gerade abspielen. Nigel hatte sich mit der Hand über die Nase gerieben – eine schmerzlich vertraute Geste, an die Ambrose sich noch aus ihrer Kindheit erinnerte – und sich umgedreht. Allerdings war er nicht zu seinem Pferd gegangen – einer braven Stute. Er war auf Ambroses Pferd, Orpheus, zugegangen, und nachdem er ungelenk aufgesessen war, war er in einem halsbrecherischen Tempo losgestürmt.

Ambrose hatte sich aufgerappelt und hinter ihm her gerufen, anzuhalten. Nigel konnte Orpheus nicht handhaben. Lettice hatte Ambrose angefleht, in das Häuschen zu kommen, damit sie seine Wunde versorgen könnte. Heiß floss ihm das Blut über die Schulter, die Brust und den Arm, doch das war ihm egal. Er war zu dem Pferd gerannt, das Lettice zuvor geritten hatte, denn es war schneller als die Stute, auf der Nigel gekommen war.

Nur mit seiner Hose bekleidet und blutbesudelt, war Ambrose seinem Bruder hinterhergejagt. Nigel hatte versucht, schnell zu reiten, doch Ambrose hatte ihn rasch eingeholt. Nigel drehte sich im Sattel zurück und schrie etwas. Er hatte den Ast nicht gesehen, der ihn von Orpheus Rücken riss. Oder den Feldstein, der ihm den Schädel brach.

Zitternd schüttelte Ambrose die Erinnerung aus seinen Gedanken und blickte auf die imposante Fassade des Herrenhauses von Beckwith. Dann stieß er Ackley an das Knie. »Wir sind da.«

Ambrose stieg aus der Kutsche. Niemand wartete auf sie in der Auffahrt, aber andererseits hatte er sein Kommen auch nicht angekündigt. Nicht seinem Verwalter, nicht seiner Haushälterin, niemandem.

Unabhängig davon öffnete sich die Tür des Hauses. Seine Haushälterin, Mrs. Oldham, eine schlanke Frau an der Schwelle zum mittleren Alter, trat vor. Ihre Morgenhaube war tadellos, die Schürze gestärkt und weiß. Sie beobachtete ihn vorsichtig, doch sie kam nicht näher.

Er war sich des Willkommens sicher gewesen, das ihn erwarten würde. Alle verabscheuten ihn für das, was er getan hatte. Nicht nur, weil Nigel gestorben war, sondern auch, weil Ambrose Lettice von Beckwith verbannt hatte, ohne einen Gedanken an ihren Ruf oder ihr Wohlergehen zu verschwenden.

Mrs. Oldham war es, die darüber am meisten enttäuscht gewesen war. Sie hatte Ambrose und Nigel ihr gesamtes Leben lang verwöhnt und behütet. Dass Ambrose ihre Familie mit seinem selbstsüchtigen Benehmen zerstört hatte, war unverzeihlich und sein Umgang mit Lettice hatte sein

Schicksal nur noch besiegelt. Mrs. Oldham hatte ihn – in aller Deutlichkeit – zum Teufel gewünscht.

Er war ein Halunke, aber er war kein Feigling. Zumindest nicht in dieser Sache. Die Schultern zurückgenommen ging er los, bis er vor der Haushälterin stand. »Guten Tag, Mrs. Oldham. Es ist gut, Sie zu sehen.«

Sie blinzelte zu ihm auf. Der Tag war hell und warm. Er hatte vergessen, wie mild es in Cornwall im Vergleich zu London war. »Master Ambrose? Ich wollte sagen, Mylord.« Sie sank in einen Knicks.

Er hatte seinen Titel kaum innegehabt, ehe er nach London gegangen war. Zwei Wochen nach Nigels Beisetzung auf dem Friedhof, war Ambrose nach London geflohen.

Ohne zu wissen, was er sagen sollte, drehte Ambrose sich um und bedeutete Ackley, heranzukommen. »Dies ist Mr. Ackley. Er wird bei uns wohnen.«

Sie blickte zu Ackley auf und sank in einen weiteren Knicks. »Mr. Ackley.« Zaudernd wandte sie den Blick wieder Ambrose zu. »Für wie lange, Mylord? Das heißt, wie lange plant Ihr, Euch hier aufzuhalten?«

Der Preiskampf fand in etwas mehr als zwei Wochen statt. »Maximal drei Wochen.«

»Ich habe die Räumlichkeiten nicht vorbereitet, doch es wird nicht lange dauern. Würdet Ihr gern auf eine Erfrischung in den Familiensalon kommen?«

»Ja, vielen Dank. Würden Sie Fisher bitte über meine Ankunft informieren?«

Sein Verwalter würde schockiert sein, ihn zu sehen. Sie korrespondierten regelmäßig. Häufig forderte Fisher Ambrose zur Rückkehr auf – zumindest für einen kurzen Besuch – doch Ambrose ignorierte diesen Teil von Fishers Briefen.

Mrs. Oldham nickte. Sie machte Anstalten, sich umzudrehen, doch dann hielt sie inne. »Es ist gut, Euch zu sehen, Mylord.« Dann verschwand sie im Haus.

Ambrose ging hinein. Die Nostalgie überfiel ihn und er verlangsamte seine Schritte. In der Eingangshalle hing ein Bildnis seiner Mutter. Wunderschön und erhaben blickte sie auf ihn herab. Er besann sich kaum auf sie, doch an dieses Portrait erinnerte er sich. Nigel, sein vier Jahre älterer Bruder, hatte ihm Geschichten von ihrer Anmut und ihrem Sinn für Humor erzählt. Sie hatte Soldaten mit ihm gespielt und ihm Geschichten aus Büchern in unterschiedlichen Stimmlagen vorgelesen. Nigel hatte ihre Tonlagen nachgeahmt und Ambrose damit oft zu einem Kicheranfall verleitet. Er konnte das Portrait nicht anschauen, ohne an Nigel zu denken.

Seine Kehle brannte und er drehte sich von dem Portrait weg, um in die große Halle zu schlendern, die als innerer Salon diente. An einem Ende befand sich die Treppe zum Obergeschoss. Hinter der großen Halle lag der Familiensalon. Dreihundert Jahre zuvor war es das Schlafgemach des Burgherren gewesen, doch nun war es ein bequem eingerichtetes Wohnzimmer, das von der Familie bei privaten Anlässen genutzt wurde. Große Fenster gingen auf die frühere Festung und die Bucht dahinter hinaus. Der Ausblick war atemberaubend. Er war erfreut zu sehen, wie gut die Gärten innerhalb der Burg gepflegt waren. Tatsächlich sah alles genauso aus, wie er es verlassen hatte.

Einschließlich des Portraits seines Vaters über dem Kamin. Es anzuschauen provozierte sogar eine noch stärkere Reaktion als das Portrait in der Halle. Wohingegen sich Ambrose an seine Mutter nur über Nigel erinnerte, hatte er eine enge und liebevolle Beziehung zu seinem Vater genossen. Eine Beziehung, die ihm nun ein Gefühl von Übelkeit verursachte. Ambrose würde der Erbe sein, hatte Vater einst gesagt, und als Junge hatte er nicht erkannt, dass Nigel sterben müsste, damit das passierte.

»Sevrin, habe ich Ihre Haushälterin von Erfrischungen sprechen hören?«

Ambrose erschrak. Er hatte Ackley ganz vergessen. »Ja. Ale oder etwas Stärkeres?«

»Was immer zur Hand ist.« Ackley kam heran, um vor den Fenstern stehen zu bleiben. »Sie sind hier aufgewachsen? Ich kann mir nicht vorstellen, warum Sie gegangen sind.«

Und Ambrose würde ihn auch nicht aufklären. Er trat zur Anrichte an der rechten Wand und fand eine Flasche Whiskey darauf. Sie sah vertraut aus. Hatte irgendjemand diese Flaschen angerührt, außer um den Staub abzuwischen?

Er entkorkte sie und schenkte ein Glas ein, das er Ackley reichte.

Ackley nahm das Getränk entgegen. »Fangen wir heute an?«

Da das Wetter mitgespielt hatte, und aufgrund der vorzüglichen Straßenverhältnisse hatte ihre Anreise nur vier Tage gedauert. Im Verlauf ihrer Fahrt hatten sie an einem lauten Kampf im Hofe einer Herberge teilgenommen, was zu einem frischen blauen Auge für Ackley geführt hatte.

»Wir werden morgen anfangen. Geben Sie Ihrem Auge einen Tag zum Heilen.«

Ackley nickte. »Dieses Tonikum von Tom ist verdammt wirksam.«

Das war es. Ambrose dachte an das Black Horse. Er hatte Hopkins die stellvertretende Verantwortung für den Club übertragen. Gleichwohl er enttäuscht war, diese Reise nicht zusammen mit ihnen unternehmen zu können, war er erfreut, die Dinge während Ambroses Abwesenheit zu leiten.

»Wo werden wir üben?«, fragte Ackley, ehe er an seinem Whiskey nippte.

Ambrose hatte eingehend darüber nachgedacht. Am Ende

des Herrenhauses befand sich ein Turm, der in der Ecke der Festung aufragte. Gleichwohl er nicht zusammen mit dem Haus renoviert worden war, befanden sich die Räume in einem akzeptablen Zustand und es gab eine große Kammer im ersten Stock, die ihren Anforderungen genügen würde. »Im südwestlichen Turm.«

»Gott, das ist eine echte Burg.«

»Das war es.« Ambrose gab ihm einen kurzen Überblick über die Geschichte des Gebäudes und dann traf Mrs. Oldham mit einem Diener ein.

»Ich fürchte, wir haben keinen Butler, der Euch zu Euren Zimmern führen kann«, entschuldigte sie sich.

Ihr Butler war vor drei Jahren verstorben und Ambrose hatte keinen Sinn darin gesehen, ihn zu ersetzen. Niemand wohnte hier und es kam auch niemand zu Besuch. Tatsächlich wurde das gesamte Haus mit einem Minimum an Personal bewirtschaftet. Mit Verspätung fragte er sich, ob seine unangekündigte Ankunft eine Belastung war. Er rügte sich im Stillen. Wie immer war er ein selbstsüchtiger Esel.

»Was immer Sie arrangiert haben, wird mehr als zufriedenstellend sein«, antwortete Ambrose. »Ich muss Sie für den Zustand von Beckwith loben. Sie halten alles wunderbar in Ordnung, Mrs. Oldham.«

»Warten wir ab, ob Ihr das nach Eurem Rundgang immer noch sagt.« Sie hielt inne und ihr Blick schärfte sich in ihrem Zweifel. »Wenn Ihr einen Rundgang unternehmen wollt, meine ich.«

»Das werde ich. Morgen.« Er zeigte auf den jungen Mann an ihrer Seite. »Kann dieser Diener, ähm …?«

»Ned«, ergänzte Mrs. Oldham.

Ihr Sohn? Wie er in den fünf Jahren gewachsen war. Ambrose erinnerte sich an ihn als einen schlaksigen Jungen. »Ned, führe Mr. Ackley bitte zu seinem Zimmer.«

»Gewiss, Mylord. Hier entlang, Sir.« Er führte Ackley,

der noch immer seinen Whiskey umklammert hielt, in die
große Halle zurück.

»Ihr Sohn ist ein recht strammer Bursche«, stellte
Ambrose fest, der vollkommen unsicher war, wie er sich ihr
gegenüber verhalten sollte.

Ein Hauch von Farbe betonte ihre Wangen, nicht aus
Verlegenheit – sondern nach dem Winkel ihres Kinns zu
urteilen – aus Stolz. »Das ist er, danke. Ich habe Mr. Ackley
im größten Zimmer im Nordflügel untergebracht. Wenn Ihr
mich begleiten wollt, werde ich Euch nach oben bringen. Es
sei denn Ihr zieht es vor, allein zu gehen. Ich nehme an, dass
Ihr Euch erinnert, wo sich das Schlafgemach des Viscounts
befindet.«

Verdammt. Er hatte keinen Gedanken daran verschwen-
det, wo er unterkommen würde, aber natürlich würde er im
Schlafgemach des Viscounts wohnen. Seines Bruders Raum.
Ambrose wünschte, er hätte seinen Whiskey getrunken.

Er stand dort und dachte eine Minute lang nach – über
Möglichkeiten, die Benutzung des Schlafgemachs des
Viscounts zu umgehen, doch ihm kam einzig in den Sinn,
dass er ein Feigling war. Seine Muskeln spannten sich an und
wieder rügte er sich. Er hatte diesen Schmerz verursacht und
er würde ihn verdammt nochmal ertragen.

»Danke, Mrs. Oldham. Ich weiß, wo es ist.«

Sie nickte, doch etwas flackerte in ihren Augen auf.

»Gibt es noch etwas?«, fragte Ambrose. Er versuchte,
nicht daran zu denken, wie Mrs. Oldham für Nigel und ihn
Kekse gebacken hatte, als sie noch Jungen waren … wie sie
mit ihnen König der Burg gespielt hatte, und wie sie sie
geliebt hatte. All dies war Vergangenheit. »Ich erkenne,
dass meine Anwesenheit hier vielleicht schwierig sein
könnte. Ich möchte, dass Sie frei sprechen.« Er hatte
verdient, alles zu hören, was sie zu sagen hatte, obwohl
nichts schlimmer sein konnte als die Tirade, die sie vor

seiner Flucht nach London auf ihn hatte hereinbrechen lassen.

»Warum seid Ihr zurückgekehrt? Nach all dieser Zeit?«

Er wünschte, sagen zu können, dass sein Gewissen ihn getrieben hatte, doch das stimmte nicht. »Unser Hausgast, Mr. Ackley ist ein Preisboxer und ich trainiere ihn. Er tritt übernächste Woche in Truro an.«

Sie nickte flüchtig und dann legte sie den Kopf schief, als würde sie ihn in einem neuen Licht betrachten. »Ich verstehe. Und wie kommt es, dass Sie einen Preisboxer trainieren?«

»Ich war selbst ein Preisboxer.«

Sie machte große Augen und ihr Kiefer erschlaffte. »Du liebe Zeit, das waren Sie doch nicht tatsächlich?« Sie musterte sein Gesicht, wobei sie wahrscheinlich bemerkte, dass seine Nase nicht mehr so gerade war wie einst. »Warum würden Sie so etwas tun?« Bei ihrer Fürsorge und Bestürzung fühlte er sich unbehaglich. Er hatte sie nicht verdient. Es war ihm lieber, wenn sie ihn hasste und enttäuscht von ihm war. »Weil es mir gepasst hatte. Wenn das alles ist …« Er wartete ihre Antwort nicht ab, sondern schritt an ihr vorbei in die große Halle.

Endlich stieß er die Luft aus, als der die Treppe emporstieg, doch er wagte nicht, nach unten zu blicken, um zu sehen, ob sie ihm nachsah.

Er war ein ekelhafter Grobian. War er nicht – zumindest teilweise – auf der Suche nach Vergebung gekommen? Wie konnte er das, wenn er sich so schrecklich benahm?

Oben auf dem Treppenabsatz angekommen, wandte er sich nach rechts zum westlichen Flügel. Das Gemach des Viscounts lag am Ende des Flurs mit einem herrlichen Blick über die Bucht. Mit verhaltenen Schritten ging er auf das Zimmer zu und öffnete die Tür. Ein kleines Wohnzimmer empfing ihn. In Blau- und Grüntönen dekoriert, sah es

genauso aus, wie zu der Zeit, als ihr Vater hier gewohnt
hatte.

Das Schlafzimmer würde allerdings anders sein. Er
durchquerte das Wohnzimmer und blieb in der Tür stehen.
Er war auf den Anblick von Nigels kürzerem Bett gefasst
gewesen, aber natürlich waren irgendwann innerhalb der
vergangenen fünf Jahre Ambroses eigene Möbel hierher
gebracht worden. Es war ja nicht so, als würde Nigel noch
einmal hier schlafen.

Ambrose drehte sich zur gegenüberliegenden Wand, in
dessen Mitte sich ein großer Kamin befand. Er erstarrte.
Über dem Kaminsims hing ein Portrait zweier Jungen. Nigel
saß in einem Stuhl vor einem Baum, während Ambrose auf
einem niedrigen Ast hinter ihm thronte. Er erinnerte sich an
seine Tante, die dieses Bild gemalt hatte. Er war was, etwa
acht Jahre alt gewesen? Und voller Energie. Für das Gemälde
hatte er nicht stillsitzen wollen. Er hatte rennen, reiten,
spielen wollen. Nigel war an jenem Tag allerdings ein bisschen kränklich gewesen – wie so oft –, und deshalb war es
überhaupt keine Schwierigkeit für ihn gewesen, brav in
einem Stuhl zu sitzen.

Wenngleich Nigel auf dem Bildnis kaum zwölf Jahre alt
war, hatte er an dem Tag, an dem er mit siebenundzwanzig
starb, nicht viel anders ausgesehen. Doch andererseits hatte
Ambrose ihn auch stets als kleiner, schwächer und weniger
als Mann betrachtet. Ambrose schloss die Augen und
begrüßte den Hass, den er auf sich selbst verspürte.

Schließlich drehte er sich um und verließ das Wohnzimmer. Anstatt allerdings in den Korridor hinauszutreten,
nahm er die falsche Tür und betrat das Schlafgemach der
Viscountess, das mit dem Wohnzimmer verbunden war.

Diesen Raum betrat er nie. Tatsächlich erinnerte er sich
kaum an seine Existenz. Niemand hatte darin seit – wieviel?
– beinahe fünfundzwanzig Jahren gewohnt. Die Möbel

waren abgedeckt, doch der Raum war sauber. Mrs. Oldham hatte ihn nicht zu vergessenem Schund herunterkommen lassen.

Plötzlich sah er in seiner Fantasie Philippa am Frisiertisch in der Ecke sitzen … an den Fenstern stehen … sich auf das Bett zurücklegen. Er konnte nicht an sie denken, ohne sich ihre nackten Brüste vorzustellen, ihren vom Küssen geschwollenen Mund, ihre verwirrenden sinnlichen Augen. Augen, die ihn mit unverhohlenem Verlangen anblickten.

Sein Schaft regte sich. Was unternahm sie jetzt? Nachdem er Benfield verlassen hatte, war er voll und ganz von Ackleys Training und der Vorbereitung ihrer Reise nach Cornwall gefangen genommen gewesen. Saxton hatte ihn einmal besucht, um ihn verbal in Stücke zu reißen. Philippa war nicht mehr gesehen worden, seit sie die Hausparty verlassen hatte. Sie hatte sich in Herrick House verschanzt und empfing niemanden – nicht, dass irgendjemand sie besuchen wollte. Lady Saxton hatte es versucht, doch der Rest von London hatte sie im Stich gelassen, als hätte sie sich mit der Syphilis angesteckt.

So war der Ruin. Ambrose sollte das wissen.

Er schloss die Augen und hasste es, dass sie leiden musste. Er hatte sich so angestrengt, sie vor dem Spott zu bewahren. Doch am Ende hatte seine Lust den Sieg davongetragen – wieder einmal – und eine neue Katastrophe heraufbeschworen. Wenn er je einen weiteren Grund gebraucht hatte, seinen Schaft weiterhin zu ignorieren, dann hatte er ihn jetzt.

Vielleicht würden die Leute mit der Zeit vergessen und sie würde ihren Platz wiederfinden. Sie war so wunderschön und lebhaft. Er konnte sich für sie ein Leben in Einsamkeit nicht vorstellen. Das wollte er ganz und gar nicht für sie – nicht, dass seine Wünsche überhaupt das Geringste zu bedeuten hatten.

Er fuhr sich mit der Hand über das Gesicht und trat in den Korridor hinaus.

Auf der Suche nach Mrs. Oldham ging er die Treppe hinab, um sie anzuweisen, das Portrait von Nigel und ihm entfernen zu lassen. Anschließend würde er den südwestlichen Turm aufsuchen, um den Raum zu inspizieren, den sie zum Sparring benutzen wollten. Wie angewurzelt blieb er in der großen Halle stehen, als er einen großen, breitschultrigen Mann auf sich zukommen sah.

Mr. Oldham. Der Ehemann der Haushälterin und sein Hausmeister.

Er kam direkt auf Ambrose zu und hob die Faust, um ihn ins Gesicht zu schlagen. Wie immer ein Kämpfer, wich Ambrose in letzter Sekunde aus, doch der Schlag streifte ihn an der Wange. Ambrose hob die Fäuste, doch er schlug nicht.

Unter buschigen schwarzen Brauen starrte Oldham ihn finster an. »Wie wagt Ihr es, hier ohne Anmeldung aufzutauchen und Mrs. Oldham zum Weinen zu bringen?«

Himmel, er war ein ekelhafter Grobian. »Das hatte ich nicht beabsichtigt. Ich bin nur … unwichtig, das ist keine Entschuldigung. Ich werde mich unverzüglich entschuldigen.«

Oldham kniff ein Auge zu. »Was tun Sie wirklich hier? Mrs. Oldham sagt, Sie würden einen Boxer trainieren, und dass Ihr selbst ein Boxer seid.« Er richtete den Blick auf Ambroses immer noch erhobene Fäuste. »Obwohl ich das vermutlich selbst sehen kann.«

Ambrose blickte auf seine Hände, die er daraufhin sinken ließ.

»Ihr kämpft nicht mehr?«

»Ich habe einen Kampfclub in London, aber ich trete nicht mehr als Preisboxer an.« Sein Kampf mit Nolan ausgenommen.

Oldham nickte langsam. »Sie haben wohl einige Erleichterung darin gefunden, will ich vermuten.«

Wie überaus scharfsinnig. Und missbehaglich für ihn. Ambrose wollte nicht darüber sprechen. »Wo ist Mrs. Oldham jetzt?«

»In der Küche.« Ambrose schritt an ihm vorbei, doch Oldham packte ihn am Ellbogen. »Ihr werdet Euch anstrengen müssen, wenn Ihr hierbleiben wollt. Ich weiß, dies ist Euer Haus und ich kann Euch nicht hinauswerfen, aber Ihr habt alle hier im Stich gelassen. Mrs. Oldham war am Boden zerstört, als Ihr Bruder gestorben ist, aber Euch zur gleichen Zeit zu verlieren?« Er schüttelte den Kopf. »Es war nicht richtig von Euch, zu gehen. Und dieser Verletzung habt Ihr fünf Jahre Schweigen hinzugefügt. Macht es recht. Wenn Ihr könnt.«

Es recht machen?

Wie könnte er je irgendetwas recht machen? Es war nicht so, als wäre dies ein einziger Fehler. Er war gegangen und hatte es noch einmal getan – einmal abgesehen davon, dass niemand dabei zu Tode gekommen war, dem Himmel sei Dank. Dennoch nickte er. Denn er war zu dem Schluss gekommen, Nigel einen Versuch zu schulden.

~

*A*m ersten Tag nach der Katastrophe auf Benfield vergrub Philippa ihren Kopf unter der Bettdecke und versteckte sich.

Am zweiten Tag las sie die Zeitung.

Am dritten und vierten Tag versteckte sie sich wieder unter der Bettdecke.

Am fünften Tag bestellte Vater sie in sein Arbeitszimmer. Auf einen steifen Ledersessel vor seinem Schreibtisch verwiesen, saß sie kerzengerade und erwartungsvoll, während er zum Fenster hinaussah.

Großgewachsen und weitestgehend durchtrainiert (in den letzten Jahren hatte er einen kleinen Bauch angesetzt), ähnelte der Earl of Herrick Philippa lediglich darin, dass sie seine goldbraunen Augen geerbt hatte. Er hatte hellbraunes, auf dem Oberkopf dünner werdendes Haar, was offensichtlich durch den übermäßigen Wuchs seiner Augenbrauen kompensiert wurde.

Es war das Zusammenziehen dieser eindrucksvollen Haarbüschel über den ach so vertrauten Augen, die seiner furchtbaren Ankündigung vorangingen.

»Du begleitest uns nach Wokeham Abbey.«

Oh, das *konnte sie nicht*. Sie schüttelte den Kopf. »Ich kann euch nicht begleiten.«

»Du hast keine Wahl.« Er trat vor seinen Schreibtisch und ging hin und her, wobei er die Hände fest hinter seinem Rücken verschränkte. »Dein Leben in London ist vorbei.«

Das war leider Gottes keine melodramatische Beobachtung. In der Tat war jede einzelne ihrer Einladungen widerrufen worden.

Sie sah ihm zu, wie er ein paar Schritte tat, ehe sie das Kinn reckte. »Vielleicht. Allerdings habe ich keinen Wunsch, dich und *diese Frau* nach Wokeham Abbey zu begleiten.«

Er blieb stehen und warf ihr einen wütenden Blick zu. »Ich hätte dich zwingen sollen, einen dieser anderen Anträge anzunehmen. Wie Saxtons.« *Was jedoch erfordert hätte, dass du mir tatsächlich Aufmerksamkeit widmen müsstest* ... Er holte tief Luft und zupfte am Saum seiner Weste. »Es ist ein Glück für dich, dass ich deine Zukunft gerettet habe.«

Eine böse Vorahnung kroch ihr das Rückgrat hinauf. Sie hasste, darüber nachzudenken, was ihr Vater vielleicht als »Glück« bezeichnete. »Was hast du getan?«

»Sir Mortimer Stinson hat sein fortgesetztes Interesse an einer Heirat mit dir ausgedrückt.«

O nein, jeder andere, aber nicht er. Sir Mortimer war ein Witwer – mindestens vierzig –, der in der Nähe von Wokeham Abbey lebte. Er war begierig, Kinder zu zeugen – viele, viele Kinder, sagte er – und er war nicht gerade freundlich zu seinen Pferden. Er hatte sich Philippa vor drei Jahren erklärt, doch sie hatte sein Angebot höflich abgelehnt. Andere junge Frauen hatten ihn ebenfalls abgewiesen, also verstand Philippa, warum er vielleicht gewillt sein könnte, ihren Skandal zu übersehen.

Konnte ihr Vater so grausam sein? »Du kannst nicht beabsichtigen, mich mit ihm zu verheiraten?«

Vaters buschige Augenbrauen zogen sich zusammen, wozu angesichts ihrer Breite wirklich nicht viel nötig war. »Du hast keine andere Wahl, und ich werde nicht zulassen, dass aus dir eine Jungfer wird.«

Das wäre einer Ehe mit Sir Mortimer vorzuziehen. Dennoch erkannte sie die Bemühungen ihres Vaters an, sie zu verheiraten, selbst wenn sie es nicht wollte. »Ich will ihn wirklich nicht heiraten, Vater. Ich bedaure, dich enttäuscht zu haben, aber mit der Zeit werden die Dinge –«

Vater beugte sich vor und entblößte die Zähne. »Deine Zeit ist abgelaufen, Mädchen. Du wirst Sir Mortimer heiraten oder ich werde dich in ein abgelegenes Häuschen verbannen mit gerade genügend Einkommen, um über die Runden zu kommen. Du hast diese Familie beschämt und du wirst verdammt noch mal tun, was nötig ist, um es wiedergutzumachen!«

Noch nie hatte sie ihren Vater so wütend gesehen, aber auch sie war wütend. Sie stieß sich aus dem Stuhl hoch und baute sich vor ihm auf, gleichwohl ihre Stirn nur bis zu seinem Kinn reichte. »Ich habe diese Familie beschämt? Was ist mit dir und *dieser Frau* und wie ihr in der Stadt promeniert? Ist das nicht der wahre Grund, warum mir keine Zeit bleibt? Ich könnte meinen Fehler vielleicht aussitzen, aber Mutter und du könnt euer skandalöses Betragen nicht länger im Zaum halten.«

»Das ist überhaupt nicht dasselbe!«, donnerte er.

Beide standen sie dort und starrten sich an. Philippa bebte vor einer Vielzahl an Emotionen – Entrüstung, Enttäuschung, Verletztheit.

Er senkte die Stimme und schüttelte herablassend den Kopf. »Du dummes Mädchen. Wann wirst du begreifen, dass das Leben nicht gerecht ist?«

»Genau in dem Moment, wenn du mich zwingst, Sir Mortimer zu heiraten«, murmelte sie. Oder wenn er sie ins Nirgendwo verbannte.

Er sah sie mit scharfem Blick an und zupfte erneut an seiner Weste. »Ich bin nicht vollkommen uneinsichtig. Ich werde dir gestatten, deinen Freundinnen auf Wiedersehen zu sagen – wenn sie dich sehen wollen.« Einsichtig, aber ohne Mitgefühl. »Sobald deine Mutter auszieht, wirst du nach Wokeham Abbey aufbrechen. Ich werde deine Ankunft dort in zwei Wochen erwarten. Dann wird das Aufgebot verlesen und drei Wochen später wirst du Sir Mortimer heiraten.«

Das war die wirklich furchtbare Ankündigung gewesen.

Am nächsten Tag las Philippa in der Zeitung, dass Ambrose London verlassen hatte und nach Cornwall zurückgekehrt war. Während sie diese Enttäuschung noch im oberen Salon verarbeitete, trat ihre Mutter ein.

»Ich bin gekommen, um mit dir über deine Zukunft zu reden«, brachte Mutter zwischen den Lippen hervor, die so angespannt waren, dass sie zu zerreißen drohten. Sie nahm in einem Sessel neben dem Fenster Platz, das auf die Straße hinausging.

Auf einem benachbarten Sessel sitzend, versteifte Philippa sich, während sie die Predigt ihrer Mutter erwartete.

Mutter strich sich mit der Hand über den Schoß. »Nächste Woche werde ich in mein neues Stadthaus umsiedeln. Und somit ist es gut, dass du nach Wokeham Abbey gehen wirst.«

Gut? Wie typisch gefühllos von ihr. Erkannte sie nicht, dass Philippa es verabscheuen würde, Sir Mortimer heiraten zu müssen? Es sei denn, sie kannte das Ausmaß von Vaters Plänen nicht. »Weißt du, was Vater organisiert hat?«

»Das tue ich.«

»Dann weißt du sicher, dass ich lieber alles andere tun würde, als zu gehen. Ich könnte sogar überlegen, mich dir anzuschließen und bei dir zu leben.«

Mutter schürzte die Lippen. »Das könntest du, aber ich glaube nicht, dass du das willst und es wäre auch nicht klug.«

In diesem Punkt konnte Philippa ihr nicht widersprechen. Mit einer Mutter zu leben, die das Stadthaus ihres Ehemannes verlassen hatte, könnte die weniger miserable der beiden Möglichkeiten sein, doch miserabel war und blieb es.

Mutter setzte sich aufrechter und straffte ihr Rückgrat, wie sie auch Philippa häufig anwies. »Ich bedaure sehr, was dich das gekostet hat. Ich weiß, dass du nur versucht hattest, unsere Familie zu beschützen – so wie sie war –, als du Lockwood House aufgesucht hast. Dass deine naiven Bemühungen solch einen katastrophalen Niedergang verursacht haben –«

Sie musste sich Mutters Zusammenfassung des gesamten Skandals nicht anhören. Sie war sich über jeden Schritt ihres gesellschaftlichen Abstiegs wohl bewusst. »Danke Mutter. Ich denke, das genügt.«

»Eine Heirat mit Sir Mortimer wird schon nicht so schrecklich sein. Du wirst einen entzückenden Haushalt haben, um den du dich kümmern kannst.«

»Er ist gemein zu seinen Pferden«, murmelte Philippa und fühlte, wie sich ihre Welt um sie herum verschloss.

Mutter beugte sich in ihrem Sessel vor. Ihre Miene war ernst und anteilnehmend. Das war mehr als nur ein bisschen verdächtig. »Was ist mit Sevrin gewesen? Wenn das, was ich gehört habe, wahr ist, seid ihr in einer eher kompromittierenden Situation erwischt worden und dennoch hast du seinen Antrag abgelehnt? Das lässt dich wie ein Flittchen aussehen und das kann ich nicht von dir glauben. Nicht nach der Art und Weise, wie du mich für mein Benehmen angegriffen hast.«

Sie hielt inne, um Luft zu schöpfen. »Besteht die Chance, dass euch eine gegenseitige Anziehung verbindet?«

Das war gut möglich (sie konnte nicht anders, als sich die unterschiedlichen Arten in Erinnerung zu rufen, mit denen er ihre Ehre verteidigt hatte und sie konnte auch körperliche Anziehung zwischen ihnen nicht leugnen), aber Ambrose? Zumindest hatte er sie begehrenswert gefunden, selbst wenn er es geschafft hatte, sie davon zu überzeugen, dass eine Heirat zwischen ihnen ein bedauerlicher Fehler wäre.

Schließlich antwortete sie auf die Frage ihrer Mutter: »Vielleicht.«

Mutter antwortete mit einem festen, entschlossenen Nicken. »Dann solltest du ihm nach Cornwall folgen.«

Der Einfall ihrer Mutter war schockierend. »Du sagst, ich soll Vater ignorieren?«

»Was könnte schlimmstenfalls passieren? Dass er dich nach Wokeham Abbey zurückzerren und zwingen würde, Sir Mortimer zu heiraten?«

Da dies bereits für sie geplant war, konnte Philippa der Logik ihrer Mutter kaum widersprechen. »Ich weiß nicht, Mutter. Ihm nach Cornwall zu folgen ist so … verwegen.« So sehr *sie*.

»Dein guter Ruf wird nicht leiden«, stellte Mutter

ironisch fest und Philippa hätte beinahe gelacht. Mutter griff nach ihrer Hand. Es war eine bemerkenswerte Geste. Philippa spürte einen Kloß in ihrer Kehle. »Die Liebe ist jedes Risiko wert.«

Philippa schluckte ihre Schärfe herunter. »Hast du dich damit selbst überzeugt, dass es akzeptabel ist, deine Affäre mit Mr. Booth-Barrows auszuleben?« Die Frage war nicht feindselig gemeint. Sie wollte wirklich wissen, was ihre Mutter motiviert hatte.

»Ich hatte anfangs versucht, das nicht zu tun. Wirklich, das habe ich.« Ihr Lächeln war weich und von Bedauern gefärbt. »Aber ich war so lange allein gewesen und er war so liebenswert. Ich hätte stärker sein sollen – für dich.« Ihr Blick wurde scharf und eindringlich. »Wenn du auch nur für einen Augenblick glaubst, dass du mit Sevrin vielleicht glücklich werden könntest, dann reise ihm nach.«

»Ich liebe ihn nicht«, antwortete Philippa schnell. Und er liebte sie ganz sicher nicht.

»Dann denke einfach nur an deine Zukunft. Würdest du lieber Sir Mortimer heiraten und nie erfahren, was hätte sein können, oder willst du das Risiko auf dich nehmen und sehen, was passiert?«

Zwei Tage später hatte Philippa noch immer nicht entscheiden, was sie tun sollte, doch sie hatte genug davon, in Herrick House eingepfercht zu sein. Sie hatte eine Nachricht an Audrey geschickt – eine der beiden Personen (die andere war Lady Saxton), die sie vergangene Woche besucht hatten. Kurze Zeit später war Audrey eingetroffen und sie hatten einen gemeinsamen Spaziergang im Park unternommen.

Froh darüber, im Freien zu sein, sog Philippa die warme Frühlingsluft tief in ihre Lungen. Vielleicht würde sie morgen einen Ausritt unternehmen.

Audrey sah sie von der Seite an und lächelte. »Philippa, ich bin so froh, dass du heute beschlossen hast, auszugehen.«

»Wie auch ich. Danke dass du gekommen bist, um mich zu retten. Es macht deinen Eltern nichts aus?«

»Mutter ist nicht gerade sonderlich erfreut, aber es ist auch nicht so, als würde mein gesellschaftlicher Wert beeinträchtigt. Ich bin nicht besonders populär.« Audreys Tonfall war sachlich. Nie beschwerte sie sich darüber, ein Mauerblümchen zu sein, und nie hatte sie Philippa ein schlechtes Gewissen gemacht, weil sie keines war.

»Dennoch, wenn du glaubst, dass deine Verbindung mit mir dich negativ beeinträchtigt, bestehe ich darauf, dass du sie beendest.«

Audrey schüttelte den Kopf. »Unsinn. Ich bin nicht in der gleichen Position wie du. Ich habe es mit der Heirat nicht eilig und meine Familie unterstützt mich.« Philippas Familie dahingegen konnte es kaum abwarten, sie zur Tür hinauszuwerfen.

Als sie sich dem Park näherten, kamen sie an drei Ladys vorbei. Anstatt stehen zu bleiben und Höflichkeiten auszutauschen, wandten die drei den Blick ab und eilten an ihnen vorbei.

Philippa trug den Kopf hoch. Mit allen drei Frauen war sie recht gut bekannt.

»Es tut mir leid, Philippa«, murmelte Audrey.

»Ist schon gut.« Doch Philippa wurde die Brust trotzdem eng.

Sie überquerten die Straße und gingen zum Tor. »Willst du hineingehen?«, fragte Audrey.

Das hatte sie vorgehabt, doch jetzt war sie sich nicht mehr so sicher. Es war zwar noch vor der angesagten Stunde, jedoch würde es trotzdem noch Leute geben, die sie schnitten oder vielleicht noch Schlimmeres. Es war eine

Sache, ignoriert zu werden, aber in aller Öffentlichkeit dem Spott ausgesetzt zu sein?

Ihr Mut war an seinem Limit angelangt. »Lass uns umkehren.«

Sie drehten sich um und gingen den gleichen Weg zurück. Auf der Straße fuhr eine offene Kutsche vorbei. Lydia und ihre Tante Margaret saßen darin.

Lydia drehte sich, um im Vorbeifahren auf Philippa und Audrey herabzusehen, doch Tante Margaret zog sie schnell wieder zu sich herum.

»Ich habe überhaupt nichts von Lydia gehört«, bemerkte Philippa, deren Lunge sich zusammenzog, sodass ihr Atem sich kurz und harsch anfühlte.

»Ihre Tante gestattet ihr nicht, dir zu schreiben. Sie hat mir aufgetragen, dir auszurichten, dass sie dich vermisst.«

Philippa vermisste sie auch. Sie vermisste die Feste, sie vermisste das Tanzen, sie vermisste die zuverlässige, wenn auch distanzierte Routine ihrer Familie, bevor ihre Eltern aufgrund ihrer persönlichen Wünsche verrückt gespielt hatten. Und bezeichnenderweise vermisste sie Ambrose. Sein charmantes Lachen, seine unvollkommene Nase, seine Küsse und die Art, wie er sie sich fühlen ließ. Umsorgt. Begehrt. Es gab einen Grund, warum er sich ihr gegenüber zurückhielt – sowohl körperlich als auch auf Gefühlsebene –, und sie wollte herausfinden, was es war.

Anscheinend war ihre Entscheidung klarer, als sie gedacht hatte.

Sie beschleunigte ihren Schritt, als sie die Straße überquerten.

»Geh langsamer«, rief Audrey.

»Tut mir leid, ich habe gerade entschieden, dass ich nach Hause muss.«

»Wozu, um alles in der Welt?« Audrey lächelte belustigt. »Es ist ja nicht so, als ob du eine Verabredung hättest.«

Philippa lachte, denn es gab in ihrer Situation wirklich nichts anderes zu tun. Darüber hinaus war sie es leid, sich zu verstecken und unter einem Überwurf aus Furcht zusammenzukauern. Sie war gewillt, ein Risiko auf sich zu nehmen, welches sie zu einem positiven Ergebnis leiten könnte, anstatt diese dummen Entscheidungen zu treffen, die ihre derzeitige Situation herbeigeführt hatten. Zum ersten Mal seit über einer Woche verspürte sie einen Funken Hoffnung. »Nein, aber ich muss packen. Ich habe beschlossen, nach Cornwall zu reisen.«

KAPITEL 17

Eine Woche nach seiner Ankunft in Beckwith fühlte sich Ambrose nahezu normal, was auch immer das sein mochte. Er erinnerte sich vage daran, wie es gewesen war, ehe er seinen Bruder gedemütigt hatte. Ehe er in Ungnade gefallen war.

In den letzten Tagen hatte er eine gewisse Routine entwickelt. Morgens traf er sich mit Fisher und besprach die geschäftlichen Belange des Anwesens. Fisher hatte, wie erwartet, hervorragende Arbeit bei der Verwaltung der Schafherden und der Wollproduktion geleistet. Darüber hinaus hatte er das Anwesen so gut instand gehalten, wie man eine jahrhundertealte Burg ohne Präsenz des Burgherren instand halten konnte.

Nach ihren Treffen unternahm Ambrose mit Ackley einen anstrengenden Marsch, der ein Teil seiner Trainings- übungen war, gefolgt von einem Mittagessen und etwa einer Stunde Arbeit an Technik und Strategie. Am Nachmittag waren sie Oldham oder einem anderen Bediensteten bei einer der Tätigkeiten rund um das Anwesen behilflich – so wie Ambrose es auch vor seinem Weggang gehalten hatte. Nach dem Abendessen boxten sie im Kampfraum des Turms.

Gleichwohl Ambrose zum Schluss eines jeden Tages todmüde ins Bett sank, hatte es sieben lange Nächte gedauert, bis er endlich in einen Schlaf gefallen war, ohne von Philippa zu träumen. Endlich hatte er sie aus seinen Gedanken verbannt.

An diesem Nachmittag setzten sie die Ostmauer instand. Fisher hatte Steine aus einem Steinbruch in der Nähe von Tregony bestellt, und Oldham beaufsichtigte die Bauarbeiten. Die Mauer des Burgfrieds war im Laufe der letzten Jahrhunderte verfallen, und nun bauten sie sie nicht nur wieder auf, sondern fügten auch ein Tor ein, da sich die Stallungen im nordöstlichen Winkel des Burgfrieds befanden.

Der Tag war recht warm. Oldham wischte sich über die Stirn. »Ich habe mich gefragt, ob ich Euch heute Abend beim Sparring zuschauen darf.«

Ambrose setzte einen weiteren Stein auf die Mauer und drehte sich zu seinem Hausmeister um. »Sie sind herzlich willkommen.«

Oldham blinzelte ihn an. »Ihr seid seit Eurer Rückkehr nicht in Gerrans gewesen, nicht wahr?«

Gerrans war das nächstgelegene Dorf, das weniger als zwei Meilen entfernt lag. Dort wohnte auch Lettice Chandler in einem kleinen Häuschen, das ihr Vater von Ambrose für sie hatte kaufen lassen. Ambrose zog es vor, ihr nicht über den Weg zu laufen. »Nein.«

Oldham nickte. »Ich war gestern Abend im Pub. Die Leute können es kaum erwarten, zum Preiskampf in Truro zu gehen, seit sie erfahren haben, dass Ihr einen der Kämpfer trainiert.«

Warum? Hofften sie darauf, ihn scheitern zu sehen? Er konnte sich nicht vorstellen, dass auch nur einer von ihnen ihm Gutes wünschte. Vielleicht waren sie nur neugierig, da er so lange fort gewesen war.

»Ihr mögt überrascht sein, wie die Leute Euch behandeln«, bemerkte Oldham. »Fünf Jahre sind eine lange Zeit.«

Wollte Oldham damit sagen, die Leute hätten ihm vergeben? Wie sollte das möglich sein, wenn er sich noch nicht einmal selbst verziehen hatte?

Mrs. Oldham schritt vom Familiensalon aus auf sie zu, ihr dunkler Rock wehte in der schwachen Brise. Sie war das Einzige in Beckwith, das nicht zu einem Teil seiner Routine geworden war. Noch immer betrachtete sie ihn mit verhaltenem Argwohn und sie beide hatten auch nicht wieder zu der Vertrautheit gefunden, die sie einst verbunden hatte. Sie kam vor Ambrose zum Stehen und beschattete ihre Augen, als sie zu ihm aufblickte. »Ihr habt Besuch, Mylord.«

Ambroses Blick schnellte zum Haus. In einem der Fenster des Familiensalons erhaschte er einen flüchtigen Blick auf ein grünes Kleid. Es konnte sich nur um eine Person handeln. Ambrose erwog zu flüchten, doch er kam zu dem logischen Schluss, dass er Lettice Chandler irgendwann einmal gegenübertreten müsste. Resigniert trottete er voran.

Mrs. Oldham folgte ihm.

Je näher sie dem Haus kamen, umso stärker wurde seine Beklemmung. Der Schweiß auf seiner Stirn wurde kalt und die Überreste des Mittagessens wandelten sich in seinem Magen zu einem Klumpen Blei.

Er öffnete die Tür. Eine prickelnde Hitze vertrieb seine eisige Vorahnung. Es war nicht Lettice, sondern Philippa. War es wirklich zwei Wochen her, seit er sie das letzte Mal gesehen hatte? Es schien, als seien nur Momente vergangen oder vielleicht eine Ewigkeit. Die Zeit war unwichtig, und nur sie zählte. Er labte sich an ihrer Präsenz wie ein Bettler an der Tafel seines Lords.

Die Realität sättigte seine Sinne. Gott, warum war sie

gekommen? Sie hatte ihn abgewiesen – klugerweise –, und er konnte sich nicht vorstellen, was sie den ganzen Weg bis nach Cornwall geführt hatte.

»Guten Tag Ambrose.« Philippa stand auf der gegenüberliegenden Seite des Raums. Einige Locken ihres dunklen, welligen Haars lugten unter ihrer Haube hervor. Ihre honigfarbenen Augen waren warm und abwägend. Sie trug ein hellgrünes Musslinkleid, das ihre Brüste hervorhob – oder vielleicht rief er sich auch nur ihre letzte Begegnung in Erinnerung, als er sie berührt und geschmeckt hatte.

Er war solch ein Grobian. Nach allem, was sich zugetragen hatte, und nachdem sie so weit gereist war, war er zu nichts anderem imstande, als nach ihr zu lechzen wie ein läufiger Hund? Er kämpfte seine Lust nieder. Er wollte wissen, warum sie gekommen war. »Sie sind einen langen Weg für einen Nachmittagsbesuch gekommen.«

Sie lächelte ihn an und sein zu eilfertiger, erregter Körper straffte sich sogar noch mehr. »In der Tat, doch in letzter Zeit ist es ein bisschen muffig in London geworden.«

Ambrose war sich vage bewusst, dass Mrs. Oldham hinter seinem Rücken harrte. Er drehte sich um. »Philippa, dies ist meine Haushälterin, Mrs. Oldham. Obwohl ich annehme, dass Sie sich bereits bekannt gemacht haben, gestatten Sie mir bitte, Mrs. Oldham, Ihnen Lady Philippa Latham formell vorzustellen.«

Mrs. Oldham knickste. »Es ist mir ein Vergnügen, Eure Bekanntschaft auf formelle Art zu machen, Mylady. Mylord, sie ist den ganzen weiten Weg von London hergekommen.« Sie lenkte den Blick zu Ambrose und ihre Augen wurden schmal.

Philippa sah zwischen den beiden hin und her. »Würde es zu viel Umstände machen, etwas Tee zu bekommen?«

»Überhaupt nicht.« Mrs. Oldham bedachte Philippa mit einem freundlichen Lächeln. »Ich werde mich darum kümmern, dass Euer Gepäck auf eines der Zimmer gebracht wird. Ich nehme an, Ihr werdet die Nacht hier verbringen – zumindest, wenn man bedenkt, wie weit Ihr gereist seid.«

»Ja, vielen Dank.« Mrs. Oldham verließ den Raum, und Philippa richtete nun ihre volle Aufmerksamkeit auf Ambrose, wobei ihr Blick in seinem Lendenbereich verharrte – oder bildete er sich das nur ein? »Ihre Haushälterin ist reizend«, bemerkte sie.

Wenn mit reizend verstört gemeint war, dann ja, das war sie. Er verdiente Mrs. Oldhams Zorn – und auch Philippas, wenn sie ihn loswerden wollte – und noch so viel mehr.

Ungeachtet dessen, was er verdiente, zog es Ambrose zu Philippa. Nicht zu nahe, jedoch nahe genug, dass er ihren vertrauten Duft einatmen konnte. Er schöpfte tief Luft, und während er ihre Anwesenheit hier genoss, so war er gleichzeitig voller Unglauben. »Warum sind Sie den ganzen Weg hierher gekommen?«

Sie hob ihr Kinn und betrachtete ihn mit einem herausfordernden Blick. »Ich habe mir Ihren Vorschlag noch einmal überlegt. Ich möchte herausfinden, ob wir nicht doch zueinander passen.«

Sie war gekommen, um ihm den Hof zu machen? Sein Puls beschleunigte sich, als ihm aufging, dass ihren Reizen zu entgehen einer der Gründe war, weshalb er nach Cornwall gekommen war. »Meine Meinung hat sich nicht geändert. Sie würden mit mir unglücklich werden.«

Sie legte den Kopf schief. »Es ist selbstredend Ihr gutes Recht, so zu denken. Allerdings muss ich mich mit eigenen Augen davon überzeugen.« Sie schlenderte zu den Fenstern und sah auf die Gärten hinaus. »Wir kommen eindeutig gut miteinander aus, wie unsere rasch geschlossene Freundschaft beweist. Und Sie werden unsere gegenseitige Anziehung gewiss nicht bestreiten. Ich denke, wir können beide zugeben, dass unser gegenseitiges … Verlangen«, ihre Wangen färbten sich in einem reizvollen Rosa, »genügen würde, um den Pfarrer aufzusuchen. Tatsächlich sind Ehen schon auf weit schwächerer Grundlage geschlossen worden.«

Wenn sein Körper vorher schon eine gewisse Erregung gezeigt hatte, so war es ihr nun gelungen, ihn mit ein paar gut gewählten Worten zu rasender Lust anzuheizen. Was sie allerdings nicht verstand, war der Umstand, dass sein nicht zu zügelndes Verlangen sein Ruin war – und der ihre. Er konnte sich nur zu gut vorstellen, wie die Sache dieses Mal ausginge. Sie beide würden heiraten. Philippa verliebte sich in ihn, und er würde irgendetwas anstellen, was sie vernichtete. In seiner Zeit als Heranwachsender war Nigel der Mensch gewesen, den er am meisten geliebt hatte, und man sah ja, was er ihm angetan hatte. Ambrose wusste eindeutig nicht, wie man jemanden liebt, oder seine Leidenschaft daran hindert, seine Mitmenschen zu vernichten.

Als er zu ihr an das Fenster trat, achtete er wieder darauf, ihr nicht zu nahe zu kommen. »Ihre Logik scheint fundiert, bis auf einen lästigen Umstand – Sie wünschen sich Liebe, und die kann ich Ihnen nicht bieten.«

»Das sagten Sie, doch auch davon bin ich nicht überzeugt. Wenngleich ich Sie einlade, mich eines Besseren zu belehren.« Unter ihren irrsinnig langen, sinnlichen Wimpern sah sie zu ihm auf. War sie schon immer so eine Verführerin gewesen?

Überzeuge sie, dass du sie nicht lieben kannst. Sie war viel zu schlau für ihr eigenes Wohl, doch er durchschaute ihr Spiel. »Ich bleibe nur noch zehn Tage hier.«

»Bis der Preiskampf stattgefunden hat?« Auf seinen fragenden Blick hin legte sie den Kopf schief. »Ich weiß von dem Preiskampf nächste Woche. Bis dahin werde ich meiner Ansicht nach eine Antwort bezüglich unserer Übereinstimmung haben.«

»Wirklich?«

Sie nickte und drehte ihm das Gesicht zu. »Wenn wir bis dahin nicht verlobt sind, werde ich mich verabschieden, und Sie können mir für immer Lebewohl sagen.«

Für immer? Es gefiel ihm überhaupt nicht, wie das klang, was töricht war. Er hatte sie ruiniert in London im Stich gelassen. Hatte er wirklich erwartet, sie jemals wiederzusehen?

Vielleicht nicht, doch das hieß nicht, es nicht gewollt zu haben.

Und darin lag seine wahre Furcht begraben. Wenn sie hier war, um ihm den Hof zu machen – was unzweifelhaft so war –, wie konnte er sich dann zur Wehr setzen?

Mit der Wahrheit.

»Lassen Sie mich offen sein über die Dinge, die ich auf dem Gewissen habe.« Er beugte sich vor und fragte sich, ob er eventuell imstande wäre, sie einzuschüchtern. »Ich habe die Verlobte meines Bruders verführt und dann seinen Tod verursacht. Zur Krönung habe ich sie dann auch noch sitzen gelassen. Warum, um alles in der Welt wollen Sie mich heiraten?«

»Weil ich eine andere Seite von Ihnen gesehen habe. Vielleicht haben Sie sich verändert. Würden Sie diese Dinge heute tun?«

Er blinzelte sie an. »Ich habe Sie ruiniert.«

Sie antwortete mit einem leichten Achselzucken und den Worten: »Und in London waren Sie bereit, mich zu heiraten, also haben Sie sich verändert. Ich bin hier, um festzustellen, in welchem Ausmaß.«

Mein Gott, sie machte ihm nicht den Hof, sie nahm ihn unter die Lupe. Die vorhin empfundene Beklemmung kehrte in zehnfacher Stärke zurück. »Und jetzt habe ich meine Meinung geändert. Ich werde Sie nicht heiraten.«

Sie wandte sich von den Fenstern ab und ihr Rock blähte sich sanft um ihre Knöchel. »Ich glaube Ihnen nicht. Sie sind

ein besserer Mensch, als Sie denken. Sie haben Fehler
gemacht, und soweit ich das beurteilen kann, fünf Jahre lang
darunter gelitten. Jetzt sind Sie jedoch hier, und vielleicht
kann ich Ihnen helfen.« Sie sah ihn mit einem ruhigen,
mutigen Blick an.

Er hatte mehr als genug von dieser Scharade. Mit zwei
schnellen Schritten stand er vor ihr. »Drängen Sie mich
nicht, Philippa. Ich werde Ihren Besuch mit Humor nehmen,
doch in zehn Tagen werden Sie genauso abreisen, wie Sie
angekommen sind. Allein und unverheiratet.«

Ihr Blick blieb unverwandt. »Warten wir's ab.«

Sie rückte unmerklich näher, sodass ihre Brüste gerade
eben über seinen Oberkörper streiften. Dies genügte – es
war mehr als genug –, ihn daran zu erinnern, wie sehr er sie
begehrte und wie qualvoll die nächsten zehn Tage werden
würden.

Er wich zurück, wobei er von ihren Armen abließ und die
Spannung zwischen ihnen willentlich zu vernichten suchte.
Das passierte nicht. Wie leicht es wäre, sie zu küssen, sie
nackt auszuziehen, sie über die Rückenlehne dieses Sessels
zu legen. Er schluckte, als Mrs. Oldham mit dem Teetablett
eintrat.

»Genießen Sie Ihren Tee.« Er wirbelte auf dem Absatz
herum und stürmte aus dem Haus.

∿

*P*hilippas Brustkorb hob und senkte sich stetig,
während sie die luftleere Lunge wieder zu füllen
suchte. Er war ihr so nahe gewesen und der Ausdruck in
seinen Augen so verheißungsvoll. Ein Kuss war ihr sicher
erschienen, doch dann hatte er sich zurückgezogen, und sie
ebenso begehrlich zurückgelassen wie an jenem Tag in den
Stallungen auf Benfield.

Sie war in der Hoffnung gekommen, eine Antwort auf die Frage zu finden, ob der Funke zwischen ihnen ausreichen würde, um zu mehr zu führen, und ihr blieben lediglich zehn Tage Zeit, eine Antwort darauf zu finden. Sie lenkte den Blick auf die Tür, durch die Ambrose gegangen war, und ließ sich in einen Sessel fallen. Seine Abwehr zu durchbrechen, würde sich als schwieriges Unterfangen erweisen, doch sie hatte Hoffnung, da er sie nicht unverzüglich vor die Tür gesetzt hatte.

Die Haushälterin stellte das Tablett auf einen Tisch zwischen einem Arrangement aus zwei Sofas und zwei Sesseln. »Seine Lordschaft ist wieder an seine Arbeit zurückgekehrt?«

Leider. Sie sah zu Mrs. Oldham auf und zwang sich zu einem Lächeln, um die Atmosphäre aufzuwärmen, die Ambrose mit seinem abrupten Abmarsch abgekühlt hatte. »Ja, ich hatte ihn nicht stören wollen. Wir werden unsere Unterhaltung beim Dinner fortsetzen.«

Mrs. Oldham nickte und machte sich daran, die Utensilien für den Tee zu ordnen.

Eine halbe Stunde zuvor hatte sie Philippa begrüßt und sich für den Mangel eines Butlers entschuldigt. »Wo ist Ihr Butler?«, erkundigte Philippa sich, die neugierig auf jeden Schnipsel von Informationen über Ambrose und seine Lebensumstände war.

»Er ist dahingeschieden, Mylady.«

»Das tut mir sehr leid.«

Mrs. Oldham blickte zu ihr auf. »Es war vor drei Jahren. Sahne und Zucker?«

»Ja, bitte. Ein Löffel Zucker.« Drei Jahre, und man hatte noch keinen Ersatz in Stellung genommen?

Als hätte Mrs. Oldham Philippas Frage gehört, erklärte sie: »Seine Lordschaft führt Beckwith mit einem Minimum an Personal. Er verbringt nur wenig Zeit hier.«

Gar keine Zeit, soweit Philippa wusste. Ihre nächste Frage war wahrscheinlich zu unverblümt, doch sie war auf der Suche nach Antworten hierher gekommen. » Liegt das daran, was mit seinem Bruder passiert ist?«

Mrs. Oldham war im Begriff gewesen, ihr einzuschenken, doch sie hielt inne und blickte Philippa aus großen Augen an.

Auf der Stelle bereute Philippa ihre Unverschämtheit. Sie hätte die Haushälterin nicht in ihre Probleme verwickeln sollen. »Bitte nehmen Sie meine Entschuldigung an. Ich weiß um Ihre Loyalität gegenüber seiner Lordschaft.«

Mrs. Oldham goss Philippa den Tee ein, fügte Sahne und Zucker hinzu und rührte um. »Meine Loyalität wurde im Laufe der Jahre auf die Probe gestellt.« Sie schürzte die Lippen, als sie Philippa die Tasse reichte. »Jetzt bin ich es, die sich entschuldigen muss. Ich hatte nicht die Absicht, über meinen Stand hinaus zu sprechen.«

Philippa hatte das Gefühl, dass Mrs. Oldham eine Art von Angestellte und auch gleichzeitig Familie war, ähnlich wie Philippas erste Gouvernante, die starb, als Philippa gerade erst acht Jahre alt war. »Ich hätte es lieber, Sie würden offen sprechen. Sie müssen sich fragen, was ich hier will. Eine unverheiratete junge Dame, die den ganzen Weg von London hierher reist, um einen der berüchtigtsten Halunken Englands zu besuchen.«

Mrs. Oldham ließ sich auf dem Sofa neben Philippas Sessel nieder. »Wird Master Ambrose so angesehen?«

Philippa presste den Henkel ihrer Tasse zwischen ihren Fingerspitzen. »Natürlich.« Bei der Aussicht, mehr über ihn zu erfahren, schlug ihr Herz plötzlich schneller. »Sollte er das nicht?«

Die Haushälterin runzelte die Stirn, und ihre Augenlider sanken vor Traurigkeit herab. »Doch, das sollte er. Er war ein Halunke, und zu meiner Bestürzung fürchte ich aufgrund

Eures Hierseins, dass er das weiterhin ist. Bitte sagt mir, dass er Euch nicht auch ruiniert hat?«

Philippa ließ die Teetasse auf der Untertasse klappern und rügte sich im Stillen, mit dieser Fragerei überhaupt angefangen zu haben. Nein, sie musste sich damit abfinden, wie die Dinge lagen. Sie *war* ruiniert. »Es ist ein bisschen kompliziert. Es genügt zu sagen, dass wir beide Fehler gemacht haben, jedoch muss ich den größten Teil der Schuld auf mich nehmen. Ich habe mir erlaubt, zur falschen Zeit am falschen Ort zu sein.« Wenn Ambrose allerdings auch nur halb so wundervoll war, wie sie sich erhoffte, war sie genau zur richtigen Zeit am richtigen Ort gewesen.

Mrs. Oldham beäugte sie aufmerksam. »Ihr wirkt wie eine vernünftige und intelligente junge Dame. Ich bedaure Ihre Situation.«

»Das müssen Sie nicht, denn ich versuche, das Beste daraus zu machen. Ich werde sehen, ob Ambrose und ich zusammenpassen. Und wenn nicht, stehen mir andere Möglichkeiten offen. Gleichwohl es mir lieber wäre, wenn Sie ihm das nicht sagen würden.«

Mrs. Oldham neigte ihren mit einer Haube bedeckten Kopf. »Wie Ihr wünscht, Mylady. Ich werde nun gehen und mich der Vorbereitungen Eures Gemachs zuwenden, um Euch dann bei meiner Rückkehr nach oben zu geleiten.«

»Danke für Ihren freundlichen Empfang.«

Mrs. Oldham entfernte sich, und Philippa nippte an ihrem Tee. Sie hatte zehn Tage, in denen sie Ambrose dazu bewegen konnte, sich in sie zu verlieben. Denn darin bestand ihr Ziel. Obschon sie ihrer Mutter eine andere Geschichte aufgetischt hatte, liebte sie ihn, trotz seiner Makel … oder vielleicht gerade deswegen. Wie seine ungleichmäßige Nase war er gebrochen und rüde zusammengesetzt worden, doch er war für immer verändert. Und nicht unbedingt zum Schlechtesten.

Sie hatten viele wunderbare Momente miteinander verbracht, und ihr Bemühen würde in der Schaffung weiterer solcher Augenblicke bestehen. Sie würde ihm demonstrieren, dass er ihr vertrauen konnte, und sie ihm bei der Überwindung seiner Vergangenheit helfen konnte, um in die Zukunft zu blicken. Gemeinsam.

Ihr Scheitern würde nicht nur bedeuten, nach Wokeham Abbey zu gehen und Sir Mortimer heiraten zu müssen. Es bedeutete auch, Ambrose in seinem Kampf gegen die Finsternis allein zu lassen. Ein Grund mehr, das Beste aus diesen zehn Tagen zu machen.

Im Geiste überschlug sie ihren Zeitrahmen erneut. In einigen Tagen würde sie von ihrem Vater in Wokeham Abbey erwartet, den sie selbstverständlich enttäuschen würde. Wenn sie nicht ankäme, würde ihr Vater eine Nachricht nach London schicken und sie auffordern, sofort zu kommen. Ein paar Tage vor dem Preiskampf in Truro würde er eine Antwort von Herrick House erhalten, die ihre Abreise nach Cornwall bestätigte. Er würde außer sich sein und würde es sich wahrscheinlich nicht nehmen lassen, persönlich zu kommen, um sie zu holen. Aller Wahrscheinlichkeit nach müsste er am Tag nach dem Kampf eintreffen. Zu dieser Zeit würde Philippa entweder verlobt sein oder bereit, das Schicksal anzunehmen, das ihr Vater ihr vorschrieb.

～

Nach dem Dinner, bei dem Ambrose mehr Zeit in Gedanken verbracht hatte, mit Philippa zu schlafen als zu essen, war er mehr als bereit, sich mit Ackley im Übungsraum des Turms zu messen.

Oldham hatte sich ihnen für diesen Abend angeschlossen und nun saß er auf einer breiten Bank. »Mrs. Oldham hat mir von Eurer Freundin berichtet.«

Ambrose hielt im Ablegen seiner Weste inne. Er konnte sich gut vorstellen, was Mrs. Oldham und die anderen Bediensteten über Philippa redeten, eine unbegleitete Frau aus London, die nicht seine Ehefrau war und ihn besuchte. »Hat sie Ihnen von ihr ›erzählt‹ oder verlangt, dass Sie mich ausfragen?«

»Beides.«

»Sie ist nur auf einer Rundreise in Cornwall.«

Oldham schnaubte. »So ein Unsinn.«

Ambrose heftete einen Blick auf ihn, der Saxton würdig gewesen wäre. »Sie ist nur wegen des Preiskampfes hier und dann wird sie ihre Reise fortsetzen.«

»Tatsächlich?« Ackley hatte sich seiner Stiefel entledigt und schälte sich nun aus seinen Strümpfen. Die Augen vor Neugier weit aufgerissen sah er zu Ambrose hinüber. »Sie ist wegen des Preiskampfes gekommen?« Beim Abendessen hatten sie über alles Erdenkliche geplaudert – das Wetter in Cornwall, die Reise von London nach Cornwall und Beckwiths geschichtlichem Hintergrund –, aber über den Preiskampf hatten sie kein Wort verloren. »Sie ist wegen mir gekommen?«

Oldham gluckste. »Wenngleich ich die Lady noch nicht kennengelernt habe, würde ich wetten, dass sie wegen ihm hier ist.« Er zeigte mit der Daumenspitze in Ambroses Richtung.

Ackley nickte, wenn auch verdrießlich, und kam mit dem Ausziehen seiner Strümpfe zum Ende.

Oldham blickte Ambrose erwartungsvoll an. Er setzte sich auf die andere Seite der Bank und zog sich Stiefel und Strümpfe aus, wobei er seinen Hausmeister mit voller Absicht nicht beachtete. Er hatte kein Verlangen, über Philippa zu sprechen. Tatsächlich wollte er sogar versuchen, sie zumindest für eine Stunde zu vergessen.

Ackley trat an den Tisch in der Ecke, auf dem zwei Paar

Boxhandschuhe lagen. Sie hatten die Handschuhe zum Üben benutzt, um sich gegenseitig nicht allzu großen Schaden zuzufügen. Doch heute Abend sehnte Ambrose sich nach dem Gefühl seiner bloßen Knöchel, nach der wahren Herausforderung eines Kampfes mit einem würdigen Gegner. Aber er würde vorsichtig sein müssen. In seiner Gemütsverfassung konnte er Ackley mit Leichtigkeit derart verletzen, um ihn für einige Tage zum Invaliden zu machen, und das würde für den angestrebten Sieg nächste Woche nicht hilfreich sein.

Ambrose stand auf. »Lassen Sie uns heute Abend darauf verzichten.« Er schlenderte zum Tisch und klopfte Ackley auf die Schulter. »Ich will mich ohne die Handschuhe von Ihren Fortschritten überzeugen. Seien Sie einfach vorsichtig.«

Ackley wölbte eine Braue. »Das sagen Sie mir? Sie sind hier doch der Profi.«

»Profi, wie?«, fragte Oldham.

»Der beste Preisboxer, den ich je gesehen habe«, gelobte Ackley. »Sie hätten ihn vor ein paar Wochen gegen Nolan sehen sollen.«

Ambrose zuckte innerlich unter der Bürde von Ackleys Bewunderung zusammen. »War das bevor oder nachdem er mich fast k.o. geschlagen hatte?«

»Spielen Sie Ihr Können nicht herunter.« Ackley warf Oldham einen vielsagenden Blick zu. »Das macht er immer.«

Oldhams Brauen hoben sich. »Ach ja?«

Dieses Gespräch entwickelte sich in eine viel zu persönliche Richtung. Ambrose trat an die Startlinie, die er zu Beginn ihres ersten Sparrings auf den Boden gezeichnet hatte. »Konzentrieren wir uns auf Sie, Ackley. Sie werden einmal ein weitaus besserer Boxer als ich sein.«

Ackley trat zu ihm an die Linie. »Ist dies noch ein Trainingskampf, oder wird das hier ein richtiger Kampf?«

Ambrose hatte nicht erwogen, einen richtigen Kampf auszutragen. In den zurückliegenden Tagen hatten sie zwar gekämpft, doch das Sparring immer wieder unterbrochen, um die Strategie zu besprechen. Da sie nun allerdings mit bloßen Fäusten kämpften, konnten sie auch die übrigen Regeln einhalten. »Wir machen einen Kampf daraus, dessen Ziel aber nicht darin besteht, uns gegenseitig niederzuschlagen. Wir kämpfen zehn Minuten und dann machen wir eine Pause. Dann noch mal zehn Minuten und eine Pause, ehe wir nochmals zehn Minuten kämpfen.« Ambrose drehte sich zu Oldham um. »Können Sie uns ein Signal geben?«

Oldham steckte seine Finger in den Mund und pfiff. »Geht das?«

»Perfekt.« Ambrose drehte sich zu Ackley zurück und nickte. Oldhams schriller Pfiff erfüllte den Raum mit den hohen Decken und hallte von den Steinwänden zurück.

Ackley kam schnell in Bewegung – Ambrose hatte ihn angeleitet, den ersten Schlag auszuführen, wenn sich die Möglichkeit bot. Das legte für den Gegner die Tonlage fest. Es hieß so viel wie: »Ich bin bereit.«

Allerdings hatte Ambrose seinen rechten Haken auch erwartet. Ackley hatte vergessen, die Technik seines ersten Schlags abzuwandeln. Wer ihn über einen längeren Zeitraum bei seinen Kämpfen beobachtete, würde lernen, damit zu rechnen.

Ambrose konnte den Schlag mühelos abwehren und rammte Ackley die eigene Faust direkt in die Magengrube. Nicht mit voller Wucht, jedoch hart genug, um ihn zurückspringen zu lassen. Ackley, der seinen Fehler erkannt hatte, nickte. Sie kreisten einen Moment umeinander, doch dann ging Ambrose in die Offensive und trieb Ackley mit mehreren raschen Schlägen zurück. Er konnte alle bis auf den letzten abwehren. Seine Schnelligkeit und seine Reflexe verbesserten sich mit jedem Kampf. Ambrose war mit seinen Fortschritten zufrieden.

Als die erste Runde sich dem Ende neigte, wollte Ambrose Ackley unter Druck setzen. Es juckte ihn auch in den Fingern, mehr als die leichten Schläge zu spüren, die sie austauschten. Jedoch durfte er nicht vergessen, dass dies kein Kampf war, um die Dämonen aus seinem Körper zu vertreiben oder Philippa aus seinen Gedanken. In seiner angestauten Frustration sprang er zur Seite und landete einen kräftigen Schlag in Ackleys Rippen. Dann wirbelte er herum und versetzte ihm einen Hieb auf die andere Seite. Als Ackley reagierte, erwischte Ambrose ihn am Kinn. Er hatte ihn nicht zu hart treffen wollen, doch Ackley bewegte sich in der gleichen Sekunde und Ambroses Knöchel trafen Ackley mit einem lauten Aufprall am Kiefer. Sein Schädel schnappte zurück. Er wich zurück und schüttelte den Kopf. Dann wurde sein Blick schmal und er griff an.

Ambrose hob die Fäuste, doch Ackley war erbarmungslos – genau wie Ambrose es ihm beigebracht hatte. Er trieb Ambrose mit seinen Fäusten und der schnellen Beinarbeit zurück. Ambrose gab sich alle Mühe, mitzuhalten, doch er taumelte rückwärts. Gott, wenn er sich gehen lassen könnte, würde er Ackley im Nu zu Boden schicken. In der Zeit-spanne dieses Gedankens schlug Ackley ihn in die Magen-grube und dann wieder auf die Wange. Von dem raschen Angriff bereits aus dem Gleichgewicht gebracht, fiel Ambrose nach hinten und landete auf dem Boden.

Ein lautes Keuchen von der Tür lenkte die Aufmerksam-keit aller in diese Richtung.

Dort stand Philippa mit der Hand über dem Mund und starrte die Männer an. Dann eilte sie sofort herbei und kniete sich neben Ambrose. «Geht es Ihnen gut?»

»Bestens.« In Wahrheit pochte seine Wange. Er fragte sich, ob Ackleys Kinn ihn ebenso schmerzte. Vielleicht war es keine gute Idee gewesen, das Sparring ohne Handschuhe zu praktizieren.

»Ackley?«, fragte Ambrose, als er sich aufsetzte.

Ackley zuckte mit den Schultern, doch dann rieb er sich über das Kinn. »Bestens.«

Oldham pfiff.

Ambrose und Ackley drehten sich beide zu ihm um. Mit einem Achselzucken verkündete Oldham unnötigerweise: »Die Zeit ist abgelaufen.«

Philippa, die ihn mit der Hand an der Wange berührte, zog Ambroses Aufmerksamkeit auf sie. »Sie sind verletzt«, murmelte sie.

»Sie haben mich bereits in einem weitaus schlimmeren Zustand gesehen.« Er kam auf die Füße und streckte die Hand aus, um ihr aufzuhelfen.

Sie legte die Finger in seine und der Kontakt hätte ihn beinahe wieder zu Boden geschickt – über ihr.

Ackley trat an den Tisch und nahm ein Handtuch zur Hand. Ambrose drehte sich zu Philippa um und schirmte sie vor den anderen Männern ab. »Sie können nicht hier drin sein. Wie haben Sie uns überhaupt gefunden?«

»Ich habe Mrs. Oldham gefragt. Warum kann ich nicht hier sein? Ich habe Ihnen früher schon beim Kämpfen zugeschaut.« Ihr Blick fiel auf seine Brust. Er sah zu, wie ihre Lippen sich teilten und das zarte Rosa ihrer Zungenspitze enthüllten. Zum zweiten Mal an diesem Tag verfluchte er seinen Mangel an Bekleidung, um seine Erektion zu verbergen.

Mit dem Rücken zu Oldham und Ackley führte er sie zur Tür. »Sie müssen gehen.«

Sie lehnte sich mit dem Rücken an den Türrahmen und sah ihn herausfordernd an. »Überzeugen Sie mich.«

Bei dem Gedanken, sie von einer ganzen Reihe von Dingen zu überzeugen, kam sein Blut in Wallung und keiner davon war damit verbunden, sie aus seiner Gegenwart zu entlassen. »Werden Sie sich morgen mit einem Rundgang über Beckwith zufriedengeben?«

Ihre dunklen Brauen legten sich kurz über ihre glitzernden Augen und sie hob die Mundwinkel zu einem langsamen Lächeln. »Das würde ich.«

Er stützte seine Hand an den Türrahmen über ihrem Kopf und peinigte sich selbst, indem er sich über sie beugte und ihren lieblichen, femininen Duft einatmete. »Im Austausch werden Sie sich von diesem Turm fernhalten. Verstanden?« Bei Gott, er brauchte einen Zufluchtsort vor ihr, wenn er sein Gelübde einhalten wollte.

Sie schlug den Blick nieder und als sie ihm dann wieder in die Augen blickte, lächelte sie breit. »Perfekt.«

KAPITEL 18

*A*m folgenden Morgen trat Philippa aus dem Familiensalon und blickte mit zusammengekniffenen Augen in den strahlenden Sonnenschein. Der hintere Garten, einstmals der Burgwall um die Festung, war nun ein sehr großer, von einer Mauer eingeschlossener Garten und Weideland. Mit den Rufen der Seevögel und der sanften Brise vom Meer war es eine wunderschöne heitere Umgebung.

Mrs. Oldham hatte sie informiert, dass Ambrose bei den Stallungen auf sie warten würde, die in der nordöstlichen Ecke des Burggeländes lagen. Philippa, die kaum erwarten konnte, ihn zu sehen, folgte einem Weg in diese Richtung.

Der gestrige Abend war nicht so verlaufen wie geplant – dass er sie aus dem Trainingsraum ausgeschlossen hatte, war ein Rückschritt, da sie beabsichtigt hatte, Zeit mit ihm zu verbringen –, doch durch seine Reaktion auf sie fühlte sie sich ermutigt. Obwohl ihr Ziel nicht darin bestand, ihn zu verärgern, war es dennoch besser als Gleichgültigkeit. Seine emotionale Antwort zeigte zumindest, dass er *etwas* für sie fühlte.

Der Weg gabelte sich zu den Stallungen von Beckwith. Sie trat ein, und der Duft von Heu und das leise Schnauben der Pferde hieß ihre Sinne willkommen. Dieser angenehme Augenblick wurde umgehend vom Klang zweier männlicher Stimmen zunichtegemacht, die im Streit laut geworden waren.

»Mylord, Ihr könnt doch keinen Karren nehmen!«

»Spann das verdammte Ding einfach an!«

Philippa schritt zu der Stelle hinüber, an der Ambrose über einem weitaus kleineren, stämmigeren Mann mit einem glänzenden kahlen Schädel ragte. Wahrscheinlich war er der Stallmeister.

Bei Philippas Anblick lächelte der Mann breit und gab den Blick auf eine Lücke in seinen Vorderzähnen preis, durch die, nun, ein Karren passieren konnte. »Guten Morgen, Mylady.«

»Guten Morgen«, antwortete sie herzlich, wenngleich sie Ambrose einen fragenden Blick zuwarf, der gerade finster auf seinen Dienstboten sah. »Gibt es ein Problem?«

»Nicht, wenn es Euch nichts ausmacht, in einem Karren auf Beckwith herumzuholpern.« Der Diener beäugte ihr Reitkostüm. »Ich würde wetten, dass Ihr eine Reiterin seid, Mylady.«

Sie legte den Kopf schief. »Das bin ich, danke. Worum geht es mit diesem Karren?« Sie sah zwischen den beiden Männern hin und her.

»Seine Lordschaft plant, eine Rundfahrt mit Euch auf seinem schönen Anwesen zu unternehmen. In einem Karren. Das wäre akzeptabel, wenn Ihr den Feldwegen folgt, aber um die wahre Schönheit von Beckwith und der Roseland Halbinsel zu genießen, werdet Ihr zu *Pferd* aufbrechen müssen.« Die letzten Worte warf er Ambrose wie einen Dolch zu.

Philippa dachte, dass es angesichts seiner Art, wie er sie behandelte, mehr als nur ein bisschen gerecht wäre, Ambrose ein bisschen zu quälen. »Oh, aber ich habe erfahren, dass Seine Lordschaft nicht reitet.«

Der Stallmeister sah zuerst sie und dann Ambrose mit offenem Mund an. »Was? Ich verstehe, warum Ihr vielleicht Orpheus meidet, aber Ihr reitet überhaupt nicht mehr?«

Nicht mehr. Was bedeutete, dass er einst geritten hatte. Warum hatte er aufgehört?

Ambrose starrte seinen Diener böse an. »Sattle Demetrius.«

Der kleinere Mann wirkte ein bisschen überrascht, ehe er sich an Philippa wandte. »Und für Euch werde ich Mathilda satteln, Mylady. Ich bin übrigens Welch.«

»Danke, Welch«, antwortete sie, während ihr Blick zu Ambrose schweifte.

Welch entfernte sich zum anderen Ende des Stalls.

Eine Ader pulsierte an Ambroses Hals. Er wirkte wütend, aber auch noch etwas anderes. Sein Gesicht war ein bisschen blass geworden. »Wir müssen nicht reiten, wenn Sie nicht wollen«, meinte sie leise. Er war eindeutig beunruhigt darüber, reiten zu müssen, und das wollte sie ihm nicht zumuten.

»Nein, ich werde reiten.« Seine Lippen bewegten sich kaum und er sah sie nicht an. »Wirklich, wir können den Karren nehmen«, beharrte sie. »Oder zu Fuß gehen.«

»Kommen Sie, helfen wir Welch.« Er wartete nicht auf sie, sondern fing an, die Stallgasse entlang zu gehen. Als sie an einer bestimmten Box vorbeikamen, wieherte das Pferd darin und tänzelte. Philippa kam auf gleiche Höhe mit dem Tier und blieb stehen. Es war ein herrlicher schwarzer Araber und sogar jetzt schnaubte er noch und reckte sich über die Tür, um Ambrose nachzusehen, der bereits vorbeigegangen war.

Behutsam strecke sie die Hand aus, um dem Tier über die

Nase zu streicheln. »Du bist ein hübscher Bursche. Dir geht es gut, nicht wahr?«

Der Araber stupste sie kurz an, doch er stampfte mit den Hufen.

Philippa erschrak, als Ambrose – der offenbar wieder kehrtgemacht hatte – sie am Handgelenk fasste und von dem Pferd wegzog. Der Araber wieherte laut und drängte zu Ambrose vor, doch dieser zog Philippa weg. »Fassen Sie dieses Tier nicht an.«

Sein Tonfall war so scharf, so eindringlich und sein Griff um ihr Handgelenk so fest, dass Philippa nur nickte.

Ambrose ließ sie los und drehte sich abrupt um, ehe er an Welch vorbeiging, der eine dunkelbraune Stute führte.

Welch schüttelte hinter Ambroses Rücken den Kopf und übergab Philippa die Zügel. »Dies ist Mathilda. Draußen im Hof ist ein Aufsteigblock.«

Sie nickte und hielt es für das Beste, Ambrose ein paar Minuten Zeit zu gewähren, um sich zu erholen. Noch nie hatte sie ihn so aufgewühlt gesehen, nicht einmal als er Jagger und seinen Männern in jener Nacht ihres Kennenlernens gegenübergestanden hatte.

Sie führte Mathilda nach draußen und fand den Block. Fünf Minuten später trat Ambrose aus dem Stall, mit einem lebhaften grauen Wallach am Zügel.

Er blieb einen Augenblick im Hof stehen und Philippa hielt den Atem an. Wie lange war es her, seit er geritten war? Wahrscheinlich, seit er Beckwith verlassen hatte.

Er schwang sich auf den Rücken des Pferdes und ritt das Tier im Schritt auf sie zu. Ob seit Ambroses letztem Ritt fünf Jahre oder fünf Minuten vergangen waren, vermochte Philippa nicht zu sagen. Er schien sich zu Pferd ebenso zuhause zu fühlen wie sie selbst. In seinem dunkelblauen Frack und der gelbbraunen Hose sah er auch ungemein attraktiv aus.

Ein modischer Beaver war tief in seine Stirn gezogen und beschattete seine Augen.

»Sind Sie bereit?«, fragte er.

Sie nickte. Sie lenkten ihre Pferde aus dem Burghof. Gestern Abend hatte er von der Mauer erzählt, die sie instand setzten und das Tor, das sie bauten. Es sah aus, als sei bereits ein gutes Stück Arbeit geleistet worden und ganz bestimmt konnte im Verlauf der nächsten Woche noch mehr erledigt werden. Würde er abreisen, ehe sie fertig waren? Oder würde er über den Kampf hinaus bleiben? Sie hatte so viele Fragen, die sie ihm stellen wollte, und nicht mit der Absicht, ihn bewerten zu wollen. Sie wollte es *wissen*.

Sie ritten ihre Pferde ein paar Minuten und sie schloss zu ihm auf. Er lenkte den Blick zu ihr hinüber, doch unter der Krempe seines Huts konnte sie seinen Ausdruck nicht erkennen. Als sein Pferd allerdings an Tempo zulegte, verstand sie, dass es an der Zeit war, schneller zu werden.

Leise sprach Philippa zu Mathilda und forderte sie zu einem Trab auf. Die Luft war so rein und die Brise vom Meer so frisch und kühl. Es gab wirklich nichts Besseres, als an solch einem herrlichen Tag zu reiten. Sie lachte vor purer Freude, als sie an Ambrose vorbeizog und Mathilda zu vollem Lauf aufforderte.

Sie sausten an den Klippen entlang. Unter ihnen erstreckte sich der helle Strand am Ufer des Meeres, dessen dunkelgrünes, in unregelmäßigen Abständen mit Weiß getupftes Wasser sich endlos dahinzog. Ein Geräusch hinter ihr brachte sie dazu, sich im Sattel umzudrehen.

Ambrose holte sie ein. Jetzt konnte sie sein Gesicht perfekt erkennen. Er war fuchsteufelswild.

Er lenkte sein Pferd neben ihres und riss ihr die Zügeln aus ihren Händen. Philippa schnappte nach Luft, als sich in ihren Schock ein Körnchen Bewunderung mischte. Gleich-

wohl jetzt nicht der richtige Zeitpunkt war, über sein über-
ragendes reiterliches Können zu reflektieren.

»Was um alles in der Welt glauben Sie, was Sie hier
tun?«, verlangte er zu erfahren, als er sein Pferd zum
Stehen brachte. Der Anblick, wie seine Muskeln sich
anspannten und seine Augen wütend funkelten, brachte ihr
nur allzu sehr die Kraft seines Körpers und die Zerbrech-
lichkeit seines Temperaments zu Bewusstsein. Dennoch
war sie seiner ständigen, gegen sie gerichteten Wutaus-
brüche müde.

Sie bündelte ihren eigenen Zorn und starrte ihn an. »Ein
Pferd reiten. Was um alles in der Welt glauben Sie, was Sie
hier tun?«

»So reiten Sie ein Pferd? In halsbrecherischer Geschwin-
digkeit auf einem Weg, den Sie noch nie zuvor geritten sind?
Und dann drehen Sie sich *herum*?« Die Haut um seinen
Mund war blass. Er hatte Angst.

Philippa wurde auf der Stelle beschwichtigend. Sie griff
nach seiner Hand und berührte sie. »Ich bin eine hervorragende Reiterin. Sie müssen sich keine Sorgen machen.«

Er riss die Hand zurück und versetzte Demetrius in
Unruhe, der unter ihm tänzelte. Ambrose warf ihr die Zügel
zu. »Da Sie so eine ausgezeichnete Reiterin sind, bin ich
sicher, dass Sie den Rückweg zu den Stallungen allein finden
können.« Er zog an seinen Zügeln.

Sie versuchte, ihn wieder zu berühren. »Warten Sie,
gehen Sie nicht.«

Er sah sie mit einem schmerzerfüllten Blick an, und dann
wendete er sein Pferd und warf Erde und Grasbüschel hinter
sich auf. Er überquerte das Feld von der Klippe weg.

Das war ganz und gar nicht wie geplant gelaufen.
Irgendwie hatte sie ihn zu Tode erschreckt. Sie wollte ihm
folgen, doch dann dachte sie, es könnte vielleicht besser sein,
sich ihm erst später zu nähern. Nachdem er Zeit hatte,

darüber zu reflektieren, was auch immer ihr Handeln aufgewühlt hatte.

Resigniert fasste Philippa die Zügel und beugte sich über Mathilda. »Lass uns weiterreiten. Ich bin mit unserem Ausritt noch nicht am Ende und du scheinst auch deinen Spaß daran zu haben.«

Nachdem sie ein paar Minuten dem Weg an der Klippe entlang gefolgt war, lenkte Philippa die Stute von der atemberaubenden Sicht auf den Ozean weg und überquerte ein üppiges grünes Feld. Der Wind, der ihr über das Gesicht strich und der Geruch des Meeres in ihrem Rücken ließen sie beinahe das entmutigende Unterfangen vergessen, dessentwegen sie hierher gekommen war. Doch dann ragte die hohe Spitze einer Kirche vor ihr auf und sofort wurde sie wieder daran erinnert, wohin das Leben zu führen drohte – zum Altar mit einem Mann, den zu heiraten sie nicht den geringsten Wunsch verspürte.

Mathilda zu einem langsameren Tempo parierend, ritt sie in das Städtchen Gerrans ein. Zumindest dachte sie, dass es sich um Gerrans handelte. Mrs. Oldham hatte Gerrans auf dem Hügel liegend beschrieben, während Portscatho unten in der Bucht lag – wirklich nicht weit entfernt, um als eigene Ortschaft zu gelten, doch so war es.

Sie ritt an der mittelalterlichen Kirche rechter Hand vorbei, die von einem großen Garten umgeben war. Grabsteine zogen sich in ordentlicher Anordnung über die Hinterseite. War Ambroses Familie hier bestattet? Sein Bruder?

Weiter voran waren Häuschen, Ladengeschäfte und eine kleine Taverne zu sehen. Dann schloss sich ein offener Bereich mit ein paar Marktständen an.

Neugierig saß sie ab und band Mathilda an einem Pfosten fest. Am ersten Stand wurden Backwaren und Süßigkeiten feilgeboten. Der köstliche Duft waberte in der Luft. Soweit sie das beurteilen konnte, waren die wundervollen Düfte der Roseland Halbinsel unvergleichlich.

Der nächste Stand wurde von einer Fischhändlerin betrieben, einer rotwangigen Frau, die etwa zehn Jahre älter als Philippa war. Sie und ihre Kundin, eine zierliche, sinnliche Frau mit blondem Haar, verfielen in Schweigen und drehten sich um, als Philippa sich näherte.

»Guten Morgen«, grüßte Philippa.

»Guten Morgen«, gab die Fischhändlerin zurück. Sie nahm Philippa mit einem raschen neugierigen Blick unter die Lupe. »Ihr seid neu in der Stadt?«

Philippa nickte, unfähig, den Blick von der blonden Frau abzuwenden. Mit ihren funkelnden katzenartigen Augen und den üppigen rosigen Lippen war sie eine Schönheit. Philippa lenkte den Blick zur Fischhändlerin zurück. »Ich besuche Beckwith.«

Die Augen der Fischhändlerin weiteten sich kurz – so kurz, dass Philippa es möglicherweise hätte übersehen können. Allerdings war der stille Austausch zwischen ihr und der Blonden unmissverständlich.

Die Blonde bedachte sie mit einem strahlenden Lächeln. »Gestatten Sie mir, mich vorzustellen. Ich bin Miss Lettice Chandler.«

Miss? Sie musste mindestens fünf Jahre älter als Philippa sein. Warum war eine Schönheit wie sie unverheiratet? *Vielleicht aus den gleichen Gründen wie Philippa.*

Erfreut, eine – vielleicht – gleichgesinnte Frau kennenzulernen, erwiderte Philippa ihr Lächeln. »Ich bin Lady Philippa Latham.«

Miss Chandler wies auf die Frau im Stand. »Lady Philippa, dies ist Delores, unsere verehrte Fischhändlerin. Sie dürfen auf der Roseland Halbinsel nicht darauf verzichten, frische Meeresfrüchte zu kosten.«

Philippa nahm die Auswahl an Fisch und anderem

Meeresgetier in Augenschein, die hinter Delores auf einem schattigen Tisch lagen. »Das kann ich sehen.«

»Sind Sie aus London zu Besuch gekommen, Lady Philippa?«, erkundigte sich Miss Chandler. »Ich bin von London.«

»Tatsächlich?« Zwei unverheiratete junge Damen aus London begegnen sich im weit entfernten Cornwall – wie groß war die Chance für solch einen Zufall? »Ihre Familie ist hierher umgesiedelt? Das ist eine beachtliche Entfernung.«

Delores stieß ein leises Geräusch aus und neigte den Kopf. Miss Chandler warf ihr einen Blick zu, doch Philippa konnte nicht ausmachen, ob sie irgendeine bedeutsame Kommunikation austauschten.

»Ich bin hierhergekommen, um mich zu verheiraten«, antwortet Miss Chandler, »aber leider verstarb mein Verlobter.« Wie traurig, und dennoch, warum war sie nicht nach London zurückgekehrt? Philippa war neugierig, doch sie besaß zu viel Takt, um zu fragen. Lydia würde nachbohren, wenn sie hier wäre. Miss Chandler fügte hinzu: »Es liegt lange zurück und ich bin wieder verlobt. Erst seit Kurzem, um genau zu sein.«

Es war lange her? Vielleicht hatte Miss Chandler sich einfach in die Roseland Halbinsel verliebt. Philippa konnte sich gut vorstellen, dass so etwas passierte. Sie war selbst bereits auf halbem Wege dorthin. »Herzlichen Glückwunsch.«

Miss Chandler zeigte in Richtung der Hauptstraße. »Würden Sie gern ein wenig spazieren gehen?«

Warum nicht? Es war ja nicht so, dass Ambrose sie auf Beckwith erwartete. »Ja, danke.«

Sie beide nickten Delores zu, ehe sie ihren Gang die Hauptstraße entlang aufnahmen.

»Sie sind Lord Sevrins Gast?« Miss Chandler legte den Kopf schief und sah sie fragend an. »Wie geht es ihm?«

Nach dem subtilen Glitzern in Miss Chandlers Augen zu

urteilen, war dies keine belanglose Frage, um Konversation zu machen. Es war ein Glitzern, das sich wahrscheinlich in ihrem eigenen Blick widergespiegelt hätte, wenn sie diese Frage gestellt hätte. Argwohn setzte sich in Philippas Nacken fest.

Wie sollte sie darauf antworten? *Dass er ein wütender Schurke war, der sie ruiniert und sitzen gelassen hatte?* Am liebsten würde Philippa mit ihrer eigenen Frage antworten – *wie sollte es ihm denn gehen?* –, doch sie war sich nicht ganz sicher, ob sie das überhaupt wissen wollte. Nervös und voller Argwohn entgegnete sie: »Es geht ihm gut. Er trainiert einen Boxer für einen Kampf nächste Woche in Truro.«

»Das ist mir zu Ohren gekommen. Ich habe nicht gewusst, dass er Boxer ist.« Offensichtlich kannte Miss Chandler ihn also.

Konnte sie vielleicht die Frau sein, die Ambrose ruiniert hatte? Die Verlobte von Nigel? Gleichwohl Philippa auf der Suche nach Antworten nach Cornwall gekommen war, konnte sie angesichts Ambroses Vergangenheit in Gestalt dieser schönen Frau die aufsteigende Besorgnis in ihrer Brust nicht im Zaum halten. »Miss Chandler, woher kennen Sie Sevrin?«

Miss Chandler blieb stehen und wandte sich ihr zu. »Sie haben noch nicht von mir gehört?«

Jetzt bestand kein Zweifel mehr an Miss Chandlers Identität. Philippa spannte sich an. Die Sonne schien heißer zu brennen, die Luft stiller zu werden. »Nicht dem Namen nach, aber ich kombiniere, dass Sie die Frau sind, die er ruiniert hat.« Nun, die *andere* Frau, die er ruiniert hatte, doch diese Information musste sie ja nicht ausplaudern.

Miss Chandler zeigte keine Überraschung, keine Entrüstung. Sie lebte allerdings auch schon jahrelang mit diesem Makel. Anders als Philippa, die noch immer zusammenzuckte, sobald sie an den Tag zurückdachte, an dem Lydia und ihre Tante sie auf offener Straße geschnitten hatten. »Er hat Ihnen also alles über mich erzählt?«

»Nein, das hat er nicht.« Denn das würde ein tiefgreifendes Vertrauen voraussetzen, das sie einander nicht entgegenbrachten. Denn andererseits hätte sie ihm dann auch von ihrer bevorstehenden Heirat erzählt und davon, was sie sich wirklich von diesem Besuch erhoffte. »Ich weiß, dass Sie ... ein Liebespaar waren.« Das Wort blieb ihr fast im Hals stecken. Heiß stieg die Röte ihr in den Nacken und glühte auf ihren Wangen. Sie wandte den Blick ab. »Und ich weiß, dass Sie mit seinem Bruder verlobt waren, der offenbar durch Ambroses Hand starb.«

Miss Chandler machte große Augen. Sie hob die Hand vor ihren offenen Mund. »So hat sich das nicht zugetragen.«

Philippas Herz raste. »Stimmt irgendetwas davon?«

»Wir waren ein Liebespaar, ja, und ich war mit Nigel verlobt, aber Ambrose hat ihn nicht umgebracht.«

»Es heißt, Ambrose und Nigel hätten sich duelliert. Dass Ambrose ihn getötet hat.«

Miss Chandler schüttelte den Kopf. Ein Tränenschleier glitzerte in ihren Augen. »Verzeihen Sie.« Sie zog ein Taschentuch hervor und tupfte sich die Augen.

Philippa wollte die Frau verachten, die Ambrose über seinen eigenen Bruder gestellt hatte, eine Frau, die ihren Verlobten hintergangen hatte. Doch Philippa besann sich auf ihren eigenen Umgang mit Allred und fühlte eine eigentümliche Verbindung zu Miss Chandler.

Philippa gestikulierte mit einer Geste auf den Weg vor ihnen. »Kommen Sie, gehen wir.«

Miss Chandler schritt neben ihr her. »Sind Sie und Ambrose, das heißt ... Ich sollte annehmen, dass Sie mich hassen würden, aber vielleicht empfinden Sie keine Anziehung zu ihm.«

Andere Frauen hätten Miss Chandler vielleicht gehasst,

doch Philippa wollte zum Kern von Ambroses Schmerz vordringen, und diese Frau konnte ihr dabei helfen. »Ich bin hier, um eine Antwort auf die Frage zu finden, ob Ambrose und ich zusammenpassen.«

»Sie sind nicht verlobt?« Miss Chandler lächelte reumütig und schüttelte den Kopf. »Natürlich nicht, Ambrose hat Ihnen nicht einmal einen Antrag gemacht, nicht wahr?«

Sie verspürte eine Welle des Mitleids für Miss Chandler. Er hatte Philippa weitaus mehr Beachtung erübrigt als seiner vormaligen Geliebten. »Doch, das hat er. Ich habe ihn abgewiesen.«

Miss Chandler blieb der Mund offen stehen. »Warum?«

»Ich war nicht der Meinung, dass er ein guter Ehemann sein würde. Und dessen bin ich mir immer noch nicht sicher. Warum hatte er Ihnen keinen Antrag gemacht?«

»Er wollte es nicht. Aber selbst wenn das geschehen wäre, glaube ich nicht, dass er mich geheiratet hätte. Ich wäre für ihn nur eine Erinnerung an Nigel gewesen, daran, wie er – wie wir – ihm Unrecht getan hatten.«

Philippa bemerkte, dass Miss Chandler nichts von Liebe erwähnte. »Aber er hatte sich Ihrer angenommen. Ich meine, Sie sind hier, und scheinbar geht es Ihnen gut.« Es ging Philippa wirklich nichts an, auf welche Weise Miss Chandler ihr Auskommen bestritt, aber sie war trotzdem neugierig.

»Ja, Ambrose hat ein Häuschen für mich erworben.« Sie wandte den Blick ab. »Mein Vater war gegen meine Rückkehr nach London.«

»Das tut mir sehr leid.« Philippa fragte sich, ob ihr Vater sie ebenso behandeln würde, wenn sie sich weigerte, Sir Mortimer zu heiraten.

»Er war so stolz auf meine bevorstehende Heirat mit einem Viscount. Ich hatte ihm nicht viel Hoffnung gemacht, wissen Sie. Es gab jede Menge Männer, die interessiert waren, doch keiner hatte sich mir erklärt. Als Nigel Vaters Geschäft aufsuchte – er ist Schneider – und sich in mich verliebte, war Vater begeistert. Er konnte kaum erwarten, dass wir nach Cornwall fuhren und heirateten, wie es Nigels Wunsch war.«

»Und als Sie nicht heirateten, hatte er Sie nicht wieder nach Hause kommen lassen wollen.«

Miss Chandler schüttelte den Kopf. »Ich habe seit fünf Jahren nicht mehr mit ihm korrespondiert.«

»Es tut mir leid, das zu hören.«

»Das muss es nicht. Ich habe meinen Schlamassel selbst angerichtet. Ich mache meinem Vater keinen Vorwurf. Er hatte hohe Erwartungen an mich, und ich habe ihn enttäuscht.«

Ebenso wie Philippas Vater Erwartungen in sie setzte. Sie war dankbar für seine Sorge, sie verheiratet sehen zu wollen, und das nicht nur um den Ruf ihrer Familie willen, sondern auch zum Wohle ihrer Zukunft. Zumindest hoffte sie, dass seine Handlungen von solchen Gedanken motiviert waren. Dennoch widerstrebte es Philippa, Sir Mortimer zu heiraten, da sie ihn nicht liebte, und sie bezweifelte, das je zu tun. Sie blickte Miss Chandler an. »Hatten Sie Nigel geliebt?«

»Bedauerlicherweise nein. Er hatte so viel Besseres verdient, als das, was ich für ihn erübrigt hatte. Ich musste heiraten oder das hatte ich zumindest gedacht.« Ihre Wangen liefen feuerrot an. »Verzeihen Sie. Ich würde lieber nicht davon sprechen. Manche Dinge bleiben besser begraben, insbesondere mein früheres Benehmen.«

»Ich wollte nicht neugierig sein.« Wie Philippa nun erkannte, war ihre Unterhaltung zu persönlich geworden, aber Miss Chandler war sehr entgegenkommend gewesen. Dennoch wollte Philippa ihr keine Qualen bereiten.

»Das ist in Ordnung. Sie wollen doch nur erfahren, was

passiert ist. Das weiß ich. Das muss Ihnen wichtig sein, denn Sie versuchen ja herauszufinden, ob er geeignet ist.«

Es war wichtig, aber nicht auf Kosten von Miss Chandlers Behaglichkeit. »Sie müssen mir nichts weiter mitteilen.«

»Nein, meiner Ansicht nach wäre es gut für Sie, Ambroses damaliges Verhalten zu verstehen. Aber ich habe natürlich keine Ahnung, wie er jetzt ist.«

Philippa konnte sich die Frage nicht verkneifen: »Wie war er damals?«

Miss Chandler blickte mit wehmütiger Miene zum Himmel auf. »Umwerfend charmant, überwältigend attraktiv, unverbesserlich kokett.« Das klang sehr nach dem Ambrose, den Philippa in Lockwood House kennengelernt hatte. »Ich war sofort von ihm hingerissen, als ich ihn kennenlernte.«

Philippa wurde von einer Woge der Eifersucht erfasst. Miss Chandler hatte sich in Ambrose verliebt, und sie hatten eine glühende Liebesbeziehung miteinander geführt. Doch zu Philippa hatte er peinlichst Distanz gewahrt. Plötzlich schien ihr Ziel unerreichbar, ihn in sie verliebt zu machen.

Miss Chandler schlug den Blick zu Boden. »Ich war so verliebt, dass mir die Spannungen gar nicht aufgefallen wären, die zwischen Nigel und ihm herrschten, wenn Mrs. Oldham sich nicht so offen darüber geäußert hätte. Nigel war mit der Absicht aus London zurückgekehrt, eine einflussreichere Position auf Beckwith einzunehmen. Ambrose gefiel das nicht. Er war in dem Glauben erzogen worden, dass Beckwith und der Titel einmal ihm zugeschrieben würden. Nigel hatte mir von ihrem Vater erzählt, der deutlich gemacht hatte, dass die Zukunft von Beckwith in Ambroses Händen lag.«

Philippa stellte sich einen jungen Mann vor, dem das Gefühl zu eigen war, Anspruch auf ein Leben zu haben, das ihm im Grunde nicht zustand. Ein junger Mann, den man zu seinem Erfolg ermutigt und buchstäblich dazu getrieben hatte, und dem man dann aber erklärte, nicht länger vonnöten zu sein.»Ambrose fühlte sich verraten.«

»Ja, er fühlte sich, als hätte man ihn seines Geburtsrechts beraubt. Gleichzeitig war Nigel über Ambroses Stärken verbittert und die Art und Weise, wie alle anderen ihn bewunderten. Sie waren – ohne eigenes Verschulden – gegeneinander ausgespielt worden.«

»Wie furchtbar für beide. Darf ich fragen, wie Nigel ums Leben gekommen ist?«

Miss Chandlers Augen wurden dunkler und die Lippen schmaler. »Er stürzte von Ambroses Pferd.«

Deshalb ritt Ambrose nicht. Kein Wunder, dass er in den Stallungen so ungemein ängstlich gewirkt hatte. Das erklärte auch seine Reaktion, als sie das Pferd gestreichelt hatte, von dem sein Bruder gestürzt war, und wahrscheinlich auch seine Reaktion vorhin, als sie sich im Sattel umgedreht hatte. »Orpheus?«

Miss Chandler nickte.

Dieses arme, prächtige Tier. Es vermisste eindeutig seinen Herrn. Und angesichts Ambroses Reitkünsten, musste er diese Betätigung die ganze Zeit über vermisst haben, und trotzdem hatte er es sich versagt. Was versagte er sich außerdem noch aus Schuldgefühlen?

Sie gingen einen Moment, ohne etwas zu sagen. Über ihren Köpfen flogen die Vögel dahin und der Wind zauste Philippas Haar. »Die Halbinsel ist so schön. Auch wenn Sie hier unfreiwillig gestrandet sind, kann dies keine harte Prüfung gewesen sein.« Mit einem halben Lächeln im Gesicht blickte sie Miss Chandler an.

Miss Chandler schürzte die Lippen zur Antwort. »Ganz und gar nicht. Für mich ist es jetzt mein Zuhause. Wie lange werden Sie hierbleiben?«

»Leider nicht sehr lange. Vielleicht eine Woche.« Oder

weniger, wenn sie nicht imstande wäre, irgendwelche Fort-
schritte mit Ambrose zu erzielen. Im Moment schien eine
Beziehung zu ihm so unwahrscheinlich wie den Kanal nach
Frankreich schwimmend zu überqueren.

»So eine kurze Zeit? Wenn Sie abreisen, können Sie nicht
zu meiner Hochzeit kommen.«

Philippa war sich nicht sicher, ob es angemessen wäre, an
Miss Chandlers Hochzeit teilzunehmen, doch sie war
dankbar für diese Zuvorkommenheit. »Ich fürchte, ich
werde im Haus meines Vaters erwartet. Je nachdem, was mit
Ambrose passiert, werde ich in einem Monat selbst
heiraten.«

Miss Chandler riss die Augen auf. »Sie sind mit einem
anderem verlobt?«

»Nicht formell, doch mein Vater hat eine Heirat arrangiert. Da ich keine anderen Aussichten habe, muss ich diese
Alternative erwägen.«

»Sie haben andere Aussichten. Sie haben Ambrose.«

Philippa lachte, wenngleich sie nicht die geringste Heiterkeit dabei empfand. Im Augenblick schien ihre Situation
völlig hoffnungslos. »Ich ›habe‹ nichts.«

Miss Chandler blieb stehen und drehte sich Philippa zu.
»Das ist nicht wahr. Er hat Ihnen einmal einen Antrag
gemacht. Sie sind hier – und er hat Sie nicht hinausgewor-
fen. Sie sind mir schon um Einiges voraus.«

Leider war Philippa sich keineswegs sicher, ob das
genügte.

KAPITEL 19

*A*mbrose stürmte auf Demetrius über Beckwith, bis sie beide erschöpft waren. Seine Oberschenkel protestierten, da er nicht mehr gewohnt war, im Sattel zu sitzen. Doch es fühlte sich gut an.

Er hasste das.

Nach Nigels Tod hatte Ambrose sich geschworen, nie wieder zu reiten. Wie er sich auch geschworen hatte, nach Lettice nie wieder eine Frau anzurühren.

Sich selbst seiner beiden Lieblingstätigkeiten zu berauben, war ihm als gerechte Strafe für sein egoistisches Verhalten erschienen. Und weil sich das Reiten so verflixt gut anfühlte, verabscheute er sich jetzt wieder aufs Neue. Als hätte er je damit aufgehört. Wie war all diese Selbstverachtung nur zu bewältigen?

Mit Kämpfen, wann immer er von Schmerz übermannt wurde. Er brauchte einen gottverfluchten Kampf und keine Übungsstunde.

Oder einen richtig guten Fick. Was überhaupt nicht in Frage kam. Vor dem Reiten hatte er kapituliert, und er sträubte sich mit aller Macht, es mit dem Geschlechtsverkehr ebenso zu halten. Obwohl Philippa ihn an die Grenzen seiner Selbstbeherrschung trieb.

Ein Kampf also. Aber nicht in Gerrans oder Portscatho. Er würde sich nicht in diese Städte wagen. Nicht, weil er sich um seinen Empfang dort sorgte – die Leute verachteten ihn wahrscheinlich noch immer, was er ihnen nicht verübeln konnte. Da waren zu viele Erinnerungen, zu viele gemeinsame Erfahrungen an ein Leben, das er begraben hatte, und wobei er es lieber belassen wollte.

Und dann war da natürlich noch Lettice. Falls er die Roseland Halbinsel wieder verlassen könnte, ohne ihr zu begegnen, würde er sich glücklich schätzen.

Die Roseland Halbinsel verlassen.

Obwohl er ein paar Meilen landeinwärts geritten war, lag der Geruch des Meeres noch immer in der Luft. Die Sonne brannte heiß und strahlend. Er nahm seinen Hut ab und ließ die Hitze auf sein Haupt wirken. Mit geschlossenen Augen lauschte er den Vögeln, dem entfernten Blöken von Beckwiths Schafen und dem Pochen seines Herzens, das abermals am Zerbrechen war. Wie sehr er diesen Ort vermisst hatte.

Fünf Jahre waren eine lange Zeit, um sein Bedauern zu nähren. Hatte er wirklich erwartet, seine restliche Existenz auf Erden über einer Taverne in London zu fristen? Seine Zeit mit Boxen zu verbringen und seinen Pflichten nur oberflächlich nachzukommen?

Vermutlich nicht.

Aber er hatte auch nicht darüber nachgedacht, was er mit den Jahren anfangen sollte, die noch vor ihm lagen. Abgesehen von seinen Bestrafungen und seinem Gelöbnis, niemals zu heiraten, hatte er überhaupt keine Pläne. Keine Ambitionen. Er war sogar damit zufrieden, seinen Cousin zweiten Grades als Erben einzusetzen. Zumindest hatte er sich dieses Gefühl eingeredet.

Sein Vater hatte ihn dazu erzogen, Beckwith zu leiten

und sich als führende Persönlichkeit auf der Roseland Halbinsel zu etablieren. In Anbetracht der Tatsache, dass Ambrose nicht der Erbe war, war dies ein überaus eigentümliches Ziel gewesen, das sich jedoch leicht erklären ließ, da niemand erwartet hatte, dass Nigel lange genug leben würde, um zu erben. Einschließlich Ambrose.

Was seine Taten nicht entschuldigte. Nigel hatte länger gelebt, als irgendjemand vorausgesagt hatte, und vielleicht wäre er sogar heute noch hier, wenn nicht Ambroses Selbstsucht und Arroganz gewesen wären.

Zum Teufel damit.

Ambrose wendete und trat den Rückweg an, wenn auch langsamer, als er gekommen war. Würde er Philippa dort finden, wo er sie zurückgelassen hatte? War sie zu den Stallungen zurückgekehrt oder hatte sie ihren Ausritt fortgesetzt? Er hätte sie nicht so zurücklassen dürfen, aber von einem selbstsüchtigen Schnösel wie ihm konnte man nichts anderes erwarten.

Wie sollte er nur mit ihr verfahren? Sollte er versuchen, sie während der nächsten Woche zu ignorieren? Sie vor die Tür setzen, wie er es mit Lettice getan hatte? Nein, sie hatte etwas Besseres verdient. Lettice hatte etwas Besseres verdient. Zumindest hatte er ihr das Häuschen gekauft, nicht, dass diese Tat sein Gewissen sonderlich erleichterte.

Als Ambrose schließlich kurz vor dem Mittagessen wieder vor den Stallungen ankam, bedachte Welch ihn mit einem neugierigen Blick. Er sagte kein Wort, sondern nahm Demetrius' Zügel entgegen, was auch gut so war, denn Ambrose hatte keine Lust, den Stall zu betreten und Orpheus zu sehen. Obwohl er eingewilligt hatte, heute zu reiten, war er sich immer noch nicht sicher, ob er das wieder tun würde.

So ein Blödsinn. Jetzt, wo er es getan hatte, konnte er es nicht wieder lassen. Es war, als hätte er die Narbe aufgerissen und könnte den Blutfluss nicht mehr aufhalten. Was bedeutete, dass er sich doppelt anstrengen musste, die Finger von der anderen Versuchung – Philippa – zu lassen.

Mit diesem Gedanken im Hinterkopf beschloss er, auf direktem Wege in sein Schlafgemach zu verschwinden, wo er sie auf die einzige, ihm bekannte Art aus seinen Gedanken drängen könnte, wenn auch nur für eine kurze Zeit.

Bei seiner Ankunft im Obergeschoss war er derart angespannt, dass er zu explodieren glaubte. Doch andererseits vermutete er, genau das tun zu müssen. Jetzt, durch seine eigene Hand. Vorfreude durchströmte ihn und erweckte seinen Schaft.

Er trat an die Fenster auf der anderen Seite seines Bettes und blickte auf den Ozean hinaus. So blau und rein. Voller Möglichkeiten. Frei von der Vergangenheit.

Dann zog er seinen Frack und die Weste von seinem erhitzten Körper und ließ sie auf den Boden fallen. Das Stakkato seines Atems dröhnte in seinen Ohren, als er seinen Schritt aufknöpfte. Er stützte sich mit einer Hand auf den Fensterflügel und zog mit der anderen seinen Schaft aus der Unterwäsche. Halb aufgerichtet, streichelte er sich, bis sein Schaft unter seinen Fingern hart und heiß wurde.

Unausweichlich lenkte er die Gedanken zu Philippa, ihr pechschwarzes Haar und ihre honigfarbenen Augen. Zu ihrer blassen, cremefarbenen Haut, der Wölbung ihrer Brüste und ihren knospenartigen, üppigen, rosigen Brustwarzen. Dann stellte er sich ihre Hand vor, die seine ersetzte. Er sog die Luft ein, als das Blut nun heftig in seinen Schaft strömte. Schneller und schneller bewegte er seine Hand und stellte sich dabei vor, wie sie die Lippen um ihn legte und ihn in ihren Mund nahm, um ihn tief und fest zu saugen.

Fast konnte er das leise Rascheln ihrer Röcke hören, ihren köstlichen Duft nach Flieder und Honig riechen, und ihren gehauchten Atem über ihm spüren. Das Blut in seinem Schaft schoss auf und trieb ihn auf den Orgasmus zu.

Kühle Finger legten sich um seine Hand. Ruckartig riss er die Augen auf.

Sie war *hier*.

∽

*P*hilippa kehrte von ihrem Ausflug zurück, fest entschlossen, mit Ambrose Fortschritte zu machen. Nachdem sie sich vor dem Mittagessen in ihrem Zimmer frisch gemacht hatte, beschloss sie, durch das Wohnzimmer zu gehen, das sowohl zu ihrem als auch zu Ambroses Zimmer führte.

Die Tür zu seinem Zimmer war nicht ganz geschlossen. Sie trat näher. War er dort drin? Sie glaubte, jemanden gehört zu haben, aber es hätte auch einer der Bediensteten sein können.

Oder Ambrose.

Zaudernd schob sie die Tür ein Stück weiter auf. Ihr stockte der Atem. Schemenhaft an das Fenstern gelehnt, stützte er sein Gewicht mit einer Hand ab und ... befriedigte sich selbst.

Ihr wurde ganz heiß und ihre Mundhöhle war plötzlich ganz trocken. Sie hatte ihn immer als anziehend empfunden, es genossen, ihn zu küssen, ihn zu berühren, doch dies zu sehen … Sie war vom Bedürfnis übermannt, sich ihm zu nähern.

Langsam, vorsichtig mit flachem Atem durchquerte sie sein Schlafgemach und auf dem dichten Teppich blieben ihre Schritte lautlos. Er hatte das Gesicht den Fenstern zuge-wandt. Mit keinem Anzeichen verriet er, ihr Näherkommen bemerkt zu haben.

Seine scharfen ungleichmäßigen Atemzüge drangen in ihr Bewusstsein. Ihre Brüste wurden schwer und ihr zitterten die Beine.

Noch immer war er mit seiner Hose bekleidet, doch sein Penis lag in seiner Hand. Lang und dunkel und hart, streichelte er sich selbst. Er hatte die Augen geschlossen und die Muskeln seines ausgestreckten Arms wölbten sich unter dem feinen Stoff seines Hemdes.

Sie musste ihn berühren. Jetzt.

Sie legte ihre Finger auf seine Hand und streichelte seinen Schaft mit ihm. Dann hielt er an. Ruckartig öffnete er die Augen. Glasig und unstet nahmen sie bei ihrem Anblick einen unbehaglichen Ausdruck an.

»Warum sind Sie hier?« Seine Stimme war leise und gebrochen, und sie klang als käme sie aus den Tiefen seiner Kehle.

Philippa schluckte. Sie glaubte nicht, es ertragen zu können, wenn er sie abwies. »Ich möchte es.«

»Sie sollten mich nicht berühren«, krächzte er, gleichwohl er ihre Hand nicht wegstieß.

In diesem Moment war in ihrem Verstand kein Platz für die Worte *sollten nicht*. In diesem Moment ging es endlich um Bedürfnis und ihre Befriedigung – ihrer beider Befriedigung. »Das muss ich.«

»Gott, Philippa.«

Sie sank auf die Knie und schob ihre Hand über seine, worauf er sich zu ihr drehte. Dann deckte er seine Hand über ihre und zeigte ihr, wie sie ihre Finger über seinen Schaft gleiten lassen konnte.

Seine Haut war samtig weich und doch bedeckte sie einen Schaft aus Stein. Sie stellte sich vor, wie es sich anfühlen würde, wenn er in sie hineinglitt. Als sie daraufhin die Schenkel fester zusammendrückte, fühlte sie sich dort schockierend feucht an.

Er drückte ihre Hand um ihn. »Fester.«

Sie griff fester zu und ließ ihre Faust bis zu seiner Spitze hinauf und wieder zurück zum Ansatz gleiten. Ganz oben auf seinem Schaft formte sich ein Tropfen Feuchtigkeit zu einer Perle. Sie berührte die Absonderung mit dem Daumen. Warm und ein wenig dickflüssig, massierte sie die Feuchtigkeit um seine Spitze herum.

»Schneller«, forderte er.

Sie blickte zu ihm auf. Sein Blick – glasig und heiß – war auf sie geheftet. Seine Gesichtszüge waren angespannt. Er schien voll und ganz unterjocht zu sein.

Die Kraft ihrer Weiblichkeit durchströmte sie. Sie drückte ihn und glitt mit ihrer Hand immer wieder an seinem Schaft entlang. Ihre Bemühungen wurden von einer weiteren Perle Flüssigkeit belohnt. Durch seinen Blick ermutigt, beugte sie sich vor und berührte seine Spitze mit der Zunge. Er schmeckte salzig und männlich. Unerträglich erregt, leckte sie darüber und küsste ihn.

Er stöhnte auf und dann sank er auf die Knie.

Sie streichelte ihn weiter, während er sie mit seinen Armen umfing. Dann begrub er ihren Mund unter seinem, seine Zunge drang in sie ein. Er war heiß und köstlich und alles, was sie begehrte, jedoch bislang nie auch nur geahnt hatte.

Er umfasste ihren Nacken und hielt sie in seinem hungrigen Kuss fest. Er leckte und saugte. Beinahe verlor sie sich in ihrer Ekstase, erstaunt, dass ein Kuss sich so gut anfühlen konnte.

Vage umklammerte sie noch immer seinen Penis, doch durch das, was er mit ihr machte, waren ihre Bewegungen erlahmt. Sie konnte nicht denken, und sich auf nichts anderes konzentrieren als auf die Empfindungen, die er in ihr auslöste. Dann befreite er sich aus ihrem Kuss und zupfte an der Vorderseite ihres Kleides. Nach ein paar groben Rucken klaffte ihr Mieder auf, ehe er an den Bändern ihres Korsetts zupfte. Rasch und ungestüm entblößte er ihre

Brüste. Er sah sich an ihr satt. Wieder fühlte sie sich von ihrer Kraft durchströmt.

Er rollte ihre Brustwarze zwischen den Fingerspitzen seiner Hand. Sie schloss die Augen und gab sich seiner Berührung hin. Dann kniff er in ihr empfindsames Fleisch, und sie verlor sich völlig, und schmolz unter ihm. Sie klammerte sich an seine Schultern wie an einen Anker, damit sie nicht ertrank.

Er legte die Hände um ihre Brüste. Fest. Sinnlich. Ja, *ja*, genau das wollte sie, das brauchte sie.

Er senkte die Lippen auf ihre herab. Offen, heiß, gierig. Die Hände um seinen Hals geschlungen, zog sie ihn zu sich und stieß mit ihrer Zunge gegen seine.

Er drückte sie zurück, bis sie flach auf dem Teppich lag. Sie öffnete die Augen, als sie sich unter ihm streckte. Ein Bein über ihre Hüften schwingend, stützte er sich auf seinen Knien ab. Er beugte sich über sie und fuhr mit seiner Zunge tiefer in ihren Mund, um sie aufs Köstlichste auszufüllen. Sie drängte sich ihm entgegen, auf der Suche nach mehr von seinem Kuss, mehr von seiner Hand, mehr von allem.

Er löste die Lippen von ihren und ließ sie an ihrem Hals entlangwandern. Währenddessen setzte er seine süße Folter mit den Händen fort. Ihre Brüste schmerzten, und zwischen ihren Beinen verspürte sie jedes Streicheln als ein scharfes, verzweifeltes Bedürfnis. Sie stöhnte schamlos auf. »Bitte, Ambrose.«

Sanft und ehrfürchtig schloss sein Mund sich um ihre Brustwarze und saugte an ihrem erhitzten Fleisch. Sie bog den Rücken durch, drängte zu ihm hinauf und fuhr mit den Fingern durch sein Haar. *Mehr. Verlass mich niemals.*

Dann presste er den Mund fest um ihre Brustwarze und saugte daran. Eine Woge der Hitze überflutete ihr Inneres und sie schrie auf. Die Finger um ihre andere Brustwarze gelegt, zupfte er daran. Die Empfindung elektrisierte sie. Sie hob drängelnd die Hüften, auf der Suche nach etwas, das die süße Qual zwischen ihren Schenkeln linderte. Eine Qual, die sich mit jedem Lecken und jeder Liebkosung verstärkte.

»Bitte.«

Wieder beugte er sich tief über sie und leckte ihre andere Brust. Sie zerrte an seinem Haar und hielt ihn fest. Er streichelte mit seiner Hand über ihre Seite hinunter und liebkoste erst ihre Taille und dann ihre Hüfte. Doch immer noch bildeten die Lagen von Stoff eine Barriere zwischen ihnen. Sie wollte ihn nackt an sich spüren.

»Bitte«, flehte sie erneut, mit einer Stimme, die klein und atemlos klang.

Er schob ihren Rock hoch. Entblößte ihre Oberschenkel. Aufs Neue blickte er auf sie herab, als hätte er noch nie eine solche Schönheit erblickt.

Zärtlich streichelte er über die Innenseite ihres Oberschenkels. Sie seufzte leise, sie liebte seine Berührung. Dann waren seine Finger bei ihr, an ihrer Mitte. So nah ... Sie spreizte die Beine, denn es schien ihr notwendig. Er schob einen Finger in sie hinein, und sie keuchte angesichts des überraschenden Eindringens.

Er erstarrte und blickte auf sie herab. Dann entfernte er seinen Finger aus ihr und setzte sich auf seine Fersen zurück. Wieder blieb sein Blick mit ihr verhaftet, doch es war nicht mehr dasselbe. Es war, als würde er sie nicht sehen. Er wich zurück.

»Ambrose.« Sie setzte sich auf und streckte die Hände nach ihm aus »Hör nicht auf.«

Seine Augen waren groß, fast ängstlich. Was war geschehen? »Was stimmt nicht?« Sie fasste ihn um sein Handgelenk.

Er riss sich von ihr los, rappelte sich auf und drehte ihr den Rücken zu.

Kalte Luft strömte über ihr entblößtes Fleisch. Sie zurrte ihr Mieder zusammen und stand auf.

»Du solltest gehen.« Er klang wieder gebrochen.

Nein, sie hatte nicht den ganzen Weg bis hierher zurückgelegt und endlich die äußere Mauer seines Schutzwalls durchbrochen, um jetzt klein beizugeben. »Ich würde lieber zu Ende bringen, was wir begonnen haben.«

Er stand mit dem Rücken zu ihr. »Ich werde dich nicht ruinieren. Nicht auf diese Weise.«

Sie ging ein paar Schritte, bis sie hinter ihm stand. »Ich bin schon ruiniert, verdammt. Ebenso gut könntest du mir nun den Gefallen tun, mich erleben zu lassen, was das bedeutet!«

Er drehte sich um. Seine dunklen Augen waren wild. Er wirkte ein bisschen wie von Sinnen. »Ich kann dich nicht berühren. Das werde ich nicht. Ich werde dich nicht *wirklich* ruinieren.«

Skrupellos streifte sie sich die Kleider vom Leib und ließ sie zu einem Haufen zu ihren Füßen fallen. Sie reckte das Kinn und angesichts ihrer Verwegenheit hielt sie den Atem an. Sie hatte jedoch nichts zu verlieren. Nichts, was sie nicht mehr als bereitwillig geben wollte. »Ich bitte dich, Ambrose.«

Seine Augen glitzerten gefährlich in der Nachmittagssonne, die durch die Fenster hinter ihrem Rücken einfiel. Er schluckte und dann hob er die Hand. Mit dem Daumen streichelte er über ihre Kehle. Sie reckte ihren Hals und warf den Kopf in den Nacken. Beinahe hätte sie bei der Berührung aufgestöhnt, doch sie behielt ihre Zunge im Zaum, damit er sich nicht wieder zurückzog.

Seine Hand wanderte tiefer, bis sie über ihr Schlüsselbein glitt und dann ihre Brust streichelte. Seine Berührung war grob und er zwickte ihre Brustwarze. Ihr zitterten die Beine und sie biss sich auf die Lippe.

Mit einem Finger fuhr er mitten über ihren Bauch und

ihren Nabel. Er strich waagerecht über den Ansatz der Locken an der Oberseite ihrer Schenkel. Langsam, quälend langsam. Dann legte er die Hand um ihren Schamhügel und drückte.

Unfähig, auch nur eine Sekunde länger stillzuhalten, stöhnte sie und schloss die Augen. Sein Finger berührten sie am oberen Punkt ihres Spalts. Ein exquisites Gefühl explodierte in ihr. Er bewegte die Finger nicht, sondern verharrte einfach nur dort.

Als sie die Augen aufschlug, erkannte sie, dass seine Augen sich zu Schlitzen verengt hatten und sein Mund fest zusammengepresst war. Er wirkte beinahe so, als würde er Höllenqualen leiden. Bei ihrer Ankunft schien er kurz davor gewesen zu sein, sich zu erlösen. Sie griff nach seinem Penis und fand ihn heiß und hart.

Er sprang zurück. »Geh!«

Sie starrte ihn einen Moment an und erkannte die Wut in seinem Blick. Mit zitternden Händen sammelte sie ihre Kleider auf und mühte sich, sie überzuziehen. Er hatte seine Hose wieder zugeknöpft und stand mit dem Rücken zu ihr am Kamin.

Sie hatte es zu weit getrieben. Er wollte sie, das stand fest, doch er hielt Distanz zu ihr, und sie war entschlossen, den Grund dafür zu erfahren.

Als sie ordentlich angekleidet war, schöpfte sie tief Luft. *Geduld und Freundlichkeit, Geduld und Freundlichkeit. Zeig ihm, dass er dir vertrauen kann.* »Wie war dein Ritt heute Morgen?«

Er drehte sich um und blickte finster drein.

»Noch immer habe ich keinen richtigen Rundgang auf Beckwith gehabt. Vielleicht können wir es morgen noch einmal versuchen.«

Er sah sie nicht an, sondern fuhr sich mit der Hand durch das Haar, bis es jungenhaft in verschiedene Richtungen abstand. »Ich werde darüber nachdenken.« Dann wandte er sich um und verließ das Zimmer.

Sie stieß die Luft aus. *Geduld und Freundlichkeit.*

~

*D*ie riesige Faust seines Gegners traf Ambrose am Kinn. Zum dritten Mal wurde Ambroses Schädel erschüttert und heftig schlugen seine Zähne aufeinander. Er tanzte zurück und wich nur knapp einem weiteren Schlag aus.

Ein Kampf war ihm heute Abend als die perfekte Lösung für seinen frustrierten Geist und Körper erschienen, doch aus irgendeinem Grund war er nicht imstande, sich zu konzentrieren. Er war langsam, ineffizient, abgelenkt.

Aus irgendeinem Grund. Er wusste sehr gut, aus welchem Grund: Philippa.

Obwohl er ihr den Rest des Tages aus dem Weg gegangen war, schien sie in seinen Gedanken ständig präsent. Selbst jetzt noch, wo er seine Erregung eigentlich zum Teufel jagen sollte.

Er hatte so kurz davor gestanden, sein Zölibat und damit sein Gelübde zu brechen. Und so kurz davor, sie ebenso miserabel zu behandeln, wie er mit Lettice verfahren war. Philippa hatte weit mehr verdient als ein oder zwei Liebesakte mit ihm.

Sein riesiger Opponent – ein Unhold namens Weatherly – drängelte ihn an den Rand des mit einem Seil umspannten Boxrings und traktierte ihn mit Schlägen in die Rippen und in die Seite. Ambrose wich schleppend nach links aus und verfluchte seine Lethargie.

Vage hörte er Oldham, der ihn anschrie, er solle zu Boden gehen. Dass er diesem lachhaften Kampf ein Ende machen solle, aber verflucht noch mal, bis jetzt hatte er nicht erhalten, weswegen er gekommen war.

Knurrend griff er den größeren, breiteren Weatherly an. Er war sogar größer als Hopkins. Trotzdem würde Ambrose ihn bezwingen. Er landete mehrere Treffer im Gesicht, am Kopf und der Brust des Mannes, doch trotz seiner ungeschlachten Gestalt war der Mistkerl schnell. Er traf Ambrose auf die Nase und es war vorbei.

Blut strömte Ambrose aus den Nasenlöchern, benetzte seine Lippen, füllte seinen Mund und lief über sein Kinn. Gott, er hoffte, dass er sich nicht schon wieder die Nase gebrochen hatte. Er ging auf die Knie. Wut durchströmte seinen bezwungenen Leib.

Oldham, der als sein Sekundant bestimmt worden war, stürzte in den Ring. »Ist alles in Ordnung?«

In aller Behutsamkeit betastete Ambrose seine Nase. Nein, sie war nicht gebrochen, nur blutig. Er deutete ein Nicken an, doch dann legte er den Kopf zurück, um den Blutstrom zum Stillstand zu bringen. »Handtuch.«

Oldham eilte davon und kehrte sogleich zurück. Ambrose glaubte, es sei bereits bis zwanzig gezählt worden, aber angesichts des über sein Gesicht rinnenden Blutes und des Aufschreis des Versagens in seinem Kopf, konnte er sich nicht sicher sein.

Ein Handtuch legte sich in dem Moment über sein Gesicht, als der Jubel ausbrach. Weatherly musste zum Sieger erklärt worden sein. »Tut mir leid«, meinte Oldham. »Ich war noch nie Sekundant.«

»Ist schon gut«, antwortete Ambrose mit undeutlicher Stimme. Er spuckte einen Mundvoll Blut aus und fuhr sich mit dem Handtuch über die Lippen. Dann knüllte er das Gewebe zusammen und drückte es an seine Nase. »Aufstehen.«

Oldham half ihm, auf die Füße zu kommen und führte

ihn aus dem Ring. Ackley und Oldhams Sohn Ned warteten außerhalb der Absperrung auf sie. Ambrose war nicht mehr so niedergeschlagen gewesen, seit er vor mindestens vier Jahren das letzte Mal einen Kampf verloren hatte.

»Ein tolles Spektakel«, stellte Ackley mit einem Anflug von Sarkasmus in der Stimme fest.

Ambrose warf ihm einen Seitenblick zu. »Ich habe Ihnen gezeigt, was Sie nicht tun sollten.«

»In diesem Fall, eine überragende Leistung.«

Ambrose überlegte, Ackley zu boxen. In Anbetracht seines derzeitigen Mangels an Akkuratesse, seiner Ineffizienz und seiner allgemeinen Unzulänglichkeit, beschied er sich jedoch damit, seinen Schützling böse anzusehen. Nicht, dass Ackley ihm irgendwelche Aufmerksamkeit schenkte. Sein Blick war starr auf die andere Seite des Raums auf einen stämmigen Kerl mit breiter Stirn und tiefliegenden Augen gerichtet. Er erwiderte Ackleys Interesse.

»Ist das Ihr Gegner nächste Woche?«, fragte Oldham.

Ambrose senkte den Kopf gerade genug, um einen guten Blick auf ihren Widersacher zu erhalten. Er war kleiner und breiter als Ackley mit einem betont bösartigen Gebaren.

Ackley nickte. »Das ist er.«

Die Blutung von Ambroses Nase war zu einem Tropfen versiegt. Er zog das Handtuch weg. »Gut, nachdem er mich heute Abend gesehen hat, wird er wahrscheinlich annehmen, dass Sie erbärmlich sind.«

Oldham schnaubte. »Habt Ihr deshalb so schlecht gekämpft?«

Nein. Er hatte so schlecht gekämpft, weil jeder Gedanke von Philippa beansprucht wurde. Von ihrem Duft. Dem Funkeln in ihren Augen. Dem seidigen Gefühl ihrer Hand um seinen Schaft. Himmel, zum dreißigsten Male heute war er in einem halb erregten Zustand.

Als sie sich einen Weg durch den überfüllten Raum im

hinteren Bereich eines Gasthauses in Truro bahnten, bekam Ambrose den Teil einer Unterhaltung mit:

»Ich hätte auf den Riesen setzen sollen.«

»Ach, du setzt immer auf die Schwächlinge.«

Die Stimmer einer Frau: »Er hat gar nicht schwach gewirkt. Jammerschade, dass sein Können nicht mit seinem Aussehen mithalten kann.« Die abgrundtiefe Enttäuschung in ihrem Tonfall war genug, um ihn aufs Gründlichste zu beschämen. Sowohl wegen seines Versagens als auch seiner daraus resultierenden Rage. Im Grunde sollte er doch eigentlich zufrieden sein – hatte er nicht mit dem Boxen in der Öffentlichkeit aufgehört, um der Bewunderung der Leute nicht ausgesetzt zu sein? Seine Wut war irrational.

Die während des gesamten Tages gärende Unzufriedenheit, brodelte nun auf, bis jede im Kampf erlittene Verletzung Blasen warf und brannte. Steifen Schrittes trat er von der Hintertür des Gasthauses auf eine Gasse hinaus, die zur Straße führte. Ned drängte sich an ihm vorbei und ging voraus, um die Kutsche zu holen.

Als sie wieder auf die Straße traten, hatte Ambroses Nase zu bluten aufgehört.

Oldham musterte ihn. »Ihr werdet Euch säubern müssen, wenn wir nach Beckwith zurückkehren.«

Eine Strecke von fast fünfzehn Meilen, für die sie zwei Stunden oder mehr in der Dunkelheit brauchen würden. Ambrose überlegte, ob er in der Stadt bleiben sollte, als ein Gentleman neben ihm stehen blieb.

»Ambrose?« Rasch zog der Mann seinen Hut. »Ich bin es, Thatcher.«

Ambrose hatte ihn sofort wiedererkannt. Sie waren an der Universität befreundet gewesen.

»Du liebe Zeit, das ist ja mindestens fünf Jahre her.« Thatcher lächelte breit. »Trink ein Ale mit mir.« Und dann, als hätte er den Zustand von Ambroses Gesicht gerade erst bemerkt, runzelte er die Stirn. »Was ist mit dir passiert?«

Ja, überschütte mich nur mit dem Spott, den ich verdient habe. »Ich war in eine Schlägerei verstrickt.«

Thatcher sah sich suchend um. »Wo ist der Schurke? Ich werde mich um ihn kümmern.«

Unsicher, was er von dieser Reaktion halten sollte, blinzelte Ambrose. Thatcher wollte sich für ihn einsetzen?

»Nein«, mischte Oldham sich ein. »Seine Lordschaft hat im Gasthaus gekämpft.«

»Seine Lordschaft ... richtig.« Thatcher sah ein wenig verlegen aus. »Ich hatte vergessen, dass du Viscount bist.«

»Mach dir deshalb keine Gedanken«, beschwichtigte Ambrose. Ihre Freundschaft hatte schon vor Nigels Ableben bestanden und damit vor Ambroses Erbschaft des Titels. »Leider werden wir nach Beckwith zurückkehren, also vielleicht ein anderes Mal.«

Thatcher nickte, sein Blick wurde unbehaglich. »Mir war gar nicht zu Ohren gekommen, dass du zurück bist. Ja dann, ein anderes Mal.« Er hielt ihm die Hand hin. Ambrose nahm sie, und mit dem Ergreifen brach rauschend eine Flut von bittersüßen Erinnerungen über ihn herein. Ehe er alles zunichtegemacht hatte. Er besann sich auf all die Dinge, die ihm verloren gegangen waren – Freundschaft, Respekt, die Freude an gemeinsamen Erlebnissen – und die heutige Niederlage verätzte ihn aufs Neue.

Thatcher setzte seinen Weg fort. Ambrose sah ihm nach, wie er davonging und fragte sich, wann es für ihn jemals ein »anderes Mal« gäbe.

Wo war die gottverdammte Kutsche?

Oldham trat ganz dicht an ihn heran und sprach mit sehr leiser Stimme, damit Ackley ihn nicht hören konnte. »Wir könnten in der Stadt bleiben. Ihr solltet ein Ale mit Eurem Freund trinken.«

Thatcher war nicht mehr sein Freund. Hopkins und Saxton waren die Einzigen, die sich als solche bezeichnen ließen, und nach dem Vorfall auf Benfield war Ambrose sich bei Saxton nicht einmal mehr sicher. »Das ist unnötig.«

»Nun, aber es könnte nett werden. Mir ist aufgefallen, dass Ihr Euch nicht viel Zerstreuung gönnt. Seit Ihr zurück seid, arbeitet Ihr und trainiert mit Ackley. Bis heute seid Ihr nicht einmal geritten.«

Ambrose warf ihm einen bösen Blick zu. »Ich habe keinen Bedarf an etwas Nettem.«

Oldham zog die dunklen Augenbrauen zusammen. »Ihr sprecht in einer Tour davon, was Ihr braucht. Wie ist es darum bestellt, was Ihr Euch wünscht? Ihr wart früher einmal ein lebenslustiger Kerl. Vor dem Schlamassel mit Eurem Bruder, aber denkt ihr nicht, dass es an der Zeit ist …«

»Nein, ich denke nicht, dass es an der Zeit ist, und auch, dass Sie dies mir gegenüber am besten nicht mehr zur Sprache bringen.«

Dann rollte die Kutsche heran. Ned sprang vom Bock herunter, um die Tür zu öffnen. Oldham nahm den rückwärtigen Sitz, während Ambrose und Ackley sich auf der nach vorn gerichteten Bank niederließen. Ned kehrte auf den Platz neben dem Kutscher zurück, und sie fuhren los.

Eine halbe Stunde später hatten sie Truro hinter sich gelassen und kamen in der Dunkelheit langsam voran. Es herrschte beinahe Vollmond, was zusätzlich zu den außen an der Kutsche angebrachten Laternen etwas Licht spendete. Ackleys leises Schnarchen tönte in der Kabine.

Ambrose vermochte keine ausreichende Entspannung zu finden, um einzuschlafen. Er war noch nicht einmal imstande, sich so weit zu lockern, um eine bequeme Stellung zu finden. Er rutschte auf seinem Sitz hin und her und versuchte vergeblich, zumindest seine Gedanken auszuschalten, wenn an Schlaf schon nicht zu denken war.

»Glaubt Ihr, Eurem Bruder würde es gefallen, zu sehen, was für ein miesepetriger Kerl Ihr geworden seid?«, fragte Oldham mit zorniger Stimme.

Oldhams Worte trafen ihn wie eine rasche Abfolge von Schlägen. Ambrose hieß seinen Zorn willkommen. »Ich bin mir sicher, dass er den egoistischen, arroganten Mistkerl nicht gemocht hat, der ich einst war, und er sich einen Dreck darum scheren würde, was aus mir geworden ist.«

»Da muss ich widersprechen. Euer Bruder hat Euch geliebt.«

Die in Ambroses Körper bereits herrschende Anspannung nahm um ein Vielfaches zu, bis sein Nacken wehtat und sein Körper das Bedürfnis nach Erlösung verspürte. »Sie sollen nicht darüber reden, habe ich Ihnen gesagt.«

»Jemand muss es tun, sonst habt ihr Euren Kampf und kehrt nach London zurück.« Oldhams Ton hatte seine Schärfe verloren, doch er war konzentriert vorgebeugt. »Beckwith braucht Euch.«

Keiner brauchte ihn. Oder zumindest sollte das nicht so sein. »Beckwith hat sich in meiner Abwesenheit gut geschlagen.«

»Aye, aber es könnte florieren. So wie Ihr den Jungen unterrichtet und führt, so wart Ihr früher einmal. Ihr könntet wieder so sein. Ihr habt diesen Bekannten in Truro getroffen und er trägt Euch nichts nach. Was vorbei ist, ist vorbei.«

So einfach war das nicht. Nur fünf Jahre, nachdem er Nigel sein Leben gestohlen hatte, konnte er das seine nicht einfach zurückerobern. Konnte das Andenken an seinen Bruder in so kurzer Zeit in Vergessenheit geraten? Das würde Ambrose nicht erlauben. »Ich gebe mir die Schuld und nur das zählt.«

Oldham winkte ab und lehnte sich zurück. »Nun, meiner Einschätzung nach seid Ihr noch immer selbstsüchtig. Dann geht doch und schwelgt in Eurem Selbstmitleid. Wenn Ihr das Andenken Eures Bruders ernstlich in Ehren halten wolltet, würdet Ihr bleiben und die Dinge wieder ins Lot bringen.«

Wut, Schmerz und Scham explodierten in ihm. »Ich kann die Dinge niemals wieder ins Lot bringen.« Heftig hob und senkte sich Ambroses Brustkorb und sein Körper bebte. Er rang nach Luft, nach einem Funken Verstand.

Für eine kurze Weile waren Ambroses rasche Atemzüge das einzige Geräusch in der Kutsche. Ackley hatte zu schnarchen aufgehört.

Ambrose fühlte, wie eine Hand auf sein Knie schlug. »Ihr könnt die Dinge besser machen. Gebt diesen Leuten – Euren Leuten – eine Chance.«

Ambrose lehnte sich an das Polster zurück, als das Blut in seinen Adern zu Eis gefror. Hatte Oldham recht? Handelte er selbstsüchtig, wenn er Beckwith keine Beachtung schenkte? Er war der Ansicht gewesen, es besser zu machen, indem er sich zurückzog, und dass alle seine Abwesenheit vorziehen würden. Aber was für eine Art von Mann überantwortete seinen Besitz der Obhut anderer und stahl sich um der Buße willen aus seiner Verantwortung? Ein selbstsüchtiger Feigling.

Die Erkenntnis traf ihn härter als alles, was sein Gegner heute Abend gegen ihn ausgeteilt hatte. Sein Zittern ebbte ab, während er sich jedoch weiterhin von einer düsteren Beklemmung beherrscht fühlte. Nicht wegen seines Zorns oder seines unerfüllten Bedürfnisses nach Selbstbestrafung, sondern weil er Angst hatte, wieder Zufriedenheit im Leben zu finden, Nigel zu vergessen, sich selbst zu vergeben. Was würde dann mit seiner Seele geschehen?

KAPITEL 20

Am nächsten Morgen erwachte Philippa mit einem einzigen Ziel vor Augen: Ambrose zu finden und auf den Rundgang zu bestehen, den er »in Erwägung zog«. Sie begab sich zum Frühstücksraum und blieb ruckartig auf der Türschwelle stehen. Ambrose saß beim Essen am Tisch. Nie war er im Frühstücksraum.

Er musste sie nicht gehört haben, denn er blickte nicht auf. Oder vielleicht schenkte er ihr auch absichtlich keinerlei Beachtung. Wie dem auch war, nutzte sie den Moment, um ihn einfach zu betrachten.

Sein dunkles Haar war ordentlich gekämmt, und soweit sie über die Tischkante sehen konnte, war er mit weißem Hemd und Krawatte, dunkelblauer Weste und einem Frack von fast derselben Farbe tadellos gekleidet. Ein Schatten fiel über sein Gesicht, nein, Moment, diese Verfärbung war kein Schatten.

In Sekundenschnelle stand Philippa neben ihm. »Waren Sie gestern Abend in einen Kampf verwickelt?«

Er sah zu ihr auf. Seine tiefbraunen Augen musterten sie von Kopf bis zur Taille, bis er sich an seine Manieren zu erinnern schien und den Blick zu ihrem Gesicht lenkte. »Ja.«

Seine unvollkommene Nase war blutunterlaufen, wie auch sein Kinn.

Sie wollte ihn berühren und seine Schmerzen lindern, doch sie hatte sich vorgenommen, es langsam anzugehen. »Tut es weh?«

Er zuckte mit den Schultern. »Ein bisschen.«

»War das ein geplanter Kampf? Dass Sie noch kämpfen, wusste ich gar nicht. Ich war der Ansicht, Sie trainieren Ackley.«

»Ich –« Er zauderte. »Ich kämpfe gern.« Sein Blick war direkt und unverblümt.

Sie hatte ihn kämpfen sehen und sich anschließend seiner angenommen, als es vorbei war. »Ich kann mir nicht vorstellen, warum.«

Er stand auf. Ein Hauch von Sandelholz und Salbei kitzelte ihre Nase. »Das ist nicht gerade ein Punkt zu meinen Gunsten. Denken Sie daran, wenn Sie meinen Wert bestimmen. Ich wünsche Ihnen einen schönen Tag.« Nach einem förmlichen Kopfnicken verließ er den Raum.

Sie sah ihm mit einem Stirnrunzeln nach. Sie hatte nicht einmal die Gelegenheit gehabt, ihn zu fragen, ob sie heute einen Rundgang machen wollten.

»Lady Philippa?«

Philippa drehte sich um, als sie Mrs. Oldhams Stimme hörte. »Guten Morgen«, sagte sie mit einer Fröhlichkeit, die sie nicht spürte.

»Soll ich Ihnen das Frühstück bringen?«

»Ja, bitte.« Auch wenn Ambroses Verhalten enttäuschend war, wollte sie nicht so schnell aufgeben. »Mrs. Oldham, wohin geht seine Lordschaft heute?«

Mrs. Oldhams Augen leuchteten auf, und ihr Mund wurde von einem Lächeln umspielt. Philippa hatte die Frau noch nie lächeln sehen, wenn es um Ambrose ging. »Er wird die Pächter besuchen.«

Er wollte was? Nach allem, was Philippa erfahren hatte, ging er seinen Pächtern tunlichst aus dem Weg. Sein gestriger Ausritt war sein erster Streifzug über den Besitz. Was hatte sich geändert, um ihn aus seinem Schneckenhaus zu locken? Was auch immer der Anlass war, erkannte Philippa es als ein gutes Zeichen. Offensichtlich auch Mrs. Oldham. Sie strahlte vor Zufriedenheit.

»Sie haben sich Sorgen um ihn gemacht, nicht wahr?«, fragte Philippa.

Die Haushälterin nickte. »Er war lange Zeit fort, und dann kehrt er nur wegen eines Kampfes und aus keinem anderen Grund zurück ... Das ist nicht der Ambrose, wie wir ihn kennen.«

Es war auch nicht der Ambrose, den sie zu kennen glaubte. »Werden Sie mir von dem Ambrose erzählen, an den Sie sich erinnern?«

Mrs. Oldhams Blick war in weite Ferne gerichtet. Dann lächelte sie breit. »Er war so charmant.« Genau wie Lettice Chandler gesagt hatte. »Immer hilfsbereit, von Natur aus ein Anführer. Die Pächter hatten ihn verehrt und respektiert. Seit seiner Rückkehr von der Universität hatte er viele Verbesserungen eingeführt und die Schafherde um mehr als die Hälfte vergrößert.«

»Er scheint ein ausgezeichneter Reiter zu sein.«

»Ja, in der Tat. Er ist immer sehr sportlich gewesen und so ist es keine Überraschung, dass er ein erfolgreicher Boxer geworden ist.« Ihre Züge überschatteten sich. »Obwohl es ein Sport ist, von dem ich nie angenommen hätte, dass er sich ihm widmet.«

»Warum?«

»Als Nigel – sein Bruder – nach Oxford ging, war er regelmäßig von einer Jungenbande verprügelt worden.

Niemand wusste davon, bis Nigel am Ende des ersten Jahres nach Hause gekommen ist. Ambrose hatte gelobt, jeden einzelnen der Missetäter zu verprügeln, obwohl er natürlich mehrere Jahre jünger als Nigel war. Nigel hatte ihm aber das Versprechen abgenommen, das nicht zu tun. Er war vollkommen gegen jede Gewalt.«

Philippa war verwirrt. »Warum beeinträchtigte ihn die Meinung seines Bruders so sehr? Standen sie sich nahe?« Angesichts des – zugegebenermaßen – Wenigen was sie wusste, nahm sie an, dass dem nicht so war.

»Ja, sehr. Bis Ambrose von der Universität zurückkehrte. Ihr Vater war verstorben und hatte Nigel den Titel des Viscounts vererbt. Alle waren davon ausgegangen, dass Ambrose eines Tages Viscount werden würde. Nigels gesundheitlicher Zustand war so labil. Man hatte nicht erwartet, dass er das Erwachsenenalter einmal erreichen würde.«

Miss Chandler hatte die gleiche Information geliefert, doch es war befriedigend, sie noch einmal bestätigt zu haben. »Ambrose verbitterte.«

Mrs. Oldham nickte »Sie stritten häufig. Ambrose hatte mit dem Gedanken gespielt, den Besitz zu verlassen, doch dann ging Nigel nach London und die Dinge wurden wieder so wie vorher, mit Ambrose als Herren.«

»Dann kehrte Nigel mit seiner Verlobten zurück und die Dinge wurden noch schlimmer.«

»Nigel versuchte, sich zu behaupten, was absolut richtig war. Allerdings nahm er dabei auf die Rolle seines Bruders oder dessen Gefühle keine Rücksicht. Wenngleich er nicht der Viscount war, so war er doch der Herr auf Beckwith.«

Philippa schmerzte das Herz für die Brüder, die beide versucht hatten, ihre Plätze zu markieren und sich bei diesem Prozess gegenseitig verletzten. »Ich denke, ich werde heute ebenfalls ausreiten.«

Mrs. Oldham nickte knapp. »Ich werde rasch Euer Frühstück holen.« Sie drehte sich zum Gehen um, doch dann hielt
sie inne. »Ihr seid eine entzückende junge Dame. Ich weiß
nicht, was vorgefallen ist, um Euch hierher zu führen, doch
ich hoffe sehr, dass Seine Lordschaft erkennen wird, was sich
ihm in greifbarer Nähe anbietet.«

Philippa war der Annahme, dass Mrs. Oldham damit sie
meinte, doch sie fragte dennoch noch einmal, um sich zu
vergewissern. »Und was ist das?«

»Liebe.«

Als Mrs. Oldham in die Küche zurückkehrte, taumelte
Philippa zu einem Stuhl. Ja, sie lag innerhalb seiner Reichweite, aber würde er zugreifen? Philippa sah ihre Zukunft
vor sich aufblitzten – sie würde Ambrose heiraten und ihn
lieben, aber er würde ihre Liebe nicht erwidern.

So wie ihre Mutter ihren Vater vergeblich geliebt hatte.
Ach, wie weh das tat.

～

*A*ls Ambrose bei den Stallungen ankam, blieb er
ruckartig stehen. Welch führte Orpheus aus seiner
Box. Das Pferd hob die Nüstern und fing sofort an, mit
tänzelnden Schritten zu ihm zu streben.

Welch packte die Führleine fester. »Verzeihung, Mylord.
Ich wusste nicht, dass Ihr kommt.«

Ambrose schluckte, denn plötzlich wurde ihm die Kehle
eng. Er trat vor. »Werden Sie ihm Bewegung verschaffen?«

Welch nickte. »Es sei denn, Ihr wollt das tun?«

Orpheus wieherte und versuchte, näher zu Ambrose zu
drängeln. Ambrose ballte die Hände vor Entschlossenheit.
Wie er auch die Pächter auf Beckwith nicht länger für seine
Fehler bestrafen konnte, so durfte er auch Orpheus nicht
länger strafen. Der Sturz, der Nigel das Leben gekostet hatte,

war nicht das Verschulden des Pferdes gewesen. Sondern Ambroses.

»Ich werde das übernehmen«, antwortete Ambrose.

Der Stallmeister trat vor und übergab ihm die Führleine.

Orpheus stupste Ambrose am Kopf. Seine Kehle schnürte sich noch weiter zu, doch er schaffte es, die Fassung zu wahren. »Holen Sie meinen Sattel.«

Welch runzelte die Stirn. »Ihr werdet reiten?«

War das ein Problem? »Irgendjemand hat ihn doch geritten, nicht wahr?«

»Das habe ich und gelegentlich auch Oldham.«

»Ja, ich werde reiten.«

Welch nickte und ging in Richtung Sattelkammer davon.

Ambrose tätschelte Orpheus´ Nase. Er hatte dieses Tier vermisst. Noch deutlicher hatte er diese gefühlsmäßige Anziehung vermisst, dieses Gefühl, zusammenzugehören. Er hatte einen Vorgeschmack davon mit Philippa bekommen. Er rief sich diese erste Nacht in Erinnerung, in der er sie auf dem Weg zu Herrick House gehalten hatte, nachdem die Abfolge der Katastrophen hinter ihnen lag. In diesem Moment hatte er zu ihr gehört und sie zu ihm.

Orpheus wieherte lauter und stieß mit seiner suchenden Nase gegen Ambroses Handfläche. Er gestattete sich ein kleines Lächeln. »Ich bin ein Mistkerl gewesen. Nichts davon war deine Schuld.«

Orpheus neckte ihn sanft und schmiegte die Nase an Ambroses Wange. Für einen Augenblick schloss er die Augen und tätschelte Orpheus´ dunklen Kopf. Er hatte nicht gewusst, wie gut sich Vergebung – wenn auch von einem Pferd – anfühlen konnte. Eines Tages sollte er dies mit sich selbst versuchen.

Welch kehrte zurück. Vorsichtig, als würde er einen Akt der Buße vollziehen, sattelte Ambrose Orpheus. Mit leiser, liebevoller Stimme sprach er zu ihm und knüpfte langsam wieder an ihre Verbundenheit an. Als er fertig war, führte Ambrose das Pferd in den Hof. Der Morgen war strahlend und helle Wolken zogen über den blauen Himmel. Eine steife Brise wehte von der Bucht und trug den salzigen Duft nach Meer heran. Ambrose war froh, dass er seinen Hut heute Morgen zu Hause gelassen hatte, da er es vorzog, den Wind in seinem Haar zu spüren.

Er schwang sich auf Orpheus und sie stoben den Weg entlang, als wären sie nie getrennt gewesen. Dann ritt er westlich über die Beckwith Ländereien. Seine Ländereien.

Er ermunterte Orpheus zu einem gesetzten Galopp, aber nur für einen Moment. Die Zeit und das Bedauern fielen von ihm ab und sie sausten in voller Geschwindigkeit dahin.

Der Wind fegte über ihn hinweg und die Felder verschwammen, seine Schafe waren weiße Streifen, als er mit Orpheus an ihnen vorbeibrauste. Anstatt, wie geplant, einen der Pächter zu besuchen, fand er sich bei den Ruinen des kleinen Häuschens wieder, das er mit Lettice für seine heimlichen Schäferstündchen genutzt hatte. Gleichwohl er angeordnet hatte, das Gebäude dem Erdboden gleichzumachen, kehrten die lang begrabenen Erinnerungen mit sengender Kraft zurück.

Nigel, der die Tür aufriss. Lettice schreiend. Er selbst, wie er seine Hose anzog und Nigel nach draußen folgte. Nigel, wie er ihn in die Schulter schoss und dann davonritt. Er selbst, wie er ihm folgte. Das grauenerregende Knacken von Nigels Schädeldecke, als er auf dem Felsen aufschlug.

Ambrose zitterte, als er in seiner Erinnerung das Blut wieder vor sich sah und seines Bruders Unempfänglichkeit. Dann das blanke Entsetzen bei der Erkenntnis, dass Nigel nie wieder aufwachen würde.

Das Geräusch von Hufschlägen veranlasste ihn, sich im Sattel umzudrehen. Philippa ritt auf ihn zu.

Fluchend drehte er sich wieder zurück. Jedes Mal, wenn

er sie sah, wurde er daran erinnert, wie er sich kaum im Zaum halten konnte. Wie er sie ruiniert hatte und wie er nicht darauf hoffen konnte, die Situation in Ordnung zu bringen.

Sie ritt neben ihn und schenkte ihm ein strahlendes Lächeln, das Ambrose die Brust zusammendrückte. »Ich hatte gehofft, diese Tour zu unternehmen.«

Er lenkte Orpheus von ihr weg. »Ich bin heute beschäftigt.«

Sie presste die Lippen aufeinander. »Ja, ich habe erfahren, dass Sie Pächter besuchen wollten, doch hier sind überhaupt keine, also verzeihen Sie mir, wenn ich einwende, dass Sie nicht *beschäftigt* wirken.« Sie zog die Augenbrauen zusammen. »Was ist mit dem Ambrose passiert, den ich in Lockwood House kennengelernt habe? Der mir zur Hilfe geeilt ist und mich vor Schaden und einem Skandal bewahrt hat – zumindest für eine Weile.«

»Dieser Ambrose ist derselbe, der Sie erst kürzlich kopfüber in den Ruin gestürzt hat.«

Sie legte den Kopf schief. »Ich mag ihn ganz genauso. Wie auch denjenigen, der irgendwie den Tod seines Bruders herbeigeführt hat.«

Ambrose zuckte zusammen. Er lenkte Orpheus von ihr weg.

Sie folgte ihm. »Ich sehe, welche Qualen Sie leiden. Ich würde Ihnen gerne helfen. Wenn Sie mich lassen würden.«

Er drehte sich zu ihr und sah sie an. »Ich bin wegen des Preiskampfes hier und nicht, um mich der Vergangenheit zu stellen.« Das war jedenfalls seine Absicht gewesen, doch er konnte nicht leugnen, dass er sich ihr stellen *musste*. Entweder das oder er würde sein geliebtes Zuhause erneut verlieren.

»Und ich bin hier, um meine Zukunft festzulegen. Es sei

denn, es wäre Ihnen lieber, wenn ich vor Ablauf der zehn Tage abreise.«

Sie saß sehr still auf ihrem Pferd, als würde sie den Atem anhalten. Ihr zu gestatten, hierzubleiben, zog für ihn nach sich, körperlichen Abstand zu ihr halten zu müssen. Die eine Sache, die er nicht wieder aufgeben konnte – zumindest jetzt nicht – war sein Zölibatsgelöbnis. Es war ein fünf Jahre altes Versprechen, das er eingehalten hatte, und es zu brechen schien irgendwie unehrenhaft.

»Sie können bleiben, aber meine Gefühle haben sich nicht geändert.«

Sie nickte. »Würden Sie mir zumindest gestatten, Ihnen zu helfen? Als Ihre Freundin?«

Als seine Freundin. Es war das Höchste, was er sich erhoffen konnte. Wie er sich wünschte, er hätte sie zu einer anderen Zeit, in einem anderen Leben getroffen.

»Wie schlagen Sie vor, das zu bewerkstelligen?«

Sie zuckte die Schultern und ihre Gestalt schien sich zu entspannen. »Warum fangen wir nicht erst einmal mit der Tour an?«

Was konnte es schon schaden, sie auf Beckwith herumzuführen? Er hatte ohnehin Besuche zu machen. »Auf geht's.«

~

Drei Tage später begleitete Philippa ihn auf einem inzwischen gewohnheitsmäßigen Nachmittagsritt. Tatsächlich waren die letzten Tage nach einem erfreulichen Muster abgelaufen. An den Vormittagen spazierte Philippa nach Gerrans und besuchte die Marktstände. Sie unterhielt sich mit den unterschiedlichen Händlern und schloss Bekanntschaft mit den Stadtbewohnern, die sie mit Freundlichkeit und offenen Armen empfingen. Sie waren begeistert, einen Gast von Lord Sevrin kennenzulernen –

und zwar fast so begeistert, wie sie waren, ihn wieder hier zurück auf der Halbinsel zu haben.

Nach dem Mittagessen, das sie in Gesellschaft von Ambrose und Mr. Ackley einnahm, unternahmen Ambrose und sie – so wie jetzt – einen Ausritt auf dem Besitz. Sie näherten sich einem Häuschen und Ambrose machte ihr ein Zeichen, abzusteigen.

Er half Philippa von ihrem Pferd. »Ich muss mit Mr. Lerner reden. Sein Scherschuppen ist reparaturbedürftig.«

Philippa nickte. Jeden Nachmittag hörten sie sich die Sorgen und Beschwerden der Pächter an. Ambrose hörte allen interessiert und aufmerksam zu, und blieb oft, um seine Hilfe anzubieten. Während er beschäftigt war, unterhielt Philippa sich mit den Ehefrauen der Pächter, die sich über Ambroses Rückkehr einheitlich lobend äußerten und neugierig über Philippas Anwesenheit waren. Sie lächelte bloß und erklärte, ein Gast aus London zu sein.

Ambrose führte sie den Pfad entlang zur Tür des Häuschens und klopfte dreimal. Mrs. Lerner – wie sie vermutete – öffnete die Tür.

Sie sank in einen schlichten Knicks. »Guten Tag, Eure Lordschaft.«

»Guten Tag, Mrs. Lerner. Wie geht es Ihren Jungen?«

Philippa war erstaunt, wie Ambrose sich an jeden Pächter und jedes ihrer Familienmitglieder erinnerte. Sie konnte sehen, wie er wahrhaftig der Herr von Beckwith war – oder gewesen war.

Mrs. Lerner sah Ambrose skeptisch an. »Gut, danke. Mr. Lerner ist draußen hinter dem Haus.«

Ambrose nickte einmal. »Darf ich Ihnen meinen Gast, Lady Philippa Latham vorstellen? Ist es Ihnen recht, wenn sie hier bei Ihnen bleibt, während ich mit Ihrem Ehemann spreche?«

Mrs. Lerner beäugte Philippa. »Gewiss, Mylord.«

Ambrose beugte sich zu Philippa herab. »Ich werde nicht lange brauchen.« Sein Atem liebkoste ihr Ohr und sie unterdrückte einen wohligen Schauder.

Nachdem er gegangen war, bat Mrs. Lerner sie ins Haus und schloss die Tür. »Hättet Ihr gern etwas Tee?«

»Ja, herzlichen Dank.«

Mrs. Lerner zog sich in einen der hinteren Räume zurück. Philippa wagte sich weiter in das Häuschen vor bis zu seinem zentralen Wohnbereich, der mit einem zerschlissenen Sofa und drei recht bequem wirkenden Sesseln ausgestattet war. Einige Minuten später kehrte Mrs. Lerner mit einem kleinen Tablett zurück. Sie stellte es auf den Tisch und schenkte den Tee ein.

»Sahne und Zucker?«

»Ja, bitte.« Vor einigen Tagen war Philippa bei ihrer ersten Begegnung nervös gewesen, doch alle waren so herzlich gewesen, dass sie sich jetzt entspannt fühlte.

Mrs. Lerner reichte Philippa ihre Tasse und dann schenkte sie sich selbst ein. »Es ist gut, dass Seine Lordschaft endlich nach Hause gekommen ist. Werden Sie hier bei ihm bleiben?« Sie sah zu Philippa auf.

Niemand sonst hatte bislang eine derart unverblümte Frage gewagt, doch Philippa hatte damit gerechnet. Und da sie bislang keine Veranlassung hatte, etwas anderes zu glauben, antwortete sie: »Ich werde in einigen Tagen nach London zurückkehren.«

»Oh.« Mrs. Lerner klang ein bisschen enttäuscht.

Philippa wusste nicht, was sie davon halten sollte, also ignorierte sie die Reaktion. »Wird die Reparatur des Scherschuppens umfangreich sein?«

»Nicht sehr, insbesondere, wenn Lord Sevrin hilft. Und ich habe keinen Zweifel, dass er das tun wird.«

Alle hatten von Ambroses Hilfsbereitschaft berichtet. Er hatte sich solche Mühe gegeben, sich als wertlosen Halunken darzustellen, doch solch eine Selbsteinschätzung unterstützte Philippas Standpunkt nur, dass er ein besserer Mann war, als er wahrhaben wollte. »Lord Sevrin scheint mehr zu leisten als der durchschnittliche Grundbesitzer.«

»Das hat er immer getan, sogar bevor er Viscount wurde. Insbesondere vorher.« Mrs. Lerners Gesicht färbte sich rosig.

Philippa wollte sie beruhigen. »Es ist schon gut. Ich weiß Bescheid über die vergangenen … Probleme Seiner Lordschaft.«

Mrs. Lerner entspannte sich und nippte an ihrem Tee. »Wir sind alle sehr erfreut, dass er diese schreckliche Tragödie scheinbar überwunden hat. Wir brauchen ihn hier, wenngleich ich mir vorstellen kann, wie schwierig es für ihn gewesen ist, zurückzukehren.«

Philippa würde nicht verraten, wie schwierig das tatsächlich war. »Das glaube ich, aber alle sind so nett und herzlich.«

»Wir sind eine enge Gemeinschaft. Es ist schrecklich, was passiert ist, aber die Abwesenheit Seiner Lordschaft war weitaus problematischer für uns. Ich hoffe, er bleibt, solange seine Pflichten es erlauben.«

Das hoffte Philippa ebenfalls. Tatsächlich würde sie dies ihm gegenüber zur Sprache bringen. Nach einer weiteren Viertelstunde verabschiedeten Ambrose und sie sich.

Sie kehrten nach Beckwith zurück, wo Ambrose ihr beim Absitzen behilflich war. Seine Berührung war sanft, aber kurz. Sie konnte sich nur fragen, was er fühlte, aber jedes Mal, wenn sie ihm nahe war, erinnerte sie sich an diesen Nachmittag hier in seinem Zimmer oder an jenen Tag in den Stallungen von Benfield oder diese Episode in der winzigen Kammer auf Lady Anstruthers Ball und sie fühlte sich erregt. Sie begehrte ihn, doch so wie ihre Tage hier schwanden, begann sie allmählich zu akzeptieren, dass sie ihn nie haben würde.

Sie würde auch die Roseland Halbinsel nur sehr ungern verlassen. »Beckwith ist wunderschön. Ich habe meinen Aufenthalt hier sehr genossen. In Wirklichkeit freue ich mich nicht gerade auf meine Abreise.« In nur vier Tagen. Sie krampfte sich innerlich zusammen, doch sie gab sich alle Mühe, sich auf diesen Augenblick zu konzentrieren, anstatt auf ihre unklare Zukunft – wenngleich sie jeden Moment weniger unklar schien.

»Ich bin froh, dass es Ihnen gefällt.«

Sie führten ihre Pferde in den Stall. Welch kam ihnen entgegen und nahm Mathilda. Ambrose kümmerte sich jetzt immer um Orpheus. Normalerweise würde Philippa an diesem Punkt ins Haus gehen und sich auf das Abendessen vorbereiten. Allerdings war die Unterhaltung mit Mrs. Lerner noch immer in ihren Gedanken gegenwärtig.

Sie begleitete Ambrose zur Sattelkammer. »Mrs. Lerner sagt, dass alle sehr erfreut sind, Sie wieder hier zu haben. Tatsächlich hoffen die Pächter, dass Sie bleiben werden. Werden Sie das tun? Nachdem der Preiskampf vorbei ist?«

Er nahm Orpheus das Zaumzeug ab. »Eine Zeitlang. Es gibt einige Projekte, die meine Aufmerksamkeit erfordern.«

»Wie Mr. Lerner bei der Reparatur seines Scherschuppens zur Hand zu gehen?«

Er nickte, ohne seine Beschäftigung zu unterbrechen. Sie sollte gehen, doch sie wollte ihn wissen lassen, was Mrs. Lerner gesagt hatte. Vielleicht würde ihm das helfen. »Sie hat angedeutet, dass Sie die Tragödie scheinbar überwunden hätten, die über Ihren Bruder und Sie hereingebrochen war.«

Jetzt reagierte er. Seine Augenbrauen zogen sich tief über seine Augen und sein Ausdruck wurde finster. »Ich bin noch immer hier. Die Tragödie war einzig Nigels.«

Das war eine vorhersehbare Antwort. Sie bezweifelte,

dass er sich je von dieser Bürde lossagen würde. »Sie hat mir
erzählt, was für gute Arbeit Sie auf Beckwith geleistet haben
und wie froh alle sind, Sie wieder hier zu haben.«

Er löste Orpheus´ Sattelgurt, doch er sagte nichts.

Philippa wartete noch einen weiteren Augenblick, bis
klar wurde, dass dies eine einseitige Unterhaltung sein
würde. »Ambrose, wenn Sie je darüber reden wollen –«

»Das tue ich nicht.«

»Es könnte helfen. Sie haben all diesen Selbsthass und in
Wahrheit beschuldigt kein anderer Sie –«

Er sah sie scharf an. »Haben Sie Informationen
eingeholt?«

Himmel, sie hatte sich zu weit vorgewagt. »Ich habe mir
nur angehört, was die Leute mir aus freien Stücken erzählt
haben.«

Sein Blick wurde schmal. »Welche Leute?«

Sie geriet unter der Belastung seines Starrens in Panik.
Sie wollte Mrs. Oldham in keinerlei Schwierigkeiten bringen
und sie wollte ihm auch nicht unbedingt von ihrer Freundschaft mit seiner ehemaligen Geliebten erzählen. Sie konnte
selbst kaum glauben, das getan zu haben. »Niemand im
Besonderen.«

»Sagen Sie mir, wer mit Ihnen geredet hat.«

Sie strich sich mit den plötzlich feuchten Handflächen
über den Rock. »Ist das wirklich von Belang, wenn Sie nicht
mit mir reden wollen? Alle mögen Sie, Ambrose. Sie erzählen
sich keine Geschichten hinter Ihrem Rücken, sondern sie
versuchen, eine schreckliche Situation zu erklären. Die Leute
haben Ihnen vergeben oder haben Sie das nicht erkannt?«

Er starrte sie an. »Sie sollten mit niemandem darüber
reden.«

Sie weigerte sich, klein beizugeben. Ihr lief die Zeit
davon. Sie hatte nur noch wenige Gelegenheiten, ihn zu
erreichen. »Sie sollten mit mir darüber reden. Ich könnte

Ihnen helfen, Vergebung zu finden. Sie und Nigel waren in einer schrecklichen Situation, denn Sie beide wurden als Rivalen gegeneinander ausgespielt.«

Er zog die Lippen kraus. »Glauben Sie das? Wir waren keine Rivalen.« Seine Augen glitzerten gefährlich. »Ich war ihm überlegen. In jeder Hinsicht. Die Leute sollten ihre Vergebung nicht an mich verschwenden und auch Sie sollten das nicht tun.«

Seine Entschlossenheit, sich selbst zu hassen, war zum Verrücktwerden! »Sagen Sie mir nicht, was ich tun sollte oder nicht. Sie hatten Nigels Tod nicht gewollt. Obwohl ich immer noch nicht genau weiß, was passiert ist –«

»Und bitten Sie mich nicht, es Ihnen zu erzählen.« Er lenkte seine Aufmerksamkeit zu Orpheus zurück. »Erwarten Sie mich nicht zum Dinner.«

Sie sah ihm noch einen Augenblick zu, doch ihr war bewusst, dass eine weitere Unterhaltung sinnlos war. Sie drehte sich um und ihre Schultern sackten zusammen. Sie war in ihrem Bestreben, ihn zur Aufgabe seines Argwohns zu bewegen, keinen Schritt weitergekommen als bei ihrer Ankunft. In den letzten Tagen war sie so sicher gewesen, dass sie sich näherkamen, doch er schien ebenso distanziert wie stets.

Es schien, als würde er sich niemals vergeben. Auch würde er ihr seine Qualen nicht anvertrauen. Und sie war sich verdammt sicher, dass er sich nicht in sie verlieben würde.

～

Später am Abend stieg Ambrose aus seinem lauwarmen Bad. Er war solch ein selbstsüchtiger Mistkerl. Philippa war geduldig gewesen. Sie war gütig gewesen. Und verständnisvoll. Und er hatte ihr die Sorge um ihn wieder zurück ins Gesicht geschleudert, um ihr nicht sagen zu müssen, was für ein Ungeheuer er wirklich war. Wenn er mit ihr über die Vergangenheit redete, wenn er alles preisgab, was er auf dem Gewissen hatte, würde sie ihn verlassen. Er wollte nicht, dass sie ihn verließ.

Er schuldete ihr eine Entschuldigung.

Nachdem er sich abgetrocknet hatte, zog er einen Morgenmantel über. Dann verließ er sein Schlafzimmer und trat in das Wohnzimmer. Die Tür zu Philippas Zimmer war geschlossen. Er zauderte. Er könnte sich morgen früh bei ihr entschuldigen.

Doch seine Füße trugen ihn bis zur Tür. Leise klopfte er.

»Herein«, kam ihre Antwort.

Seine Hand schwebte über dem Türgriff. Dann ging die Tür auf. Sie stand direkt auf der Schwelle. In einem seidenen Überwurf über ihrem Nachthemd.

Er schluckte auf der Suche nach etwas Feuchtigkeit in seinem plötzlich staubtrockenen Mund. »Ich, ähm, ich bin gekommen, um mich zu entschuldigen«, krächzte er.

»Oh, vielen Dank.« Sie lächelte sanft. »Kommen Sie herein.«

Ja, sie war eine Sirene, denn sein Verstand schrie ihm zu, die Flucht zu ergreifen, aber seine Füße schritten über die Schwelle und er schloss die Tür hinter sich.

Sie sah ihn mit einem verschleierten, sinnlichen Blick an. »Ihr Kommen ist tatsächlich ein Glücksfall. Ich habe ein Problem und vielleicht können Sie mir helfen.«

Er beäugte sie argwöhnisch und jeder Teil von ihm – ausgenommen derjenige, der seinen Morgenrock gerade zu einem Zelt spannte – schrie nein. »Vielleicht.« Dieser eine Teil war offensichtlich lauter als der Rest.

Sie zog sich weiter in das Zimmer zurück. Das kleine Feuer im Kamin tauchte sie in Licht und Schatten.

Sie drehte sich zu ihm. »Ihr Gesicht sieht besser aus. Ich

habe gehört, dass Sie den Kampf verloren haben.«

Ambrose überlegte kurz, Oldham zu entlassen. Weder Ackley noch Ned besaßen die Stirn, diese Information auszuplaudern. »Das habe ich. Überrascht Sie das?«

»Ich bin sicher, dass es Sie überrascht haben muss.« Wie hatte sie ihn nur so gut kennengelernt, während er alles Erdenkliche getan hatte, um sie auf Distanz zu halten? Sie nestelte am Band ihres Umhangs. »Zu meinem Problem …«

Er verharrte neben der Tür, denn er fürchtete, ihr so spärlich bekleidet, wie sie waren und so heftig wie sein Schaft pochte, zu nahe zu kommen. »Was brauchen Sie?« *Und warum hatte sie nicht einfach einen der Diener fragen können?*

Ihre rosa Zunge schnellte hervor und leckte über die Unterlippe. Ambrose sackte gegen den Türrahmen zurück. Verhalten räusperte sie sich. »Neulich in Ihrem Zimmer, haben Sie scheinbar kurz vor … etwas gestanden. Lieber Himmel, ist das peinlich.« Sie richtete den Blick auf den Kamin und ihre Wangen färbten sich tiefrosa. »Ich habe versucht, das selbst zu machen, aber ich kann es scheinbar nicht richtig hinbekommen.« Sie schaffte es, ihn wieder anzuschauen. »Würden Sie mir helfen?«

Zum Teufel. Fragte sie ihn, ihr zu helfen, sich selbst zu befriedigen? In diesem Moment konnte er die Hände kaum von ihr lassen, doch unter dem vollen Einfluss ihrer weiblichen Waffen, wäre er unweigerlich verloren. Mühevoll schluckte er.

Ihre Augen glommen wie Bernstein im Feuerschein. »Ich weiß, dass es Ihnen lieber wäre, wenn ich Sie in Ruhe ließe, aber weil wir diese anderen Dinge getan haben, hatte ich gehofft, dass es Ihnen nicht so viel ausmacht, mir zu erzählen, wie ich es anstellen muss.«

»Nun, was haben Sie versucht?« Das Blut pochte in seiner Schläfe, seinen Ohren, seinem Schaft.

»Ich berühre mich selbst.« Sie legte eine Hand an der Stelle auf ihren Oberschenkel, an der die Kanten ihres Morgenrocks zusammenstießen. »Und es fühlt sich ... schön an, aber wenn Sie meine Brüste berühren, wenn Sie ... Ihren Mund darauf legen, fühlt sich das anders an. Besser.« Ihr Blick war glasig und ihre Atemzüge wurden kürzer. »Sollte ich mich dort berühren?« Sie hob die Hand an ihre Brust und ihre Finger lagen auf dem oberen Rand ihres Morgenrocks, ehe sie zwischen den Stoff schlüpften.

Ihre Brustwarze verhärtete sich und sein Körper löste sich vom Türrahmen, wie ein Feuer bei Sauerstoffzufuhr. »Nun, das könnten sie. Vielleicht legen Sie die Hand um die Unterseite.« Sie befolgte seine Anweisungen. *Was tat er da?* »Und nun berühren Sie die Brustwarze.« Er biss die Zähne zusammen, als ihre Fingerspitzen sich um die Knospe schlossen.

Sie drückte sacht und keuchte. »Es ist so merkwürdig, weil ich es dort unten fühle. Zwischen meinen Schenkeln.« Es war die gleiche Stelle, an der er etwas fühlte, und er berührte sie oder sich noch nicht einmal. Sein Schaft drohte, durch seinen Morgenmantel zu brennen.

»Aber wenn ich mich dort berühre«, ihr Blick flackerte nach unten, »kann ich scheinbar nicht die richtige Stelle finden.«

O verdammt, er würde dies morgen sicherlich bedauern, aber sie hatte ihn um so wenig gebeten und so viel gegeben. Er konnte nicht nein sagen.

»Legen Sie sich aufs Bett.«

Sie kam seiner Anweisung nach. Philippa war der provokativste Anblick, den er je erlebt hatte, wie sie ihre Brust umschmiegte, während ihr Morgenrock aufklaffte und ihr Nachthemd zeigte, das eigentlich bis zu ihren Knien hätte reichen sollen, aber fast bis zu ihrem Geschlecht hochgerutscht war und sich dort bauschte.

Er setzte sich auf die Bettkante und band den Gürtel um ihren Morgenrock los. Die Konturen ihres Körpers waren unter dem feinen Gewebe ihres Nachthemds wunderbar sichtbar. Der Lichtschein des Feuers legte sich über ihre Rundungen und betonte die Erhebungen, während er die Vertiefungen in geheimnisvolle, verführerische Schatten tauchte.

Er nahm ihre freie Hand und führte sie bis unter ihr Nachthemd hinauf. Der Stoff glitt nach oben und gab sie seinem Blick frei. Er sah zu ihrem Gesicht auf. Sie beobachtete ihn eingehend und noch immer waren ihre Wangen gerötet, aber ob nun von Verlegenheit oder Begierde vermochte er nicht zu sagen.

Dann führte er ihre Finger an ihre Klitoris und übte Druck aus. »Haben Sie versucht, hier zu drücken?«

Sie drängte sich seiner Hand entgegen. Ein Schaudern erschütterte seinen Körper. »Ja, aber das reicht nicht.«

»Versuchen Sie dies.« Er kreiste mit den Fingern über ihre Haut und rieb sie.

Sie stöhnte an ihn geschmiegt auf. »Oh, ja.«

Er nahm ihre Hand von ihrer Brust und führte sie unter ihr Nachthemd. »Drücken Sie ihre Brustwarze noch einmal.«

Sie zupfte ihre Brustwarze und warf den Kopf in die Kissen zurück. Dies war gefährlich nahe an einem Bruch seines Gelübdes. Er sog die Luft ein und versuchte, an Nigel zu denken, an irgendetwas, das seine Lust dämpfen würde. Doch es war kein Platz in seinem Verstand für irgendetwas oder irgendjemand anderen als Philippa.

Er streichelte sie weiter und zeigte ihr eine Reihe von Bewegungen und verschiedene Formen von Druck. Während der ganzen Zeit drängte sie sich gegen ihn und ihre Hüften schienen eine Art Rhythmus zu suchen. Allmählich verstand er, was sie vermisste. Was er vermisste.

»Haben Sie sich noch tiefer bewegt?« Er ergriff ihre

Finger und legte sie an ihre Öffnung. Sie war verführerisch feucht. »Sind Sie eingedrungen?«

Sie schüttelte den Kopf auf den Kissen.

Herrgott nochmal. Er hielt die Hand still. Er sollte das nicht tun. *Warum nicht?* Er befriedigte nicht sich, sondern sie. Sicherlich würde das keinen Bruch seines Gelübdes bedeuten und seine Ehre nicht beeinträchtigen. Ein dürftiges Argument, aber nichtsdestotrotz überzeugend.

»So etwa.« Langsam führte er seinen Mittelfinger in sie ein. Sie war eng und heiß. Ihre Hüften sanken auf das Bett zurück und ihre Oberschenkel schlossen sich um seine Hand. »Öffne dich, Süße.« Er verlockte sie mit den Bewegungen seiner Finger und zog sich zu ihrer Klitoris zurück, womit er ihr – und sein – Verlangen aufs Neue anfachte.

Sie spreizte die Oberschenkel ein wenig, doch er konnte ihre Anspannung fühlen. Sie hatte aufgehört, ihre Brust zu streicheln. *Nein, hör nicht auf.* Ja, er wollte ihr dies geben. So liebend gern.

Er schob ihr das Nachthemd bis zum Bauch hinauf und enthüllte ihren Bauchnabel. Nachdem er kurz schlucken musste, schob er ihr das Nachthemd noch höher. »Zieh es aus«, krächzte er.

Sie schlug die Augen auf und starrte ihn einen Moment an, ehe sie seiner Aufforderung nachkam. Das Nachthemd flog über ihren Kopf und wurde beiseite geschleudert.

Gott, sie war eine Schönheit. Der Feuerschein beleuchtete jede ihrer anmutigen Rundungen, jede provokative Vertiefung, den blassen Schimmer ihrer Haut, die rosigen Spitzen ihrer Brust. Er schöpfte tief Luft und genoss nicht nur ihren vertrauten Duft nach Flieder und Honig, sondern auch das neue und köstliche Aroma ihres Verlangens.

Entschlossen, ihr wenigstens zu helfen, beugte er den Kopf zu ihrer Brust und blies über die Spitze. Die Brustwarze runzelte sich und sie sog die Luft ein. Er küsste sie an dieser Stelle, sanft zuerst und dann benutzte er seine Zunge, um Kreise zu ziehen.

Sie verflocht die Finger mit seinem Haar und zog ihn zu sich. Das war das Ende seines Widerstands.

Mit geöffnetem Mund sog er ihre Brustwarze gegen seine Zunge. Er saugte und leckte an ihr und dann umfasste er ihr weiches Fleisch darunter. Sie schmeckte so gut. Wie Sonnenschein an einem strahlenden Sommertag. Wie die liebliche, salzige Brise, die vom Meer heranwehte. Wie sein Zuhause.

Behutsam fing er an, seine Finger in kleinen, kreisförmigen Bewegungen über sie gleiten zu lassen, die gedacht waren, einen Rhythmus zu erzeugen, dem sie folgen konnte. Er übte ein bisschen mehr Druck aus und vergrößerte den Radius seiner Liebkosung, wobei er tiefer wanderte, um sie vorsichtig am Rande ihrer Öffnung zu streicheln. Sein Schaft pochte, doch er würde sich nicht gehenlassen. Er würde ihr geben, was sie sich wünschte.

Nach und nach öffnete sie die Schenkel und gab sich seinen Fingern preis. Er drückte den Daumen gegen ihre Klitoris und bewegte den Mittelfinger langsam an ihrer Öffnung entlang. Wieder spannte sie sich an, also zog er an ihrer Brustwarze. Ihre Feuchtigkeit benetzte seinen Finger. »Ja, das ist es«, murmelte er.

Er glitt mit seinem Finger in sie hinein. Es war nur ein kurzer Vorstoß. Sie keuchte allerdings auf und grub ihre Finger fester in seine Kopfhaut.

Stöhnend forderte sie: »Mehr.«

Er stieg auf das Bett und legte sich neben sie. Mit einem tiefen Atemzug beschwor er seine Widerstandskraft herauf, sich nicht auf sie zu legen. Nach einem Augenblick gestattete er sich, erneut mit dem Finger in sie zu tauchen und sich dieses Mal tiefer zu wagen. Er behielt seinen Daumen auf ihr und bewegte ihn, um diesen unerlässlichen Rhythmus zu erzeugen. Dann übernahm er diesen Rhythmus mit seinem

Finger, den er mit unfehlbarer Präzision in sie einführte und wieder zurückzog. Immer wieder drängte sie sich ihm mit ihren Hüften entgegen.

Vage rief er sich in Erinnerung, dass er sie eigentlich anleiten sollte. »Du siehst, wie wichtig der Rhythmus ist?«

Ihre Hüften bewegten sich schneller, als sie anfing, mehr zu fordern. Er bewegte seinen Finger kräftiger in ihr, um ihr das Gewünschte zu verschaffen. Mit seinem Mund wanderte er zu ihrer anderen Brust, doch er behielt die Finger an der ersten, damit er bei beiden Vergnügen erzeugen könnte. Sie keuchte scharf auf und spreizte die Beine weiter, um ihm einen besseren Zugang zu gewähren und ihn schneller und tiefer zu drängen.

Die Bewegungen seines Daumens wurden fester, als er seinen Finger immer wieder in sie hinein und heraus bewegte. Ihr Atem geriet aus dem Takt und sie hickste und er konnte mehr hören, dass ihre Erlösung bevorstand, als er es in ihren Muskeln fühlen konnte, die sich um seinen Finger anspannten.

Er drückte die eine Brustwarze und kniff sie leicht, während er an der anderen saugte. Dann stieß er die Finger ganz tief in sie. Sie packte seine Hand und schrie auf. Ihre Hüften drängten sich ihm ruckartig entgegen und verloren ihren Rhythmus zugunsten eines erschütternden Orgasmus.

Er setzte seine Berührungen mit den Fingern fort, wobei er sich entfernt bewusst war, dass seine eigenen Hüften sich kreisend auf der Matratze neben ihr bewegten. Er musste aufhören. Aber er konnte nicht, bis ihr Orgasmus nicht abebbte.

Endlich gab sie nach.

Und dann, auf unbotmäßige, spektakuläre Weise erlöste er sich.

KAPITEL 21

*N*ach einigen dunklen, seligen Augenblicken, während derer sie wieder zu Atem kam, schlug Philippa die Augen auf. Über ihr spannte sich der hellblaue Betthimmel. Neben ihr lag der Mann, der sie ins Paradies gebracht hatte, nachdem er sie so viele Tage in der Hölle hatte schmoren lassen.

Sie lächelte und drehte sich zu ihm, doch als er sich abrupt erhob, fürchtete sie, dass sich zwischen ihnen nichts geändert hatte. Sein Morgenmantel hing offen an ihm herunter und gab den Blick auf die Narbe an seiner Schulter frei. Ohne zu fragen, wusste sie, dass es etwas mit Nigel zu tun hatte.

Sie rückte sich zurecht und mit ihrem Oberschenkel berührte sie eine feuchte Stelle auf den Laken. *Sein Samen.* Wie schade, dass sie es nicht miteinander getan hatten. Nun, mehr miteinander als *dies.*

»Ich muss gehen.« Seine Stimme, die dunkel und rauchig war, kam über seine Schulter, doch er drehte sich nicht zu ihr um.

Beängstigt und bestürzt wich sie dem Fleck auf dem Bett

aus und trat hinter ihn. »Ambrose, was ist? Hast du … es nicht genossen?«

»Zu sehr«, murmelte er so leise, dass sie sich anstrengen musste, um ihn zu verstehen. Dann drehte er sich zu ihr um und sein Blick war dunkel und ein wenig wild. »Ich muss gehen.«

»Es würde mir nichts ausmachen, wenn du bleibst.« Oder wenn du morgen Abend wiederkommst. Ein verruchtes Luder zu werden, schien sie nicht mehr im gleichen Ausmaß zu beunruhigen wie einst. Die junge Dame, die ihre scheinheiligen Eltern aufgezogen hatten, war ein für alle Mal verschwunden und einer Frau mit mehr Wünschen als Wahlmöglichkeiten gewichen.

»Ich kann nicht. Und erwarten Sie mich morgen nicht zum Mittagessen. Oder unseren Ausritt.«

»Ach.« Sie konnte die Enttäuschung nicht aus ihrer Stimme halten. »Ich hatte gehofft, morgen den Strand zu besuchen. Mir bleiben nur noch ein paar Tage.

»Das sollten Sie tun. Gute Nacht.« Und dann war er fort.

～

Obwohl sie körperlich befriedigt war, erwachte Philippa und fühlte sich emotional kalt. Jedes Mal, wenn sie dachte, einen kleinen Fortschritt mit Ambrose erreicht zu haben, brachte er ihr in Erinnerung, dass er ebenso verschlossen war wie je.

Ned Oldham betrat den Frühstücksraum, als Philippa im Gehen begriffen war. »Lady Philippa, hier ist ein Brief für Euch.« Er überreichte ihr das Schreiben.

Ein flaues Gefühl bemächtigte sich Philippas Magen. *Genau nach ihrem Zeitplan.*

Sie öffnete das Schreiben und las genau das, was sie erwartet hatte:

Liebe Philippa,

ich bin überaus enttäuscht über Deine Entscheidung, diesem Halunken nach Cornwall zu folgen. Ich muss annehmen, dass Du deshalb dorthin gereist bist. Das ändert nichts, außer, dass ich meinen Zeitplan unterbrechen muss, um Dich abzuholen. Ich werde am dreizehnten auf Beckwith eintreffen. Du wirst zur unverzüglichen Abreise bereit sein. Sir Mortimer weiß nichts von Deiner unüberlegten Flucht nach Cornwall und er wartet ungeduldig auf Deine Ankunft.

Wenn Du vor dem dreizehnten wieder zur Vernunft kommst, ist mein Reiseplan beigefügt, sodass wir uns an einem der vorgesehenen Haltepunkte treffen können. Eine Initiative Deinerseits würde meine Einstellung Dir gegenüber sehr verbessern.

Herrick

Kalt, egoistisch, pompös – all diese Eigenschaften hatte ihr Vater immer besessen, wenngleich Philippa nie ihre Tiefe erkannt hatte, bis er mit *dieser Frau* nach London zurückgekehrt war. Philippa biss die Zähne zusammen und zerknüllte das Papier in ihrer Hand. Würde ihr Vater vielleicht verstehen, dass sie aus Liebe hierhergekommen war? Warum nicht? Er hatte seine Familie im Namen der Liebe zerrüttet. Seiner Liebe für *diese Frau.*

Er würde Verständnis haben müssen, wenn sie mit ihrer Werbung um Ambrose erfolgreich gewesen wäre. Doch sie war nicht erfolgreich gewesen. Er war nicht näher daran, sie zu lieben, als sie, ihn nicht zu lieben.

Wenn sie ihn nur überzeugen könnte, den Mann zu sehen, den sie sah. Ein Mann, der eindeutig Reue für seine Handlungen verspürte, dem von so vielen um ihn herum vergeben worden war, nur er selbst hatte sich nicht verziehen. Ein Mann, der lieben könnte, wenn er es zulassen würde.

Ihr blieben nur noch zwei Tage, um es zu versuchen.

Sie schob das zerknüllte Papier in ihre Tasche. Raschen Schrittes verließ sie den Frühstücksraum und verließ das Haus durch den Familiensalon.

Sie band die Haube, die sie zum Frühstück mitgebracht hatte, unter dem Kinn fest und trat aus dem Haus. Als sie über den Hof marschierte, grüßte Oldham sie in der Nähe der Stallungen.

Er verbeugte sich leicht und tippte sich an seine Kappe. »Guten Morgen, Mylady. Wohin des Weges an solch einem herrlichen Tag?«

»Ist Seine Lordschaft in der Nähe?«

»Das ist er nicht, Mylady.«

Das hatte sie auch nicht erwartet, aber sie war trotzdem enttäuscht. »Nun, es ist höchste Zeit, dass ich den Strand besuche.«

»Da kann ich Euch nur zustimmen. Achtet aber darauf, der See nicht den Rücken zu kehren. Sie kann voller Überraschungen sein.« Er zwinkerte ihr zu.

»Danke, ich werde daran denken.« Sie lächelte ihm zu und setzte ihren Weg fort.

Eine Viertelstunde später erreichte sie den Weg, der vom Kliff hinunterführte – es war weniger ein Kliff als ein sehr steiler Hügel. Langsam suchte sie sich ihren Weg zwischen Felsen und Gestrüpp. Große Grasbüschel flüsterten in der Brise. Die Sonne war warm und sie war froh, dass sie ein leichtes Musslinkleid trug.

Sie strauchelte, doch sie fing sich wieder, indem sie sich an einem großen Felsen festhielt. *Glücklicherweise trage ich außerdem stabiles Schuhwerk.*

Nach einigen weiteren Minuten mühevollen Vorankommens fand sie sich endlich am Fuße des Hügels. Die Erde war nach und nach dem Sand gewichen und ihre Stiefel sanken in den weichen Boden.

Das Meer lag noch immer dutzende von Schritten

entfernt, doch die Wellen schlugen rhythmisch an das Ufer. Fasziniert blickte sie auf die sanften Wogen, die eine über der anderen heranrollten und den Sand benetzten. Das Meer war mehr als nur einfach riesig; es war voller Kraft und wunderschön, und es erfüllte die Luft mit Klang und Geruch.

Zu ihrer Linken lagen die Boote am Rande von Portscatho. Zu ihrer Rechten befand sich Felsgestein, über das eine Schar Seevögel seine Kreise zog. In der Ferne erstreckte sich ein endloses blaues Band, wenngleich sie vermutete, dass Frankreich irgendwo dort draußen liegen musste.

Nach mehreren Minuten riss sie den Blick vom Meer los und schaute über den Strand in Richtung Portscatho. Etwa fünfzig Meter entfernt fand sich eine Ansammlung flacher Felsen. Eine Frau kniete dicht neben einem davon. Neugierig ging Philippa in ihre Richtung. Als sie sich näherte, erkannte sie Miss Chandler.

»Miss Chandler«, rief sie. »Guten Morgen!«

Miss Chandler drehte sich herum und beschattete die Augen. Dann stand sie auf. »Guten Morgen, Lady Philippa. Was für eine Freude, Sie hier zu treffen.«

Philippa trat zu ihr und stellte sich neben sie, um auf die Wasserpfützen hinabzublicken, die sich um die Felsen gebildet hatten. »Wonach halten Sie Ausschau?«

»Seesterne, Anemonen und solche Dinge.«

Tatsächlich. Die flachen Wasserlachen enthielten schwarze und schillernde muschelartige Dinge, farbenprächtige Anemonen mit zarten Fransen, die im Wasser schwebten, großäugige Fische mit dunklen Flecken und leuchtend gefärbte Seesterne.

Miss Chandler kniete sich wieder nieder und berührte einen Seestern. »Ich werde nie müde, nach solchen Schätzen Ausschau zu halten.« Sie sah zu Philippa auf. »Wollen Sie auch einen anfassen?«

Warum nicht? Gott allein wusste, wann sie jemals wieder

eine Gelegenheit dazu bekommen würde. Sie ging neben Miss Chandler auf die Knie. »Wie fühlt es sich an?«

»Fühlen Sie selbst.«

Philippa berührte den Seestern und stellte fest, dass er ziemlich schroff, aber fest war. Nicht im Geringsten so schleimig, wie sie vermutet hatte. Miss Chandler berührte eine Anemone, die sich daraufhin schnell verschloss. Philippa zuckte zurück, doch Miss Chandler lachte und zog ihre Finger weg.

»Hat Ihnen das wehgetan?«, fragte Philippa, während sie sich die Finger an ihrem Rock abwischte.

Miss Chandler lachte. »Ganz und gar nicht.«

Philippa lächelte. Die Heiterkeit ihrer Bekannten war geradezu ansteckend. »Vermissen Sie London?«

»Nicht im Geringsten, weshalb ich auch nie zurückgekehrt bin. Das zum einen, und zum anderen hatte Vater mich in meinem ruinierten Zustand nicht dulden wollen. Doch selbst, wenn er mich gewollt hätte, wäre ich nicht von hier fortgegangen.« Sie ließ den wehmütigen Blick zum Horizont schweifen, die Lippen zu einem zufriedenen Ausdruck geschwungen. »Ich liebe das Meer.«

»Warum?«

»Es gibt mir das Gefühl, unbedeutend zu sein.« Auf Philippas Stirnrunzeln fuhr sie fort. »Auf die allerbeste Art. Das Meer ruft mir in Erinnerung, wie klein und relativ bedeutungslos meine Probleme sind. Es hat mir geholfen, mich von Nigels Tod und meiner Teilhabe daran zu erholen.«

Philippa nickte langsam, da sie den Gedanken würdigte, aber sie war noch immer sehr neugierig, was wirklich mit Nigel geschehen war und wie Ambrose zu dieser Narbe gekommen war. »Was meinen Sie mit Ihrer ›Teilhabe‹? Und wie hat Ambrose die Narbe auf seiner Schulter bekommen?«

Miss Chandlers Blick wurde schärfer. »Sie glauben doch nicht, ich hätte sie ihm beigebracht?«

Du liebe Zeit, Philippa hatte die Frage so klingen lassen, was gar nicht ihre Absicht gewesen war. Eilig beschwichtigte Philippa ihre Gesprächspartnerin. »Nein. Ich habe nur darüber nachgedacht und gemeint, ich könnte Sie einmal danach fragen. Ambrose ist frustrierend verschlossen. Ich habe ihm zu zeigen versucht, dass er mir vertrauen kann, aber er ist unter einem Gebirge aus Selbstvorwürfen begraben.«

»Können Sie ihm das verdenken?«

Nein, das konnte sie nicht.

Miss Chandler beschattete ihre Augen vor der Sonne und blickte über Philippa hinweg. »Da kommt er schon.« Sie ließ die Hand sinken und konzentrierte sich auf Philippa. »Ich sollte gehen, ehe er hier ist.«

Miss Chandler war bereits einige Meter entfernt, ehe Ambrose bei ihr ankam. Er sah ihrer sich entfernenden Gestalt nach. »Wer war das?«

Philippa spannte sich an und fragte sich, wie seine Reaktion ausfallen würde. »Miss Chandler.«

Er schloss die Augen. »Haben Sie sie gerade kennengelernt?« Er sah ihr weiterhin hinterher.

»Wir haben uns letzte Woche in der Stadt kennengelernt. Am Tag nach meiner Ankunft.«

Nun lenkte er seinen Blick zu ihr. Er wirkte überrascht. »Das haben Sie nicht erwähnt.«

Sie sah ihn mit hochgezogenen Augenbrauen an. »Ich dachte, es sei Ihnen lieber, ein Gespräch über die Vergangenheit zu umgehen.«

Er nickte einmal. »Ich ... Wie haben Sie sie gefunden?«

»Wussten Sie, dass sie in ein paar Wochen heiraten wird?«

Seine Augenbrauen schossen hoch, und noch einmal blickte er den Strand entlang. »Nein, das wusste ich nicht.«

Philippa wartete geduldig, gleichwohl sie sich fragte, was

er gerade dachte. Tat es ihm um die entgangene Gelegenheit leid, sie zu begrüßen? War er froh, dass sie heiratete? »Sie haben sie nicht aufgesucht?«

Er drehte den Kopf und sah aufs Meer hinaus. »Nein. Das wollte ich nicht.« Dann richtete er seine Aufmerksamkeit auf Philippa, und die Intensität in seinen Augen ließ sie erschaudern. »Sie verstehen doch, was mit ihr passiert ist? Es gibt keine guten Erinnerungen. Das Wissen darum, dass sie hier lebt, ist einer der Gründe, warum ich nie zurückgekehrt bin.«

Philippa wollte ihn besänftigen, ihn berühren, ihm ihr Verständnis versichern, doch sie tat nichts. Das war mehr, als er ihr je offenbart hatte. Mehr, als sie zu hoffen gewagt hatte. Sie schlang ihre Finger zu einem festen Griff zusammen. »Sie hat mir die Gezeitentümpel gezeigt.«

Er blickte auf das Wasser zwischen den Felsen hinunter. »Und was halten Sie von ihnen?«

»Sie sind anders als alles, was ich je gesehen habe. Die Roseland Halbinsel ist erstaunlich.«

Er nickte. »Wollen Sie Ihre Füße ins Meer halten?«

Sie blickte auf die Wellen, die ans Ufer schlugen. »Ich weiß es nicht. Sollte ich?«

»Das sollten Sie wirklich, wenn Sie schon mal hier sind.« Sein Blick wurde spöttisch-ernst. »Aber ich muss Sie warnen, es ist recht kalt.«

Sie lachte leise. »Warum wagen Sie es dann?«

Er zog eine Augenbraue hoch, und ein Schwindelgefühl brauste in ihrem Inneren auf und ab. Das war ihr Ambrose. »Weil Sie Ihre Füße noch nie ins Meer gehalten haben.« Er nahm ihre Hand und führte sie zu einem Felsen. »Setzen Sie sich.«

Sie ließ sich auf der Felskante nieder. Er ging vor ihr auf die Knie, und ihr Herz schlug schneller. Seine Hände schoben sich unter den Saum ihres Kleides und öffneten die

Schnürriemen ihres Stiefels. Es war eine vergleichsweise harmlose Art der Berührung, aber sie empfand jeden Kontakt seiner Finger, jedes feine Flimmern seiner Bewegungen als verführerische Liebkosung.

Er wandte sich dem zweiten Stiefel zu und sobald er ausgezogen war, stellte er beide Schuhe neben den Felsen. Dann streckte er die Hand zu ihrem Knie, bis zu der Stelle, an der ihre Strümpfe befestigt waren, und beinahe schmolz Philippa in ihrem eigenen Gezeitentümpel dahin.

Diese Berührung war erheblich intimer. Noch immer war sie zweckbestimmt, doch sie barg das Versprechen auf so viel mehr. Er zog den Strumpf an ihrer Wade hinunter. Der Stoff glitt über ihre Haut. Funken der Vorfreude stieben über ihr Bein hinauf. Heiß wallte die Erregung zwischen ihren Schenkeln auf.

Als seine Finger die Bänder ihres zweiten Strumpfes ertasteten, hob er die Augen. Ihre Blicke trafen aufeinander und verbanden sich. In seinem sah sie Hitze und Verlangen, die ein genaues Spiegelbild ihrer eigenen Empfindungen waren. Wie leicht wäre es gewesen, sich in seine Arme zu stürzen, doch sie hielt sich starr. Sie hatte Todesangst, ihn zu verschrecken und diesen Augenblick zu ruinieren.

Die Bänder lösten sich und kitzelten in ihren Kniekehlen. Seine Finger streiften über ihre Haut und zogen den Strumpf langsam nach unten. Es war nicht so, dass er ihr die Strümpfe auszog, sondern er machte sie verrückt vor Verlangen. Hatte er überhaupt eine Ahnung davon?

Er nahm beide Strümpfe und deponierte sie auf ihren Stiefeln. Dann erhob er sich und durchbrach den Zauber.

Sie wehrte sich gegen ihre Enttäuschung. Das war ein Fortschritt. Er schloss sie nicht aus, und er lief auch nicht davon. Vielmehr zog er seine eigenen Stiefel und Strümpfe aus.

Einen Augenblick später war auch er barfuß. Er wackelte

mit den Zehen im Sand und lächelte. Es war ein aufrichtiges Lächeln der Freude, das Philippa fast einen Schluchzer entlockte. Sie schluckte und zwang sich, die Ruhe zu bewahren.

Er nahm sie an der Hand. »Kommen Sie.«

Sie stand auf. »Ach!« Der Sand war warm und fühlte sich weich an ihren Füßen an. Winzige Körnchen fanden ihren Weg zwischen ihre Zehen und rieben dort, als sie seinem Beispiel nachkam und damit wackelte. Sie sah zu ihm auf und kicherte.

»Fühlt sich das seltsam an?«, fragte er.

»Ein bisschen.«

»Warten Sie, bis wir den nassen Sand erreichen.« Er fasste ihre Finger fester und führte sie zu den Wellen.

Das war so perfekt, wie sie es zuvor noch nicht erlebt hatte. Hand in Hand mit Ambrose an einem nahezu menschenleeren Strand spazieren zu gehen, wo sie beide sich genauso geben konnten, wie sie waren. Niemand, der zu fürchten war, niemand, der über sie richtete, niemand, der sie voneinander trennte.

Ihre Füße fühlten sich schwerelos und wundervoll auf dem Sand an, als würde sie neben Ambrose her gleiten. Dann gelangten sie zu dem feuchten, kompakten Sandstreifen, wo die Wellen bei Flut hingeschwappt waren. Der feuchte Sand war viel kühler und reichte ihr nicht bis zwischen die Zehen. Je weiter sie gingen, desto nasser wurde es. Die Wellen brachen direkt vor ihnen, und waren etwa noch sechs Meter entfernt.

Sie wurde langsamer. »Wie funktioniert das? Bleiben wir hier stehen und warten, bis die Wellen kommen?«

Er war ein paar Schritte vor ihr und hielt immer noch ihre Hand. Er drehte den Kopf und sah über die Schulter zu ihr. »Das können wir tun, oder wir gehen einfach auf die Wellen zu.«

»Ist das ungefährlich?« Sie erlebte einen Moment der Beklemmung, als sie sich auf Oldhams Worte besann, dass das Meer voller Überraschungen steckte. »Oldham hat mich gewarnt, nicht unaufmerksam zu sein.«

»Ein ausgezeichneter Rat. Hier an dieser Stelle, an der wir jetzt sind, und zu der wir uns wagen werden, ist es vollkommen ungefährlich. Das Wasser wird Ihnen nicht über die Waden steigen.«

Sie drehte ihren Kopf und sah zu ihm auf. »Was ist mit meinem Kleid?«

»Sie werden es hochhalten müssen. Oder Sie lassen es nass werden. Sie haben die Wahl.«

Sie blickte ihn mit klimpernden Wimpern an. »Lord Sevrin, wollen Sie mich etwa dazu verleiten, mir die Röcke nass zu machen?«

Er lachte und der Klang entlockte ihr ein Lächeln. Ihr ging das Herz auf und plötzlich schien der Tag strahlender und wärmer und in jeder Hinsicht lebendiger.

»Sie sind schrecklich kokett, Lady Philippa.« Mit der freien Hand wies er auf das Wasser hinaus. »Die Wellen brechen dort draußen. Sehen Sie das Weiß?«

Philippa nickte, wie gebannt von Ebbe und Flut. Es war wirklich wunderschön. Sie stellte sich neben ihn und ließ ihre Füße in den matschigen Sand sinken.

Er beugte den Kopf zu ihrem und flüsterte ihr ins Ohr. »Dann rollen sie heran, manche ganz sanft, sodass sie kaum bis ans Ufer reichen, und andere – ach, da kommt eine – mit mehr Leben.«

Philippa wollte zurückweichen, doch Ambrose hielt sie fest. »Ich habe Sie.«

Sie drehte den Kopf. Seine Wange war so nah. Sie könnte ihn küssen, wenn sie sich traute.

Sie keuchte auf, als eiskaltes Wasser über ihre Füße lief und den Saum ihres Kleides durchnässte.

»Sie haben Ihr Kleid vergessen«, stellte er fest und drehte sich zu ihr um. Dann hob er sie so schnell hoch, dass sie die Arme automatisch zur Sicherheit um seinen Hals schlang. Diese Welle, die der anderen so schnell folgte, schlug höher und reichte bis an die Oberkante seiner Wade. Hätte er sie nicht hochgehoben, wäre sie durchnässt gewesen.

Sie blickten sich in die Augen, als das Wasser zurückwich. Langsam stellte er sie wieder auf ihre Füße. Sie verfluchte ihr Versäumnis, die Umarmung in die Länge zu ziehen.

»Nun«, richtete er das Wort an sie, »sind Sie bereit, bei der nächsten einen Sprung zu wagen?«

Springen? »Wie meinen Sie das?«

Wieder nahm er sie an der Hand und führte sie vorwärts. »Passen Sie diesmal auf Ihr Kleid auf.«

Philippa fasste nach ihrem Rock und hob den Saum.

»Wenn die nächste Welle kommt, springen Sie über den Kamm.« Das Wasser kam wieder hoch, weicher als die Welle, die sie durchnässt hatte.

»Jetzt!« Ambrose fasste sie fester und sprang, als der Wellenkamm auf sie zurollte. Philippa sprang mit ihm, und sie landeten im seichten Wasser. Kalte Tropfen bespritzten ihre Knöchel und Waden. Philippa lachte. Ambrose stimmte ein, seine dunklen Augen funkelten vor Freude.

Nein, es gab keinen perfekteren Moment als diesen.

Die nächste Viertelstunde verbrachten sie damit, über die Wellen zu springen und vor denen fortzulaufen, die besonders kräftig heranrollten. Philippa überlegte, ob sie stolpern sollte, damit er sie wieder hochziehen konnte, aber sie wollte ihr Glück nicht herausfordern. Dies hier war weitaus schöner, als sie es sich je vorgestellt hatte. Sie konnte sich beinahe einreden, dass eine Ehe mit ihm möglich wäre.

Diese Hoffnung und ihr schrumpfendes Zeitguthaben trieben sie – vielleicht törichterweise – zu der Bemerkung:

»Es ist fast an der Zeit, dass ich eine Entscheidung treffe. Über unsere Zukunft.«

Er warf ihr einen flüchtigen Blick zu. »Ihre Füße müssen ja eiskalt sein.« Er führte sie den Strand hinauf, aber diesmal nahm er sie nicht an der Hand.

Sie war zu weit gegangen. Wieder einmal. »Haben Sie gehört, was ich gesagt habe?«

Er blieb stehen. Sie hatten gerade den trockenen Sand erreicht, und Philippa war sich all der winzigen Körnchen bewusst, die an ihren nassen Füßen klebten.

Er drehte sich um. Das schelmische Funkeln war aus seinen Augen verschwunden. »Ich habe keine Frau verdient.«

»Nicht einmal mich?« Sie biss sich tatsächlich auf die Zunge, in dem vergeblichen Versuch, diese Worte wieder zurück in ihren Mund zu spulen.

Er drehte sich um und ging einen Schritt den Strand hinauf. »Nicht einmal Sie.«

Wieder dachte sie nicht nach, bevor sie herausplatzte: »Würden Sie erwägen, sich eine Geliebte zu nehmen?«

Sein Blick schnellte zu ihrem. »Gott, nein. Warum fragen Sie so etwas überhaupt?«

Weil ich diese Position gern hätte. Wenn auch nur für ein paar Tage. »Miss Chandler war Ihre Geliebte. Warum wollen Sie keine andere?«

»Sie war nicht meine *Geliebte*.« Er fuhr sich mit der Hand durchs Haar. »Himmel, Philippa, Sie wissen, wie das ausge-gangen ist.«

Sie blieb stehen und grub die Fersen in den Sand. »Das tue ich. Aber ich bin nicht sie. Und Nigel ist nicht hier.«

Verblüfft starrte er sie an. Die Muskeln in seinem Kiefer arbeiteten. Er machte den Mund auf und dann schloss er ihn wieder. »Ich kann das nicht mit Ihnen machen.«

»Warum nicht? Was macht mich weniger wert als Miss Chandler?« Es war eine riskante Frage, sich mit der anderen

Frau zu vergleichen, die er ruiniert hatte, doch sie war verzweifelt. Sie hatte all ihre Karten auf den Tisch gelegt und alle Register gezogen.

Er sog die Luft ein und dann stieß er sie langsam wieder aus. Mit einem gründlichen und glutvollen Blick nahm er sie ins Visier. »Absolut nichts. Glauben Sie mir, wenn ich sage, dass es eine gewollte und ermüdende Anstrengung ist, meine Hände von Ihnen zu lassen. Das ist seit dem ersten Abend so, als wir uns kennengelernt haben.«

Eine kurze Weile schloss sie fest die Augen, als seine Worte in ihr Bewusstsein drangen. Hoffnung keimte in ihrem Herzen auf und sie ging einen Schritt auf ihn zu. »Warum tun Sie das? Ich bin hier. Willig. Begierig. Ich will Sie, Ambrose.«

Sein Gesicht wurde fahl und die zwischen ihnen angestaute Hitze verpuffte. Philippa wollte die Hand nach ihm ausstrecken und diesen Moment festhalten, der so schnell dahinschwand, doch er marschierte zu ihren Schuhen und Strümpfen.

Niedergeschlagen drehte sie sich um und folgte ihm.

Er saß auf der Felskante und zog seine Strümpfe mit schnellen ruckartigen Bewegungen an. Dann schob er seine Füße in die Stiefel. Er stand dort und sah auf sie herab, mit Augen, die ebenso unergründlich waren wie das Meer.

»Nach dem, was ich meinem Bruder angetan hatte, legte ich ein Zölibatsgelübde ab. Ich hatte seine zukünftige Frau als meine Geliebte genommen und ihn in den Tod getrieben. Es gibt kein Zurück von dort, Philippa. Ich bin gebrochen und Sie haben keinen Grund zu versuchen, mich wiederherzustellen.«

»Sagen Sie mir nicht, was ich nicht tun sollte. Ich li–«

»Nein!« Er trat einen Schritt von ihr zurück, das Gesicht aschfahl. »Sagen Sie das niemals zu mir. Ich kann das nicht mehr. Sie müssen mich in Ruhe lassen.« Er drehte sich um und ging davon.

Der Sand an Philippas Füßen fühlte sich an, als wäre er zu Zement geworden. Sie war am Strand verhaftet und so unfähig, ihm zu folgen, wie er, bei ihr zu bleiben.

Das war es dann. Sie hatte alles gegeben. Sie hatte ihr Herz in seiner Reichweite dargeboten. Und er hatte stattdessen die Schuld gewählt.

Sie beugte sich hinab und nahm ihre Strümpfe, doch dann ließ sie sich mit dem Oberkörper auf den Felsen sinken und drückte die Augen fest gegen die drohenden Tränen zusammen.

Sie konnte nur sich selbst die Schuld zuschreiben. Sie hatte ein Risiko auf sich genommen und erbärmlich versagt. Es war besser, das jetzt zu erkennen, als nach ihrer Heirat. Sie hätte sich leicht in der Position ihrer Mutter wiederfinden können – unglücklich verheiratet mit einem Mann, der ihr nur Kummer bereitete.

Nachdem Philippa ihre Strümpfe und die Schuhe wieder angezogen hatte, holte sie den Brief ihres Vaters aus ihrer Tasche hervor. In drei Tagen wäre er hier. Wenn sie morgen abreiste, konnte sie ihm auf dem Weg entgegenkommen, da sie seine Reiseroute kannte.

Sie stand auf und kehrte zu dem Weg den Hügel hinauf zurück.

KAPITEL 22

*S*päter an diesem Nachmittag stand Ambrose vor Lettice Chandlers Tür, eine Hand über dem Holz erhoben. Er hatte Philippa mit der Absicht verlassen, einen seiner Pächter zu besuchen, doch dann war er ziellos umhergeritten. Bis er hier gelandet war.

Wenn Philippa mit Lettice reden konnte, warum nicht auch er? Warum sollte er das nicht? Er war nicht ganz sicher, was ihn hierhergetrieben hatte, doch irgendwie fühlte es sich notwendig an. Offensichtlich war die Zeit gekommen, reinen Tisch zu machen.

Er klopfte.

Dann ließ er die Hand sinken und blieb wie erstarrt stehen. Sein Magen rumorte vor Übelkeit und seine Haut war kalt und klamm geworden. Die Tür ging auf.

Sie sah natürlich älter aus, aber nicht nur in Jahren. Erfahrung und Gefühle – vielleicht Traurigkeit oder Bedauern – hatten feine Linien um ihren Mund und die Augen gegraben. Sie war noch immer wunderschön, aber nicht mehr auf die sorglose, lebhafte Weise wie vor fünf Jahren. Ihre Augen funkelten nicht und ihr Mund war nicht zu einem halben, sinnlichen Lächeln geformt. Es war ihm nie in den Sinn gekommen, dass sie vielleicht gelitten haben könnte. Sie war ihm überhaupt nicht in den Sinn gekommen.

»Ambrose. Komm herein.« Sie öffnete die Tür ein Stück weiter und lud ihn ein, einzutreten.

Er spähte in das Innere, doch seine Füße fühlten sich plötzlich wie Blei an. »Ich weiß nicht, warum ich hier bin.«

»Das ist unwichtig. Ich bin froh, dass du gekommen bist. Hättest du gern etwas Tee?«

»Nein.« *Tritt ein. Entschuldige dich. Kläre die Situation.* Er trat über die Schwelle und seine Muskeln lockerten sich.

Sie ging weiter in den Raum und er schloss die Tür. Wieder begehrte seine Angst auf. Sie waren allein. Wie so viele Male zuvor. Doch er wollte sie nicht berühren. Der Gedanke, sie anzufassen war grässlich und abstoßend.

»Es tut mir leid.« Die Worte klangen in seinen Ohren mickrig und unbedeutend, doch sie waren alles, was er zu bieten hatte.

Ihre Augenlider senkten sich vor Traurigkeit. »Ich weiß. Mir tut es auch leid. Wenn ich alles rückgängig machen könnte, würde ich das tun.«

Er nickte, denn sein Sprachvermögen war durch den apfelgroßen Kloß blockiert, der sich in seiner Kehle gebildet hatte.

»Es ist gut, dass du zurückgekehrt bist.« Sie führte ihn in eine kleine Wohnstube. Es war anheimelnd, feminin und mit seinem bescheidenen Mobiliar recht einsam. Er hatte sie zu einem Leben in Einsamkeit verbannt. Aber nein …

»Du wirst dich verheiraten?«

Sie setzte sich in den einzigen Sessel, ein aus der Mode gekommenes Stück, mit einer geflickten Armlehne. »Ja, mit Mr. Daniel Sedley. Erinnerst du dich an ihn?«

»Er besitzt mehrere Fischerboote in Portscatho.«

Sie strich glättend über ihre Röcke, die aus einem zweckdienlichen Musselin von geringerer Qualität waren, als sie vor fünf Jahren getragen hatte. »Das stimmt.«

Er nickte und freute sich für sie, doch er war nicht imstande, sein Gefühl in Worte zu fassen. Es schien nicht richtig, dass sie diese Unterhaltung führten, und sie eine Zukunft plante, während Nigel auf dem Friedhof an der Hauptstraße lag.

»Was ist mit dir?«, fragte sie. »Wirst du Lady Philippa heiraten?«

Ambrose starrte sie an. »Warum glaubst du das?«

Sie zuckte mit den Schultern. »Du könntest es nicht besser treffen und sie liebt dich.«

Er wollte Einwände erheben. Nicht weil er ihr nicht glaubte, sondern weil er es nicht wahrhaben wollte. Dennoch hatte er Philippa am Strand gehört und sie daran gehindert, es auszusprechen. »Das hat sie dir erzählt?«

»Es ist offensichtlich.«

Ambrose hatte nicht bleiben wollen, doch seine Beine versagten einfach ihren Dienst, als seine Emotionen loszubrechen drohten. Er sank auf ihr schmales Sofa. »Ich habe sie nicht verdient.« Gott, es fühlte sich so gut an, endlich etwas herauszulassen.

Sie lächelte, doch in ihren Augen lag Bedauern. Augen, die einst voller koketter Vitalität gewesen waren, doch ermattet wirkten. »Ich verstehe. Es hat Daniel Jahre gekostet, mich zu überzeugen, dass ich ihn verdient hatte. Ich rechne ihm seine Hartnäckigkeit hoch an.«

Auf ihre eigene Weise versuchte Philippa, das Gleiche zu tun. Sie war hergekommen, um sich zu überzeugen, ob sie zusammenpassten. Heute hatte sie ihn abermals über ihre mögliche Heirat befragt, und war kurz davor gewesen, ihm einen Heiratsantrag zu machen. Und er hatte ihre Anstrengungen damit belohnt, sie immer wieder abzuweisen. »Ich bin ihr gegenüber ungerecht gewesen. Es ist nur, dass … Ich bin nicht sicher, ob ich bereit bin. Ich war nicht –« Er sah sie kurz an. »Ich bin nicht mehr mit einer anderen Frau zusammen gewesen, seit …«

Lettice sog die Luft ein. »Ach, Ambrose.«

Er konnte den Kummer in ihrem Tonfall bis ins Mark spüren. Unfähig, ihr Mitgefühl zu ertragen, wandte er den Blick ab. »Es war die einzige Möglichkeit, wie ich damit fertigwerden konnte. Die einzige Möglichkeit, wie ich mir gestatten konnte, weiterzuleben, nach dem, was ich getan hatte. Ich weiß nicht, ob ich das für Philippa verändern kann. Vielleicht mit der Zeit.«

»Du hast nicht so viel davon.«

»Ich weiß. Sie reist nach dem Preiskampf ab. Aber vielleicht kann ich sie zum Bleiben überreden.«

Lettice schüttelte den Kopf. »Das glaube ich nicht. Sie soll verheiratet werden.«

Er ließ den Blick zu ihr schnellen. »Das hat sie dir erzählt?«

»Ihr Vater hat etwas arrangiert. Ich denke, sie ist in der Hoffnung hergekommen, dieses Los zu umgehen.«

Er hatte nichts anderes getan, als sie von sich zu stoßen.

Er stand auf. »Ich muss gehen.«

»Gut. Vielleicht könnt ihr beide an meiner Hochzeit teilnehmen.«

Er sah sie mit hochgezogener Augenbraue an und war überrascht, sich ein bisschen wie sein altes Selbst zu fühlen – was angesichts seiner derzeitigen Gesellschaft eine beachtliche Leistung war. »Ich bin nicht sicher, ob das ratsam ist. Du wirst mir wohl verziehen haben, doch ich bin sicher, das Sedley mich aufspießen würde, sobald er mich zu Gesicht bekommt.«

Sie schüttelte den Kopf. »Nein Ambrose. Alle haben dir verziehen. Nur du musst dir noch selbst vergeben.«

Er antwortete mit einem Nicken und vermutete, dass sie

recht hatte, doch noch immer war er nicht sicher, wie er das anstellen sollte. Ein paar Minuten später verließ er ihr Häuschen. Er hatte beabsichtigt, nach Beckwith zurückzukehren, doch um was zu tun? Philippa zu bitten, seine Frau zu werden? Er war noch nicht bereit für die Liebe – sie hatte nichts Geringeres verdient – und wäre es vielleicht auch nie wieder. Doch der Gedanke, dass sie einen anderen heiratete, schwächte ihn bis hin zu seiner Seele. Oder dem, in Fetzen gegangenen Gespinst, das davon noch übrig war.

Er zog sich auf Orpheus´ Rücken und ritt nach Portscatho, um dann am Strand zurück in Richtung Beckwith zu reiten. Noch immer konnte er nicht durch Gerrans reiten – nicht an dem Kirchhof vorbei, auf dem Nigel begraben lag.

Als er in den Stallhof einritt, war er verrückt vor Verlangen. Sein Verstand schrie ihm zu, innezuhalten und nachzudenken, doch der Protest wurde schwächer und schwächer. Welch kam ihm entgegen und Ambrose warf ihm die Zügel zu. Wortlos drehte Ambrose sich um und schritt auf das Haus zu, wobei er mit seinen Schritten den Weg zu verschlingen schien.

Er musste Philippa sehen. Sie halten, ehe sie ihn für immer verließ. Er trat in den Salon und nahm zwei Stufen auf einmal. Voran, auf die Tür zu ihrem Schlafzimmer zu, an die er mit bebender Hand dreimal klopfte.

Die Tür ging auf und gab den Blick auf ihre Zofe frei, die in einen Knicks sank. »Euer Lordschaft.«

Philippa tauchte im Türrahmen zu ihrem Ankleidezimmer auf, mit nichts weiter bekleidet als einem Hemd. Ihr offenes Haar wellte sich sanft um ihre Schultern und umspielte ihre Brustwarzen. Noch nie hatte er sie mit ihrem gelösten Haar gesehen.

Er vermochte seinen hungrigen Blick nicht von ihr zu lösen, doch er richtete das Wort an die Zofe. »Lassen Sie uns allein.«

Philippa nickte der jungen Frau zu, die Ambrose nun umrundete und das Schlafzimmer verließ.

Ambrose trat näher, bis er vor Philippa stand. Sein stoßweiser Atem dröhnte in seinen Ohren und sein rasender Herzschlag verstopfte ihm die Kehle. Sie sah aus großen, schimmernden Augen vertrauensvoll zu ihm auf.

Die Erlösung lag direkt vor ihm. Er musste sie nur berühren. Annehmen, was sie ihm zu bieten hatte – Vertrauen, Trost, Liebe. Der Einwand in seinem Kopf erstarb und das machte ihn offen und verletzlich.

Er schob die Hände in ihr Haar und legte sie um ihren Kopf. Sie war weich und warm und duftete wie in Honig getauchter, gerade aufblühender Flieder, als ob sie heute Nachmittag gebadet hätte.

Er zog seinen Daumen über ihre Wange und legte ihn an ihre Unterlippe. Als ihre Zunge hervorschnellte und über die Fingerkuppe leckte, war er verloren. Er hielt ihren Kopf fest, während er seinen Mund über ihren deckte. Sie war bereit. Heiß, feucht, bereit. Sie schob die Arme um seinen Rücken und hielt ihn fest.

Die Erkenntnis, dass er im Begriff war, sein lange gehaltenes Gelöbnis zu brechen, ließ ihn sowohl vor Furcht als auch schrecklichem Verlangen nach ihr erzittern. Wie stünde es überhaupt um seine sexuelle Leistung? Es war so lange her.

Nein, daran wollte er jetzt nicht denken. Nur fühlen. Sich an dieser Frau ergötzen, die sich ihm so vollkommen hingegeben hatte. Diese Frau, derer er so vollkommen unwürdig war, und die er doch so verzweifelt begehrte.

Sie leckte an seinem Mund und lud ihn ein, sie zu verschlingen. Wie eine Reflektion auf sein eigenes Verlangen gruben sich ihre Finger in seinen Rücken. Er hob sie ebenso mühelos hoch wie am Strand und trug sie zum Bett.

Er zügelte seine Lust und legte sie sanft auf die Bettdecke.

Das schwindende Sonnenlicht strömte durch die Fenster und ließ ihre Haut golden aufflammen. »Du bist wunderschön«, hauchte er, unfähig inmitten dieser überwältigenden Demut sein Stimmvolumen zu finden.

Sie streckte die Hand nach ihm aus und er war ungeduldig, an ihrer Seite zu sein. Geschwind legte er seinen Frack, die Weste, Stiefel und Strümpfe ab. Sie setzte sich auf und zupfte an den Enden seiner Krawatte. Raschelnd glitt die Seide über seinen Nacken, als sie das Band herunterzog und beiseite warf. In einer flüssigen Bewegung schob er sich sein Hemd über den Kopf.

Als sich ihre Blicke abermals begegneten, hielt er inne. Ihre Augen waren groß und auf seine entblößte Brust geheftet. Nein, auf seine Schulter. Seine Wunde. Würde sie ihn wieder danach fragen? Er wollte diesen Augenblick nicht zerstören und fürchtete sich vor jeglicher Einflussnahme mit Ausnahme dessen, was sie einander gleich hier und jetzt geben konnten.

Sie kniete sich vor ihn auf die Bettkante. Mit zaudernden Fingern berührte sie die fünf Jahre alte Narbe. Sanft zeichnete sie die kreisförmige Stelle nach, an der Nigels Kugel ihn getroffen hatte.

Ambrose schwelgte in ihrem heilsamen Schweigen. Nie hatte er sich vorgestellt, diese Wunde eines Tages mit etwas Gutem zu verbinden. Doch ihre Berührung und ihre Fürsorge waren eine Absolution für seine Sinne. Beistand, Freude und Zufriedenheit schienen nicht nur möglich, sondern innerhalb seiner Reichweite.

Durch sie.

Dass sie nichts über die Narbe sagte und nichts fragte, wo er ihr doch so viel schuldig war, demütigte ihn sogar noch mehr. Er drückte die Lippen auf ihre Stirn. Seufzend atmete sie an seinem Schlüsselbein, warm und weich. Tröstlich.

Dann zog sie ihr Hemd über den Kopf. Bei gereckten

Armen hoben sich ihre Brüste und verlockten ihn mit ihren rosigen Knospen. Ohne viel Umstände zog er eine Brustwarze in seinen Mund. Sie keuchte auf und ließ die Arme zu seinen Schultern sinken, während ihr Hemd über seinen Rücken streifte, als sie es fallen ließ.

Er barg ihre Brüste in seinen Händen und hielt sie an seinen Mund. Sie umklammerte seinen Kopf, als er an ihr saugte. Sie war ein Festschmaus und er war am Verhungern. Er leckte sie und fuhr mit den Zähnen über ihre Brustwarze, ehe er sich der anderen zuwandte und seine erotische Behandlung wiederholte.

Plötzlich fanden sich ihre Hände am Taillenbund seiner Hose. Er war bereits heftig erregt und sein Schaft spannte gegen seine Unterwäsche. Sie nestelte an den Knöpfen und ungeduldig übernahm er die Aufgabe. Im Nu hatte er sowohl seine Hose als auch seine Unterwäsche abgelegt.

Er geleitete sie wieder auf das Bett, oder zog sie ihn? Es schien eine beiderseitige Handlung zu sein, einander dahin zu führen, wo sie sein mussten.

Er lag neben ihr und mit einem Finger zog er eine Spur über ihre Lippen, über ihren Kiefer und ihren Nacken entlang. Er zeichnete den eleganten Schwung ihres Schlüsselbeins nach und gab ihr einen Kuss auf die Halsgrube, wo ihr Herz stark und schnell schlug.

Dann wanderten seine Finger über ihre Brüste, ohne die empfindlichen Spitzen zu berühren, sondern um über die Erhebungen und Mulden zu streifen. Quälend langsam umkreiste er eine Brust und neckte ihr Fleisch. Sie bog sich ihm entgegen und bettelte wortlos um mehr. Er drückte die Finger um ihre Brustwarze zusammen und zupfte leicht. Sie keuchte auf und ihre Hüften hoben sich vom Bett, um zu signalisieren, wie tief ihre Erregung reichte.

Zaudernd, aber voller Absicht, ließ er von ihrer Brust ab und streifte mit den Fingern an ihrem Bauch hinab, bis er auf die Vertiefung ihres Nabels stieß. Sie sog die Luft ein. Er rief sich den Abend ihres Kennenlernens in Erinnerung, als sie sagte, kitzlig zu sein. Das war sie ganz bestimmt.

Als er tiefer glitt, umging er den Schatz zwischen ihren Schenkeln – für den Augenblick. Er streichelte mit der Handfläche über ihre Hüfte. Sie war schmiegsam und glatt und voller Kraft, die Muskeln ihrer Beine wohlgeformt und athletisch.

Ihr Körper berichtete ihm so viele Dinge. Wie sie lebte, was sie sich wünschte und wie er sie befriedigen konnte. Und das war das Allerwichtigste für ihn. Nicht seine eigene Befriedigung, die nach so langer Zeit der Selbstverleugnung recht unproblematisch wäre – sondern ihre. Sie war ein Geschenk, dass er nicht auf die leichte Schulter nehmen würde.

Er erforschte die Wölbung ihres Oberschenkels, die Grube hinter ihrem Knie, von der er wusste, dass sie dort ebenfalls kitzlig war, die schlanke Linie ihrer Wade. In unregelmäßigen Abständen gab sie leise, wispernde Laute von sich, wenn er über eine empfindliche Stelle strich.

Es war an der Zeit, sich ihrem allerintimsten Bereich zuzuwenden, dem Teil, den zu berühren und zu schmecken er so ersehnte. Er führte seine Hand zwischen ihre Oberschenkel. In ihrer ersten Reaktion verkrampfte sie sich und drückte die Beine zusammen, doch dann lockerte sie rasch ihre Muskulatur und öffnete die Beine sogar. Sie war so empfänglich.

Dunkle Locken umrahmten ihr Geschlecht. Mit leichtem Druck durchkämmte er sie und stieß auf ihre rosa Schamlippen, die feucht und warm von ihrer Erregung waren. »Wunderschön«, hauchte er.

Er streichelte an ihrem Spalt entlang und provozierte mehr Feuchtigkeit. Ihre Schenkel spreizten sich weiter. Sie luden ihn ein und verzauberten ihn. Gott, sie war schon so feucht. Er musste nicht tun, was er beabsichtigte, doch er konnte nicht anders. Ihr süßer Duft und ihr zartes Fleisch waren mehr, als er aushalten konnte.

Er beugte sich herab und küsste die Haut über ihren Locken. Sie holte scharf Luft und ihr Gesäß hob sich vom Bett. Diese Bewegung brachte seine Fingerspitze in sie und entlockte ihren Lippen ein leises Stöhnen. Er drang tiefer und sie hob die Hüften.

Rasch brachte er sich zwischen ihren Beinen in Stellung und drückte seinen Mund auf ihre Klitoris. »*Ambrose.* Was um alles in der Welt tust du?«

Natürlich würde sie ihn fragen.

Er lächelte an ihrer Scham. »Dich befriedigen.«

»Oh.«

Er leckte sie, während er einen Finger in sie einführte und einmal vor und zurück bewegte. Zweimal. »Ist das für dich in Ordnung?«

Sie flocht ihre Finger in sein Haar. »Gott, ja.«

»Gut.«

Nun kannte er keine Gnade mehr. Er stieß ihre Oberschenkel weiter auseinander und entblößte ihre innersten Körperteile für seinen gierigen Blick. Rosa und feucht. Köstlich. Jetzt küsste er sie richtig, wobei er mit der Zunge tief in ihren Eingang drang.

Sie bäumte sich auf und schrie, als er sie mit seinem Mund liebte. Ihre Muskeln verkrampften sich um ihn, und ihre Oberschenkel spannten sich an, als sie sich ihm mit den Hüften entgegendrängte. Sie hatte aufgepasst, als er ihr eine Lektion über Rhythmus erteilt hatte, doch ihre Bewegungen waren wie abgehackt, unkontrolliert. Er führte seinen Finger wieder zu ihrem Spalt und gab ihr den Takt an, womit er ihre Stöße ausglich und sie stetig auf den Höhepunkt zuführte, den sie suchte.

Er legte den Daumen auf ihre Klitoris und spreizte die

Hand über ihr Geschlecht. Er drückte fest dagegen, als er sich an ihr labte. Ihre Finger klammerten sich um seinen Hinterkopf. Ihre Muskeln spannten sich an und sie erschauderte. Einmal. Zweimal. Ein drittes Mal. Tief drang er mit seiner Zunge in sie ein und verschlang sie, während sein eigener Schaft Gefahr lief, seinen Samen zu verspritzen.

Eine leise, aber beharrliche Stimme flüsterte *du kannst jetzt aufhören.*

Nein, das konnte er nicht.

Ja, du kannst. Noch hast du dein Gelübde nicht gebrochen.

Als ihr Orgasmus allmählich abflaute, setzte er sich zurück. Ihre Augen waren geschlossen und die Lippen geteilt, um ihre stoßweisen Atemzüge zu ermöglichen.

Geh jetzt und du wirst nichts bereuen müssen.

Sie schlug die Augen auf. Das Staunen in ihrem Blick wandelte sich umgehend in Besorgnis. Sie setzte sich auf und umklammerte seine Hand. »Wage es nicht, mich zu verlassen.«

KAPITEL 23

Sie hatte diesen Blick früher schon gesehen. Diese Angst und Abscheu – nicht gegen sie – sondern gegen sich selbst. Das würde sie ihm nicht durchgehen lassen. Dieses Mal nicht. Sie zupfte an seiner Hand und versuchte, ihn auf das Bett zu sich zu ziehen.

Mit verschlossenem Gesichtsausdruck und trüben Augen widersetzte er sich ihrer Berührung. »Ich sollte gehen.«

»Nein, das solltest du nicht. Es wäre für einen Gentleman höchst unehrenhaft, eine Dame in dieser Situation im Stich zu lassen.«

Sein Blick gewann an Klarheit und er legte sich auf sie. »Mein Gelübde ist wichtig.«

Sie rappelte sich auf die Knie und nahm seine andere Hand, mit der sie ihn fest in ihrem Griff hielt. »Das kann ich sehen und es liegt nicht in meiner Absicht, es zu entehren. Aber erklär mir, warum es so überaus wichtig ist.«

Sein Blick wurde schmal und seine Stimme gefährlich leise. »Du weißt, was passiert ist. Ich habe die Verlobte meines Bruders verführt.«

»Und das war schrecklich, aber es ist auch Vergangenheit.«

Unsanft befreite er seine Hände aus ihrem Griff. »Er ist gestorben, Philippa. Er hat mich mit ihr gefunden, mir in die Schulter geschossen, was weniger ist, als ich verdient hatte, und dann ist er auf Orpheus davongeritten. Was er vielleicht überlebt hätte, wenn ich ihm nicht nachgejagt wäre und damit seinen Sturz herbeigeführt hätte.« Der Kummer furchte sein Gesicht, und die tiefe Verzweiflung, die jedes Wort unterstrich, zerriss ihr das Herz.

Sie fand seine Hände wieder und streichelte mit den Daumen über die Handrücken, um mit ihrer ganzen Willenskraft Frieden, Verständnis und Vergebung in seine gequälte Seele fluten zu lassen. »Es war ein Unfall. Ein schrecklicher, tragischer Unfall. Wenn es dir ebenfalls bestimmt gewesen wäre, zu sterben, dann wärst du gestorben.«

Er machte große Augen, was ihm das Aussehen eines Jungens verlieh, der seine Ängste konfrontiert. »Aber schau, was ich dir angetan habe. Von mir kann nichts Gutes kommen.«

Sie lachte leise, denn seine Logik ließ wirklich zu wünschen übrig. Dann schmiegte sie die Hand um seinen Kiefer. »Es kommt jede Menge Gutes von dir. Du hast mich gerettet, Ambrose – nicht von einem ruinierten Ruf und nicht vor Gefahr. Du hast mich vor dem kalten Leben gerettet, das meine Eltern gestaltet hatten.« Nach dem heutigen Abend könnte sie Sir Mortimer niemals heiraten. Sie würde ein einsam gelegenes, mit den geisterhaften Erinnerungen ihrer Liebe für Ambrose angefülltes Häuschen vorziehen, ehe sie einen anderen Mann heiraten würde. Was ziemlich wahrscheinlich schien, denn obwohl er ihr seinen Körper geschenkt hatte, so hatte er ihr nie sein Herz oder seine Seele versprochen. Sie wollte, nein, sie brauchte beides.

Vorsichtig legte sie sich zurück und bot ihm ihren

Körper, ihren Trost und ihre Liebe dar. »Zeig mir, was noch gut ist.«

Er schluckte sichtlich und sein Blick schweifte über sie wie eine zärtliche Liebkosung. Sie wartete atemlos auf seine Entscheidung.

Er beugte sich herab und küsste sie auf den Mund. Es war ein gewissenhaftes Streifen seiner Lippen über ihre. Köstlich, süß. Sie entspannte sich und begeistert über seinen Mut, hob sie die Hände an seine Schultern.

Seine Lippen öffneten sich über ihren. Er glitt mit der Zunge in sie, als er sich mit seinem Körper über sie beugte. Mit schräg gehaltenem Mund erwiderte sie seinen Kuss … begegnete ihm und begehrte ihn.

Der Kontakt seines bloßen Oberkörpers an ihrer Brust, ließ sie in ihrem Kuss aufkeuchen. Ihn so nah bei sich zu haben – Haut an Haut – war alles, wonach sie sich gesehnt hatte. Nichts war zwischen ihnen, außer Hitze und Verlangen. Er drückte seine Hüften herab und rieb mit seinem harten Schaft auf köstliche Weise an ihr.

Sie spreizte die Oberschenkel, bereit ihn endlich zu dem ihren zu machen. Sein Geschlecht schmiegte sich an das ihre und obwohl sie erst vor wenigen Augenblicken ihren Orgasmus gefunden hatte, war sie schon wieder mehr als bereit. Qualvoll bereit.

Er ertastete ihre empfindsamste Stelle und liebkoste sie einen Augenblick. Sie klammerte sich an seine Taille und versuchte, ihn fester an sich zu ziehen. Seine Finger tauchten tiefer und er positionierte seinen Schaft an ihrem Eingang.

»Liebling, ich glaube, dies könnte ein bisschen wehtun.«

Er stieß in sie und öffnet sie weiter, als sie sich je gedehnt hatte. Langsam glitt er in sie, während sein Daumen ihre Klitoris massierte. Voller Verlangen kreiste sie mit ihren Hüften und umklammerte die seinen auf der Suche nach dem ach so wichtigen Rhythmus, der sie in die Ekstase führen würde.

Er war zu langsam. Es tat überhaupt nicht weh. Sie fasste ihn fester um die Hüften und zog ihn zu sich herab, als sie nach oben stieß. »Oh!« Ein brennender Schmerz erfasste sie, als ihre Muskeln sich auf eine Weise dehnten wie nie zuvor und sie grub die Finger in sein Gesäß.

»Schhh«, murmelte er und nahm seine Hand zwischen ihnen fort, um ihr das Haar aus dem Gesicht zu streichen. Er blickte ihr in die Augen, als er nur ganz schwach mit den Hüften kreiste. Dann bewegte er sich nicht, sondern hielt einfach nur still, während er sie ausfüllte und ihr gestattete, ihn in sich aufzunehmen. Er war so wunderschön für sie, seine Augen dunkel und verführerisch im Licht des Sonnenuntergangs und seine Haut feuchtglänzend.

Das Brennen ebbte ab und die Lust nahm sie wieder in Besitz. Er küsste sie flüchtig und dann begann er, sich zu bewegen. Ein langsamer Rückzug folgte einem ebenso langsamen Vorstoß.

Er küsste sich einen Pfad zu ihrem Ohr und flüsterte: »Öffne deine Schenkel weiter, so ist es richtig, öffne dich mir, Liebes.«

Seine Worte verstärkten ihr Verlangen nur, ihre Begierde. Sie hatte diesen Moment so herbeigesehnt.

Beim nächsten Stoß drang er tiefer – noch immer sanft, aber mit ein bisschen mehr Vehemenz. Sie keuchte und klammerte sich an seinen Rücken.

»Schlag jetzt die Beine um mich.«

Unsicher, was er meinte, sah sie zu ihm auf.

Er streckte die Hand nach unten und hob ihr linkes Bein, das er dann um seine Hüften führte, und sie damit noch weiter für ihn öffnete. Er schob sich vor und, liebe Güte, aber dieses Gefühl war intensiv. Er war so tief und die Präzision seines Eindringens und Rückzugs so perfekt. Sie schlang ihr anderes Bein um seine Hüften und er fing an, sich schneller zu bewegen. Er schob die Hüften vor und rieb gegen die Oberseite ihres Geschlechts, wobei er ihre allerempfindsamste Stelle rieb. Sie bewegte sich mit ihm und drängte ihn, schneller zu werden, fester in sie zu dringen.

»Mehr«, verlangte sie mit heiserem Tonfall.

Er beschleunigte den Takt und fuhr mit gnadenloser Anmut immer wieder in sie hinein. Da war kein Schmerz, sondern nur eine sich aufbauende Seligkeit, ähnlich derer von vorhin, doch gänzlich anders. Er erfüllte sie und dennoch fühlte sie sich noch nicht voll genug. Winzige wimmernde Töne drangen aus ihrer Kehle, als sie diese Verkettung von Lust suchte, die sie zum Höhepunkt tragen würde.

Er stieß tiefer in sie und dann nahm er ihren Mund in Besitz, um sie mit seiner Zunge zu erobern, während er sie mit seinem Schaft traktierte. Er bewegte sich schneller und erhob sich über ihr, um den Kuss abzubrechen. Er hob eine Hand und hielt sich am Kopfende des Bettes fest.

»Komm mit mir, Philippa. Komm jetzt mit mir.«

Seine Hüften bewegten sich in einem irrsinnigen Tempo. Sie fing an zu zerbersten. Funken tanzten hinter ihren Augenlidern und sie erkannte, dass ihre Augen fest geschlossen waren. Sie wollte ihn sehen.

Sie schlug die Augen auf und beobachtete die Anspannung in seinem Gesicht. Er drang tief in sie und verharrte einen winzigen Augenblick. Dann zog er sich aus ihr zurück und rollte sich zur Seite. Er schrie auf und es war ein tiefer, gutturaler Klang.

Sein abrupter Rückzug erinnerte sie daran, dass sie mitten in ihrer eigenen Erlösung war. Ihre Muskeln krampften sich zusammen und sie vermisste seinen Druck gegen sie und in ihr. Sie berührte sich mit den Fingern und massierte sich, bis die Erschütterungen abebbten.

Als ihre Atmung ein bisschen zur Ruhe kam, drehte sie sich auf die Seite. Mit einer Hand über den Augen lag er auf dem Rücken.

Sie betrachtete ihn eine kurze Weile und dann fiel ihr Blick auf seinen Schaft. Seine Haut glänzte von Feuchtigkeit.

Er hatte aufgehört, um seinen Samen nicht in ihr zu ergießen. Sie vermutete, dass das nur gerecht war, angesichts der Tatsache, dass sie keine Pläne für die Zukunft geschmiedet hatten. Keine Versprechen. Dennoch wurde ihre Seele von Leere durchdrungen und erinnerte sie daran, dass sie von ihm, auch wenn er ihr seinen Körper geschenkt hatte, weiter nichts erhalten hatte.

Ein Klopfen an der Tür schreckte sie beide auf. Als er sich aufsetzte, flackerten seine Augen zur Tür und dann zu ihr.

»Wahrscheinlich ist Feeney gekommen, um zu sehen, ob sie mir helfen kann, mich für das Dinner fertig zu machen.«

Ambrose zog eine Augenbraue hoch. »Würde sie so begriffsstutzig sein?«

Philippas Mundwinkel hoben sich. »Nein. Wer könnte es sonst sein?«

Wieder klopfte es, gefolgt von einem: »Euer Lordschaft. Ihr habt einen Besucher unten«, rief Oldham durch die Tür.

Philippa stand auf ihren, von seliger Befriedigung wackligen Beinen. »Ich werde ins Ankleidezimmer gehen.«

Ambrose nickte, als er aus dem Bett kletterte.

Sie ließ die Tür einen Spalt offen, denn sie wollte hören, was Oldham sagte.

In einem Wäschestapel fand sie ein Handtuch und säuberte sich. Sein Duft haftete an ihrem Körper und sie lächelte bei dem Anflug von Besitztum, den sie verspürte. Vielleicht mochte er nicht für immer der Ihre sein, doch heute Abend war er es.

Nachdem sie sich gesäubert hatte, kehrte sie zur Tür zurück und lauschte.

»Sag Jagger, dass ich gleich unten sein werde. Und er ist nicht zum Dinner eingeladen.«

Sie runzelte die Stirn. Jagger?

Sobald sie hörte, wie die Tür zufiel, trat sie wieder in ihr Schlafzimmer. »Jagger ist hier?«

Ambrose hatte seine Hose und das Hemd angezogen. Nun sammelte er seine anderen Kleidungsstücke auf. »Für den Kampf.«

»Du hast ihn eingeladen, zu bleiben?« Nein, das ergab keinen Sinn. Gerade eben hatte Ambrose gesagt, dass Jagger nicht zum Abendessen bleiben konnte.

»Nein, es gibt irgendein Problem. Ich muss nach unten und sehen, was los ist. Lass dir Zeit.«

Den Teufel würde sie tun. Sie wollte wissen, worum es ging. »Schick bitte Feeney herauf.«

Er nickte und seine Kleidung hing ihm über dem Unterarm.

Sie tappte zu ihm hinüber und staunte darüber, wie wohl sie sich fühlte, sich ihm ohne Hüllen zu zeigen. Dann stellte sie sich auf die Zehenspitzen und drückte ihm einen Kuss auf die Wange. »Danke.« Sie sprach leise an seinem Ohr. »Ich weiß, dass das nicht leicht war, aber du hast mir ein großes Geschenk gemacht. Ich werde es – und dich – immer in Ehren halten.«

Rasch legte er die freie Hand um ihren Nacken und schmiegte sie um ihren Hinterkopf. Er küsste sie leidenschaftlich und innig. Doch es war zu schnell vorbei. Zu schade, dass sie nicht den ganzen Abend im Bett verbringen konnten. Nach dem Dinner allerdings …

Ihre Freude ebbte ab, als ihr in den Sinn kam, dass dieser Besuch wahrscheinlich nichts Gutes zu bedeuten hatte.

~

*A*mbrose hatte keine Zeit, über den Verlust seines Zölibats nachzudenken. Er säuberte sich und kleidete sich rasch an, um kaum eine Viertelstunde später die Treppe hinabzugehen. Er hoffte nur, Philippa würde sich einer ausgiebigen Toilette widmen. Er wollte sie nicht in Gegenwart von Jagger oder seinen skrupellosen Handlangern wissen, von denen zwei sich auf dem Lieblingssofa seiner Mutter niedergelassen hatten. Diese beiden Verbrecher zu sehen, wie sie das Andenken an seine Mutter besudelten – machte die Freude zunichte, die er vor so kurzem empfunden hatte.

Jagger stand vor dem Kamin und ein Glas Whiskey baumelte zwischen seinen Fingerspitzen.

Ambrose trat bei seinen letzten Schritten lauter auf, damit alle drei seiner Gäste sich zu ihm umdrehten und ihn anschauten. »Was zum Teufel tun Sie in meinem Haus und trinken meinen Whiskey? Ich erinnere mich nicht, Sie eingeladen zu haben.«

Jagger lachte und dann hielt er sein Glas zu einem spöttischen Prosit hoch. »Welch charmante Gastfreundschaft.« Er nahm einen Schluck und presste die Lippen aufeinander. »Ein gutes Zeug, Sevrin. Ich belästige Sie nur ungern, aber wir haben ein Problem mit dem Kampf morgen. Ackleys Gegner ist gestern eine Treppe heruntergestürzt und hat sich den Arm gebrochen.«

Verdammt. Unsäglich enttäuscht runzelte Ambrose die Stirn. »Der Kampf wurde abgesagt?«

»Nein, sie haben einen Ersatz für ihn gefunden. Ein riesiger Kerl namens Weatherly.«

Himmel. Der Elefant, gegen den Ambrose in Truro angetreten war. »Weatherly ist ein bisschen zu fortgeschritten für Ackley. Er braucht ein paar Kämpfe, bevor er gegen jemanden seines Kalibers antreten kann.«

Jagger nippte an seinem Whiskey. »Dann ist es ja gut, dass er nicht gegen Ackley kämpfen wird.«

Wie ein eisiger Splitter schoss eine böse Vorahnung Ambrose über den Nacken. »Was meinen Sie?«

»Seine Bedingung für den morgigen Kampf besteht darin, dass Sie sein Gegner sind.«

Weil der Mistkerl sich sicher war, gegen Ambrose zu gewinnen.

Die beiden Männer auf dem Sofa bewegten die Köpfe hin und her, als sie die Unterhaltung wie ein Tennismatch verfolgten. Boshafterweise wollte Ambrose ihnen die Köpfe aneinanderschlagen. Ihre Anwesenheit in seinem Salon diente ihm lediglich als Erinnerung, wie weit er noch immer davon entfernt war, Beckwith ein würdiger Herr zu sein. Er war ein Kämpfer. Und nun war er ein degenerierter Verführer von Jungfrauen. Er packte den gedrechselten Pfosten am Fuße der Treppe, bis seine Knöchel weiß wurden.

Jagger trat zwei Schritte vor. »Haben Sie mich gehört?«

Ambrose lenkte seine Schritte von der Treppe fort in Richtung der Anrichte mit dem Whiskey. »Das habe ich.«

»Und?«

Ambrose nahm sich Zeit, ein Glas von seines Vaters jahrzehntealtem Whiskeys einzuschenken. Er schwenkte die bernsteinfarbene Flüssigkeit herum, ehe er geruhsam einen Schluck trank. Seine anfängliche Antwort war ja. Gleichwohl er dem Preiskampf abgeschworen hatte, klang eine Revanche mit dem Mann, der ihn geschlagen hatte, verlockend.

Schließlich drehte er sich zu Jagger um. Nach allem, was der Mistkerl ihm angetan hatte, wollte er ihn nur ein bisschen quälen. »Sie haben nichts, um mich zu zwingen.«

Jaggers Brauen stießen zusammen, als sie sich tief über seine ernsten Augen senkten. »Ich habe nicht erkannt, dass ich das musste.« Er trat zu Ambrose und sprach in einem begütigenden, beinahe respektvollen Ton. »Betrachten Sie es als eine Art Übung für Ackley. Er kann Ihnen zusehen und lernen. Es wäre überaus nützlich.«

Ambrose hielt ein Lachen zurück, weil sie genau das bereits getan hatten. Seine Plusfrequenz legte zu, als er über die Revanche nachdachte. Eine Revanche, bei der er konzentriert wäre, den Sieg im Auge, anstatt sich in seinen Gedanken zu verlieren. Er war nicht sicher, ob er auf diese Weise je einen Kampf ausgetragen hatte.

Allerdings verabscheute er den Gedanken, Jagger auf irgendeine Weise behilflich zu sein. Es war eine Sache, Ackley zu behüten – was Jagger natürlich ebenfalls zugunsten kam – und eine ganz andere, den Mann zufriedenzustellen, der Philippa und ihn bei vielen Gelegenheiten bedroht hatte.

Jagger schwenkte zum Sofa herum, auf dem seine Handlanger sich zurückgelehnt hatten. Gott sei Dank taten sie sich nicht auch noch an Ambroses Whiskey gütlich. »Ich verstehe, dass Sie das Boxen nicht wieder dauerhaft aufnehmen wollen, und ich schwöre, Sie nie wieder damit zu behelligen.« Er zuckte mit den Achseln und grinste ein diebisches Lächeln. Es war von der Art, mit der er einen entwaffnete, während er einem die Wertgegenstände unter der Nase entwand. »Sie müssen sich Ihren Ruf zurückerobern. Ich kann mir vorstellen, dass die Bewohner der umliegenden Ortschaften Sie als Champion bejubeln würden.«

Ambrose prickelte der Nacken. Jagger war über Ambroses derzeitige Position erschreckend gut informiert.

Jagger umrundete das Sofa und schritt auf Ambrose zu, bis er kurz vor ihm stehen blieb. Er bedachte Ambrose mit einem herausfordernden Blick. »Kommen Sie. Kämpfen Sie. *Gewinnen Sie.* Sie wissen, dass Sie das wollen.«

So sehr. Ambrose ballte seine freie Hand zu einer festen Faust. »Ich tue es.«

Philippas Füße klapperten in einem stakkatoartigen Rhythmus die Treppe herunter. »Du wirst nicht kämpfen.«

Alle Köpfe im Salon schwangen zu ihrem Abstieg die Treppe hinab herum.

Verdammt. Sie hatte sich in Rekordzeit – und mit erstaunlicher Wirkung – in Ordnung gebracht. Noch immer waren ihre Wangen rosig, doch er wusste nicht, ob dies an ihrem früheren Vergnügen oder ihrer derzeitigen Aufregung lag. Was immer der Grund war, brachte sie sein Blut auf eine Art in Wallung, als ob sie sich nicht erst vor weniger als einer Stunde geliebt hätten.

Am Fuße der Treppe blieb sie stehen und nahm die, im Raum Anwesenden in Augenschein. Ihr Gesicht wurde fahl, als ihr Blick auf die Männer auf dem Sofa fiel. Es waren diese Männer, die sie in der Vergangenheit angegriffen und entführt hatten.

Rasch trat Ambrose an ihre Seite. Er legte einen Arm um sie und sah seinen Besuchern entgegen. »Hinaus. Sie sind schon zu lange hier.«

»Ich habe erreicht, weswegen ich gekommen bin.« Jagger stellte sein Glas auf die Anrichte. Er verneigte sich galant vor Philippa. »Es war mir ein Vergnügen, Euch zu sehen, Mylady. Darf ich sagen, wie entzückend Ihr aussieht?«

»Das dürfen Sie nicht«, knurrte Ambrose. »Tatsächlich dürfen Sie das Wort überhaupt nicht an die Lady richten.«

Jagger drehte sich um und bedeutete seinen Männern, ihm zu folgen. »Kommt, ihr Deppen.«

Die beiden standen auf und folgten ihrem Anführer aus dem Salon. Allerdings warf einer der beiden Philippa einen verharrenden Blick zu. Ambrose kämpfte gegen den Drang an, ihm nach draußen zu folgen und ihn auf der Auffahrt von Beckwith zu verprügeln.

Philippa erschauderte. Er drehte sich zu ihr und nahm ihr Gesicht zwischen seine Hände.

Ihr Blick war fieberhaft, flehend. »Bitte tu das nicht, Ambrose.«

»Ich will kämpfen. Ich muss.«

Sie packte ihn um die Unterarme. »Warum? Vergiss Jagger. Er hat nichts gegen uns in der Hand.«

Wie könnte er sich ihr verständlich machen? »Nach Nigels Tod hatte ich nur noch das Kämpfen. Es war das Einzige, was mich Mensch bleiben ließ. Es hat mich am Leben erhalten. Ich kann ohne zu kämpfen nicht auskommen.«

Ihre Finger gruben sich in seine Arme. »Du kannst. Du hast mich.«

War dem so? Einmal abgesehen vom körperlichen Sinne? Sie hatte ihr Interesse an einer Heirat deutlich gemacht. Er müsste ihr nur einen Antrag machen und er könnte sie haben. In jedem Sinne des Wortes. Für immer. Ein Schauder rüttelte ihn bis auf die Knochen, als ihm aufging, dass es so etwas gab. Bislang hatte er immer nur daran gedacht, den Tag zu überstehen. »Es ist nicht dasselbe, Philippa. Kämpfen ist ein Teil meines Wesens.«

Sie presste die Lippen aufeinander. »Vor die Wahl gestellt, würdest du die Gewalt vor mir wählen.«

Er wünschte, sie hätte es nicht so dargestellt. Diese beiden Dinge waren nicht zu vergleichen. »Es gibt keine Wahl. Ich kann nicht, *nicht* kämpfen.«

Ihre Augen überschatteten sich dunkel. Sie nickte einmal, doch Ambrose glaubte nicht, dass sie es wirklich verstand. Wie könnte sie auch? Das Kämpfen hatte ihm buchstäblich das Leben gerettet.

Sie löste sich von ihm und ließ die Arme zwischen ihnen sinken. dann rückte sie die Wange von ihm ab, sodass ihr Gesicht ihn nicht mehr berührte.

»Du wirst also gegen den Mann kämpfen, dem du vor ein

paar Tagen unterlegen warst, für einen Mann, der mich zweimal entführt hat.«

Er wand sich innerlich. Doch gerade *weil* Weatherly ihn besiegt hatte, war Ambrose so entschlossen, abermals gegen ihn anzutreten. Jaggers Einmischung war ein unglücklicher Zufall, von dem er sich nicht aus der Ruhe bringen lassen würde. Darüber hinaus stellte er für Philippa keine Gefahr mehr dar.

Eine weitere Debatte würde ins Leere führen. Stattdessen fragte er: »Woher weißt du, dass ich schon einmal gegen ihn gekämpft habe?«

»Ackley hat ihn mit Namen erwähnt. Wie vorhersehbar von dir, die Unterhaltung von dir wegzulenken. Von deinen Gefühlen.« Sie trat zurück, bis sie deutlich außerhalb seiner Reichweite war. »Bitte richte Mrs. Oldham aus, dass ich heute Abend lieber in meinem Zimmer esse.«

Sein Körper pulsierte vor angestauter Energie. Es war, als hätte es die alles zerschmelzende Glückseligkeit nie gegeben, die er vor so kurzer Zeit erlebt hatte. »Wirst du morgen trotzdem zum Kampf kommen?«

»Nein, ich habe es satt, dir zuzusehen, wie du dich selbst verletzt. Ich bereite meine Abreise vor.« Sie legte die Hand auf das Treppengeländer. Die hervortretenden Adern in ihrem Handgelenk waren ein Zeichen ihrer Anspannung, als sie das Holz umklammerte.

Er wagte nicht, laut zu fragen, doch er musste es einfach wissen. »Du reist zu deinem Vater? Um zu heiraten?«

Ihre Augen flackerten vor Überraschung. »Woher weißt du das?«

Es stimmte. »Lettice hat es mir gesagt.« Noch mehr Überraschung. »Ich habe sie heute Nachmittag besucht«, setzte er hinzu.

»Gut, vielleicht kannst du dann endlich anfangen zu genesen.« Sie hielt inne, wobei sie allerdings den Eindruck erweckte, noch etwas sagen zu wollen. Dann presste sie die Lippen aufeinander. Schließlich wandte sie sich von ihm ab und murmelte: »Gute Nacht, Ambrose«, während sie die Treppe hinaufging.

Fast wäre er ihr nachgelaufen. In Gedanken folgte er ihr bereits in ihr Schlafzimmer und flehte sie an, ihn noch einmal in ihr Bett zu lassen. Doch welchen Sinn sollte das haben, wenn es nur noch ein einziges Mal wäre? In Wirklichkeit sollte er sie eigentlich anflehen, sich einer Heirat mit wem auch immer ihr Vater für sie ausgesucht hatte, zu widersetzen. Wenn sie doch nur noch ein wenig länger warten würde, könnte er vielleicht zu dem Mann werden, den sie verdiente.

Nein, es war gut, dass sie ging. Wenn sie bei ihm bliebe, würden sein Egoismus und seine Leidenschaft sie mit Sicherheit genauso zerstören, wie Nigel.

Er würde sich auf den Kampf konzentrieren, auf den Sieg. Dann würde er nach Beckwith zurückkehren und seine Pflicht erfüllen. Allein.

KAPITEL 24

*A*m späten Nachmittag des nächsten Tages waren Philippa und ihre Zofe dabei, die letzten ihrer Habseligkeiten zu packen. Ambrose, Ackley und Oldham waren einige Stunden zuvor nach Truro aufgebrochen und würden die Nacht in einer Herberge verbringen. Philippa plante ihren Aufbruch für den frühen Morgen, um ihrem Vater entgegen zu reisen. Er würde außer sich sein, wenn sie ihm eröffnete, Sir Mortimer nicht zu heiraten, doch er musste einfach lernen, mit der Enttäuschung zu leben.

Wie auch sie.

Ihr Herz zog sich jedes Mal schmerzlich zusammen, wenn sie daran dachte, Ambrose nicht wiederzusehen. Hatte er nicht begriffen, nicht mehr kämpfen zu müssen? Dass er dies in einer verzweifelten Phase seines Lebens gebraucht hatte, war ihr eingängig, doch er hatte endlich begonnen, sich von Nigels Tod zu erholen – da war sie sich sicher. Er war Lettice gegenübergetreten. Er hatte Orpheus geritten. Er hatte sich ihr gegenüber geöffnet.

Aber er konnte nicht vorankommen, bis er nicht beschloss, dass die Zeit dazu gekommen war. Und sie würde nicht zusehen, wie er sich weiter selbst bestrafte. Nicht, wenn er Gewalt für wesentlicher als Liebe erachtete.

Einer der beiden Diener, die sie von Herrick House mitgebracht hatte, kam herbei, um ihr letztes Gepäckstück abzuholen. Sie nickte ihm zu und dann verließ sie ihr Schlafgemach.

Mrs. Oldham wartete im Salon auf sie. Ihr Gesicht war blass und von Kummer gezeichnet. Sie schlug die Hände über dem Kopf zusammen. »Ihr wollt also wirklich abreisen?«

»Ja, ich muss. Mein Vater erwartet mich. Seine Ankunft wird zwar morgen hier erwartet, doch ich treffe ihn lieber unterwegs. Ich kann keinen Augenblick länger hier bleiben.« Es war zu schmerzhaft.

Mrs. Oldham nickte. Dann ließ sie die Hände mit einem Schnauben fallen. »Ich wünschte, ich könnte dem Jungen einen Tritt in den Hintern versetzen!«

Philippa erschrak über die Vehemenz der Haushälterin. »Wie bitte?«

»Seine Lordschaft. Er sollte Sie heiraten.«

»Sie dürfen ihm nicht grollen.« Philippa tat das nicht. Sie war nur enttäuscht. »Er hat mich nicht hierher eingeladen, und ich bin ohne Illusionen gekommen. Die Dinge haben sich so ergeben, wie es ihnen bestimmt war.«

Mrs. Oldham runzelte die Stirn. »Ich hatte gehofft, Ihr würdet bleiben. Werdet Ihr für den Kampf einen Zwischenstopp in Truro einlegen? Zugegebenermaßen wünsche ich mir fast, ich wäre mit Mr. Oldham mitgefahren.«

Tatsächlich? »Warum?«

»Ich kann mir seine Lordschaft nicht auf diese Weise kämpfend vorstellen. Vermutlich möchte ich es mit eigenen Augen sehen. Die halbe Einwohnerschaft von Gerrans und Portscatho ist dort.«

»Wirklich?«

Die Haushälterin nickte. »Sie wollen ihn anfeuern.«

Philippa rief sich in Erinnerung, wie sie seinen Kampf in der Dirty Lane verfolgt hatte. Als würde sie ihm gegenwärtig zusehen, wurden ihre Atemzüge kürzer und ihr Herz begann zu hämmern. Sie krallte die Fingernägel in ihre Handflächen. »Ich habe ihn kämpfen sehen. Es ist brutal.« Trotzdem hatte sie den Blick nicht abwenden können.

Plötzlich bereute sie, nicht hingegangen zu sein. Wenn die halbe Halbinsel dort war, wollte sie auch dabei sein – sie sorgte sich um ihn zumindest ebenso sehr wie die anderen. *Mehr noch.* Sie liebte ihn. Sie musste sich mit eigenen Augen überzeugen, dass er unversehrt war. Welchen Unterschied würde es machen, wenn sie von Beckwith oder Truro abreiste, um ihren Vater zu treffen? »Mrs. Oldham, würden Sie mich gern nach Truro begleiten?«

Die Augen der Haushälterin leuchteten auf. »Gewährt mir zehn Minuten, mich umzukleiden.«

Die Fahrt nach Truro schien eine Ewigkeit zu dauern, anstatt nur eineinhalb Stunden. Sie erreichten die Middle Row – Truros Hauptstraße – genau in dem Moment, als der Kampf beginnen sollte. Philippa konnte nur beten, dass er nicht rechtzeitig anfing.

Die Middle Row war eine lärmende, übelriechende Stätte und die Fahrt die Straße entlang kostetet sie weitere zehn Minuten. Als sie das Red Lion Gasthaus erreichten, in dessen Stallhof der Kampf stattfinden sollte, sprang Philippa buchstäblich aus der Kutsche.

Sie mussten ihren Eintritt entrichten und einen Torbogen passieren, um in den Hof zu gelangen. In der Mitte war ein Podest errichtet, und eine Unzahl von Laternen beleuchtete den Schauplatz. Ambrose und Weatherly umkreisten sich gegenseitig. Philippa blieb stehen und starrte.

Mrs. Oldham nahm sie bei der Hand und zog sie durch die wogende Menge. Rufe und Sticheleien reizten ihre Sinne

ebenso wie die sich ständig bewegende Menschenmasse.
Über dem Lärm hörte sie das deutliche Geräusch von Fäusten, die auf Fleisch trafen. Sie stellte sich auf die Zehenspitzen und konnte gerade noch erkennen, wie Weatherly
rückwärts stolperte. Ihr Herz begann zu rasen.

Sie setzte ihren Weg mit Mrs. Oldham fort, bis sie ihren
Mann erreichten, der auf der Treppe stand, die zur Bühne
hinaufführte. Oben gab es ein kleines Podest, das gerade
groß genug für Ackley war, der als Ambroses Sekundant
fungierte.

»Mrs. Oldham!«, rief ihr Mann, als er sie die Treppe
hinaufzog, damit sie neben ihm stehen konnte. Er grinste.
»Ich bin so froh, dass du gekommen bist!«

Mrs. Oldham drehte sich um und gestikulierte in Philippas Richtung. Ihre Worte gingen in dem Lärm unter, als
Philippa sich umdrehte, um den Kampf zu beobachten. Da
sie auf der zweiten Treppe stand, hatte sie durch den breiten
Abstand zwischen den Latten des Geländers, das die Bühne
umgab, einen klaren Blick.

Ambrose war auf seinen Gegner konzentriert. Sein Blick
war scharf, die Fäuste vor der Brust in Stellung. Er schien
bislang keinerlei Verletzungen erlitten zu haben. Noch nicht.
Sie war im Begriff, ihre behandschuhten Finger um das
Treppengeländer zu schließen, doch sie musste feststellen,
dass es keines gab. Sie beugte sich vor und fasste die unterste
Sprosse des Geländers um den Ring.

Eine Glocke ertönte. »Sie dürfen das Geländer nicht
anfassen!«, kam eine laute Stimme.

Philippa zuckte zurück. Alle Augen – auch die von
Ambrose – waren auf sie gerichtet. Seine Fäuste sanken ein
bisschen tiefer, doch andererseits war der Kampf wegen
ihres Fehlers zum Stillstand gekommen. Als sein Blick den
ihren traf, spürte sie das hungrige Feuer in den Tiefen seiner
Augen bis in ihre Seele. Er sah auf eine Weise lebendig aus,

wie sie ihn noch nie erlebt hatte. Vielleicht brauchte er dies. Und ließ das überhaupt noch Platz für sie?

Die Glocke läutete erneut, und Ambrose riss die Aufmerksamkeit von ihr los. Sein Angriff kam blitzschnell und traf Weatherly am Kinn und erneut am Auge. Der massige Mann – und er war *riesig* – konterte mit einem Schlag gegen Ambroses Mitte.

Ambrose tänzelte nach links. Sie bemerkte, dass seine Füße, wie auch am Ende des Kampfes in der Dirty Lane, bloß waren. Er bewegte sich schneller und behänder als sein Gegner. Philippa stieß erleichtert die Luft aus, als ihre Beklemmung langsam abflaute.

Zu früh.

Auch Weatherly war schnell. Er folgte Ambrose nach links und in schneller Abfolge traktierte er ihn mit einer Serie von Schlägen, die ihn überwältigen sollten. Der vierte oder fünfte Schlag erwischte Ambrose schließlich am Ohr. Aber Ambrose war unverdrossen. Den Mund zusammengepresst, die Augen zusammengekniffen, stürzte er sich auf seinen Gegner. Auf einen vorgetäuschten Schlag in Weatherlys Seite, folgte ein weiterer, der ihn an der Wange traf. Auf einen weiteren fingierten Schlag gegen sein Kinn, folgte ein Treffer gegen seine Rippen.

Philippa lehnte sich nach vorn und konnte sich gerade noch zurückhalten, das Geländer erneut anzufassen. Sie staunte über Ambroses Schnelligkeit und Beweglichkeit. In der Dirty Lane war er umwerfend gewesen und hatte sich von einer beinahe Niederlage im Nu erholt, doch dies hier war etwas anderes. Er war entbrannt und wie besessen. Und es war schockierend aufregend.

Ambrose setzte die Serie seiner Attacken fort. Zu einem Gegenangriff unfähig, wehrte Weatherly nur noch Schläge ab, und selbst diese Verteidigung schwächelte. Blut tropfte ihm vom Mundwinkel. Ambrose traf ihn auf der Wange.

Weatherlys Kopf wurde durch den Schlag zurückgerissen. Speichel und Blut flossen ihm von den Lippen. Er ruderte kurz mit den Armen durch die Luft und dann stürzte er. Hart. Direkt vor Philippa.

Sie starrte auf sein Gesicht, das sich gegen die Holzdielen presste. Er hatte die Augen geschlossen, von denen eines bereits blau angelaufen war.

Das Auszählen fing an. Ambrose stand in der gegenüberliegenden Ecke, doch er blickte Weatherly nicht an. Er hatte den Blick mit der gleichen Intensität auf Philippa gerichtet, mit der er seinen Gegner ins Visier genommen hatte. Sie erschauderte.

Es wurde weiter gezählt und Philippas Puls stieg rapide an. Ihr Atem übertönte die lärmende Menge, sodass es den Anschein hatte, als gäbe es nur Ambrose und sie.

Das Auszählen hatte fünfundzwanzig erreicht. Ambrose schritt auf die Mitte der Bühne zu, ohne den Blick von ihr abzuwenden.

Sie schielte kurz zu Weatherly. Der Mann war weiterhin bewusstlos, und sein, neben ihm auf dem Boden hockender Sekundant versuchte ihn aufzurichten.

Dreißig.

Der Schiedsrichter trat zu Ambrose in der Mitte des Rings und hob seinen Arm. »Lord Sevrin!«

Die daraufhin ausbrechende Kakophonie war mit nichts zu vergleichen, was Philippa je gehört hatte. Die Leute drängten sich an den Ring; jetzt, da der Kampf vorbei war, stand es ihnen frei, das Geländer zu berühren. Zwei große Männer positionierten sich allerdings am Fuß der Treppe und hinderten jeden daran, nach oben zu kommen.

Dann packte Oldham sie am Handgelenk und zog sie die Treppe hinauf. Sie stellte sich zu Ackley auf die Plattform. Ambrose stand am Rande des Rings, und noch immer war sein Blick intensiv. Immer noch auf sie konzentriert.

Mit einem Schrei warf sie sich ihm entgegen.

~

Ohne auf den Schweiß zu achten, der seinen Körper bedeckte, umarmte Ambrose sie innig. Ihre Arme lagen fest um seinen Hals, und für einen Augenblick vergaß er die jubelnde Menge um sie und ihre sehr öffentliche und sichtbare Position. Er küsste sie innig auf den Mund und nahm ihr ausgelassenes Lachen in sich auf wie ein Tonikum für seine heilende Seele.

»Komm mit mir«, flüsterte er ihr ins Ohr.

Fest umklammerte er ihre Hand und führte sie die Treppe hinab. Ackley quetschte sich zur Seite. Oldham erwiderte Ambroses Blick und nickte. Er nahm Mrs. Oldham an der Hand und sie führten Ambrose und Philippa durch die tobende Menge.

Ambrose erkannte Gesichter aus Gerrans und Portscatho. Pächter von Beckwith. Thatcher von seinem letzten Besuch in Truro. Alle grinsten breit und riefen ihre Glückwünsche zu. Für ihn. Noch nie hatte es sich so gut, so befriedigend angefühlt, zu siegen.

Sie brauchten mehrere Minuten, um voranzukommen, doch endlich traten sie durch die Hintertür des Red Lion in einen schmalen Flur. Ambrose hatte ein Zimmer im Obergeschoss gemietet.

Oldham schloss die Tür hinter ihnen und dann fasste er Ambrose am Arm. »Ich werde ein Zimmer für Lady Philippa beschaffen.« Seine Brauen zuckten kurz. »Oder zumindest für ihre Zofe.« Zusammen mit Mrs. Oldham ging er weiter den Flur entlang.

Ambrose drehte sich zu Philippa um und führte sie durch eine niedrige Tür, die zur Treppe der Bediensteten führte. Sobald sie beide in den kleinen Raum am Fuße der Treppe eingetreten waren, schloss er die Tür. Es erinnerte ihn an ihr Zusammentreffen in einer winzigen Kammer auf einem Ball, wo immer dieser auch stattgefunden hatte. Damals – nein, jedes Mal, wenn er in ihrer Nähe war – hatte ihn die Wahrung der Distanz zu ihr beinahe umgebracht. Und jetzt, jetzt gab es keinen Grund mehr, sich zurückzuhalten. Selbst wenn er es versuchte, könnte er das nicht. Er presste sie mit dem Rücken gegen die Tür und fiel mit einem sengend heißen Kuss über ihren Mund her.

Sie antwortete auf seinen Kuss mit ihrer Zunge, den Lippen und Zähnen, die in einem wahnsinnigen, lustvollen Rausch aufeinanderprallten. Sie spreizte die Hände auf seiner nackten Brust, um seine Muskeln zu massieren und zu streicheln. Ihre Nägel gruben sich in seine Schultern und zogen ihn mit leidenschaftlicher Vehemenz an sie.

Sein Schaft tobte und er stellte sich zwischen ihre Beine. Aber diese verdammten Röcke ... Er zog sie hoch und umklammerte ihren Schenkel. Sie spreizte ihre Beine für ihn und auf der Suche nach ihrer Hitze tauchte er die Finger in ihre Locken.

Sie riss die Lippen von seinen los. »Oben.«

»Was stimmt denn hier nicht?« Er führte seinen Finger in ihre enge Scheide ein und mit flatternden Lidern schloss sie die Augen.

Sie riss den Kopf zurück, bis er auf das Holz traf. »Nichts«, brachte sie keuchend hervor. Die Muskulatur ihrer Scheide krampfte sich um ihn zusammen, und mit einem Mal war ihr Spalt von Feuchtigkeit überflutet.

Es war gut hier, allerdings wäre es oben noch besser. Er schwang sie auf seine Arme und stürmte die Treppe hinauf, wobei er zwei Stufen auf einmal nahm. Angesichts des beengten Raums und der niedrigen Deckenhöhe war das kein leichtes Unterfangen.

Am oberen Ende der Treppe befand sich eine weitere Tür,

die er mit der Schulter aufstieß. Er drehte sich nach links in einen Flur, dem er bis zum Ende folgte, wo sich sein Zimmer befand.

Er musste sie absetzen, um die Tür zu öffnen. Sie schmiegte sich an seinen Rücken, während er mit dem Riegel kämpfte. Sie schob die Hände von hinten um ihn herum und streichelte seinen harten Schaft durch seine Hose. Er drehte sich um und küsste sie rücksichtslos auf den Mund. Sie stieß sich gegen ihn und er stolperte rückwärts in das Zimmer, worauf er nach hinten überkippte und auf dem Rücken landete.

Mit weit aufgerissenen Augen landete sie auf ihm. »Bist du unversehrt?«

Er grinste. »Es ist mir noch nie besser gegangen.« Er streckte den Fuß aus und brachte es fertig, die Tür mit einem Tritt zu schließen.

Sie setzte sich rittlings auf ihn und zog dabei die Röcke hoch, sodass ihr nacktes Fleisch gegen seinen Schaft rieb. Er packte ihre Taille und drückte sie fest hinab, während er aufwärts gegen sie drängte. Sie stützte sich mit der Handfläche auf seine Brust und grub ihre Fingerspitzen in seine Haut.

Ungeduldig und verzweifelt schob er die Hände unter ihre Röcke und knöpfte seine Hose auf. Sie schob ihre Hand zu seiner und schloss sie um seinen Schaft. Er ließ den Kopf nach hinten kippen, bis er den Boden berührte und schloss die Augen in Ekstase. Sie streichelte ihn einmal, zweimal. Gott, das war so unfassbar gut.

Und dann war sie weg.

Er schlug die Augen auf und sah sie über seine Taille gebeugt, ihren Blick auf seine Erektion gerichtet. Eine Hand war um seinen Schaft geschlossen und die andere erforschte seine Hoden mir zarten, neugierigen Berührungen. Er wollte ihr sagen, aufzuhören, dass er sich vielleicht nicht mehr beherrschen könnte, doch ihm fehlten einfach die Worte.

Er legte den Kopf in den Nacken und gab sich ihren Berührungen hin. Sie streichelte und massierte ihn, ihre Finger umspielten seine Spitze und fuhren dann mit genussvoller Präzision bis an den Ansatz hinab.

Abermals riss er die Augen auf, als er etwas Feuchtes an der Spitze seines Schafts fühlte. Er senkte den Blick nach unten und der Anblick, der sich ihm bot – Philippa, die den Mund um ihn geschlossen hatte – brachte ihn fast zur Erlösung. Er schob die Finger in ihr Haar und voller Ungeduld, den seidig schwarzen Vorhang auf seinen Schenkeln zu fühlen, zog er die Haarnadeln heraus.

Dann bewegte sie ihren Mund abwärts und wieder aufwärts, während sie mit der Zunge sein Fleisch umspielte. Woher wusste sie, wie man das machte? Seine Hoden krampften sich zusammen. Er würde nicht mehr lange durchhalten.

Sie saugte ihn tief in ihren Mund und als sie wieder hochkam, packte er sie an den Schultern und setzte sich mit ihr auf. Dann hob er sie noch einmal hoch und legte sie auf das Bett.

Er streifte sich die Hose und Unterwäsche von seinem erhitzten Körper. »Du ... trägst viel zu viel Kleidung.«

»Du wirst mir das Kleid aufmachen müssen.« Ihre Stimme war tief und verführerisch. Sie drehte sich um und hielt ihr zerzaustes Haar hoch, um ihm Zugang zu gewähren.

Er zog die – zum Glück wenigen – Bänder ungeduldige auf und küsste sie auf den Nacken. Dann lockerte er ihr Kleid, bis es aufklaffte, und fuhr mit seinen Lippen an ihrer Haut entlang, wobei er sie an jeder Stelle, die er entblößte, mit Küssen und kleinen Bissen überhäufte.

Sie schüttelte das Kleid von ihren Schultern bis zur Taille herunter, worauf er es ihr ganz auszog. Kniend fing sie an, die Bänder ihres Korsetts aufzuknüpfen. Er hätte diese Aufgabe übernommen, jedoch glaubte er nicht, gleichermaßen effizient zu arbeiten wie sie. Und er wollte sie nackt sehen. Sofort. Stattdessen hielt er sich hinter ihr und liebkoste ihren Rücken mit den Lippen und der Zunge. Als das Korsett endlich gelockert war, zerrte sie sich das Kleidungsstück vom Leib und schleuderte es beiseite. Er zog ihr das Hemd über den Kopf, sodass sie bis auf ihre Strümpfe nackt war. Irgendwo unterwegs hatte sie ihre Schuhe verloren, und nun entledigte er sie schnell ihrer letzten Kleidungsstücke, um sie schließlich seinem hungrigen Blick preiszugeben.

Als sie Anstalten machte, sich umzudrehen, fasste er sie an den Schultern und hielt sie fest. Mit seinem Mund wanderte er über ihr Rückgrat und leckte sich einen Weg zu der köstlichen Kontur am unteren Ende. Sie erschauderte, als er mit dem Finger über die runde Wölbung ihrer Pobacken fuhr. Er drückte sie mit dem Gesicht auf das Bett und legte sich neben sie. Dann glitt er mit seinem Finger langsam tiefer und tiefer, bis er auf ihren feuchten Spalt traf. Er stieß tief in sie hinein, und sie spreizte die Schenkel, um ihm besseren Zugang zu bieten. Um seine Berührung zu empfangen.

Sie schob die Hände auf dem Bett nach oben und krallte die Finger zu beiden Seiten ihres Kopfes in die Bettdecke. Streichelnd drang er in sie ein und zog sich wieder zurück, um ihr zu geben, wonach sie sich sehnte. Wonach er sich verzehrte. Sie hob die Hüften vom Bett und kam seinen Stößen entgegen. Er erwog, sie in dieser Stellung zu nehmen, aber er wollte ihr Gesicht sehen, wenn sie kam.

Er drehte sie herum. Unmittelbar zog sie an seinen Schultern und bog sich ihm entgegen, um ihn mit heißem, offenem Mund zu küssen und mit der Zunge Einlass zu fordern.

Sie spreizte ihre Schenkel und er schob sich dazwischen.

Es war nicht nötig, sich zu positionieren, nicht nötig, sich in sie einzuführen. Er spürte ihre Hände, die an seinen Seiten hinunterglitten, sich um sein Gesäß legten und ihn in sie hineinzogen. Doch er brauchte keine Führung. Mit einem tiefen, kühnen Stoß drang er in sie ein.

Sie ließ sich auf das Bett zurückfallen und zog die Beine hoch, bis ihre Fersen sich in die Rückseite seiner Oberschenkel gruben. Gott, sie war so eng, so heiß, so unerträglich himmlisch.

Sie begegnete seinen Stößen mit begierigen Zuckungen. Ihre Hände und Füße pressten sich in seine Muskeln und trieben ihn immer tiefer und schneller.

Ihre Atemzüge wurden immer kürzer und hektischer. Ein leises Stöhnen und Keuchen entrang sich ihrem Mund. Sie hatte die Augen geschlossen, und die Lippen in Ekstase geteilt. »Ja«, schrie sie. »Ja, Ambrose.«

Und dann drückten sich ihre Muskeln mit voller Kraft um ihn, als ihr Orgasmus sie überrollte. Ihre Schreie wurden immer frenetischer, unzusammenhängender. Angesichts seiner bevorstehenden Erlösung drückte er die Augen zu. Seine Hoden zogen sich zusammen und sein Samen stieg in seinem Schaft auf. Er wollte sich zurückziehen, aber ihre Fersen drückten immer noch fest gegen seine Oberschenkel und ihre Hände waren fest auf sein Gesäß gepresst. Er konnte sich nicht bewegen, außer tiefer zu stoßen und sich in ihr zu ergießen.

Mit einem lauten Aufschrei sackte er nach vorn und fing sein Gewicht ab, ehe er auf ihr niedersank und ihre Herzen, eines neben dem anderen, wie wild schlugen.

KAPITEL 25

$\mathcal{A}$ ls die Dämmerung durch den schmalen Spalt zwischen den Vorhängen hereinbrach, erwachte Philippa. Hinter ihr schlummerte Ambrose, den Arm um ihre Hüfte gelegt. Sie schloss die Augen wieder, um seine wohlige Umarmung noch eine Minute lang zu genießen.

Wieder mit ihm einzuschlafen, änderte nichts. Er hatte ihr nichts versprochen, und sie hatte auch nicht danach gefragt. Er war nicht bereit – mit ihr – in die Zukunft zu blicken und sie musste eine Entscheidung treffen. Allein.

Falle er es sich anders überlegte, konnte er ihr immer nachreisen. Allerdings zweifelte sie daran, dass er das tun würde.

Sie wich von ihm zurück und stieg aus dem Bett. Ihr war kalt ohne seinen Körper, der sie wärmte und leise sammelte sie ihre Kleidung zusammen, um sich bis auf die Bänder auf der Rückseite ihres Kleides anzukleiden. Sie streifte ihre Schuhe über und warf einen letzten Blick auf Ambrose. Die in ihrem Herzen aufwallende Liebe drohte, ihr in Form von Tränen aus den Augen zu strömen, doch sie wandte sich ab und verließ das Zimmer. Sie würde sich nicht von Bedauern vereinnahmen lassen. Aus erster Hand hatte sie erlebt, wie die Reue ihn ruiniert hatte, und sie wehrte sich dagegen, sich von ihr ruinieren zu lassen.

Im Korridor blieb sie kurz stehen, unsicher, wohin sie sich wenden sollte. Sie hatte ihre Diener und Feeney bei der Kutsche zurückgelassen, als sie mit Mrs. Oldham zum Kampf gegangen waren. Ambrose hatte die Oldhams gebeten, ein weiteres Zimmer zu mieten, und dort würde sie Feeney vermutlich finden. Sie stieg die Haupttreppe in die Schankstube des Gasthauses hinunter. Unten angekommen wurde sie von einem Diener begrüßt.

Sie versuchte, ihre Verlegenheit angesichts ihres noch nicht fertig angekleideten Zustands zu ignorieren, ganz zu schweigen von ihrer Frisur, doch ihr Gesicht fühlte sich trotzdem heiß an. »Verzeihung«, sprach sie ihn an und musste sich aufgrund ihrer vom Schlaf kratzigen Stimmbänder räuspern. »Könnten Sie mir bitte den Weg zu meiner Kammer zeigen? Ich bin Lady Philippa.«

»Gewiss.« Er führte sie die Treppe wieder hinauf und dann in die entgegengesetzte Richtung von Ambroses Zimmer. Er hielt inne und deutete mit einem Kopfnicken auf die dritte Tür.

»Ich danke Ihnen«, sagte Philippa. »Wissen Sie, wo meine Diener untergekommen sind? Ich hätte meine Kutsche gern so schnell wie möglich abfahrbereit.«

»Ich werde mich darum kümmern, Mylady.« Er verbeugte sich und entschwand.

Als Philippa leise an die Tür klopfte, wurde diese schnell von Feeney geöffnet, die mehr als nur ein wenig erleichtert wirkte, ihre Herrin zu sehen.

Weniger als eine halbe Stunde später traten Philippa und Feeney vor den Eingang des Gasthauses. Philippa war noch mit dem Binden ihrer Haube beschäftigt, als sie auf die Herrick Kutsche zuging.

Sie setzte ihren Fuß auf die erste Stufe und schnupperte. Was war das für ein Geruch? Über dem generellen Gestank nach Abfällen, der zu einer Stadt von der Größe Truros gehörte, lag der unverkennbare Gestank von ungewaschenen Männern. Sie drehte den Kopf zu dem Diener, der die Tür aufhielt, und erstarrte, als kalter Angstschweiß ihren Körper tränkte.

Swan, der seine faulen Zähne in einem vertrauten Grinsen bleckte, das sein rundes Gesicht teilte, zwinkerte ihr zu. Wie zuvor war er in eine gestohlene Livree gekleidet, nur dass es diesmal die von Herrick war. »Guten Morgen, Mylady. Scheint, als würden wir unser Tête-à-Tête doch noch bekommen.«

Feeney öffnete den Mund, doch der Schrei kam ihr nie über die Lippen. Der andere »Diener«, in Wirklichkeit war er Jaggers zweiter Handlanger, war mittlerweile vom Kutschbock herabgestiegen und hatte seine schmutzige Hand über Feeneys untere Gesichtshälfte gedeckt.

Ohnmächtig sank Feeney zu Boden.

Philippa stürzte auf sie zu, aber Swan packte ihren Ellbogen mit einem schraubstockartigen Griff. Er gestikulierte auf Feeneys zerknitterte Gestalt. »Fessel sie und bring sie zu den anderen Gesellen.«

Philippas Diener?

Der andere Verbrecher hob Feeney hoch und warf sie sich über die Schulter, um mit ihr die Straße entlang zu stolzieren.

Hoffnung, nicht nur für ihre Sicherheit, sondern auch auf die ihrer Dienerschaft, stieg in ihr auf, als der Diener des Red Lion aus dem Gasthaus trat und kurz stehen blieb. »Ist alles in Ordnung, Mylady?«

»Nein.« Philippa versetzte ihrem Möchtegern-Entführer einen Stoß mit dem Ellbogen in den Magen. Er grunzte, revanchierte sich aber mit einem Schlag seines Handrückens.

Sie bekam den Schlag ins Gesicht und stürzte gegen die Seitenwand der Kutsche.

Der Diener des Red Lion stürmte vor, und in Swans Hand schimmerte der unverwechselbare Stahl einer Klinge in der Morgensonne. Bei seinem Angriff zielte Swan auf den Bauch des Dieners. Mit einem Keuchen kippte der Mann nach vorn.

Philippa kreischte. Swan war im Nu über ihr und presste eine Hand auf ihren Mund. »Das reicht jetzt!« Er zog ein schmutzigen Stofflappen aus seiner Tasche und band ihn ihr um das Gesicht, um sie zu knebeln. Dann drehte er sie herum, zog ihr die Arme hinter den Rücken und band sie mit einem Seil, das er vom Boden der Kutsche genommen hatte, fest zusammen. »Zeit für eine Kutschfahrt.« Swan hievte sie die Treppe hoch und stieß sie in die Kabine. Die Tür schlug zu und hüllte sie in Dunkelheit, da die Vorhänge an den Fenstern zugezogen waren.

Wenige Augenblicke später setzte sich die Kutsche in Bewegung, um das Red Lion – und ihre Hoffnung – hinter sich zu lassen.

～

*A*mbrose erwachte, als das Licht des frühen Morgens in sein Zimmer drang. Mit einem trägen Lächeln streckte er die Hand nach Philippa aus, doch er traf auf ein leeres Bett. Er setzte sich auf und rieb sich den Schlaf aus den Augen. Er suchte den Boden ab, der mit ihrer Kleidung übersät gewesen war, und fand auch diesen leer. Sie musste in ihr eigenes Zimmer gegangen sein.

Gemächlich stieg er aus dem Bett und streckte sich, wobei er die wohlige Befriedigung genoss, die seinen Körper durchströmte. Er hatte den Kampf gewonnen, und Philippas Anwesenheit hatte seinen Sieg noch viel süßer gemacht.

Plötzlich sehnte er sich danach, sie zu sehen. Er hasste es, ohne sie aufzuwachen, und er nahm sich vor, das nie wieder zu tun. Rasch kleidete er sich an und stürmte nach unten, auf der Suche nach jemandem, der ihm sagen konnte, wo sie war.

Er hatte Glück, denn die Oldhams saßen in der Schankstube. Mrs. Oldham nippte an einer Tasse Tee, während Mr. Oldham sich mit dem Inhaber des Gasthauses unterhielt.

Ambrose ging auf den Tisch zu, doch als er ankam, war der Wirt bereits weitergegangen. Mrs. Oldham nahm Ambroses Anwesenheit mit einem finsteren Blick zur Kenntnis.

Ambrose setzte sich. »Warum schauen Sie mich so an? Was habe ich jetzt schon wieder angestellt?«

»Sie ist fort.«

Ambrose brauchte keine weitere Aufklärung, wer mit »sie« gemeint war. »Fort?«

Mrs. Oldham nickte. »Ihre Kutsche, ihre Diener. So, wie sie es geplant hatte, vermute ich. Ich dachte … ich meine, ich hatte nach gestern Abend gehofft, dass sie bleiben würde.« Sie sah Ambrose an und ihr finsterer Blick wurde geringschätzig.

Er hatte seine Hoffnung ebenfalls darauf gesetzt, dass Philippa bleiben würde, doch vielleicht zog sie es vor, diesen anderen Mann zu heiraten. Und wer könnte ihr einen Vorwurf daraus machen? Er hatte ihr nichts gegeben. »Sie wird heiraten.« Gott, diese Worte zu sagen, kehrte ihm sein Innerstes nach außen.

Oldham schlug mit der Handfläche auf den Tisch. »Einen anderen? Sie sollte Euch heiraten.«

»Ich bin sicher, dass dieser andere Mann vorzuziehen ist.« Ambroses Rückgrat drohte, sich um die eigene Achse zu spulen.

Mrs. Oldham stellte die Tasse auf die Untertasse und

bedachte ihn mit einem so eisigen Blick, dass selbst Saxton darauf stolz gewesen wäre. »Das bezweifle ich. Sie liebt Sie.«

Er wusste, dass das stimmte. Warum war sie dann gegangen? Weil er ein egoistischer Mistkerl war. Wieder einmal.

Als ob Mrs. Oldham seine Gedanken lesen konnte, beugte sie sich über den Tisch und blickte ihm forschend ins Gesicht. »Wann werdet Ihr mit diesem Unsinn aufhören und die Vergangenheit endlich loslassen? Nigel würde dies nie für Euch gewollt haben.«

Die Qual schnitt in ihn, doch – schockierenderweise – nicht so scharf wie zuvor. »Nigel ist nicht hier, um das zu sagen.«

Oldham grunzte. »Und das ist noch trauriger, aber trotzdem ist es sehr wahrscheinlich, dass er ohnehin nicht hier wäre. Seine innere Uhr war abgelaufen.«

Wie er es verabscheute, dieses Argument zu hören. Als ob Nigel ein Vorwurf daraus zu machen wäre, länger gelebt zu haben, als alle erwartet hatten. »Das haben alle immer gesagt und dennoch war er da.«

»Nur weil er zum Erfolg getrieben worden war«, antwortete Mrs. Oldham. »Genau wie Ihr.«

Ambrose starrte sie an.

»Ihr glaubt, das war er nicht? Er war immer eifersüchtig auf Euch. Wie könnte er auch nicht. Und als er erbte, hatte er endlich die Chance, allen zu beweisen, was in ihm steckte, doch Ihr wart bereits so fest in Beckwiths Angelegenheiten verwachsen, dass es schwierig für ihn war, Fuß zu fassen.« Sie deckte ihre Hand über Ambroses. »Und das ist nicht Euer Fehler. Wenn Ihr jemanden beschuldigen müsst, dann Euren Vater. Er hat den Samen für die Rivalität gesät, die dazu bestimmt war, jemanden zu verletzen.«

»Ich habe mehr getan, als Nigel nur zu *verletzen*.« Er schluckte und endlich gab er der Angst eine Stimme, die ihn immer wieder heimsuchte. »Was, wenn ich Nigels Tod gewollt habe? Damit ich erben konnte?«

Mrs. Oldhams Augen umwölkten sich. Fest drückte sie seine Hand. »O Ihr lieber Junge. Das würde ich nie von Euch glauben und das dürft Ihr auch nicht. Ihr habt Fehler gemacht, aber auch er. Und das hat auch diese Frau getan, die er mit nach Hause gebracht hat. Es war ein schreckliches Durcheinander und die Folgen waren tragisch.« Mit ihrer freien Hand fuhr sie sich über die Augen. »Ihr könnt uns allen den Rücken kehren, und auch Nigels Andenken – denn was immer auch passiert ist, habt Ihr *ihn* beerbt – aber Ihr könnt Lady Philippa *nicht* den Rücken kehren. Sie liebt Euch und ich wage zu sagen, dass Ihr das nie wieder finden werdet.«

Selbstvorwürfe und Zweifel waren so tief in seiner Seele verwurzelt, dass er nicht darüber hinaus sehen konnte. Er fühlte sich klein und trist, und völlig verloren. »Was, wenn ich sie verletze? Ich weiß nicht, ob ich in der Lage bin, sie so zu lieben, wie sie es verdient.« Mrs. Oldham hatte keine Ahnung, was Philippa erduldet hatte, als sie die Scheinehe ihrer Eltern mit ansehen musste.

Mrs. Oldham neigte ihren Kopf zur Seite. »Liebt Ihr sie?«

War Liebe das Gefühl dieser höchsten Befriedigung heute Morgen beim Aufwachen? Der Kummer, als er festgestellt hatte, dass sie fort war? Der brennende Schmerz, der ihn beim Gedanken daran durchfuhr, dass sie einen anderen heiratete? »Ja.« Es klang fast wie ein Flüstern. »Ja«, wiederholte er lauter, als die Gewissheit seine Brust blähte.

Doch was bedeutete das? Konnte er diese Dinge einfach vergessen, die er getan hatte und der Zukunft ins Auge sehen? Er schloss die Lider und stellte sich das Gesicht seines Bruders vor, das in den Jahren seit seinem Tod immer schwieriger heraufzubeschwören war. Stattdessen erinnerte er sich an Nigels Lachen, an die Art und Weise, wie er die

Stirn runzelte, während er an den Büchern des Anwesens arbeitete, und an die unvergesslichen Melodien, die er auf seiner Geige gespielt hatte.

Ambrose lächelte. Zum ersten Mal dachte er an seinen Bruder und lächelte. Nigel hätte Philippa gemocht. Er hätte ihren Humor und ihre Intelligenz, ihre Unabhängigkeit zu schätzen gewusst. Dinge, die Ambrose an ihr liebte.

Der Gedanke, wieder so zu werden wie vorher – im Black Horse in London zu leben, am Rande des Akzeptablen zu wandeln, nirgendwohin und zu niemandem zu gehören – erfüllte ihn mit einer erstickenden Verzweiflung. Gott helfe ihm, er wünschte sich so sehr, auch nur einen kleinen Teil von ihr zu verdienen.

Gab es eine Chance für ihn? Philippa hatte so lange darauf beharrt, dass er ein guter Mensch sei. Könnte ein Körnchen Wahrheit darin stecken? Wäre er imstande, noch einen Rest von Anstand zu finden?

»Was wollt Ihr unternehmen?«, fragte Oldham.

»Das Einzige, wozu ich fähig bin.« Er führte Mrs. Oldhams Hand an seine Lippen und drückte ihr einen Kuss auf die Knöchel. »Ich danke Ihnen.««

Tränen glitzerten in ihren Augen. »Geht und findet sie.«

Leider erwies sich diese Anweisung als weitaus leichter auszusprechen als auszuführen. Niemand wusste, wann sie aufgebrochen oder in welche Richtung sie gefahren war. Ambrose vermutete, sie sei gen Osten gereist, da das Haus ihres Vaters in Somerset lag, doch er wollte lieber mit dem Diener sprechen, der zu der Nachtzeit zugegen war, um Genaueres zu erfahren. Leider war dieser Diener auf sonderbare Weise verschwunden.

Der Gastwirt war wütend, doch andererseits war der Diener recht neu in seiner Stellung, und augenscheinlich stahl sich das neu eingestellte Gesinde manchmal für ein oder zwei oder zehn alkoholische Getränke von seinem

Posten weg. Der Gastwirt schickte Männer los, um den Burschen, sowohl bei ihm zu Hause als auch in den Schenken im Ort zu suchen.

Ambrose gab der Aktion den Vorzug vor Untätigkeit. Glücklicherweise war er gestern vor der Kutsche, mit der Oldham und Ackley angereist waren, auf Orpheus nach Truro geritten. Er sattelte sein Pferd in den Ställen des Red Lion und ritt auf die Middle Row hinaus, als eine Kutsche vor dem Red Lion zum Stehen kam.

Ambrose rührte sich nicht. Er würde das Herrick Wappen überall erkennen. Es war genau die Kutsche, in der Philippa in jener Nacht auf dem Haymarket gewartet hatte.

Ein livrierter Diener öffnete die Tür, und Philippas Vater stieg heraus. Ambrose runzelte die Stirn und saß ab. Er übergab Orpheus´ Zügel an einen Diener des Red Lion.

»Herrick«, rief er.

Philippas Vater drehte sich um, und seine unmöglich buschigen Augenbrauen zogen sich tief über seine Augen. Die Hände zu Fäusten geballt, schritt er auf Ambrose zu. »Sie. Wo zum Teufel ist meine Tochter?«

»Sie ist auf dem Weg zu Ihnen. Sie haben sie unterwegs nicht getroffen?« Seine Angst kribbelte Ambrose im Magen. Wo, zum Teufel, war sie hin?

»Nein.« Herrick sah allmählich beunruhigt aus. »Sie haben meine Tochter verloren?«

Es tat ja nichts zur Sache, dass Herrick seiner Tochter irgendwie erlaubt hatte, ohne Begleitung nach Cornwall zu reisen. Ambrose war, wie immer, der Bösewicht. Allerdings stimmte dies in diesem Fall nicht, und er war sich immer sicherer, dass ein anderer der Bösewicht war. Seine Gedanken rasten und landeten bei Jagger. Wo war dieser dreckige Bastard? Er hatte ein Zimmer in einem Gasthaus am Ende der Straße. Fest entschlossen, den Schurken zu schnappen zu finden, machte Ambrose auf dem Absatz kehrt.

In diesem Moment rannte ein Diener in der Livree des Red Lion auf ihn zu. »Mylord, Mylord! Wir haben die Kammerzofe und die Gefolgsleute Ihrer Ladyschaft gefunden. Sie wurden gefesselt und in einer Sattelkammer im Marstall eingesperrt.« Der Marstall, in dem die Kunden des Red Lion ihre Fahrzeuge abstellten. Mit einem Satz war Ambrose auf Orpheus' Rücken und stürmte die Straße entlang.

Ein paar Minuten später sprang er ab und marschierte in den Marstall. Ein Diener, der die Livreé des Red Lion trug, lag auf einem Strohhaufen, während Philippas Kammerzofe – schluchzend – ein Stück Stoff an seine Seite hielt.

»Wer ist das?« fragte Ambrose.

Philippas Diener, nur mit ihrer Unterwäsche bekleidet, standen in der Nähe und massierten sich die Handgelenke. »Er ist vom Red Lion. Er hat versucht, die Entführung ihrer Ladyschaft zu verhindern und wurde dafür niedergestochen.«

»Sie haben nach einem Arzt geschickt«, meldete sich der andere Diener.

Ambrose warf den beiden einen wütenden Blick zu. »Wer hat sie entführt?«

Der erste Diener gab Auskunft. »Es waren zwei, Mylord. Ein untersetzter Kerl und ein größerer Kerl. Sie haben unsere Livree und die Kutsche genommen.«

Dunkler, unkontrollierbarer Zorn brodelte in Ambroses Herz. »Wo haben sie sie hingebracht?«

»Ich bin mir nicht sicher, Mylord. Ihr Plan schien nicht sehr gut durchdacht zu sein. Sie haben sich ein bisschen gestritten. Der Untersetztere – Swan war sein Name – hatte nur mit Seiner Ladyschaft allein sein wollen, um –« Der Diener schluckte und sah zu der weinenden Zofe. »Ihr wisst schon.«

Ambrose wusste es. Und er würde diesen Hurensohn

umbringen, sobald er ihn gefunden hatte. Zuerst musste er ihn allerdings finden und Swan hatte einige Stunden Vorsprung. Wohin könnte er gefahren sein, wenn er nicht die Richtung eingeschlagen hatte, aus der Philippas Vater gekommen war? Die aus Truro hinausführenden Straßen, gingen nach Westen und Nordosten. Die nordöstliche Route war weniger bereist und die Besiedelung entlang des Weges spärlicher als nach Westen. Wenn Ambrose versuchen würde, jemanden zu entführen und damit davon zu kommen, würde er nach Nordosten fahren. Aber war Swan so klug?

»Wo ist der Stallmeister des Marstalls?«, fragte Ambrose.

Ein Mann mit ergrauendem Haar und scharfen hellen Augen trat auf ihn zu. »Aye, Mylord?«

»Die livrierten Männer, die Lady Philippa Lathams Kutsche heute Morgen abholten, haben sie etwas gefragt?«

»Aye, Mylord. Sie hatten wissen wollen, was im Westen und im Nordosten lag.«

»Das haben Sie ihnen gesagt?« Auf das Nicken des Mannes fuhr Ambrose fort. »Und haben sie Ihnen gesagt, welchen Weg sie genommen haben?«

»Nein, Mylord. Aber wenn ich raten müsste, würde ich auf Nordosten tippen. Er sah zu seinem Kumpanen hinüber, als ich ihm erklärte, dass in diese Richtung weniger los wäre.«

Ambrose war bereits auf halbem Wege zurück zu Orpheus, als er ein »Danke« über die Schulter rief.

Zehn Minuten später sauste er von Truro aus die nordöstliche Straße entlang.

KAPITEL 26

*K*urz nachdem die Kutsche das Red Lion verlassen hatte, war es Philippa gelungen, sich auf den Sitz zu hieven, doch das lag inzwischen schon Stunden zurück. Es war bereits später Vormittag, als sie endlich anhielten. Die Tür ging auf, und strahlend strömte das Licht in den Innenraum, worauf sie kurzzeitig geblendet war.

Swan steckte seinen Kopf hinein. »Nun, kommt schon.« Er griff nach ihrem Oberarm und zerrte sie brutal aus der Kutsche.

Sie stolperte auf den Stufen, doch er fing sie auf, ehe sie auf die schmutzige Straße stürzte. Sie sah sich um und blinzelte. »Wo sind wir?«

»Weit weg.«

Es waren keine Gebäude in Sicht. Keine Menschen. Keine Tiere. Nicht einmal das entfernte Blöken eines Schafes. Was war mit dem anderen Verbrecher geschehen? «Sind wir allein?«

Swan ruckte mit dem Kopf in Richtung einer Hecke. «Brewer ist zum Pinkeln gegangen. Meiner Vermutung nach werdet Ihr Euch ebenfalls erleichtern müssen. Kümmert Euch am besten darum, ehe wir uns dem Geschäftlichen zuwenden.« Den Blick auf ihre Brüste fixiert, stierte er sie an. Er hob eine Hand und durch ihr Kleid hindurch kniff er sie in die Haut.

Ihr Magen hob sich. Eine Rettung schien aussichtslos. Sie würde eine Möglichkeit zur Flucht finden oder ihre Entführer überwältigen müssen. Ein hysterisches Gelächter stieg brodelnd in ihrer Kehle auf, worauf sie scharf schluckte und hustete.

»Brewer!«, brüllte Swan. »Was hält dich so lange auf?«

Stille antwortete ihm. Swan runzelte die Stirn. »Idiot.«

Er fasste das von ihren Händen baumelnde Seilende und schlang es fest um eines der Kutschräder. »Erschreckt die Pferde nicht, sonst werdet Ihr mitgeschleift.« Er lachte gackernd und drückte seine Lippen schmatzend auf ihre, bevor er zur Hecke ging.

Philippa spuckte mehrmals auf die Erde. Mit aller Verzweiflung versuchte sie, ihre Hände frei zu bekommen, doch ihre Handgelenke waren bereits wund und bluteten von ihren vergeblichen Anstrengungen in der Kutsche. Tränen stahlen sich aus ihren Augenwinkeln. Dass sie nach vergangener Nacht in dieser Situation hier gelandet war. Warum hatte sie Ambrose verlassen? Sie liebte ihn, und ganz bestimmt hegte er Gefühle für sie. Sie hätte darauf bestehen sollen, dass er sie heiratet. Eine Ehe mit ihm und alles, was sie mit sich brachte, war einem Leben ohne ihn vorzuziehen.

Die Hecken raschelten, und Swan rannte in vollem Tempo daraus hervor. Dicht auf den Fersen folgte Ambrose ihm nach. Philippa stürmte vor. Die Pferde tänzelten nervös, und Philippa zwang sich zur Ruhe.

Swan packte eines der Pferde am Zaumzeug. »Noch einen Schritt näher, und ich lasse sie ziehen«, warnte er.

Ambrose lenkte den Blick zu Philippa und ihrer gefesselten Position am Rad. Wut und Furcht zerfurchten sein Gesicht. »Lass sie frei, und ich lasse dich am Leben.«

»Wie wäre es, wenn Ihr Euch jetzt entfernt, und ich mit der Lady gehe?«

Ambrose bleckte drohend die Zähne. »Wenn ich nicht mehr atmen kann. Und vielleicht nicht einmal dann.«

Ein Schatten der Angst huschte über Swans Züge. Er zupfte am Zaumzeug, und die Pferde setzten sich wieder in Bewegung.

Ambrose streckte die Hand aus, doch er rührte sich nicht. Er blickte sie an, und sie erkannte die blanke Angst in seinem Blick.

Sie starrte ihn eindringlich an. »Ambrose. Die Pferde sind von Holborn.« Hoffentlich würde er wissen, was das bedeutete. Dass sie als Kutschpferde aus Englands bestem Stall nicht davonstürmen würden. Sie würden vielleicht ein bisschen tänzeln, aber sie würden nicht rennen, es sei denn, sie wären wirklich in Gefahr. Am liebsten hätte sie es ihm einfach ins Gesicht gesagt, aber sie kombinierte, dass jeder Vorteil, den sie ihm verschaffen konnte, willkommen war.

Ambroses Augen leuchteten auf, als ihm die Erkenntnis kam. Er presste die Lippen aufeinander und griff an. So schnell wie bei dem Kampf gestern Abend. Schneller sogar. Seine Faust traf direkt auf Swans Kehle. Der Kopf des Schurken wurde nach hinten geschleudert und er stürzte zu Boden. Wie erwartet, gerieten die Pferde in Unruhe und tänzelten. Swan war unter dem einen gelandet und ruderte mit den Armen, während sein Mund sich auf der verzweifelten Suche nach Luft immer wieder öffnete und schloss.

Eines der Pferde trat ihm auf den Schenkel und bäumte sich daraufhin auf. Die Kutsche rollte voran, und Philippa schleifte mit Schulter und Arm über den Straßenstaub. »Ambrose!«

Ambrose bekam das Zaumzeug zu fassen und beschwich-

tigte das Tier. Gott sei Dank konnte er mit Pferden umgehen. Mit einem Satz war er an ihrer Seite. »Bist du
unversehrt? Er hat dich geschlagen.« Er streichelte über die
roten Strieme in ihrem Gesicht, wo Swans Hand sie vorhin
getroffen hatte.

Sie nickte, und Tränen schwammen in ihren Augen.
»Aber sonst nichts. O Ambrose.« Sie vergrub das Gesicht an
seinem Nacken, Erleichterung durchströmte ihre Adern,
sodass sie sich an ihn schmiegte.

Er machte sich an dem Seil um ihre Handgelenken zu
schaffen und runzelte nach einem Moment die Stirn. »Das
kann man unmöglich losbinden.«

»Vorhin hatte er ein Messer.«

Ambrose stand auf. »Er hat es fallen lassen, als ich ihn
verfolgte.« Er lief zur Hecke und fand den Dolch, um dann
schnell zu ihr zurückzukehren, um sie von dem Seil zu
befreien. Sanft streichelte er mit den Fingern über ihre
Handgelenke. »Philippa.« Er klang gebrochen, verloren.

Sie führte die Hände zu seinem Gesicht und lächelte ihn
durch ihren Tränenschleier hindurch an. »Mir ist nichts
passiert.« Sie blickte in Richtung der Hecke. »Was ist mit
dem anderen?«

»Er liegt bewusstlos auf der anderen Seite der Hecke.«

Sie zitterte und ließ ihre Hände sinken. »Ist Swan tot?«

Ambrose wandte den Kopf zu Swan, der sich nicht mehr
bewegte. »Ich habe nicht überlegt. Sondern nur reagiert. Er
hat dich mir weggenommen und wollte dich vergewaltigen.«

Sein Blick war wild. Sie fühlte sich wieder sicher und
geborgen, doch er hatte den Boden unter den Füßen noch
nicht wiedergefunden.

»Ambrose, geht es dir gut?«

»Ich wollte ihn nicht umbringen. I –« Er wischte sich mit
der Hand über den Mund und wandte den Blick von ihr ab.

Sie dachte, ihn zu verstehen. Die Angst in seinen Augen.

Der Schreck, der ihm durch die Glieder fuhr. Sie legte die Hände um seinen Hals und brachte ihn dazu, sie anzuschauen. »Es ist nicht wie Nigel. Es ist überhaupt nicht dasselbe.«

»Aber ich bin derselbe. Ich bin es gewesen. Ich habe ihn umgebracht.«

»Du hast Nigel nicht umgebracht. Es war ein Unfall. Du musst aufhören, dich selbst zu beschuldigen. Bitte.« Sie lehnte den Kopf an seine Brust. »Atme einfach mit mir, Ambrose. Lass es los. Lass Nigel los.«

So standen sie mehrere Minuten dort. Seine Hände lagen locker um ihren Rücken und ihre Arme waren um seinen Nacken geschlungen. Sie lauschte auf seinen Herzschlag an ihrer Wange. Ganz allmählich wurde er ruhiger und sie dankte dem Himmel dafür.

Schließlich streiften seine Lippen über ihre Stirn, so wie in jener lang zurückliegenden Nacht, als er sie nach Hause eskortiert hatte. Der Nacht, in der der erste Samen ihrer Liebe zu ihm aufgekeimt war.

Plötzlich konnte sie keinen Augenblick mehr existieren, ohne es ihm zu sagen. »Ich weiß, du willst es nicht hören, aber ich liebe dich.« Sie rückte etwas von ihm ab, um zu ihm aufzuschauen. Es gab keine Garantie, doch er war es wert, auf ihn zu warten. Wert, um ihn zu kämpfen. »Und ich weiß, du willst mich nicht heiraten, aber ich werde keinen anderen haben. Ich will dich und du musst nur –«

Er legte die Lippen auf ihre und sanft küsste er sie mit aller Zärtlichkeit. »Schhh«, hauchte er an ihrem Mund. »Schon bevor ich wusste, dass dieser Schurke dich in seiner Gewalt hatte, war meine Entscheidung bereits für dich gefallen. Ich kann den Gedanken nicht ertragen, ohne dich zu leben. Mein Dasein war solch eine Misere gewesen. Ich hatte vergessen, wie man lebt und wie man liebt. Wenn ich das überhaupt je gewusst habe.« Er sah ihr in die Augen. »Du bist mein Leben, meine Liebe, mein Grund zum Atmen. Philippa, wenn du mich nicht heiratest, werde ich einfach den Rest meines Lebens der Zerstörung deines Rufes widmen, bis du es tust.«

Sie küsste ihn und lachte an seinem Mund. »Das werde ich.«

Er deckte seinen Mund über ihren und schlüpfte mit der Zunge zwischen ihre Lippen. Sie erwiderte seinen Kuss und drückte ihn fest.

Nach einer Weile zog er sich zurück und lehnte den Kopf an ihren. Wie kannst du dir meiner so sicher sein. Was, wenn ich dir wehtue?«

Dass er seine Seele endlich für sie öffnete, erfüllte ihr Herz mit Freude. »Das wirst du nicht. Du wirst lernen, dir ebenso zu vertrauen, wie ich es tue.«

Er schüttelte den Kopf. Wie hast du überhaupt je einen Grund gefunden, mir zu vertrauen? Selbst gestern Abend habe ich trotzdem gekämpft, obwohl du mich gebeten hast, es nicht zu tun.«

»Das war nicht sehr gerecht von mir. Ich habe es nicht verstanden. Kämpfen schien in meinen Augen ein Weg zu sein, dich zu bestrafen, und die Qual in deinem Herzen mit körperlichem Schmerz zu bannen.«

»Du hast es perfekt verstanden.«

»Warum du *angefangen* hast.« Sie hatte während ihrer albtraumhaften Fahrt in der Kutsche viel darüber nachgedacht. Über all die Dinge, die sie zu ihm sagen würde, wenn sie je die Chance dazu hätte. »Doch nachdem ich dich gestern Abend gesehen habe, erkannte ich, dass dir das Kämpfen hilft, gesund zu werden. Es war etwas für dich, woran du dich festhalten konntest. Etwas, das kein Urteil über dich fällte. Etwas, das dich über den körperlichen Schmerz hinaus nicht verletzte.«

Er hielt sie fest umschlungen. »Du bist eine erstaunliche Frau.«

Sie schmiegte sich an seine Brust. »Ich bin nur jemand, der dich liebt.« Sie reckte sich nach oben und küsste ihn auf die Wange. »Was wirst du mit dem Mann hinter der Hecke unternehmen?«

»Ich werde ihn fesseln. Dann werden wir mit Orpheus in die Stadt zurückkehren und jemanden zum Aufräumen herschicken.« Er warf Swan einen Seitenblick zu und erstarrte.

Philippa drehte sich um. Swans Bein zuckte. Ambrose eilte zu dem niedergestreckten Mann und kniete sich neben ihn. Philippa folgte ihm.

Ambrose berührte Swan kurz am Hals und dann sah er zu ihr auf. »Er lebt.« Philippa verspürte eine Woge der Erleichterung. Nicht, weil Swan nicht gestorben war, sondern weil Ambrose nun nicht mit der Gewissheit leben musste, ihn umgebracht zu haben. Ein Mann konnte nur ein gewisses Maß ertragen.

Ambrose nahm das Seil und zog Swan zu einem Baum neben der Straße. Dann ging er los und holte Brewer, den er an den gleichen Baum lehnte. Als er beide in eine sitzende Position gebracht hatte, band er sie am Stamm fest. Während er seine Aufgabe erledigte, führte Philippa die Pferde mit der Kutsche ein kleines Stück zu einer schattigen Stelle auf der anderen Straßenseite.

Ambrose kam heran und stellte sich neben sie. »Jetzt können wir gehen.«

Sie nahm seine Hand und zusammen schritten sie auf Orpheus zu. »Danke dafür, dass du mich gerettet hast«, sagte sie. »Wieder einmal.«

Er sah lächelnd zu ihr herab und sein Blick schimmerte dabei vor Liebe. »Du warst meine Retterin.«

EPILOG

*E*inen Monat später ritt Ambrose mit seiner Frau neben ihm in Gerrans ein. Auf dem Kirchhof saßen sie ab und ließen ihre Pferde grasen. Philippa hielt einen Strauß Rosen aus Beckwiths Gärten in der Hand. Die Finger der anderen Hand verschränkte sie mit Ambroses.

Lächelnd sah er auf sie hinab und fast im gleichen Atemzug staunte er wieder einmal darüber, wie sie sein Leben verändert hatte. Wie sie ihn verändert hatte.

Sie hatten Nigels Grab ein paar Mal besucht. Stets brachte sie ihm Blumen mit und sprach mit ihm, als wären sie miteinander bekannt. Sie legte die Rosen neben seinem Grabstein hin. »Guten Tag, Nigel. Es ist ein schöner Tag. Gestern haben wir das neue Tor fertiggestellt. Jetzt hat Beckwith einen schönen Zugang zum Burgfried und den Stallungen.«

Ambrose stellte sich seinen Bruder vor, wie er das Werk bewunderte, selbst wenn er bei seinem Bau nicht mitgeholfen haben konnte. Seltsamerweise konnte er Nigels Gesicht nun klarer vor sich sehen, doch das war wahrscheinlich auf Philippas Beharrlichkeit zurückzuführen, die darauf bestanden hatte, das Porträt von ihnen beiden als Kinder in seinem Arbeitszimmer aufzuhängen.

Mit ihr an seiner Seite gelang es ihm endlich, sich von seinen Sünden freizusprechen. Er wurde weiterhin von dunklen Momenten geplagt, durch die sie ihn mit Liebe und Fürsorge hindurchführte. Nie würde er sie wirklich verdienen, aber er würde es sein Leben lang versuchen.

So wie er versprochen hatte, Beckwith zu seinem vollen Potenzial zu führen. Für Nigel.

Sie wandte sich zu ihm um. «Bereit?»

Er nickte. Dann drehten sie sich vom Grab weg und kehrten zu ihren Pferden zurück.

Sie legte eine Hand um seinen Unterarm. »Ich wollte dich gestern Abend nach Hopkins´ Brief fragen, aber du hast mich ziemlich abgelenkt.« Auf verführerische Weise senkte sie die Lider ein Stück weit über die Augen und erinnerte sich deutlich an ihre Aktivitäten im Gartensalon nach dem Abendessen, als sie sich auf dem Sofa mit Blick auf die Gärten und den Sonnenuntergang geliebt hatten.

Und jetzt war er derjenige, der abgelenkt war. »Wie bitte?«

«Der Brief, den du gestern von Hopkins erhalten hast?»

Gewaltsam riss er sich aus seiner Fantasie, in der er sie entkleidete. Solchermaßen unangemessene Gedanken auf einem Friedhof. »Ach, ja. Im Black Horse ist alles in Ordnung.« Hopkins hatte den Club und Ackleys Training übernommen.

Sie erreichten ihre Pferde und führten sie auf die High Street.

»Vermisst du es?«, fragte sie.

Schockierenderweise tat er das nicht. »Nein.« Seit er sie vor Swan gerettet hatte, konnte Ambrose sich nicht auf ein einziges Mal besinnen, einen Drang zu kämpfen verspürt zu haben. Er beugte sich zu ihr und küsste sie flüchtig. »Alle meine körperlichen Bedürfnisse werden derzeit befriedigt, und ich sehe nicht voraus, dass sich das in nächster Zeit ändern wird.«

Fragend zog sie eine Augenbraue hoch. »›In nächster Zeit‹?«

»Niemals«, berichtigte er sich. Nie würde er genug von ihr bekommen. Mit diesem Gedanken im Hinterkopf schlug er vor: »Nicht weit hinter Portscatho gibt es eine kleine Bucht. Wir könnten sie besuchen und das Meer beobachten. Neben anderen Dingen.« Mit den Lippen streifte er an ihrem Kinn entlang.

»Du willst das am Strand machen? Bei all dem Sand?« Sie rümpfte ihre perfekte Nase. »Das klingt furchtbar unangenehm.«

Er klemmte ihr Ohrläppchen zwischen seine Zähne. »Tatsächlich gibt es da einen Felsen. Ich dachte, ich setze dich auf die Kante …«

»Du versuchst doch nicht schon wieder, mich in der Öffentlichkeit zu verführen, oder?«

Er hob den Kopf. »Liebling, so sind wir Halunken nun mal. Doch irre dich nicht – du verführst mich mit jedem Blick, jeder Berührung, jedem Atemzug. Und ich flehe dich demütig an, niemals aufzuhören.«

Sie seufzte in gespielter Verzweiflung. »Na schön, wenn es sein muss.« Sie fuhr mit dem Finger über seine schiefe Nase. Ihre Augen glänzten vor Bewunderung. »Ich liebe dich so sehr, Ambrose.«

»Ich liebe dich.«

Sie fasste ihn am Revers. »Hör niemals auf.«

Kurz bevor er mit seinen Lippen die ihren berührte, raunte er: »Niemals.«

Möchten Sie wissen, wie Jagger zum Helden seiner

eigenen Geschichte wird? Lesen Sie die Serie weiter! Das nächste Buch heißt *Verliebt in einen Dieb* und handelt von einem Konstabler, der eine Vizegrafschaft erbt, und der Dame, die er beim Stehlen ertappt.

Ich danke Ihnen sehr, dass Sie **Die Verführung des Halunken** gelesen haben. Ich hoffe, es hat Ihnen gefallen!

Möchten Sie erfahren, wann mein nächstes Buch verfügbar ist? Sie können sich für meinen Deutscher Newsletter anmelden, mir auf Amazon.de folgen und meine Facebook-Seite liken.

Rezensionen helfen anderen, Bücher zu finden, die für sie geeignet sind. Ich schätze alle Bewertungen, ob positiv oder negativ. Ich hoffe, dass Sie erwägen werden, eine Bewertung bei Ihrem bevorzugten der Seite Ihres bevorzugten Internet-Netzwerkes abzugeben.

Ich mag meine Leser so sehr. Danke!

Sind Sie an weiterer Regency-Romantik interessiert? Schauen Sie sich meine anderen historischen Serien an:

Die Unberührbaren
Geraten Sie ins Schwärmen über zwölf der begehrtesten und schwer fassbaren Junggesellen der feinen Gesellschaft und die Blaustrümpfe, Mauerblümchen und Außenseiterinnen, die sie in die Knie zwingen!

Die Unberührbaren: Die Prätendenten
In der faszinierenden Welt der Unberührbaren spielend, handelt die Saga von einem Geschwistertrio, die sich darin auszeichnen, sich als jemand auszugeben, der sie nicht sind.

Werden ein unerschrockene Bow Street Ermittler, ein niedergeschmetterter Viscount und eine desillusionierte Dame der feinen Gesellschaft es schaffen, ihre Geheimnisse zu lüften?

Die Liebe ist überall
Herzerwärmende Nacherzählungen klassischer Weihnachtsgeschichten im Regency-Stil, die in einem gemütlichen Dorf spielen und von drei Geschwistern und dem besten Geschenk von allen handeln: der Liebe.

Der Club der verruchten Herzöge
Sechs Bücher, geschrieben von meiner besten Freundin, der New York Times Bestseller-Autorin Erica Ridley, und mir. Lernen Sie die unvergesslichen Männer von Londons berüchtigtster Taverne, dem Verruchten Herzog, kennen. Verführerisch attraktiv, mit Charme und Witz im Überfluss, wird eine Nacht mit diesen Wüstlingen und Filous nie genug sein ...

Legendäre Abenteurer
Fünf unerschrockene Heldinnen und abenteuerlustige Helden auf dem Weg zu spannenden Abenteuern in den schottischen Highlands, England und Wales!

BÜCHER VON DARCY BURKE

Historische Romantik

Die Unberührbaren

Ein Earl als Junggeselle

Der verbotene Herzog

Der wagemutige Herzog

Der Herzog der Täuschung

Der Herzog der Begierde

Der trotzige Herzog

Der gefährliche Herzog

Der eisige Herzog

Der ruinierte Herzog

Der Herzog der Lügen

Der betörende Herzog

Der Herzog der Küsse

Der Herzog der Zerstreuung

Der unverhoffte Herzog

Der charmante Marquess

Der verwundete Viscount

Die Unberührbaren: Die Prätendenten

Geheimnisvolle Kapitulation

Ein skandalöser Pakt

Des Gauners Rettung

Ruchlose Geheimnisse und Skandale

Ihr ruchloses Temperament

Sein ruchloses Herz

Die Verführung des Halunken

Verliebt in einen Dieb

Die Liebe ist überall

(eine Regency Weihnachtstrilogie)

Der Earl mit dem flammendroten Haar

Das Geschenk des Marquess

Eine Freude für den Herzog

Der Club der verruchten Herzöge

Eine Nacht zum Verführen by Erica Ridley

Eine Nacht der Hingabe by Darcy Burke

Eine Nacht aus Leidenschaft by Erica Ridley

Eine Nacht des Skandals by Darcy Burke

Eine Nacht zum Erinnern by Erica Ridley

Eine Nacht der Versuchung by Darcy Burke

ÜBER DIE AUTORIN

Darcy Burke ist die USA Today Bestsellerautorin für sexy, emotionale, historische und zeitgenössische Romantik. Darcy schrieb ihr erstes Buch im Alter von 11 Jahren – mit einem Happy End – über einen männlichen Schwan, der von der Magie abhängig war, und einen weiblichen Schwan, der ihn liebte, mit nicht sehr gelungenen Illustrationen. Schließen Sie sich ihr an newsletter!

Darcy, die in Oregon an der Westküste der Vereinigten Staaten geboren wurde, lebt am Rande des Wine Country mit ihrem auf der Gitarre spielenden Ehemann und ihren beiden ausgelassenen Kindern, die das Schreiben geerbt zu haben scheinen. Sie sind eine nach Katzen verrückte Familie mit zwei bengalischen Katzen, einer kleinen, familienfreund-lichen Katze, die nach einer Frucht benannt ist, und einer älteren, geretteten Maine Coon, die der Meister der Kühle und der fünf-Uhr-morgens-Serenade ist. In ihrer ›Freizeit‹ ist Darcy eine regelmäßige ehrenamtliche Mitarbeiterin, die in einem 12-stufigen Programm eingeschrieben ist, in dem man lernt, ›Nein‹ zu sagen, aber sie muss immer wieder von vorne anfangen. Ihre Lieblingsplätze sind Disneyland und das Labor Day Wochenende in The Gorge. Besuchen Sie Darcy online unter https://www.darcyburke.net.

facebook.com/darcyburkefans
twitter.com/darcyburke
instagram.com/darcyburkeauthor
pinterest.com/darcyburkewrites
goodreads.com/darcyburke